THE ORDER

디아블로 III: 호라드림 결사단
디아블로 세계의 다른 무서운 이야기도 놓치지 마세요.

케인의 기록

네이트 케년 지음 / 유영희 옮김

블리자드 엔터테인먼트의 게임을 배경으로 한 소설입니다.

제우미디어

Korean language edition published by Jeu Media Co. Ltd, Copyright ⓒ 2012
ⓒ 2012 Blizzard Entertainment, Inc. All rights reserved. Diablo and Blizzard Entertainment are trademarks and/ or registered trademarks of Blizzard Entertainment, Inc., in the U.S. and/ or other countries. All other trademarks referenced herein are the properties of their respective owners.

디아블로 Ⅲ : 호라드림 결사단

초판 1쇄 | 2012년 7월 13일
초판 6쇄 | 2016년 11월 1일

지은이 | 네이트 케년
옮긴이 | 유영희

펴낸이 | 서인석
펴낸곳 | 제우미디어
출판등록 | 제 3-429호
등록일자 | 1992년 8월 17일
주소 | 서울시 마포구 상수동 324-1 한주빌딩 5층
전화 | 02-3142-6845
팩스 | 02-3142-0075
홈페이지 | www.jeumedia.com

ISBN | 978-89-5952-259-0
• 파본은 본사나 구입하신 서점에서 교환해드립니다.

제우미디어 소설 공식 카페 | cafe.naver.com/jeunovels
제우미디어 페이스북 | www.facebook.com/jeumedia

만든 사람들
출판사업부 총괄 손대현 | **책임 편집** 김용진 | **기획** 전태준, 하일구 | **디자인 총괄** 디자인수
제작 김금남 | **영업** 김응현, 김소영, 김영욱
도와주신분 백영재, 임순옥, 유원상, 블리자드코리아 현지화팀, 홍보팀, 커뮤니티팀, 마케팅팀, 웹서비스팀

언젠가 이 책을 읽을 정도로 용감하게 자랄
우리 꼬마 숙녀 애비에게……
하지만 아직은 안 된단다.

서 막

기억

1213년, 트리스트럼

화롯불의 열기가 뺨에 난 부드러운 솜털을 감아올릴 정도로 뜨거운데도 소년은 두 손을 따뜻하게 덥히려는 듯 양털 윗옷 속에 집어넣었다. 소년은 어깨가 좁았다. 아직 어린데도 얼굴이 야위고 홀쭉해서 열한 살보다 훨씬 더 성숙해 보였다. 목에는 사슴 가죽 배낭을 둘렀는데, 배낭 한쪽 주머니 안에 숨긴 두툼한 책이 자꾸 찌르는 바람에 그 부분에 벌건 자국이 생겼다. 소년은 그래도 개의치 않았다. 남들이 자신에 대해 뭐라고 수군거려도 마찬가지였다. 그에게는 진실한 친구가 없었다. 워낙 혼자 있기를 좋아해서 집에서 책만 읽었는데, 소년은 오히려 그 점이 만족스러웠다.

불길이 희롱하듯 아이들의 얼굴을 비추며 넘실댔다. 아이들은 자리에 앉아 눈빛을 빛내고 있었다. 마치 대천사 아우리엘이 직접 이야기를 들려주고 있다는 듯 영적 황홀감에 사로잡혀 이야기에 몰두했다.

'아니, 그건 사실이 아니야.' 소년은 지겹다는 듯 가볍게 고개를 흔들었다. 몇 년 전이었다면 그 역시 그렇게 믿었을지 모르지만, 지금은 아니었다. 저토록 확신에 차서 이야기하고 있는 사람은 혈통이야 어떻든, 다른 이들보다 지식이 많지도 않은 평범한 그의 어머니였다. 그리고 만에 하나, 대천사들이 정말 존재한다고 해도 그들이 왜 이런 외진 곳까지 와서 시간을 낭비한단 말인가.

탁탁하는 소리와 함께 밤을 가르며 장작에서 거센 불길이 치솟자 몇몇이 몸을 움찔했다. 매캐한 연기가 그들의 머리 위를 휘감아 돌며 아래쪽 헛간에서 나는 고약한 냄새를 희석했다. 어머니는 늘 그렇듯 아이들의 마음을 사로잡았다. 그 때문에 마을 노인들은 어머니가 지나갈 때면 눈을 부라렸고, 여관 주인과 마을 경비병들은 미쳤다며 뒤에서 손가락질을 해댔다. 그래도 아이들은 늘 이야기를 들으러 왔고, 들은 대로 믿었다.

'아이들이 자라서 진실에 눈뜰 때까지만.' 데커드 케인은 그렇게 생각했다.

"마지막 대악마이자 막내인 공포의 군주 디아블로는 형제 중 가장 강력하고 두려운 존재였단다. 누구든 디아블로와 직접 눈이 마주치는 자는 공포로 미쳐버린다고들 했지. 그러나 호라드림은 절대 추격을 멈추지 않았어. 탈 라샤가 파괴의 군주와 함께 아라노크 사막에 영원히 매장된 후, 제레드 케인은 남은 마법학자들을 이끌고 칸두라스를 지나 모든 골짜기를 뒤져 디아블로의 추종자들과 전쟁을 벌였지."

아데레스는 아이들의 얼굴을 차례로 바라보며 한 사람씩 눈을 맞췄다. 그녀의 반짝이는 눈빛이 마침내 데커드에게 이르자, 소년은 화로의 불빛이 닿지 않는 곳에서 뭔가를 찾으려는 사람처럼 멀리 시선을 돌렸다.

어머니는 순간 살짝 말을 더듬은 것 같았다. 어쩌면 호흡을 가다듬은 것인지도 몰랐다.

"호라드림은 강력한 마법으로 악마 군대에 치명적인 피해를 줬단다. 하지만 디아블로는 불타는 지옥에서 수천 명의 무시무시한 부하들을 더 불러냈고, 제레드는 결국 용감히 맞서기로 했지. 대천사 티리엘은 대악마를 제압해 고귀한 땅에서 악마들을 쫓아낸다는 단 하나의 목적을 갖고 호라드림을 결성했기 때문에, 호라드림이 실패하도록 내버려두지 않을 작정이었단다."

아데레스 케인의 피부는 투명하게 빛났다. 흑단처럼 검고 구불구불한 머리칼은 젖은 채 이마에 착 들러붙어 있었고, 눈빛은 저주받은 듯 공허했다. 데커드가 전에도 여러 번 들었던 이야기는 매번 내용이 덧붙여졌고, 더 감동적으로 변해갔다. 데커드는 내용을 모조리 꿰고 있었다. 어머니는 이제 곧 영웅적인 마법학자들이 싸운 곳이 '바로 이 땅'이며, 아이들의 발아래로 악마의 피가 검은 강을 이루며 흘렀다는 얘기를 해서 아이들을 깜짝 놀라게 할 터였다. 제레드와 호라드림의 형제들이 끊임없이 몰려드는 사악한 괴물들에 맞서 반격에 나섰고, 마침내 디아블로가 영혼석에 봉인되어 땅 속 깊이 묻힌 뒤 지금까지 잠들었다는 대목에서 어머니의 목소리는 더욱 커질 것이었다.

전에는 이 이야기를 들으면 흥분을 감추지 못했다. 하지만 데커드는 이제 어린애가 아니었다. 그리고 어머니도…… 갈수록 심해지는 어머니의 광기도 영 불편하기만 했다. 그에게는 지금 신경 써야 할 더 중요한 문제들이 있었고, 어머니의 이야기를 참고 들어주기가 점점 더 어려워졌다. 어머니가 다른 아이들에게 말하느라 잠깐 한눈을 파는 사이, 데커드는 둥그렇게 둘러앉은 자리에서 빠져나와 차가운 밤공기 속으로 사라졌다.

바깥 공기는 습했고, 화로의 열기에서 벗어나 있어서 훨씬 더 추웠다. 데커드는 여윈 몸을 옷으로 단단히 감싼 뒤 미끄러운 풀 위를 맨발로 걸었다. 마치 초현실적인 피조물이 몸에서 빠져나와 형체를 이루려는 것처럼 하얀 입김이 공기 속으로 뿜어져 나왔다. 아래 헛간 근처에서 양이 도살자를 향해 단말마의 비명을 내지르는 동안 남자가 욕설을 퍼붓는 소리가 들렸고, 뒤이어 들척지근한 피 냄새가 바람에 실려 왔다. 밀림 경계에 자리한 잡목 주위로 짙은 안개가 소용돌이치며 피어올랐고, 뒷목 줄기를 타고 유령 손가락 같은 시린 한기가 흘러내렸다. 데커드는 몸을 덜덜 떨며 쉰 걸음도 채 안 되는 집을 향해 걷기 시작했다.

실내 작은 현관에는 두 개의 등불이 켜져 있었지만, 데커드는 등불을 집어 들지 않고 어둠 속에서 조용히 자신의 방으로 갔다. 왠지 그래야 할 것 같았다. 집 안이라고 해도 춥기는 바깥이나 매한가지였다. 생각했던 것보다도 더 추웠다. 데커드는 배낭 안에 든 책의 표지를 손가락으로 확인한 뒤 가볍게 쓸어보았다. 하지만 꺼내지는 않았다. 아직은 아니었다. 술꾼이 다음번 술잔을 입에 대기 전에 입안에 든 포도주 맛을 조금이라도 더 음미하는 것처럼, 아쉬운 순간을 좀 더 음미하기 위해서였다. 책은 서부 반도의 역사와 라키스의 아들에 관한 학술 서적으로, 어머니의 취향은 아니었다. 어머니가 좋아하는 서책은 고귀한 영웅들, 그리고 이 세계의 위와 아래에 있는 불가사의한 세계에서 활약하는 존재들에 대한 이야기…… 바로 신화였다.

데커드는 잠시 혼자 있고 싶었다. 그러나 잠시 후 다시 문이 열리더니 어머니가 안으로 들어와 난로 부근에 무거운 나막신을 던져놓는 소리가 들렸다. 어머니는 곧 난로에 불을 피운 다음 그 위에 찻주전자를 올려놓고, 흔들의자에 앉아 운율이 맞지 않는 노랫가락을 흥얼거리며 뜨개질을 하거나 책을 읽을 터였다. 그런데 예상을 깨고 어머니가 곧장 그의 방으로 왔다. 소년이 책을 황급히 침대 아래에 쑤셔 넣고 자리에 앉자마자 어머니가 방문을 똑똑 두드렸다.

"데커드?"

어머니는 어둠 속에서 등불을 들어 올리며 눈을 가늘게 떴다

"내가 이야기를 마치기도 전에 자리를 뜨더구나."

따뜻한 노란 불빛 아래, 어머니는 불안해 보였다. 헝클어진 머리카락이 어깨 위에서 아무렇게나 구불거렸다. '오른쪽 관자놀이 부근에 흰 머리가 나기 시작했네.' 케인은 생각했다. 전에는 미처 눈치채지 못했다.

"전에도 몇 번이나 들었던 얘기잖아요. 피곤해서 쉬고 싶었어요."

"그건 그냥 단순한 얘기가 아니란다, 데커드. 제레드는 네 혈족이고 너…… 너는 자랑스러운 영웅들의 마지막 후손이다."

"호라드림 말이죠."

"그래, 세계를 위협하는 악마들로부터 성역을 수호하는 임무를 맡은 위대한 마법학자들의 직계 후손이지. 너도 알고 있겠지만."

케인은 어깨를 으쓱했다. 전부터 그는 어머니의 눈을 똑바로 들여다보지 않으려고 했다. 거기서 무엇을 보게 될지 모르기 때문이었다. 케인은 잠시 가만히 앉아 있다가 물었다.

"제게 왜 아버지의 성을 붙여주지 않으셨죠?"

왜 그런 질문을 했는지는 자신도 몰랐다. 케인의 아버지는 한평생을 무두장이 가게에서 일했다. 처음에는 바닥을 쓸었고, 다음에는 수습생으로, 마지막 이 년은 가게 책임자로 일했다. 그러다 끔찍한 재앙이 일어나기 몇 주 전에 세상을 떠났다. 아버지는 과묵한 성격에 좀처럼 감정을 표현하는 일이 없었다. 데커드는 아버지를 별로 닮지 않았다. 아니, 조금은 닮았는지도 모르겠다.

어머니는 등불을 침대 탁자 위에 내려놓고 그의 옆에 앉았다. 어머니가 손을 뻗어 어깨를 만지려고 하자 소년이 슬쩍 피했다. 어머니는 마치 뜨거운 것에 데기라도 한 듯 얼른 손을 거둬들였다.

"속상하고 화가 난 게로구나. 이해는 하지만, 그렇다고 아버지가 돌아오시는 건 아니야."

소년은 무릎 위로 그러쥔 자신의 손을 바라보았다. 하도 여러 번 세탁해서 다 해지고 잿빛으로 바랜 시트 아래로 밀짚의 감촉이 느껴졌다. 유아용 침대를 벗어난 후 똑같은 마을, 똑같이 소박한 집, 똑같은 이 방에서 자신이 줄곧 써오던 침대였다. '여기서는 아무 일도 일어나지 않아.'

고개를 들고 흘끗 보니, 불빛에 어렴풋이 반짝이는 어머니의 눈이 보였다.

"나는 나름대로 네 아버지를 사랑했단다. 하지만 운명은 내 이름을 버리지 못하게 했어. 그건 너도 마찬가지야. 언젠가 모든 것이 패배한 것처럼 보일 때 호라드림이 다시 일어나고, 새로운 영웅이 그들을 이끌고 성역을 지키기 위해 싸울 거라는 기록이 남아 있어. 이해하겠니? 넌 위대한 일을 하도록 예정되어 있단다."

케인은 두 주먹을 불끈 쥐었다.

"위대한 일이라고요? 호라드림은 이제 사라지고 없어요. 어머니는 이야기로 그 빈자리를 채우고 있는 거라고요. 트리스트럼 사람들은 어머니를 비웃고 있어요. 주위를 보세요, 어머니! 천사나 악마가 어디에 있나요? 영웅들은 또 어디에 있죠? 호라드림은 오래전에 죽어버렸는데 마을은 이렇게 멀쩡하잖아요!"

케인은 온몸을 부들부들 떨며 일어나 조그만 창가로 다가갔다. '넌 자랑스러운 영웅들의 마지막 후손이다.' 그런 말도 안 되는 이야기는 그만 잊고 싶었다. 그저 혼자 자신의 책을 읽고 싶었다.

그날 밤의 공기는 무겁고 축축했으며, 안개는 갈수록 짙어졌다. 기둥에 걸어 놓은 등불 아래로 안개가 몰려들어 질척이는 땅을 뒤덮고 있었다. 데커드는 어머니가 일어서는 소리를 듣고도 처음에는 뒤돌아보지 않았다. 탁탁하며 불꽃이 이는 소리를 듣고서 홱 돌아보니, 아데레스가 그의 책을 덮개가 열린 등불 위로 펼쳐 들고 있었다. 바짝 마른 종이들에 불이 붙었고, 어머니의 두 눈은 열기에서 뿜어져 나온 주황빛과 노란빛으로 일렁였다.

케인은 헉하는 소리와 함께 한달음에 달려가 어머니의 손에서 책을 낚아챘고, 살갗이 뜨거워질 때까지 가슴에 대고 두드린 다음 책을 바닥에 던져놓고 발로 밟았다. 그리고 그 자리에 서서 가쁜 숨을 몰아쉬었다.

"뭐하시는 거예요?"

"이건 네 운명에 어울리지 않아. 네가 읽어야 할 건 제레드의 유물이야. 읽겠다고 마음먹기만 하면 돼. 너에게 주려고 잘 간직해두었다."

케인은 서부 반도에 관한 책의 잔해를 바라보았다. 종이들이 시커멓게 그을리고 타버려 읽을 수 없을 것 같았다. 분노가 목구멍까지 치밀었다.

"악마는 다른 곳이 아니라 바로 어머니 안에 있어요, 어머니. 맹세해요. 어머니 말씀처럼 올 테면 오라고 해요. 정말 그런 게 있다면 왜 모습을 드러내지 않는 거죠?"

어머니는 터져 나오는 울음을 막으려고 주먹으로 입을 틀어막았고, 비틀거리며 뒷걸음질을 쳤다.

"말을 조심해라, 데커드. 네가 지금 뭘 불러들이는 지도 모르고……."

"올 테면 오라고 해요!"

그의 날카로운 외침이 밤하늘을 가르며 메아리치다가 다시 돌아왔고, 조금씩 사그라졌다. 순간 세상이 고요해졌다. 데커드는 차가운 얼음으로 간질이는 듯 맨다리를 휘감는 바람을 분명히 느꼈다. 흥분과 두려움, 변화에 대한 순간적인 열망으로 온몸이 찌릿찌릿했다. 이곳을 떠나게만 해준다면 그것이 무엇이든 상관없었다. 지금 떠나지 못하면 아버지처럼 평생을 무두장이로 일하거나, 가끔씩 마을을 찾아와서는 무너져 가는 호라드림 수도원을 보며 눈을 휘둥그레 뜨고 입을 딱 벌리는 여행자들에게 고기나 팔다 죽으리라. 케인은 여기서 죽을 테고, 뼈는 땅속에 묻힌 채 아무도 그가 언제 살다가 갔는지 기억하지 못하리라.
"저도 믿고 싶어요. 하지만 믿을 수가 없어요."
케인은 갑자기 피로를 느끼며 말했다.
어머니는 고개를 저었다.
"그러면 나도 널 도울 수 없단다. 너는 이미 패배했구나."
그녀가 울음을 삼켰다. 그리고는 뒤돌아 떨리는 손으로 문을 더듬은 뒤, 등불을 탁자 위에 그대로 둔 채 방을 나갔다.
어머니를 뒤따라가 그런 말을 하려던 게 아니었다고, 죄송하다고 말하고 싶었다. 하지만 데커드의 다리는 그 자리에 못 박힌 듯 꼼짝도 하지 않았다. 결국, 그 말이 하고 싶었던 건지도 몰랐다. 등불의 불빛이 투명한 존재의 숨결에 닿기라도 한 듯 깜박거렸다. 벽의 그림자가 너울거렸다. 순간, 속삭임을 들은 것 같았다.
"데에커어어어드……."
데커드는 열려 있는 조그만 창으로 다시 고개를 돌렸다. 창으로 얼음장처럼 차가운 공기가 흘러들었는데, 평소보다 훨씬 더 차가운 것 같았다. 창가로 다가가 더 자세히 보기 위해 눈을 가늘게 뜨고 밖을 살폈다. 처음에는 아무것도 보이지 않다가 어둠과 안개가 보였고, 멀리 벌판 쪽에서 어떤 움직임이 느껴졌다. 그는 애처로운 울음소리와 함께 꽁무니를 빼고는 쓰레기를 찾아 주택가로 사라지는 떠돌이 개처럼 움찔하며 뒤로 물러섰다.
케인은 언덕 위의 옛 수도원을 올려다보았다. 수도원은 쓰고 버린, 껍질만 남은 것 같은 낡은 모습으로 마을을 굽어보고 있었다. 문득 자신의 오만함에 공포를 느낀 소년은 옷을 단단히 여민 뒤 몸을 떨었다. 마음속으로 자신 앞에 분명하게 펼쳐진 듯한 길에서 벗어나게 해달라고 기도했지만, 그런 일이 벌어지지 않으리라는 것을 알았다. 현실의 삶은 그런 신화들과는 거리가 멀었다.

서부 반도에 관한 책을 집어 들자 검게 그슬린 가장자리가 부스러져 손 안에 떨어졌다.

'올 테면 오라지.'

오십 년 후가 되겠지만, 데커드 케인의 소망은 이뤄질 운명이었다.

제 1 부

어둠이 몰려들다

제 1 장

1272년 분쟁지, 폐허가 된 비제레이 비밀 저장고

이후로 펼쳐진 거대하고 깊은 어둠 속에서, 이 세계와 다음 세계 간의 경계가 걷잡을 수 없이 빠르게 무너지던 순간을 돌아볼 시간은 없으리라. 산에서 일어난 폭발은 눈 깜짝할 새 칼날을 번득이며 서로의 파멸을 향해 달려드는 두 전사와 같았다. 언뜻 무사해 보이지만 벌린 입에서는 피가 흘러내리고, 결국에는 치명적인 상처에 무릎을 꿇게 되는 것과 마찬가지다.

그러나 이제 그때가 되었는지도 모른다. 끝없이 펼쳐진 경계지의 타오르는 열기 속, 멀리서 그 폐허가 조금씩 눈에 들어오기 시작하는 지금 이 순간에. 마지막 모래 언덕 꼭대기 근처에 다다랐을 때, 두 여행자는 먼 곳에서 망치로 금속을 강하게 두들기는 듯한, 이가 덜덜 떨릴 정도로 기분 나쁜 울림을 들은 것 같았다.

두 사람은 물을 마시기 위해 잠시 멈춰 섰다. 태양이 그들의 살갗을 태우며 끝없이 펼쳐진 모래 위로 어른거렸다. 서부 반도의 자랑스러운 기사로, 황금 갑옷을 입고 붉은 방패를 지닌 젊은이는 가래를 뱉고 해진 천 조각으로 해사한 얼굴을 닦았다. 그리고 물통의 물을 벌컥벌컥 마신 다음, 그 물통을 동료에게 건넸다.

허리에 끈을 두른 두건 달린 회색 윗옷을 입고 등에는 배낭을 멘 노인은 지팡이를 다른 손으로 옮겨 쥐고 물통을 받아 목을 축였다. 허리끈에는 말라붙은 피 색깔의 이상한 문양이 새겨져 있었다. 노인은 바람 불면 날아갈 듯 몸이 여윈 데다 헝클어진 백발과 긴 수염 때문에 미친 사람처럼 보이기도 했다. 하지만 노인에게는 함께 여행하면 할수록 분명하게 느낄 수 있는 어떤 강인함이 존재했다. 노인이 밤낮을 가리지 않고 일정한 속도로 천천히 걸었기 때문에 젊은이는 종종 보조를 맞추려고 허겁지겁 걸음을 옮기곤 했다.

노인이 육 미터쯤 나지막한 경사를 이루며 낮아지다가 시야에서 사라지는 오른쪽 저지대를 가리켰다.

"사막상어들이 먹이를 먹으러 올라오는 곳이라네. 날이 저물면 훨씬 더 난폭해지니까 조심해야 하지."

저지대의 경계 부분은 검붉은 점으로 얼룩덜룩했다. 피였다. 젊은이는 사막상어 이야기를 들은 적이 있는데, 용처럼 사람을 단숨에 찢어놓을 정도로 무시무시한 이빨과 턱을 가진 두려운 존재라고 했다. 하지만 그는 살로 이뤄진 것이면 무엇이든 검으로 대적할 수 있었다. 무서운 존재는 따로 있었다. 아직 직접 상대해 본 적은 없지만, 이 세계의 것이 아닌 생명체들이 더 큰 위협이었다. 이제 노인과 그의 흉터에 대한 진실을 알고 나니 이 사람이라면 그런 무서운 존재에도 충분히 맞설 수 있을 거라는 생각이 들었다.

잠깐 휴식을 취하고서 다시 걷기 시작한 두 사람은 다음 모래 언덕 정상에서 자신들이 찾던 바로 그것을 발견했다.

저 멀리 모래 위에 인간이 아닌 어떤 존재가 먹어치운 것처럼 윗부분이 뭉텅 뜯겨 나간 기둥 둘이 삐죽삐죽한 이빨처럼 하늘로 솟아 있었다. 데커드 케인은 이것이 정말 폐허가 된 고대 비제레이 저장고로 들어가는 입구라면 그럴 수도 있겠다고 생각했다. 오래 전에 원소술사들의 피를 갈구하며 이곳을 휩쓸었을 공포를 짐작해볼 뿐이었다.

두 사람은 며칠간 여행을 함께 했고, 남은 여행을 도보로 하기 위해 방금 지나친 마을에 노새를 남겨두고 온 터였다. 노새는 지형이 수시로 변하는 모래 지대에서는 무용지물이었다. 케인과 그의 동료가 찾는 지역은 멀리 있었다. 젊은 전사가 지금은 자신의 배낭 안에 고이 들어 있는 희귀한 자카룸 문건을 가져오지 않았더라면, 폐허는 앞으로도 꽤 오랫동안 세상에 모습을 감춘 채 남았을 거라고 노인은 확신했다. 칼데움에 있는 고대 비제레이의 저장고는 이보다 훨씬 크고 마법학자들 사이에 더 잘 알려졌지만, 정말로 이것이 존재한다면 그보다 더 중요한 유물이 될 게 틀림없었다.

길고도 긴 여행이었다. 바알이 아리앗 산에서 아슬아슬하게 패하고 세계석이 파괴된 후, 데커드 케인은 성역에 대한 긴박한 위험이 아직 사라지지 않았다고 동료들을 설득하지 못했다. 케인이 호라드림의 두루마리에서 읽고 이해한 바가 전부 사실이라면, 위험은 오히려 더 커졌을 뿐이다. 대천사 티리엘은 사라지기 전에 그 사실을 직접 케인에게 경고한 바 있었다. 케인은 수백 년간 지속한 드높은 천상과 불타는 지옥의 섬세한 균형이 파괴되리라는 예언 그대로 세계의 미묘한 변화를 감지했다. 세계석의 상실은 대단한 충격이었고, 그 때문에 성역은 공격에 무방비한 상태로 남게 되었다.

설상가상으로 케인은 어린 시절에 관한 꿈과 어머니가 들려준 이야기에 관한 꿈을 다시 꾸기 시작했고, 거의 매일 밤 식은땀을 흘리며 잠에서 깼다. 꿈속에서 케인은 방어 수단을 아무것도 갖고 있지 않은 채 끝없는 어둠과 싸우거나, 무시무시한 괴물들의 조롱을 받으며 장대 끝에 매달린 우리 안에서 다친 몸을 웅크리고 있었다. 그리고 그보다 훨씬 더 나쁜 것들을, 영원히 땅속에 묻었다고 생각했던 과거의 유령들을 풀어놓았다.

트리스트럼이 파괴된 후로 한 번도 꾸지 않은 꿈들이었다. 그 일에 대한 죄책감은 그를 거의 탈진시켰다. 당시 케인은 자신의 일에 너무 몰두한 나머지 집을 습격한 악마들을 저지하지도, 아리앗 산에서 벌어진 일을 막지도 못했다.

케인의 동료들은 사랑하는 사람들에게 돌아가 삶의 부서진 조각들을 추스르며 자신들의 승리를 계속 축하했다. 케인은 그들을 비난할 수 없었다. 하지만 그를 기다리는 사람은 아무도 없었고, 트리스트럼이 파괴된 후 돌아갈 곳도 없었다. 그래서 케인은 숨겨진 이야기를 밝혀낼 단서를 찾기 시작했다. 침략이 정말 일어난다면 도움이 필요할 것이다. 악마와의 전쟁을 위해 결성되었던 호라드림은 이제 역사 속으로 사라지고 없었다. 수년전 어머니의 말씀이 귓가를 맴돌았다. '제러드는 네 혈족이고 너…… 너는 자랑스러운 영웅들의 마지막 후손이다.'

케인은 두 개의 기둥을 향해 모래 언덕의 경사면으로 발걸음을 옮기는 아카라트의 팔을 잡았다. 성기사는 충만한 젊은 혈기와 무모함에 몸을 떨고 있었다. 그렇지 않았다면 아카라트는 섬세한 감각에 의해 지금 멈춰 섰으리라. 케인은 바람에 희미하게 실려 오는 시큼한 냄새처럼 그 기운을 느꼈다.

위험한 냄새였다.

아카라트는 그들을 기다리는 게 무엇이든 맞서겠다는 결의로 검을 빼들었다.

"이곳에서는 우리가 노출되어 있습니다. 빨리 움직여야 합니다. 사막상어든 모래 말벌이든 제가 지켜 드리겠습니다. 이러다간 아무것도 못 찾을 수 있습니다."

"좀 더 지켜봐야 하네. 문건들은 저장고를 감추는 주문에 대해 경고했지. 무엇보다도 기둥들은 우리 눈에 보이지 않았어야 하네. 뭔가가 주문을 약화시킨 게 분명해."

케인은 자신의 생각을 더 이상 말하지 않았다. '이곳에 그처럼 귀중한 유물이 감춰져 있다면 틀림없이 다른 강력한 힘이 비밀을 수호하고 있을 거야.' 그는 뜨거운 모래 위에 무릎을 꿇고 배낭을 내린 다음 안에 든 무언가를 찾았다. 젊은이를 보며 노인은 몇 년 전에 알고 지냈던 한 사람, 트리스트럼을 구하려고 지옥의 지하 묘지로 내려간 옛 친구를 떠올렸다. 그 영웅은 성역 전체가 그랬던 것처럼 자만의 대가를 비싸게 치렀고, 케인은 그를 구할 수 없었다.

'내 짐작이 맞는다면 보호를 받아야 할 사람은 자네라네.'

케인은 황갈색 렌즈를 끼운 거울 비슷하게 생긴 물건을 꺼내더니 햇빛에 비춰보았다. 태양은 대기를 황금빛으로 물들이며 지평선으로 저물고 있었다. 이제 한 시간도 채 안 돼 어둠이 밀려들 것이다. 이곳에서 야영을 하고 다음 날 아침에 폐허를 탐색하는 게 최선이겠지만, 아카라트의 말은 사실이었다. 두 사람은 노출되어 있었다. 그리고 두 사람 모두 어둠이 깊어지면 모래에서 나오는 것들과 마주치고 싶지 않았다.

노인은 끈질기게 자신의 나이를 떠올리게 하는 허리 통증과 쑤시는 무릎을 애써 무시하며 자리에서 일어섰다. 어쩌다 이 지경이 되었을까? 얼마 전만 해도 들판에서 개에게 사냥감을 물어 오게 하거나 길게 자란 풀밭에서 소똥을 밟지 않으려고 조심하고, 그로스그로브 씨네 닭장에서 달걀을 훔치던 소년이었던 것 같은데. 아, 인생은 미처 붙잡기도 전에 손가락 사이로 흘러내리는 모래처럼 얼마나 변덕스러운 것이란 말인가…….

케인의 의혹이 다시 스멀스멀 다가왔다. 그는 책 속에 파묻힌 채 자신의 과거를 무시하며 인생 대부분을 부정적이고 이기적인 태도로 살아왔다. 자신의 운명을 받아들이기까지 오십 년이 걸렸고, 그 과정에서 자신이 아끼던 모든 것이 파괴되도록 일조했다. 그런 그가 자신을 호라드림이라고 생각할 수 있을까?

어머니가 늘 했던 말과는 달리 그는 결코 영웅이 아니었다. 늙고 나약한 어깨를 짓누르는 모든 것을 생각하는 것만으로도 케인은 두려웠다. 이전의 공격쯤은 어린애 장난처럼 여겨질 만큼 끔찍한 뭔가가 다가오고 있었다. 아카라트를 제외하면, 케인에게서 악마의 침입에 관한 얘기를 들었던 사람들 가운데 그 말을 믿는 사람은 아무도 없었다. 기껏해야 지적대는 멍청한 늙은이라고 생각하거나, 조금 진지하게 받아들여 위험한 인물 정도로만 생각할 뿐이었다. 성역의 주민들은 열심히 생활을 영위해나갈 뿐 천사나 악마의 침입에 대해서는 조금도 마음을 쓰지 않았다. 인생은 고난이었지만 동시에 평범하기도 했다.

사람들은 케인이 본 것들을 보지 않았고, 그가 꾼 꿈들을 꾸지 않았다. 아니면 그와는 다르게 느꼈는지도 몰랐다.

성기사가 투덜거렸다. 검을 다시 검집에 넣었지만 이미 발걸음을 옮기고 있었다. 서부 반도에 있었을 때에 아카라트는 노인이 잠잘 시간을 한참 넘겼는데도 잠들기를 거부하며 케인의 이야기를 열렬히 듣고 싶어 했지만, 전쟁이 임박한 지금에 와서는 행동을 원했다. 이 젊은 성기사의 이름은 자카룸교 창시자의 이름을 따서 지었는데, 그에게 딱 어울리는 이름 같았다. 아카라트는 젊고 고집이 셌지만, 신실한 신도이자 광신자였다.

케인은 물건 내부의 힘을 깨우는 간단한 주문 몇 마디를 나지막이 중얼거린 다음, 거울 비슷한 물건을 젊은이에게 건넸다.

"렌즈를 통해 폐허를 보게나. 사라지기 전에 어서."

젊은 성기사는 렌즈를 눈 가까이 들어 올리더니 헉 하고 숨을 들이마셨다. 케인은 물건이 작동했다는 사실을 알 수 있었다.

"빛이여······."

아카라트가 나직이 내뱉었다. 거울을 내리고 폐허를 내려다본 젊은 성기사는 다시 거울을 들어 올렸다.

"믿을 수가 없습니다."

아카라트는 휘둥그레진 눈을 하고 거울을 다시 케인에게 건넸다.

노인은 거울을 자세히 들여다보았다. 렌즈의 빛깔은 마치 불길이 일어난 것처럼 풍경 전체에 주홍빛을 드리웠다. 입구를 알리는 두 개의 기둥 너머로 거대한 구조물의 잔해와 주변 부지가 그들 아래로 넓게 펼쳐져 있었다. 부식된 정도가 제각각인 더 많은 기둥들이 사원의 정문이 있던 자리까지 두 줄로 나란히 이어져 있었다. 부서진 벽들이 수년전 어마어마한 폭발로 파괴된 자리에 그대로 서 있었고, 모래바람에 쪼개지고 깎인 거대한 돌들이 내팽겨진 자리에 반쯤 파묻혀 있었다.

케인은 풍경을 주의 깊게 살핀 뒤 거울을 내렸다. 다시 맨눈에 보이는 것은 두 개의 기둥뿐이었다. 폐허를 보호하는 주문은 수백 년이나 지속될 정도로 강력했지만, 이제는 약해지고 있었다. 중요한 질문은 왜 그런 가였다.

하지만 아카라트를 말릴 수 있는 게 아무것도 없었다. 그는 갑옷이 허락하는 한 재빨리 움직여 이미 경사면을 육 미터 쯤 내려가 있었다. 아카라트가 케인을 흘끗 뒤돌아보았다. 따뜻한 햇볕에 반사된 아카라트의 얼굴에서 흥분감이 보이는 순간, 그가 어둠 속으로 사라졌다.

"어서 가시죠. 우리 바로 앞에 있어요! 초대장이라도 기다리시는 겁니까?"

제 2 장

숨겨진 밀실

폐허 근처의 공기는 차가웠다. 거울에 건 드러내기 주문은 그들이 거대한 기둥에 이를 무렵에 효력이 다했지만, 일단 입구를 지나자 두 여행자에게는 별 필요가 없었다.

두 개의 기둥은 땅에 그은 검은 선처럼 두 사람이 걷는 길에 짙은 그림자를 드리웠다. 그림자 너머로 서서히 장막이 걷히면서 안개 속에 떠오른 산처럼 비밀 저장고의 폐허가 두 사람 앞에 아스라이 펼쳐졌다. 부서진 돌들이 바람에 깨끗이 쓸린 모래 속에 처박혀 있었다. 커다란 돌들의 옆면에는 위대한 비제레이의 권능이 미치는 장소임을 뜻하는 고대 룬문자가 새겨져 있었다. 케인은 심장 박동이 빨라지고 손바닥이 축축해지는 것을 느꼈다. 발아래 땅속 깊숙한 곳에서 뭔가가 툭툭 두드리는 게 느껴졌다.

어쩌면 다른 것을 느낀 건지도 모른다고 케인은 생각했다.

사방이 어두웠다. 태양이 여전히 돌들의 끄트머리를 비추고 있었지만 온기까지 전하지는 못했다. 이제는 성기사도 심상치 않은 기운을 느꼈다. 폐허로 깊이 들어갈수록 아카라트의 발걸음이 비틀거렸다. 그들 앞에 사원의 잔해가 나타났다. 사원의 입구는 무너져 내린 지붕의 파편이 분명한 잡석들로 뒤덮여 있었다. 웅장한 대들보들이 거대한 짐승의 갈비뼈처럼 공중으로 솟아 있었다. 만약 고대의 문건들이 정말 존재한다면, 이곳이야말로 문건을 감춰둘 만한 장소였다. 하지만 언제 무너져 내릴지 몰라 안에 들어가는 일은 위험해 보였다.

나뭇잎이 바스락거리는 듯한 소음이 들렸다. 아카라트가 멈춰 서서 검을 빼 들었다.

"들으셨습니까?"

그가 숨죽인 목소리로 물었다.

케인은 고개를 끄덕이며 젊은이 곁으로 바짝 다가갔다.

"우리 말고 다른 게 있을지도 모르네."

케인이 말했다.

"가령…… 어떤 거요? 짐승 같은 거요?"

"그럴지도."

케인이 대답했다. 성기사가 흥분과 두려움을 느끼면서도 감정을 드러내지 않으려고 노력한다는 걸 알 수 있었다. 악마의 공격에 관한 이야기를 듣는 일과 모든 사람이 그저 신화일 뿐이라고 믿는 대상을 직접 마주하는 일은 차원이 다른 문제였다. 케인도 이런 점을 잘 알고 있었다.

주위에서 소리가 희미하게 소용돌이치며 사라졌다가 다시 나타났다. 마치 해변의 파도나 군중의 낮은 웅성거림 같았다. 기이하고 얼얼한 감각이 느껴지면서 피부에 열이 올랐다. 케인은 마치 부적이라도 되는 양 지팡이를 앞으로 내민 채 파괴된 길을 걸었고, 아카라트가 그 뒤를 바짝 따랐다.

"귀를 막게나."

케인이 말했다.

"귀머거리처럼 행동하시게. 목소리가 들리더라도 절대 그 말을 들어선 안 되네."

"무슨 말씀이신지……."

"사악한 존재가 있다면 약점을 찾아내 자네를 타락시키려 들 것이네. 그가 무슨 말을 하든 무시하게. 그게 무엇이든 절대 그 말을 들어선 안 돼."

사원의 입구를 막고 있는 무너져 내린 돌들 앞에 이르자, 케인은 들어갈 수 있는 틈이 없는지 주위를 자세히 살폈다. 딱 한 사람이 통과할 수 있을만한 틈이 있었다. 어깨높이로 뻗은 좁은 통로 너머로 어둠이 내려앉았다. 케인은 다시 배낭을 내려놓고, 부스러지는 마법서를 꺼내 다 헤진 책장을 넘기며 적절한 주문을 찾았다. 케인이 큰 소리로 주문을 외자 지팡이 끝에 달린 유리구에 푸른빛이 돌더니 주위가 환해졌다.

모래가 옅어지기 시작했고, 바람이 닿지 않는 곳의 바닥에 남아 있는 희미한 발자국이 보였다. 사람 혹은 어떤 존재가 얼마 전에 이곳을 지나간 흔적이었다.

케인은 배낭에 마법서를 집어넣고 성기사를 돌아보았다. 성기사는 입을 벌린 채 노인을 보다가 빛을 발하는 지팡이를 보더니, 다시 노인을 쳐다봤다.

"마법입니까? 진짜 마법?"

"간단한 주문이네, 그 이상은 아니라네. 마법의 힘을 가진 유리구 같은 것들을 부리는 주문이지. 나는 그저 그것들이 가진 힘을 풀어놓는 방법을 알 뿐이네. 이곳은, 적어도 일부분은 땅에 서린 기운 때문에 선택된 원소술사들의 땅이야. 주문은 이런 곳에서 효력을 발휘하지."

"당신이 정말 최후의 호라드림입니까?"

케인은 어떻게 대답해야 할지 고민했다.

"내가 아는 지식은 모두 책에서 얻은 것이네. 호라드림은 잊힌 결사단이지. 생존자들이 있다면 나보다 훨씬 준비가 잘 되어 있었을 테고, 지금쯤이면 세상에 널리 이름을 알렸을 걸세."

"당신이 정말 마지막 생존자라면, 그럼 어떻게 되는 겁니까?"

"성역에 닥친 일을 막기 위해 할 수 있는 일을 해야겠지."

케인은 어깨를 으쓱했다.

"그리고 그 일이 너무 늦지 않기를 기도해야지."

'하늘에 도와달라는 기도도.'

아카라트는 혹시 뭔가가 달려드는지 살피려는 듯 좌우를 돌아보았다.

"이 세계에는 여전히 배워야 할 게 많군요."

아카라트는 관여해선 안 되는 일에 발을 들여놓고는 상황을 이해하려 애쓰는 소년처럼 보였다. 그는 미처 발자국을 보지 못했다.

케인은 아카라트의 어깨에 손을 얹었다.

"전투해 본 적이 있나?"

"저…… 저는 여러 번 싸워봤습니다. 도시를 순찰하고 경연장에서 훌륭한 전투 기술을 선보였습니다……."

성기사가 대답했다.

"훈련이나 순찰 중에 말고."

케인이 부드럽게 말했다.

"조금의 허점만 보여도 자네를 베어버릴 적들에 맞서서, 혹은 더 나쁜 상황에서 말일세."

아카라트는 고개를 저었다. 더 당당하게 보이려던 시도가 보기 좋게 어긋나 버렸다.

"성년이 된 후로는 그럴 기회가 별로 없었습니다."

"내가 깜박했군. 아리앗 산 전투는 오래전에 벌어졌지. 그때 자네의 나이는 겨우……."

"열 살이었습니다."

아카라트가 눈빛을 반짝이며 대답했다.

"전장에서 돌아온 사람들한테 얘기를 들었던 기억이 납니다. 저도 그들처럼 되고 싶었습니다."

"부끄러워할 일은 아닐세."

케인은 미소 지었다.

"세계는 그 이후로 조용해졌지. 적어도 표면상으로는 말이야. 하지만 머잖아 자네에게도 기회가 올 걸세. 일단 지금은 자네가 입구를 지켜줬으면 하네."

젊은이가 뭔가 다른 말을 하려고 하자 케인이 고개를 저었다.

"나는 힘없는 늙은이라 검으로는 싸울 수가 없지. 하지만 갑옷을 입지 않은 데다 몸집도 작으니 이런 작은 틈 사이로 들어가 뭔가를 찾을 수는 있네. 시간만 주어진다면 우리에게 힘이 될 어떤 것을 말일세. 자네는 여기서 훨씬 더 중요한 일을 해주게. 어떤 것도 뒤에서 날 공격하지 못하게 지켜주게."

아카라트는 차렷 자세를 하고 두 손으로 검의 손잡이를 잡았다.

"절대 실망시키지 않겠습니다."

케인은 미소를 지었다. 하지만 어둠을 향해 다시 돌아선 순간, 미소는 이미 사라지고 없었다. 케인은 트리스트럼에서는 레오릭 왕의 맏아들로, 이후 어둠의 방랑자로 알려진 영웅을 떠올렸다. 그 역시 대성당 지하의 저주받은 동굴로 내려가기 전에 같은 말을 했다. 케인은 소년을 직접 가르쳤고, 사랑했다. 적어도 당시 그가 사랑할 수 있는 한 최고로 많이……

케인은 고개를 숙이고 임시로 생긴 통로 안으로 들어섰다. 안은 폭이 좁고 낮았기 때문에 어깨를 구부정하게 구부리고 무릎을 굽힌 상태로 발을 끌며 나아가야 했다. 비좁은 통로 안에서 옆으로 꺾어질 때는 돌에 몸이 쓸리기도 했다. 만성적인 허리 통증이 다시 엄습해왔다.

'내가 직접 들어오지 말았어야 했는지도 모르겠군. 어쩌면 이건 결국 젊은이의 과제인지도 몰라.'

하지만 몇 미터 가지 않아 앞이 트이고 길이 사라졌다. 케인은 빛을 발하는 지팡이를 들어 올려 자세히 살폈다. 거칠게 깎은 돌계단이 지하로 연결되어 있었다. 상태가 멀쩡한 걸 보니 건물이 붕괴할 때 사원의 아래층들까지는 무너지지 않은 게 분명했다. 바닥에 더 많은 발자국이 보였고, 몇 개의 발자국들이 위아래로 향해 있었다. 그들이 얼마나 오래 거기에 있었는지는 알 수 없었.

수백 년 된 고분에서 나는 것 같은 곰팡내와 먼지 냄새가 훅 올라왔다. 다시 희미하게 바스락거리는 소리가 들려 칠흑 같은 어둠을 뚫어지게 응시했지만, 아무것도 보이지 않았다.

데커드 케인은 천천히 계단을 내려갔는데, 아래로 내려갈수록 공기는 더욱 차가워졌다. 계단은 돌로 된 바닥에서 끝이 났다. 빛을 비추자 거대한 나무 들보로 천장을 받친 널찍한 방이 나타났다. 사방에 두꺼운 거미줄이 처져 있고, 들보에 주문과 경고를 담은 룬문자가 새겨져 있었다. 케인은 점점 커지는 불안감을 안고 글자를 읽어 나갔다. 수백 년 전, 악마들을 불러내 부린 후 광적인 살해욕에 영혼을 점령당하고 타락했던 비제레이의 마법학자 바르툭의 추종자들이 남긴 글자였다. 바르툭과 그의 형제 호라존과의 전쟁은 고대 마법단 전쟁 최대의 접전이었고, 그 탓에 수천 명이 목숨을 잃은 바 있었다.

이곳이 정말 고대 바르툭 군대의 저장고라면, 여기서 발견하는 모든 비제레이 유물에는 악마의 마법이 걸려있을 게 분명했다. 괜찮다 해도 마음이 쓰일 테고, 어쩌면 매우 위험할 수도 있었다.

그들이 여기에 온 건 끔찍한 실수였을까?

케인은 갑자기 머리 위에서 흙이나 모래 같은 것들이 떨어지는 바람에 움찔했다. 뭔가 크고 검은 물체가 들보를 타고 휙 지나갔다. 거미라기에는 너무 크고, 쥐라면 그렇게 오래 들보의 측면에 달라붙어 있지 못할 터였다.

'저런 것들은 자세히 들여다보지 않는 게 좋겠어…….'

방 한가운데서 뭔가가 불빛에 반짝였다. 이곳은 먼지가 없고 깨끗해서 돌에 새긴 둥글고 복잡한 룬 문양을 선명히 볼 수 있었다. 그것은 케인이 오직 상상만 할 수 있었던 세계로 가는 차원문으로, 돌 한가운데 핏빛 보석이 박혀 있었다. 누군가 그것을 빼내려다 포기한 듯 밑 부분에는 깊은 홈이 파여 있었다. 케인은 돌 옆에 무릎을 꿇고 앉아 룬문자를 주의 깊게 들여다보았다. 심장이 두근거렸다. 케인은 고대의 주문을 외워 보석을 빼낸 뒤 배낭 안에 넣었다.

케인은 이어진 발자국들을 따라 방을 가로질러 안쪽 벽의 벽감이 있는 곳으로 갔다. 썩은 판자들이 고대 도서관의 마지막 남은 잔해에 매달려 있었다. 수백 년 전 이 방은 인간 세계 너머에 있는 존재들을 불러내는 의식이 행해지던 곳이었다. 어쩌면 불타는 지옥 자체로 들어가는 차원문이었는지 모른다. 선반은 이제 텅 비어 있었다. 쪼개진 나무판자 아래로 노란 조각이 보였다. 케인은 허리를 숙여 둘둘 말리고 곰팡이가 핀 양피지의 한쪽 귀퉁이를 집어 들었다.

오른쪽 어둠 속에서 뭔가가 움직였다.

케인은 불빛을 들어 올리며 재빨리 뒤를 돌아보았다. 순간 어둠 자체가 살아 있는 생물인 듯 물에 퍼진 잉크처럼 한 점으로 모였다가 빙글빙글 돌며 퍼져 나갔다. 동시에 텅 빈 방 안에 부는 바람의 희미한 신음 같은 목소리가 들렸다. 케인의 목 뒤 솜털이 곤두섰다.

"데에커어어어어어드 케에에이이인……."

케인은 이상한 기시감을 느꼈다. 오래전 그가 여전히 소년이었던 시절, 어느 날 밤에 일어났던 일이 떠올랐다. 지금처럼 뭔가가 속삭이듯 자신을 불렀다. 그는 한 손으로 배낭 안을 더듬었고, 다른 한 손으로는 어둠을 향해 지팡이의 불빛을 비추며 뒤로 물러섰다. 이미 머릿속으로는 자기 자신을 의심하고 있었다. 머리 위 건물 잔해에 휘몰아치는 바람 소리가 아니었을까? 햇볕을 쬐며 너무 오래 걸은 탓에 환청이 들리는 걸까?

무덤 속에서 뼈들이 맞부딪치는 듯한 목소리가 다시 들렸다.

"너의 유령들은 많다, 노인이여. 그리고 그들은 살아 있다."

돌이 금속에 갈리는 소리가 사방에서 한꺼번에 들려오는 것 같았다. 검은 연기가 다시 어떤 형상을 만들며 짙게 피어오르다 사라졌다. 지옥의 불길로 이글거리는 시뻘건 눈을 가진, 검을 든 남자의 형상이었다.

케인은 그를 무너뜨리기 위해 마음속 깊은 곳에서 끄집어내 만들어진 형상의 정체를 알아차렸다. 악마가 케인의 결의를 약화시키려고 마법으로 불러낸 어둠의 방랑자의 형상이었다. 형상이 소용돌이치더니 두 명의 선명한 인간의 형상으로 바뀌었다. 하나는 키가 큰 여자의 모습이었고, 다른 하나는 작고 가냘픈 모습이었다. 오래되고 친숙한 기억이 의식의 표면으로 올라오려 애쓰는 동안, 충격이 케인의 사지를 강타했다. 마음속에서 절망의 나락이 아가리를 쩍 벌린 채 그를 잡아끌었다. 케인은 어둠을 보지 않으려고 두 눈을 꼭 감았다.

'그의 말을 들어선 안 돼.'

"폭풍이 몰려오고 있습니다."

계단 쪽에서 목소리가 들렸다.

"우리는 안식처를 찾아야……."

보이지 않는 곳에 숨어 있던 그것이 만족스러운 듯 쉭 하는 소리를 냈다. 혼란스러운 표정을 한 아카라트가 불빛에 눈을 깜박이며 돌바닥에 발을 내딛고 있었다.

"물러서!"

케인이 소리치는 순간, 뭔가가 어둠에서 쑥 빠져나오더니 방을 가로질러 젊은 성기사 쪽으로 스르륵 다가갔다.

아카라트는 케인의 말은 아랑곳하지 않고 성급하게 앞으로 달려들었다. 그는 검집에서 검을 빼어 들더니 양손으로 내리쳐 어둠을 두 동강 냈다. 검이 불꽃을 튀기며 돌바닥에 부딪혔다. 이번엔 검을 들고 육중한 칼날을 옆으로 힘껏 휘둘렀지만 소용이 없었다. 어둠은 연기처럼 젊은 성기사 주위로 몰려들더니 그의 다리를 휘감고 위로 올라갔다. 케인은 바닥에 무릎을 꿇고 지팡이를 내려놓았다.

성기사가 비명을 지르기 시작했다.

케인의 두루마리들이 돌 위에 쏟아졌다. '어디 있지?' 미친 듯이 뒤적여 마침내 원하던 두루마리를 찾아낸 케인은 바스러질 것 같은 종이를 펼쳐 들고 온 힘을 다해 큰 소리로 주문을 외웠다.

악마는 분노하며 날카롭게 울부짖었다. 짐승이 내지르는 듯한 소리는 최고조에 이르렀고, 두루마리가 먼지로 변해 케인의 손에 떨어지는 것과 동시에 뚝 그쳤다. 주문 거품이 에메랄드빛을 발하며 두 사람을 에워싸는 동안 방안은 더 밝아졌다. 거품의 바깥으로 밀려난 어둠은 몸부림치며 자신을 허용하지 않는 방어벽 주위를 맴돌았다. 케인은 얼핏 다수의 관절 다리들을, 꿈틀대며 합체와 분리를 반복하고 있는 벌레 같은 형체를 본 것 같았다.

아카라트가 케인 곁으로 달려와 두루마리들을 모은 뒤 노인이 일어서는 것을 도왔다. 그리고는 꿈틀대며 에메랄드빛 방어벽을 난타하는 듯 보이는 어둠을 바라보았다. 젊은이는 땀으로 범벅이 된 채 가쁜 숨을 몰아쉬었다.

"어떻게…… 어떻게 하신 겁니까?"

"암뮤이트 주문이야."

노인이 말했다.

"일종의 환영이지. 아주 잠깐만 우리를 지켜줄 수 있어."

"진짜 원소술사셨군요!"

"전수받은 지혜를 어떻게 사용해야 하는지를 아는 학자일 뿐일세."

아카라트는 돌아서서 자신을 공격하고 있는 어둠을 쳐다보았다.

"저것의 정체가 뭡니까?"

"방 안에 감춰진 유물을 지키기 위해 파견된 고위 악마의 하수인이지. 그가 하는 말을 절대 들어선 안 되네. 만약 그랬다간 마음을 괴롭힐 테고, 끝내는 자네를 파괴하고 말걸세."

"저는…… 그것을 봤습니다. 정말 끔찍했어요."

성기사는 기억을 떨쳐버리려는 듯 고개를 흔들었다.

"당신과…… 저에 관한 것이었습니다."

돌아보는 그의 두 눈이 겁에 질려 있었다.

"그것을 믿으면 안 되네. 우린 가능한 한 빨리 이곳을 벗어나야 해."

"저는……."

젊은이의 얼굴이 어두워졌다.

"저건 악마입니다. 우린 저 악마를 죽여야 합니다!"

"살과 피로 이뤄진 존재가 아니야……."

"없앨 수 있습니다. 모든 거룩한 것을 위해 반드시 없애야 합니다. 자카룸교는 죽을 때까지 악마에 저항해야 한다고 가르칩니다. 악마들은 대의회를 타락시키고 칼림을 살해했을 뿐만 아니라 사원을 암흑으로 뒤덮었습니다! 자카룸은 이들 때문에 파멸을 겪었고요."

검을 들어 올리고 다시 망령을 바라보는 아카라트의 땀에 젖은 이마에 머리카락이 들러붙어 있었다.

"맹세코 대천사들이 절 도울 겁니다."

'그는 이미 패배했구나.' 가슴이 무너져 내리면서 지독한 한기가 뼛속을 파고 들었다. 케인은 손을 뻗어 성기사의 팔을 잡았다.

"악마들과 싸울 방법이 있긴 하지만 그건 검으로는 할 수 없는……."

어둠이 응집되더니 뻥 뚫린 눈구멍에 입을 크게 벌린 검은 얼굴로 변해 저만치 떠 있었다. 아카라트는 검은 얼굴이 차츰 거울 속 자신의 얼굴로 바뀌는 장면을 보며 헉하고 숨을 들이켰다. 성기사의 몸이 긴장으로 뻣뻣해졌다. 목에 커다란 상처가 나타나면서 유령의 얼굴이 처음에는 충격으로, 다음에는 공포로 일그러졌다. 머리가 목에서 분리되어 뒤로 홱 꺾이더니 연기가 검은 피처럼 솟구쳤다.

젊은 성기사는 낮은 신음을 내뱉으며 에메랄드빛 방어벽 밖에서 소용돌이치는 존재에게 달려들었다. 성기사가 주문의 보호 경계를 통과하는 순간, 눈부신 섬광이 방 안을 환히 밝혔다. 케인은 팔로 자신을 방어하며 뒤로 물러섰지만 이미 성기사의 검이 공간을 가르는 광경을 흘끗 본 뒤였다.

아카라트가 다시 비명을 내질렀고, 동시에 빛이 번쩍하더니 곧 사위가 고요해졌다. 잠깐 세계가 그대로 정지하고 시간이 다시 되돌려진 듯했다. 케인은 길을 잃고 홀로된 어린아이가 비명을 지르는 꿈을 꾸던 시절로, 다시는 기억하고 싶지 않은 과거로 내던져졌다. 케인이 걸었던 주문이 풀리면서 어둠이 몰려들었다. 노인은 지팡이를 들어 올리며 천천히 일어섰다. 어둠 자체가 빛을 흡수하기 시작한 듯 유리구의 불빛이 약간 흐려졌다.

푸른빛 속에 성기사가 구부정한 자세로 케인에게 등을 돌린 채 서 있는 게 보였다. 바닥에는 검이 떨어져 있었고, 양팔을 아래로 내려뜨린 채 미동도 하지 않았다.

"아카라트."

케인은 두려움을 느끼며 한 걸음을 내디뎠다. 젊은이는 아무런 반응을 보이지 않았다. 가볍게 들썩이는 어깨를 보며 아직 숨을 쉬고 있다는 사실만 알 수 있었다.

'여길 빠져나가야 해. 이곳에 온 건 실수였어.'

얼음장 같은 차가운 바람이 죽음의 썩은 악취를 풍기며 케인의 얼굴을 간질였다. 성기사의 팔을 붙들자 손가락으로 한기가 전해졌다.

기척에 젊은이가 뒤를 돌아봤지만, 케인을 바라보고 있는 얼굴은 더 이상 아카라트가 아니었다.

부풀어 오른 이마와 볼 때문에 가죽 같은 피부가 팽팽히 당겨져 있었고, 갈라진 입술에선 피가 흘렀다. 부은 눈두덩이 속에서 아카라트의 눈은 증오로 이글거리며 케인을 노려보고 있었다. 이름 없는 무덤에서 썩어가는 차가운 시체를 보는 것 같았다. 케인은 아카라트를 보지 말고 뒤돌아 달아나야 한다는 것을, 그렇지 않으면 어둠이 그의 영혼을 파고들어 피를 더럽히리라는 것을 깨달았다.

"우리는 널 기다려왔다, 데커어어어드 케이이이인."

"그를 놔줘."

케인이 소리쳤다.

"그렇게는 안 되지."

악마가 길고 날카로운 이빨을 드러내며 미소 지었다.

"앞으로 벌어질 사태를 준비하려면 할 일이 아주 많거든."

케인은 배낭 안에 도움이 될 만한 게 뭐가 있을까 생각했다. 하지만 이 상황에서 쓸 수 있는 주문도, 악마를 쫓아낼 유물도 가지고 있지 않았다. 주문과 유물이 없다면 이미 승산이 없었다. 케인은 스스로 마법을 부릴 줄 몰랐다.

"호라드림의 마지막 생존자라고."

악마가 쉬익 하는 소리를 내며 조롱했다.

"넌 아무것도 아니야. 그리고 잘못 생각했다. 발밑을 봐, 발자국들과 사라진 두루마리들을. 너처럼 다른 이들도 이곳에 왔지만 실패했지. 너라고 다를 것 같아?"

'다른 이들이라고?' 케인은 주변에 어지럽게 나 있는 발자국들을 흘끗 보았다. 일부는 그와 아카라트의 발자국이었지만 모르는 발자국들도 있었다. 실낱

같은 희망이 생기면서 절망감이 조금 옅어졌다. 그러나 케인은 그것이 불가능한 일임을, 마음속으로 자신이 마지막 생존자임을 알고 있었다.

악마가 하는 말은 무엇이든 믿을 수 없었다. '악마는 거짓말을 하지. 절대 귀를 기울여선 안돼.'

어머니의 말씀이 떠올랐다.

'너는 자랑스러운 영웅들의 마지막 혈족이다.'

"아카라트!"

케인이 단호히 외쳤다.

"이 껍데기 안에 있는 인간에게 말하노니, 너는 악마와 싸워야 한다. 너를 점령한 악마에 맞서 싸워야 해."

"우리 주인님이 오신다."

악마가 피가 흐르는 입술을 핥으며 말했다. 호흡할 때마다 아카라트의 가슴에서 거칠게 쉭쉭 대는 소리가 나면서 천 구의 시체가 썩는 듯한 악취를 풍겼다.

"불타는 지옥의 진정한 군주. 곧 그분이 오셔서 너를 서서히 고통스럽게 파멸시키리라. 어쩌면 너를 노예로 만들어 영원히 섬기게 할지도 모르지. 네 종족이었으나 지금은 주인님을 돕는 많은 자를 알고 있거든."

악마가 케인을 향해 씩 웃었다.

"네가 아는 사람과 네가 사랑하는 사람들도 있지."

"아카라트, 내 말 잘 듣게. 악마에게 져선 안 되네. 자네가 통제해야 해. 자네 안에 있는 힘을 놓치지 말게!"

아카라트의 얼굴에 잔물결이 이는가 싶더니 악마가 고통스러운 듯 쉬익 소리를 냈다. 케인이 코앞에 지팡이를 들어 올리자 악마가 빛을 보고 주춤했다.

"그를 놔줘!"

케인이 큰 소리로 외쳤다.

악마는 다시 쉬익 하는 소리를 냈다. 순간, 악마의 얼굴이 어리둥절한 듯 눈을 껌벅이며 케인을 바라보는 아카라트의 얼굴로 변했다가 표정이 일그러지며 추악하게 변했고, 아카라트는 끝내 사라졌다.

"녀석은 그다지 강하지 못해. 그건 너도 마찬가지야."

악마가 앞으로 한 발짝 내딛자 발에 아카라트가 떨어뜨린 검이 닿았다. 악마는 몸을 숙여 검을 집어 들고 푸른빛에 반짝이는 칼날을 바라보았다. 그리고는 다시 케인을 바라보며 또 싱글거렸다.

"이걸 한번 써볼까? 살짝 베야겠지. 살짝, 천 번."

케인은 비틀거리며 한 손으로 다시 배낭 안을 뒤적였다. 떨리는 손가락이 도움이 될 만한 것을 찾아 서책들을 더듬었다. 다른 쪽 지팡이를 쥔 손이 욱신거렸다. 느리고 고통스러운 죽음을 버티게 해주는 유일한 물건이 지팡이였다. 케인은 이제 아카라트의 패배를 받아들였다. 그는 날뛰는 악마를 앞에 두고 이미 사람이 아닌 아카라트의 죽음을 애도했다.

'악마가 내게 아무런 힘이 없다는 사실을 알면, 그리고 주문이 없으면 지팡이가 마법을 발휘할 수 없다는 사실을 알면…….'

케인은 그런 생각을 한 걸 이내 후회했지만 이미 늦었다. 악마가 활짝 웃으며 한 발짝 더 다가왔다.

"결국 진짜 호라드림이 아니란 말이지? 물론 그렇겠지. 네 약점이 진실을 말해 주지."

케인은 비틀거리며 뒷걸음질을 쳐 고대의 방 한가운데에 이르렀다.

"물러서!"

그가 지팡이를 휘두르며 소리쳤다. 유리구 안의 푸른빛이 깜박이더니 흐려지기 시작했다. 악마의 입이 더 크게 벌어졌다. 아카라트의 뒤틀린 얼굴이 검은 구멍 안으로 함몰되면서 세상의 빛과 좋은 것들을 모조리 삼켜버릴 것만 같았다.

"네가 뭘 시작한 건지 알아? 천상이 불타게 될 거야, 호라드림. 디아블로와 그의 형제들이 겪은 재앙은 거기에 비하면 잔칫날처럼 보일거야. 전능하신 주인님이 성역의 벽들을 무너뜨리면 지축이 흔들리고 갈라지겠지. 칼데움은 불타고 드높은 천상의 대천사들은 몰락하고, 성역의 모든 것은 우리 차지가 될 거야.

네가 막기에는 이미 너무 늦었어. 안됐군, 널 구원해줄 방패가 그렇게 가까이 있는데, 수천 명 속에 모습을 감춘 채 여기서 사흘이면 갈 수 있는 장소에 있는데 말이야. 그런데도 넌 아무것도 모르지. 아무것도 보지 못하고."

케인이 무릎을 꿇었다. 찾고 있던 물건이 만져지자 케인은 손목을 구부려 바닥의 룬문자 원에서 떼어 낸 짙은 색의 보석을 그러쥐었다.

"너의 천사들은 지금 어디에 있나, 늙은이? 전투에 나가서는 뒤에 숨어버리다니, 네 영웅들은 다 어디로 갔지? 가진 게 이것뿐인가? 네 이기심과 자만심을 가리기 위해 우리에게 던져준 이 젊은이가 다인가? 너도 쓸모없어, 네 조상처럼."

악마는 두 손으로 검을 들어 올린 채 그의 앞에 서서 깔깔거리고 웃었다. 케인은 움찔하며 지팡이를 떨어뜨리고는 손으로 바닥을 짚으며 급히 뒤로 물러섰다. 빛을 발하는 유리구가 바닥을 또르르 구르더니 저만치 가서 멈춰 섰다.

"생각을 바꿨다. 천 번의 지속적인 괴롭힘 대신, 한 번에 머리를 날려버리기로."

악마가 뭔가를 듣는 것처럼 고개를 쳐들었다. 뭔지 모를 그 소리는 악마를 매 맞은 개처럼 위축되게 했다. 악마가 입을 열었을 때, 그 말은 케인이 아니라 인간의 눈에 보이지 않는 뭔가를 향하고 있었다. 목소리는 애처로운 탄원으로 바뀌어 있었다.

"우리는 피에 굶주려 있습니다. 왜 때가 아니라는 겁니까?"

순간 악마는 케인의 손에 쥐어진 보석을 보았다. 케인이 보석을 감추려 하자 악마가 달려들어 손목을 노리고 검을 휙 내리쳤다. 공격을 피하려던 케인은 보석을 떨어뜨리고 말았다. 검은 그에게서 겨우 몇 센티미터 옆을 갈랐다.

"이걸로 우릴 쫓을 수 있다고 생각한 거냐?"

악마가 보석을 집어 허공으로 들어 올리자 푸른빛을 받은 핏빛 보석이 반짝였다. 악마가 한 발짝 더 다가왔다.

"이것을 깨울 마법과 룬문자가 없으면 보석은 아무런 힘을 발휘하지 못하지, 늙은이."

"네…… 네게 명령하노니, 이 육체를 떠나라…….”
"닥쳐!"
악마는 한 손에 보석을 쥔 채 다른 한 손으로 다시 검을 들어 올렸다. 케인은 돌바닥을 흘긋 내려다보았다. '한 발짝만 더…….'
악마는 곧장 케인의 함정으로 걸어 들어가는 것도 모르고 발을 끌며 다가왔다. 얼굴에는 증오의 빛이 역력했다. 케인은 재빨리 아까 룬문자를 읽으면서 기억해 두었던 주문을 외웠다. 그의 입에서 분명하고 단호한 목소리로 단어들이 튀어나왔다. 아래를 내려다보는 악마의 사악한 얼굴에 소스라친 표정이 스쳤다. 악마가 서 있던 룬문자 원이 강렬한 빛을 발하며 진동하기 시작했고, 여전히 악마의 손 안에 놓여 있던 보석이 소생했다.
악마는 케인의 함정에 빠져 울부짖었다. 악마의 분노에는 낯설고 인정하기 싫은 경의의 표현 같은 게 섞여 있었다.
"속임수였어!"
그러나 악마가 아카라트를 죽인 사실을 잊지 않았던 케인은 이에 만족하지 않았다.
바르툭의 추종자들이 불타는 지옥에서 악마를 불러내기 위해 사용했던 차원문이 붉은빛을 내뿜으며 열렸다. 악마는 손에 쥔 보석이 강렬한 빛을 발하며 공명하자 날카로운 비명을 질렀다. 검이 덜그럭거리며 바닥으로 떨어졌다. 아카라트의 형체는 태양 빛에 눈을 감았을 때 생기는 빛의 잔상처럼 흐릿해지더니 이내 사라졌다.
"지옥으로 돌아가라."
차원문은 순식간에 닫혔고, 케인은 텅 빈 공간에 대고 소리쳤다. 그의 온몸이 욱신거렸다.
'아카라트, 나를 용서해다오.'
케인은 천천히 일어서서 지팡이를 다시 들었다. 푸른빛은 이제 거의 꺼져가고 있었다. 악마는 사라졌지만 그의 동료 역시 사라졌고, 그들은 아무것도 찾아

내지 못했다. 아카라트는 헛되이 목숨을 잃었다.

홀로 돌계단을 올라간 데커드 케인은 작은 통로로 비집고 들어갔고, 다시 탁 트인 공간으로 나왔다. 폐허 위로 몰려든 폭풍은 이제 보이는 것 모두를 적셔버릴 기세였다. 케인은 무거운 마음으로 아카라트의 검을 가져왔다. 또다시 가까운 사람의 죽음을 막는 데 실패했다.

먹구름이 머리 위를 뒤덮었고, 바람에 옷자락이 펄럭였다. 빛은 빠르게 사라지고 있었다.

'서둘러야 해.' 이번 여정에서 구해야 할 게 아직 있을지 모른다. 그것을 찾아 아카라트의 죽음을 명예롭게 할 수만 있다면 무슨 짓이든 할 작정이었다. 케인은 어지럽게 난 발자국들을 따라 폐허가 된 주 건물 가까이로 다가갔다. 건물 뒤쪽, 부서진 기둥과 돌조각들 사이에 길이 나 있었다. 길은 오래전 일종의 정원이었을 것처럼 보이는 장소로 이어졌다. 빈터 중앙에 불을 피운 흔적이 있었고, 옆에 버려진 배낭들과 세 개의 부러진 지팡이가 있었다.

케인의 심장이 빠르게 방망이질 쳤다. 그보다 앞서 이곳에 왔던 사람들에게 무슨 일이 벌어졌는지, 그들이 살았는지 죽었는지는 알 수 없었다. 하지만 그들은 지하 밀실에서 찾은 것을 이곳으로 가져왔고, 여기서 밤을 보내다 뭔가에 의해 방해를 받은 게 분명했다.

모래에 반쯤 묻힌 뭔가가 바람에 펄럭였다. 가서 보니 마법서였다. 비제레이. 바르툭이 쓴 악마의 마법서. 사원에 있을 만큼 오래된 서책. 결국 이곳에 귀중한 유물이 있었던 것이다.

케인은 다른 게 더 있는지 모래 위를 살폈다. 몇 발짝 떨어진 모래 위, 누군가 반쯤 그리다 만 문양이 있는 곳 근처에서 또 하나를 발견했다. 호라드림 예언서였다.

케인은 충격을 받은 채 우두커니 서 있었다. 호라드림 문건이 대체 왜 여기에 있는 걸까? 어떻게? 책장은 뜯겼고, 일부는 사라졌으며, 글자들은 읽을 수 없을 정도로 훼손되어 있었다. 케인은 여느 문건과 마찬가지로 경외심을 갖고 조심스럽게 서책을 집어 들었다. 모든 문건이 자식이나 마찬가지로 소중했지만, 이것은 다른 것들보다 훨씬 더 귀한 문건이었다.

첫 번째 장에 낙인처럼 문장이 찍혀 있었다. 위대한 혈통을 상징하는 기호와 문건의 엄청난 가치를 인증하는 문장이었다. 대천사 티리엘로부터 대악마를 추적해 봉인하는 임무를 부여받은 최초의 호라드림 탈 라샤가 직접 작성한 문건인 듯했다.

책장을 넘기는 케인의 가슴이 터질 듯 쿵쾅댔다. 예언서의 읽을 수 있는 부분에서는 빛과 어둠 사이에 벌어질, 다른 전쟁들은 그에 비하면 시시하게 여겨질 또 다른 전쟁을 예고하고 있었다. '거짓 지도자가 잿더미에서 소생하면 드높은 천상이 성역 위로 무너져 내리리라…… 알 쿳의 무덤이 드러나고, 죽음이 인류를 황폐하게 하리라…….'

케인은 문득 들려온 소리에 고개를 돌렸다. 모래 말벌이 삼 미터쯤 떨어진 곳에 있는 버려진 배낭 주위를 날고 있었다. 땅 위에 내려앉거나 휙 날아가는 동안에도 통통한 배와 침은 아래를 향한 채였다. 케인은 말벌들이 떠나기를 기다렸다가 뭐가 있는지 보려고 다가갔다.

배낭 안에는 말벌들을 끌어들인 게 분명한 썩어가는 음식이 있었다. 그리고 다른 문건들이 있었다. 케인은 땅 위에 조심스럽게 문건들을 쌓아 놓은 뒤 하나씩 살펴보았다. 하늘에서 우르르 하는 소리가 들리고 습한 바람이 비의 냄새를 실어 왔다. 기이하게도 비제레이와 호라드림, 자카룸의 문건이 뒤섞여 있었다. 문건들을 어떻게 다 모은 건지 알 수 없었다. 그리고 왜 여기에 남겨둔 건지도 의문이었다.

케인은 문건들을 읽어나갔다. 바스러질 것 같은 책장들을 넘기는 동안 익숙한 흥분이 몰려들었다. 바닥에서 두 번째 놓인 서책을 집어 든 순간, 손에 뭔가 다른 느낌이 전해졌다. 문건은 훨씬 최근에 제작된 것으로, 겉으로 봐서는 만든

지 일 년이 채 안 돼 보이는 마법서 사본이었다. 솜씨는 훌륭했으며, 필사한 책장들은 새로 제본되어 있었다. 이 역시 호라드림 문건 같았다.

'발밑을 봐, 발자국들과 사라진 두루마리들을. 너와 같은 목표를 가진 이들도 이곳에 왔지만 실패했지······.'

데커드 케인의 마음이 줄달음질쳤다. 수년간 성역 전역에 수많은 가짜 호라드림 문건이 퍼졌지만, 이것은 그가 본 어떤 문건보다 진짜 같았다. 케인은 건조한 문체와 언어 자체의 운율에 주의하면서 문건을 꼼꼼히 살폈다. 문건 자체의 기운이 느껴졌다. 문건은 한낱 인간이 감지할 수 없는 음역에서 진동하고 있는 듯했다. 내용을 읽어나갈수록 원본 문건을 정확히 복제한 문건이라는 확신이 들었다. 훨씬 오래된 문건들과 같이 발견된 사실이 신빙성을 더했다.

이 서책들을 손에 넣을 수 있었던 사람들은 누구였을까? 이 땅에 다시 마법단의 마법을 불러오는 일에 어떤 체계적인 노력이 있었던 걸까?

케인은 악마가 했던 다른 말을 떠올렸다. '널 구원해줄 방패가 그렇게 가까이 있는데, 수천 명 속에 모습을 감춘 채 여기서 사흘이면 갈 수 있는 장소에 있는데 말이야.' 수천 명이 사는 가장 가까운 지역이라면 케지스탄 최대의 교역 도시 칼데움이었다. 칼데움은 이 정도 품질의 서책을 제작하거나 판매할 만한 곳이기도 했다. 그리고 칼데움에는 케인이 오랫동안 확인하려고 했던 바로 그 사람이 있었다. 그가 그동안 피해왔던 책임이, 트리스트럼의 암흑기를 같이 겪은 친구가 그곳에 있었다. 그것만으로도 칼데움에 가야 할 동기는 확실했다.

'칼데움으로 가셔야 합니다.'

목소리가 너무도 생생했다. 케인은 순간 불타는 황금 갑옷을 입고 내면의 빛으로 눈을 환히 빛내며 서 있는 아카라트를 보았다.

'이 세계의 운명은 균형에 달려 있습니다. 그곳으로 가십시오.'

케인은 아카라트의 눈을 피해 눈을 껌벅인 뒤 그를 다시 보았다. 아무것도 없었다. 바람이 돌들을 스치며 속삭이는 소리와 함께 최초의 커다란 빗방울이 후드득 떨어졌다.

데커드 케인은 아카라트의 검을 들었다. 손에 들린 검의 무게가 낯설고 어색했다. 전사가 아닌 그에게 검은 무용지물이었다. 케인은 검을 작은 기념비처럼 다른 사람들이 볼 수 있도록 모래 깊숙이 찔러 넣었다. 그리고 발견한 서책들을 모아 배낭에 넣은 뒤, 비제레이 폐허 위로 점점 거세게 쏟아지는 비를 맞으며 걷기 시작했다. 노쇠한 육체가 허락하는 한 재빨리 모래 언덕을 올라갔다. 하룻밤 쉴까도 생각했지만 목소리가 계속 다그치고 있었다. 지체할 시간이 없었다.

이 세계의 전쟁이 시작되었다.

제 3 장

칼데움

햇빛이 줄무늬가 있는 둥근 구리 지붕 끝이며 도시의 높은 첨탑들을 비추는 가운데, 이제 겨우 여덟 살이 되었을까 싶은 깡마른 소녀가 하수도의 녹이 슨 쇠창살에서 나왔다. 세상은 밤을 향해 가고 있었다. 땟자국이 줄줄 흐르지만 장난기가 묻어나는 소녀의 예쁘장한 얼굴에 갈색 머리카락이 흘러내렸다. 앞머리는 머리 감는 시간을 줄이려고 짧게 잘랐지만, 그나마도 자주 감지 않았다.

소녀는 골목의 그늘진 곳에 웅크리고 앉았다. 바람의 방향이 바뀌자 칼데움의 인공폭포에서 불어온 미세한 물 입자가 소녀의 얼굴에 와 닿았다. 폭포 소리는 멀리서도 우렁찼다. 소녀가 작은 소리로 뭔가를 웅얼거리자, 지나가던 젊은 여자가 흠칫 놀라더니 치맛자락을 허리에 바짝 붙이고 멀찌감치 돌아갔다. 어두운 곳에 꼼짝도 않고 앉아 있는 소녀를 미처 못 본 탓이었다. 소녀는 대수롭지 않은 눈길로 여자를 흘끗 보았다. 다른 이들이 보는 것만으로도 끔찍하다는 듯 자신을 피하는 일에는 이미 익숙했다.

근처에서 일어나는 일들이 소녀의 관심을 끌었다. 소녀는 성벽 너머 모래 위에 세워진 교역 천막 주변에서 벌어지는 일들을 지켜보았다. 엄마가 이곳에는 오지 말라고 일렀건만, 교역은 늘 소녀의 마음을 사로잡았다. 다양한 사람들이 북적이며 큰 소리로 외쳐댔고, 농민들은 직물과 채소와 고기를 실은 수레를 가져왔으며, 도시 경비병들은 무거운 칼과 방패를 차고서 사람들을 지켜봤다. 그리고 상인들은 다양한 물건을 흥정했다. 비단옷을 입은 귀족들과 뒤를 따르며 시중을 드는 하인들도 있었다. 비록 최근에 사람들이 뭔가 끔찍한 일이 일어날 것 같은 예감을 느껴서 살짝 긴장감이 감돌긴 했지만, 그래도 칼데움은 다양한 빛깔과 열기로 가득한 도시였다. 그러나 소녀는 자신도 이해할 수 없는 어떤 불안감에 휩싸인 채 사람들에게서 떨어져 외롭게 살았다. 자신만의 깊고 어두운 그늘 속에서.

천막에서 음식 냄새가 풍겨오자 배가 꾸르륵거렸다. 누더기 옷을 입은 노인이 근처 길을 비틀대며 걸어온 것은 그때였다. 노인의 지저분한 머리카락은 엉킨 채 구불거렸고, 턱수염은 길게 자라 가슴까지 닿았다. 내용물로 꽉 찬 천 배낭을 어깨에 멨는데, 짐이 어찌나 큰지 걸을 때마다 몸이 좌우로 휘청댔다. 노인이 인파에 섞여들자 소녀는 혹시 부딪혀 넘어지지나 않을까 긴장했다. 하지만 노인은 배낭을 길에 내려놓더니 자리에 굳건히 발을 딛고 서서 지나는 수레며 가축을 뚫어지게 바라보았다. 행인들은 욕을 내뱉으며 바위를 휘돌아가는 물처럼 노인을 빙 둘러 지나갔다.

노인이 뭔가를 중얼거렸지만 소리가 작아 소녀는 알아들을 수 없었다. 그는 배낭 안을 뒤지더니 옷 뭉치를 꺼내 들었다. 옷에는 '세상의 종말'이라는 핏빛 글자가 휘갈겨 있었다. 노인은 옷을 머리 위에 뒤집어쓰더니 증언을 하려는 것처럼 더럽고 주름진 손을 하늘 높이 치켜들었다.

"악마들의 재림을 경계할지니!"

거지꼴을 한 노인이 옷차림만큼이나 후줄근한 목소리로 외쳤다.

"재앙은 산이 무너지고 문이 열리면서 시작돼 공포와 죽음으로 끝나리라! 하늘은 어둠으로 뒤덮이고, 거리는 온통 피로 넘쳐나리라!"

사내아이 몇 명이 길을 가로질러 모여들었다. 한 아이가 다른 아이를 팔꿈치로 쿡 찌르고는 노인을 가리켰다. 아이들은 웃음을 터트리며 노인 곁에 다가와 그를 빙 둘러쌌다.

"길에서 얼쩡대지 않는 게 좋을 거예요, 할아범."

한 아이가 말했다.

"안 그럼 수레바퀴에 수염이 끼어 죽을 거라고요."

노인이 눈으로 아이들의 얼굴을 훑더니 갑자기 머리를 앞뒤로 흔들기 시작했다.

"너희는 파멸할 것이다. 너희에게 말하노니, 어둠의 악마는 강력하다. 그가 악마의 군대를 일으킬 것이다! 시체들이 우리 가운데 걸어 다니리라!"

아이들이 서로 눈짓을 하며 다시 웃음을 터트렸다.

"할아범한테서 시체 썩는 냄새가 나거든요."

한 아이가 소리쳤다.

"아무래도 헷갈리신 모양이에요."

다른 아이가 배낭을 휙 낚아챘다. 배낭을 잡으려고 내민 노인의 손이 퍼덕이는 새처럼 허공을 휘저었다. 그 아이가 다른 아이에게 던진 배낭이 지나가던 여자와 아이의 옆을 아슬아슬하게 비껴가자, 두 사람은 눈을 내리깔고 얼른 그 자리를 피했다. 노인은 배낭을 되찾으려고 했지만 아이들이 다가오자 뒷걸음질 칠 수밖에 없었다. 아이들은 그를 에워싼 후 욕을 퍼부었다. 노인이 아이들의 팔을 뿌리치고 나아가려 하자 아이 하나가 노인을 힘껏 밀쳤다. 노인은 고꾸라질 것처럼 비틀거렸다.

소녀는 더는 보고만 있을 수 없었다. 아이들의 인정머리 없는 놀이를 보고 있자니 해안에서 엄청난 파도가 몰려오는 모습을 지켜보는 것 같았다. 소녀는 작은 어깨를 일으키며 그늘 밖으로 나왔다.

"노인을 내버려 둬."

소녀가 소리쳤다.

아이들이 소녀 쪽을 돌아보았다.

"오, 이게 누구야."

패거리의 대장이 빈정대듯 말했다. 그는 다른 아이들보다 키가 컸는데, 최소한 소녀보다 머리 하나는 더 컸다. 그리고 심술궂고 잔인한 눈빛을 하고 있었다.

"노인네는 수호천사가 지켜주겠지, 뭐. 혹시 네가 노인이 말하는 걸어 다니는 시체야?"

소년들이 노인을 놔주고 자신을 향해 다가오자 소녀의 심장이 빠르게 방망이질 쳤다.

"저런 미친 노인네 일에 웬 참견이야?"

심술궂은 눈빛을 한 아이가 물었다.

"남자친구라도 돼?"

소녀는 아이들 너머로 노인을 흘끗 쳐다봤다. 배낭을 되찾은 노인은 다시 뭔가를 중얼거리며 그곳을 떠나고 있었다. 조금 전에 느꼈던 엄청난 파도가 바위에 부딪친 물처럼 순식간에 잦아들자 소녀는 잠시 안도감을 느꼈다. 그러나 곧 심술궂은 눈빛을 한 아이가 짧고 굵은 손가락으로 소녀의 어깨를 밀었다.

"이봐, 내가 말하는 거 안 들려?"

다른 아이들은 자기들끼리 쳐다보며 킬킬댔다. 그들의 웃음이 이제부터 진짜 재미난 일이 벌어질 거라고 말해주고 있었다. 심술궂은 눈빛을 한 소년의 짓궂은 장난이 시작될 터였다.

"난 너희가 싫어. 모두 못생겼어, 여기가."

소녀가 여윈 가슴에 손을 얹으며 말했다.

심술궂은 눈빛을 한 아이가 눈을 가늘게 떴다. 입가에서 미소가 사라지고 있었다.

"글쎄, 넌 바깥쪽이 못생겼는데."

소년의 목소리에 신랄함이 묻어났다.

"전에 우리 만난 적 있지? 레아라고 했던가? 네 미친 엄마는 어디 있어? 술집에서 또 남자들 시중들고 있어?"

아이들이 우우 하고 야유를 보냈다. 그들은 큰 소리로 웃으며 서로의 어깨를 치고 난리였지만, 심술궂은 눈빛을 한 아이는 소녀의 얼굴에서 시선을 떼지 않았다.

"잘 들어, 나도 너 안 좋아해."

소년은 속삭이듯 말하고는 손가락으로 다시 소녀를 밀었다.

"알겠어? 아무도 널 안 좋아해. 넌 시궁창 쥐니까. 분수대에 처넣고 지저분한 터널에서 묻혀온 시궁창 냄새를 씻어내야지, 그렇지 않으면 아무도 네가 나오는 서커스표를 사지 않을 거라고."

다른 아이들이 또 웃음을 터트렸다. 시궁창 쥐. 소녀는 사람들이 자신을 그렇게 부르는 걸 싫어했다.

"건들지 마."

소녀가 소리치며 눈을 빤히 쳐다보자 소년이 순간 움찔하며 뒤로 한발 물러섰다. 소녀의 눈에는 다른 사람을 불안에 떨다 결국 도망가게 만드는 깊은 어둠의 광채가 있었다. 소녀는 왜 그런지 몰랐지만, 사람들은 그녀에게서 마음을 어지럽히는 무언가를 발견하곤 했다. 소녀가 주위에 있을 때 종종 이상한 일이 일어난다는 사실도 눈치챘다. 불운을 점치는 예언의 막대기 같다고나 할까. 그렇다 해도 그것이 소년을 오래 저지하지는 못할 터였다. 특히 친구들이 있는 앞에서는 더욱. 소년은 소녀를 해치려 들 테고 상황은 걷잡을 수 없이 악화될 게 뻔했다. 소녀는 자제력을 잃을 것이고, 그리고는 무슨 일이 일어날지 그녀도 알 수 없었다······.

까마귀 한 마리가 아이들의 머리 위를 맴돌며 깍깍 울더니 검은 날개를 퍼덕이며 육 미터쯤 떨어진 곳에 내려앉았다. 까마귀는 머리를 곧추세우고 구슬 같은 눈으로 아이들을 살핀 뒤 내리쬐는 햇볕 아래 죽은 쥐가 있는 곳으로 훌쩍 날아갔다. 짐마차가 지나갔는데, 바퀴가 위험할 정도로 가까웠다. 까마귀는 날아올랐다가 다시 내려앉고는 납작해진 내장과 털 뭉치를 가만히 노려본 다음, 길고 축축한 내장을 쪼기 시작했다. 내장을 찢어 마치 벌레인 양 뜨거운 흙에서 길게 잡아 뽑은 뒤, 다시 고개를 숙이고 고기를 꿀꺽 삼켰다.

까마귀가 다시 고개를 쳐들었을 때 레아의 뱃속이 뒤틀렸다. 까마귀의 검은 눈은 그녀를 똑바로 응시하며 '내가 널 지켜보고 있다, 귀여운 것.'이라고 말하는 것 같았다. 그 눈이 방금 먹어치운 날고기처럼 그녀를 통째로 삼켜버릴 정도로 커지는 것 같았다.

싸울 준비를 하고 주먹을 불끈 쥐며 소녀가 몸을 떨었다. 그러나 아이들은 잠시 까마귀에 마음을 빼앗기고 있었다. 소녀는 틈을 놓치지 않고 심술궂은 눈빛을 한 소년에게서 벗어나 어두워지기 시작한 골목으로 죽을힘을 다해 도망쳤다. 잠시 후 누군가의 고함과 함께 아이들이 뒤쫓는 소리가 들렸다. 심장의 고동 소리가 귀에 쿵쿵 울리기 시작하면서 달려오는 아이들의 발소리가 우레처럼 들렸다. 그들의 발소리 아래 어딘가에서 큰 소리로 종말의 날을 예언하는 노인의 쉰 목소리가 들려왔다. 소녀는 마음의 눈으로, 까마귀가 마치 다음 저녁 식사는 너라는 듯 자신을 응시하는 모습을 보았다.

'뭔가 끔찍한 일이 다가오고 있다.'

한동안 소녀는 그 목소리가 길에 있는 미친 거지한테서 나온 건지, 아니면 자신의 머릿속에서 나온 건지 분간하지 못했다. 한기가 등줄기를 타고 흘러내렸다. 어둠 속에서 은근슬쩍 여자의 가슴을 더듬는 주정뱅이들을 피하려고 빵 가게와 옷 가게 뒤쪽으로 난 좁은 골목으로 숨어들면서 소녀는 몸을 떨었다. 소년들이 낮게 욕을 중얼거리고 몇 차례 고함지르는 소리가 들렸다. '뭔가 끔찍한 일.' 소녀는 자신이 왜 그런 생각을 하는지 몰랐지만, 생각은 까마귀의 날개처럼 계속 그녀 앞에서 퍼덕였다. 소녀는 전에도 머릿속에서 그 목소리를 들은 적이 있었는데, 절대로 그녀의 목소리가 아니었다. 그녀는 종종 누구나 가끔 말을 걸어오는 목소리를 가졌는지, 아니면 자신에게만 일어나는 일인지 궁금했다.

골목은 사람들의 왕래가 잦은 큰길로 이어졌다. 두 명의 병사가 검에 손을 갖다 댄 채 길 건너편에서 소녀를 쳐다보고 있었다. 운이 좋다면 병사들이 쫓아오는 아이들을 보고 저지할 수도 있겠지만, 그것에만 의지할 순 없었다. 소녀는 병사들을 지나쳐 담배 가게의 서늘하고 그늘진 문간으로 갔다. 담배 냄새가 이끼 낀 비옥한 토양처럼 훅 풍겼다. 소녀는 도시를 잘 알고 있었다. 안으로 깊게 들어가는 담배 가게는 안쪽 끝에 대피실로 통하는 뒷문이 있었다. 소년들도 뒷문이 있는 건 알지 모르지만, 그 아래에 뭐가 있는지는 모를 것이다. 소년들이 소녀가 어디로 사라졌는지 눈치챌 무렵이면 소녀는 이미 거기에 없을 터였다.

소녀는 깜짝 놀란 주인이 고함을 지르는데도 아랑곳하지 않고 가게 안을 내달렸다. 그러면서 마음을 가라앉히려고 애썼다. '아무 일도 없었던 거야, 엄마만 모르면 아무 문제없어.'

쇠창살은 가게 반대편 그림자에 교묘히 가려져 있었다. 소녀는 쇠창살을 한쪽으로 치우고 하수도 구멍의 어둠 속으로 소리 없이 미끄러져 들어간 다음, 머리 위 쇠창살을 원래의 자리에 밀어 넣었다. 소녀는 이 터널을 누구보다 잘 알았다. 터널 속 어둠과 좁은 벽은 마음을 편안하게 해주었다. 기억이 정확하다면 소녀는 어릴 때부터 터널 속에서 놀았다. 이 터널이 그녀를 집까지 안전하게 데려다 줄 것이다.

'넌 시궁창 쥐야. 분수대에 처넣고 시궁창 냄새를 씻어내야지.' 소녀는 터널 바닥에 발을 내딛으며 화가 난 듯 눈물을 쓱 훔친 다음, 조용히 걸음을 옮겼다. 위쪽 쇠창살에서 들어오는 희미한 빛에 벌써 형체들이 흐릿하게 보이기 시작했다. 소녀는 아이들이 자신을 괴롭히게 놔두지 않을 생각이었다. 최소한 이런 식으로는 아니었다. 살면서 내내 다른 사람들의 멸시와 야유를 견뎌야 했고, 그들 속에 섞이지 못한 외톨이라고 느꼈다. 오늘이라고 다른 날보다 더 나쁘지 않았다.

정작 신경이 쓰이는 일은 아이들의 조롱이 아니었다. 아무리 해도 지워지지 않는 것은 노인의 모습과 뭔가에 홀린 듯한 목소리, 그리고 고개를 숙이고 내장을 쪼다가 소녀를 빤히 바라보던 검은 눈의 까마귀였다.

까마귀의 부리가 시체의 살을 찢고 있었다.

'뭔가 끔찍한 일이 다가오고 있다.'

소녀는 끔찍한 일이 무엇을 의미하는지 모르지만, 뭔가 다가오고 있음을 바람에 실린 악취만큼이나 분명히 느낄 수 있었다.

레아가 하수도에서 나와 집에 도착했을 무렵에는 마지막 남은 햇빛이 하늘을 핏빛으로 물들이고 있었다. 소녀는 한결 차가워진 공기에 몸을 떨었다. 소년들은 한참 전에 추격을 포기했고, 소녀도 종말에 대한 불안감을 의심해볼 만큼 냉정을 되찾았다. 오늘도 다른 날과 별로 다르지 않았다. 노인은 그저 정신 나간 거지였을 뿐이다.

그러나 문을 열자 엄마가 날 선 눈빛을 하고 레아를 기다리고 있었다. 소녀가 정체를 알게 되면서부터 두려워하게 된 눈빛이었다. 질리언은 소녀의 팔을 잡고 거칠게 확 잡아끌었다.

"어디 갔다 왔니, 얘야?"

질리언이 문을 닫고 빗장을 채우더니 다짜고짜 물었다. 그리고는 뭔가가 불쑥 그들을 덮치기라도 할 것처럼 주위를 두리번거렸다.

"또 그 더러운 하수도 터널에서 놀다 온 거야? 지저분한 꼴 좀 봐. 내가 밤에 혼자 다니지 말라고 그랬지!"

"죄…… 죄송해요."

레아가 우물쭈물 말했다.

"요…… 요나 아저씨한테 갔다 왔어요."

요나는 그들이 달걀과 우유를 사다 먹는 구멍가게 주인이었다. 순간 엄마가 자신이 빈손으로 돌아왔다는 사실을 눈치챌까 두려웠지만, 질리언은 알아차리지 못한 듯했다. 엄마는 늘 반쯤 정신이 다른 곳에 가 있었다. 마을 사람 몇몇은 심지어 엄마가 미쳤다고도 수군댔지만, 그녀의 이상한 행동이 다른 사람들을 불안하게 하지는 않았다. 그런데 최근에 상황이 변했다. 레아는 질리언이 손가락으로 꽉 쥐었던 팔을 문지르며 다시 까마귀를, 붉은 날고기를 움켜쥔 날카로운 발톱을 떠올렸다.

질리언이 고개를 들고 보이지 않는 어떤 존재의 소리에 귀를 기울였다. 그녀는 작은 소리로 뭔가를 중얼대며 레아를 방 안쪽으로 이끌었다. 마치 뭔가가 언제고 불쑥 들어올 수 있다고 생각하는 듯 문에서 멀리 떨어졌다.

"그들이 보고 있단다."

질리언이 갑자기 무릎을 꿇더니, 레아의 양팔을 두 손으로 꽉 잡으며 말했다.

"그들은 어디에나 있지."

그녀의 목소리가 한층 낮아졌다.

"그들은 널 원한다, 레아. 그리고 그들이 널 찾으면, 넌 그곳에서 되돌아올 수 없어. 절대로. 알겠니?"

질리언의 말은 너무나 절박해서 위험하기보다는 차라리 애처롭게 들렸지만, 레아는 두려움을 느꼈다. 거리의 소년들과는 좀 달랐지만, 걱정스럽기는 매한가지였다.

방 안의 공기가 차가워지자 두 사람 모두 일종의 책임감을 느낀 듯했다. 레아는 비록 아무것도 이해할 수 없지만 주먹을 쥐었다 폈다 하면서 고개를 끄덕였다. '누가 보고 있는 걸까? 소년들? 아니면 다른 사람?'

질리언이 뜨거운 것에 데기라도 한 듯 진저리를 치며 손을 뗐다. 그리고는 한 손을 이마에 얹고 고통으로 주춤하며 몸을 일으켰다.

"닥쳐!"

질리언이 몸을 홱 돌리며 소리쳤다. 그녀의 분노는 레아가 아니라 보이지 않고 들리지 않는 어떤 존재를 향하고 있었다.

"아직 어린애잖아. 절대 그런 일이 일어나게 할 수 없어!"

한기가 더욱 심해지면서 뭔가가 탁자 위의 접시들처럼 달그락대는 소리를 냈다. 질리언이 놀라서 눈이 휘둥그레진 채 레아를 돌아보았다. 그리고는 레아의 팔을 다시 와락 붙들더니 이빨이 덜덜거릴 정도로 세게 흔들었다.

"그만두지 못해!"

"제…… 제가 안 그랬어요……."

"나는 그들을 믿지 않는다."

질리언이 조용히 말했다.

"그들의 말을 믿지 않아. 넌 좋은 아이다, 레아. 그렇지?"

레아는 고개를 다시 끄덕이며 초라한 방 안을 둘러보았다. 낡은 탁자와 의자들, 그을음으로 뒤덮인 난로, 헤지고 더러워져 색을 알아볼 수 없는 낡은 깔개가 보였다. 여기서는 어떤 도움도 받지 못하고, 비명을 질러도 아무도 듣지 못할 것이다. 레아는 깨물어 상처가 난 안쪽 볼살을 혀로 더듬었다. 레아의 내부에서 그동안 잠들어 있던 낯설고 신비한 영역이 꿈틀대기 시작한 듯 뭔가가 만들어지고 있었다. 레아는 한밤중에 꾼 꿈들을 생각했다. 실제로 존재할 리 없지만, 직접 눈으로 어떤 장소를 본 것처럼 생생한 세계에 대한 꿈들이었다.

"망자는 안식을 취할 수 없다. 악마들은 언제나 피에 굶주려 있지. 그들은 피를 원한다, 레아. 그들은 피로 온몸을 적시지. 그들은……."

주방에 걸린 등불의 불길이 밝게 타올랐다. 탁자 위의 사발이 기우뚱하더니 바닥에 떨어지며 요란한 소리를 냈고, 주름진 푸른 사과 몇 알이 맨 나무 바닥 위를 구르다 두 사람의 발치에서 멈췄다. 질리언은 공격을 막으려는 듯 두 팔을 앞으로 내민 채 화들짝 놀라며 레아에게서 떨어졌다. 그녀의 입이 일자로 굳어졌고, 눈에는 분노의 빛이 어렸다. 질리언은 다시 레아의 팔을 잡고 거칠게 방에서 끌고 나온 다음, 짧은 복도를 지나 레아의 침실로 데려갔다.

"내 집에서 그런 일이 벌어지게 놔둘 수 없어, 내 말 알아듣겠니?"

질리언이 소리쳤다.

"절대 안 돼. 내가 허락할 때까지 이 방에 있어."

"엄마, 제발……."

레아의 눈에 눈물이 고였다.

"가끔 너 역시 악마가 아닌가 싶을 때가 있어."

나직이 중얼대는 질리언의 눈에 초점이 없었다. 레아는 자기에게 하는 말인지, 다른 누군가에게 하는 말인지 알 수 없었다. 질리언이 문을 세게 닫고 나갔고, 곧 빗장이 채워지는 소리가 들렸다.

레아는 차가운 나무문에 얼굴을 기대고 눈물을 닦았다. 엄마가 뭔가를 중얼거리며 주방에서 주전자를 달그락대는 소리가 들렸는데, 소리가 작아 무슨 말인지 알 수 없었다. 자신에게 어떤 일이 일어날지 짐작도 되지 않았다. 그러나 질리언은 다시 돌아오지 않았다. 잠시 후, 레아는 침대에 누워 몸을 웅크린 채 두 눈을 감았다.

몇 시간 뒤에 레아는 어둠 속에서 눈을 떴다. 얼핏 집 안은 고요했고, 레아는 자신이 무엇 때문에 깼는지 몰랐다. 창문으로 크고 둥근 달이 보였다. 부푼 노란 원이 도시의 수많은 둥근 구리 지붕들을 내려다보며 구름 한 점 없는 어두운 하늘에 떠 있었다. 전보다 더 끔찍해진 악몽들이 흐릿하게 떠올랐다. 불과 마법이 가득한 황야에서 괴물들에게 쫓기는 꿈이었다. 엄마는 그러한 꿈과 실제를 혼동하지 말라고 일렀지만, 엄마의 정색한 목소리는 레아를 언제나 불안하게 만들었다. 어쩌면 질리언은 서서히 다가오는 광기를 두려워하고 있는지도 몰랐다.

'미쳐가고 있어.' 엄마가 미쳐가고 있는 게 틀림없었다. 허공에서 목소리들을 듣고 악마와 피와 죽음에 관한 이야기를 했다. 질리언의 상태는 갑자기 나빠졌다. 처음으로 레아는 엄마가 더 이상 자신을 돌보지 못하게 되면 어떻게 될까 걱정했다. 아빠에 대해서는 아무것도 몰랐는데, 엄마는 늘 아빠에 대해 말하길 거부했다. 레아가 아는 건 자신이 태어날 때 주위에 아무도 없었다는 것뿐이었다. 칼데움으로 그들을 찾아오는 친척도 없었다. 태어난 곳에 대해서도 아는 게 거의 없었다. 그저 먼 옛날 엄마에게 일어났던 어떤 비극으로 인해 그들이 고향에서 수천 미터 멀리 떨어진 곳에서 뿌리내리지 못한 채 외롭게 살아가게 되었다는 정도만 알 뿐이었다.

복도 어딘가에서 삐걱대는 소리가 들렸다. 누군가가 등불을 들고 주위를 서성이는 것처럼, 레아의 침실 문틈 아래로 비쳐 들어온 희미한 불빛이 밝아졌다가 다시 어두워졌다. 레아는 자리에서 일어나 조용히 문으로 다가간 뒤 귀를 기울였다. 엄마가 혼잣말로 뭔가를 거칠게 중얼대고 있었다. 엄마의 목소리가 점점 커졌고, 왔다 갔다 할 때마다 삐걱대는 소리도 점점 빨라졌다. 레아는 다시 자신의 안팎에서 탁탁 소리를 내는 기운이 만들어지는 것을 느꼈다. 숨막힐 듯한 두려움이 밀려들었다. 문틈 아래로 비치는 불빛이 밝아지자, 레아는 문에서 물러나 좁은 침대 위로 기어오른 다음 무릎을 끌어안고 몸을 앞뒤로 흔들었다.

질리언이 복도에서 날카로운 비명을 질렀다. 조용한 집 안에서 그녀의 목소리는 놀랄 만큼 컸다. 빗장이 풀리면서 홱 열린 문이 벽에 가 세게 부딪혔다. 레아의 입에서 짐승의 신음 같은 소리가 나직이 새어나왔다. 손에 든 등불의 불빛에 몸의 윤곽을 드러낸 채 질리언이 서 있었다. 그녀는 잠옷 바람으로 몸을 가볍게 흔들고 있었다. 산발한 머리에 얼굴 주위로 기괴한 기운이 맴돌았다.

"이리 오렴, 애야."

질리언이 말했다. 레아가 꼼짝도 않자 그녀의 목소리에 가시가 돋쳤다.

"말을 잘 들어야지. 내가 말하고 있잖니."

질리언은 얼굴에 미소를 지었지만, 일말의 따뜻함도 없었다. 무아지경에 빠진 듯, 레아의 엄마는 아예 사라져버린 것 같았다.

"해야 할 중요한 일이 있단다."

레아는 그 다음에 무슨 일이 벌어졌는지 알 수 없었다. 질리언이 방에 들어오자, 뭔가가 레아의 감각을 통제한 것처럼 세상이 팽창했다 수축하더니 어두워졌다. 다음에 그녀가 기억한 것은 자신이 복도에 있고, 엄마가 땀에 젖은 손으로 자신의 팔을 붙들고 걷고 있었다는 사실이었다. 문을 두드리는 소리가 들렸을 때 레아는 그 소리가 실제인지 환청인지 알 수 없었다.

뭔가에 홀린 표정으로 거실로 향하던 질리언이 그 자리에 얼어붙은 듯 섰다. 장작의 위치가 바뀌면서 난로의 잔불에서 탁탁하는 소리가 났다. 등불의 불꽃이 퍼덕이며 회색 벽에 너울대는 그림자를 던졌다.

이번에는 좀 더 크게 문을 두드리는 소리가 났다. 질리언은 한숨을 내쉬며 레아의 팔을 붙들었던 손을 뗐다. 내면에서 죽을힘을 다해 매달렸던 뭔가를 놓아버린 듯, 레아의 몸이 축 늘어졌다. 두 사람을 덮쳤던 어떤 어둠이 무너졌다.

"이렇게 늦은 시간에 누구지?"

질리언이 작은 소리로 중얼거렸다. 그녀의 시선이 문득 레아의 얼굴과 떨리는 어깨에 가닿았다.

"무슨 일이니? 잠 안 자고 여기서 뭐 하는 거야? 누가 왔는지 보고 올 테니 가서 물을 좀 떠 오렴."

질리언은 등불을 탁자 위에 올려놓고 여윈 몸을 잠옷으로 감쌌다. 질리언이 문을 여는 동안, 레아는 마치 발이 바닥에 붙기라도 한 것처럼 미동도 하지 않았다.

밖에는 두건 달린 회색 옷을 입은 노인이 서 있었다. 수염과 백발은 길고 지저분했고, 손에는 지팡이를 쥐었으며, 어깨에 낡아빠진 배낭을 메고 있었다. 질리언은 미친 늙은 거지인가 하고 잠깐 생각했지만, 노인에게서는 어쩐지 뭔가 다른 게 느껴졌다. 옷차림이 독특했고, 무거운 짐을 가져온 것 같았다. 그러나 노인의 얼굴에는 연륜과 친절함이 배어 있었고, 가까이서 본 두 눈은 별처럼 빛나고 있었다.

"질리언, 이렇게 늦은 시각에 찾아와 미안하네만, 지난 며칠 간 여행을 한 터라 더는 지체하고 싶지 않았네."

질리언은 몸이 굳어버린 듯 한동안 숨조차 쉬지 않는 것 같았다. 그러더니 천천히 손을 들어 올려 입을 가렸다.

"데커드? 데커드 케인? 정말 당신이에요?"

노인이 빙긋 웃었다.

"그럴 거야. 길에서 묻힌 먼지 때문에 아주 헷갈리겠지만."

노인의 눈길이 질리언에게서 레아에게로 옮겨졌다.

"정말 오랜만이야. 안에 들어가도 될까?"

질리언은 적절한 답을 찾고 있는 듯 처음에는 아무 말도 하지 못했다.

'들여보내요, 제발.' 레아는 이유도 모른 채 속으로 말했다. 노인에게는 뭔가, 편안하게 느껴지는 뭔가가 있었다. 게다가 지금은 그게 뭐든 엄마와 단둘이 있는 것보다는 나을 터였다.

"물론이죠."

질리언이 마침내 한쪽으로 비켜서며 대답했다.
"미안해요. 정신을…… 어디다 둔 건지 모르겠어요."
노인이 손으로 질리언의 어깨를 잡았다.
"고맙네. 함께 의논할 일도 있지, 그렇지 않은가?"
질리언은 노인의 눈을 바라보며 고개를 끄덕였다. 둘 사이에 무언의 대화가 오간 것 같았다.
노인이 들어서자 질리언이 그 뒤로 조용히 문을 닫았다. 그리고 그 밤을, 보이지 않는 곳에 숨어 있을지 모르는 것들을 차단했다.

제 4 장

칼데움, 질리언의 집

초라한 집 안으로 발을 들여놓으며 데커드 케인은 주위를 둘러보았다. 색이 바랜 벽이며 부서지고 긁힌 자국이 난 낡은 탁자와 지저분한 난로를 보니 가슴이 먹먹했다. 아드리아가 이 집과 사람들에게 걸어 놓은 보호의 주문은 아직도 효력을 발휘하고 있었다. 케인이 이 집을 찾을 수 있었던 건 어디를 찾아야 하는지 알고 있었기에 가능했다. 하지만 집 안에 있는 모든 것이 너무 오래되고 낡았으며, 공기 중에는 분명히 느껴지는 긴장감이 감돌고 있었다.

케인이 여기에 온 것은 폐허에서 일어난 일 때문이기도 했지만, 옛 친구를 만나 약속을 지키고 싶은 마음도 있어서였다. 케인은 모든 일이 제대로 돌아가고 있기를 바랐다. 하지만 질리언은 몇 년 전 그가 이곳을 떠날 때와는 다른 여인이 되어 있었다. 질리언은 실제보다 훨씬 더 나이 들어 보였다. 웃으면 방 안이 다 환해질 만큼 젊고 아름다웠던 여인은 이제 흰머리가 난 머릿결이 지푸라기처럼 건조했고, 몸은 살찐데다 나약하게 변해 있었다. 눈가에는 멍이 들어 있었고, 두 눈은 뭔가에 홀린 듯했으며, 자신을 챙기는 일마저 잘 잊어버리는 듯 일종의 무관심이 주위를 에워싸고 있었다.

트리스트럼에서 그녀가 겪은 일을 생각하면 놀랄 일도 아니라고 케인은 생각했다. 그들 모두가 겪은 일이기도 했다. 하지만 호라드림 문건의 지침에 따라 그들을 위협하는 정신이상 증세를 어떻게 다뤄야 하는지 알았던 케인과 달리, 악마의 대학살에서 살아남은 소수의 사람들은 상처입고 희망을 잃은 채 위험 속에 남겨졌다.

"마실 것을 좀 드릴게요."

질리언이 탁자를 가리키며 말했다.

"여기에 앉으세요. 레아, 물 가져왔니?"

케인은 레아가 작은 주방으로 들어가 먼지 낀 선반에서 도기 컵을 꺼내고 국자로 나무통 속의 물을 뜨는 모습을 유심히 지켜보았다. 신체 일부가 다른 곳보다 웃자라기 시작한 듯 마른 몸매에 팔다리가 길었고, 장난꾸러기 같은 인상이었다. 짧은 머리카락은 끝이 비죽비죽했고, 낡고 색이 바랜 옷을 입고 있었다. 소녀는 더러운 외형이었지만, 내면에는 무언가 넘치는 우아함을 갖추고 있었다. 케인은 소녀가 훗날 굉장히 매력적인 여인이 될 거라고 확신했다.

'아이의 친엄마처럼.'

그것이야말로 케인이 오늘 밤 여기에 온 진짜 이유였다. 그는 너무 오랫동안 이 문제를 방치해왔다. 질리언을 흘긋 쳐다본 케인은 그녀 역시 소녀를 보고 있는 걸 발견했다. 질리언의 눈에 담긴 게 사랑인지 슬픔인지, 아니면 두려움인지 알 수 없었다.

레아가 컵을 가지고 돌아오자 케인은 어색하고 경직된 미소를 지으며 컵을 받아들었다. 그는 아이들과 좋은 관계를 맺은 적이 한 번도 없었다. 심지어 지금보다 한참 젊었던 수년 전, 트리스트럼에서 일인용 숙소를 갖춘 기숙사 학교를 운영했을 때에도 그랬다. 아이들은 케인이 한 번도 배우려 한 적이 없는 언어를 쓰는 외국인들 같았다.

"고마워요, 꼬마 아가씨."

케인은 그렇게 말하고 물을 한 모금 마셨다. 물은 미지근하고 금속 냄새가 조금 났지만, 갈증이 났던 터라 맛이 좋았다.

"상상했던 모습과 많이 다르구나."

그의 말에 레아의 눈이 살짝 커졌다.

"이 분은…… 데커드 아저씨야. 엄마의 고향 마을에서 알고 지냈던 분이셔."

질리언이 설명했다.

"만나서 반가워요."

레아가 손을 내밀며 말했다. 케인은 조금 주저하다가 레아의 손을 잡았다. 손 안에 새의 날개처럼 섬세하고 가벼운 조그만 뼈들이 느껴졌다. 그때 소녀의 내면에서 소용돌이치는 강한 힘이 감지되었다. 케인은 놀라 숨을 들이켜거나 손을 휙 빼내지 않으려고 애써야 했다. 절대 평범한 아이가 아니었다. 하지만 아이가 어떤 종류의 마법을 갖고 있고, 목적이 무엇인지는 알 수 없었다. 그러나 늦은 밤 어두운 골목에서 움직이는 뭔가를 본 사람이 선뜻 그 안에 들어서지 못하고 망설이는 것처럼, 그 힘은 케인을 불안하게 했다.

케인이 잡았던 손을 뗐다. 지금은 때가 아니었다. 그러나 기회가 되면 아이를 좀 더 자세히 살펴야겠다고 유념해 두었다. 소녀는 케인의 호기심을 자극했다. 진짜 혈통 때문에라도 소녀가 어떤 재능을 물려받았는지 더욱 궁금해졌다.

질리언은 좁은 복도로 레아의 등을 밀며 말했다.

"자, 이제 가서 자렴. 우린 네가 들으면 지루해 못 견뎌낼 만한 얘기를 나눠야 한단다. 시간도 늦었고."

질리언은 레아가 방에 들어가 방문을 닫을 때까지 기다렸다.

"이곳엔 무슨 일이죠, 데커드?"

질리언이 탁자로 돌아와 물었다. 그녀는 자리에 앉지도 않고 양손을 허리에 댄 채 잠옷의 주름진 부분을 꼭 쥐었다 폈다 하고 있었다.

"자네도 만나서 반갑네, 질리언"

질리언은 눈은 그대로인 채 입가에만 미소를 지었다.

"미안해요. 하지만 몇 년 동안 아무 연락도 없었잖아요. 당신이 죽었는지도 모른다고 생각했어요."

"칼데움에 볼 일이 있어서 왔네. 자네와 레아가 잘 지내는지 보고 싶기도 했고."

"위험한 일인가 보군요."

케인이 고개를 끄덕였다.

"그래. 이걸 만든 사람을 찾고 있어."

케인이 배낭에서 호라드림 문건의 사본을 꺼냈다.

"비제레이 저장고가 있는 폐허에서 발견했다네."

질리언은 서책을 집어 들더니 책장을 넘겨보고 제본을 살폈다.

"마을에 쿨룸이라는 서적상이 있는데, 내가 일하는 술집에 자주 와요. 이런 서책을 어디서 만드는지 알고 있을 거예요."

"고맙네. 찾아가 보겠네."

"중요한 일인가요?"

"성역의 운명이 균형에 달려 있는지 몰라."

"무슨 뜻이에요?"

케인은 어디까지 말해야 하는지 몰라 잠시 주저했다. 케인이 무엇을 두려워하고 있는지를 말하면 이 도시의 주민 대다수는 더 듣지도 않고 그를 비웃을 게 분명했다. 하지만 질리언은 직접 악마들을 목격했고, 그들이 마을을 파괴하는 모습도 보지 않았던가.

"불타는 지옥의 군주인 벨리알과 아즈모단이 침공을 준비하고 있다고 믿을 만한 증거가 있네. 세계석의 파괴는 성역에 불가사의한 영향을 끼쳤을 뿐만 아니라 공격에 취약하게 만들었지. 트리스트럼을 생각해보게, 질리언. 우리를 덮쳤던 공포를. 우리가 견뎌내야 했던 광기를…… 그런 일이 다시 일어나게 할 수는 없네! 너무 늦기 전에 최대한 많은 걸 알아내야 해."

"당신은 언제나 요점만 말하는군요."

질리언은 뭔가 다른 생각에 잠긴 듯 서책 표지에 있는 호라드림의 상징을 물끄러미 바라보았다. 질리언이 손을 더 꽉 움켜쥐는가 싶더니 두 눈에 다시 홀린 듯한 기운이 서렸다.

"그들의 목소리가 들려요."

그녀가 혼잣말하듯 나직이 중얼거렸다.

"속삭이죠. 항상 제 머릿속에서요. 잠시도 쉬게 하지 않아요. 끔찍한 이야기들을 들려줘요. 그들이 내게 바라는 것은……."

질리언이 입술을 떨며 말을 멈췄다.

"그들이 무슨 말을 하는데? 자네가 듣는 말은 뭐지?"

질리언은 갑자기 손가락으로 입을 가렸다. 그리고는 케인이 거기에 있어 깜짝 놀랐다는 듯 그를 바라보더니, 몸을 홱 돌려 주방으로 갔다. 질리언은 그에게 등을 돌린 채 바쁘게 움직이기 시작했다.

"전 늙고 멍청한 계집일 뿐이에요. 배고프시죠? 음식을 준비할게요."

"자네는 조금도 늙지 않았어. 자네의 웃음은 다 어디로 갔지, 질리언? 삶에 대한 사랑은? 자네의 영혼은 어디에 있는 거지?"

질리언은 동작을 멈추고 뭔가를 중얼거렸다. 그리고는 조리대 위에 손을 얹어 몸을 지탱한 채 어깨를 들썩이며 울먹였다. 케인은 자리에서 일어나 그녀에게 다가갔다. 질리언은 돌아서서 젖은 얼굴을 케인의 가슴에 묻었고, 몸을 떨며 숨죽여 울었다.

케인은 그런 질리언의 모습에 마음이 아팠다. 그는 잠시 어색하게 서 있다가 한쪽 팔로 그녀의 어깨를 안았다. 질리언의 눈물에 젖은 자신의 옷과 그녀의 피부 아래서 미끄러지듯 움직이는 뼈들이 느껴졌다. 케인은 지금까지 한 번도 누군가에게 위로가 되어 본 적이 없었다. 사람들보다는 늘 먼지 낀 서책과 두루마리들 속에서 편안함을 느꼈지만, 그런 점이 질리언에게는 아무런 문제가 되지 않는 듯했다. 잠시 후 그녀의 울음이 잦아들기 시작했다. 질리언은 다시 자세를 바로 하고 옷소매로 얼굴을 닦았다.

"무례하게 굴 생각은 없었어요. 제가 미쳤다고 생각하시겠네요."

"아이는…… 아직 모르고 있나?"

질리언은 고개를 가로저었다.

"아주 조금만 얘기해줬어요. 말하기가 너무 어려워요. 난…… 아이가 두려워요, 데커드. 이상한 일들이…… 아이가 주변에 있을 때면 이상한 일들이 일어나요. 아드리아는…….”

"죽었네.”

케인은 생각을 떨치려는 듯 손을 들어 올렸다. 질리언은 레아를 자기 방식대로 키웠다. 몇 년 전, 레아의 친엄마가 레아를 그녀에게 맡겼을 때 케인은 질리언이 그래주길 바랐다.

"마녀가 강력한 힘을 가졌다지만, 그래도 아드리아의 영향력이 내세를 벗어날 수는 없네. 게다가 아드리아는 다른 사람에게 해를 끼칠 의사가 없었지. 두려워할 만한 게 있다고 믿을 아무런 근거가 없어. 혹시 레아가 아드리아의 재능 중 일부를 물려받았다 하더라도 어떤 훈련도 받은 적이 없고, 그것을 실행할 지식도 없잖은가. 레아는 순수하네.”

"언젠가 아드리아가 저를 놀라게 한 적이 있어요. 그녀의 아이는 저를 훨씬 더 놀라게 해요.”

케인은 레아의 손을 잡았을 때 자신이 보인 반응을 떠올렸다. 아마 다른 이들도 같은 반응을 보였으리라. 소녀에게는 자신의 재능을 잘 이해하도록 도와줄 사람이 필요했다. 의심과 두려움은 재능에 어두운 그림자를 드리울 뿐이었다.

"그런 느낌에 저항해야 하네. 그 느낌은 트리스트럼에서 일어난 일 때문에 생긴 거야. 타락과 죽음을 그토록 가까이서 접했던 경험은 마음에 혼란을 주거든. 하지만 자네는 자신이 생각하는 것보다 훨씬 더 강한 사람이야.”

"그 애를 감당할 수 있을 만큼 충분히 강한지 모르겠어요.”

나직이 내뱉는 질리언의 눈에서 다시 눈물이 흘러내렸다.

"저는 그저 술집의 여급일 뿐인 걸요. 이런 일에는 적합하지 않아요.”

순간 질리언의 몸이 뻣뻣하게 굳더니 어떤 소리를 듣기라도 하듯 고개를 쳐들었다. 케인이 어깨를 잡으려 하자 질리언은 몸을 확 피하더니 조리대에서 손질 중이던 빵을 집어 들고 목이 잠긴 소리로 말했다.

"내 얘긴 그만 해요.”

질리언이 단호히 말했다. 목소리의 떨림이 잦아들고 있었다.

"뭘 좀 드시고 쉬어야죠. 이곳에 머물고 싶은 만큼 머물러도 좋아요."

질리언이 내민 빵을 들고 탁자로 돌아간 케인은 주방에서 부산하게 움직이는 그녀의 등을 보며 딱딱한 빵을 씹었다. 질리언은 구정물 같은 과거의 기억을 싹 씻어내려는 듯 더러운 주전자를 수세미로 박박 문질렀다. 케인은 그녀와 그 사건 뒤에 남겨졌던 모든 사람이 안쓰러워 마음이 괴로웠다. 그들은 끔찍한 과거의 기억 때문에 죽을 때까지 고통을 받았고, 악마들과의 접촉으로 미쳐버리곤 했다. 당시 대부분의 사람들은 그 자리에서 살해당했는데, 어쩌면 그편이 운이 좋았던 건지도 모른다는 생각이 들었다. 질리언의 피폐한 외면에는 내면의 혼란이 반영되어 있었다. 공포의 군주 디아블로는 오래전에 사라졌지만, 그로 말미암은 오염은 계속되고 있었다.

케인은 질리언을 좀 더 몰아붙일까 하다가 상태만 더 악화시킬까 봐 그만두었다. 소녀가 걱정되었다. 아드리아가 아이를 질리언에게 맡겼다는 소식을 들었을 때, 케인은 아드리아의 딸을 여기에 남겨 두는 것 말고는 달리 방법이 없다고 판단했다. 당시 그는 더 크고 중요한 문제들에 몰두해 있어서, 세계가 안정을 되찾으면 칼데움에 와서 아이를 만나보리라 생각했다. 하지만 그때 하로가스 인근에서 벌어진 바알과의 전투로 아리앗 산이 파괴되면서 상황이 계속 나빠졌다. 케인은 집결하는 악마에 대한 불길한 징조들에 주의를 기울였고(어쩌면 자신이 인정하는 것보다 훨씬 쉽게 그 일이 이뤄지도록 방관했는지 몰랐다), 그렇게 세월은 쏜살같이 흘렀다.

이제야 집을 둘러보고 질리언의 이상한 행동을 목격하고 나니, 그때 자신의 판단이 옳았던가 하는 회의가 들었다.

데커드 케인은 고대의 도서관 서고 앞에 서 있었다. 작은 등불의 불빛은 서책의 책등이 간신히 보일 정도로 흐릿했다. 그곳에 호라드림 문건이 케인의 실패를 지켜본 소리 없는 목격자처럼 놓여 있었다. 밖에서는 바람이 살아 있는 생명체처럼 울부짖으며 대성당의 두꺼운 벽을 맹렬히 두드리고 있었다. 유령의 숨결 같은 시린 외풍이 맨살을 드러낸 케인의 정강이를 스치자 불꽃 너머로 먼지가 소용돌이치며 피어올랐다.

서고에서 책 한 권을 꺼내 든 케인은 책상에 앉아 떨리는 손가락으로 활자들을 짚어나갔다. 읽어나갈수록 제레드 케인의 글에서 알아낸 것들이 전부 사실임을 확인할 수 있었다. 가슴속에 후회가 밀려왔다. 그럴 리 없다고 믿었다. 하지만 어머니가 말한 것들은 모두가 사실이었다. 오십여 년 전에 그가 신화일 뿐이라며 일축했던 악마와 천사에 관한 모든 이야기가 이 책에 연대순으로, 신화라기보다는 잊힌 역사책처럼 공들여 자세히 서술되어 있었다.

어머니의 목소리가 세월을 가로질러와 다시 귓가에 맴돌았다. '제레드는 네 혈족이고 너…… 너는 자랑스러운 영웅들의 마지막 후손이다…….'

모든 이성이 어머니의 말에 거세게 저항했다. 케인은 자신이 이해할 수 없는 것을 받아들이는 유형이 아니었다. 그는 정신 나간 몽상가가 아니라 학교 선생이었고, 학자였다. 하지만 지난 몇 주 동안 일어난 일들을 부정할 수는 없었다.

발아래 깊은 곳 어딘가에서 섬뜩한 신음이 들리더니, 뒤이어 희미하게 금속이 덜컥대는 소리가 들렸다. 데커드 케인은 바람이 빈방들을 통과하며 내는 소리라고 애써 믿으려 했다. 그는 몸을 떨며 여윈 어깨를 옷으로 단단히 감쌌다.

트리스트럼은 폐허로 변했다. 레오릭 왕은 마음을 빼앗긴 채 강력하고 검은 심장을 가진 무언가의 지배를 받고 있는 게 분명했다. 케인은 서책의 내용을 토대로 그것의 정체를 추측만 해볼 뿐이었다. 공포의 군주 디아블로라고.

케인은 허리에 두른 배낭에서 낡은 일지를 꺼내 글을 쓰려고 몸을 기울였다. 하지만 오늘 밤은 좀처럼 글이 써지지 않았다.

케인은 따끔따끔하고 흐릿해진 눈을 비볐다. 벌써 스무 시간 넘게 깨어 있었다. 바람이 불자 등불의 불꽃이 퍼덕였고, 잠시 후 문이 열리는 소리가 들렸다. 고개를 들고 보니, 찬바람을 막기 위해 잠옷 위에 두꺼운 외투를 걸친 젊은 여자가 케인을 향해 서둘러 좁은 복도를 걸어오고 있었다.

"질리언, 여기에는 무슨 일이오?"

지팡이를 찾아 자리에서 일어서며 케인이 물었다.

술집 여급의 예쁜 푸른빛 눈이 공포로 커져 있었다.

"서부 반도에서 군인들이 돌아왔어요. 우리 군대는 거의 전멸했어요! 극소수만 살았어요. 그리고 지금 그들을 죽이기 위해 왕의 병사들이 소집되었어요."

질리언이 말했다.

"아이단은 어디 있지? 군인들과 함께 왔나?"

"모르겠어요."

공포가 케인의 내면에서 연기처럼 소용돌이치며 짙어졌다. 라크다난 대장과 왕의 군대가 서부 반도 군대와 싸우는 동안, 레오릭 왕은 아들의 실종과 관련이 있다고 의심되는 마을 사람들을 잡아 처형하는 데 혈안이 되어 있었다. 왕의 살해욕은 한계를 몰랐다. 하늘에서 죽은 새가 떨어지고, 밤에 유령이 나타나며, 가축이 도살당하고, 마을 외곽에 기괴하고 무시무시한 괴물이 나타나는 일 따위는 인간 영혼의 타락, 마음의 암흑에 비하면 아무것도 아니었다.

"왕은 어디 있지?"

질리언은 고개를 흔들었다.

"아무도 몰라요. 하지만 그들이 여기, 대성당으로 오고 있어요, 데커드. 당장 이곳을 떠나야 해요!"

"하지만 서책들이……."

질리언이 그의 팔을 잡아끌었다.

"나중에 다시 와서 찾으면 돼요."

"난 너무 오래 기다렸어, 질리언. 오랜 세월 편협하고 이기적인 생각에 사로잡혀 이 세계 너머의 어둠에 관한 진실을 보지 않으려고 했지……."

발아래 지하묘지에서 희미한 비명이 메아리쳤다. 질리언이 몸을 움찔했다. 외투 깃을 꽉 움켜쥐는 질리언의 얼굴이 공포로 하얗게 질렸다.

"빨리 나가야 해요. 제발요, 데커드!"

케인은 고개를 끄덕인 뒤 조금 전에 읽었던 서책들과 함께 일지를 다시 배낭 안에 넣었다. 그리고는 등불을 집어 질리언에게 건넸다.

'호라드림의 마지막 생존자.' 어머니는 모든 걸 보았던 것이다. 그는 어떻게 그처럼 모를 수 있었을까?

이번에는 바깥에서 다른 소리가 들려왔다. 사람들이 빠른 속도로 다가오고 있었다. 케인은 질리언을 쳐다보았다.

"우린 뒷문으로 나갈 거요. 이쪽이오."

케인이 그녀의 손을 잡아끌었다.

시간이 없었다. 바로 앞방에서 고함이 들리더니 갑옷이 철컥대는 소리와 무거운 발소리가 천장이 높은 홀을 통해 메아리쳤다. 케인은 등불의 불을 끈 뒤 어둠 속으로 던졌다. 그리고는 질리언을 데리고 신도석 뒤로 몸을 숨겼다. 질리언은 숨을 헐떡이며 케인의 손을 꼭 쥐고 바싹 붙어 앉았다. 군인들이 방으로 뛰어들었고, 그중 맨 앞에 있던 군인이 몸을 돌리더니 뒤따라 들어온 다른 군인들과 칼싸움을 했다. 케인은 라크다난과 칸두라스 왕실 군대의 생존자들에게 쫓기는 왕의 부하를 알아보았다. 형제간의 전쟁이 다른 곳도 아닌 대성당 홀에서 벌어지고 있었다.

케인은 그들 중에 왕의 맏아들이 있는지 살폈지만, 그의 모습은 보이지 않았다. 싸움은 치열했다. 으르렁거리고 고함치는 소리와 금속이 맞부딪치는 소리가 섞여들었다. 왕실 경비대 대장이 목에 칼을 맞고 뒤로 내동댕이쳐지면서 좌석 하나가 박살이 났다. 끔찍하게도 꾸르륵대는 마지막 숨소리가 케인의 귀에 들리더니 뒤이어 비릿한 피 냄새가 실내에 퍼졌다. 싸움은 시작이 그랬던 것처럼 순식간에 끝났다. 남은 군인들이 휘두르는 검에 죽어가는 자의 신음이 높아졌다가 이윽고 잠잠해졌다.

"횃불을 가져와라!"

라크다난이 거친 숨을 내쉬며 복도의 어둠 속에 서 있었다. 군인 하나가 그에게 다가왔다. 군인들이 횃불로 돌벽을 샅샅이 비추며 위협적인 수색을 벌이는 동안, 케인과 질리언은 몸을 낮게 웅크렸다.

"검은 왕은 어디 있느냐?"

불빛에 비친 라크다난의 눈이 매섭게 빛났다.

"아래 지하묘지 어딘가에 있는 것 같습니다."

"앞장서라. 그에게 반드시 죗값을 치르게 해야 한다. 서둘러라!"

군인이 고개를 끄덕였다. 군인들은 케인과 질리언이 숨어 있는 곳에서 삼 미터도 채 떨어지지 않은 곳을 지나쳐 사라졌다. 라크다난은 한때 그의 친구였지만 뭔가가 계속 숨어 있어야 한다고 케인에게 속삭였다. 군인들이 지하로 이어지는 계단을 향해 방을 가로질러 나가자 대성당은 다시 어둠에 휩싸였다. 케인은 자리에서 일어나 끔찍한 분노와 상실감에 휩싸인 채 살육의 현장을 내려다보았다. 복도에는 어두워서 검은색처럼 보이는 피가 웅덩이를 이루고 있었고, 차가운 공기 때문에 시체 주위로 김이 서리고 있었다.

케인의 마음속에 두려움이 밀려들었다. 어쩌다 이 지경이 되었을까?

질리언이 숨죽인 비명을 내지른 것은 그때였다. 케인이 돌아서자, 그들 앞에 어떤 형체가 불쑥 거대한 모습을 드러냈다. 지옥의 불구덩이 같은 눈이 그를 노려보는 가운데 사방에 죽음의 악취가 진동했다.

그 형체 뒤에 한 여자가 사내아이의 손을 잡고 서 있었다. 케인을 바라보는 그들의 눈에 슬픔과 비난이 섞여 있었다.

어둠 속에서 눈을 뜬 케인은 처음에는 꿈 때문에 정신이 약간 몽롱했다. 마지막 장면을 제외하고 대부분은 실제로 일어난 일들이었다. 왜 꿈에 그러한 형체가 나타났을까?

그리고 여자와 사내아이는······.

케인은 거대한 적란운처럼 어렴풋이 몰려드는 위험을 감지하고 얼른 떠오르는 생각을 뿌리쳤다. 수년 전에 케인은 자신에게 쓰라린 약속을 했다. 그들을 다시는 생각하지 않겠다고. 다시는.

　케인은 옷소매로 땀에 젖은 얼굴을 닦았다. 뭔가가 그를 깨웠다. 케인은 자신이 누웠던 바닥 근처 난로에서 나는 탁탁거리는 소리에 귀를 기울였다. 딱딱한 바닥에서 잠을 잔 탓에 늙은 뼈마디가 쑤셔왔다.

　복도에서 누군가가 왔다 갔다 하며 나직이 중얼거리는 소리가 들렸다.

　케인은 천천히 자리에서 일어나 지팡이를 들었다. 창문으로 들어온 희미한 달빛 덕분에 사물에 부딪히지 않고 움직일 수 있었다. 발을 끌며 앞으로 나아간 케인은 멈춰 서서 다시 귀를 기울였다. 아무 소리도 들리지 않았다.

　레아의 방문이 열려 있었다. 케인은 복도 끝까지 걸어가서 방안을 들여다보았다. 질리언이 침대 발치에서 레아를 내려다보며 뭔가를 중얼거리고 있었다. 그녀는 두 손을 축 늘어뜨린 채 천천히 몸을 흔들고 있었다.

　"질리언."

　케인이 부드럽게 그녀를 불렀다. 질리언은 그의 말을 못 들은 것 같았다. 창문으로 스며든 달빛이 침대 위로 쏟아지고 있었다. 순간, 어떤 그림자가 방에 어둠을 드리우며 스친 듯했다. 케인은 거대한 검은 날개가 구름 한 점 없는 하늘을 가로지르며 퍼덕이는 모습을 상상했다. 질리언이 홱 돌아서더니 마치 케인이 거기에 없는 것처럼 옆을 지나갔다. 눈을 떠 보고는 있지만, 아무것도 못 보는 듯했다. 잠든 레아가 알 수 없는 말을 웅얼거리며 몸을 뒤척였다.

　케인은 질리언을 따라 복도로 나갔다. 질리언은 자신의 방으로 가서 방문을 닫았다. 복도에 서서 기다리던 케인은 아무 일도 일어나지 않자 다시 난로 앞 자신의 자리로 돌아왔다. 케인은 자리에 누워 오랫동안 잠들지 못한 채 새벽이 오기를 기다렸다. 불안감이 엄습했다.

제 5 장

검은 탑

남자는 육십 미터 상공의 그슬린 바위 속 텅 빈 방에서 홀로 황폐한 풍경을 내려다보고 있었다. 해는 막 지평선 아래로 떨어지려 했다. 유리가 끼워져 있지 않은 좁은 창으로 바람이 들어와 남자의 옷자락을 펄럭였다. 남자는 바람에 두건이 벗겨지지 않도록 길고 앙상한 손가락으로 두건의 가장자리를 여몄다. 남자의 피부는 반투명했고, 푸른 정맥은 문신을 새긴 것처럼 피부 바로 아래 흘렀다. 남자가 의도한 최대한의 노출이었다. 남자는 심지어 이곳에 혼자 있을 때조차도 얼굴을 드러내려 하지 않았다. 어둠이 남자를 푹 감싸 엿보는 눈들에게서 벗어날 수 있기 전까지 더 이상 내보이려 하지 않았다.

그것은 불멸의 존재가 치르는 작은 희생이었다.

어둠의 악마는 창가에서 돌아서며 진흙투성이 무덤에서 기어 나오는 망자들을 떠올렸다. 요즘 들어 잠시도 망자들에 대한 생각이 머릿속을 떠나지 않았다. 남자는 산 자들의 땅을 떠난 지 오래였지만, 그렇다고 죽은 것도 아니었다. 다만 그런 존재로, 자신을 해방시켜준 바로 그것에 구속된 채 두 세계 사이에 머물렀다. 정말 기막힌 역설이 아닐 수 없었다. 최소한 지금은 그랬다. 하지만 고대 비제레이 마술사들의 흑마법에 따르면, 악마는 곧 자신을 지배하는 바로 그 힘을 가지게 될 터였다.

악마에게는 지금 같은 자신감을 상상할 수 없던 시절이 있었다. 악마는 쓰레기 취급을 받고, 무시당하고, 매를 맞으며 어린 시절 대부분을 무가치한 인간으로 살았다. 하지만 닥치는 대로 맹렬히 읽어 둔 고대 문건들과 불타는 지옥의 진정한 군주 덕분에 지식은 그에게 힘이 되었고, 우월감을 정당화하는 도구가 될 수 있었다. 악마는 훨씬 더 큰 존재가 되도록 예정된, 말하자면 왕족이었다. 세계를 본래의 모습으로 회복시키고 그동안 세계를 지배해온 인간 균을 박멸하는 것, 그것이 그의 운명이었다.

또 한 번, 해후의 시간이 다가왔다.

악마는 기대감으로 벌써 살갗이 욱신거렸다. 방을 휙 빠져나와 계단을 내려가는 동안, 그의 긴 겉옷 자락이 검은 물처럼 돌바닥을 쓸었다. 그는 경외와 공포심을 갖고 이 만남을 기다려왔는데, 거의 종교적인 광기에 사로잡힌 듯했다. 악마는 난생처음 죽음을 마주한 어린애처럼 몸을 떨었다.

악마는 군주가 자신을 처음 찾아왔던 순간을 떠올렸다. 당시에는 미처 그 진정한 의미를 알아채지 못했지만, 그 일은 그의 인생을 변화시킨 중대한 사건이었다. 악마는 타안의 강력하고 잔인한 원소술사 주인에게 전할 꾸러미를 들고, 늦게 온 데 대한 벌로 매를 맞을까 봐 겁을 내며 쿠라스트 거리를 서둘러 걷고 있었다. 어두운 골목에서 비렁뱅이 여인이 그를 향해 손짓을 한 게 바로 그때였다. 처음에 그는 여인의 커다란 몸과 더러운 옷을 보고 망설였지만, 여인의 눈에는 그를 압도하는 뭔가가 있었다.

주인은 매질할 게 분명했다. 하지만 한두 번 있는 일도 아니었고, 이미 채찍질에는 이력이 나 있었다. 악마가 여인에게 다가갔고, 순간 그의 인생은 영원히 바뀌었다.

"네 눈 속에서 지옥을 일깨워라."

비렁뱅이 여인은 허물이 벗겨지고 갈라진 손가락으로 악마의 볼을 쓰다듬으며 속삭였다. 여인의 눈빛에 악마는 마비된 듯 몸을 움직이지 못했고, 여인에게

서 흘러나온 힘이 사지를 관통하는 동안 흐릿한 의식 한 자락을 간신히 붙들고 있을 뿐이었다.

"깨어나라, 나의 아들아."

악마는 말을 하려고 했지만 그럴 수 없었다. 몸의 모든 근육이 경직되면서 목의 성대가 불쑥 튀어나왔다. 여인은 색색거리며 이가 없는 잇몸을 드러낸 채 씩 웃더니 뭔가 이해할 수 없는 말을 중얼거렸다. 그리고는 그의 소매를 걷고 팔에 룬문자를 새겼다. 낙인을 찍는 것처럼 그의 살갗이 뜨거워지며 솜털과 지방이 지글대는 소리와 타는 냄새가 났다. 여인의 눈이 악마를 집어삼켰고, 그는 물웅덩이처럼 그 속으로 빠져들었다.

강렬한 빛을 발하는 여인의 노란 눈은 인간의 눈이 아니었다. 거기에는 교활한 자신감이 있었고, 속박을 풀고 악마를 그 자신에게서 벗어나게 하는 무한한 힘이 있었다.

두 눈의 이면에 있는 존재는 결코 비렁뱅이 여인이 아니었다. 그것은 전능한 존재였다.

악마는 발아래 깊은 곳 어딘가에서 또 다른 세계가 열리는 것을 느꼈다. 그의 일부가 몸에서 빠져나와 존재들이 알 수 없는 말과 비명을 질러대는 지옥의 화염 속으로 곤두박질쳤다. 차마 얼굴을 못 보면서도 저절로 눈길이 가는 끔찍한 존재들, 피부가 벗겨져 힘줄과 근육, 그물 같은 정맥이 그대로 드러난 괴물들과 꿈틀대는 통통한 거머리 같은 괴물들이 거기에 있었다. 그리고 붉은 낯빛에 더러운 발톱을 가진 임프와 뭉툭한 발로 비틀거리며 신음하는 소름 돋는 비대한 시체 같은 존재들이 있었다. 뒤엉킨 지저분한 수염을 가진 존재들이 그를 향해 날카로운 소리를 지르며 피 묻은 낫을 휘둘렀다. 악마는 익사할 것 같은 기분을 느꼈다. 살이 찢어지고 거대한 무언가에 붙들린 영혼이 몸에서 쑥 빠져나가는 것 같았다. 악마가 고통에 겨워 소리 없는 비명을 지르는 순간, 높은 허공에서 여인의 거대한 쇠 발톱이 그의 몸을 와락 붙잡아 더럽고 냄새나는 가슴에 꼭 부둥켜안았다. 그가 다시 비명을 지르려던 찰나, 눈앞에 무시무시한 형체가 솟아

올랐다. 형체는 다른 모든 것을 굽어보며 소용돌이치는 연기 속에서 뱀처럼 몸을 일으켰다. 뿔이 셋 달린 머리가 눈도 껌벅이지 않은 채 노란 눈을 그에게 고정했다.

"네가 살던 세계에 관해 네가 이해하게 된 것은 의외의 사실이리라."
괴물이 말했다.

"너는 세상에서 보기 드문 인간으로, 다른 이들이 만든 환상을 꿰뚫어볼 수 있다. 성역은 다른 이들이 네게 심어놓은 환상과 다르다. 그러나 너는 그들의 계략에 넘어가지 않았다. 네가 널 선택한 것은 바로 그 때문이다."

괴물의 말은 악마도 아직 인식하지 못한 내면의 무언가를 점화시켰다. 그날 서둘러 집으로 돌아간 그는 원소술사에게 매질을 당했는데, 골목 어딘가에서 잃어버린 꾸러미 때문에 더 심한 매질을 감수해야 했다. 하지만 악마는 아무런 고통을 느낄 수 없었고, 비명도 지르지 않았다. 결국 원소술사는 하인의 초연함에 기가 질려 잔인한 매질을 그만둘 수밖에 없었다. 길거리에서 데려온 고아 소년이 갑자기 성인이 되었다. 원소술사가 그에게서 늘 느껴왔던 힘이 마침내 발현되기 시작한 것이다.

그때부터 악마는 매를 맞지 않았다. 그리고 얼마 후 원소술사의 집을 떠났다. 그는 골목에서의 그 일 이후로 모든 것이 변했다는 걸 알았다. 팔에 새겨진 선명한 룬문자가 증거였다. 그의 영혼은 이제 무한한 힘을 가진 초월적인 다른 존재에게 속박되었다.

악마가 진실을 완전히 이해하기까지 그 후로 몇 개월의 시간이 더 흘렀다. 거짓의 군주가 직접 그를 선택했다.

그는 지옥의 하수인이 되었다.

어둠의 악마는 계단의 맨 아래 칸에 다다랐다. 탑의 일 층 바닥 아래에 숨겨진 방들이 있었다. 악마가 널빤지를 걷자 암흑 속으로 내려가는 두 번째 계단이 나타났다.

지하의 축축한 공기가 훅 올라왔다. 남자는 잠시 서서 귀를 기울였다. 어둠 속에서 신음이 메아리치고 금속이 쨍그랑대고 덜걱대는 소리가 들려오자 남자의 뒷목이 흥분으로 찌릿찌릿해졌다.

계단은 탑 중앙의 속이 텅 빈 축을 나선으로 돌아내려가게 돼 있었다. 악마의 길고 앙상한 손가락이 돌축을 죽 긋자, 손톱이 벽을 긁는 소리와 함께 손끝을 타고 고동치는 기운이 느껴졌다. 돌축은 뜨거웠고, 발광 이끼로 뒤덮여 있었다. 그가 아래로 내려가자 횃불의 빛은 더 환해졌고, 저주받은 자들의 비명과 신음도 더욱 커졌다. 악마는 마침내 양쪽으로 아치문이 있는 복도에 이르렀다. 방들은 세심히 설계되었는데, 돌바닥에 쇠창살과 파이프가 연결돼 있어 거주자의 고통에서 방사되는 기운을 모아 건물 중앙의 수직 통로를 통해 발밑 깊숙한 곳의 저장고까지 흘려보내게 되어 있었다.

어둠의 악마는 첫 번째 문을 통해 실내로 들어갔다. 횃불이 흔들리며 돌벽에 넘실대는 그림자를 드리웠다. 어둠의 악마는 죄수들에게 몰래 다가가, 공포로 경악하는 죄수들의 표정을 보는 걸 좋아했다. 이 죄수는 천장에 매달린 네 개의 사슬에 묶여 있었는데, 사슬 끝이 양쪽 어깨와 이두박근에 단단히 박혀 있어서 두꺼운 줄에 매인 꼭두각시 같았다. 고개를 숙인 남자의 긴 머리가 얼굴을 뒤덮었고, 몸은 체중 때문에 축 늘어져 있었다. 희미하게 부풀어 올랐다 가라앉는 가슴만 아니라면 이미 죽은 사람이라고 생각했으리라. 그는 게아 쿨의 주민이었다. 게아 쿨은 한때 자연의 마법 능력으로 유명했는데, 이는 지금까지 한 번도 계발된 적 없는 원시 기운이었다. 다만 지금까지는.

어둠의 악마는 돌을 가로질러 유령처럼 미끄러지듯 남자 곁으로 다가갔다. 다른 죄수들과 달리 그는 아직 기운을 다 빼앗기지 않아 비교적 생기가 있었다. '완벽해.' 악마는 짐승의 발톱 같은 손가락으로 남자의 뺨을 쓰다듬었다.

"깨어나라, 나의 아들아."

어둠의 악마는 골목에서 만난 비렁뱅이 여인을 떠올리며 속삭였다.

마을 남자가 몸을 움찔하며 고개를 들었다. 엷은 회색 눈에 공포가 어렸다. 남자는 급히 몸을 뒤로 뺐지만, 잔인한 쇠사슬 갈고리에 묶여 있어 꼼짝도 하지 않았다. 남자가 비명을 지르는 동안, 뻗은 팔의 근육이 체중 때문에 팽팽히 당겨졌다. 남자의 영혼을 본 어둠의 악마는 기쁨에 겨워 미소를 지었다. 거짓의 군주는 남자를 매우 흡족히 여길 터였다.

"네 눈 속에서 지옥을 일깨워라."

악마가 속삭이듯 주문을 외기 시작하자 벽에 걸린 횃불이 확 타오르며 실내를 환히 밝혔다. 남자의 몸에 신성한 룬문자가 새겨지면서 눈부신 광채가 뿜어져 나왔다. 다른 죄수들도 이 응집되는 기운을 느낀 듯 저주받은 자들의 깩깩대는 웃음을 닮은 비명들로 복도가 울렸다. 남자가 다시 몸을 움찔하더니 고개를 앞뒤로 홱 젖혔다. 온몸이 경직되며 팔과 목의 근육들이 튀어나왔다. 그러더니 눈을 감은 채 고개를 떨어뜨렸고, 호흡이 차츰 느려지고 깊어졌다.

방이 다시 어두워지면서 벽들이 어둠 속으로 사라졌다. 남자가 다시 고개를 들었을 때, 인간의 껍질 속에 있던 그는 더 이상 그곳에 없었다. 강렬하고 지성으로 번뜩이는 노란 눈이 악마의 얼굴에 시선을 고정하고 있었다. 점령당한 남자의 입가에 희미한 웃음이 번졌다.

그에게서 뿜어져 나온 힘이 파동처럼 퍼져 나갔다. 어둠의 악마는 오래전 골목에서의 그날과 이후에 있었던 많은 날을 떠올리며 자기도 모르게 몸을 떨었다. 다시 한 번, 자신의 주인인 불타는 지옥의 군주를 영접한 것이다.

악마는 벨리알이 말할 준비를 마칠 때까지 기다렸다. 마침내 입을 연 고위 악마의 목소리에는 깊은 울림이 있었고, 힘이 넘쳤다. 폐부 깊숙한 곳에서 나온 돌이 우르릉거리는 소리가 사방에 울리는 듯했다.

"우리의 시대가 빨리 왔다. 넌 준비가 되었다."

질문이 아니라 선언이었다. 그래도 어둠의 악마는 고개를 끄덕였다.

"당신과 문건들이 예언했듯이, 이 주 안에 별자리가 정렬되고 라담의 달이 시작될 예정입니다. 그동안 우리의 하수인들은 부지런히 일했습니다. 방들은 빠르게 채워지고 있습니다."

벨리알은 가볍게 고개를 끄덕였다.

"그런데 아직 소녀를 찾지 못했다. 그 사실이 무엇을 의미하는지 아느냐?"

"소녀를 보호하는 주문이 강력합니다······."

"더는 걱정할 필요 없다. 내가 개입했다."

군주가 미소를 지었다.

"그녀는 곧 모습을 드러낼 것이다. 넌 실패하지 않을 것이다."

이번에도 질문이 아니었다. 어둠의 악마는 시선을 떨어뜨렸다. 목이 깔깔했다. 감히 의구심을 드러내도 될지 판단이 서지 않았다. 살면서 사람들은 내내 그를 과소평가했다. 그에게 도움 따윈 필요 없었다. 모든 것을 완전히 장악할 수 있었고, 게다가 소녀는 존재하지 않을 수도 있었다.

어둠의 악마는 발밑에서 진동하는 엄청난 힘을 느꼈다. 그는 저 아래 깊은 곳에 있는 방의 미로와 파괴된 건물들, 먼지 가득한 방들, 그리고 그 안에 잠들어 있는 존재들을 상상했다. 그들은 자신들을 소환해 부활시켜줄 지도자인 그를 기다리고 있었다.

"이 일이 정말 필요할까요? 저······ 저는 소녀를 찾는 건 시간문제라고 확신하지만······."

"내가 널 잘못 인도한 적이 있느냐? 내 말을 믿지 못하게 한 적이 있느냐?"

노란 눈은 이제 환희로 더 밝게 빛났고, 미소는 더 커졌으며, 목소리에 더 많은 교활함과 장난기가 묻어났다. 그러나 어둠의 악마는 그 눈 뒤에 감춰진 폭력의 약속을, 그 힘을 인식했다. 거짓의 군주는 의심을 허락하지 않았고, 그의 권위는 절대적이었다.

"물론 아닙니다, 주인님."

"나는 네 뛰어난 통찰력과 네 몸에 흐르는 피 때문에 널 선택했다. 그것은 왕족의 피다. 네가 그 사실을 모르는 이들의 손에 비참하게 길러졌는데도, 나는 네게 진실을 보여줬고, 네가 진정 누구인지 증명해주었다. 우리의 군대를 이끌고

자 하는 다른 자들은 그럴 가치가 없다는 점을 네 스스로가 증명해야 하지 않겠느냐……."

"실망시키지 않겠습니다."

"의심하지 않겠다."

노란 눈이 눈을 깜박이자 어둠의 악마는 이제 탑의 지하 돌 방에 있지 않았다. 주위의 벽이 사라지더니 어느새 광활한 평원 한가운데 서 있었다. 멀리 도시가 보였고, 금방이라도 뇌우를 쏟아낼 것 같은 검은 구름이 하늘을 뒤덮었다. 바싹 말라 갈라진 대지가 폭발하더니 망자들의 대군이 물밀듯 쏟아져 나와 정렬한 뒤 그의 명령을 기다렸다. 뒤로는 탑이 우뚝 솟아 있었다. 불타는 지옥의 왕이자 거짓의 군주가 거대한 형상을 드러내고 있었는데, 괴물의 모습은 엄청나게 거대하고 강력해서 마치 태양을 쳐다보는 것 같았다.

환영은 나타날 때처럼 순식간에 사라졌다. 어둠의 악마는 방금 본 광경에 압도되어 몸을 떨며 숨을 헐떡였다. 온몸이 흥분으로 윙윙거렸다. 쿠라스트 출신의 비참한 고아 소년이 세상에서 가장 강력한 존재가 되기란 거의 불가능한 일이었다. 그런데 곧 그 힘을 갖게 되리라. 벨리알이 직접 이 땅을 밟을 것이고, 어둠의 악마는 자신의 군대를 이끌고 칼데움으로 진격해 성역의 지배자로서 자신의 온당한 자리를 차지하게 될 것이다. 새로운 시대가 열리고 인간은 그들에게 어울리는 자리를 찾게 되리라. 그는 전율하며 자신을 학대했던 사람들에게 복수할 생각을 했다.

"소녀를 찾아라. 별들이 정렬을 시작하고 라담이 시작되기 전에 소녀를 찾아 데려오면, 이 모두가 현실이 될 것이다. 태양이 바다와 만나는 라담의 첫째 날에 정확히 고대의 피를 바치는 의식을 치러야 한다. 할 일이 많지만, 그 전에 준비를 완벽히 마쳐야 한다. 그렇지 않으면……."

벨리알의 목소리가 점점 작아지더니 점령당한 인간의 껍데기가 마침내 조용해졌다. 하지만 두 눈은 여전히 환히 빛났고, 시선은 어둠의 악마의 얼굴에 고정되어 있었다.

"그렇지 않으면 나는 다른 수단을 강구할 테고, 너는 결코 보상을 받지 못하리라."

어둠의 악마는 이번에는 천천히 계단을 올랐다. 벨리알은 그 말을 끝으로 자신이 있던 뜨거운 불구덩이 속으로 돌아갔고, 게아 쿨의 주민은 눈과 코와 입에서 피를 쏟았다. 그는 이제 쓸모없어졌다. 청소부 마귀들이 다른 이들을 붙잡아 와야 하는데 근방에는 남은 이가 별로 없었다. 쿠라스트에서 작업에 좀 더 박차를 가하고 나서 도시 경계 너머로 지역을 확대할 필요가 있었다.

'칼데움은 머지않아 내 차지가 되리라.' 그들의 계획은 빠르게 진행되었다. 한동안 악마는 드높은 천상과 지옥 사이의 균형이 흔들리는 것을 감지했는데, 최근 들어 또 다른 힘들이 감지되고 있었다. 멀리 어딘가에서 저주받은 멍청한 늙은이 데크드 케인이 기운을 형성하고 있었다. 여러 해 전의 대전투를 상기시키는, 어둠의 악마에 맞서 그 자체로 강력한 뭔가가 모여들고 있었다. 기운이 심상치 않았다.

'소녀를 찾아라.' 어둠의 악마는 거짓의 군주가 소녀를 찾으려는 의도를 여전히 몰랐지만, 그가 읽은 고대 문건들 역시 한결같이 같은 것을 예언하고 있었다. 이곳에서 멀지 않은 곳에 숨겨진 소녀 하나가 그가 오랫동안 준비해온 모든 일의 열쇠를 쥐고 있다고 했다. 하지만 소녀는 주문으로 보호를 받고 있었고, 주문은 그가 아무리 노력해도 깨지지 않는 듯했다.

'소녀는 어디 있을까?'

탑의 꼭대기에 있는 의식의 방에 이르자 어둠의 악마는 다시 좁은 창가에 서서 밖을 내다보았다. 마지막 남은 태양 빛이 지평선에 부딪혀 흩어지고 있었다. 그는 통증을 느끼며 눈을 가늘게 떴다. 그 정도로 눈부신 빛은 견디기 어려웠다. 어둠의 피조물인 악마는 한때 자신의 수하들이었으나 지금은 몰락한 비참한 집단에서 발달했고, 오래전에 그들을 버렸다. 호라드림. 그들은 얼마나 멍청했던가. 어둠의 악마는 더 이상 호라드림이 필요하지 않았다. 그는 약하고 어리석으며 자신들이 갖춘 능력의 한계를 못 벗어나는 그들을 뛰어넘었다. 호라드림은 그와 그의 재능을 이해하지 못했을 뿐만 아니라, 고대 악마의 마법이 발휘하는 진정한 힘을 인식하지 못했다. 그것은 인간의 악몽에 나타나는 존재들을 지배할 수 있는 지옥 그 자체의 힘이었다.

그의 앞에 대지가 죽음과 파괴의 황무지처럼 펼쳐졌다. 대지는 변두리에 잔잔하고 고요한 파도를, 천 개의 촉수를 가진 채 잠들어 있는 짐승을, 비대한 시체들과 우중충한 무덤들을 숨기고 있었다.

어둠의 악마가 내뱉은 주문은 짙어지는 어둠 속으로 퍼져 나갔다. 날갯짓 소리가 들리자 팔을 허공에 뻗었다.

까마귀 떼가 창으로 날아들었다. 그들은 검은 몸을 반짝이며 허공을 선회하다 좁은 창턱 위에 내려앉더니 총총거리며 안으로 들어왔다. 하나같이 크고 살이 쪘으며 깃털에 윤기가 흐르는 열세 마리의 까마귀가 빛나는 눈동자로 악마를 주시했다.

"이리 오렴."

어둠의 악마가 속삭이자 까마귀들이 총총 다가오더니 날개를 퍼덕거리며 허공에 뻗은 팔과 어깨 위에 내려앉았다. 옷을 뚫고 살을 파고드는 까마귀들의 날카로운 발톱이 느껴졌다. 악마는 기분 좋은 통증을 느끼며 다정히 까마귀들을 바라보았고, 까마귀들도 그를 바라보았다. 고개를 들고 악마의 말을 기다리는 까마귀들의 눈빛은 소름이 돋을 만큼 차갑고 냉혹했다.

"나의 눈들이여, 나의 귀들이여, 나의 심장이여, 나의 폐들이여. 오늘 밤 나를 위해 날아다오. 산에서 바다까지, 도시에서 사막까지, 날개를 펼치고 땅 위를 날아라. 땅 끝까지 찾아라. 소녀를 찾아라."

어둠의 악마가 명령했다.

크기가 개만한 가장 큰 까마귀가 부리를 열고 돌로 금속을 긁는 듯 날 것 그대로의 거친 소리로 깍깍 울었다. 그러자 다른 놈들도 따라 울었고, 돌벽에 부딪힌 울음소리는 우레와 같은 불협화음으로 메아리쳐 돌바닥을 뒤흔드는 듯했다. 어둠의 악마가 팔을 내리자 까마귀들은 날아올라 방 안을 한 바퀴 빙그르르 돌더니 창을 통해 밤하늘로 날아갔다.

어둠의 악마는 창가로 가까이 다가가 까마귀들이 사방으로 날아가는 모습을 지켜보았다. 까마귀들의 모습은 곧 어두운 하늘 속으로 사라졌다. 어둠의 악마는 까마귀들을 자신의 분신으로 여겼다. 그래서 까마귀들이 목표물을 찾기 위해 낯선 풍경을 보고 땅 위의 움직임을 관찰하는 동안, 그도 그들의 눈을 통해 멀리 아래로 스치는 땅을 관찰하고 그들의 마음을 느꼈다.

어떤 주문으로 보호받고 있든, 소녀는 이제 이들의 눈을 피할 수 없었다. 라담이 시작되는 첫날, 어둠의 악마는 운명이 예고했듯이 어떻게 해서든 소녀를 이곳에 데려올 것이다.

성역은 무너지고, 그는 늘 그랬어야 하는 모습으로 다시 태어난 새로운 세계를 지배하게 될 것이다. 그리고 그 일을 방해하는 자는 누구든 재앙을 면치 못하리라.

제 6 장

서적상의 이야기

다음 날 케인은 베이컨을 굽는 신선한 냄새에 잠에서 깼다. 먼지를 뚫고 눈부신 햇살이 쏟아지고 있었다. 뱃속에서는 요란한 소리가 났다. 전날 밤 딱딱한 빵 한 조각을 먹은 게 전부였던 터라 배가 몹시 고팠다.

케인은 눈을 비비며 일어나 앉았다. 질리언은 작은 주방에서 가락이 맞지 않는 노래를 흥얼거리며 부지런히 움직이고 있었다. 불 위에 올려놓은 납작한 팬 위에서 고기가 지글거리며 익어갔다.

"일어나셨군요."

질리언이 그를 보더니 말했다.

"식사 준비가 거의 다 됐어요. 죽은 사람처럼 주무시더군요. 아침 일찍 레아에게 먹을 만한 것을 좀 사오게 했어요. 평소에 베이컨과 달걀을 자주 먹지 않지만, 오늘은 특별한 날이니까요. 데커드 아저씨를 매일 볼 수 있는 건 아니죠."

"일부러 신경을 쓸 필요는 없는데."

케인은 그렇게 말하고는 일어서서 등에서 우두둑 소리가 날 때까지 몸을 쭉 폈다. 바닥에서 자기에는 이제 너무 늙었다.

"사례를 좀 하고 싶은데……."

"말도 안 돼요. 그 정도로 궁핍하진 않아요. 가하 차를 준비했어요."

질리언이 그를 향해 손사래를 쳤다.

케인은 고맙다는 표시로 고개를 끄덕인 뒤 탁자에 앉았다. 질리언이 김이 나는 잔을 내왔다. 뜨거운 차를 천천히 마시자 따뜻한 기운이 온몸으로 퍼져 나갔다. 질리언은 어제 그가 왔을 때와는 분위기가 사뭇 달랐다. 너무 다른 사람 같아서 그녀가 전날 밤 자신이 몽유병 증세를 보였다는 사실을 기억하고 있는지 궁금할 정도였다.

"아이는 어디 있지?"

"아, 여기저기 쏘다니길 좋아해요. 식사가 준비되면 나타날 테니 기다려 보세요."

질리언은 케인 앞에 달걀과 베이컨이 가득 담긴 접시를 내려 놓았고, 케인은 먹기 시작했다. 어젯밤 꿈의 흔적이 여전히 거미줄처럼 들러붙어 있긴 했지만 따뜻한 음식에 기분이 좋아져 미소가 지어졌다.

하지만 레아는 다시 나타나지 않았다. 케인은 접시를 다 비운 뒤 질리언에게 작별인사를 하고 쿨룸이라는 서적상을 찾아 길을 나섰다. 질리언이 가르쳐준 서적상의 가게는 멀지 않은 곳에 있었지만, 분쟁지의 모래 위를 너무 오래 걸은 탓에 발이 쓰라렸다. 케인은 멈춰선 채 길모퉁이에서 옷감을 팔던 여인에게서 산 거즈로 발의 물집을 감쌌다. 늙은 데다 병 때문에 등이 뒤틀리고 굽은 여인은 케인이 두려운 듯 눈을 마주치려 하지 않았다. 여행객을 흔히 볼 수 있는 규모의 도시에서도 그는 낯선 이방인이었고, 이상한 옷차림을 하고 있었던 것이다. '이상하다.' 다른 사람들도 그가 지나갈 때면 비슷한 반응을 보였는데, 하나같이 눈길을 피한 채 고개를 숙이고 잰걸음으로 지나쳤다.

도시는 지내기 편했지만, 이곳에는 행복이 없었다. 태양이 눈부시게 빛났지만, 칼데움은 구름으로 뒤덮여 있었다.

케인은 서적상의 가게에 도착했다. 하지만 두꺼운 나무문은 잠긴 채 차양이 드리워져 있었다. 문을 두드려도 대답이 없었다. 옆에 식료품 가게의 계단을 쓸고 있던 남자가 케인을 쳐다보았다.

"쿨룸을 찾아 오셨소?"

그는 눈을 가늘게 뜨고 케인을 바라보더니 굳은살이 박인 손으로 어깨를 툭툭 두드렸다.

"요즘 장사가 잘 안된다오. 십중팔구 이글이글 모래 여관에서 시름을 달래고 있을 거요. 주정뱅이가 보나 마나 거짓 무용담을 떠벌리고 있겠지."

그가 고개를 갸웃하더니 케인을 위아래로 훑어보았다.

"그런 차림으로는 가지 않는 게 좋을 거요. 당신 같은 부류를 별로 달가워하지 않을 테니 말이오."

케인은 남자에게 고맙다고 말한 뒤 그가 가르쳐준 방향으로 걸음을 옮겼다. 남자가 말한 '당신 같은 부류'가 무슨 뜻인지 궁금했다. 여관은 몇 블록 아래 어둡고 지저분한 거리에 있었다. 앞에 낙타와 노새 몇 마리가 매여 있고, 안에서 음악 소리가 새어나오고 있었다. 안에 들어서자 김빠진 맥주와 뜨거운 음식 냄새가 훅 끼쳤다. 이 시간에 술집이 거의 꽉 차 있어서 깜짝 놀랐다. 바깥의 거리와는 다르게 이곳에서는 삶의 활기가 느껴졌다. 하지만 열기가 거의 광기의 수준이었다. 마치 내일 모조리 처형된다는 소식을 듣고 마지막 날을 의미 있게 보내기로 작정한 사람들 같았다.

사람들이 하나둘씩 케인을 발견하면서 오르간 소리가 머뭇머뭇하더니 이내 뚝 그쳤다. 카운터 근처에 앉아 과장된 몸짓을 섞어가며 큰 소리로 떠들던 뚱뚱한 남자를 제외하고 모두의 눈길이 케인에게 집중되었다. 결국은 뚱뚱한 남자도 주위가 조용해진 것을 깨닫고는 화난 표정으로 케인을 쳐다보았.

케인은 끈적거리는 바닥에 지팡이를 짚으며 안으로 들어섰다.

"쿨룸이라는 사람을 만나러 왔소."

딱히 누구에게랄 것도 없이 그가 말했다.

"어, 바로 찾으셨군요."

불콰해진 낯빛을 하고 입담으로 좌중을 휘어잡던 남자가 말했다.

"대체 이게 뭔 일이지? 난 여기 훌륭한 사람들에게 중요한 이야기를 해야 한단 말이오."

"질리언의 소개로 찾아왔소. 논의할 일이 있어서 그러오."

쿨룸의 얼굴에 경계의 빛이 어렸고, 몇몇 손님이 서로 소곤거렸다.

"그는 사제가 아니야."

쿨룸이 좌중을 쓱 훑어보더니 말했다.

"옷을 보면 알지. 그냥 여행자야."

쿨룸은 다시 케인을 바라보더니 몸짓으로 안쪽의 탁 트인 탁자를 가리켰다.

"자, 이리 오시오. 여기 앉아 이야기합시다."

케인은 고개를 끄덕였다. 좌우로 흔들리는 거대한 몸집을 보며 케인은 남자를 따라 어두운 술집의 안쪽에 놓인 탁자로 갔다.

"사람들은 신경 쓸 것 없어요."

쿨룸이 말했다. 두 사람이 자리에 앉자 주위는 다시 시끄러운 소리로 활기를 띠기 시작했다.

"무지한 사람들의 눈에는 당신이 자카룸 사제처럼 보일 수도 있다는 게 문제요."

쿨룸이 고개를 흔들었다.

"풀숲에 좋은 뱀은 없는 법이오. 사제들과 그들을 따라 쿠라스트에서 온 귀족들 말이오."

흐릿한 눈길로 케인의 얼굴을 살피는 남자의 목소리는 술에 취해 분명하지 않았다.

"하지만 당신은 자카룸의 일원이 아니군요. 그동안 많은 곳을 다녀봤기 때문에 강령술사를 보면 한눈에 알아볼 수 있죠. 내 말이 맞지 않소?"

"아니요. 좀 전에 당신이 말한 대로 그저 여행자일 뿐이오."

"그리고 참, 그 여자 이름을 언급한 게 상황을 더 악화시켰소."

쿨룸은 그런 건 아무래도 상관없다는 듯 살찐 손을 내저었다.

"여기 사람들은 질리언이 미쳤다고 생각해요. 세상의 종말이 어쩌고 하면서 헛소리만 지껄이거든. 술집 주인들은 질리언이 일하는 걸 달가워하지 않아요.

그리고 그 애는……."

남자가 고개를 흔들었다.

"어린 것은 액운을 불러들여요. 한번은 아이가 이곳에 왔다가 술집을 홀랑 다 태워 먹을 뻔한 거 알아요? 질리언이 아이를 뒷방에 있게 했는데 난로에서 불길이 치솟은 거죠. 내가 잽싸게 불을 껐으니 망정이지."

"당신에게 큰 빚을 졌군요."

"당연하죠. 여기서는 더는 술을 못 사 먹는데 문제는 그뿐만이 아니에요."

쿨룸이 한숨을 내쉬었다.

"술 마시고 예전의 좋았던 시절을 회상하는 편이 가게에서 일하기보다 훨씬 쉽거든요. 사실 거래가 거의 끊겼어요. 황제가 개입해 교역 협의회와 협상을 했어요. 예전 쿠라스트 정부의 동의하에 아시아라와 그녀의 용병들이 우리에게…… 그러니까…… 원조를 해주기로 한 거죠. 하지만 그건 그냥 눈속임일 뿐이거든요. 조만간 문제가 터질 거요."

쿨룸의 얼굴이 땀으로 번들거렸다. 그는 잔을 보랏빛 입술로 가져가 맥주를 쭉 들이켜고는 소매로 얼굴을 쓱 닦았다. 그리고는 탁자 위로 몸을 기울이고 낮은 소리로 말했다.

"분열이 일어나는 곳은 이곳뿐만이 아니요. 케지스탄을 여행한 적이 있는데, 보아하니 당신도 가본 모양이군요. 그럼 내 말이 무슨 말인지 알겠죠? 세계가 변하고 있어요. 좋은 쪽으로는 아니고. 나는 많은 걸…… 당신 같은 사람을 부들부들 떨게 할 만한 많은 일을 목격했소."

그러더니 쿨룸은 몸을 일으키고 미심쩍은 듯 케인을 쳐다보았다. 아둔한 머리에 갑자기 어떤 생각이 스친 듯했다.

"그런데 질리언과는 어떻게 아는 사이죠? 논의할 일이란 게 뭡니까?"

"오래전부터 아는 사이요. 당신과 의논해보라고 해서 왔는데, 당신의 전문 지식에 관심이 있소."

벌써 마음속으로는 여기서 가치 있는 정보를 얻을 수 있을까 하는 의구심이 생겨나고 있었다. 쿨룸은 똑똑한 사업가라기보다 술 취한 얼간이처럼 보였다. 하지만 쿨룸이 희귀한 서책을 다루는 사람이라면, 그에게서 도움이 될 만한 작은 정보 하나라도 얻을 가능성은 여전히 존재했다. 자신의 의도를 어디까지 밝힐지 조심해야 하겠지만, 위험을 무릅쓸 가치는 있었다.

케인은 배낭 안에서 폐허에서 발견한 호라드림 문건의 복사본을 꺼냈다. 서책을 감싸고 있던 옷가지를 걷어내자 표지의 문양이 모습을 드러냈다. 쿨룸이 눈을 가늘게 뜨고 쳐다보았다.

"이걸 어디서 구했소?"

쿨룸이 케인을 바라보며 물었다.

"당신은 비제레이 소속인가요? 자카룸이 요즘 마법학자들에게 조금 너그러워진 건 사실이지만, 그래도 여기선 조심하지 않으면 위험해질 수 있소."

"난 호라드림의 가르침을 따르는 사람으로, 이 서책이 진짜 고대 문건의 복사본이라고 믿고 있소. 이 서책이 어디서 제본된 건지 알고 싶소."

쿨룸의 태도에 언뜻 묘한 변화가 생긴 것을 알 수 있었다. 눈빛은 먼 곳을 바라보는 듯했고, 얼굴은 긴장이 풀리면서 원래의 색을 되찾아가고 있었다. 다시 입을 열었을 때 쿨룸의 목소리에서는 아무런 억양도 느낄 수 없었다.

"호라드림이라…… 사람들은 가령 호라드림이 존재했다 하더라도 이미 오래전에 죽었다고들 하죠. 하지만 내가 들은 얘기는 달라요."

엄청난 흥분이 케인의 온몸을 훑고 지나갔다. 그는 배낭을 뒤적여 금 한 조각을 꺼낸 뒤 탁자 위에 올려놓았다. 칼데움 화폐는 가지고 있지 않았지만 이것으로 충분할 터였다.

"아는 걸 말해 보시오."

쿨룸은 처음에는 금 조각을 보지 못한 듯했다.

"몇 주 전에 도시 저 아래 교역 천막에서 남쪽에서 온 상인을 만났소. 학식과 경험이 풍부한 사람이었죠. 그가 놀라운 힘을 축적한 원소술사를 따르며 자신들을 호라드림이라고 일컫는 사람들에 관한 얘기를 해줬어요. 그런데 소문에 의하면 원소술사의 의도가 사악하며, 성역에 뭔가 끔찍한 것을 불러들이려고 준비 중이라는 거예요. 그의 목적이 뭔지는 상인도 몰랐지만, 사람들은 모두 두려워했대요."

"무엇을 말이오?"

"그들의 꿈이요. 그 원소술사는, 혹은 원소술사가 변한 뭔가는 인간의 이해력을 넘어서는 훨씬 더 강력한 존재에 의해 타락했다고 하더군요. 강력한 존재의 덩굴손이 칠흑 같이 어두운 밤이면 사람들의 꿈에 나타나는 구울의 모습으로 성역에 널리 퍼져 있다고 했어요. 구울들은 꿈을 꾸는 동안 사람의 영혼을 훔치고 거기에 악마의 병사들을 남겨둔다고 하더군요. 상인은 사람들의 얼굴에서 두려움을 봤대요. 그리고 한번은…… 언덕 너머 칼데움 성벽 바깥에 있는 교역 천막에서 구울 하나를 직접 목격했대요. 그는 정말 무서웠다고, 구울이 여전히 자기를 쫓아다닌다고 말하더니 더 이상 말하려 들지 않았어요."

쿨룸이 별안간 케인에게 시선을 고정하더니, 통통한 손가락을 뻗어 케인의 손목을 꽉 움켜잡았다. 케인을 가까이 끌어당기는 그의 손이 땀에 젖어 축축하고 미끄러웠다. 쿨룸은 마치 거센 물살 위로 머리를 내밀려고 필사적인 사람처럼 보였다.

"당신은 반드시 뭔가를 해야만 해요. 그들을 찾아서 저지해야……."

쿨룸의 손아귀는 무쇠 같았다. 케인은 손을 홱 빼내고 싶은 충동을 억제하고 기다렸지만, 쿨룸은 더 이상 아무 말도 하지 않았다. 침묵이 길어졌다. 두 사람은 사교장에서 처음 만난 파트너처럼 서로 어색하게 앉아 있었다. 그러자 실내가 다시 조용해졌고 사람들의 시선이 두 사람에게 쏠렸다.

쿨룸은 눈을 깜박이더니 열정이 몸에서 모두 빠져나가 버린 듯 몸을 의자 깊숙이 묻었다. 그때 금 조각이 처음으로 그의 눈에 띄었다. 쿨룸은 살찐 손으로 얼른 금 조각을 낚아채고는 팔짱을 꼈다. 시선이 다시 케인의 얼굴을 향했을 때, 쿨룸은 다시 술에 취한 게슴츠레한 눈빛을 하고 있었다.

"자신들을 호라드림이라고 일컫는 사람들에 대해 더 이야기해 보시오. 그들이 악마와 연관이 있다는 건 말이 안 되오. 그건 결사단의 교리에 어긋나오."

케인이 말했다.

"미안하지만 더는 들은 게 없어요."

쿨룸이 고개를 저었다.

"거기서 잠깐 얘길 놓쳤는데, 끝도 없는 내 얘길 늘어놓느라 그랬지 뭐요. 내가 또 흥분했군. 이 집 맥주가 사람을 이렇게 만든다니까. 내가 말이 너무 많았죠? 멍청하게 당신한테 겁이나 주고."

"전혀 그렇지 않소."

케인은 의자에 깊숙이 몸을 묻으며 남자를 살폈다.

"도움이 많이 되었소."

오늘은 싸움 구경을 할 수 없겠다고 판단한 듯 주위에서 대화가 조금씩 살아나고 있었다. 여종업원이 쿨룸에게 새로 맥주 한 잔을 더 가져왔다. 그는 맥주를 벌컥벌컥 들이켜더니 잔을 탁자 위에 탕 소리 나게 내려놓은 뒤 손을 들어 한 잔을 더 주문했다.

"이 책은 말이죠."

쿨룸이 여전히 탁자 위에 놓인 문건을 톡톡 치며 말했다.

"싸구려예요. 우리 가게에서 파는 물건은 아니죠. 대개 쿠라스트에서 제작되는데, 원한다면 더 구해줄 수 있소."

"쿠라스트라고요? 쿠라스트는 몰락한 줄 알았는데."

"강도들과 그보다 극악한 놈들의 소굴이 됐죠."

쿨룸은 맥주를 또 한 모금 꿀꺽 넘겼다.

"거기 사람들에 비하면 이 근사한 술집의 손님들은 모두 천사일 거요."

그가 케인을 보며 미소 지었다. 하지만 유쾌한 미소는 아니었다.

"쿠라스트는 이제 무법천지라, 시쳇말로 황제의 눈을 피해 일을 도모하는 사람들이 모이고 있어요. 알아봐 줄 사람을 한 사람 알고 있는데……."

"이 서책을 만든 이와 직접 이야기하고 싶소."

케인은 다시 배낭을 뒤져 아까 것보다 더 큼지막한 금 조각 하나를 더 꺼냈다. 그가 금 조각을 탁자 위에 내려놓자 쿨룸의 눈이 휘둥그레졌다.

"이름을 알려주면 이걸 주겠소."

"거기에 가서 히란드라는 사람을 찾아요. 본명인지는 모르지만 다들 그렇게 부르죠. 그 지옥 같은 곳에서 지도자로 통하는 인물이에요."

쿨룸은 두 번째 금 조각을 집어 들어 얼른 주머니에 넣었다.

"쿠라스트에 가면 그 마법학자 집단과 그들의 우두머리가 부리는 괴물들에 대해 더 많은 걸 알게 될 거요. 경고하는데 그곳은 절대 노인이 갈만한 곳이 아니오. 거기 사람들은 당신이 가진 걸 모조리 빼앗은 다음 길에서 죽게 내버려둘 거요. 거기엔 또……."

쿨룸이 어깨를 으쓱했다.

"별로 호의적이지 않은 것들도 있지요."

"내 몸은 내가 지킬 수 있소."

케인을 찬찬히 바라보는 쿨룸의 눈빛이 점점 또렷해졌다.

"이제 그만 가보시오. 난 내 할 일을 해야겠으니."

쿨룸이 마침내 말했다.

"한 가지만 더 묻겠소."

케인은 폐허에서 발견한, 탈 라샤가 직접 작성한 듯한 다른 호라드림 문건을 생각하고 있었다. 읽었던 구절 중에 계속 마음에 걸리는 부분이 있었다. 학자로서 수십 년간 연구해 얻은 방대한 지식에도 불구하고 한 번도 들어보지 못한 이름이었다.

"알 쿳이라는 이름을 들어봤거나 그의 묘실이 어디 있는지 들은 적 있소?"

쿨룸은 고개를 저었다.

"아니오. 하지만 묘실은 유쾌한 장소가 아니죠. 가지 않는 게 좋을 거요."

케인은 반쯤 내리깐 눈 이면에 쿨룸이 뭔가를 숨기고 있는 건 아닌지 살피면서 오랫동안 그를 바라보았다. 그렇다 하더라도 그걸 아는 방법은 없었다. 케인은 마침내 쿨룸에게 고맙다는 말을 하고 서책과 지팡이를 챙겨 자리에서 일어섰다. 막 돌아서는 그를 쿨룸이 불러 세웠다.

"함께 지내는 여자를 조심해요."

쿨룸의 말에 주위의 대화가 다시 잦아들더니 사람들이 두 사람을 바라보았다.

"그 여자애도. 머리가 좀 이상한 애요."

"아."

대머리에 주먹코인데다 이빨이 다 썩은 남자가 거들었다.

"악마와 흑마법과 땅 위를 걸어 다니는 시체 이야기를 듣다 보면 머리카락이 다 빠질 거외다."

"자넨 빠질 머리카락도 없지."

쿨룸이 대머리 남자에게 말했다.

"자, 한 잔씩들 더 마시고 그런 황당한 이야길랑 잊자고. 곧 일하러 갈 사람들도 있잖은가."

손님 몇 명이 웃음을 터트렸고, 그중에는 쿨룸의 등을 철썩 때리는 이도 있었다. 그러나 쿨룸은 웃지 않은 채 여전히 케인의 얼굴을 쳐다보고 있었다. 케인은 고개를 끄덕인 다음 사람들 틈에 쿨룸을 남겨두고 자리를 떠났다. 쿨룸의 추가적인 경고인지 그만 가보라는 건지 알 수 없는 마지막 말은 이미 더 큰 웃음과 목소리들에 묻히고 있었다.

케인은 눈부신 햇살에 눈을 깜박이며 거리로 나섰다. 술집에서 시작된 흥분이 여전히 가시지 않고 있었다. 오늘 그가 들은 얘기 중에 과연 어디까지가 믿을 만한 정보이고, 어디까지가 술 취한 남자의 헛소리인지 알 수 없었다. 쿨룸은 질리언의 얘기를 듣고 케인이 상상했던 인물과는 전혀 달랐다. 하지만 질리언이 더는 그곳에서 환영받지 못한다는 것만은 분명했다. 그렇다면 질리언의 재정은 틀림없이 바닥난 상태일 터였다. 케인은 그녀의 자식도 아닌 아이를 맡겨 부담을 지운 게 미안해지는 한편, 레아가 점점 더 걱정되었다. 적절한 훈련을 받지 못한다면, 레아가 어떤 힘을 가지고 태어났든 그 힘이 아이를 파괴해버릴 수도 있었다. 하지만 그가 무슨 일을 할 수 있을까? 케인은 어린 소녀에게 줄 게 아무것도 없었고, 아이들을 별로 좋아하지도 않았다. 트리스트럼에서 교사를 하던 시절에는 자신이 수십 년간 고독한 연구를 통해 얻은 지혜를 아이들에게 전하는 역할을 맡았는데, 아이들은 실망하고 힘들어하기만 했다. 아이들은 케인의 강의를 들으려고 하지 않을 뿐만 아니라 그가 그토록 소중히 여기는 서책들에도 전혀 관심이 없었다.

게다가 요즘에는 걱정해야 할 훨씬 더 중요한 일들이 있었다. 쿨룸이 했던 말이 귓가에 울렸다. '당신은 반드시 뭔가를 해야만 해요. 그들을 찾아서 저지해야……'

'뭘 저지한다는 거지? 호라드림이 성역에 출몰한다는 구울들과 무슨 상관이란 말인가?' 그 이상의 이야기는 나오지 않았다. 사실 말하지 않은 부분이 너무 많았지만, 케인은 쿨룸이 더는 아는 게 없다는 점을 감지했다. 더 알려고 해봤자 시간 낭비였으리라. 케인이 술집에서 얻은 정보라고는 고작해야 애매한 것들뿐이었지만, 독자적으로 활동하는 원소술사 무리가 남쪽 어딘가에 있다는 생각만으로도 그의 가슴은 새로운 목표로 채워졌다.

'호라드림.'

쿨룸도 그 단어를 언급했지만, 그는 단어의 중요성을 전혀 모르는 듯했다. 케인은 새로운 희망으로 자신도 모르게 발걸음이 가벼워졌다. 정말일까? 그 마법학자들과 호라드림의 가르침이 정말 관련이 있는 걸까? 도저히 불가능해 보였다. 그동안 케인의 믿음 전체가, 읽은 모든 문건이, 수십 년간 들은 모든 이야기가 결사단은 이미 오래전에 사라졌다고 믿게 했다.

쿨룸이나 그가 만난 상인이 잘못 들은 게 틀림없었다. 그들이 정말 존재한다면, 그 특별한 집단은 칼데움 마법학자 집단의 분파일 가능성이 컸다. 쿨룸의 경고가 마음에 걸렸다. 그리고 그들의 목표가 본질적으로 사악하다는 점도 걸렸다. 호라드림은 대천사 티리엘로부터 직접 디아블로와 그의 형제들에 맞서 성역을 구하라는 임무를 부여받은 집단이었다. 결사단의 진실한 추종자가 어둠의 마법과 관련이 있다고는 도저히 상상할 수 없었다.

한 가지는 확실했다. 막다른 골목이든 아니든 케인은 더 많은 진실을 찾아야 하며, 진실이 무엇이든 쿠라스트에서 발견되리라는 점이었다.

'알 쿳의 무덤.' 그 구절이 머릿속에서 떠나지 않았다. 지금까지 케인은 그런 이름을 한 번도 들어본 적이 없었다. 더 많은 예언이 있는 게 분명했지만, 고대 문건은 두 번째 권에서 자세한 내용을 볼 수 있다는 듯 갑작스럽게 끝나고 있었다. 뭔지는 몰라도 중요한 내용일 것 같았다. 해답은 잃어버린 문건에 적혀 있을 터였다.

케인은 불쌍한 발이 허락하는 한 서둘러 거리를 걸었다. 그런데 뭔가가 지켜보고 있는 듯한 기분이 들었다. 케인은 혹시 쿨룸이나 그의 패거리가 지팡이로 그의 골통을 부수고 남은 금을 빼앗기 위해 뒤따르는 건 아닌가 싶어 뒤를 휙 돌아보았다. 하지만 케인에게는 눈길도 주지 않은 채 고개를 숙이고 걷는 남자와 아이를 제외하고 거리는 텅 비어 있었다. 그 두 사람은 순식간에 모퉁이를 돌아 시야에서 사라졌다.

태양이 케인의 머리 위로 내리쬐며 주변 건물들을 구석구석 비추고 있었다. 문득 칼데움에 혼자 있는 듯한 이상한 기분이 들었다. 사람들이 한꺼번에 싹 사라지고 성역 전체에 그만 홀로 살아남은 것 같았다. 케인은 어둠 속 괴물을 상상했다. 그리고 도시가 폐허로 변하고 한때 인간이었던 자들이 모두 관목으로 변하기 시작하는 광경을 떠올렸다. 환영은 노새가 끄는 수레가 덜컥대며 지나가고, 술집에서 나온 사내 몇 명이 서로 몸짓을 하고 큰 소리로 떠들어대면서 깨졌다.

케인을 지켜보는 사람은 아무도 없었다. 하지만 몸을 돌려 다시 걸음을 옮긴 그는 여전히 자신의 등을 뚫어져라 보는 시선을 느꼈다.

제 7 장

화재

케인은 자신들을 호라드림이라고 일컫는 마법학자 집단에 대해 좀 더 정보를 얻을 수 있지 않을까 기대하며 남은 오후 시간 동안 칼데움 거리를 돌아다녔다. 흥분된 감정을 보이지 않도록 조심했는데도 사람들은 그와 말을 섞지 않으려고 했고, 피하는 것 같았다. 드물게 안 그러는 이가 있어도 쿠라스트라는 말을 꺼내기가 무섭게 마치 머리 둘 달린 사람 보듯 케인을 쳐다보았다. 사람들은 쿠라스트는 살인자와 강간범들로 넘쳐나는 죽음의 도시라고, 그처럼 나이 든 노인이 갈만한 곳은 못 된다고 조언했다.

시간이 갈수록 낙담하게 되었다. 호라드림이나 호라드림의 가르침과 관련된 뭔가가 있을지 모른다는 생각은 절실한 희망으로 변해갔다. 술집을 떠날 때는 새로운 생각에 놀랐지만, 그것을 지속시킬만한 동력 없이 몇 시간이 흐르자 케인은 조금씩 쿨룸이 잘못 생각한 것일 수도 있다는 쪽으로 마음이 기울었다. 아니면 앞에 놓인 금 조각을 차지하려고 그가 듣고 싶어 할 만한 얘기를 들려준 게 아닌가 하는 생각이 들었다.

그날 저녁, 케인은 강철늑대단원 세 명으로부터 심문을 받았다. 모두 덩치가 컸고 근육질이었으며, 금은으로 세공된 갑옷을 입고 무거운 검을 차고 있었다. 다행히 배낭은 수색당하지 않았다. 그랬더라면 감옥에 갇혔을지도 모를 일이었다. 확실히 칼데움에는 마법단 지도자들인 자카룸과 교역 협의회 사이에 팽팽한 긴장감이 감돌고 있었다. 교역 협의회는 메피스토와 악마 군대의 수중에 떨어진 후 쿠라스트를 탈출한 예전 귀족과 칼데움 주민으로 구성된 단체였다. 사람들은 쿠라스트의 어둠과 부패가 칼데움으로 확산할까 봐 두려워했다. 그리고 분명 두려운 뭔가가 있었다. 그런 이유로 충성이 무엇보다 강조되고 있었다. 기껏해야 떠돌이 원소술사이거나 그마저도 아닐지 모르는 늙은이를 엄히 단속할 이유가 없었다.

강철늑대단원들은 볼일을 마치면 떠나라는 경고와 함께 그를 놓아주었다. 케인은 해가 도시의 성벽 아래로 저물고 밤이 찾아왔을 무렵에야 질리언의 집으로 돌아왔다.

케인은 집에 도착했을 때 어떤 일이 기다리고 있을지 짐작도 못 했다. 그날 아침에 질리언의 기분은 전날 밤과는 완전히 달라져 있어서, 마치 딴사람을 보는 것 같았다. 집은 어둡고 조용했다. 문을 두드려도 한참 동안 아무도 나타나지 않았다. 질리언이 외출했나 싶어 막 발걸음을 돌리려는데, 문이 열리고 어둠 속에 서 있는 그녀가 보였다. 안색이 창백했고, 심드렁한 표정이었다.

"자네의 친구 쿨룸과 얘기를 나누고 왔네. 흥미로운 사람이더군."

집 안으로 들어가 지팡이를 내려놓으며 케인이 말했다.

공기 중에 정확히 뭔지는 몰라도 낯설지 않은 냄새가 감돌고 있었다. 갑자기 속이 메스꺼워졌다. 질리언은 뒤에서 문을 홱 닫고는 미동도 하지 않고 서 있었다.

"쿨룸은 내 친구가 아니에요. 말하지 않은 게 있어요, 데커드. 사실은…… 거기 술집 일을 그만뒀어요."

그녀는 오른쪽을 흘긋 보더니 뭔가를 나직이 중얼거렸다. 아무도 없는데, 마치 누군가와 대화라도 하는 것 같았다.

"그렇군. 생활은 어떻게 하지?"

"그냥…… 그럭저럭요."

질리언의 목소리가 경직돼 있었다. 케인은 탁자로 가서 등불에 불을 붙여 어둠을 조금 물러나게 했다. 질리언은 불빛이 달려들어 화상을 입히기라도 할 것처럼 몸을 움찔했다. 그녀의 시선이 좌우로 재빨리 오가며 집안을 샅샅이 살폈다. 얼굴은 번들거렸고 눈자위가 거뭇했다. 그리고 뭔가 말을 할 것처럼 입을 끊임없이 움직였지만, 정작 말은 한마디도 하지 않았다.

집의 상태로 봐서는 수중에 남은 돈이 별로 없어 보였다. 게다가 아이를 돌보는데 따르는 스트레스까지 더하면, 질리언이 더는 버티기 어려울 듯싶었다. 지난밤에 그녀가 뭐라고 했더라?

'속삭이죠. 항상 제 머릿속에서요. 잠시도 쉬게 하지 않아요. 끔찍한 이야기들을 들려줘요. 그들이 내게 바라는 것은……'

악마와의 가까운 접촉은 종종 사람들을 미치게 하는데, 증세는 연못에 퍼지는 물결처럼 세월이 흐른 뒤에 나타날 수도 있었다.

질리언은 한 손을 등 뒤에 숨긴 채 케인의 눈길을 피했다.

"뒤에 숨긴 게 뭐지?"

위험이 점점 분명하게 감지되고 있었지만 케인은 짐짓 태연한 목소리로 물었다.

"아무것도 아녜요."

질리언이 한 걸음 뒤로 물러서며 고개를 흔들었다.

"내게 보여 줘, 질리언."

질리언은 케인을 저지하려는 것처럼 한 손을 앞으로 내밀더니 다시 고개를 흔들었다. 이제는 등을 문에 기대고 있었는데, 그녀가 몸을 움직이자 언뜻 반짝이는 물체가 눈에 띄었다. 질리언은 내면에서 굉장한 전투를 치르는 듯 얼굴을 찡그린 채 입술을 떨었다. 눈물 한 방울이 볼을 타고 흘러내렸다. 그러더니 다시 고개를 흔들고 안색을 바꿔 화난 표정을 지었다.

"안 돼요. 절대 안 돼요. 당장 이 집에서 나가요, 데커드. 더는 당신을 환영할 수 없어요."

"좀 앉게. 내가 차를 준비하지."

"차는 안 마셔요! 차에 주문을 걸어 내 입을 다물게 하려는 거죠. 그게 당신이 하는 일 아닌가요? 당신 같은 사람들은 골치 아픈 일을 과거에 묻어버린 후 계속 그렇게 묻혀 있길 바라죠. 트리스트럼에서 당신에게 일어났던 일처럼 말예요."

"당신은 지금 자신이 무슨 말을 하고 있는지 몰라."

질리언의 표정이 또다시 바뀌었다. 이제 목소리는 명랑해서 장난스럽기까지 했다.

"난 그와 함께 잤어요, 기억나요? 그가 사라질 때까지⋯⋯."

"그만!"

케인이 소리쳤다.

"그 얘긴 꺼내지 말게."

분노와 자기혐오가 표면 위로 떠오르는 것을 느끼며 케인은 질리언에게 다가갔다. 그녀가 등 뒤에 감췄던 손을 내밀었다.

손에는 칼날 끝이 붉게 물든 커다란 식칼이 들려 있었다.

이제야 집에 들어오면서 맡았던 냄새의 정체를 깨달았다. 비릿한 피 냄새였다.

"고기를 썰고 있었어요. 저녁을 하려고요. 잘게 다지고 있었죠."

질리언이 말했다.

"아이는 어디 있지?"

"자고 있어요. 그들이 아이를 깨우지 말라더군요."

질리언이 갑자기 웃었다. 이제 막 생쥐를 삼키려는 뱀처럼 포식자의 여유가 느껴지는 웃음이었다. 그녀의 눈이 초점을 잃고 흐릿해지더니 눈이 뒤집히며 온통 흰자위만 보였다.

케인의 주위로 공간이 회전하는 것 같았다. 벽들이 거대한 폐처럼 휘어지며 숨을 들이켜고 있었다. 아이가 위험해! 케인은 또다시 죄 없는 한 생명을 혼자 둬 위험에 빠뜨리고 말았다. 피가 흐르는 동안 자신의 일에만 몰두했다니, 케인은 자신의 무지와 어리석음을 저주했다. 어제 자신 앞에 그토록 분명히 모습을 드러낸 징조들을 알아차리지 못했다는 사실이 끔찍하게 혐오스러웠다. 질리언은 병을 앓고 있어서 위험할 수 있었는데도 케인은 그런 위험 신호를 무심히 보아 넘겼다. 언제나 그랬듯이.

과거의 경험이 거의 압도적일 만큼 강력하게 되돌아오고 있었다. 이번만큼은 너무 늦기 전에 반드시 행동을 취해야 했다.

'당신 같은 사람들은 골치 아픈 일을 과거에 묻어버린 후 계속 그렇게 묻혀 있길 바라죠.'

케인은 등불을 집어 들고 절뚝거리며 최대한 빨리 복도를 걸었다. 불빛이 바닥과 천장에 부딪히며 사방에 넘실대는 그림자를 드리웠다. 레아의 방문은 반쯤 열린 채 밖에서 빗장이 채워져 있었다. 방안으로 들어서며 미칠 듯이 뛰던 심장이 순간 잠잠해졌다. 등불의 불빛에 좁은 침대 위에서 소녀가 몸을 웅크린 채 자는 평범한 광경이 눈에 들어왔다. 소녀의 얼굴은 부드럽고 편안해 보였다. 피를 흘리지도 않았고, 고르게 호흡하고 있었다.

케인은 안도의 숨을 푹 내쉬었다. 질리언은 저녁을 하려고 고기를 썰고 있었던 것이다. 그뿐이었다. 걱정할 일은 아무것도 없었고, 레아는 무사했다.

그럴지도 몰랐다. 그러나 그렇다고 질리언의 이상한 행동까지 설명되는 건 아니었다. 그들이 처한, 한순간에 모든 걸 잃을 수도 있는 위태로운 상황은 달라지지 않았다. 재정은 궁핍했고, 긴장감은 빠르게 고조되고 있었다. 질리언의 머릿속을 어지럽히는 목소리들, 그리고 레아에 대한 질리언의 두려움도 설명되지 않았다.

'트리스트럼에서 당신에게 일어났던 일처럼…….' 케인은 인기척에 뒤를 돌아봤다. 질리언이 식칼을 손에 들고 방 안으로 들어오고 있었다.

질리언은 케인을 보지 못하는 듯했다. 그녀가 침대 곁으로 다가가자 방 안의 공기가 갑자기 차갑게 느껴졌다. 잠결인 듯 여전히 눈을 감고 있는 레아가 자리에서 벌떡 일어나 앉았다. 질리언이 칼을 들어 올리는 순간, 두 사람 사이에 탁탁거리며 기운이 일더니 질리언의 몸이 벽에 힘껏 내동댕이쳐졌다. 보이지 않는 힘이 거대한 손을 뻗어 그녀를 옆으로 내친 것 같았다.

케인은 충격으로 뒷걸음질을 쳤다. 아무것도 못 봤고, 어떤 경고도 감지하지 못했다. 하지만 기이한 마법은 작용했다. 레아는 줄에 의해 조종당하는 꼭두각시처럼 보였다. 아이는 최면에 걸린 것처럼 기이하게 고개를 앞뒤로 끄덕였다. 케인은 전에 아이의 손을 잡았을 때 느꼈던 내면에서 소용돌이치던 힘을 떠올렸다. 이상한 마법이 미지의 결과를 품은 채 터져 나오려고 했다.

'이게 뭘까?'

질리언이 일어서더니 다시 침대로 다가갔다. 눈을 뜬 레아가 몸을 뒤로 빼며 두려움에 비명을 질렀다. 보이지 않는 힘 때문에 질리언의 손에서 떨어트린 식칼이 쨍그랑 소리를 내며 바닥에 떨어졌다.

"이 악마!"

질리언이 입에서 침을 튀기고 눈을 희번덕거리며 소리쳤다. 질리언은 자신을 붙들고 있는 뭔가를 향해 발길질을 하고 손으로 할퀴어댔다.

"마녀의 자식! 너의 검은 주술이 더는 널 지켜주지 못할 것이다! 죽은 자들이 널 찾아올 것이다!"

잠에서 완전히 깬 레아는 몸이 의지대로 안 움직이는 듯, 눈앞에서 벌어지는 일을 막을 힘이 전혀 없어 보였다. 레아의 다급한 시선이 케인에게서 질리언의 얼굴로, 다시 케인의 얼굴로 옮겨갔다.

너무 늦기 전에 어서 이 상황을 끝내야 했다.

케인은 바닥에 등불을 내려놓고, 배낭을 뒤져 라트마 사제가 토라자 밀림의 나무뿌리와 뼈를 섞어 만든 흰 가루가 담긴 유리병을 꺼냈다. 그리고 유리병의 뚜껑을 열고 손바닥에 가루를 쏟은 다음, 레아의 얼굴을 향해 훅 불었다.

아이가 가볍게 숨을 내쉬더니 눈이 뒤집히면서 정신을 잃고 침대로 쓰러졌다.

케인은 즉시 질리언 쪽을 향했다. 질리언은 지금까지 자신을 붙잡고 있던 뭔가에서 벗어나 바닥에 떨어진 칼을 집으려고 했다. 남은 가루를 질리언 쪽으로 마저 불었다. 가루가 닿자 다리의 힘이 풀리며 질리언이 돌처럼 털썩 무너져 내렸고, 쿵 하는 소리와 함께 벽에 머리를 세게 부딪쳤다.

기운이 방에서 사라지면서 집이 갑자기 조용해졌다. 케인은 질리언이 쓰러진 곳으로 가서 맥을 짚어보았다. 맥이 미친 듯이 뛰었다. 질리언은 얕은 숨을 가쁘게 헐떡이고 있었다. 심장이 오그라드는 것 같았다. 강령술사의 가루는 산 자와 죽은 자 사이의 단계로 가는 통로였다. 양이 충분치 않으면 의식이 남은 사람에게 환각과 혼란을 불러일으키지만, 양이 지나치면 훨씬 위험해져 사람을 다시는 돌아올 수 없는 곳으로 보내버리기도 했다. 자신이 쓴 양을 가늠하기 어려웠지만 지금에 와서 어찌해볼 수 있는 일도 아니었다.

케인은 침대로 다가가 깊이 잠든 레아를 살펴보았다. 맥박은 고르게 뛰었고, 얼굴은 평온해 보였다. 마치 천사 같았다. 전혀 뜻밖의 감정이 케인을 휩쓸었다. 작은 소녀는 자신도 제어하거나 이해할 수 없는 어떤 힘에 사로잡혀 있었다. 아이는 자신의 과거를 몰랐다. 자다 깨 보니 자신이 엄마라고 생각했던 사람이 칼로 공격해오고 있었다. 무슨 일이 벌어졌든 그것은 아이가 한 일이 아니었다. 그저 혼란스럽고 겁에 질려 있을 뿐이었다.

케인은 아이를 보호할 더 좋은 방법을 찾아야 했다. 어떻게든 아이를 도와야 했다. 하지만 스스로 이미 여러 번 증명했던 것처럼 그는 영웅이 아니었다. 그리고 이렇게 작은 아이에게 케인이 무엇을 해줄 수 있단 말인가?

그는 자신의 문제만으로도 골치가 아픈 노인이었다. 성역에 침입하려는 악마들을 저지할 열쇠를 찾지 못한다면, 이런 일들은 문제꺼리도 되지 않을 터였다. 모두 죽은 목숨이거나 그보다 나쁠 게 분명했다.

레아의 맥박은 계속 강하게 뛰었다. 케인은 가까스로 질리언의 팔 아래 손을 끼워 넣기는 했지만, 그녀를 옮기는 일은 거의 불가능했다. 무릎과 등이 비명을 질러대 결국은 포기하고 말았다. 케인은 질리언을 거기에 그대로 둔 채 레아를 안고 그녀의 옷과 신발을 챙겨 어둠 속을 지나 거실로 나갔다. 그리고 난로 앞 깔개 위에 조심조심 눕혔다. 난로에 남은 잔불로 두 번째 등불에 불을 밝히자 작은 공간이 환해지며 주위를 감쌌던 어둠이 사라지는 듯했다. 레아는 몸을 뒤척이지 않았다.

레아의 방에서 질리언은 차츰 안정된 호흡을 되찾아 가고 있었다. 미칠 듯이 뛰던 맥박도 진정되었다. 케인은 힘겹게 질리언을 바닥에서 일으켜 레아의 침대에 눕힌 뒤, 방문을 닫고 빗장을 채웠다.

케인은 조금은 만족스러운 기분으로 칼을 챙겨 레아에게 돌아갔다. 머릿속으로는 조금 전 일을 되새기고 있었다. 아이의 힘은 위협을 받았을 때 작동하는 방어력인 듯했지만 간단한 주문보다 훨씬 강력했다. 케인은 이제껏 그런 주문을 한 번도 본 적이 없었다. 레아의 친엄마는 뛰어난 마녀였으므로 딸에게 어떤 재능을 물려줬을 가능성은 있지만, 마녀는 마법학자가 아니었다. 훈련받은 원소술사들은 비슷한 방식으로 물질의 원소를 제어할 수 있었고, 능력을 계발해 물질 영역에 영향력을 미칠 수 있었다. 하지만 그 정도가 되려면 오랫동안 훈련을 거쳐야 했다. 이렇게 어린 소녀가, 그것도 이러한 기술에 대한 의식적인 지식도 없이 이런 일을 행할 수 있다는 사실은 충격이었다. 그리고 굉장히 위험한 일일 수 있었다.

더 나은 조언을 해줄 누군가가 필요했다. 케인은 자신도 모르게 쿨룸이 말했던 마법학자들을 떠올렸다. 그들이 정말 호라드림의 교리를 연구한다면 도와줄 수 있으리라. 진짜 호라드림이라면 아이의 재능을 이해하고, 아이가 어른으로 성장하면서 경험할 험한 파고를 헤쳐 나갈 수 있도록 이끌어줄 수 있을 것이다.

'그들은 아예 존재하지 않을 수도 있어.' 케인의 마음속에서 의혹이 일었다. '하지만 넌 그저 이런 일들이 좋아서 하는 학자일 뿐이야. 훌륭한 스승이 아니지. 그들이 아니면 네게 어떤 희망이 있지?'

공기 중에 아직 피비린내가 진동하고 있었다. 주방을 살펴보니 커다란 쥐의 사체가 눈에 띄었다. 머리가 잘리고 부분적으로 내장이 제거되어 있었다. 질리언은 쥐로 음식을 준비하고 있던 모양이었다.

그런 생각에 역겨움을 느끼기에는 너무 지쳐 있었다. 케인은 남은 사체를 쓰레기통에 쓸어 담은 뒤, 의자에 앉아 잠든 레아의 모습을 지켜보았다. 흰 가루 덕분에 앞으로 몇 시간은 자겠지만, 그동안 케인은 두 사람의 문제를 어떻게 해결할지 결정해야 했다. 상황을 이대로 두고 볼 수는 없지만, 그렇다고 답이 떠오르지도 않았다.

낯선 책임감이 육중한 무게로 케인의 어깨를 짓누르는 가운데 전날 밤의 꿈이 떠올랐다. 질리언과 자카룸 대성당의 어둠 속에 숨어 있다가 돌아보니 무시무시한 괴물이 불쑥 거대한 모습을 드러냈고, 그 뒤에 여자와 아이가 서 있던 꿈. 케인은 두 사람이 비난 어린 눈빛을 하고 있다고 느꼈다. 그가 오십 년 가까운 세월 동안 묻어버리려던 비난이었다. '왜 우리를 구하지 못했나요?'

그것은 실제로 일어난 일이 아니었다. 그런 거대한 형체가 나타난 적도 없고, 마음에 짚이는 비슷한 여자나 아이도 없었다. 라크다난이 레오릭 왕을 살해한 후로 상황은 계속 나빠지기만 했다. 라크다난은 저주를 받았고, 마을 사람들은 하나둘씩 실종되기 시작했다. 광기가 작은 마을을 파고들었고, 기이한 소음과 사악한 존재들이 그나마 남은 자들을 도망치게 만들었다. 사방에서 모험가들이 몰려들었다. 영웅이 되기를 꿈꾸거나, 고대 호라드림 건물 아래 숨어 있다고 알려진 부자들을 약탈하기 위해 온 자들이었다.

케인의 경고에도 모험가들은 차례로 지하묘지 깊숙이 내려갔다. 그리고 디아블로의 검은 무리에게 공격을 받고 죽어가면서 그들이 내뱉은 울부짖음이 어두운 복도에 울려 퍼졌다.

케인은 자신의 믿음이 부족했던 점에 대해 오랫동안 죄책감을 느꼈다. 호라드림의 교리와 어머니의 가르침을 고집스럽게 외면했던 일을 후회했다. 그는 이른 새벽부터 맹렬히 책을 읽었고, 찾아낼 수 있는 정보는 모두 파고들었으며, 해돋이 여관에서 다른 이들에게 역사를 자세히 들려주기도 했다. 하지만 케인은 직접 악마 군단을 대적하기에는 너무 늙고 약했다. 너무 늦기 전에 사람들이 맞닥뜨리게 될 게 무엇인지 이해시킬 수도 없었.

더 많은 전사가 찾아왔고, 그들 중 몇몇은 아주 인상적이기도 했다. 하지만 왕의 맏아들이 불길한 서부 반도 전투에서 돌아오기 전까지 모든 희망은 사라진 듯 보였다. 떠날 당시 철부지 아이 같던 아이단은 성숙한 어른이 되어 돌아왔다.

케인은 그를 못 알아볼 뻔했다. 아이단은 진심으로 영웅이라 부른 건 케인에게 존경의 척도가 되었다. 케인은 제레드의 서책과 대성당에서 찾은 문건들을 통해 알게 된 사실들을 설명하며, 아이단에게 고대 건물의 지하묘지에서 그가 마주하게 될 것들에 대해 경고하려고 애썼다.

하지만 젊은이가 마주하게 될 공포에는 충분한 대비란 있을 수 없었다.

여관 복도는 어둡고 텅 비어 있었다. 여기에 어떤 유령이 살든, 지금은 조용히 움직이지 않고 있었다. 아이단은 갑옷을 완벽히 갖춰 입고 무거운 검을 옆에 둔 채 두 손으로 머리를 감싸고 침대 끝에 앉아 있었다.

노인이 들어서자 아이단이 고개를 들고 쳐다보았다. 케인은 젊은이가 조심스럽게 만든 껍질 아래 감춰둔 감정을 감지했다. 그것은 아이단의 잘 생긴 얼굴을 일그러뜨린 뜨거운 분노와 고뇌였다.

"아버지는 돌아가셨고 남동생은 사라졌습니다. 도시 전체가 폐허로 변했습니다. 그런데 어떻게 기다려야 한다고만 말씀하십니까?"

"자네가 잃은 게 적다는 뜻이 아닐세."

케인은 가능한 한 부드러운 음성으로 말했다.

"하지만 내려가기 전에 그곳에서 대면하게 될 것들에 대해 더 잘 알아야……."

"충분히 알고 있습니다."

자리에서 일어난 젊은이는 검을 들어 검집에 넣었다. 그는 다시 차분해져 있었다.

"이 가증스러운 일에 책임이 있는 악마는 반드시 불타는 지옥으로 다시 보내져야 합니다. 당신도 직접 그렇게 말씀하셨습니다."

아이단은 방을 가로질러 온 뒤 한 손을 케인의 어깨 위에 얹었다.

"저는 이제 당신이 알던 겁쟁이 소년이 아니에요. 쿠라스트 최고의 스승들 밑에서 교육과 훈련을 받았고, 서부 반도의 사나운 병사들과도 싸웠습니다. 저는 악마의 자식들을 하나씩 처치해 나가다 결국 그 근원을 찾아 이 검의 칼날 맛을 보여줄 겁니다."

"지하묘지 깊은 곳에는 고위 악마를 비롯해 더 강력한 악마 군대로 넘쳐날 걸세. 라자루스는 수많은 사람을 죽음으로 이끌었지. 거기에는…… 자네가 아는 사람과 자네가 사랑한 사람들도 있을 거야. 죽음에서 일어나 끔찍한 모습으로 변한 채 말이야. 그들은 어쩌면 인간의 살을 뜯어 먹고 발에 차이는 시체들을 훼손하기도 할 걸세. 그중에 자네 아버지도 있을 수 있네."

아이단의 눈빛이 분노로 날카롭게 빛나더니 어두워졌다.

"반역자 라자루스는 이 일을 다 마치기 전에 제가 목을 칠거예요. 어떤 희생을 치르더라도 이 사악한 세력을 성역에서 반드시 몰아내고 말 겁니다."

"자네 동생 알브레히트도 있지."

케인은 아이단의 말을 자르며 자신의 손을 영웅의 손 위에 포갰다. 너무 늦기 전에 이 젊은이가 진실을 볼 수 있도록 이끌어야만 했다.

"알브레히트를 상대해야 한다면 어떻게 할 텐가? 그는 훨씬 더 가혹한 운명을 겪고 있을지 모르네. 그가 타락했을 가능……."

"그렇다면 알브레히트도 죽일 겁니다. 동생의 고통을 끝내 주는 게 제 의무죠."

"최소한 다른 사람들이 자네를 수행할 수 있게 해주게. 건전한 정신을 가진 눈먼 자매단의 추종자와 비제레이 원소술사가……."

그때 고통에 찬 끔찍한 비명이 밤을 가르며 울려 퍼졌다. 아이단이 조그만 창가로 가서 밖을 내다보더니 급히 방을 나갔다. 케인은 최대한 빨리 그 뒤를 따랐다. 쑤시는 늙은 다리를 이끌고 계단을 내려가자, 아이단이 무릎을 꿇고 다친 여자를 살피고 있었다. 근처에는 한 남자가 피범벅인 갈퀴를 들고 서 있었다. 파넘이었다. 그는 한때 라자루스를 따라 지하묘지로 내려갔다 와서는 거기서 무슨 일이 있었는지 말하지 못했다. 그 후로 술을 잔뜩 마시고 몇 번이나 그곳에 다시 가려고 시도했는데, 결국은 성공해 누군가를 데리고 겨우 지상으로 올라온 모양이었다.

"아이를 살려주세요!"

파넘이 무기력한 목소리로 간청했다. 그리고는 안절부절못하며 주위를 두리번거렸다.

"치유자는 어디 있나요? 페핀!"

팔에는 물어뜯긴 자국들로 가득했고, 머리 가죽은 찢겨져 피부와 머리카락이 귀 근처에 매달려 있었다. 파넘은 자신이 다친 것도 모르는 듯 계속 여자만 쳐다보았다.

케인이 가까이 다가갔다. 여자의 예쁘장한 얼굴이 뺨부터 턱까지 쭉 갈라져 있었다. 케인은 순간 질리언을 떠올렸지만, 여자는 질리언보다 더 마르고 어려 보였다. 열여섯 살이 채 안 된 파넘의 딸이었다. 몸에도 상처가 많았는데, 고기 써는 커다란 칼로 베인 듯한 깊은 상처들이었다. 아이단은 떨어진 살점을 붙여 놓으려는 것처럼 여자의 얼굴에 손을 갖다 댔다. 하지만 여자가 고개를 비틀며 신음을 내뱉자 아이단의 손가락이 피에 미끄러졌다.

순간 여자의 몸이 위로 솟으며 경련을 일으켰고, 등뼈가 활처럼 휘면서 몸을 떨기 시작했다. 얼굴의 피부가 떨어져 나가며 턱뼈가 드러났고, 솟구친 피가 목을 타고 흘러내렸다. 아이단이 여자를 진정시키려고 애쓰는데 파넘이 다급히 달려들었다. 케인이 그의 앞을 막아섰다.

"대체 묘지에서 무슨 일이 있었던 게요? 말해야 합니다."

파넘이 고개를 흔드는 바람에 핏방울이 케인의 얼굴에 튀었다.

"사람들이 다른 멍청이들과 함께 라자루스를 따라 죽을 곳으로 갔어요. 나는 다시 내려가 딸이 살아 있는 것을 발견했고요. 나머지는 죽었어요. 전부 다. 아, 이 땅은 저주받았어요. 지하의 괴물들은 정말 끔찍해요!"

"누가 당신을 이렇게 만들었소?"

"도살자와 그의 칼날이요. 그가 사람들 대부분을 도륙했어요. 나도 그와 다시 마주쳤지만, 탈출할 때까지 딸과 함께 가까스로 숨어 있을 수 있었죠. 그의 도살장을 봤는데, 시체들과 아직 걸어 다니는 사람들로 가득했어요. 하지만 그들은 인간이 아니에요, 데커드."

파넘의 피 묻은 손가락이 케인의 옷자락을 꽉 움켜쥐었다. 옷에 길게 빨간 줄이 생겼다.

"그들이…… 나를 물었어요."

땅에 누운 여자가 꼴록꼴록 숨넘어가는 소리를 냈다. 울부짖으며 케인에게서 돌아선 파넘은 딸의 옆에 무릎을 꿇고 앉아 그녀의 손을 잡았다. 일어서는 아이단의 눈빛이 진실을 말하고 있었다. 딸을 잃었다고.

케인이 아이단을 옆으로 돌려세웠다.

"영혼이 몸을 빠져나간 뒤 그녀가 다시 일어날지 모르네."

케인이 나직이 속삭였다.

"내가 파넘을 데리고 갈 테니 자넨 여기에 있다가 필요하다고 판단되면 그녀의 고통을 끝내주게."

아이단이 고개를 끄덕였다.

"그리고 지하묘지로 내려가 이 일을 끝장내겠어요. 공포는 여기서 멈춰야 합니다."

대성당 쪽에서 들려오는 비현실적인 울림이 텅 빈 어두운 공간을 가르며 메아리치자 케인의 등줄기를 타고 한기가 흘러내렸다. 그 뒤로 소름끼치는 쿵 소리와 저주받은 자들의 끔찍한 웃음소리가 들려왔다.

숲의 어둠 속에서 인간이 아닌 듯한 커다란 존재가 몸을 움직였다.

케인은 자신이 아는 유일한 고향인 황폐한 마을을 둘러보았다. 그의 집도 얼마 떨어져 있지 않았다. 그가 어머니의 보살핌을 받으며 자란 곳이자 어머니가 제레드 케인과 탈 라샤, 그리고 죽을 때까지 대악마들과 전쟁을 벌였던 영웅들인 호라드림의 이야기를 들려주던 곳이었다.

케인의 운명은 실현되지 못했다. 그가 어머니와 서책의 경고를 무시하고 귀

담아 듣지 않으려 했기 때문에 너무나 많은 사람이 목숨을 잃었다. 케인이 더 지적인 것들을 추구하는 척하며 시간을 보내는 동안 서책에는 먼지가 뽀얗게 쌓여갔다. 케인은 악마니 하는 것들을 믿지 않았지만, 그가 믿든 말든 그들의 시대는 다가왔다. 이제 케인은 엄청난 죄책감을 느꼈다.

'내가 실망시킨 거야. 내가 모두를 실망시키고 말았어. 그리고 이제 그 대가로 지옥을 구경하게 되겠지.'

연기 냄새가 났다. 마을에 불길이······.

데커드 케인은 화들짝 놀라 잠에서 깼다. 죽어가는 여자의 모습이 눈에 선했다. 케인은 의자에 앉아 레아를 바라보다 깜박 잠이 들었다. 등불의 일렁이는 불빛에 난로 근처의 깔개 위에서 미동도 하지 않고 잠들어 있는 레아의 모습이 보였다.

뭔가가 이상했다. 등불의 심지는 불이 꺼져 있었다. 그런데 여전히 꿈에서 봤던 연기와 불길이 어른거렸다.

'트리스트럼은 불타지 않았다. 그때는 불타지 않았다.'

케인은 놀라서 잠이 싹 달아났다. 일렁이는 불빛이 복도에서 흘러들고 있었다.

케인은 자리에서 일어나 최대한 빨리 움직였다. 연기가 레아의 방문 주위에서 쏟아졌고, 불길은 악마의 혀처럼 건조한 목재들을 향해 날름거렸다. 피부에 벌써 뜨거운 열기가 닿았다. 케인은 문에 걸어 두었던 주문을 해제하기 위해 뭔가를 중얼거린 다음, 조금 더 다가가 손잡이를 향해 손을 뻗었다. 열기 때문에 가까이 갈 수 없었다.

전날 밤 케인은 또 하나의 등불을 방에 켜두고 나왔는데, 어찌해서 그 불이 목재에 옮아 붙은 듯했다. 질리언은 이제 꼼짝없이 갇혀 있었다.

"질리언!"

케인이 소리쳤지만 안에서는 아무런 대답이 들리지 않았다.

연기가 머리를 휘감아 돌다 폐로 들어가자 케인은 기침을 했다. 입술에서 텁텁한 맛이 났다. 소매로 얼굴을 가려도 별 소용없었다. 점점 머리도 어지러웠다.

"무슨 일이에요?"

레아가 창백한 얼굴을 하고 그의 뒤에 서 있었다. 두 눈은 공포로 휘둥그레졌고, 옷을 입고 신발까지 신고 있었다. 두려움을 간신히 억누른 목소리였다.

"집에 불이 났어. 상황이 심각하단다."

케인이 대답했다.

"엄마가……."

"엄마는 못 구해. 불길이 세서 방에 들어갈 수가 없단다. 우리도 어서 나가야 해."

레아는 양옆에 내려뜨린 손으로 주먹을 꼭 쥐며 고개를 흔들었다.

"안 돼요! 엄마를 두고 갈 순 없어요!"

"이럴 시간이 없어, 레아. 바보같이 굴지 마라."

레아에게 다가간 케인은 그녀를 다시 거실로 데려가려고 했다. 하지만 레아는 돌처럼 그 자리에서 꿈쩍도 하지 않으려 했다. 소녀를 진정시켜 밖으로 데려 나가려면 뭔가를 해야 했지만, 방법이 떠오르지 않았다. 케인은 전투에 나가는 남자들에게 조언해주는 일에는 익숙했다. 그들은 논리적이고 이성적이었으며, 위험을 이해하고 사실에 근거해 결정을 내릴 수 있는 사람들이었다. 이 상황에서 소녀에게 무슨 얘기를 해줄 수 있단 말인가? 질리언은 죽었을 거고 우리도 빨리 나가지 않으면 죽게 될 거라고? 이러한 공포를 어떻게 다뤄야 할까?

갑자기 우르르하는 소리가 집을 뒤흔들더니 뭔가가 주방에서 와장창 부서졌다. 레아가 눈을 꼭 감고 몸을 떨기 시작했다. 케인은 다시 한 번 기온이 기이하게 뚝 떨어지는 걸 느꼈다. 질리언이 식칼을 들고 레아의 방에 들어갔을 때 벌어졌던 일과 똑같았다. 공기 중의 어떤 기운이 마치 투명한 존재처럼 케인의 피부를 찔러댔다. 목재에서 펑 소리가 나고 사방에서 삐걱대는 소리가 들리면서, 닫힌 방안에서도 요란하게 쉭하는 소리가 났다.

난로 쪽에서 뭔가가 산산조각 났다. 거의 동시에 케인은 복도 벽을 타고 넘실거리는 붉은 불길을 볼 수 있었다. 다른 방으로 달려가 보니 두 번째 등불이 바닥에 떨어지면서 꺼져가던 불길에 연료를 보탰고, 거기서 다시 불길이 일고 있었다. 불길 하나가 마루를 지나 식탁으로 옮겨붙기 시작했다.

서두르지 않으면 두 사람은 거실에 갇힐 수도 있었다.

케인은 다시 소녀에게로 갔다. 레아는 눈을 감고 주먹을 쥔 채 여전히 그 자리에 꼼짝도 않고 서 있었다. 소녀의 피부가 땀으로 번들거렸다. 레아가 거기에 없는 것 같은 느낌이 들었다. 뭔가가 침입해 소녀의 몸을 거기에 둔 채 정신을 가져가 버린 것 같았다.

등불을 바닥에 떨어뜨린 건 아이의 짓이었을까? 아이에게 무슨 일이 벌어진 걸까?

소녀의 어깨를 잡았으나 불현듯 소녀를 만지는 게 과연 좋은 생각일까 고민하는 순간, 케인을 강타한 엄청난 힘이 뜨거운 불길처럼 팔을 타고 번져와 뒤로 세게 밀쳐냈다. 언뜻 레아가 눈을 뜨는 모습이 보였다. 그녀의 두 눈에 방에서 질리언의 공격을 받았을 때 보였던 것과 같은 혼란스럽고 두려운 표정이 어렸다. 동시에 광활한 공간에서 또 다른 게 느껴졌다. 전적으로 인간이 아니라고 여겨지는 어떤 존재가 거대한 검은 날개를 펼치며 위로 솟구쳤다. 그 존재는 그들 가까이에 있었지만, 정확히 그들이 어디 있는지는 찾지 못했다.

케인은 벽에 몸을 세게 부딪쳤다. 천 마리의 개미가 살갗을 물어뜯는 것 같은 충격이 몸을 관통했다. 가까스로 일어서는데 익숙한 허리 통증이 천 배나 증폭돼서 돌아왔다. 레아가 고개를 흔들며 뒷걸음질을 쳤다. 자신에게 일어난 모든 일을 밀쳐내려는 듯 두 손을 들고 흔들고 있었다.

소녀에게는 견디기 어려운 충격이었다. 레아는 눈이 뒤집히면서 의식을 잃고 바닥에 쓰러졌다.

레아를 점령했던 기이한 기운은 이제 사라졌다. 케인은 소녀를 안아 어깨에 둘러메고 다시 거실로 돌아와 점점 짙어지는 연기 속에서 지팡이와 배낭을 찾았다. 레아의 몸무게 때문에 걸음이 휘청거렸고, 물건을 챙기면서는 거의 쓰러질 뻔했다. 서책과 유물을 다 챙기자 안도감이 몰려들었지만 그것도 잠시였다.

불길이 빠르게 거세지며 열기가 점점 뜨거워졌다. 주황색 불꽃이 벽을 타고 천장에 옮겨붙기 시작했다. 출구를 못 찾을 것만 같았다. 주위의 모든 것이 떨어져 나가는 듯하더니 공간이 불가능할 정도로 길어졌다. 그는 벌레를 찾아 이리저리 눈알을 굴리는 까마귀의 눈빛을 떠올렸다. 도시만큼이나 거대한 검은 까마귀가 날개를 펼치고 태양을 가렸다.

거의 정신을 놓기 직전에 케인이 또다시 비틀거렸다. 그때 현관문이 부서지면서 주문이 깨지고 신선한 공기가 훅 들어왔다. 수염을 기른 거구의 남자가 팔로 코와 입을 막은 채 연기를 뚫고 더듬더듬 다가오자 퍼덕이는 검은 날개가 사라졌다.

그가 케인을 잡더니, 케인과 여전히 의식이 없는 레아를 거의 끌다시피 하며 열린 문과 그 너머 밤을 향해 발걸음을 옮겼다.

제 8 장

정신병원

작은 집의 바깥에 사람들이 한 곳에 모여 있었다. 창문을 통해 지붕으로 번진 불이 주위의 집들에 옮겨붙지 않도록 남자들이 한 줄로 늘어서서 물동이를 나르며 불길을 잡고 있었다. 다른 사람들은 서서 구경하거나 이리저리 기웃거리고 수군대면서 뭔가를 가리켰다.

케인과 레아를 구해준 남자는 몇 집 건너 이웃에 사는 대장장이 제임스라고 자신을 소개했다. 케인은 구해줘서 고맙다는 인사를 했다.

"연기 냄새가 나더군요. 제가 별로 잠이 없는 사람이라 다행이었죠."

남자가 레아를 가리켰다.

"아이를 내려서 좀 봐도 될까요?"

"그래 주면 고맙겠소."

제임스는 하나도 무겁지 않은 듯 케인의 어깨에 걸쳐 있던 레아를 가볍게 들더니 땅에 조심스럽게 뉘었다. 그리고서 아이의 동공과 호흡을 확인하고는 뒤로 물러섰다.

"화상을 입지 않았군요. 아주 멀쩡해요."

"화재가 아니라 히스테리로 고생할까 봐 걱정이오. 아이가 받은 충격이 너무 커요."

제임스는 고개를 끄덕였다.

"저도 비슷한 또래의 딸이 있어요. 건넛마을에서 엄마와 같이 살죠. 자주는 못 봐요."

남자가 고개를 흔들었다.

"애 엄마와 난 사이가 좋지 않아요, 많이 안 좋죠. 그런데 아이는……."

제임스가 레아를 가리키며 말했다.

"마을 사람들이 아이와 아이 엄마에 관해 떠들어대는 소문에는 신경 쓰지 않아요. 사람들과 다른 삶을 사는 이들은 그들이 하지 않은 일로도 비난받기 일쑤죠. 부끄러운 일이에요."

질리언. 화재에 정신이 팔려 하마터면 그녀를 잊고 있을 뻔했다. 케인은 마을 사람들이 양동이로 정신없이 물을 뿌리고 있는 조그만 집을 바라보았다. 불길이 조금 잦아진 듯했다. 하지만 창문은 검댕으로 시꺼멓게 그을렸고, 지붕에서는 여전히 연기가 피어오르고 있었다. 질리언은 살아남지 못했으리라.

갑자기 걷잡을 수 없는 피로가 몰려들었다. 어디든 주저앉아 쑤시는 뼈들을 쉬게 해주고 싶은 생각이 간절했지만, 그럴 수 없었다. 그들을 보며 수군대는 사람들이 늘고 있었다. 소문이 곧 빠르게 퍼질 터였다. 이방인인 그를 사람들은 벌써 수상한 눈초리로 쳐다보고 있었다. 거기에다 최근에 그가 질리언의 집을 찾아왔으므로, 오늘 밤 일어난 일에 대해 의심을 살 이유는 충분했다.

웬일인지 황량한 땅과 그 너머를 뒤지는 날개 달린 존재가 다시 떠올랐다. 그 존재는 집의 골조만 남기고 시꺼멓게 타버려 연기를 내뿜는 현장에서도 케인을 찾는 듯했다. 불길에 갇혔을 때 그가 느꼈던 존재가 진짜였는지 혹은 환영이었는지 궁금했다.

건물 뒤편에서 소란이 일었다. 귀에 거슬리는 소리로 고함을 질러대는 여자의 목소리가 들려왔다. 케인은 제임스에게 레아를 부탁하고서, 지팡이에 의지한 채 비틀거리며 소리가 나는 쪽으로 다가갔다가 깜짝 놀랐다.

집 모퉁이를 돌자 사람들이 모여 있었고, 덩치 큰 경비병 두 명이 몸부림치는 여자의 팔을 붙들고 있었다. 케인이 멈춰 섰다. 질리언이었다. 잠옷은 찢어진 채 여기저기 검댕이 묻어 있었고, 희끗희끗한 머리카락은 풀어져 어깨 위에 엉켜 있었다. 케인이 보기에 제정신이 아닌 듯했는데, 실제로도 그런 것 같았다.

"도망치는 걸 길에서 붙잡았습니다."

경비병 하나가 새로 도착해 주위를 둘러싼 사람들에게 보고했다.

"뒤쪽 창문으로 기어 나왔습니다. 자기가 불을 질렀다는데……."

"지옥에나 떨어져!"

질리언이 더께 진 입술로 침을 튀기며 소리쳤다.

"내가 그랬다. 그래, 내가 그랬지. 죄를 불태우고 여기 악마들을 다 죽여 없애려고 그랬어. 너희는 모두 멍청한 장님들이야! 세상의 종말이 오고 있다! 하늘이 검게 변하고 땅이 추악한 것들을 토해내리라!"

질리언은 자신을 잡고 있는 경비병들에게 저항했다. 몸을 빼내려고 몸부림쳤고, 성난 고양이처럼 손톱으로 할퀴려 했다. 양손으로 질리언을 붙잡고 있던 경비병들은 덩치가 거의 두 배는 되는데도 땅에 고꾸라질 뻔했다.

"여자를 잡아, 제기랄."

한 남자가 소리쳤다. 하급 귀족의 품새에 경비 책임자인 듯했는데, 집 밖인데도 여전히 잠옷 바람이었다. 얼굴은 통통 부어 있었고, 몹시 화가 난 듯했다. 케인은 그가 스스로 일어난 게 맞는지 궁금했다. '잠을 깨워서 미안하네.' 그 남자가 케인에게 다가오더니 손가락으로 가슴을 찌르며 물었다.

"넌 누구냐?"

"그저 방랑객이오. 이 여자와는 수년 전에 트리스트럼에 있을 때부터 알고 지냈소. 칼데움에 왔다가 잠깐 쉬었다 가려고 들른 게요."

케인이 대답했다.

"방랑객이 아닌 것 같은데."

귀족은 케인의 지팡이와 배낭을 흘긋 보더니 눈을 가늘게 떴다.

"트리스트럼이라고? 몇 년 전에 레오릭 왕이 미쳐버린 뒤 몰락한 도시가 아닌가. 별별 희한한 소문이 다 돌았지만…… 모두 말도 안 되는 헛소리지. 난 그런 곳에서 온 사람의 말은 안 믿지. 거기 사람 전부가 거지 아니면 강도거든."

"그는 지옥에서 온 악마다. 속지 마라."

질리언이 화난 소리로 낮게 말했다. 질리언이 팔을 홱 뿌리치는 바람에 경비병들이 그녀를 거의 놓칠 뻔했다가 다시 붙잡았다. 질리언은 뭔가를 듣는 것처럼 멈춰 서서 먼 곳을 응시하더니, 먹잇감을 눈앞에 둔 포식자처럼 이빨을 드러내며 씩 웃었다.

"우린 모두 타락했다. 우리는 악마들의 자식이다. 우리의 영혼은 그들의 악취로 오염되었다. 그들의 냄새가 난다. 그들이 우리를 취하러 돌아올 것이다."

귀족은 질리언의 말을 무시했지만, 주위에 있던 몇몇은 불안하게 서성이며 수군거렸다.

"저 여자가 미쳤나요?"

누군가가 소리치자 귀족이 손을 들어 사람들을 조용히 시켰다. 그는 질리언을 향해 엄지손가락을 치켜들며 말했다.

"이 여자는 도시의 골칫거리요. 그녀의 딸도 마찬가지고. 요전엔 술집에 불을 내기도 했지. 불길한 사람들이라 사람들이 주위에 있는 걸 꺼리오. 이번에는 다행히 불길이 잡혔지만 다음에도 운이 따를지는 모를 일이오. 이 여자와 아이를 여기에 그냥 둘 수 없소."

"질리언은 고향에서 끔찍한 재앙을 겪었소. 많은 사람이 목숨을 잃었고, 그녀의 영혼과 정신도 상처를 입었소. 부디 불쌍히 여겨 주시오."

케인이 말했다.

"그 여자가 온 동네를 다 불태울 뻔했어요."

한 여자가 마른 어깨를 숄로 감싸며 말했다. 나이가 많고, 얼굴은 움푹 꺼진데다 눈 주위가 거뭇한 여자의 목소리가 가늘게 떨리고 있었다.

"그리고 그 딸은 마녀예요. 모두가 그렇게 말하죠."

케인은 그를 바라보는 사람들의 얼굴을 죽 둘러보았다. 질리언이 피운 소동과 그녀가 보여준 광기 때문에 많은 사람이 몰려들어 있었다. 그리고 눈 깜짝할

새에 길가를 꽉 채울 정도로 사람들이 모여들었다. 케인은 그들이 혹시 난폭해지지 않을까 걱정되기 시작했다. 사람들은 두려움에 떨고 있었고, 질리언은 괴상한 행동으로 상황을 더 안 좋게 만들고 있었다.

"그의 비밀을 물어봐."

조용히 말하는 질리언의 목소리에 이제는 은근한 교활함이 가득 묻어났다. 얼굴에는 여전히 포식자의 웃음이 감돌고 있었다.

"가까운 사람들이 왜 그를 혼자 남겨뒀는지 물어봐. 그들이 왜 사라졌는지."

"질리언, 그런 바보 같은 소리는 그만……."

케인이 가까이 다가가며 말했다.

질리언이 갑자기 달려드는 바람에 잡고 있던 경비병들이 하마터면 그녀를 놓칠 뻔했다.

"호라드림. 그건 아무것도 아니야, 더는 아무것도 아니지. 사악한 원소술사! 난 당신을 믿었어. 하지만 당신은 다른 사람들과 마찬가지로 그를 위한 그릇에 불과하지. 당신은 우리를 향해 다가오는 게 뭔지 알고 있어, 그렇지 않아? 트리스트럼에서 그랬던 것처럼 불과 피와 망자들이 땅 위로 기어 나오고 있지. 땅이 갈라지고, 지옥이 분출될 거야! 당신은 그렇게 되리라는 걸 알고 있어! 나처럼 당신도 그것을 봤으니까!"

사람들 속에서 어색한 웃음과 더 많은 웅성거림이 새어나왔다. 질리언의 정신 상태를 두고 마을 사람들은 광기라고 단정 짓는 쪽으로 좀더 무게를 실었다. '확실히 정신이 나갔어.' 사람들은 수군댔다. 이제 그녀를 격리해야 한다고도 했다. 질리언의 고개가 좌우로 휙휙 꺾이자 가까이 있던 사람들이 그녀와 눈만 마주쳐도 병이 전염되는 것처럼 흠칫 놀라며 뒤로 물러섰다.

"그들의 속삭임이 들려. 그들은 내게 말하지, 끔찍한 이야기를, 아드리아와 그녀의 딸에 관한 이야기를. 그녀는 저주받았어!"

케인이 한 발짝 더 다가갔다. 이제는 손이 닿을 정도로 가까워졌다. 케인이 질리언의 어깨 위에 손을 얹자 그녀의 몸이 굳더니 이내 떨기 시작했다. 질리언의 피부는 손이 델 것처럼 뜨거웠다.

그녀의 눈에 눈물이 고이며 경비병들에게 붙들린 몸이 축 늘어졌다. 그리고 잠시, 그가 오래전에 알았던 질리언이 표면으로 떠오른 듯했다.

"정말…… 미안해요. 내가 정신을 잃고 혼란에 빠졌어요. 그들은…… 아이가 죽어야 한다고 말했어요. 난 그래야만 했어요. 더는 그들을 저지할 수 없었어요. 도와줘요, 데커드. 제발. 그들을 막아줘요."

질리언이 속삭였다.

"아무 말 말게."

케인이 질리언의 어깨를 꼭 잡았다가 놓으며 나직이 말했다. 그리고는 귀족에게 돌아섰다.

"내가 뭘 어떻게 하면 되겠소?"

"도시 북쪽 끝에 정신병원이 있소. 그곳을 이용하는 게 적절할 듯하오. 그녀를 마을 주민과 함께 살도록 놔둘 수 없소. 사람들은 이미 자신의 삶만으로도 걱정거리가 넘치는데 그녀가 세상의 종말을 외치고 다니면서 상황을 더 나쁘게 만들고 있소."

귀족은 그렇게 말하며 팔짱을 꼈다. 저항하면 두 사람을 즉시 교수대로 보내 버릴 기세였다. 사람들이 수군거렸고, 많은 이가 동의의 뜻으로 고개를 끄덕였다. 케인은 주위를 둘러싼 사람들의 얼굴을 다시 둘러보았다. 대부분이 노골적인 적대감과 의혹을 드러내고 있었다. 커다란 슬픔이 밀려왔다. 수년 전 케인의 인생에서 살아남은 얼마 되지 않는 이들 가운데 한 사람을 잃는 데 대한 상실감이었다. 질리언에게는 그가 혼자 줄 수 있는 것보다 더 많은 보살핌이 필요했다. 악마와의 대면은 질리언의 정신과 영혼을 영원히 타락시킨 듯했다. 그녀는 지금도 악마들에게 점령당해 있는지 몰랐다. 질리언은 여기 모인 사람 중 누구도 이해할 수 없는 일들을 목격했고, 그녀 자신의 악마들과 직접 대면했으며, 그것에 관한 이야기를 사람들에게 전하며 살아왔다. 질리언이 보는 앞에서 사람들은 갈기갈기 찢겼고, 아기들은 굶주린 언데드들에게 잡아먹혔다. 마을 사람들의 피를 뒤집어 쓴 채 꺽꺽대는 임프들이 사람들의 머리를 말뚝에 박았다. 하지만 그녀 내부의 힘이자 내면에서 전쟁을 벌이고 있는 그 고귀함은 지금 질리언을 둘러싼 사람들에게 아무런 감흥도 주지 못했다. 오직 케인만이 진실을 알았다. 질리언은 그들 중 감히 누구도 꿈꾸지 못했던 영웅 이상의 영웅이었다. 그리고 거대한 검은 구름처럼 그녀를 따라왔던 대재앙은 끝내 파멸의 원인이 될 터였다.

케인은 흐르는 눈물을 닦았다. 더는 질리언을 위해 해줄 수 있는 일이 없었다. 사람들 속에서 여전히 분노와 두려움이 감지되고 있었고, 폭력의 위험도 짙어지고 있었다. 하지만 케인은 수년 전에 아드리아에게 레아의 안전을 약속했다. 지금에 와서 그 약속을 저버릴 수는 없었다.

케인은 귀족을 향해 가볍게 고개를 끄덕였다.

"내가 아이를 데려가겠소. 그녀를 받아줄 친척들을 알고 있소."

"즉시 도시를 떠날 텐가?"

"동이 트자마자 바로 떠나겠소."

귀족은 그의 제안을 잠시 생각해보는 것 같았다. 케인의 말을 의심하게 되면 일이 너무 복잡해질 염려가 있었다. 마침내 귀족이 고개를 끄덕였다.

"그러면 둘 다 떠나시오. 불은 꺼졌고, 마을 사람들은 다시 잠자리에 들어야 하오."

그리고는 사람들에게 돌아서서 말했다.

"모두 집으로 돌아가시오."

"안 돼!"

질리언이 다시 몸부림치며 발길질을 해대기 시작했다. 그녀의 외침이 밤하늘에 울려 퍼졌다.

"당신이 이럴 수는 없어! 데커드!"

두 경비병은 더욱 심하게 저항하기 시작한 질리언을 사람들로부터 격리시키려고 했다.

"너희 모두 보게 되리라! 모두 눈이 멀었지만 머지않아 보게 될 것이다! 칼데움은 지옥의 도가니가 될 테고, 내가 이곳을 잿더미로 만들지 않은 걸 후회하게 되리라!"

그들이 길모퉁이에 다다랐을 때, 질리언의 공격에 누군가가 투덜대며 욕을 퍼붓는 소리가 들렸다. 순간 그녀가 자유로워졌다. 질리언이 케인에게 달려드는 동안 사람들 사이에서 소란이 일었다. 짐승의 발톱처럼 손가락을 구부린 채 양손을 머리 위로 쳐들고 시커멓게 그슬린 얼굴에 눈을 부릅뜬 질리언의 모습은 진짜 미친 여자처럼 보였다. 모두를 죽여 버릴 듯한 기세에 사람들은 기겁을 하며 뒤로 물러섰다.

하지만 그녀가 케인에게 다가가자 갑자기 시간이 멈춘 듯했다. 질리언은 케인의 몸을 붙든 채 쓰러지듯 몸을 기댔다. 귀에 닿는 질리언의 숨결이 뜨거웠다.

"쿠라스트로 가세요. 그들이 거기서 당신을 기다리고 있어요, 데커드. 당신의 형제들이. 제발 레아를 데리고 가요. 그리고 알 쿳을 찾아요! 그것만이 유일한 희망이에요."

질리언의 속삭임에 케인이 미처 대답할 틈도 없이 경비병들이 다가왔다. 그들은 질리언을 거칠게 넘어뜨린 뒤 얼굴을 땅에 처박고 팔을 등 뒤로 돌려 고통스러운 비명을 지를 때까지 비틀었다.

"기다려요!"

케인이 소리쳤지만, 그들은 그를 무시한 채 질리언을 일으켜 세우고는 질질 끌고 갔다. 케인이 뒤따라가려고 하자 귀족이 그의 팔을 잡았다. 몰려든 사람들의 목소리는 분노와 두려움으로 격양돼 있었다.

경비병들이 모퉁이를 돌아 시야에서 사라졌다. 둔탁하게 뭔가를 치는 소리가 들리더니 비명이 그쳤다. 케인은 질리언에 대한 연민으로 가슴이 찢어질 듯 아팠다. 칼데움 정신병원이 그녀를 기다리고 있었다. 정신이상자와 저주받은 이들 중에서도 상태가 가장 심각한 이들이 손발을 결박당하고 사슬로 벽에 묶인 채 갇혀 있는 곳이었다. 그들은 끊임없는 비명으로 목소리가 쉬어 있었고, 약물을 투여 받고 구타당했다. 케인이 듣기로는 수년 전에 행했던 야만적인 의식을 몇몇 의사가 여전히 행한다고 했다. 두개골에 구멍을 뚫어 압력을 빼내고 고통받는 영혼을 쉬게 한다는 것이다.

가슴이 너무 아파 다시 그들 뒤를 쫓으려고도 했지만, 그럴 수 없다는 사실을 잘 알았다. 케인에게는 훨씬 더 중요한 일이 있었다. 질리언을 향한 감정이 어떠하든, 그녀가 처한 상황이 주의를 어지럽히도록 놔둘 수 없었다.

질리언의 마지막 말은 무슨 뜻이었을까? '그들이 거기서 당신을 기다리고 있어요, 데커드. 당신의 형제들이.' 그리고 나머지 말들은 또 뭘까? 질리언은 분명히 알 쿳을 언급했다. 케인이 그녀의 집에 도착한 뒤로 알 쿳에 관해 뭔가를 얘기했던 걸까? 아니면 질리언은 그에게 말한 것보다 더 많은 사실을 아는 걸까?

사람들은 뭔가 다른 일이 벌어지길 기대하며 잠시 더 그곳에 머물렀다. 하지만 질리언이 자리를 뜨자 기운이 순식간에 사라졌고, 사람들도 하나둘씩 자리를 뜨기 시작했다.

귀족이 잡았던 팔을 놓으며 한 번 더 케인을 쳐다보았다.

"내일 아침 여기에 왔을 때 머리카락 한 올이라도 보이면, 당신은 당장 감옥행이고 아이는 길에서 구걸하게 될 테니 그리 아시오."

"무척 관대하시군요."

케인이 대답했다.

"입 조심하는 게 좋을 거요!"

케인이 한 걸음 다가서자 두 사람 사이는 이제 닿을 듯 가까웠다. 케인은 체격은 크지만 키가 작달막한 남자를 굽어보았다.

"고맙다는 말을 한 것뿐이오. 그러나 사람은 잘 판단하지만 별로 너그럽지 못한 사람들도 있다는 걸 기억하시오. 이번 생에서나 다음 생에서 당신에게 어떤 일이 닥칠지 자문해보는 게 좋을 거요."

귀족은 얼굴이 창백해지더니 눈을 깜박였다. 잠깐 케인의 멱살을 잡을 듯했지만, 오래 편안한 삶을 누려온 탓인지 많이 나태해져 있었다. 귀족은 케인의 얼굴에 대고 주먹을 흔들며 소리쳤다.

"내일이오."

그리고는 돌아서서 가버렸다. '레아.' 케인은 갑자기 아무것도 느낄 수 없게 된 피부의 감각을 되살리려고 손으로 얼굴을 문질렀다. 피로로 뼈마디가 쑤셨지만 마음속으로는 새로운 문제를 걱정하고 있었다. 질리언이 레아를 그에게 맡겼다. 하지만 그가 아이를 위해 무엇을 해줄 수 있단 말인가! 집이 불길에 휩싸였을 때의 일이 떠올랐다. 레아가 눈을 감은 채 주먹을 꼭 쥐자 그녀에게서 기운이 솟구쳐 등불을 박살내고 벽을 뒤흔들었다. 절대 평범한 아이가 아니었다. 케인은 아직 레아를 다룰 준비가 안돼 있었다.

그 생각과 함께 다른 기억도 떠올랐다. 소란스러움을 감지하고 원인을 찾아나선 듯했던 퍼덕이는 검은 날개를 가진 존재. 케인은 문득 그들이 훨씬 더 끔찍한 것으로부터 가까스로 벗어난 게 아닌지 궁금했다.

케인이 다시 모퉁이를 돌아 집 앞으로 왔다. 마지막 남은 연기 한 줄기가 시꺼멓게 그슬린 실내를 빠져나가는 모습을 몇몇 사람이 지켜보고 있었다. 현관문은 여전히 열린 채였다. 케인은 그 문이 자신을 불러들이고 있는지, 뭔가를 내보내고 있는지 알 수 없었다. 얼굴이 온통 그을음 투성이에 심각한 표정을 한 남자들이 빈 양동이를 들고 현관에 모습을 드러냈다. 그들은 무거운 발걸음으로 계단을 내려오더니 눈길 한 번, 말 한마디 건네지 않고 케인의 곁을 지나쳤다. 그들은 자신의 집과 가정을 지켰을 뿐 그 밖의 일에는 전혀 관심이 없었다.

레아는 깨어 있었다. 몸을 움츠린 채 제임스 옆에 서 있었는데, 거구의 사내 옆에 있어서 그런지 믿을 수 없을 정도로 작아 보였다. 제임스가 자신의 외투를 벗어 레아의 마른 어깨 위에 걸쳐주었다. 그들의 목숨을 구했을지도 모르는 남자의 따뜻한 마음이 물밀 듯 밀려들었다. 오늘 밤 이곳에서 어떤 일이 벌어졌든 제임스는 세상에 아직 친절함이 남아 있다는 사실을 보여주었다.

거구의 사내가 케인을 발견하고 돌아보았다.

"아이는 방금 깨어났어요. 제가 보기엔 아주 멀쩡한 것 같아요. 시끄러운 소리가 들리기에 여기서 기다리라고 했죠."

제임스는 엄지손가락으로 질리언이 끌려갔던 장소를 가리켰다. 말은 안 해도 다 들었다는 눈빛이었다. 케인은 고개를 끄덕였다.

케인은 레아 곁으로 다가가서 아이를 내려다보았다. 아이는 두 손으로 외투 자락을 쥐고 있을 뿐 아무 말이 없었다. 얼굴에 그을음과 눈물 자국이 있었지만 여전히 단단한 우아함을 잃지 않고 있었다. 침묵 속에 아이가 케인과 눈을 마주쳤다.

"나와 함께 가자."

케인이 건조하게 말했다.

"엄마는…… 아파서 더는 널 보살펴줄 수가 없단다. 곧 네가 지낼 안전한 거처를 찾아 줄게. 네가 자립할 나이가 될 때까지 지원받을 수 있도록 자금도 마련해 보마."

그리고는 어색하게 덧붙였다.

"정말…… 미안하다."

레아는 크고 검은 눈을 말갛게 뜨고 있을 뿐, 그의 말을 들었는지 혹은 잘 알아들었는지 아무런 반응을 보이지 않았다. 순간, 케인은 오래전에 보았던 유령들을 떠올렸다. 유령 중에 그의 앞에 선 아이가 하나 있었는데 지금과 똑같은 상황이었다.

"오늘 밤은 우리 집에서 주무세요. 날이 밝으면 자세히 살펴볼 수 있을 거예요."

제임스가 침묵을 깨며 말했다.

케인은 자신이 숨을 참고 있었다는 사실을 깨닫고 휴 하고 천천히 숨을 내쉬었다. 그리고는 고개를 흔들었다.

"칼데움을 지금 떠나는 게 좋을 것 같소."

제임스가 눈살을 찌푸렸다.

"아직 어두운 데다 아이는 입고 있는 옷 말고 가진 게 아무것도 없는걸요. 집은 그을음으로 가득해서……."

"고맙소. 아이에게 필요한 물건은 내가 마련해줄 거요."

케인은 제임스의 어깨에 손을 얹었다.

"당신은 우리를 위해 너무 많은 일을 해줬소. 하지만 우리는 이곳을 떠나라는 명령을 받았고, 명령을 어기면 감옥에 가게 되오. 그리고 다른 도시에 급한 볼일이 있어서 더는 지체할 수가 없소."

거구의 사내는 뭔가를 더 말하려다가 그만두고는 어깨를 으쓱했다.

"정 그러시다면 어쩔 수 없죠."

제임스는 그렇게 말하며 레아를 바라보았다. 아이가 외투를 돌려주려 하자 그는 손사래를 쳤다.

"더 좋은 옷을 구할 때까지 입으렴. 이건 행운의 외투란다. 내 목숨을 한 번 구해준 적이 있지. 네게도 같은 일을 해줄 거야."

레아는 외투를 다시 어깨에 걸쳤다. 무릎 아래로 넉넉히 내려오는 길이라 드레스를 입은 것처럼 보였다. 케인은 제임스와 악수를 하고서 레아를 돌아보았다.

"이제 가야지. 더는 지체하면 안 돼."

레아는 두말하지 않고 케인을 따랐다. 그녀는 어린 시절을 보낸 집을 떠나면서도 어떤 망설임이나 감정의 일렁임이 있는지 어쩐지 일체 말이 없었다. 도시의 성문을 향해 길을 나서며 케인은 딱 한 번 뒤를 돌아보았다. 제임스가 헤어진 자리에 그대로 서서 그들을 바라보고 있었다. 케인이 그를 향해 손을 흔들었지만 아무런 응답이 없었다.

성문 밖에는 바람에 날린 모래 알갱이들이 텅 빈 길을 스치듯 날며 손톱으로 칠판을 긁는 듯한 소리를 냈다. 지금은 비어 있는 교역 천막들이 수면을 방해받은 검은 새들의 날개처럼 바람에 펄럭였다.

케인이 앞장섰고 레아가 몇 발짝 뒤를 따랐다. 아이는 유죄판결을 받고 교수대로 향하는 죄인처럼 고개를 푹 숙인 채 먼지가 날리는 길바닥을 보며 발을 질질 끌었다. 그런데도 한마디 말도 하지 않았고, 어떠한 소리도 내지 않았다. 경비병 몇몇이 이상한 두 여행자를 아래위로 훑어봤지만 길을 막지는 않았다. 그들은 수상한 자들이 칼데움에 입성하는 일을 막도록 훈련받았을 뿐 떠나는 사람들은 신경 쓰지 않았다.

태양이 희뿌옇게 하늘을 밝히기 시작하면서 멀리 산꼭대기에 따뜻한 기운을 조금 나눠주고 있었다. 그들은 노새가 끄는 수레에 탄 피곤한 여행자들을 지나쳤다. 수레 뒤에 화려한 색상의 옷가지가 잔뜩 실려 있었다. 수레가 덜컹대며 지나가는 동안, 옷더미 위에서 다리를 꼬고 앉아 있던 조그만 소년이 침울한 눈빛으로 두 사람을 바라봤다.

조금 더 가자 갈림길이 나왔다. 케인은 지팡이에 의지한 채 자리에 멈춰 섰다. 바다로 이어지는 오른쪽 길에는 여행객들이 적당히 있었고 길도 평평했다. 반면, 쿠라스트로 이어지는 왼쪽 길은 텅 비어 있었고, 바퀴 자국이 패여 있는 데다 흙을 뚫고 잡초가 돋아나기 시작하고 있었다.

쿠라스트. 강간범들과 살인자들, 그보다 더한 것들로 가득한 죽음의 도시. 대체 아이에게 그런 도시가 무슨 소용이란 말인가! 그래도 케인은 가야만 했다. 그가 옳다면, 그들은 그 길을 통해 구원에 이를 수 있었다. 쿠라스트에서 서책의 비밀에 대한 해답을 찾고, 그곳이나 그 근처 어딘가에서 자신들을 호라드림이라고 일컫는 마법학자들을 찾을 수 있을지 몰랐다. 케인은 감히 호라드림의 존재를 기대할 수 없었다. 하지만 만에 하나 호라드림이라 일컫는 마법학자들이 존재한다면, 그들은 레아에게 일어난 일과 관련해 도움을 줄 수 있으리라. 그리고 영원한 어둠으로부터 성역을 구할 수 있는 열쇠를 쥐고 있으리라.

두 사람이 갈림길에 서 있는 동안, 밝아오던 하늘이 다시 검게 변하는 듯하더니 한기가 땅을 휩쓸었다. 데커드 케인은 먹구름이 별들을 가리듯 밤을 가득 채운, 보이지 않는 끔찍한 존재를 또다시 느꼈다. 수년 전 아드리아가 딸이 있는 장소에 걸어놓았던 보호의 주문이 떠올랐다. 주문은 케인이 질리언의 집에 도착할 때까지도 강력한 효력을 발휘하고 있었다. 심지어 그 후로도 마법의 힘을 간직했다. 하지만 화재가 뭔가를 바꿔놓았고, 주문은 어떤 식으로든 타격을 입었다. 이제 그들을 찾고 있는 게 무엇이든, 그것은 그들을 몰래 엿볼 수 있는 창을 갖게 되었다.

비제레이 폐허에서 맞닥뜨린 악마의 목소리가 다시 들려왔다. '우리의 주인님이 오신다……'

뼛속을 파고든 한기가 안에 자리를 틀자, 케인의 쑤시는 무릎이 얼음장처럼 차가워지며 오한이 전신을 훑었다. 케인은 재빨리 지팡이를 흙 위에 내려놓은 뒤 배낭을 뒤적였다. 상황이 너무 급해 뒤에 있는 아이까지는 신경을 쓸 틈이 없었다. 퉁퉁 붓고 감각이 없는 그의 손가락이 좀처럼 말을 듣지 않았다. 마침내 두루마리를 꺼내 손에 드는데 심장이 미칠 듯이 뛰고 피가 귓가를 쿵쿵 울렸다. 이런 때를 대비해 아드리아가 그를 위해 남긴 유물이었다.

'그들이 머지않아 당신을 찾을 거예요. 만일 그들이 당신을 찾으면, 수색은 시작도 하기 전에 끝나버릴 거예요……'

케인의 목소리에 조금씩 힘이 실렸다. 그는 오래전에 아드리아에게서 받은 속임수와 보호의 두루마리를 보며 큰 소리로 주문을 외웠다. 그들의 머리 위로 투명한 망토를 펼쳐 최소한 잠깐이라도 원소술사의 눈을 피하게 해주는 주문이었다.

케인은 너무나 오랫동안 호라드림의 마법이 존재한다는 사실을 부정해왔다. 먼지를 뒤집어쓴 채 잊힌 가방과 고서들이 즐비한 방들, 그리고 조상에 관한 진실을 철저히 외면했고, 어머니의 가르침에 맞섰으며, 자신이 미친 짓이라고 여긴 것 너머를 들여다보기를 거부했다. 케인은 그 모든 것을 부정하며 살았다. 학문적으로 더 실제적인 성질을 연구해 얻은 지식만을 신뢰했다. 그러나 마법과 악마와 천사의 세계는 케인이 찾아주기를 기다리며 언제나 거기에 있었다. 악에 대항하는 선의 싸움은 수백 년간 그랬던 것처럼 계속 진행되고 있었다. 그것은 무지의 축복을 누리며 살아가는 남자와 여자와 아이들의 영혼과 성역을 차지하기 위한 영원한 싸움이었다. 악마의 힘은 늘 존재했고, 언제나 가까이 있었다. 그것은 짐승의 뜨거운 숨결 같았다. 케인은 오래전에 악마의 힘을 보았고, 남은 생을 그 끔찍했던 기억을 떨쳐버리려 애쓰며 살아왔다. 최소한 트리스트럼이 공격을 받고 디아블로의 부활이 진실을 받아들이도록 그를 몰아붙이기 전까지는 그랬다.

그러나 어둠은 빛이 없이는 존재할 수 없는 법이었다. 인간은 그 두 가지를 모두 가진 양면적인 존재로, 어둠을 물러나게 하느냐는 인간에게 달려 있었다. 케인은 그 사실을 지금은 잘 이해하고 있었다. 케인은 실제로 그런 일이 벌어지는 모습을 수차례 목격했고, 막으려는 시도도 목격했다.

주문을 외는 동안 한기가 사라졌다. 케인은 마지막 말을 마치고 두루마리를 다시 배낭 안에 넣은 다음 지팡이를 집어 들었다. 하늘은 다시 밝아져 있었다. 그는 힘없는 노인이었지만, 오랫동안 연구를 하면서 얻은 지식으로 레아를 지킬 정도는 되었다. 최소한 지금은. 케인은 수색을 통해 자신보다 훨씬 뛰어난 능력을 가진 사람들에게 그들이 인도되기를 바라며 기도할 뿐이었다. 숨겨진 비제레이 폐허에서 시작된 전쟁이 본격적으로 전개되고 있었다. 전쟁이 끝날 때까지 앞으로 어떤 지옥이 펼쳐질지, 그들 모두 어디까지 가게 될지 아무도 몰랐다.

"가자, 레아. 긴 여행이 될 거야. 어둠이 내리기 전에 최대한 멀리 가야 해."

해가 산 위로 떠오를 무렵, 두 사람은 길을 나섰다. 죽음의 도시를 향해, 그리고 그들을 기다리고 있는 무언가를 향해 발걸음을 내디뎠다.

제 2 부

어둠이 내리다

제 9 장

산속의 동굴

그는 먼지 속을 걷는 두 사람을 보았다. 한 명은 키가 크고 말랐으며, 키가 작은 한 명은 열 걸음쯤 뒤에서 따라오고 있었다. 함께 여행하고 있지만 별로 친한 사이는 아닌 듯했다. 거리가 멀어 얼굴을 볼 수는 없지만, 키가 큰 쪽이 노인이고 작은 쪽이 어린 여자애라는 걸 알았다.

흥분이 젊은 수도사의 몸을 훑고 지나갔다. 마침내 그들을 찾아냈다. 수개월을 거짓된 인도, 속임수와 싸워 얻은 결과였다. 심지어 지금도 도시의 경계를 넘어 광활한 평야를 걷는 두 사람의 모습은 마치 물의 장막이 쳐진 것처럼 흔들렸다. 단순히 소용돌이치는 먼지를 뚫고 대지를 태우는 태양의 열기 때문만은 아니었다. 그들 주위로 마법이 효력을 발휘하고 있었다. 미쿨로프의 강렬한 초점과 신들로부터 받은 신호가 아니었다면 그들을 볼 수 없었으리라.

미쿨로프는 거대한 바위 뒤에 몸을 웅크린 채 눈으로 흘러든 땀 한줄기를 닦았다. 호흡은 차분하고 안정적이었고, 맥박도 고르게 뛰었다. 하지만 미쿨로프는 자신의 상태가 썩 마음에 들지 않았다. 오랫동안 기다려온 순간이라고는 하지만 침착하지 못한 반응이었다. 흥분으로 격양되고 땀이 흐르는 것은 그의 몸이 마음과 완벽한 조화를 이루지 못했음을 보여주는 징후였다. 스승님들이 알았다면 실망했을 게 분명했다. 이브고르드 수도사들은 수년간의 고된 수련을 통해 자신을 제어하는 초인적인 능력을 갖추고 있었다. 위기의 순간에는 마음을 물리 영역에서 분리해 내면의 힘을 높은 단계로 상승시킬 수 있었다. 이른바 만물과 하나가 되는 경지로, 장로들이 지향하는 바였다.

미쿨로프는 숨어 있던 장소를 미끄러지듯 빠져나와 다시 산을 올랐다. 그는 먼지 낀 돌 조각상과 시든 나무들 사이를 마치 유령처럼 지나갔다. 뜨거운 열기에도 일광욕을 즐기고 있던 번개처럼 빠른 작은 도마뱀들조차 그가 접근해도 도망치지 않았다. 미쿨로프는 남자와 아이가 도시를 멀리 벗어나기 전까지는 모습을 드러내지 않고 기다릴 참이었다. 신들이 그들과 만날 알맞은 시간과 장소를 마련해주리라.

장로들은 미쿨로프에게 무기라고, 살아 숨 쉬는 기계라고 가르쳤다. 장로들은 미쿨로프를 통해 성역을 더럽히는 사악한 힘들을 파괴하고자 했다. 미쿨로프는 그 운명을 기꺼이 받아들이고 거기에 맞게 행동해야 했다.

미쿨로프는 그 이전의 수많은 아이와 마찬가지로 어린 소년이었을 때 떠도는 하늘 수도원에 들어왔다. 그는 타고난 속도감과 민첩성, 명민함 덕분에 얼마 지나지 않아 동료 가운데 선발되어 스승들과 십오 년을 함께 살았다. 스승들은 미쿨로프에게 신들의 섭리와 전투 전술, 구원의 길을 가르쳐주었다. 스승들은 신들이 만물에 편재한다고 했다. 장로들은 자아가 해체되고 인간의 정신이 만물과 하나가 되는 존재의 고요한 중심을 찾도록 몇 시간씩 계속 명상하는 법을 가르쳤다. 만물은 장로들에게 봉사하기 위해 만들어진 것이었다.

하지만 미쿨로프는 언제나 불안을 느꼈다. 끝없는 명상에 잘 적응하지 못했다. 스승들은 인내야말로 모든 것이라고 믿었지만 인내는 그의 본성에 맞지 않았다. 그 때문에 미쿨로프는 엄청나게 고민을 했다. 그러던 어느 날, 공부를 하다가 우연히 고대의 예언서 한 권을 발견하게 되었고, 이후로 모든 것이 변했다.

그 서책을 통해 미쿨로프는 아주 오래전에 이 세계의 적들과 싸워 승리를 거둔 호라드림이라는 마법단을 알게 되었다. 이브고로드의 예언서들도 다가오는 전쟁에서 호라드림이 맡을 역할을 예언하고 있는 듯했다. 그것은 규모와 공포 면에서 다른 모든 전쟁을 압도하고도 남을 전쟁이자 신들의 의지를 침해할 전쟁이었다. 미쿨로프는 곧 신들 간의 전쟁에 관한 꿈을 꾸기 시작했다. 비록 처음에는 흐릿하게 보였지만 꿈들은 그를 불안하게 했다. 매일 아침, 미쿨로프는 참을 수 없는 불안감과 상실감을 느끼며 눈을 뜨곤 했다.

그 후 몇 달 동안 꿈들은 점점 심각해지고 훨씬 더 구체적으로 변해갔다. 얼굴을 가린 무시무시한 남자의 명령에 따라 망자들이 지상을 걸어 다니는 꿈이었다.

'어둠의 악마.' 그는 태양처럼 이글거리는 증오에 사로잡힌 채 성역을 망각으로 이끌고자 했다. 하지만 그 이면에는 뭔가 다른 게 있었다. 더 오래되고 치명적인 뭔가가 어둠의 악마를 조종하고 있었다. 어둠의 악마가 저지되지 않으면, 고대의 존재가 부활해 자신의 앞을 막는 모든 것을 파괴해버릴 터였다.

사태의 심각성을 깨닫고 계속 조사를 해나가던 미쿨로프는 전쟁이 임박했음을 확신했다. 징조는 어디에나 있었다. 그가 발견한 예언서는 망자의 달인 라담이 시작되는 첫째 날에 전쟁이 일어난다고 되어 있었다. 끔찍한 힘과 파괴의 순간에 별들의 정렬이 이뤄질 예정이었다.

잃어버린 도시가 되살아나고, 더불어 지옥이 그들 앞에 나타나리라. 신들이 예견한 일이었다.

결국에는 스승들도 징조를 발견하고 의미를 해석하기 시작했다. 세계의 섬세한 균형이 무너지고 있었다. 은밀한 악이 성역을 침입했다. 악마가 세계에 스며들면서 그 하수인들은 더욱 대담해졌고, 어둠이 지상에 퍼져나갔다. 하지만 미쿨로프의 간청에도 장로들의 지시는 명확했다. 아직은 적과 맞설 때가 아니며, 미쿨로프는 아직 준비되어 있지 않다고 했다.

이브고로드 수도사들은 본래 스승의 권위에 도전하지 않았다. 미쿨로프는 어떤 길을 선택해야 할지를 두고 수많은 밤을 고민했다. 신들로부터 어떤 계시가 있지 않을까 기다렸다. 꿈은 강도를 더해가며 계속 됐지만, 장로들은 여전히 행동에 나서려 하지 않았다. 마침내 미쿨로프는 혼란과 끔찍한 상실감을 뒤로한 채 사원을 떠나기로 했다. 직접 호라드림을 찾아 그들을 돕기로 결심했다.

일생일대의 결정이었다. 미쿨로프는 이 결정이 자신을 죽음으로 이끌 수도 있음을 알았다. 사원은 그가 아는 유일한 집이었다. 스승들은 그가 돌아오더라도 절대 환영하지 않으리라. 장로들은 심지어 미쿨로프를 처형하라고 명령할지 모른다. 하지만 미쿨로프는 밤에 눈을 감으면 나타나는 환영들에 시달렸다. 미쿨로프는 행동에 나서야 한다는 걸 알았다. 그렇지 않으면 그의 인생은 무의미해질 터였다. 어느 쪽이든 진정으로 사는 게 아니었다.

이것이 그의 길이라면, 미쿨로프는 반드시 이 길을 택해야 했다. 신들은 그가 이 길을 택할 때까지 절대로 만족하지 않으리라.

미쿨로프는 무거운 마음으로 여정을 시작했다. 호라드림 결사단의 흔적을 찾는 일은 생각보다 훨씬 어려웠다. 호라드림은 성역에서 사라졌고, 마지막 생존자는 이미 오래전에 죽은 듯 보였다. 그러나 미쿨로프는 결국 몇 년 전 쿠라스트와 아리앗 산으로까지 번졌던 악마들의 반란이 트리스트럼에 있는 옛 호라드림 수도원에서 시작되었다는 사실을 알게 되었다. 거기서부터 데커드 케인을 찾기까지는 별로 많은 시간이 걸리지 않았다.

데커드 케인은 그에게 호라드림과 연결되는 유일한 끈이었다. 미쿨로프는 절대 이 기회를 놓치지 않을 참이었다. 그는 수개월 동안 몰래 노인을 뒤따랐다. 어떤 곳에서는 그를 놓쳤다가 다른 장소에서 다시 찾기도 했다. 몇 번이나 코앞에서 마주했지만, 케인과 접촉할 적절한 시기를 찾지 못했다.

미쿨로프는 바람과 비와 강과 야생 동물들을 통해 그에게 말을 거는 신들의 목소리에 귀 기울였다. 그와 케인은 신들이 선택한 시기에 서로 만나게 되리라. 어쩌면 조만간 칼데움의 산에서 기회가 있을지 몰랐다.

근처에 악마가 있었다.

미쿨로프는 보이지 않게 주변을 맴도는 악마의 기운을 느꼈다. 햇빛이 순간적인 열기를 발산하고 바람이 그에게 속삭였다. 도마뱀들은 먼지로 흔적을 남기며 서둘러 도망쳤다.

신들은 한 줄기 바람을 보내 미쿨로프에게 위를 보라고 지시했다. 머리 위로 높이, 사막에서 불어오는 뜨거운 바람을 타고 검은 새들이 하늘을 맴돌았다.

순간, 굉장한 위험에 직면했다는 느낌이 확 들었다. 미쿨로프는 엿보는 눈들을 피해 두 개의 커다란 바위 사이로 몸을 숨긴 뒤 어두컴컴한 틈새로 쑥 들어갔다.

아래쪽 공기는 바깥보다도 더 더웠다. 틈은 생각했던 것보다 깊게 산 아래로 이어져 있었다. 미쿨로프는 눈이 어둠에 적응하기를 기다렸다가 천천히 앞으로 나아갔다. 그의 감각이 감지한 위험은 비좁은 동굴로 들어서는데도 전혀 줄어들지 않았다. 사실은 더 심해졌다. 앞으로 나아갈수록 의식은 더 확장되었다. 미쿨로프의 예리해진 감각에 흐릿한 안개가 내려앉고 있었다.

앞에 어둠 속으로 내려가는 거칠게 자른 오래된 계단이 나타났다. 미쿨로프는 손을 앞으로 내민 채 축축한 공기를 느끼며 계단을 내려가기 시작했다. 밧줄 같은 두꺼운 거미줄이 얼굴을 스쳤다. 지하에서 희미한 불빛이 올라와 앞을 볼 수 있었다. 내려가는 동안 벽들이 멀어지는 것으로 보아 지하 깊은 곳에 자리한 탁 트인 거대한 동굴로 들어가고 있음을 알 수 있었다. 여기에는 굉장한 경이로움과 끔찍한 위험이 공존했다. 지하에 있는 또 하나의 세계. 미쿨로프는 썩어가는 시체로 고치를 짓는 거대한 거미들을 상상했다. 독이 뚝뚝 떨어지는 이빨을 드러내고 천 개의 눈을 반짝이며 더럽고 후미진 곳에 숨어 신선한 피를 기다리는 거미들.

계단은 끝없이 이어진 듯했다. 미쿨로프는 자신이 얼마나 내려온 건지 가늠할 수 없었다. 그는 그곳에 서서 벽과 천장이 어디로 사라졌나 생각해보았다. 머리 위로 아득히 높은 곳에 펼쳐진 별들이 반짝이는 밤하늘을 느꼈다. 그가 속한 세상의 하늘이 아니라 다른 차원과 시간에 속한 하늘이었다. 신들은 별들이 빛나는 천구를 통해 그에게 말을 걸고 구원의 길을 보여줄 것이다. 미쿨로프는 저 아래 어딘가에서 그동안 자신이 찾던 모든 것에 대한 해답을 찾게 되겠지만, 그 해답이 성역을 파괴할 수도 있다는 사실을 알고 있었다.

미쿨로프는 아래를 내려다보았다. 낡은 수레바퀴와 쓰러져가는 건물들이 보였고, 땅에는 붕괴된 돌들이 여기저기 널려 있었다. 고요한 정적 속에 다 부서지고 먼지만 날리는 길들이 부챗살처럼 사방에 뻗어 있었다. 어두운 구석과 버려진 방들에 누운 채 썩어가는 시체들이 느껴졌다. 그들의 뼈만 남은 텅 빈 눈구멍이 영원이라는 시간 동안 무기력하게 앞을 응시하고 있었다.

잃어버린 도시.

미쿨로프는 무너진 돌 아치를 소리 없이 통과했다. 수백 년 전 무너질 때의 모습 그대로 얼어버린 듯한 도시가 눈앞에 펼쳐졌다. 왼쪽으로 칠흑같이 까만 문을 열고 거대한 사원이 모습을 드러냈다. 그 너머로 두 쪽으로 쪼개진 큰길이 이어졌는데, 이빨 빠진 입처럼 아가리를 벌린 틈 사이로 마치 지옥의 불길이 타오르는 것처럼 아래에서 불꽃이 일렁였다.

사원의 어둠 속에서 뭔가가 움직였다.

미쿨로프는 사원의 열린 문을 흘끗 쳐다보았다. 순간 아무것도 없는 듯하더니, 이제 막 걸음을 뗀 아기가 걷는 것처럼 이상하게 씰룩대며 움직이는 생명체가 어둠 속에서 모습을 드러냈다.

사람이었다. 아니면 한때 사람이었거나. 너덜거리는 천 조각이 어깨에 걸쳐 있었다. 거죽만 남은 살갗을 통해 흐릿하게 빛나는 하얀 뼈가 비쳤다. 얼굴은 한 줌의 머리카락과 살갗과 드러낸 이빨만 남은 해골 같았는데, 앞을 보다가 뒤를 보고 다시 앞을 바라보는 품새가 다급히 뭔가를 찾는 듯했다.

시체가 움직임을 멈추더니 텅 빈 눈구멍으로 미쿨로프를 뚫어지게 바라보았.

그 시체가 사원의 밖에 서 있는 동안 다른 하나가 어둠 속에서 나타났다. 처음 것보다 뼈에 살가죽이 더 들러붙어 있었다. 그리고 또 하나가 나타났다. 그리고 또 하나. 고개를 돌리자 미쿨로프의 주위로 그를 움켜잡으려는 듯 시체들이 앙상한 손을 들고 비척비척 달려들었다. 뒤를 보니 더 많은 시체가 퇴로인 계단을 막고 몰려들고 있었다. 놀라서 그 자리에 붙박은 듯 서 있는데, 보이지 않는 곳에서 수천 개의 해골이 진군하는 듯한 우레와 같은 소리가 울려 퍼졌다.

미쿨로프는 어깨를 스치는 차갑고 앙상한 손들을 느끼며, 가까이 있던 되살아난 시체들을 휙 지나 그대로 내달렸다. 그가 큰길에 가까이 갔을 때 고함이 들렸다. 한 떼의 사람들이 개처럼 네 발로 달려드는 구울 같은 괴물들에 둘러싸여 있었다. 괴물들의 피부는 창백하고 쭈글쭈글했으며, 털이 없는 두개골은 번들거렸다. 사람들은 건물의 돌벽에 등을 댄 채 궁지에 몰려 있었다. 모두 여섯 명쯤 되어 보였다. 한 명은 다른 사람들보다 키가 크고 말랐는데, 길고 하얀 머리카락이 얼굴에 아무렇게나 흘러내리고 있었다.

데커드 케인.

미쿨로프는 짐승들이 사람들에게 점점 다가가는 동안 무기력하게 서 있었다. 더 많은 짐승이 사방에서 몰려들었다. 셀 수 없을 정도로 많았다. 그들 뒤로 두건을 쓰고 검은 옷을 입은 어두운 형체가 서 있었다. 어둠의 악마였다.

짐승들이 사람들을 향해 달려들었다. 달려드는 발걸음 소리를 뚫고 가늘고 날카로운 비명이 울려 퍼졌다. 공포에 질린 작은 소녀가 내지른 소리였다.

미쿨로프가 앞으로 달려 나가는 것과 동시에 땅이 흔들리기 시작했다. 그는 앞에 벌어진 틈이 갑자기 넓어지는 광경을 보고 멈춰 섰다. 어마어마하게 큰 뭔가가 땅에서 기어 나오고 있었다. 갑옷으로 무장한 무시무시한 발톱이 틈에서 솟아오르더니 틈새의 양쪽을 움켜잡았다. 불길처럼 타오르는 샛노란 눈과 세 개의 뿔이 달린 머리가 모습을 드러냈다. 괴물이 몸을 일으켜 앞에 우뚝 섰는데, 믿을 수 없을 만큼 거대했다. 빛나는 천체 같은 눈들이 지옥 자체의 불길처럼 타오르며 하나둘씩 열렸고, 커다란 입이 벌어지며 빛을 발하는 턱 안의 이빨이 모습을 드러냈다.

이런 괴물과의 싸움은 승산이 없었다. 미쿨로프는 괴물의 눈을 피했다. 깊고 거슬리는 웃음소리에 무력해진 그는 괴물이 자신을 덮치기를 기다렸다.

발아래에 느껴지는 거친 돌의 감촉에 화들짝 놀라며 현실로 돌아온 미쿨로프는 자신이 텅 빈 벽을 바라보고 있다는 사실을 깨달았다. 그는 오랫동안 무릎을 꿇은 채 꼼짝도 않고 있었다. 그가 들어온 비좁은 동굴 안은 찌는 듯한 열기로 숨쉬기가 곤란할 지경이었다.

미쿨로프는 정신을 추스른 다음 일어서서 주위를 둘러보았다. 길이가 채 삼 미터도 되지 않는 동굴은 끝이 갑자기 막혀 있었다. 계단도, 지하동굴도 보이지 않았다. 그가 본 것은 모두 실제가 아니었다.

미쿨로프는 눈을 감고 내면의 평화를 구했다. 영상이 사라지면서 다시 신들의 존재를 느끼기 시작했다. 돌 위를 구르는 모래의 속삭임, 멀리서 들리는 작은 동물의 울음소리, 피부에 닿는 열기. 그는 맥박이 정상으로 돌아오도록 가만히 있었다.

환영은 그 어느 때보다 강렬했다. 미쿨로프는 환영이 왜 나타났는지를 숙고했다. 신들이 이러한 환영을 보여준 데에는 이유가 있을 터였다. 그러나 이것이 앞으로 일어날 일인지, 아니면 그가 이해해야 할 또 다른 의미가 있는 것인지 알 수 없었다. 확실히 그런 저주받은 곳이 실제로 존재할 리 없었다. 그의 앞에 나타난 괴물은 너무나 끔찍해 도저히 살아 있는 존재라고 생각할 수 없었다. 괴물의 웃음과 불타는 눈에서 뿜어져 나오는 사악한 기운이 아직도 잔영처럼 남아 있었다. 미쿨로프는 그 잔영들을 떨쳐버릴 수 없었다.

마침내 미쿨로프가 눈을 떴다. 비좁은 동굴은 여전히 거기에 있었다. 벽은 여전히 단단하고 변함없었다. 미쿨로프는 다시 틈새를 비집고 나가 이글거리는 태양 아래 서서 구름 한 점 없는 하늘을 올려다보았다. 물결치는 듯한 열기 속에 그는 새들이 사라졌다는 사실을 알 수 있었다. 그가 감지한 일촉즉발의 위험도 지나갔다. 하지만 새로운 긴박함이 미쿨로프를 재촉하고 있었다.

등이 근질거렸다. 등에는 이브고로드 수도사라는 증표로 목에서부터 몸 한가운데까지 문신이 새겨져 있었다. 미쿨로프가 죽으면 이 문신이 신들의 눈을 통해 그의 삶을 이야기해 주리라. 그는 이 문신이 곧 성역에 들이닥칠 악마들과 싸워 승리를 거둔 이야기를 전할 수 있기를, 모든 일이 끝날 때까지 자신이 살아남을 수 있기를 기도했다.

그러나 이 전쟁을 위해서는 예전에 이런 악마들과 싸워본 경험이 있는 사람들의 도움이 필요했다. 호라드림이 아직 존재한다면, 데커드 케인은 그들을 찾는 방법을 알고 있을 터였다. 작은 소녀도 중요한 역할을 할 거라고 예언서에 이미 예언되어 있었다. 하지만 예언은 그녀의 신비한 힘에 관해서만 언급할 뿐, 그 힘이 어떤 식으로 발휘되는지는 말해주지 않았다.

한 가지 분명한 사실은 시간이 얼마 남지 않았다는 점이다. 라담이 코앞으로 다가왔고, 어둠의 악마는 공격을 준비하고 있었다.

미쿨로프는 뜨거운 열기를 뚫고 자신의 궁극적인 운명이 기다리고 있는 쿠라스트로 다시 발걸음을 옮겼다.

제 10 장

칼데움을 떠나다

길은 텅 빈 채 황량했다. 바퀴자국이 난 길에는 무채색에 가까운 잡초가 떠돌이 개의 등에 난 털처럼 웃자라 있었다. 한때 사람들의 왕래가 잦았던 이 길은 오래전부터 적막한 길이 되어버렸다. 길은 칼데움을 둘러싼 바람이 휘몰아치는 먼지투성이의 평원을 가로질렀다. 그리고 잠든 거인처럼 놓인 거대한 바위들과 햇빛에 뼈가 하얗게 탈색된 고대 생명체의 거대한 뼈들을 지나 케인과 레아가 이제 막 산비탈을 오르기 시작한 고지대로 이어졌다.

레아는 불뚝 솟은 바위 봉우리에 올라 칼데움 시내를 내려다보았다. 해는 하늘 높이 떠 있었고, 햇빛이 폭포와 구리 지붕들 위로 사막에 흩뿌린 보석처럼 빛나고 있었다. 소녀의 눈가에 맺힌 눈물이 햇빛에 반짝였다.

'나의 집.'

별다른 의미가 없는 단어이긴 했지만, 소녀는 느낌을 음미하기 위해 입속으로 단어를 웅얼거렸다. 절망감이 숨 막히는 담요처럼 그녀를 덮쳤다. 사실 레아는 복잡하게 얽힌 거리와 건물, 하수도를 훤히 꿰고 있으면서도 그 어디에서도 집을 느껴본 적이 없었다. 거리 아래의 터널들만은 예외였다. 나고 자란 칼데움에서조차 레아는 이방인 취급을 받았다. 높은 곳에서 내려다보는 도시는 아름다웠지만, 그녀는 그 이면의 더러움과 추악함과 사람들의 잔인함을 알고 있었다. 잊힌 구석들마다 모여든 오물이 부풀고 변형되었고, 그것은 탐욕스러운 짐승으로 자라 사람들을 통째로 삼켜버릴 날만을 기다렸다.
　최소한 질리언은 그렇게 말하곤 했다. 엄마를 생각하자 더욱 복잡하고 상반된 감정이 밀려들었다. 속이 메슥거릴 정도로 끔찍한 외로움과 숨막힐 것 같은 엄청난 공포가 뒤섞였다. 엄마는 정상이 아니었다. 레아가 이해하기로는 그랬다. 이틀 전날 밤의 끔찍한 공포가 떠올랐다. 질리언은 피로 물든 악마들에 관해 떠들더니 그날 밤 늦게 레아를 침대에서 끌어냈다. 그날 일어날 수 있었던 끔찍한 일은 노인의 방문으로 아슬아슬하게 비켜갔다. 그리고 지난밤의 연기와 불길과 혼란, 화재는 어떻게든 엄마와 연관이 있다고 어렴풋이 알고 있었다.
　레아는 질리언의 광기를 설명해줄 다른 사건들도 알고 있었다. 하지만 질리언은 레아가 아는 유일한 가족이었다. 아무도 그녀를 보살펴주지 않을 때 질리언이 곁에 있었고, 좋은 기억들도 많았다. 문제가 될 만큼 많았다.
　'질리언은 나의 엄마야.'
　작은 소녀는 문득 엄마야말로 자신이 가진 전부였다는 사실을 깨달았다. 엄마가 사라졌다는 단순한 사실이 칼로 깊게 베인 것처럼 쓰라린 상처가 되었다. 내면에서 무언가가 산산이 부서지면서 레아는 모든 것을 잃고 홀로 남겨진 듯한 기분을 느꼈다.
　질리언에게는 이제 무슨 일이 생기는 걸까? 엄마에게 무슨 일이 벌어질까? 그들이 엄마를 어디로 데려간 걸까?
　레아는 목까지 차오른 공포를 가슴이 뻐근해질 때까지 억눌렀다. '엄마는 어디 있는 걸까?' 레아는 물어보려고 노인 쪽으로 고개를 돌리다가 말이 입 밖으로 튀어나오기 전에 포기했다. 데커드 아저씨라고 부르라는 말만 들었을 뿐, 그와 레아가 어떻게 되는 사이인지는 설명을 듣지 못했다. 노인은 레아에게 등을 돌린 채 지팡이를 짚으며 천천히 길을 올라가고 있었다. 지금은 멀리 떨어져 있어서 그의 모습은 걸음을 옮길 때마다 작아지고 있었다.
　레아는 묻고 싶은 말을 꾹 눌러 담고 입을 다문 채 케인이 걷는 모습을 바라보았다. 그는 낯설고 완고한데다 친절하지도 않았고, 엄한 선생님처럼 위압감을 주었다. 한편으로는 레아를 보며 불안해하는 것 같았다. 그녀로서는 이해하기 어려웠지만, 그는 레아가 언제 예측불가능한 일을 저지를지 몰라 두려워하는 것 같았다. 갑자기 노래를 부르거나 물구나무를 서고, 목청껏 소리를 지르며 뛰어다니기라도 할 것처럼 말이다. 질리언은 케인을 믿는 듯했지만, 그가 레아를 노예로 팔거나 더 나쁜 짓을 하려 든다면 어떻게 한단 말인가? 레아는 뭔가를 들으면 주문이라는 것을 가려낼 정도로만 마법에 대해 알고 있었다. 하지만 그들이 길을 떠나기 전에 케인이 짤막하게 중얼거린 게 어떤 종류의 주문인지는 알 길이 없었다. 어쨌거나 아무 일도 일어나지 않았다. 설사 케인이 원소술사라 하더라도 그다지 강력한 원소술사는 아닌 모양이었다.

'만일 흑마법을 쓰는 마법학자면 어쩌지? 엄마가 늘 말했던 것처럼 나를 찾는 악마들에게 제물로 바치면 어쩌지?'

그런 생각을 하자 등골이 오싹했다. 엄마의 말을 생각하지 않으려 해도 자꾸만 떠오르는 건 어쩔 수가 없었다.

'그들은 널 원한다, 레아. 그리고 그들이 널 찾으면, 넌 그곳에서 돌아올 수 없어. 절대로.'

바위 위에서 레아는 세계가 사라진 듯한 기분을 느꼈다. 이제 그녀에게 남은 건 먼지뿐이었다. 칼데움에서 소년들이 늙은 거지를 놀리다 나중에는 그녀를 공격했던 일이 생각났다. '난 그 늙은 거지처럼 된 거야. 돌봐줄 사람도, 갈 곳도 없지.' 레아는 여전히 묻어 있는 검댕을 지우며 지저분한 볼을 타고 흐르는 눈물을 닦았다. 이 끔찍하고도 황량한 길에 있는 모든 것만큼이나 케인이 두려웠다. 갑자기 그에게 달려가 매달리고 싶은 충동이 일었다. 하지만 레아는 그 충동을 억눌러야 했다.

퍼덕거리는 소리에 레아는 정신이 번쩍 들었다. 거대한 까마귀가 날아올라 하늘을 맴도는데, 날개의 길이가 그녀가 두 팔을 벌린 것만큼이나 길었다. 길에서 본 까마귀가 떠오르며 몸이 떨려왔다. 날카로운 부리로 죽은 고기의 살점을 뜯는 모습이며 고개를 쳐들고 그녀를 바라보던 구슬 같은 눈, 여전히 턱에 매달린 잿빛 고기 조각이 머릿속을 스쳤다. 훨씬 더 강력하고 치명적인 뭔가가 레아를 쳐다보고 있다는 생각이 들었다.

'뭔가 끔찍한 일이 다가오고 있다.'

마치 하늘이 어두워진 것처럼 그림자가 땅을 뒤덮었다. 레아는 제임스의 외투를 움켜쥐고 바위에서 내려와 황량한 길에 섰다. 그리고는 산길을 오르는 노인을 쫓아가 안심이 될 만큼 가까운 거리를 유지했다. 어쨌거나 지금은 노인이 그녀를 보호하는 유일한 사람이었다. 레아는 노인이 그 사실을 충분히 인식하고 있는지 알 길이 없었다.

그날 밤 두 사람은 별들이 총총한 하늘 아래 딱딱한 바닥에서 야영을 했다. 레아는 외투 속에서 몸을 떨다 잠든 뒤 새벽에 다시 눈을 떴다. 노인은 그녀에게 약간의 빵을 주고 작은 물통에 담긴 물을 몇 모금 마시게 했다. 몇 시간 뒤, 태양이 서쪽 하늘로 기울고 있었다. 케인는 내리막길에서는 속도를 약간 더 내고 길이 가팔라지면 속도를 늦추는 식으로 여전히 일정한 속도를 유지하며 걸었다.

갈림길에서 갈라진 이후로 그들은 지나는 행인을 한 사람도 보지 못했고, 하루 종일 거의 아무 말도 하지 않았다. 침묵은 그들과 함께 길을 걷는 또 다른 사람처럼 독자적인 존재가 되어 갔다. 레아의 목이 마른 돌처럼 껄끄러웠다. 벌써 한참 전부터 감각이 느껴지지 않았다. 배가 꾸르륵거렸고, 배고픔이 참을 수 없을 정도로 심해졌다. 빵 몇 쪼가리와 물 말고는 먹은 게 없는데도 같이 길을 걷는 사람은 먹을 것에는 전혀 관심이 없는 듯했다.

두 사람은 마침내 먼지가 날리는 대지를 움푹 파고 흐르는 강에 이르렀다. 비탈진 강둑에 갈대가 무성했다. 길은 건너기에 위험해 보이는 나무다리가 이어졌고, 다리 아래로 검은 강물이 조용히 흘렀다. 다리 건너편으로 더욱 가파른 땅과 바위가 많은 산 중턱이 보였고, 멀리 더 위협적으로 보이는 산들이 불쑥 솟아 있었다.

"근처에 야영할 만한 곳을 찾아보자."

지팡이를 짚은 채 레아를 돌아보는 노인의 얼굴에 피로감이 깊이 배어 있었고, 입가와 이마에는 깊은 주름이 잡혀 있었다. 지금 케인은 별로 무서워 보이지 않았다. 큰 키와 마른 몸은 위협적이기보다는 쓰러질 듯 위태로워 보였다.

그는 누굴까? 그녀를 어디로 데려가는 걸까? 레아는 이런 것들을 물어보고 싶었지만 케인에 대한 두려움 때문에 그냥 입을 다물었다. 그들은 길에서 벗어나 평평한 장소를 찾아 강둑을 조금 걸었다. 케인을 따라 강둑 주변에 자라는 잡목 숲으로 가는 동안, 마른 풀들이 제임스의 외투 자락을 스치며 스르륵 소리를 냈다. 잡목들은 몸통이 가늘고 길쭉했고 가지들은 거의 헐벗었다. 하지만 땅은 건조하고 부드러웠으며, 엿보는 눈들을 어느 정도 차단해주었다.

건조하고 탁 트인 길가의 열기는 살인적이었지만, 나무 아래 그늘진 자리는 조금 시원했다. 노인은 평평한 돌 옆에 배낭을 내려놓았다. 레아는 낮게 드리워진 나뭇가지를 차단막 삼아 조심스럽게 그의 옆으로 다가갔다. 이곳은 다른 곳보다 어두웠다. 레아는 눈이 어둠에 익숙해질 때까지 기다리며 잠깐 긴장을 풀었다. 케인은 무겁게 한숨을 내쉬며 돌 위에 앉더니 한쪽 발을 다른 쪽 무릎 위에 올려놓고 살살 문질렀다. 레아는 낡은 샌들 안쪽으로 천에 싸여 있는 발을 보았다. 천이 피로 얼룩져 있었다.

"강가에 버리스 갈대가 자라고 있더구나. 키가 크고 끝에 회색 털이 나 있지. 뿌리가 좋은 연고로 쓰인단다. 가서 좀 뽑아오겠니?"

레아는 앞을 가린 나뭇가지를 치우고 갈대가 무성하게 자란 강가로 뛰어갔다. 비탈길을 내려간 레아는 바닥에 있는 흑니토를 최대한 피해 손을 물속에 담근 뒤 물을 떠서 벌컥벌컥 들이켰다. 모래가 섞이고 금속 맛이 났지만 맛이 아주 좋았다. 그녀는 배가 꾸르륵거리고 묵직해질 때까지 양껏 물을 마신 뒤 부드러운 흙에서 갈대를 한 움큼 뽑았다. 갈대는 쉽게 뽑혀 나왔다. 다시 강둑을 올라 잡목 숲으로 돌아오는 동안, 벌레처럼 생긴 통통하고 하얀 갈대 뿌리가 레아의 손끝에서 대롱거렸다.

케인은 뿌리를 돌 위에 올려놓고 땅에서 주먹만 한 둥근 돌을 주워 하얀 반죽이 될 때까지 몇 차례 짓이겼다. 그리고는 앉아서 조심스럽게 샌들을 벗고 발을 감싸고 있던 천을 푼 다음 하얀 뿌리 연고를 까진 살에 펴 발랐다. 살이 쓰라린 듯 그의 입에서 가는 신음이 터져 나왔다. 케인은 한참을 그러고 있다가 한숨을 내쉬고 눈을 감았다.

"이 특별한 식물에는 고통을 완화시키는 성분이 들어 있단다. 이 식물로 만든 연고는 상처를 보호하고 건조시켜 회복을 돕지. 그 일이 있은 후 트리스트럼에서는 페핀이 이러한 상처들을 수없이 고쳤……."

케인이 레아를 흘긋 보았다.

"배가 고프겠구나. 힘을 비축하려면 뭘 좀 먹어야지. 배낭을 뒤져 보렴. 빵이 조금 남아 있을 게다."

레아는 전혀 망설임이 없었다. 그녀는 배낭을 뒤져 당황스러울 만큼 많은 책들과 작고 신비한 상자들과 두루마리들 아래서 작은 빵 덩어리 하나를 찾아냈다. 레아가 빵을 게걸스럽게 먹는 모습을 보며 케인이 고개를 저었다.

"그보다는 좋은 걸 먹여야겠구나."

케인을 따라 다시 강둑을 내려간 레아는 강이 구부러지면서 물살이 느리고 잔잔한 웅덩이를 이룬 곳에 다다랐다. 강둑에 서 있는 나무의 뿌리가 웅덩이 가장자리까지 뻗어와 어둠의 미로를 만들었고, 흑니토에 검은 뿌리들이 얽히고 설켜 있었다. 케인은 배낭에서 작은 물통을 꺼내 물을 채운 다음 두루마리를 꺼냈고, 나무 아래 강둑에 무릎을 꿇고서 두루마리에 적힌 룬문자들을 읽어나갔다. 그리고 지팡이의 끝을 잡고서 물속에 집어넣었다.

탁탁 소리를 내며 푸른빛이 물속으로 뻗어나가더니 얽힌 뿌리 아래 어둑한 곳에서 살찐 은빛 물고기 한 마리가 떠오르기 시작했다. 물고기는 수면에 뜬 채 꼼짝도 하지 않았다.

"가서 가져와라. 어서."

케인이 작은 소리로 말했다. 레아는 아래로 내려가 물고기를 주어 들었다. 물고기의 몸통은 부드럽고 미끄러웠다. 작고 통통한 놈으로 또 한 마리가 떠올랐다. 그리고 마지막으로 셋 중 가장 큰 놈이 떠올랐다. 레아는 한 번에 한 마리씩 물고기를 집어 들었다. 케인은 고통스러운 듯 몸을 움찔하며 천천히 몸을 일으켰다.

"주문으로 나무에 충격을 주면, 그 충격이 물에 전달되는 거란다. 그러면 물고기들의 근육이 이완되면서 잠깐 움직일 수 없게 되지. 충격은 별로 강하지 않단다. 하지만 낚시를 하는 것보다는 훨씬 쉽지. 어쨌든 우리의 저녁식사는 해결됐구나. 이제 물고기들을 챙겨가지고 가서 불을 피우도록 하자."

그들은 마지막 남은 햇빛이 하늘에서 사라질 무렵에 잡목 숲으로 돌아왔다. 레아는 커다란 돌 옆에 물고기를 내려놓았다. 케인은 작은 돌들을 모아 화덕을 만든 뒤 그 안에 마른 풀이며 나뭇가지들을 쌓았다. 기온이 빠르게 내려가고 있었다. 레아는 제임스의 외투를 찾아 다시 어깨에 걸치며 외투가 주는 온기와 이제는 익숙해진 냄새에 감사했다.

노인은 마법사가 분명했다. 칼데움에도 마법학자들이 있었지만, 레아는 단순한 거리 마법 이상을 본 적이 없었다. 레아는 케인이 싫으면서도 그의 능력에는 묘한 호기심이 일었다. 케인은 다시 배낭을 뒤져 어떤 가루를 화덕에 뿌린 다음 부싯돌을 켰다. 불꽃이 일더니 마른 풀에 불이 붙었다. 가루에서 탁탁하는 소리가 나더니 화덕에서 연기가 피어올랐고, 맹렬한 불길이 나뭇가지를 널름대기 시작했다.

불길이 더 거세지자 케인은 둥근 화덕에 평평한 돌을 얹고, 그 위에 물고기를 올렸다. 맛있는 냄새가 밤공기 속으로 퍼지는 동안, 레아는 그에게서 조금 떨어진 곳에 앉아 있었다. 뱃속에서 다시 꼬르륵하는 소리가 났다. 이번에는 소리가 더 컸다. 화덕의 열기가 레아의 손과 얼굴을 따뜻하게 데워주었다. 긴장이 스르르 풀리는가 싶더니 예기치 않게 몸이 떨려왔다. 레아는 몸을 덜덜 떨며 울음을 터뜨렸다. 뺨 위로 눈물이 하염없이 흘러내렸다.

노인은 아무것도 못 본 것처럼 한참을 말없이 앉아 있었다.

"진작 예상했던 일이란다."

마침내 케인이 그녀를 보지도 않은 채 입을 열었다.

"이런 네게는 무척 힘든 일이겠지만 이겨내야 한단다. 이제 긴박한 위험에서 벗어났기 때문에 뒤늦게 몸이 충격에 반응을 보이는 거야. 아주 자연스러운 일이지. 두려워할 것 없단다, 레아."

"엄…… 엄마는 주, 죽었나요?"

"아냐, 질리언은 죽지 않았어."

케인이 말했다. 이제 그는 레아를 바라보고 있었다. 케인의 눈은 그녀가 이해할 수 없는 뭔가를 말하고 있었다.

"그리고 질리언은 네 엄마가 아니란다."

레아는 그 말에 자리에서 벌떡 일어났다. 충격 때문에 흐르던 눈물이 뚝 그쳤다. 다음 말을 기다리는데 심장이 두근거리고 입이 바싹 말랐다.

"그동안 네게 이 일을 어디까지 얘기해줘야 할지 고민을 많이 했단다. 하지만 더는 미룰 이유가 없다고 판단했지. 나이가 어리긴 하지만 너도 진실을 알아야 해."

노인은 레아를 빤히 바라보았다. 그의 두 눈이 불빛에 반짝였다. 레아는 검은 숲 한가운데 묻힌 채 타오르는 두 개의 숯을 상상했다.

"네 친엄마는 아드리아라는 트리스트럼 출신의 여자란다. 매우 특별한 재능을 가진 여자였지."

"믿…… 믿을 수 없어요."

"아드리아와 질리언은 우리가 살던 트리스트럼을 떠나 함께 칼데움에 왔단다. 그리고 아드리아는 여기서 널 낳았지. 그런데 그녀는 절대 한곳에 오래 머무는 법이 없는 사람이었거든. 어린애를 돌볼 수 있는 여자가 아니었어. 그에 비해 질리언은 칼데움에 보다 잘 정착했지. 질리언이라면 믿을 만했고, 너를 가장 잘 돌봐줄 수 있는 사람처럼 보였단다. 왜냐하면 아드리아는 그때…… 그리고

난…… 자유의 몸이 된 후로도 일자리를 구할 수가 없었거든."

"거짓말이에요!"

"아니, 거짓말이 아니야."

케인의 목소리가 점점 확고해졌다.

"아니, 거짓말이에요!"

"레아, 침착해야 해……."

"난…… 난 당신이 싫어요! 날 혼자 있게 내버려둬요!"

레아가 다시 눈물을 왈칵 쏟았다. 갑자기 불길이 치솟으며 탁탁 소리를 냈다. 레아는 어둠 속에 손을 내민 채 비틀거리며 케인에게서, 그리고 이제는 역한 냄새를 풍기며 익어가는 물고기에게서 물러났다. 케인의 얼굴에 나타나던 표정이, 불빛에 반짝이던 그의 두 눈이 생각났다.

나뭇가지가 살갗을 스치는 게 느껴졌다. 레아는 나뭇가지를 헤치며 차가운 밤공기 속으로 내달렸다. 미친 듯이 풀 위를 달리는 동안 뱃속에 돌처럼 얹힌 빵 덩어리가 목으로 튀어나올 것만 같았다. 머릿속으로는 같은 말이 계속 울려 퍼지고 있었다.

'질리언은 네 엄마가 아니야…… 질리언은 네 엄마가 아니야…….'

안에서 분노가 끓어올랐다. 어떻게 그런 말을 할 수 있단 말인가! 그동안 레아가 느꼈던 모든 감정이, 절망감과 공포와 외로움이 그녀를 다시 한 번 산산조각 냈다. 질리언은 당연히 그녀의 엄마였다. 그게 아닌 다른 모습은 상상하기 힘들었다. 하지만…… 이해할 수는 없었지만 레아는 늘 혼자라고 느끼지 않았던가! 소년들은 누구와도 어울리지 못하고 어디에도 속하지 못한다며 그녀를 늘 외톨이라고 놀려대지 않았던가!

그녀가 아주 어렸을 때, 칼데움에 엄청난 폭풍이 몰아쳤던 일이 떠올랐다. 바람이 거세게 계곡을 강타하며 천막들을 뽑아 도시 성벽에 내동댕이치고 있었다. 질리언은 레아의 손을 꽉 붙잡고 서둘러 집으로 가고 있었다. 포도알처럼 굵은 빗방울이 떨어져 주변의 모든 것을 뒤엎고 지나갔고, 우박이 구리 지붕들을 북처럼 두드리며 유리창을 박살내기 시작했다. 질리언이 레아를 안고 달리는 동안, 그녀는 집에 도착할 때까지 죽을힘을 다해 품에 매달렸다. 집에 도착한 질리언은 레아의 머리를 쓰다듬으며 나직이 속삭였다. 폭풍은 곧 지나갈 테고 모든 게 무사할 거라고 약속했다. 엄마의 약속이었다.

'네 친엄마는 아드리아라는······.'

'아냐.' 레아는 손톱이 손바닥을 파고들 정도로 주먹을 꽉 쥐었다. 두려움과 절망감, 분노가 그녀를 갈가리 찢으며 폭발하고 있었다. 레아는 아직 어린애였다. 레아의 마음은 그런 일을 처리할 만한 적당한 방법을 알지 못했다. 목에서 터져 나온 비명이 밤하늘로 퍼져 나갔다. 그리고 모든 것을 집어 삼킬 듯 점점 커졌다. 떠다니는 불빛이 눈을 가득 채우는 순간, 레아는 발을 헛딛고 바닥에 고꾸라졌다.

울려 퍼지던 비명이 메아리로 되돌아오면서 근처에서 뭔가 거대한 것이 갈라지고 삐걱대는 소리가 들렸다. 우레와 같은 엄청난 충돌이 땅을 뒤흔들었다. 레아는 두 손으로 머리를 감싼 채 공처럼 몸을 둥글게 말았다. 세계가 주위에서 폭발하는 것만 같았다. 온몸이 얼얼해지면서 엄습하는 고통에 레아가 다시 비명을 질렀다.

희미하게 누군가 레아의 이름을 부르는 소리가 들렸다. 그러더니 분명한 목소리로 더 많은 말을 외치는 소리가 들렸고, 소음과 소름끼치는 천둥소리가 갑자기 뚝 그쳤다.

제 11 장

꿈속의 트리스트럼

오늘 밤 작은 아이가 처절히 울부짖는 꿈을 꿨다. 소리는 깊은 어둠을 가르고 나와 오래된 대성당의 유리를 박살냈다. 의식이 깨어나면서 그 소리는 디아블로가 고문 끝에 내지른 비명이라는 사실이 선명해졌다. 끔찍한 비명을 들은 터라 다시 잠을 이룰 수 없었다. 나는 밖으로 나가 전사가 돌아오길 기다렸다. 마침내 그가 피범벅이 된 모습으로 나타났다. 반은 그의 피였고, 반은 적의 피였다. 그가 시련을 헤치고 살아남았다는 사실에, 그리고 이 끔찍한 일들이 이제 과거가 되었다는 사실에 깊은 안도감을 느꼈다. 하지만 여전히 불안했다. 내가 나의 유산을 그토록 쉽게 저버리지만 않았다면 이 일은 피할 수 있었을까?

데커드 케인은 며칠 전에 적은 자신의 일지에서 눈을 들었다. 그는 어머니 집에 있는 낡은 책상에 앉아 있었다. 집은 텅 비고 고요했다. 그를 끈질기게 쫓아다니던 유령들이 마침내 입을 다물었다. 몇 주는 된 것 같은 시간이 흐른 뒤, 태양이 처음으로 트리스트럼에 떠올랐다.

케인은 다음 글을 어떻게 써나갈지 고민했다. 다음 일지의 시작은 당연히 즐거운 내용이 되어야 했다. 밖에서는 대학살에서 살아남은 소수의 사람들이 축하하느라 여념이 없었다. 그들의 떠들썩한 외침이 희박한 아침 공기를 가르며 퍼져 나갔다. '나도 밖에서 그들과 함께 있어야 하는데.' 케인은 생각했다. '디아블로는 패배했고, 아이단은 영웅이 되어 지하묘지에서 돌아왔다. 지옥의 밑바닥에서 쏟아져 나왔던 악마들은 뿔뿔이 흩어졌다. 모두를 그토록 오랫동안 괴롭히던 재앙이 끝났으니 기뻐해야 마땅했다.'

하지만 그럴 수가 없었다. 마을은 아수라장이 되었고, 거리마다 피가 낭자했다. 케인은 참혹한 광경에 압도당해 깊은 슬픔을 느꼈다. 수많은 집을 태우며 화마가 휩쓸고 간 자리는 연기가 피어오르는 폐허가 되었다. 대성당 근처의 몇몇 건물은 통째로 뽑혀나갔고, 나무 벽들은 성냥개비처럼 뒤섞여 있었다.

도시는 회복될 수 없을 것처럼 보였다. 그리고 이 모든 게 그의 잘못이었다. 더구나 새로운 의심이 다시 케인을 괴롭히기 시작했다. 이것이 끝이 아니라는 생각에 죽도록 두려웠다.

케인은 한숨을 내쉬고 뻑뻑한 눈을 문질렀다. 살아남은 트리스트럼의 시민은 인정하고 싶지 않겠지만 짙은 어둠이 여전히 이곳을 뒤덮고 있었다. 이 땅은 저주받았다. 다시 어둠이 퍼지기 전에 암세포를 제거하듯 이곳을 완전히 불태워 없애버리는 편이 나을지도 몰랐다. 케인은 고서들과 지난날의 추억이 쌓인 작은 방을 둘러보았다. 대부분 성역과 그곳 사람들에 관한 역사서이거나 과학적 방법에 대한 실험서, 단순한 사실을 기록한 서책들이었다. 베일 뒤에 가려진 진실을 말해주는 서책은 없었다. 하지만 다른 서책들도 있었는데, 최근에 그가 자카룸 대성당에서 발견한 서책들이었다. 이 서책들에는 전혀 다른 역사가 기술되어 있었다. 성역의 천사와 악마들에 관한 이야기, 몇 백 년이 흐르면서 그들의 피가 섞이고 변형된 이야기, 모든 인간이 그들에게서 나왔다는 이야기가 담겨 있었다. 일부는 오래전 어머니가 들려준 이야기와 비슷했지만, 나머지는 한 번도 들어보지 못한 이야기였다.

그들과 싸운 악마들이 사라졌다는 점은 의심할 여지가 없었다. 하지만 이 서책들에 언급된 나머지 악마들도 사라졌다고 단언할 수 있을까? 그게 사실일까? 그렇다면 케인은 수년 동안 잘못된 것에 초점을 맞춰 연구해온 셈이었다. 학자로서 그의 인생 전체가 거짓이 되는 셈이었다.

작은 방이 숨막힐 듯 갑갑하게 느껴졌다. 넓은 곳으로 나가야 했다. 케인이 반드시 해야 할 일이 있었다. 더는 지체할 수 없는 일이었다.

케인은 갑자기 의자를 뒤로 밀고 책상에서 일어섰다. 친숙한 지팡이는 두고 구석에 세워둔 다른 지팡이를 집어 들었다. 지팡이에서 곪아 터진 상처처럼 악마가 전율하는 것 같았다. 노인은 그것을 가능한 한 몸에서 멀리 떨어뜨린 채 현관으로 발을 끌며 나와 눈부신 햇살 속에 섰다.

마을의 중심 부근에서 한 줄기의 연기가 푸른 하늘로 피어오르고 있었다. 케인은 연기가 축제 현장에서 나는 것인지 몰래 피운 불길에서 나는 것인지 알 수 없었다. 어느 쪽이든 불길은 그가 하려는 일을 완수하는 데 도움이 될 터였다.

누군가가 피리를 불자 다른 사람들이 가락에 맞춰 노래를 불렀다. 가볍고 즐거운 노래가 아니라, 잊힌 사람들과 세상을 떠난 사랑하는 사람들을 그리는 애처로운 느낌 같다고 케인은 생각했다.

케인은 이웃집들을 지나 계속 걸었다. 페핀의 집은 어두웠고, 문은 반쯤 열린 채 기울어져 있었다. 출입문에 피 묻은 한쪽 손의 지문이 찍혀 있었다. 혹시나 마주하게 될지 모를 장면이 두려웠던 케인은 안을 들여다보지 않았다. 마을의 유일한 치유자였던 페핀은 트리스트럼 사람들을 위해 너무나 많은 일을 해주었다. 가장 슬픈 이야기는 워트의 이야기였다. 워트는 악마에게 납치당해 거의 죽을 뻔했다가 대장장이 그리스월드에게 극적으로 구출되었다. 하지만 끔찍한 희생이 없진 않았다. 워트의 상처가 너무 심해 페핀은 그의 다리를 절단하고 대신 의족을 끼워 넣어야 했다.

워트의 어머니는 슬픔을 이기지 못하고 그가 구출되기 전에 세상을 떠났고, 워트는 냉소적이고 내향적인 청년으로 자랐다. 그가 남몰래 질리언을 사랑한 일은 상황을 더 악화시켰다. 그의 마음을 꿈에도 모르는 질리언 때문에 워트는 지독한 고통을 겪어야 했다. 워트에게 일어난 일을 정확히 알지 못했지만, 케인은 최악의 상황을 우려했다. 그리고 한쪽 다리가 불편한 소년은 자신의 목숨을 요구하는 최악의 상황에서 벗어나지 못했다.

케인은 마을의 중심에 다다랐다. 살아남은 주민들이 길 한가운데에 모닥불을 피워놓았고, 불길이 거세지도록 몇 사람이 장작을 더 쌓고 있었다. 모두 열다섯에서 스무 명 정도 되었는데, 대부분은 노인이거나 약한 사람들이었다. 집 안에 틀어박힌 채 폭풍이 지나가길 기다리는 일 말고는 할 수 있는 게 없었던 이들이었다. 얄궂게도 용감한 몇몇 전사들과 함께 끝까지 생존한 사람들이 바로 이들이었다.

도살자에게 딸을 잃은 파넘이 술에 취해 붉어진 얼굴과 흐릿한 눈빛을 하고 다른 사람들과 떨어져 홀로 앉아 있었다. 윗옷에는 여전히 검은 핏자국이 얼룩져 있었다. 파넘은 케인이 지나가자 고개를 들고 쳐다보더니 짧게 투덜댔고, 병에 담긴 냄새가 역한 황갈색의 액체를 벌컥벌컥 들이켰다.

모닥불로 다가가는 케인에게 사람들이 길을 터주었다. 몇몇이 케인의 손에 들린 것을 보더니 뱀을 부리는 사람 손에 들린 독사라도 본 양 주춤하며 뒤로 물러섰다. 케인은 모닥불 건너편에 서 있는 아이단을 보았다. 그는 두 건물 사이의 그늘진 곳에 서서 몸을 웅송그린 채 꼼짝도 않고 지켜보고 있었다. 지하묘지에서 돌아온 후 전장에서 입었던 갑옷을 벗고 살갗에 더께가 진 피도 씻은 지 오래였지만, 아이단이 한 일의 무게는 목 주변에 심각한 흔적을 남겼다. 전에는 부드러웠던 이마에는 영구적인 전쟁의 흔적이 낙인처럼 상처로 남았다.

아이단의 모습을 보니 가슴이 철렁 내려앉았다. 아이단은 위풍당당하게 나타났지만, 승리는 그에게 엄청난 희생을 요구했다. 그는 전과 완전히 다른 사람이 되어 있었다. 동생 알브레히트는 악마에게 홀려 디아블로의 모습으로 변형되었다. 알브레히트는 어린 소년에 불과했다. 케인은 끔찍한 모습으로 변한 알브레히트의 육체가 죽기 직전에 잠깐 원래의 모습으로 돌아왔으리라는 걸 알았다. 이후로 아이단은 거의 말을 하지 않았다. 하지만 피가 낭자한 바닥에, 그것도 자신의 손에 죽은 채 누워 있는 동생을 목격한 일은 그 어떤 악마와 대적한 일보다 끔찍한 경험이었으리라.

케인은 왕의 거처에서 아이단을 가르쳤던 시절을 떠올렸다. 비록 자신은 늘 그랬던 것처럼 자기 일에 몰두하느라 그 가치를 제대로 인식하지 못했지만, 호리호리한 체격에 검은 머리카락을 가진 아이단은 활력이 넘치고 미래가 창창한 젊은이였다. 그때의 일을 떠올리자 훨씬 더 어둡고 끔찍한 비밀이 스멀스멀 기어 나오려고 했다. 케인은 기억을 떨쳐내고 현재에 집중하려고 애썼다.

케인은 손에 들린 지팡이를 내려다보았다. 저주받은 물건. 당연히 아이단이 해야 할 일이었다. 아이단은 칸두라스 왕국의 적법한 계승자이자 성역 전체를 구한 지도자였다. 그럼에도 그는 이유를 밝히지 않은 채 이 일을 거부했다. 결국 케인이 대신 일을 끝내야 했다.

케인이 모닥불 곁에 이르렀다.

"트리스트럼의 시민이여. 여러분은 지옥의 나락을 목격했고, 살아남았습니다. 하지만 여러분 중 누구도 끔찍한 손실을 피하지는 못했습니다. 대악마 디아블로는 죽었지만, 그가 이곳에 가져온 것은 여전히 어둠속에, 우리 모두의 마음속에 살아 있습니다. 이곳에서 일어난 일을 절대 잊지 맙시다. 다시는 악마가 우리를 위협하도록 버려두지 맙시다."

케인은 주위를 둘러싼 사람들의 얼굴을 둘러보았다. 몸에 난 상처를 대충 꿰맨 사람들, 눈 아래가 붓고 거뭇한 자국이 있는 사람들, 그리고 그들의 영혼이 견딜 수 있는 것보다 더 많은 것을 본 사람들의 공허한 눈빛이 보였다. 그들 모두가 사랑하는 이들을 잃었고, 고통을 겪고 있었다.

"여기 라자루스의 지팡이가 있습니다."

허리가 아프고 무릎이 쑤셨지만 케인은 모두가 볼 수 있도록 지팡이를 높이 들어 올렸다.

"우리 모두를 배반하고 디아블로를 잠에서 깨운 반역자는 더 이상 우리를 괴롭히지 못할 것입니다."

케인이 지팡이를 불 속으로 던졌다. 불길이 치솟더니 둔탁한 소리를 내며 지팡이를 휘감았다. 갑작스러운 열기에 케인이 휘청대며 뒷걸음질을 치자, 뒤에서 그를 붙잡아주는 손길들이 느껴졌다. 잠깐 그렇게 몸을 내맡긴 채 케인은 사람들의 도움을 기쁘게 생각했다. 어쩌면 그 혼자 모든 짐을 짊어지지 않아도 될지 몰랐다.

뒤틀린 지팡이에서 쉬익 하고 날카로운 비명 같은 소리가 새어나왔다. 지팡이는 탁하는 소리와 함께 쪼개졌고, 녹색 연기가 피어오르더니 높이 소용돌이치며 올라갔다. 불길에 시커멓게 탄 지팡이는 장작더미가 무너지면서 함께 이글거리는 잔불 속으로 사라졌다.

케인은 한숨을 내쉬었다. 원래는 재앙이 끝났음을 선언하는 감동적인 연설을 하려고 했지만, 갑자기 그 일이 허무하게 느껴졌다. 라자루스는 죽어 사라졌다. 라자루스의 지팡이는 그저 나무 막대기일 뿐이며, 다른 것들과 마찬가지로 불에 탔다.

케인은 자신을 붙잡은 손길들에서 벗어나려고 했다. 하지만 손들은 여전히 그를 잡고 놓아주지 않았다. 케인이 돌아보자 낯익은 둥근 얼굴이 보였다. 대장장이 그리스월드의 대머리가 햇빛에 반짝였다.

"이거 옛 친구가 아닌가. 잠깐 우리하고 술 한잔하고 가게."

그리스월드가 말했다.

케인은 미소를 지었지만, 그리스월드에게는 그를 불안하게 하는 뭔가가 있었다. 대장장이인 그리스월드는 악마들과의 전쟁에서 강력한 동맹군으로 활약했다. 무기와 갑옷을 만들었고, 직접 전장에 나가 커다란 덩치와 야수 같은 힘으로 임프들의 두개골을 박살내고 괴물들을 공략했다. 그리고 다리에 끔찍한 상처를 입었다. 하지만 이제 그리스월드의 눈빛은 싸늘해져 있었다. 그리스월드의 우람한 손이 케인의 팔 윗부분을 꽉 움켜쥐었다. 그에게는 희미한 폭력의 위협이 악취처럼 들러붙어 있었다.

케인은 모닥불 너머로 꼼짝도 않고 서 있는 아이단을 흘긋 돌아보았다.

"아, 너무 우울해 해. 지하에서 돌아온 뒤로 사람이 완전히 달라졌지. 말도 거의 없고, 사람들과 어울리지도 않아."

그리스월드가 말했다.

"그는 고통을 겪었어."

"누구는 안 그런가. 난 밤마다 환청에 시달려. 잠을 잘 수가 없다니까."

그리스월드의 눈빛이 더욱 차가워졌다.

"악마와의 접촉은 후유증이 아주 길게 나타나기도 하지."

케인이 말했다.

"그런 것 같아."

그리스월드가 말했다. 힘이 들어간 그의 손가락이 케인의 살을 아프게 파고들었다. 그리고는 고개를 흔들더니 팔을 풀어주었다.

"가서 그와 말 좀 하게."

그리스월드는 다른 사람의 손에서 병을 낚아채 양껏 들이키고는 옆으로 던졌다.

"아이단은 현명한 사람의 말을 들어야 해. 맥주도 마시고. 우린 여기에 축하하러 온 게 아닌가."

케인은 일단의 사람들을 피해 모닥불을 빙 둘러 갔다. 뭔가가 잘못되고 있었다. 디아블로는 궤멸되었고, 그의 하수인들은 죽거나 흩어졌다. 위험은 사라졌다.

그런데 서서히 다가오는 음울한 질병처럼 그의 내부에서 왜 이처럼 불안감이 커지는 걸까?

케인은 두 건물 사이의 그늘진 곳에 도착해 주위를 살폈다. 아이단은 사라지고 없었다. 잠시 후 앞쪽 어딘가에서 낮게 웅얼거리는 소리가 들려왔다. 케인은 어둠 속으로 걸음을 옮겼다. 지팡이를 갖고 있지 않아 조심하며 사람들과 불길의 소음에서 차츰 멀어져갔다. 외진 곳이었다. 골목으로 들어서기도 전에 뒷목의 솜털이 곤두서는 게 느껴졌다.

십오 미터쯤 앞의 커다란 나무 그늘에 아이단이 어떤 여자와 함께 서 있었다. 케인은 건물 가장자리에서 걸음을 멈췄다. 뭔가가 몸을 숨기라고 말하고 있었다. 여자가 아이단의 팔을 잡자 아이단이 몸을 굽혀 그녀에게 뭔가를 말했고, 두 사람은 시야에서 사라졌다.

나무 아래쪽은 불빛이 흐릿했고, 두 사람은 재빨리 자리를 떠났다. 하지만 케인은 우아함과 아름다움, 어디에서나 발산되는 원초적인 힘, 지면을 미끄러지는 듯한 움직임의 조합을 한눈에 알아봤다. 아이단과 함께 있던 여자는 마녀 아드리아였다.

새로운 불안감이 밀려들었지만 케인은 섣불리 두 사람을 뒤쫓지 않았다. 그에게는 해야 할 매우 중요한 일이 있었다. 케인은 두 번 다시 호라드림 연구를 소홀히 해서 다른 이들의 생명을 희생시키는 일이 없게 하겠다고 맹세했다. 그는 오늘, 자신의 서책들로 돌아가 이 설명할 수 없는 두려움에 대한 해답을 찾을 작정이었다. 진실을 발견할 때까지 끝까지 포기하지 않을 작정이었다.

다시 골목을 돌아보자, 두 손을 허리에 꼭 붙이고 얼굴에는 슬픔이 가득한 작은 소년이 케인의 앞에 서 있었다.

"왜 날 떠났나요? 왜 그랬죠?"

케인은 소리 없는 비명을 지르며 발작적으로 몸을 일으켰다. 모닥불은 이제 잔불만 남아 낮게 드리워진 나뭇가지에 흔들리는 그림자를 만들고 있었다.

케인의 손가락이 옷 안쪽 주머니 안에 있는 바스러질 것 같은 양피지 한 장을 더듬었다. 다른 귀중품과는 별도로 늘 가슴에 품고 있었다. 케인은 심장이 쿵쾅대는 것을 느끼며 마음을 다잡았다. '안 돼.' 그가 속으로 소리쳤다. 소년의 얼굴이 놀랄 정도로 선명히 떠올랐지만 곧 머릿속에서 지웠다. '그렇게는 안 돼. 다시 그리로 돌아갈 순 없어.'

케인은 숨을 깊게 들이마신 뒤 천천히 내뱉었다. 레아의 일로 그런 꿈을 꾼 게 분명했다. 아이에게 그런 식으로 엄마 이야기를 해선 안 되었다. 그가 모든 일을 끔찍하게 만들어버렸다. 케인은 아이들을 어떻게 다뤄야 할지 몰랐다. 아이들과 얼마나 많은 것을 공유할 수 있을까? 그런 어려운 이야기를 어디까지 말해줘야 할까? 그나마 이만한 것도 대천사들에게 감사할 일이었다.

레아가 자리를 박차고 달려 나가자, 케인은 관목 숲을 헤치고 그녀를 뒤쫓았다. 소녀 내부의 신비한 힘이 무섭게 증폭되면서 기운이 탁탁거리는 것을 느낄 수 있었다. 그녀가 발을 헛딛고 쓰러지지 않았다면 무슨 일이 벌어졌을지 알 수 없었다. 레아가 강가에 꼼짝도 않고 누워 있는 모습을 발견한 케인은 그녀를 모닥불 근처로 다시 데려왔다. 레아가 충격에 몸을 앞으로 기울이고 앉아 있던 자리로.

케인은 이제야 아이에게 물고기를 먹일 수 있었다. 레아는 굶주린 짐승처럼 달려들어 손가락으로 남은 물고기의 살점을 뜯었다. 다 먹고 나자 처음에는 조용히, 그러다 점차 확신과 긴박감을 띠고 질문하기 시작했다.

레아는 모든 걸 알고 싶어 했다. 케인은 아이의 반응을 살펴가며 최선을 다해 설명했다. 안 좋은 일들이 시작되었고, 얼마 안 있어 트리스트럼에 온 아드리아는 물약과 마법의 물건, 미래를 예언하는 능력으로 인해 살아남은 자들 사이에서 금방 유명해졌다. 트리스트럼이 파괴될 때 아드리아가 목숨을 부지할 수 있었던 것도 이러한 능력 덕분이었다. 하지만 마지막으로 들은 소식에 의하면 아드리아는 몇 달 전 공포의 땅 어딘가에서 죽었다고 했다. 그 말에 레아는 더 많은 눈물을 흘렸다. 그리고 마지막 질문을 했다.

"아드리아는...... 저와 닮았나요?"

케인은 자리에서 일어섰다. 그리고 모닥불 주위를 돌아 레아가 제임스의 외투를 덮고 모로 누워 있는 곳으로 갔다. 눈을 감은 아이의 얼굴은 부드럽고 평화로워 보였다. 너무 작고 연약한 모습이었다. 아이를 어떻게 그리 대할 수 있었을까? 그는 대체 뭐가 문제일까? 아이를 배려하고 필요한 게 뭔지 알아차리는 일이 그토록 어려운 일일까? 다른 사람의 필요 역시 마찬가지였다. 케인은 연구에만 몰두하는 자신의 이기심에 진절머리가 났다.

처음으로 다시 돌아갈까 하는 생각을 했다. 가능한 쿠라스트에서 먼 곳에, 칼데움이나 그보다 더 먼 곳에 아이를 위한 안식처를 마련하는 건 어떨까.

'수색을 계속해야 한다, 데커드.'

어머니의 목소리가 머릿속에서 너무나 크고 또렷하게 들렸다. 케인은 어머니가 이곳에 서 있기라도 한 것처럼 불빛이 어슴푸레한 주위를 둘러보았다. 어머니는 물론 없었다. 하지만 케인은 자신이 느낄 수 있는 경계 너머 어딘가에 아데레스 케인이 있다는 걸 알았다. 호라드림의 대의에 대한 깊은 애정이 그녀를 이승에 영원히 묶어 놓았다. 케인은 목소리의 근원이 어디든, 머릿속에서 들려오는 말이 맞는다는 걸 알았다. 그들은 칼데움에서 더는 환영받는 존재가 아니었다. 그리고 운명에서 달아난다고 해도 피할 수 없는 일을 연기하는 정도 밖에 안 될 뿐이었다. 쿠라스트에 있다는 마법단에 대한 실낱같은 희망을 부여잡고 계속 나아가야 했다. 그리고 비제레이 폐허에서 발견한 서책들로 인해 생긴 질문들에 대한 해답을 찾아야 했다.

'알 쿳의 무덤.'

알 쿳은 누구일까? 궁금증이 치아의 통증처럼 끈질기게 케인을 괴롭혔다. 올바른 답을 아는 이들을 찾아 모든 걸 실토할 때까지 흔들어대고 싶었다. 성역으로 지옥이 다가오고 있었다. 시기가 언제일 지가 문제일 뿐.

케인은 레아를 내려다보았다. 그녀 안에서 어떤 신비한 힘이 만들어지고 있든, 쿠라스트에 있는 마법단은 그 힘을 제어하는 법을 알려줄 수 있으리라. 그 때문에라도 계속 가야 했다. 짊어진 짐의 무게가 너무 무겁게 느껴져 한숨이 나왔다.

'그녀를 위해, 그리고 우리 모두를 위해 올바른 선택을 내릴 수 있게 도와주소서.'

제임스의 외투가 잠든 레아의 몸에서 떨어져 있었다. 외투를 다시 어깨에 덮어주자 레아는 잠깐 몸을 뒤척이더니 곧 조용해졌다.

관목 숲 밖에서 뭔가가 움직였다. 강 쪽에서 커다란 개나 늑대 같은 것이 숨을 헐떡이는 소리가 희미하게 들리더니 곧 손톱으로 나무를 긁는 듯한 소리가 들렸다. 케인은 이글거리는 잔불로 돌아가 막대기로 휘저어 불꽃을 일으킨 다음, 나뭇가지를 더 쌓았다. 탁탁 소리를 내며 불길이 타오르자 주변이 환해지며 더 자세히 볼 수 있었다. 케인은 배낭이 있는 곳으로 가서 보호의 유물이나 두루마리가 있는지 찾아봤지만, 쓸 만한 게 떠오르지 않았다. 저 밖에 있는 뭔가가 그들을 노린다 해도 막을 수 있는 방법이 전혀 없었다.

 멀리서 소름 끼치는 울부짖음이 울려 퍼지다 점점 작아지더니 사라졌다. 음울하고 잊을 수 없는 소리였다. 그리고 아무 일도 일어나지 않았다. 케인은 한참을 조용히 귀를 기울이고 있다가 마침내 자리에 앉았다. 그리고 불의 온기에 나른함을 느끼며 다시 잠에 빠져들었다. 이번에는 다행히 꿈이 없는 잠이었다.

제 12 장

성벽이 둘러싼 마을

다음 날 아침은 화창하고 쌀쌀했다. 관목 숲 바깥의 대지에는 엷게 성에가 끼었다. 레아는 피부가 창백했고 눈 밑에 거뭇한 그늘이 져 있었다. 케인은 그녀에게 아침 식사로 남은 물고기를 마저 주고, 자신은 껍질 부분만 조금 먹었다.

그들은 전날 밤에 있었던 일에 대해서는 별말을 하지 않은 채 얼마 되지 않는 소지품을 챙겨 야영지를 떠났다. 하지만 관목 숲을 떠나자마자 엄청난 소식이 그들을 기다렸다. 키가 족히 삼십 미터는 되는 투알랑 나무가 다리 한가운데 쓰러져 있었고, 나뭇가지들이 괴물 오징어처럼 사방에 흩어져 있었다. 다리 중앙의 나무판자가 쪼개져 강물 속으로 내려앉았는데, 주변으로 물살이 거세게 일며, 일부가 강둑으로 흘러넘치고 있었다.

어젯밤에는 너무 어두워서 보지 못한 광경이었다. 그러나 케인은 나무가 쓰러지는 우레와 같은 소리를 들었고, 소녀에게서 기운이 발산되는 것을 느꼈다. '이게 레아가 한 일이라면, 그녀는 대체 어떤 종류의 엄청난 힘을 가지고 있는 걸까?'

"운이 좀 나쁜 것뿐이야. 나무는 늙었고, 줄기가 썩었단다. 뿌리 쪽으로 파손된 부분을 좀 보렴."

케인은 큰 소리로 말했다. 사방에 흩어진 나뭇가지 주위를 서성이며 케인은 샌들 아래 흑니토의 감촉을 느꼈고, 그들에게 닥친 문제를 세심히 살폈다. 수영해서 건너기에는 물이 깊고 물살이 거셌다. 게다가 근처에는 다른 다리나 수심이 얕은 곳도 없었다. 나뭇가지들을 조심하고 균형만 잘 잡으면 나무줄기를 타고 반대편으로 건너갈 수도 있을 것 같았다.

케인은 레아에게 피부에 염증을 일으키니 수액을 건들지 말라고 주의를 준 다음, 지팡이로 중심을 잡고 나무 위로 올라서서 걷기 시작했다. 나뭇가지들을 한쪽으로 치우고 다른 쪽으로 한 번에 한 걸음씩 헤치고 나갔다. 케인은 비제레이 폐허에 있는 바위틈 속의 좁은 통로를 떠올렸다. 그리고 가엾은 아카라트와 그의 끔찍한 운명을 생각했다. 순간 성기사가 바로 앞에서 어서 오라고 재촉하는 듯한 착각이 들었다. 물론 앞에는 아무것도 없었다. 뒤를 돌아보자 레아가 바싹 뒤따라오고 있었는데, 그녀의 조그만 얼굴이 어두우면서도 결의에 차 있었다.

다리가 불안하게 삐걱대더니 일부 구조물이 떨어져 급류에 휩쓸렸다. 마침내 케인이 반대쪽 끝에 다다랐는데, 거기에는 줄기가 부서지면서 튄 굵은 나무 조각들이 여기저기 말뚝처럼 튀어나와 있었다. 줄기를 넘다가 커다란 나뭇조각 하나가 옷에 걸리면서 케인의 옆구리에 길게 생채기를 남겼다. 타는 듯한 통증을 느끼며, 케인은 나뭇조각에서 몸을 빼낸 뒤 절뚝거리며 땅에 내려섰다. 상처가 난 곳을 만져보니 피가 흘러나오고 있었다.

잠시 후 레아가 나무에서 가볍게 뛰어내렸다. 순간, 지축을 뒤흔드는 날카롭고도 엄청난 굉음과 함께 다리 전체가 강물 속으로 무너져 내렸다. 물기둥이 십 미터 가까이 치솟으며 물거품과 함께 수면이 심하게 출렁였고, 케인과 레아는 물보라를 흠뻑 뒤집어썼다. 비틀비틀 뒷걸음질 치는 케인의 심장이 철렁 내려앉았다. 조금만 늦었어도 그들은 죽었으리라.

한 가지는 분명했다. 이제 그들은 되돌아갈 수 없었다.

태양이 떠오르며 밤의 마지막 한기를 몰아내는 동안, 그들은 일정한 속도로 걸었다. 케인은 최대한 지팡이에 몸을 의지했지만, 발은 갈수록 상태가 나빠졌고, 무릎과 허리는 당장에라도 움직임을 멈출 것 같았다. 게다가 지금은 새로 생긴 상처에서 둔한 떨림이 느껴지기 시작했다. 케인은 자신이 무척 늙었음을 실감했다.

오후로 넘어가면서 산으로 이어진 길이 조금씩 가팔라졌다. 쿠라스트까지 가는 길은 직선이 아니라 강을 따라 동쪽으로 갔다가 다시 남쪽으로 꺾어지는 우회 경로였다. 멀리 우뚝 솟은 산들이 거대한 바다 괴물의 등처럼 생긴 자락을 평지로 넓게 펼치고 있었다.

케인은 여정이 더 험난해지리라는 사실을 깨달았다. 열기가 강해지는데다 갈수록 바위가 많아졌고, 땅이 울퉁불퉁해졌기 때문이었다. 정오를 한참 지난 시각, 작은 물통에 남은 마지막 물을 다 마셨지만 잠깐 들러 물을 채울 장소가 있다는 표지는 지평선 어디에도 보이지 않았다. 칼데움을 떠나온 후, 두 사람은 지금까지 단 한 사람도 보지 못했다.

세 시간 뒤, 그들은 오른쪽으로 갈라져 산자락으로 사라지는 낡은 길을 지났다. 그리고 그 길 끝에서 바위가 많은 산으로 이어지는 가파른 고갯길을 만났다. 거의 수직으로 깎인 두 개의 절벽이 마주 보고 있었는데, 사이에 낀 경사면의 높이가 거의 구 미터에 달했다.

두 여행자는 바위가 많은 길의 초입에 서 있었다. 길은 완전히 막혀 있었다.

케인은 배낭에서 지도를 꺼내 들여다보았다. 그들이 아까 보았던 길은 이 고갯길을 둘러 가게 되어 있었다. 몇 킬로미터를 더 가면 다시 그 길과 만날 수 있었다.

"한참을 돌아가야겠구나. 어서 가자."

레아는 움직이지 않았다. 집중하느라 조그만 얼굴을 잔뜩 찌푸린 채 경사면을 뚫어지게 쳐다보았다.

"누가 있어요."

레아가 말했다.

케인은 지팡이에 몸을 기대고 그녀를 바라보았다.

"왜 그렇게 말하지?"

레아는 어깨를 으쓱하고는 햇살 속에 그들 앞에 불쑥 솟아 있는 산을 쳐다보았다.

"여긴 무서워요. 누군가 우릴 지켜보고 있는 것 같아요."

케인은 숨을 죽인 채 주위를 둘러보았다. 그러잖아도 계속 불안했는데, 이제는 누군가의 감시까지 받고 있다니. 케인은 지금까지 걸어온 길을 살핀 뒤, 사람이 숨어 있을만한 장소가 있는지 앞에 있는 산을 살펴보았다. 처음에는 아무것도 없었다. 어떤 움직임도 없었고, 어딘가에 뭔가가 숨어 있다는 느낌도 들지 않았다. 바로 그때, 돌에 뭔가가 스치는 듯한 희미한 소리를 들은 것 같았다.

둔덕에서 자갈이 굴러 떨어졌다.

'거기 사람들은 당신이 가진 걸 모조리 빼앗은 다음 길에서 죽게 내버려둘 거요. 거기엔 또…… 별로 호의적이지 않은 것들도 있지요.' 쿨룸은 그렇게 말했다.

케인은 레아를 흘긋 보았다. 계속해서 바위들을 노려보는 레아의 얼굴이 창백했다. 레아를 두렵게 해선 안 될 것 같았다. 그들 말고 다른 뭔가가 있다고 해도, 그들을 지켜보는 것이 동물이거나 숨어 있는 걸 더 좋아하는 악의 없는 누군가라고 해도 말이다.

'꼭 그렇게 생각할 필요는 없어…… 우리를 지켜보는 게 사악한 존재일 거라고.'

"우리 말고는 아무도 없단다, 레아."

작은 소녀는 믿지 않는 눈치였다. 레아는 두 팔로 자신의 가슴을 끌어안았다.

"왜 사람들이 보이지 않죠? 우린 대체 어디로 가는 거죠?"

"쿠라스트라는 도시로 간단다."

레아의 눈이 휘둥그레졌다.

"그곳은 저주받은 곳이에요."

"레아……."

"엄마는…… 질리언은 그곳에 유령이 나온다고 했어요. 절 왜 그리로 데려가는 거죠?"

레아는 한 발짝 뒤로 물러났다.

"저…… 저를 흑마법의 제물로 바치려는 거죠, 그렇죠? 당신은 절 도와줄 생각이 전혀 없어요. 당신은…… 악마를 불러내는 원소술사가 틀림없어요! 엄마가 당신 같은 사람들에 관해 이야기해줬어요!"

레아가 좌우를 두리번거렸다. 케인은 그녀를 안심시키려고 했지만, 무슨 말을 해야 좋을지 갈피를 잡지 못했다. 성인이라면 지금까지 그래 왔던 것처럼 솔직히 다 말하거나 이성적인 해결책을 제시하겠지만, 그 방법이 통할 것 같지 않았다.

케인은 한 발짝 더 다가갔다가 또 실수를 저질렀다는 사실을 깨달았지만 이미 엎질러진 물이었다. 레아는 놀란 토끼처럼 소스라치게 놀라며 뒷걸음질을 치더니 죽을힘을 다해 도망치기 시작했다.

"기다려!"

케인이 절뚝거리며 뒤쫓았지만, 길이 가파른데다 무릎 통증이 참을 수 없을 만큼 심해지고 있었다. 그는 자신 앞에 놓인 긴 여정과 마주칠 수 있는 위험들, 자신의 말을 듣지 않을 때 레아가 일으킬 수 있는 문제들을 생각했다. 산을 오르는 레아의 모습이 조금씩 작아지고 있었다. 케인은 지팡이에 몸을 의지한 채 그녀의 이름을 부르며 서둘러 뒤쫓아갔다. 산꼭대기에 다다른 레아가 시야에서 사라졌다.

실종된 후 다시는 발견되지 않았던 사람들에 대한 기억이 떠오르면서 새로운 공포가 밀려왔다. 순간, 길이 넓어지나 싶더니 그의 눈앞에서 변했다. 잠깐 동안 뒤집힌 마차가 소름 끼칠 만큼 선명하게 보였다. 한쪽 바퀴가 여전히 돌고 있었고, 햇빛 아래 천천히 도는 바큇살에 새빨간 피가 묻어 있었다.

케인은 눈을 깜박여 환영을 떨쳐냈다. 공포로 튀어나오려는 비명을 삼킨 채 그는 배낭 안을 다시 뒤적였다. 안쪽의 숨겨진 주머니 안에 들어 있는 접힌 종이가 손가락에 닿자, 불에 덴 것처럼 얼른 손을 빼냈다.

길은 텅 비었고, 바싹 마른 땅만 황량하게 펼쳐져 있었다. 케인은 숨을 가쁘게 헐떡였고, 목이 타들어가는 듯했다. 아이들은 자신들을 위해 그러는 건데도 왜 말을 안 듣는 걸까?

케인이 산꼭대기 가까이에 다다랐을 때는 날이 더 어두워져 있었다. 케인은 짙어지는 어둠 속에서 레아를 발견했다. 레아는 길에서 조금 떨어진 돌 위에 앉아 고개를 양손에 묻고 있었다. 울고 있을 거라고 생각했는데 고개를 든 그녀의 얼굴은 말라 있었다.

"달아나 봤자 소용없는 거 알아요. 갈 곳도 없고, 날 도와줄 사람도 없으니까요."

케인은 걸음을 멈추고 땅에 무릎을 꿇은 뒤 가쁜 숨을 몰아쉬었다. 고삐 풀린 말이 가슴을 질주한 듯 심장이 두방망이질 쳤다. 한 줄기 바람이 레아의 외투 자락을 펄럭였고, 케인의 뼛속을 시리게 했다.

마침내 케인이 몸을 일으켰다.

"난 널 도와주려는 거야, 레아."

호흡이 진정되자 그가 입을 열었다.

"그런데 넌…… 그렇게 달아나선 안 돼. 뭔가가 나타날 수도 있다는 걸 알아야 해. 쿠라스트로 가는 길은 위험하단다. 아이는 쥐도 새도 모르게 사라져버릴 수 있어!"

"저를 더 겁주려는 거예요?"

케인은 잠시 정신을 추스른 다음 자제력을 발휘했다.

"난 그저 진실을 말하는 것뿐이야. 솔직히 말하는 게 내 방식이거든. 이 세계에는 네가 상상도 못할 사악한 존재들이 있단다. 염소인간과 악마, 그보다 끔찍한 괴물들이 있지. 조심하고 경계하는 수밖에 없단다."

새로운 충격으로 레아의 얼굴이 하얗게 질렸다. 잠깐 동안 케인은 그녀가 또 울음을 터뜨리는 건 아닐까 생각했다. 하지만 레아는 그저 앉았던 돌에서 일어설 뿐이었다. 다시 케인을 바라보는 레아의 얼굴에는 아이라면 분노했을 때 지을 만한 표정으로 가득했다.

"질리언도 늘 그렇게 말했어요. 당신은 낯선 사람이에요. 그리고 저는 당신을 별로 좋아하지 않아요."

레아는 산의 다른 쪽 길을 가리켰다.

"저는 저기로 가고 싶어요. 저기 사람들이 우릴 도와줄 수 있을지 몰라요."

저 아래 높은 돌벽과 밀림으로 둘러싸인 작은 마을이 계곡에 들어앉아 있는 모습이 희미하게 보였다. 요새화된 마을은 홀연히 나타나 산허리로 올라가기 시작한 안개에 반쯤 가려져 있었다. 처음에는 어두워서 아무도 살지 않는 것처럼 보였는데, 불빛 하나가 안개 속 등대처럼 깜박이더니 누군가 등불을 들고 거리를 걷는 것처럼 불빛이 일렁였다.

경황이 없어 케인이 미처 보지 못한 마을이었다. 반가워야 마땅한 상황이었지만, 일렁이는 불빛은 고립감만 더해주다가 잠시 후 마지막으로 한 번 더 깜박인 뒤 사라졌다.

다시 지도를 찾아봤지만, 작은 마을은 지도 어디에도 없었다. 케인은 그들이 서 있는 길의 어둠 속을 응시했다. 길은 산의 다른 쪽으로 이어져 숲 속으로 사라지고 있었다. 성문까지는 별로 멀지 않았다. 서두른다면 하늘에 별이 보이기 전에 닿을 수 있을 듯했다.

케인은 뭔지 모를 불안감을 느꼈다. 공기 중에 감도는 묵직한 기운은 그동안의 경험으로 봐서 무시해선 안 될 전조 같았다. 하지만 선택의 여지가 없었다. 음식과 물이 없다면 그들은 어차피 얼마 더 가지 못할 터였다.

"그래, 가자."

케인이 산 아래쪽을 향해 내려가기 시작하며 말했다.

"여기서 더 지체하는 것보단 낫겠지. 가서 마을 사람들이 친절한지 알아보자꾸나."

바람이 다시 두 사람을 휩쓸고 지나갔다. 이번에는 좀 더 거센 바람이었다. 바람은 고인 늪에서 나는 듯한 썩은 악취를 실어왔다. 아래쪽 땅은 온통 안개로 뒤덮였다. 케인이 뒤를 돌아보자 레아가 외투를 목둘레에 단단히 움켜쥔 채 따라오고 있었다.

가파른 길을 내려가는 동안 케인의 허벅지 근육이 피로를 견디지 못하고 경련을 일으켰다. 그날 아침 물고기 껍질을 조금 먹은 것 말고는 아무것도 먹은 게 없었다. 비록 몇 달씩 여행해오면서 이런 대접에 익숙해진 몸이었지만, 그래도 얼마 못 가 한 발짝도 더 움직이지 못하게 되리라는 걸 케인은 알고 있었다.

'당신은 노인이야.' 케인이 지난 몇 주간 수십 번은 되뇐 말이었다. '악마를 찾아다니느라 황무지를 헤맬 게 아니라 시골집 현관에서 차나 마시며 꾸벅꾸벅 졸고 있을 나이라고.'

걷는 동안 케인의 곁을 전날 밤 꿈에 보았던 소년이 동행했다. 물론 실제로 그런 건 아니었다. 소년은 수십 년 전에 이미 사라졌다.

마을 가까이 다다랐을 때는 밤이 이슥해 있었다. 그들은 잎이 거의 없고 줄기가 홀쭉한 나무들이 양쪽으로 늘어선 자갈 깔린 넓은 길에 들어섰다. 마을로 들어가는 철문은 굳게 닫혀 있었지만, 돌벽에 감춰진 문에서 체구가 거대한 두 명의 병사가 나타났다. 케인만큼이나 큰 키에 몸집은 거의 두 배에 가까운 경비병들은 가죽으로 장식한 흉갑을 입고 양날 전투 도끼를 들고 있었다.

짙어지는 어둠이 주위의 색깔들을 지워나갔다. 이곳은 다른 곳보다도 안개가 더욱 짙었다. 바닥에 낮게 깔린 안개가 다리를 휘감고 있어서 경비병들은 마치 무릎 아래로 다리가 잘린 유령들처럼 보였다.

두 명의 경비병이 성문을 막아서며 가까이 다가왔다. 아무 말도 하지 않았지만, 인상적인 얼굴에 희미하게 위압감을 풍기고 있었다.

"우린 수 킬로미터를 걸어왔는데, 하룻밤 묵을 곳을 찾고 있소. 무장하지 않았고 음식과 잠자리에 대해 값도 낼 거요. 그리고 날이 밝는 대로 여길 떠날 것이오."

케인이 말했다. 그가 금 조각을 꺼내려고 배낭을 뒤지자, 경비병들이 전투태세로 도끼를 들더니 공격하기 위해 앞으로 다가왔다.

성문 안에서 고함이 들리더니 짙은 안개 속에서 몇 사람이 모습을 드러냈다. 두 명의 경비병이 옆으로 비켜서서 차렷 자세를 취하는 동안, 다른 두 명의 경비병이 빗장을 풀고 끼익 하는 금속성의 요란한 소리와 함께 성문을 열어젖혔다.

성문으로 나온 남자는 키가 크고 몸이 몹시 여위었으며, 길고 검은 머리카락이 이마에서 흘러내리고 있었다. 고급스러운 비단옷을 입고 손가락에는 금반지를 낀 남자가 활짝 웃으며 집에 돌아온 가족을 환영하듯 긴 팔을 앞으로 내밀었다.

"두 녀석의 무례를 용서하시오."

그는 그렇게 말하며 경비병들이 있는 방향으로 손을 내저었다.

"평소에는 이 정도로 경계하지 않는데 시국이 하도 수상해서 말이오. 난 이곳의 영주 브랜드라고 하오. 쿠라스트에 가는 길이오?"

"그렇습니다. 도움이 필요해 찾아왔습니다."

케인이 자신을 소개하며 말했다.

"당연히 도와야지요."

영주가 레아를 바라보았다. 그의 반짝이는 눈길이 레아의 얼굴에 너무 오래 머무르는 듯싶더니 얼굴에 더 큰 미소가 번졌다.

"이쪽은?"

"제 조카입니다. 미안하지만 조카는 몹시 허기진 상태입니다. 먼 길을 걸었는데 아침 식사 이후로 여태 아무것도 먹지 못해서요."

멀리서 울부짖는 소리가 들려왔다. 계곡에 울려 퍼지는 그 소리에 케인은 뼛속까지 한기를 느꼈다. 숲 쪽을 쳐다보는 브랜드의 얼굴에서 미소가 사라졌다. 그가 옆으로 비켜서며 길을 터주었다.

"내 저택에서 머무시오. 성 안으로 들어갑시다. 요샌 날이 어두워진 뒤에 성 밖에 있으면 위험하다오."

일행은 경비병들을 뒤에 남겨둔 채 문을 통과해 마을로 들어섰다. 열두 명의 마을 사람들이 등불을 높이 들고 그들을 기다리고 있었다. 모두 멍한 얼굴을 하고 똑같이 볼품없는 잿빛 옷을 입고 서 있었는데, 피부색이 입고 있는 옷 색깔과 비슷했다. 몸은 시한부 환자처럼 뼈만 앙상했고, 얼굴은 푹 꺼진데다 눈빛은 흐릿했다. 몇 사람이 혼잣말을 하듯 작은 소리로 뭔가를 중얼거렸다. 사람들은 곁을 지나가는데도 케인과 눈도 맞추지 않았다. 케인은 이 작은 마을에 어떤 전염병이 도는 건 아닌지 걱정이 되었고, 다시 레아를 데리고 이곳을 나가 밀림에서 식량과 잠자리를 구해볼까 하고 생각했다.

하지만 기이한 행렬은 계속되었고, 케인은 그냥 휩쓸려 갈 수밖에 없었다. 브랜드 영주가 앞장서서 걷는 동안, 그들 뒤로 문이 철커덩 소리를 내며 닫혔다. 소리가 불운의 전조처럼 텅 빈 거리로 울려 퍼졌다.

제 13 장

브랜드 영주의 저택

일행이 마을의 중심을 향해 나아가는 동안 몇몇 집의 창문에서 불빛이 반짝였지만, 레아는 다른 사람을 보지 못했다. 얼마 후, 그녀는 자신의 발끝만 내려다보며 마지못해 데커드 케인을 뒤따라가고 있었다.

레아는 벌써 이곳에 오자고 한 걸 후회하고 있었다. 왠지 몰라도 이곳에 있는 뭔가가 끔찍한 두려움을 불러일으키고 있었다. 브랜드 영주의 태도는 친절하기 이를 데 없었지만, 그는 기이할 정도로 키가 큰 데다 불행해 보였다. 팔다리는 너무 길고 가늘었으며, 미소를 지을 때면 뭔가에 굶주린 듯 보였.

거리의 커다란 석조 주택들과 길에 면한 상점들, 복잡하게 뻗은 골목들은 고향을 떠올리게 했다. 하지만 이른 저녁 무렵의 칼데움이 소음과 분주함으로 가득했던 것과 달리, 이곳은 활기라고는 전혀 찾아볼 수 없었다. 물건을 사러 나온 사람도 없었고, 식사와 술을 찾아 술집에 들르는 이도 없었다. 마을 사람들은 몇 달은 잠을 못 잔 얼굴로 미친 사람처럼 혼잣말을 중얼거리며 걸어 다녔다. 레아는 이제 겨우 여덟 살이었지만 나이에 비해 명민해서 질리언은 늘 그녀가 어른보다 사람 마음을 잘 읽는다고 말하곤 했다. 그런데 이곳의 느낌은 레아를 구역질나게 만들었다.

레아는 용기를 내 바로 앞에서 걷고 있는 케인을 흘끗 보았다. 그는 오른쪽 다리에 지나치게 많은 체중을 실은 채 한 걸음 옮길 때마다 지팡이에 몸을 의지하고 있었다. 처음 케인을 봤을 때에는 주름진 얼굴과 백발, 짙은 눈썹과 길고 지저분한 수염 때문에 너무 늙었다고 생각했는데, 지금 보니 금방이라도 쓰러질 같은 모습이었다.

'그가 여기 길 한가운데서 쓰러져 죽으면 어떻게 하지? 나는 어떻게 되는 걸까?'

생각이 거기에 미치자 두려움이 숨막힐 것 같은 공포로 돌변했다. 아까는 그가 위험하다고 생각해서 도망쳤지만, 이상하게도 지금껏 케인은 그녀를 보호하려는 것 말고는 수상한 행동을 보인 적이 없었다. 케인이 없다면 레아는 완벽하게 외톨이였다. 이제 레아는 더욱 믿을 수 없는 사람들에 둘러싸여 있었다. 노인은 그녀와 굶주림 그리고 훨씬 더 나쁜 것들 사이에 놓인 유일한 사람이었다.

지난밤에 레아는 괴물들이 그녀를 공격하는 끔찍한 악몽을 꾸었다. 레아는 뭔가가 그들을 지켜보고 있다고 생각하며 길 양쪽의 어두운 골목들을 살폈다. 이글거리는 눈과 피에 젖은 입을 가진 염소인간들. 피에 굶주린 악마들. '그들은 널 원한다, 레아. 그리고 그들이 널 찾으면, 넌 그곳에서 돌아올 수 없어. 절대로.' 하수도의 쇠창살이 그녀를 불렀다. 쇠창살은 이빨처럼 보였다. 레아의 머릿속에서 쇠창살을 비집고 나온 발톱이 그녀의 발을 움켜쥐었다.

또 한 차례 멀리서 울부짖는 소리가 울려 퍼졌다. 작은 행렬이 갑자기 멈춰 섰고, 레아의 앞에 작은 성처럼 보이는 건물이 나타났다. 성에는 자체의 돌벽과 성문이 있었다. 성 안에 작은 성이 들어 있는 셈이었다. 성은 마을에서 가장 높은 지대에 지어져 있어서 그들 앞에 우뚝 솟아 있는 것처럼 보였다. 전체적인 윤곽을 가늠하기 어려울 정도로 수많은 천사 상과 망루, 지붕이 달려 있었다. 레아는 머리가 어지러워 고개를 돌렸다.

브랜드 영주는 예의 그 환한 미소를 지으며 뒤돌아 그들을 바라보았다.

"나의 저택이오."

두 명의 경비병이 성문을 열고 옆으로 비켜서서는 차렷 자세를 취했다.

"브랜드 영주의 저택이지요. 당신들은 귀한 손님이니 원하는 만큼 오래 머물러도 좋소."

브랜드 영주의 목소리에는 레아의 등줄기에 얼어붙을 듯한 한기를 느끼게 하는 뭔가가 있었다. 레아는 어둠에 파묻힌 주위의 집들을 흘긋 보았다. 순간, 어둠 속에서 촉수처럼 주르르 미끄러지는 어떤 움직임을 분명히 본 것 같았다. 다시 집중해서 쳐다보았지만, 그곳에는 아무것도 없었다.

케인과 레아는 브랜드 영주와 경비병들을 따라 성문을 지난 다음, 마을 사람들을 남겨둔 채 완만한 곡선을 이루는 거대한 정문 계단을 올라갔다. 이중 여닫이문이 끼익 소리를 내며 천천히 열리더니 동굴 속처럼 어두침침한 홀이 나타났다. 홀의 안쪽 끝에는 엄청나게 큰 벽난로가 있었는데, 그 안에서 불길이 활활 타오르고 있었다. 벽에 걸린 횃불들이 쇠고리로 고정한 정교한 차양들을 비추고 있었다. 바람이 불자 횃불이 일렁이고 차양들이 펄럭거리면서 돌바닥에 검은 날개가 움직이는 듯한 그림자를 드리웠다.

불길은 실내를 조금도 덥히지 못하는 듯했다. 레아는 몸을 떨며 여윈 몸을 외투로 단단히 감쌌다. 공기 중에는 이상한 냄새가 감돌고 있었다. 위를 쳐다보았지만 아치형 천장은 머리 위로 아득히 높은 곳에 있어서 잘 보이지 않았다. 레아는 양팔로 몸을 껴안으며, 따뜻한 여름날을 떠올리려고 애썼다. 하지만 다시 어둠이 몰려들자 비명을 지르고 싶은 충동에 사로잡혔다.

그들을 홀로 안내하는 영주의 발소리가 실내에 울려 퍼졌다. 꽤 오래 걸었다고 생각했는데, 뒤를 돌아본 레아는 그들이 거의 움직이지 않았다는 사실을 발견하고 깜짝 놀랐다. 정문은 겨우 몇 발짝 떨어지지 않은 곳에 있었다.

그들은 마침내 아주 큰 나무식탁 위에 식기들이 놓여 있는 큰 방에 도착했다. 질리언의 나이쯤 돼 보이고 머리가 희끗희끗한 여자가 혼자 뭔가를 중얼거리고 있다가, 영주가 손뼉을 치자 황급히 사라졌다.

"막 저녁 식사를 하려던 참이었소. 일단 식사부터 하고 나서 당신들의 여행 이야기를 들려주면 기쁘겠소."

브랜드 영주가 말했다.

레아는 케인과 나란히 식탁의 한쪽 끝에 앉았다. 잠시 후, 하인들이 커다란 접시에 김이 모락모락 나는 음식을 가득 담아서 돌아왔다. 새까만 꼬챙이에 꿰인 통닭, 육즙이 흘러나오는 붉은 고기, 아스파라거스, 토마토, 감자, 따뜻한 빵. 레아는 저도 모르게 배에서 꼬르륵 소리가 났다. 레아와 케인은 긴 식탁의 한쪽 끝에 앉아 음식을 먹기 시작했다. 식탁 반대쪽 끝에 앉은 영주는 손가락을 코끝에 대고 얼굴에는 엷은 미소를 띤 채 유심히 그들을 지켜보았다.

음식은 유난히 맛이 없었지만, 레아는 신경 쓰지 않았다. 음식은 따뜻했고, 끝없이 나오는 듯했다. 그녀는 턱에 육즙이 흘러내리건 말건 열심히 닭다리를 뜯었고, 빵을 찢어 접시에 남은 짭조름한 국물을 깨끗이 훑어 먹었다. 손이 델 듯 뜨거운 토마토까지 마저 먹은 다음 포도주로 목구멍을 씻어 내렸다.

케인은 레아의 옆에서 조용히 음식을 먹었다. 브랜드 영주는 음식에는 손도 대지 않은 채 아무 말 없이 그들을 바라보고 있다가, 가끔 하인들에게 손짓해 비워지는 음식을 이것저것 더 가져오게 했다.

레아는 한입도 더 먹을 수 없을 때까지 먹었다. 접시에는 너무 덜 익어 분홍색 육즙이 흘러나오는 고기만 남았다. 레아는 왈칵 목구멍으로 올라오는 음식을 억지로 삼킨 뒤 주위를 둘러보았다. 방 안은 어둠으로 가득 차 있었다. 어둠이 구석진 곳마다 고여 검은 연기처럼 스멀스멀 기어 다녔다.

"이제 말해 보시오. 쿠라스트에는 무슨 일로 가는 건가요?"

브랜드 영주가 침묵을 깨고 물었다.

케인이 접시에서 시선을 떼고 고개를 들었다. 불빛에 비친 그의 눈빛이 흐릿했다.

"말하지 않는 편이 좋겠습니다. 그렇지만 베풀어주신 환대에는 값을 치르겠습니다."

케인이 금 조각 하나를 꺼내 식탁 위에 올려놓았다.

"뜻은 알겠소. 하지만 금 조각은 받지 않겠소. 여긴 손님이 그리 많이 오진 않지만, 일단 오면 원래 계획했던 것보다 더 오래 머물곤 한다오."

"저희는 아침에 떠날 겁니다."

"아마도 그러시겠지."

브랜드 영주가 팔을 흔들어 소맷부리를 털어내자 옷자락이 펄럭였다. 그리고 그의 손에는 카드 한 벌이 들려 있었다.

"보아하니 당신은 뭔가를 찾고 있는 것 같군요, 친구여. 내가 운명을 좀 봐줄게요. 카드가 미래를 보여주고 올바른 길을 찾도록 도와줄 수도 있으니."

영주는 긴 손가락으로 물이 아래로 떨어지듯 카드를 주르륵 섞더니 능숙한 손놀림으로 카드 한 장을 식탁에 탁 내려놓았다. 그리고 한 장을 더, 또 한 장을 더 내려놓았다. 카드는 크기가 크고 두꺼웠으며, 선홍색 바탕에 검은 숫자가 쓰여 있었다. 첫 번째 카드에는 두루마리가, 두 번째 카드에는 허리에 뱀이 둘둘 감긴 원소술사가, 세 번째 카드에는 두 마리의 노새가 끄는 마차를 타고 있는 남자가 그려져 있었다.

"타라차는 오해를 받고 있는 기술이지요."

브랜드 영주는 한 손에서 다른 손으로 카드를 부드럽게 흘려보내던 동작을 멈추고 남은 카드를 식탁 위에 올려놓았다.

"타라차의 어원은 '길'을 뜻하는 '투락'에서 왔소. 당신 앞에는 언제나 다양한 길이 놓여 있소. 카드 자체에는 아무 문제가 없는데, 사람들은 종종 그것을 마주하기가 두려워 진실을 외면하기도 하지요."

영주는 반짝이는 손톱으로 젖혀진 카드 하나를 톡톡 쳤다.

"운명의 두루마리. 변화가 다가오고 있고 당신의 운명이 당신을 기다리고 있소. 지평선에 뭔가 중대한 힘들이 모여들고 있군요."

브랜드 영주는 다른 카드를 톡톡 두드렸다.

"여기 원소술사가 있소. 당신이 엄청난 곤경에 처해 있고, 굉장한 시간적 압박을 받고 있다는 걸 보여주지요. 중요한 선택을 하게 되겠지만, 당신에게는 많은 자원이 있네요. 이번 탐색에 당신이 가진 전부를 걸지만, 결과가 어떻게 나올지는 확실하지 않군요. 해답은 내부에 있거나 변화를 가져올 어떤 사람에게 있소."

그가 세 번째 카드를 톡톡 쳤다.

"여기 마차가 보이는군요. 마차는 영적 국면 사이를 왕래하지요. 당신에게 그것을 직시할 용기가 있다면 승리할 수 있는 굉장한 전쟁을 보여준다고 할 수 있소. 힘들을 통제할 능력이 요구되는데, 그 힘들이 당신을 거의 파괴할 수도 있겠군요. 상충하는 필요들 사이에서 균열을 경험할 수도 있고요. 승리를 얻으려면 대립하는 것들을 뛰어넘어 그들을 하나로 규합해야 합니다. 마차는 극복할 수 있는 굉장한 신념을 상징하지만, 당신 주변 사람들을 파괴할 수 있는 내적 집중력을 상징하기도 해요."

영주는 카드를 쓸어 모은 다음 다시 집어 들었다. 최면을 거는 듯한 시선을 여전히 케인의 얼굴에 고정한 채 이번에는 카드를 한 장씩 탁탁 소리 나게 섞었다. 카드들은 공중에 뜬 것처럼 천천히 내려와 그들 앞에 앞면을 위로 하고 놓였다. 레아는 빛의 날개를 가진 두건을 쓴 남자와 거대한 칼을 휘두르는 전사, 번개가 내리치는 높고 검은 탑을 보았다. 마지막 카드가 어쩐지 불길했다. 탑에서 떨어지는 사람들의 공포 어린 표정이 눈에 보이는 듯했다.

"정의. 이것은 두 번째 카드인 심판과 짝을 이루지요. 반드시 극복하고 균형을 회복해야 할, 과거에 있었던 엄청난 재앙을 상징합니다. 당신은 그것을 떨쳐 버리려고 노력하면서도 여전히 그 재앙에 사로잡혀 있군요. 하지만 재앙은 당신이 원하든 원하지 않든 다시 일어날 테고, 당신은 자신이 한 일에 대한 대가를 치르게 될 것이오."

영주가 마지막 카드를 톡톡 두드렸다. 땅이 갈라지고 울퉁불퉁한 평원에 높은 건물이 우뚝 솟아 있었다. 건물은 먹구름에 시커먼 표면이 반쯤 가려진 채 까마득히 아래에 있는 도시처럼 보이는 것을 굽어보고 있었다. 레아는 떨어지는 사람들을 움켜쥐려는 자세를 취하고 있는, 아랫부분에 위치한 생명체를 자세히 들여다보았다. 카드에는 방 안에 퍼져 있는 어둠처럼 소름 끼치도록 두려운 뭔가가 있었다. 레아가 보는 앞에서 카드의 그림이 점점 더 구체적인 형상으로 변해가는 듯하더니, 이제는 땅 위로 꿈틀꿈틀 기어 나왔다.

"검은 탑."

브랜드 영주는 입가에 희미한 미소를 띤 채 케인의 얼굴에 시선을 고정했다.

"이건 불행히도 불길한 징조라오. 혼돈과 파괴가 당신 앞에 나타날 것이오. 오래전에 잊힌 것이 되살아날 겁니다. 그와 함께 초자연적인 존재가 출현하고, 다시 변형이 일어나겠군요. 원소술사들처럼 말이오. 이것은 당신이나 또 다른 사람이 불러들인 것일 수 있소. 어쨌든 이것은 나타날 테고, 그러면 당신은 절대 예전의 당신으로 돌아갈 수 없을 거요."

레아는 속이 메스꺼웠다. 카드의 그림들이 소용돌이치며 변형되자 그녀가 고개를 돌렸다. 순간, 레아는 깜짝 놀라 자신이 헛것을 보았다고 생각했다. 접시에 담긴 음식들이 변해 있었다. 접시 위에는 근사한 음식의 잔여물이 아니라 날고기와 번들거리는 물렁뼈, 지저분한 털이 놓여 있었다. 끝 부분이 말린 털 없는 긴 꼬리는 한번 씰룩하더니 잠잠해졌다.

레아는 두려움과 역겨움을 동시에 느끼며 접시를 획 밀쳐냈다. 브랜드 영주의 몸이 커져 거인처럼 식탁 위로 불쑥 솟아 있었다. 방이 빙글빙글 돌기 시작하면서 숨쉬기가 더욱 곤란해졌다. 레아의 눈에 영주가 구슬 같은 눈을 가진 흉측한 까마귀의 모습으로 보이기 시작했다. 까마귀는 살점을 쪼기 전에 길 위의 사체를 자세히 살피던 새처럼 한쪽으로 고개를 기울여 그들을 자세히 관찰하고 있었다.

여자 하인이 접시를 치우러 들어왔다. 여자는 레아의 얼굴을 보려 하지 않았고, 말도 전혀 하지 않았다. 레아는 여자의 목에서 멍 자국을 발견했다. 목을 졸려서 생긴 듯한 상처였다. 비명을 지르고 싶었지만 목이 이상했다. 방은 여전히 느린 속도로 빙글빙글 돌았고, 레아는 꼼짝할 수가 없었다. 몸이 경직되었고, 먹은 것을 모조리 토해낼 것 같았다.

"몸이 안 좋아요. 저는 그만…… 그만……."

레아가 잠긴 목소리로 말했다.

브랜드 영주가 몸을 획 일으키는 바람에 의자가 뒤로 넘어질 뻔했다.

"당신들은 긴 여행으로 몹시 지쳤을 게요. 내가 침실로 안내하겠소. 남은 얘기는 내일 더 합시다."

케인도 자리에서 일어서려고 했다. 노인은 눈꺼풀이 아래로 처졌고, 똑바로 서 있기 어려울 것처럼 몸이 축 늘어졌다. 레아는 시야가 흐릿해졌다. 다리가 움직여지지 않았다.

어디선가 잿빛의 생명력 없는 마을 사람들이 여러 명 나타나더니 케인과 레아가 자리에서 일어날 수 있도록 도와주었다. 그리고는 그들이 순한 양처럼 브랜드 영주의 뒤를 따라 거대한 저택 안을 걷는 동안 팔을 잡고 부축해주었다.

방들은 끝없이 펼쳐진 듯했다. 수많은 아치형 통로와 문들이 서로 다른 방향으로 나 있었다. 대부분의 문이 닫혀 있었는데, 레아는 문 뒤에서 쿵쿵 치는 소리와 낮은 신음을 들을 수 있었다. 그들의 머리 위로 천장이 점점 낮아지더니, 마침내 좁은 터널을 걷는 듯한 기분이 들었다. 구석에는 거미줄이 처져 있었고, 이상한 녹색 이끼로 뒤덮인 벽에서는 물이 뚝뚝 떨어지고 있었다. 레아는 자신이 꿈을 꾸고 있다고 생각했다. 하지만 자신의 팔을 잡고 있는 손들이 너무도 생생하게 느껴졌다. 그 손들을 쳐다본 레아는 구부러진 노란 발톱을 발견했다. 레아가 다시 비명을 지르려고 했지만, 입에서는 가느다란 신음만 새어나올 뿐이었다.

마침내 그들은 돌계단을 올랐다. 저택은 무한히 펼쳐져 있는 듯했다. 위층 복도는 방들을 지나 작은 점이 되어 사라지고 있었다. 레아는 안에 수천 개의 집이 포개져 있는 마법의 구조물 속에 들어온 것처럼 느껴졌다. 뒤를 돌아보자 조금 전에 올랐던 계단이 보이지 않았다. 거기에는 분명 계단이 있어야 했다.

이제 마을 사람들은 레아의 체중을 모두 떠받치고 있었다. 노인을 쳐다보니 고개가 푹 꺾인 채 발을 바닥에 질질 끌고 있었다. 더 짙은 어둠이 도사리고 있었다. 벽의 오목한 곳에서 깜박이는 촛불이 아주 드물게 나타나 그들을 두 개의 방이 하나로 연결된 곳으로 안내했다.

"다 왔소."

브랜드 영주가 긴 팔을 뻗어 방 한가운데에 다섯 명을 수용할 수 있는 커다란 사주식 침대가 놓인 침실로 그들을 인도했다. 그의 손이 닿을지 모른다는 생각만으로도 레아는 비명이 터져 나올 것 같았다.

"이 정도면 충분할 거요. 작은 숙녀는 괜찮다면 이곳에서 주무시지요."

그가 개방형 문으로 연결된 조금 더 작은 방을 가리켰다.

케인이 비틀거리자 브랜드 영주가 재빨리 옆으로 다가가더니 그의 귀에 대고 뭔가를 소곤거렸다. 목소리가 너무 작아 레아는 무슨 말인지 알아들을 수 없었다. 영주가 케인을 침대로 데려가 앉혔다.

"원하는 만큼 푹 주무시오. 여기서 편안히 머물길 바라오."

레아는 소리치려고 했다. 뭐라도 말해서 침묵을 깨고 정신을 잃은 케인을 깨우고 싶었지만, 그녀에게도 이미 참을 수 없을 만큼 졸음이 밀려들고 있었다. 팔다리가 묵직해지더니 바닥으로 축 늘어졌고, 눈꺼풀이 저절로 감겼다. 레아는 꾸벅꾸벅 졸면서 다리를 끌고 작은 방으로 향했다. 레아는 거기에 질리언이 두 팔을 활짝 벌린 채 서 있다고 생각했다. 하지만 그녀는 정신이 이상해져 사람들을 모두 죽이려 했던 질리언이 아니라, 레아가 기억하는 수년 전의 질리언이었다. 그때의 질리언은 상냥하고 친절했으며, 밤에는 자장가를 불러주고 진짜 엄마처럼 품에 안아 주기도 했다.

'침대로 올라가렴.' 질리언의 말에 레아는 폭신한 시트 위로 올라가 눈을 감았다. 아주 잠깐, 레아는 질리언의 팔이 길게 늘어나고 검어지더니 정체를 알 수 없는 뭔가로 오그라들어 침대 옆으로 스르르 미끄러져 갔다고 생각했다. 그리고 레아가 꿈 없는 잠에 빠져들어 망망대해를 표류하는 동안, 검고 두툼한 고치로 그녀를 칭칭 감았다.

제 14 장

낯선이의 등장

데커드 케인은 불과 피가 가득한 꿈을 꿨다. 그는 사 미터 높이의 장대 끝에 매달린 우리 안에 짐승처럼 갇혀 있었다. 무시무시한 괴물들은 알 수 없는 괴성을 지르며 케인이 사랑하는 트리스트럼의 마지막 생존자들을 무참히 살해하고 있었다.

악마들은 아이단이 밤을 틈타 마을을 빠져나가자마자 곧장 돌아왔다. 트리스트럼에 대한 공격은 결국 끝난 게 아니었던 셈이다. 급습한 악마들은 지금까지 본 그 어떤 악마들보다도 훨씬 잔인했다. 악마들은 인간의 살을 뜯어 먹었고, 땅에 널린 시체들의 사지를 찢었으며, 살아남은 얼마 안 되는 마을 사람들을 뒤쫓았다. 온통 혼란에 빠졌다. 그런데도 호라드림의 마지막 생존자이자 유구하고 자랑스러운 영웅들의 마지막 희망인 그는 자신의 오물 속에 몸을 옹송그린 채 무기력하게 죽음을 기다리고 있었다.

꿈에 새로운 남자가 나타났다. 등이 굽고 얼굴을 검은 옷으로 가린 남자가 길고 앙상한 손가락을 들어 케인이 있는 방향을 가리켰다. 그러자 손가락이 자라나 검고 뒤틀린 나뭇가지로 변했고, 허공을 구불구불 뻗어 나가 우리를 감쌌으며, 창살을 누비듯 지나 우리 전체를 완전히 뒤덮었다. 그러더니 나무 덩굴손이 우리를 조이기 시작했다. 금속이 삐거덕대더니 퍽 하는 소리와 함께 부러졌다. 주위의 모든 것이 부서지고 있었다. 케인은 우리 한가운데서 몸을 웅크렸다. 사방이 점점 조여 오자 숨조차 쉴 수 없었다.

케인은 지쳤고, 패배했고, 버려졌고, 잊혔다. 그는 호라드림도, 영웅도 아니었다. 디아블로의 두 형제, 메피스토와 바알이 성역을 완전히 파괴하는 동안 케인은 이곳에서 홀로 죽음을 맞이할 터였다.

케인은 어둠 속에서 숨을 헐떡이며 깨어났다. 붉게 달아오른 몸은 땀으로 흠뻑 젖었고, 덮고 있는 이불은 너무 꽉 조여서 몸을 움직일 수 없었다. 처음에는 어떻게 이곳에 왔는지 기억나지 않았다. 하지만 기억이 서서히 돌아오면서 이 기이하고 작은 마을에 들어오던 일이 하나씩 떠올랐다. 베일에 싸인 브랜드 영주의 뒤를 따라 고개를 숙인 채 말없이 걷던 마을 사람들, 음식이 끊임없이 나오던 식탁에서의 식사. 이후로 기억이 끊겼다.

케인은 부주의한 자신에게 욕을 퍼부었다. 브랜드 영주의 의도를 아직 확실히 파악하지 못했지만 이곳에 악마가 있는 게 분명했다. 영주가 마을 사람들에게 무슨 짓을 한 걸까? 모든 것을 뒤에서 조종하는 자의 정체는 무엇일까?

케인은 자리에서 일어나 앉으려고 했지만 그럴 수 없었다. 양팔이 측면에 고정되어 있었고, 다리는 옴짝달싹할 수 없었다.

침대에는 이불이 없었다.

벽감에 놓인 짤막한 촛불 한 개가 방 안을 비추고 있었는데, 불꽃이 일 센티미터 남짓한 밀랍을 녹이며 바지직 소리를 냈다. 흔들리는 불꽃이 벽에 일렁이는 그림자를 드리웠다. 침대는 온통 거칠고 뒤엉킨 뿌리로 뒤덮여 있었다. 뿌리들이 검은 뱀처럼 그를 감싼 채 고동치고 주르르 미끄러지며 조여들었다. 뿌리들은 바닥에서 곧장 뻗어 나와 케인의 몸을 휘감았다. 공포에 질려 바라보는 동안에도 나무의 갈라진 틈을 뚫고 더 많은 뿌리가 자라났고, 길어졌고, 두꺼워졌다. 뿌리는 침대 측면을 타고 올라와서는 침대를 칭칭 감으며 그를 더욱 단단히 묶었다. 무성한 잔털이 끈적끈적하게 들러붙으며 피부를 잡아당겼다.

지팡이와 배낭은 손이 닿지 않는 구석에 놓여 있었다.

'레아.' 몸부림을 치자 뿌리가 케인을 더욱 단단히 죄어와 숨이 막힐 것 같았다. 레아는 어디 있을까? 그녀는 무사할까?

침대에 어둠이 더 짙어졌다. 브랜드 영주가 케인의 앞에 불쑥 모습을 드러냈다. 두건 달린 잿빛 옷을 입은 하인들은 그의 뒤에 서 있었다. 그들은 낮은 소리로 주문을 읊조리고 있었는데, 손에 등불을 들고 있어서 방 안 가득 주황색 불빛이 일렁였다.

브랜드 영주가 한 손을 들어 올리자 그들이 일제히 소리를 멈췄다. 그들은 마치 동상처럼 그의 뒤에 서 있었다. 영주는 예의 그 포식자의 미소를 지었다. 그의 눈이 잘 보이지 않는 케인의 얼굴을 찾느라 반짝거렸다.

"혼자 쿠라스트에 가도록 내버려둘 거라고 생각했나? 구하고자 하는 답을 찾아서?"

"우릴 풀어줘……."

"당분간 여기 있어줘야겠어. 주인님께서 그렇게 명하셨거든."

"네 주인이 누구지?"

고개를 돌리는 브랜드 영주의 얼굴에서 미소가 사라졌다.

"우리는 어둠에서 빛으로 태어났다. 그가 우리를 이 세계를 탄생시킨 불로 다시 인도하리니……."

"그만해!"

케인이 소리쳤다. 레아에게 큰 소리로 경고하려고 했지만, 입에서는 목이 쉰 듯 가르랑대는 소리만 나왔다. 잔털이 무성한 뿌리가 다시 주르르 미끄러지더니 그의 가슴을 고통스럽게 조여 왔다. 케인은 신음했다.

브랜드 영주의 시선이 케인에게 고정되었다.

"넌 약해, 데커드 케인. 자신을 대신해서 성가신 일을 해줄 사람들을 찾고 있는 주제에 자신을 여전히 호라드림이라고 일컫지. 너를 믿었던 사람들은 오직 고통만 겪었을 뿐이야. 카드가 진실을 말해줬지. 혼돈과 파괴가 다가오고 있어. 그리고 넌 네가 한 일에 대해 최후의 심판을 받게 될 거야."

세게 한방 얻어맞은 것처럼 현기증이 일었다. 브랜드 영주는 공략할 곳을 정확히 알고 있었다. 비겁함과 이기심과 후회는 케인이 마음속 깊이 두려워하는 것들이었다. '난 실패했어.' 사악한 악마들이 활동하고 있었다. 케인은 악마에게 자신의 약점을 들켜선 안 되었다. 하지만 마법서가 손에 닿지 않았다. 그들의 손아귀에서 풀어날 수 있도록 해줄 게 아무것도 없었다.

"내가 누군지 어떻게 알았지?"

"네가 늙은 멍청이라는 건 알고 있지."

브랜드 영주가 이제 막 공격을 하려는 코브라처럼 갑자기 머리를 들이밀며 낮은 목소리로 말했다.

"지옥의 악마들이 다가오고 있다. 그들이 이 세계를, 이 세계가 가졌던 모든 것을 파괴하리라. 그리고 드높은 천상의 관문이 무너질 것이다. 그 일을 막을 수는 없지만, 반드시 행해져야 하는 일을 우리가 한다면 영원한 지옥의 불을 피할 수 있다. 네가 희생되고 아이가 죽으면……."

옆방에서 날카로운 비명이 들렸다. 케인은 오른쪽으로 고개를 홱 돌려 레아의 방을 보려고 했다. 그들에게 등을 돌린 채 열린 문간에 서 있던 이교도 한 명이 강력한 손으로 내쳐진 듯 비틀거리다 쓰러졌다.

방 안 기온이 뚝 떨어지면서 익숙한 기운이 주위의 공기를 팽팽히 긴장시켰다. 케인의 침대에서 물러선 브랜드 영주의 매 같은 얼굴에 충격이, 다음에는 공포가 스쳐 지나갔다. 레아의 방에서 찢어질 듯한 엄청난 소리가 터져 나왔다.

브랜드 영주의 피부에 잔물결이 일었다. 순간적으로 그의 이마가 납작해지고 코가 괴상하게 튀어나왔으며, 두 눈은 구슬 같은 점으로 오그라들었다.

케인은 문간에서 어떤 움직임을 감지했다.

레아가 자신을 옭아맸던 뿌리들의 부서진 잔해 속에 고개를 쳐들고 눈빛을 이글거리며 서 있었다. 그러나 정확히 말하자면, 레아는 아니었다. 뭔가 다른 존재가 자신을 이끄는 것 같았다. 자신을 보호하려는 듯 팔을 쳐들고 뒤로 물러서는 브랜드 영주를 무시한 채 레아가 거침없이 성큼성큼 다가와 케인의 침대 옆에 섰다. 레아가 팔을 들어 올리자 거대하고 강력한 뭔가가 그녀의 내부에서 폭발하며 푸른 불꽃이 손가락 끝에서 흘러나왔다. 케인의 침대를 휘감았던 뿌리들이 갈가리 찢겼고, 이교도들이 돌풍에 쓸리는 지푸라기처럼 뒤로 날아가 벽에 내동댕이쳐졌다.

즉시 케인의 호흡이 편해졌다. 숨을 한가득 깊게 들이마시자 폐가 타는 듯하더니 콧구멍으로 반은 구리 냄새가, 반은 썩은 늪지의 냄새가 가득 들어왔다. 톡 쏘는 유황냄새에 속이 메스꺼워졌다. 케인은 침대에서 내려와 배낭과 지팡이를 챙겼다. 돌아보니 레아는 미동도 하지 않은 채 여전히 그 자리에 있었다. 케인이 팔을 잡자 레아가 순순히 돌아섰다. 그녀의 얼굴은 맥없이 나른했다. 눈앞에서 손가락을 탁 쳐도 아무런 반응이 없었다. 칼데움에서 보았던 것과 비슷한 무아지경에 빠진 듯했지만 자세히 살펴볼 시간이 없었다. 바닥에 쓰러졌던 이교도들이 벌써 몸을 움직이기 시작하고 있었다.

뿌리가 있던 자리에 검은 씨가 드문드문 떨어져 있었다. 케인은 씨를 긁어모아 배낭 안에 넣고는 레아를 데리고 문을 나가 복도를 지난 다음 계단으로 향했다. 집은 밤사이 완전히 바뀐 것 같았다. 복도는 꺾어져 있었고 계단은 생각보다 멀리 있었다. 게다가 중간에 방향이 틀어져 있었다. 케인은 방향을 잃지 않으려고 애쓰면서 최대한 빨리 계단을 내려갔다. 일 층도 구조가 바뀌어 있었다. 그들은 어제 본 것보다 더 많은 복도와 어제는 보지 못한 여러 개의 방을 지났다.

마침내 정문이 나왔다. 케인은 문을 당겨서 연 뒤 차가운 밤공기 속으로 뛰쳐나왔다.

짙은 안개가 땅 위로 소용돌이치며 근처의 집들을 뒤덮고 있었다. 그들 앞에 더 많은 마을 사람이 똑같은 잿빛 옷을 입고 주문을 외우며 몰려들었다. 케인이 레아를 데리고 그들을 헤치고 나가자 손들이 옷자락을 움켜쥐려고 달려들었다. 하지만 사람들의 행동이 굼뜨고 서투른 탓에 케인은 지팡이를 휘둘러서 그들을 뿌리칠 수 있었다. 그때 고함이 들렸다. 케인은 뒤를 돌아보고 깜짝 놀랐다. 이곳에는 분명 엄청난 마법이 작용하고 있는 게 틀림없었다.

그들 뒤에 브랜드 영주가 모습을 드러냈지만, 저택은 더 이상 그곳에 없었다.

저택이 있던 자리에는 짚으로 엮은 지붕이 기울어진 초라한 단층집이 있었다.

"도망쳐, 레아."

성문은 열려 있었다. 케인과 레아는 줄달음질 쳐 성문을 통과했다. 이제 레아는 그를 앞지르고 있었다. 그들은 낯선 길로 접어든 뒤 어두운 골목에 들어섰다. 레아가 골목을 지나 더 넓은 길로 달려 나가자 두 사람의 거리는 빠르게 멀어졌다. 케인은 허파가 타는 것처럼 느껴질 때까지 절뚝대며 달리는 속도를 더 냈다. 하지만 레아가 더 빨랐다. 다음 골목으로 꺾어진 케인은 어둠과 짙은 안개 속에서 레아를 완전히 놓치고 말았다. 그는 거의 공포에 사로잡힌 채 골목길에 서서 거친 숨을 몰아쉬었다. 레아는 어디로 갔을까?

마을은 적막했고, 모든 창문은 어두웠다. 버려진 마을처럼 보였다. 케인은 칼데옴에 다시 갔을 때, 성역의 모든 사람이 한꺼번에 사라지고 세상에 철저히 홀로 남겨진 듯했던 그 기분을 다시 느꼈다.

등 뒤에서 외치는 소리가 들려왔다. 케인이 거의 반사적으로 다시 달아나려는데 이번에는 좀 더 크고 다급한 목소리가 들려왔다.

"이쪽이에요. 서둘러요!"

누군가가 길 건너 어둠 속에서 케인을 부르고 있었다. 어둠 속에서 반짝이는 눈을 제외하고 다른 것은 전혀 볼 수가 없었다. 머뭇거리는 사이에 추격자들의 소리가 점점 커졌다. 그들은 곧 케인을 발견하게 될 터였다.

"아이가 여기 있어요. 아이는 안전해요. 어서요! 제발!"

'대천사들이 우릴 보호하신 거야.' 케인은 아픈 다리를 끌며 최대한 빨리 길을 건넜다. 그리고 거기에서 그를 기다리는 게 무엇이든 마주할 각오를 단단히 하고 골목으로 미끄러져 들어갔다.

제 15 장

묘지

낯선 이를 따라 걷는 동안 케인의 눈은 차츰 어둠에 익숙해졌다. 케인을 불렀던 남자는 머리를 말끔히 밀었고, 허리에 천을 두른 듯한 옷을 입고 있었다. 그는 놀랍도록 우아한 몸놀림으로 어둠 속을 소리 없이 미끄러지듯 나아가고 있었다.

남자는 케인을 골목 맞은 편 끝으로 인도했다. 마을 외곽에 있는 몇 채의 집과 마을을 감싸고 있는 돌벽 사이의 조그만 빈터에서 레아가 그들을 기다리고 있었다. 레아는 여전히 조금 전의 최면 상태에서 벗어나지 못한 듯 케인을 보고도 별 반응을 보이지 않았다. 물론 다가오지도 않았다.

골목 안 어딘가에서 불빛이 일렁이면서 누군가 외치는 소리가 들렸다. 케인은 우르르 달려가는 발소리를 들었다.

"이쪽이에요. 지금 당장 가야 합니다."

남자가 돌벽 아래쪽의 도랑에서 소리쳤다.

케인이 레아의 팔을 잡고 도랑으로 이끌었다. 도랑에는 토관의 한쪽 끝이 나와 있었는데, 거기로 마을의 하수일 게 분명한 물이 졸졸 흐르고 있었다. 토관은 성벽 아래를 지났고, 물이 흐르는 토관의 쇠창살에는 간신히 몸을 구겨 넣을만한 구멍이 나 있었다.

남자가 구멍 속으로 사라졌다. 케인은 레아가 도랑으로 내려가는 것을 도운 뒤 자신도 뒤따라 내려갔다. 갈색의 악취를 풍기는 물이 옷자락에 스며들면서 무릎과 팔에 추위가 밀려들었다. 토관의 끝에 이르러서는 엎드린 채 소지품을 앞으로 밀며 기어가야 해서 추위가 온몸으로 퍼졌다. 케인은 옷자락이 쇠창살에 걸렸는데, 아무리 애를 써도 빠지지 않자 잠깐이지만 엄청난 공포를 느꼈다. 하지만 남자가 팔을 붙잡고 쑥 빼내주었다.

케인이 일어서며 지팡이와 배낭을 챙기는데 다리를 건널 때 다친 상처가 약하게 욱신거렸다. 일행이 밖으로 빠져나온 곳은 나무가 우거지고 조용했지만, 땅이 평평하고 덤불이 없어서 빠르게 이동할 수 있었다.

얼음장 같은 바람이 불자 젖은 옷이 가슴과 다리에 들러붙었다. 케인이 몸을 떨었다. 이가 딱딱 부딪쳤고, 손이 덜덜 떨렸다. 어둠이 사방에 어른거리며 뭔가가 움직이는 듯한 환각을 불러일으켰다. 케인은 주르륵 미끄러지고 낮게 쿵쿵 치는 소리며 시든 나뭇잎이 바스락거리는 소리, 희미하게 나뭇가지가 꺾이는 소리를 들었다. 그리고 한 번은 머리 위로 날개가 퍼덕이는 소리를 들었다.

일행이 시든 나무들이 우거진 공터로 나왔을 때, 안개는 흩어져 있었다. 공터에는 묘비들이 고르지 않은 거대한 이빨처럼 땅 위로 삐죽삐죽 솟아 있었다. 기울어진 방향이 제각각인 묘비들은 중앙의 지하 묘실이 있는 빈터를 둥글게 에워싸고 있었다.

케인은 흑마법의 기운이 모여드는 것을 느꼈다. 목 뒤의 솜털이 곤두섰다. 지하 묘실로 내려가는 문은 열려 있었다. 안에는 어둠이 도사리고 있었다.

남자는 레아의 손을 잡고 묘비의 첫 번째 원 안에서 걸음을 멈췄다. 케인은 나무들 사이로 쏟아지는 달빛에 의지해 남자를 찬찬히 살폈다. 남자는 수도사인 듯했다. 그는 숱이 많은 짙은 수염을 기르고 있었다. 목에는 묵직한 나무 구슬 목걸이를 걸었고, 팔뚝에는 갑옷을 둘렀으며, 발에는 무릎까지 동여맨 장화를 신고 있었다.

아군이든 적군이든 그들에게 남자를 믿는 것 말고는 다른 도리가 없었다. 지금까지 그는 의도를 의심받을만한 어떤 행동도 하지 않았다. 그리고 케인의 예감이 맞다면, 그들은 지금 가능한 한 많은 도움을 받아야 할 처지였다.

그 생각에 대답이라도 하듯 일단의 검은 형체가 주위를 둘러싼 나무들 속에서 튀어나왔다. 마을에서부터 추격해온 자들이 도착했다. 몇몇 손이 등 뒤에서 케인을 붙잡는 동안, 나머지가 수도사와 레아에게 몰려들었다.

수도사는 전혀 힘이 들지 않는 듯 눈부신 속도로 움직였다. 순식간에 사라졌다가 다음 순간 다른 곳에서 나타나는 것 같았다. 케인의 눈은 흐르듯 움직이는 속도를 미처 따라잡지 못했다. 감히 사정거리 안으로 접근해오는 마을 사람들을 연타하는 그의 주먹은 쇠모루처럼 단단했다. 그를 붙잡았던 손들이 떨어져 나가자 케인은 부드러운 땅에 무릎을 꿇고 털썩 주저앉았다. 고개를 들고 보니, 수도사는 우지끈하는 소리와 함께 두 명을 동시에 쳤고, 와중에 발을 허공에 날려 또 한 사람을 족히 삼 미터는 뒤로 날려버렸다.

더 많은 이교도들이 뭔가에 조종당하는 꼭두각시처럼 그에게 몰려들었다. 수도사가 만들어 방출한 기운의 번개가 눈부신 빛을 발하며 어둠을 갈랐다. 케인은 눈이 타는 듯해 얼른 팔을 들어 얼굴을 가렸다. 눈을 깜박여 눈앞에 어른거리는 빛의 잔상을 떨치고 다시 보니, 이교도들의 흉측하게 그슬린 팔과 다리와 몸통이 둥글게 쌓여 있었다. 그러나 바로 옆에 있던 레아는 멀쩡했다. 레아는 공허한 눈빛을 한 채 눈도 깜박이지 않고 못 박힌 듯 그 자리에 서 있었다.

묘지 한가운데서 분노의 외침이 울려 퍼지더니 나무들 사이에서 브랜드 영주가 나타났다. 영주가 팔을 들어 올리자 케인은 발밑의 땅이 흔들리는 것을 느꼈다. 공포에 질린 케인이 허겁지겁 몸을 일으키는 동안, 뭔가가 잔디를 밀쳐내며 불쑥 솟아올랐다.

썩은 살점으로 뒤덮인 손과 팔뚝, 그리고 희고 앙상한 손가락들이 벌레처럼 꿈틀거렸다.

화재가 일어났던 날 밤에 질리언이 했던 말이 들리는 듯했다. '트리스트럼에서 그랬던 것처럼…… 망자들이 땅 위로 기어 나오고 있지. 땅이 갈라지고 지옥이 분출될 거야…….'

"어서 도망쳐야 해!"

케인이 소리쳤다. 땅이 융기하며 묘지 전체가 흔들리기 시작했다. 수도사는 레아를 번쩍 안아 어깨에 들쳐 멨다. 케인이 배낭에서 두루마리를 꺼내 재빨리 주문을 외자, 양피지의 룬문자들이 녹색으로 빛나며 연기를 내기 시작하더니 바스러져 손안에 떨어졌다. 소환하기는 쉬워도 제어하긴 힘든 원소마법으로, 시선을 돌려 탈출을 도울 주문이었다.

벼락이 밤하늘을 가르며 썩은 살점과 무작정 움켜쥐려는 손들이 뒤섞인 끔찍한 광경을 훤히 비췄다. 케인은 재빨리 움직였다. 묘지 가장자리를 지나쳤고, 그를 찾는 듯한 존재들을 피했다. 벼락이 두 군데를 내리쳤다. 썩은 살점이 불타올랐고, 흙과 잔디가 폭발하며 공중으로 튕겨 나갔다. 다른 하나는 브랜드 영주의 발밑에 떨어졌다. 그는 남은 추종자들이 있는 뒤쪽으로 벌렁 나자빠졌다.

케인은 나머지 광경을 보려고 지체하지 않았다. 수도사는 벌써 나무들 사이로 사라져 보이지 않았다. 케인은 번개가 내리치며 대지를 뒤흔드는 묘지를 뒤로하고 수도사의 뒤를 따랐다.

그들은 잡목을 헤치고 얕은 개울을 철벅거리며 급히 밀림을 통과했다. 케인은 어둠 속에서 비척대다가 나뭇가지에 얼굴을 긁혔다. 그는 묘지에서의 일을 계속 떠올리며 상황을 이해하려고 애썼다. 브랜드 영주와 추종자들은 어떻게 그처럼 빨리 묘지에 도착했을까? 그의 정체는 정확히 무엇이고, 목적은 무엇일까?

'주인님께서 그렇게 명하셨거든.' 브랜드 영주는 그렇게 말했다. 그는 케인과 호라드림은 물론이고, 임박한 악마들의 침입에 대해서도 알고 있는 듯했다. 하지만 브랜드 영주는 '네 주인이 누구지?'라는 케인의 질문에 대답하지 않았다.

잠시 후 수도사가 속도를 늦췄다. 그는 최대한 소리를 내지 않은 채 더욱 조심스럽고 은밀히 움직였다. 추격자는 더 이상 없는 듯했다. 얼마 뒤에 그들은 밀림에서 빠져나왔다. 수도사는 그들을 브랜드 영주의 마을과는 반대쪽에 있는, 쿠라스트로 가는 길이 내려다보이는 산자락으로 데려갔다. 밤하늘은 맑게 개어 있었다. 머리 위로 별들이 흩뿌려진 검은 융단을 펼쳐 놓은 듯했다. 아래 계곡으로 구불구불 나 있는 길이 어렴풋이 보였다.

케인은 한숨을 돌렸다. 옆구리가 욱신거렸고 폐가 불타는 듯했으며, 무릎은 금방이라도 꺾일 것만 같았다. 레아는 두 팔로 수도사의 목을 끌어안은 채 매달려 있었다. 수도사가 푹신한 풀 위에 조심스럽게 내려놓자 레아의 몸이 앞으로 기울었다. 초점 없는 흐릿한 눈빛이었다. '위험한 상황이 닥치면 강해지는 게 틀림없어.' 하지만 조각상처럼 앉아 있는 레아를 보고 있자니 안쓰러워 마음이 아팠다. 레아는 전사가 아니었다. 그저 작은 소녀일 뿐이었다.

"그들이 여기까지 쫓아오진 않는군요. 이제 안전합니다."

수도사는 두 손을 공손히 모으고 가볍게 고개를 숙였다.

"미쿨로프라고 합니다. 이브고로드 수도사지요. 당신은 호라드림 결사단의 데커드 케인이시죠. 칼데움에서부터 당신을 뒤따라왔습니다. 우리 모두에게 닥칠 위험에 관해 얘기할 시간이 왔군요. 서로에게 배울 점이 아주 많습니다. 하지만 시간이 별로 없네요."

제 16 장

숨겨진 방

어둠의 악마는 메마른 땅을 걸었다. 어둠의 악마는 그들의 갈라진 발굽에 희생된 저주받은 영혼들이 깃들어 핏빛으로 물든 달 아래, 깩깩대며 날뛰는 마귀들과 함께 성큼성큼 걸어갔다. 마귀들은 그에게 필요한 유일한 동료였다. 햇빛 아래 성장하는 싱그러운 녹색 생명이 사라진 이 황무지는 그의 영토였다. 여기엔 어떤 인간도 없었다. 적어도 그가 자신의 소유라고 선포한 이곳에는 없었다.

멀지 않은 곳에, 도시의 파괴되고 버려진 건물들 사이에 죽은 듯 잠들어 있는 존재들이 있었다. 모든 의지를 잃은 채 여전히 살아 숨 쉬고 있는 인간 껍데기들이었다. 금방이라도 쓰러질 것처럼 거죽만 남은 그들이 살아 있는 유일한 이유는 어둠의 악마에게 봉사하기 위해서였다. 어둠의 악마는 잔인한 병사들의 도움을 받아 그들을 철저히 지배하면서 필요한 것을 취했다. 그들이 가진 생명의 정기는 어둠의 악마가 가장 강력했던 흑마법사들의 고대 문건들을 집중적으로 연구한 뒤에 설계한 거대한 계획에 핵심 요소를 제공할 터였다. 어둠의 악마가 지금 하려는 일은 적어도 이런 규모로는 지금까지 단 한 번도 실행된 적이 없었다. 수천 명의 영혼이 있어야 하는 일이었고, 지금까지 극소수의 사람만이 소유했던 특별한 능력을 갖춘 흑마법의 대가가 지휘해야 하는 일이었다.

바로 그와 같은 특별한 능력자 말이다.

어린 시절, 어둠의 악마는 자신을 둘러싼 가난과 비참함을 뛰어넘는 뭔가를 늘 가슴 깊이 느끼곤 했다. 사람들이 인정하건 말건, 자신에게 온당한 자리는 그가 거쳐 온 고아원 아이들의 자리보다 훨씬 높다는 것을 알고 있었다.

어둠의 악마는 어머니나 아버지에 대해 아는 게 거의 없었다. 그들은 그가 기억할 수 있는 것보다 훨씬 오래전에 실종되었다. 그가 부모에 대해 아는 거라고는 주머니 속에 들어 있던 낡은 양피지 조각에 적힌 가문의 이름과 문장뿐이었다. 어둠의 악마는 자신의 부모가 사람들의 존경을 받는 권력가였으나 정치적 반란을 피해 피신했거나 살해당했을 거라고, 그리고 그를 버리지 않으면 그의 목숨이 위태로울 수 있는 상황이었을 거라고 상상했다. 어둠의 악마는 고아원을 전전하며 구타와 굶주림, 춥고 이가 들끓는 짚더미 속에 잠들던 밤들을 견뎌야 했다. 하루에 열네 시간씩 시내에서 빨래하고 밭에서 밀을 벴으며, 마구간을 청소했다. 친구들의 놀림을 받다가 싸움이 붙어 코피가 나고 입술이 터지는 건 다반사였다. 그럴 때마다 달아나 숨고 싶은 충동을 억누르고 조용히 그 순간을 견디면, 아이들은 지루함을 달래줄 다른 놀이를 찾아 나서곤 했다. 아이들이 떠나고 혼자 남는 드물게 귀한 시간이 찾아오면, 그는 읽는 법을 배웠다. 그리고 구할 수 있는 모든 책을 열심히 읽었다.

그 시기에 어둠의 악마는 인간 본성에 관해 많은 것을 알게 되었다. 너무나 많은 사람이 혼자 있거나 자기 마음대로 할 수 있는 시간이 주어지면 완전히 다른 사람이 되었다. 어른들은 아이들을 겁주기 위해 흔히 악마와 괴물들에 관한 얘기를 들려주지만, 그가 보기에 진짜 괴물은 인간의 거죽을 쓰고 있었다.

그런 그를 알아본 이가 있었다. 당시 어둠의 악마는 어느 정도 나이가 들어 거리에서 혼자 살아가고 있었다. 그를 집에 데려온 원소술사는 재능을 알아보는 눈이 탁월하고 타인의 고통을 즐기는 자였다. 좋은 사람은 아니나 강력한 원소술사였기에, 어둠의 악마는 그의 밑에서 많은 걸 배울 수 있었다. 어둠의 악마는 원소술사의 서재에서 발견한 비밀 문건들을 통해, 그리고 나중에는 주인이 그에게 마법학자들이 성역을 지배하던 시절의 유물을 가져오라며 심부름을 보낸 도시 밖 고대의 폐허 속에 숨겨진, 썩어가는 무덤들과 잊힌 의식의 방들에서 찾

제 16 장

숨겨진 방

어둠의 악마는 메마른 땅을 걸었다. 어둠의 악마는 그들의 갈라진 발굽에 희생된 저주받은 영혼들이 깃들어 핏빛으로 물든 달 아래, 깩깩대며 날뛰는 마귀들과 함께 성큼성큼 걸어갔다. 마귀들은 그에게 필요한 유일한 동료였다. 햇빛 아래 성장하는 싱그러운 녹색 생명이 사라진 이 황무지는 그의 영토였다. 여기엔 어떤 인간도 없었다. 적어도 그가 자신의 소유라고 선포한 이곳에는 없었다.

멀지 않은 곳에, 도시의 파괴되고 버려진 건물들 사이에 죽은 듯 잠들어 있는 존재들이 있었다. 모든 의지를 잃은 채 여전히 살아 숨 쉬고 있는 인간 껍데기들이었다. 금방이라도 쓰러질 것처럼 거죽만 남은 그들이 살아 있는 유일한 이유는 어둠의 악마에게 봉사하기 위해서였다. 어둠의 악마는 잔인한 병사들의 도움을 받아 그들을 철저히 지배하면서 필요한 것을 취했다. 그들이 가진 생명의 정기는 어둠의 악마가 가장 강력했던 흑마법사들의 고대 문건들을 집중적으로 연구한 뒤에 설계한 거대한 계획에 핵심 요소를 제공할 터였다. 어둠의 악마가 지금 하려는 일은 적어도 이런 규모로는 지금까지 단 한 번도 실행된 적이 없었다. 수천 명의 영혼이 있어야 하는 일이었고, 지금까지 극소수의 사람만이 소유했던 특별한 능력을 갖춘 흑마법의 대가가 지휘해야 하는 일이었다.

바로 그와 같은 특별한 능력자 말이다.

어린 시절, 어둠의 악마는 자신을 둘러싼 가난과 비참함을 뛰어넘는 뭔가를 늘 가슴 깊이 느끼곤 했다. 사람들이 인정하건 말건, 자신에게 온당한 자리는 그가 거쳐 온 고아원 아이들의 자리보다 훨씬 높다는 것을 알고 있었다.

어둠의 악마는 어머니나 아버지에 대해 아는 게 거의 없었다. 그들은 그가 기억할 수 있는 것보다 훨씬 오래전에 실종되었다. 그가 부모에 대해 아는 거라고는 주머니 속에 들어 있던 낡은 양피지 조각에 적힌 가문의 이름과 문장뿐이었다. 어둠의 악마는 자신의 부모가 사람들의 존경을 받는 권력가였으나 정치적 반란을 피해 피신했거나 살해당했을 거라고, 그리고 그를 버리지 않으면 그의 목숨이 위태로울 수 있는 상황이었을 거라고 상상했다. 어둠의 악마는 고아원을 전전하며 구타와 굶주림, 춥고 이가 들끓는 짚더미 속에 잠들던 밤들을 견뎌야 했다. 하루에 열네 시간씩 시내에서 빨래하고 밭에서 밀을 벴으며, 마구간을 청소했다. 친구들의 놀림을 받다가 싸움이 붙어 코피가 나고 입술이 터지는 건 다반사였다. 그럴 때마다 달아나 숨고 싶은 충동을 억누르고 조용히 그 순간을 견디면, 아이들은 지루함을 달래줄 다른 놀이를 찾아 나서곤 했다. 아이들이 떠나고 혼자 남는 드물게 귀한 시간이 찾아오면, 그는 읽는 법을 배웠다. 그리고 구할 수 있는 모든 책을 열심히 읽었다.

그 시기에 어둠의 악마는 인간 본성에 관해 많은 것을 알게 되었다. 너무나 많은 사람이 혼자 있거나 자기 마음대로 할 수 있는 시간이 주어지면 완전히 다른 사람이 되었다. 어른들은 아이들을 겁주기 위해 흔히 악마와 괴물들에 관한 얘기를 들려주지만, 그가 보기에 진짜 괴물은 인간의 거죽을 쓰고 있었다.

그런 그를 알아본 이가 있었다. 당시 어둠의 악마는 어느 정도 나이가 들어 거리에서 혼자 살아가고 있었다. 그를 집에 데려온 원소술사는 재능을 알아보는 눈이 탁월하고 타인의 고통을 즐기는 자였다. 좋은 사람은 아니나 강력한 원소술사였기에, 어둠의 악마는 그의 밑에서 많은 걸 배울 수 있었다. 어둠의 악마는 원소술사의 서재에서 발견한 비밀 문건들을 통해, 그리고 나중에는 주인이 그에게 마법학자들이 성역을 지배하던 시절의 유물을 가져오라며 심부름을 보낸 도시 밖 고대의 폐허 속에 숨겨진, 썩어가는 무덤들과 잊힌 의식의 방들에서 찾은 문건들을 통해 더 많은 것을 배웠다.

숨겨진 방들 가운데 한 곳에서 어둠의 악마는 다른 문건들보다 더 많은 이야기를 들려주는 문건 하나를 발견했다. 역사상 가장 강력했던 마법사 가운데 한 명의 계보를 추적하는 가계도였다. 문건 표지의 갈라진 가죽 장정에 그의 주머니에 들어 있던 양피지 조각에서 본 것과 똑같은 문장이 새겨져 있었다.

어둠의 악마는 파도에 밀려 해변에 쌓인 부서진 조개껍데기들을 밟는 자신의 발소리에 귀를 기울였다. 등은 굽어 있었고, 고개가 앞으로 나와 있었다. 두건 밑으로 얼굴이 어렴풋이 보였다. 앞에 있는 물에서 유황 냄새가 코를 찔렀다. 수심이 얕은 곳에는 연기처럼 흩어지는 피부가 붉은 짐승들이 있었다. 밤하늘로 소리 없는 비명을 질러대는 잔인한 유령들. 어둠의 악마를 위해 모여든 그들은 머지않아 완전히 그의 지배를 받게 될 터였다. 이제 곧 자신이 성역을 지배하게 될 거라고 어둠의 악마는 생각했다. 세상의 종말이 오면 달은 검게 변하고, 달의 자장이 해안에서 바닷물을 걸러낼 것이다. 그러면 어둠의 악마는 완전히 변형되어 거짓의 군주 옆에 그의 정당한 자리를 갖게 되리라. 그는 인간이라는 재앙을 세상에서 없애버릴 작정이었다. 진짜 괴물들을 제거하고 다른 존재들이 세상을 재건하도록 길을 터주리라. 그것이 그의 운명이었다.

'소녀를 찾아라.'

그 말이 귓가를 스치자 생각이 달아나고 정신이 명료해졌다. 바람에 날갯짓 소리가 실려 왔다. 그의 정찰병이 새로운 소식을 갖고 돌아왔다. 그들은 감히 빈손으로 돌아오는 법이 없었다.

어둠의 악마는 거대한 새가 그를 향해 밤하늘을 빠르게 하강한 뒤 바닥에 내려앉는 모습을 지켜보았다. 퍼덕이는 날갯짓이 물에 물결을 일으켰다. 발톱이 늘어났고, 다리가 길어지고 두꺼워졌으며, 날개는 관처럼 말려 인간의 몸으로 변했다. 깃털은 합쳐져 망토로 변했고, 부리는 매부리코가 되었다.

어둠의 악마 앞에는 이제 해골처럼 삐쩍 마른 몸에 피부가 창백하고 키가 큰 남자가 서 있었다. 손가락이 전투 중인 거미들처럼 허리에 뒤엉켜 있었다. 망토가 그의 것과 비슷했고, 등도 약간 굽어 있었다. 하지만 닮은 점은 그뿐이었다.

"주인님. 소식을 가지고 왔습니다. 찾고 계신 소녀를 봤습니다."

남자가 말했다.

어둠의 악마가 미소를 지었다. 간절히 기다리던 소식이었다. 소녀와 동반자는 곧 그의 손에 떨어질 것이다.

"소녀를 붙잡아 뒀겠지?"

브랜드 영주가 희미한 미소를 일그러뜨리며 시선을 내리깔았다.

"소녀는 노인과 도망쳤습니다. 그들을 돕는 자가 있었습니다. 예언에도 불구하고 미처 예상치 못한 일이었습니다."

분노가 어둠의 악마의 마음을 검게 물들였다. 그가 주먹을 꽉 쥔 채 한 발짝 앞으로 다가왔다.

"어떻게 그런 일이 일어날 수 있지?"

"지시하신 대로 흑마법으로 소녀를 결박했지만 효과는 강력하지 못했습니다. 소녀가 그걸 풀어버렸습니다. 하지만 묘지에서 그들을 다시 잡을 수도 있었는데 수도사와 노인 때문에 실패했습니다. 노인에게는…… 많은 자원이 있었습니다."

"그는 아무것도 아니야. 약하고 쓸모없지. 망상에 빠져 있어."

"그가 강력한 폭풍을 일으켰습니다, 주인님. 그리고 그들을 가리는 주문이 여전히 효력을 발휘하고 있었습니다."

"날 실망시켰다."

"죄…… 죄송합니다, 주인님."

"보여 줄 게 있다."

어둠의 악마는 굶주린 악마들로부터 몸을 돌려 탑으로 들어갔고, 그 뒤를 브랜드 영주가 뒤따랐다. 어둠의 악마는 교묘히 가려진 널빤지를 통해 지하의 방들이 있는 곳으로 내려갔다. 이번에는 인간들이 갈고리에 매달려 있는 방들을 그대로 지나쳐 아래로, 또 아래로 내려갔다. 신음과 사슬이 흔들리는 소리는 그들이 더 큰 방에 이를 때까지 계속 따라왔다. 이끼로 뒤덮이고 물방울이 똑똑 떨어지는 방의 벽에는 펄럭거리며 타오르는 횃불이 하나도 없었다.

그곳에 모여드는 존재들은 불을 별로 좋아하지 않았다. 그리고 어둠의 악마도 어둠을 전혀 꺼리지 않았다. 그의 눈은 이미 어둠에 익숙해져 있었다. 게다가 벽을 뒤덮은 이끼들이 희미한 녹색 빛을 발하고 있어서 보는 데는 아무런 문제가 없었다.

엄청나게 크고 둥근 돌 구조물이 주위에 겨우 삼 미터 남짓한 통로만을 남겨둔 채 방 안을 가득 메우고 있었다. 구조물은 검은 탑 중앙의 통로를 타고 자라는 돌 덩굴손의 뿌리에 달린 알뿌리처럼 보였다.

몇 미터 간격으로 아치로 된 문이 있어서 그곳을 통해 돌 알뿌리에 접근할 수 있었다. 각각의 아치문에서 희미한 빛에 창백한 피부가 빛나는 괴물들이 모습을 드러냈다.

괴물들은 조용히 지켜보고 있었다.

"저것들이 무엇입니까?"

놀라서 얼굴이 하얗게 질린 채 입을 딱 벌리고 있던 브랜드 영주가 마침내 기어들어가는 목소리로 물었다.

"청소부 마귀인가요? 얘기를 들은 적은 있는데 아직 한 번도……."

"한때는 인간이었던 자들이다. 욕심과 공포와 분노를 이용해 타락시키기 가장 쉬운 존재들이지. 이제 그들은 다른 이들이 가진 것을 모아 이곳에 가져오기 위해 존재한다. 그러면 내가 그것을 안전하게 보관하지. 이 구조물은 매우 희귀하고 대단히 위험한 일종의 무기다. 다가오는 전쟁에서 이 무기는 우리에게 승리를 안겨줄 것이다."

청소부 마귀들이 네 발로 천천히 기어왔다. 등은 뒤틀린 채 기괴하게 위로 굽어 있었고, 배는 진드기처럼 터질 듯 부풀어 있었다. 그들 곁을 지나가며 한 놈이 달처럼 부은 둔한 얼굴을 처들자 어둠의 악마가 청소부 마귀의 뜨겁고 미끌미끌한 머리 가죽에 손을 얹었다. 그러자 청소부 마귀가 그의 손길이 기쁜 듯 쉬익 하는 소리를 냈다.

알뿌리에 가까이 다가간 청소부 마귀들은 돌에서 각각의 아치문으로 뻗어 나온 작은 관에 주둥이를 댔다. 희미하지만 섬뜩한 비명과 흐느낌이 어두운 굴속을 떠돌았다. 고통을 겪는 천 명의 사람이 내지르는 소리였다. 청소부 마귀들은 무거운 짐을 내려놓으며 저마다 한숨을 내쉬고 몸을 떨었고, 그들의 부풀었던 몸은 이윽고 뼈만 앙상해졌다.

쭈그러든 유령 껍데기들이 더 많은 청소부 마귀들이 다가올 수 있도록 길을 비켜주며 아치문을 통해 되돌아 나오자 브랜드 영주가 몸을 움찔하며 뒤로 물러섰다. 그들의 반복되는 과정을 조용히 지켜보는 동안, 더 많은 청소부 마귀들이 나타났고, 갈수록 더 많은 숫자가 뱃속의 내용물을 돌 조롱박에 토해냈다. 저주받은 자들의 비명이 어둠 속을 떠돌았다.

"저들은 충성스런 하인들이라 나를 절대 실망시키지 않지. 내 말이 무슨 뜻인지 알겠나?"

어둠의 악마가 물었다.

브랜드 영주는 고개를 끄덕였다.

"잘 알아들었습니다, 주인님."

"좋아."

어둠의 악마는 끓어오르는 분노를 더 이상은 자제할 수 없었다. 그의 내부에서 생성된 힘이 방출되기를 간절히 바라고 있었다. 힘이 다시 표면으로 떠오르자 어둠의 악마는 이를 갈며 수년 동안 자신을 부당하게 대했던 모든 사람을 떠올렸다. '그들은 자신들의 죗값을 치러야 해.' 아주 짧은 순간이지만 어둠의 악마는 자신의 실패를, 망각이라는 느린 죽음을 맞이하는 끔찍한 상상을 했다. 데커드 케인과 그의 유산은 계속되고, 자기 가문의 이름과 문장은 다시 역사 속 깊은 곳으로 묻혀버리는 상상이었다.

파도에는 더 많은 악마가 있었다. 물결은 암석이 많은 해안을 기름처럼 미끄러졌다. 어둠의 악마가 브랜드 영주를 향해 돌아섰다. 그가 손을 들어 고대 비제레이 주문서의 주문을 중얼거렸다. 피의 군주이자 불타는 지옥의 힘을 자유자재로 쓰는 악마의 마법의 대가, 바르툭의 힘을 소환하는 주문이었다. 분노가 눈부신 섬광과 함께 폭발했다.

순수한 기운의 번개가 키가 크고 마른 새 인간의 가슴을 강타했다. 영주의 가슴에 연기가 피어오르고 피가 뚝뚝 떨어지는 구멍이 뚫리더니, 그의 몸이 뒤로 날아가 바닥에 내동댕이쳐졌다. 고통으로 몸부림치며 비명을 지르는 인간 앞에 어둠의 악마가 성큼성큼 다가왔다. 힘이 다시 생성되고 있었다. 그 힘을 방출해 새 인간의 모든 뼈를 산산이 부서뜨릴 준비를 하는 동안 짜릿한 희열감이 어둠의 악마의 몸을 휘감았다. 흉측한 유령들은 기쁨에 겨워 날뛰며 쉬익 하는 소리를 날카롭게 내질렀다. 온몸을 피로 물들일 준비를 마친 유령들의 흉측한 몸이 살육에 대한 흥분으로 꿈틀거렸다.

"기다려요!"

바닥에서 신음하던 남자가 한 손으로 가슴의 상처를 움켜쥔 채 다른 한 손을 들어 올렸다. 손가락 사이로 피가 쏟아져 나와 모래 위로 떨어졌다.

"제발요. 모든 걸…… 잃은 건 아니에요!"

어둠의 악마는 복부에 뜨거운 용암 덩어리 같은 기운을 가둔 채 멈춰 섰다.

"빨리 말해."

그가 고통과 기쁨이 뒤섞여 일그러진 입으로 이를 갈며 말했다. 그리고는 몸을 숙이더니 새 인간의 손을 옆으로 치우고 상처에 손가락을 찔러 넣었다.

"곧 숨이 끊어질 거야."

"노인과 소녀는 쿠라스트로 가고 있습니다!"

브래든 영주가 절규했다. 어둠의 악마가 손가락을 빼내자 새 인간이 기침을 하며 입에서 피를 토했다.

"맹세할 수 있어요. 그들을…… 다시 찾을 수 있습니다."

"아마 그럴 거야. 결국 그들을 다시 찾게 될 거야. 하지만 애석하게도 넌 수색에 참여할 수 없겠는걸."

몸을 세운 어둠의 악마는 눈을 감은 다음 응축된 분노의 힘을 폭발시켰다. 손가락 끝에서 탁탁거리던 푸른 불꽃이 새 인간을 향해 곧장 뻗어 나가더니 그를 폭 감쌌다. 몸이 위를 향해 활처럼 구부러졌다. 살갗에 거품이 일기 시작하고 머리카락이 치직거리다 화염에 휩싸이자 새 인간이 소리 없는 비명을 질러댔다.

살이 타는 냄새가 황량한 해변으로 퍼져 나가는 가운데 어둠의 악마가 뒤돌아섰다. 유령들은 기쁨의 괴성을 지르며 연기가 나는 형체에 몰려들었고, 새까맣게 탄 새 인간의 팔과 다리 가죽을 손과 이빨로 갈기갈기 찢었다.

'브랜드 영주.' 어둠의 악마는 고개를 저었다. 그런 쓸모없는 놈에게 그런 가식적인 이름이라니. 새 인간이 훨씬 더 어울렸다. 그는 불타는 지옥으로 돌아가 주인님의 분노를 마주하게 되리라.

하인들은 또 있었다. 어둠의 악마를 위해 일할 존재는 얼마든지 있었다. 그는 쿠라스트로 가는 길고도 적막한 길을 떠올렸다. 구불구불 이어지는 매우 위험한 길이었다. 수색할 땅이 넓은 것도 아니고 거리가 멀지도 않았다. 그 길에서 무슨 일이든 벌어질 테고 여행자들은 붙잡혀 그의 앞에 끌려오게 되리라. 여러 가능성을 생각하자 마음이 차분해지면서 입가에 미소가 번졌다. 어둠의 악마는 곧 소녀를 손에 넣게 될 터였다. 어쩌면 접근법을 달리해야 할지도 모르겠다는 생각이 불쑥 들었다. 하인들이 그가 찾는 것을 발 앞에 바로 대령할 수 있도록 거짓말이나 속임수, 책략 같은 교묘한 수단을 써야 할 것 같았다. 거짓의 군주는 이를 허락할 것이다. 계획을 논의할 또 다른 만남이 예정되어 있었다. 시간이 빠르게 줄고 있는데 아직 해야 할 일은 산더미였다.

노인은 좋든 싫든 자신의 운명에 따라 계속 나아갈 것이다. 그 바보는 수년 전 그의 조상이 그러했던 것처럼 끔찍한 고통 속에 죽어갈 테고, 그것을 방해하는 자가 있다면 그가 누구든 마찬가지로 죽게 되리라.

세상의 종말이 그들 모두의 앞에 다가와 있었다.

제 17 장

쿠라스트로 가는 길

이른 아침 햇살 속, 미쿨로프는 바위 봉우리에 서서 발밑에 펼쳐진 풍경을 내려다보았다. 길은 계곡 속으로 사라지며 끝으로 갈수록 점점 작아지고 있었다. 나무들은 시들시들했다. 쿠라스트에 다가갈수록 땅은 점점 더 단조로워지고 활기를 잃어갔다.

'저주받은 도시.' 이틀 안에는 도착할 수 있는 거리였다. 쿠라스트와 그 너머에서 찾게 될 뭔가가 그의 인생 궤도를 바꿔놓으리라. 미쿨로프는 그 점을 확신했다. 수백 년 전에 쓰인 예언서들에 그렇게 나와 있었고, 자신의 꿈에도 그렇게 나왔다. 사원의 스승님들을 생각하자 격렬한 슬픔이 밀려들었다. 다시는 돌아갈 수 없으리라. 하지만 이것이 그의 운명이었고, 미쿨로프는 이 길을 끝까지 가볼 생각이었다.

미쿨로프는 발끝으로 선 채 두 손을 머리 위로 쳐들고 몸을 쭉 편 뒤 고개를 숙였다. 그 자세로 오 분을 채웠다. 얼굴에 고요함이 감돌고 몸은 미동도 하지 않았다. 누군가 그를 봤다면 아마 동상으로 착각했으리라. 미쿨로프는 자신을 앞으로 튀어 나가게 하는 성급함과 싸워야 했는데, 사람들은 내면에서 벌어지는 이런 전쟁을 알아차리지 못했다. 하지만 그는 평화의 중요성을 알고 있었다. 행동에 나서기 전에 차분함을 유지하는 게 유리했다. 아무리 급박한 상황에서도.

그리고 지금 상황은 정말로 급박했다.

신들은 데커드 케인과 어린 레아를 탈출시킨 그의 노력을 기뻐하실 게 분명했다. 산속 작은 동굴에서 환영을 본 뒤, 미쿨로프는 칼데움에서부터 그들을 뒤쫓으며 혹시 있을지도 모를 위험을 살폈다. 딱 한 번 실수로 자갈을 둔덕 아래로 굴러 떨어뜨린 적이 있는데, 미쿨로프는 그때 케인이 그의 존재를 알아차렸을 거라고 생각했다. 하지만 노인은 알아차리지 못했고, 나중에 그들은 그 괴상한 유령 마을에서 마주치게 되었다. 미쿨로프는 순간 자신이 재빨리 행동해야 한다는 사실을 깨달았다. 신들이 선택한 순간이었다.

그의 정신은 잠의 혼돈에서 완전히 깨어나 있었다. 미쿨로프는 자세를 풀고, 자신이 생성한 기운이 몸통을 타고 위로 흐를 수 있도록 발과 종아리와 허벅지의 근육을 수축시켰다. 팔을 앞으로 쭉 뻗었다가 내리자, 등에 새긴 불의 신이며 수호신인 이타르의 문신이 저절로 움직이는 것처럼 보였다. 피부는 근육과 뼈 위로 미끄러지는 듯했다. 미쿨로프는 허리를 숙여 이마를 땅에 댄 뒤 일어나 잿빛 하늘을 올려다보았다. 지평선에 먹구름이 모여들고 있었다.

지금쯤이면 다들 일어나 있으리라. 시간이 다 되었다. 미쿨로프는 절벽 근처에서 자라는 반가운 선물을 채집하느라 잠깐 시간을 지체한 다음, 바위에서 내려와 소리 없이 공터를 지나 야영지로 돌아왔다. 다음 여행을 시작할 시간이었다.

눈을 깜박이며 잠에서 깨어난 케인은 미쿨로프의 얼굴을 보자 터져 나오려는 신음을 참았다. 밤새 유령 마을과 묘지를 생각하느라 잠을 못 자고 뒤척였고, 꿈에서는 그보다 더 끔찍한 기억들에 시달린 터였다. 몸 구석구석 안 아픈 곳이 없었다. 무엇보다 목욕이 절실했다. 반면에 수도사는 황제의 궁전에서라도 자고 나온 듯 상쾌해 보였다.

미쿨로프가 빨갛게 익은 딸기가 가득 담긴 천을 내밀었다.

"신들께서 주시는 양식입니다. 맛이 좋아요. 치유의 성분도 들어 있고요. 이곳은 쿠라스트를 덮친 병에 아직 완전히 감염되지 않은 듯합니다."

케인은 레아를 흘긋 보았다. 아직 자고 있을 거라고 생각했는데 깨어 있었다. 레아는 묘지를 탈출한 이후로 지금까지 말을 한마디도 하지 않았고, 먹지도 않았다. 딸기는 안전했다. 비록 한 번도 맛본 적은 없지만, 이 지역을 연구하면서 알게 된 사실이었다. 케인은 몇 개를 집어먹었다. 달콤한 과즙이 입 안 가득 퍼졌고, 눈 깜짝할 새 반쯤을 먹어치웠다.

미쿨로프의 미소가 더 크게 번졌다.

"좋아요, 아주 좋아요."

미쿨로프는 그렇게 말하며 턱으로 레아가 있는 쪽을 가리켰다.

"두 사람이 먹을 만큼 충분해요."

케인의 무릎 관절이 비명을 질러댔다. 케인은 천천히 몸을 일으킨 다음 딸기를 레아에게 가져갔다. 전날 밤 브랜드 영주의 저택에서 그들이 먹은 게 뭔지는 몰라도, 딸기가 속을 가라앉히는데 놀라운 효과가 있는 것 같았다.

"체력을 회복해야지."

한 손을 아이의 어깨에 얹으며 케인이 말했다.

"네가 준비되면 우린 이곳을 떠날 거란다."

레아가 천을 받아들었다. 순간, 그녀의 눈에 어린 고통이 너무도 깊고 강렬해서 케인은 하마터면 몸을 움찔할 뻔했다.

"얘기 좀 나눌 수 있을까요?"

미쿨로프가 물었다. 그는 허리에 손을 얹고 몇 미터 떨어진 곳에 서 있었다. 가만히 서 있는데도 균형감과 내면의 힘을 강하게 발산하고 있었다. 케인은 지난밤 지쳐 잠에 곯아떨어지기 전에 나눈 짧은 대화를 통해, 그가 장로들과 다른 이브고로드 학자들이 쓴 예언서들을 읽었다는 사실을 알게 되었다. 미쿨로프가 읽은 예언서들은 케인이 가지고 있는 호라드림 문헌들과 놀라울 정도로 비슷했다. 거기에는 성역에 대한 악마들의 침입을 경고하는 내용도 들어 있었다. 미쿨로프는 반드시 교정되어야 할 세계의 불균형을 인식하고 있었다. 수도사는 자신의 신들이 안식을 취하지 못하게 되었다고 말했다.

이브고로드 수도사들의 종교적 열정, 고요함, 균형 잡힌 집중력의 조화는 대단히 독특했다. 그들은 세상을 괴롭히는 악에 대항해 싸우는 굉장한 전사들이었다. 그런 사람을 자기편에 두었다는 것은 대단한 행운이라고 할만 했다.

케인은 비제레이 폐허에서 악마가 했던 말을 떠올렸다. '널 구원해줄 방패가 그렇게 가까이 있는데. 수천 명 속에 모습을 감춘 채 여기서 사흘이면 갈 수 있는 장소에 있는데 말이야.' 악마들은 무척 영리하고 믿을 수 없는 존재로, 진실 속에 거짓말을 교묘히 숨겨놓기를 좋아한다.

미쿨로프와 케인은 레아에게 말소리가 들리지 않을 만큼 멀리 떨어진 조용한 장소로 갔다. 수도사는 책상다리를 하고 케인 옆에 앉았다.

"아이를 놀라게 하고 싶진 않습니다. 하지만 더는 기다릴 수가 없어요. 우리는 반드시 쿠라스트로 가야 합니다."

미쿨로프가 말했다.

케인은 레아가 자리에서 일어나 죽어가는 나무들 사이로 삐죽이 나와 아래 계곡을 굽어보고 있는 바위 턱을 향해 걸어가는 모습을 보았다. 레아는 바위 턱의 가장 높은 곳에 올라가 앉더니 케인의 시야에는 들어오지 않는 뭔가를 응시했다.

"레아를 거기로 데려갈 수는 없소. 어린애가 갈만한 곳이 아니오. 며칠간의 일이 그 점을 충분히 증명해주고 있소. 처음부터 아이를 데려오는 게 아니었는데. 누군가 아이를 돌봐줄 사람이 필요하오. 안전하다고 느낄 만한 장소도 필요하고."

케인이 조용히 말했다.

"이제 와서 되돌아갈 순 없습니다……."

"잠깐 길을 돌아가는 것뿐이오, 친구여. 아이가 머물 곳만 찾으면 다시 돌아올 거요."

"하지만 시간이 없습니다."

수도사는 한 손으로 케인의 팔을 잡으며 말했다.

"라담의 달이 며칠 안 남았단 말입니다!"

"대체 그게 무슨 말이오?"

케인이 물었다. 라담의 달은 라트마의 사제를 창설한 강령술사의 이름을 따서 지어졌다. 라트마는 천계의 용 트락울의 제자이자 성역의 수호자였다.

강령술사들은 죽은 자들을 일으키는 힘을 갖고 있었다.

미쿨로프는 허리띠 아래에 달린 호주머니에서 단단하게 말린 길쭉한 두루마리 몇 개를 꺼냈다.

"저는 지하의 숨겨진 방들에 관한 환영을 봤습니다. 그곳은 시체들로 가득했습니다. 그런데 어둠 속에 한 남자, 혹은 남자처럼 보이는 누군가가 있었어요. 자신을 어둠의 악마라고 부르더군요. 환영 속에서 그 남자는 죽은 자들을 소생시켰습니다."

수도사는 두루마리를 펼쳐 땅에 조심스럽게 내려놓았다.

"이 두루마리는 토라자 밀림의 폐허에서 발견한 문건의 복사본입니다."

미쿨로프는 두 번째 두루마리를 펼쳤다.

"이것은 서부 반도의 동굴에서 발견한 자카룸 예언서입니다."

그리고는 세 번째 두루마리를 펼쳤다.

"그리고 이 두루마리는 아리앗 산이 무너지기 전에 철벽의 성채 내부에서 나왔습니다. 세 개 모두 어둠과 빛 사이에 일어날 전쟁에 대해 예언하고 있어요. 그리고 전쟁은 라담이 시작되는 첫날에 일어나리라고 예언되어 있습니다."

케인은 두루마리들을 받아 내용을 살펴보았다. 심장이 빠르게 뛰기 시작했다. 비록 다른 언어들로 쓰이긴 했지만, 모두 라담이 시작되면서 망자의 군대가 일어날 것이라는 내용이 언급되어 있었다. 아리앗 산이 무너진 이후부터 지금까지 그가 맞추려고 노력해온 거대하고 복잡한 퍼즐의 중요한 조각들이었다. 그런데 이 젊은이가 두루마리들을 찾아낸 것이다. 자신이 찾지 못한 것에 대해 약간의 질투마저 일었지만, 케인은 불안감이 엄습해 오면서 곧 그 감정을 털어냈다.

"나 역시 비슷한 문건들을 찾았지만 그 일이 일어날 정확한 날짜까지는 적혀 있지 않았소. 이 문건들은 확실히 믿을 만한 것들이오?"

미쿨로프는 고개를 끄덕였다.

"이 계통으로 많은 수련을 쌓은 저희 이브고로드 장로님들이 인증해주셨습니다."

케인은 천천히 고개를 흔들며, 부서질 것 같은 양피지에 가늘게 흘려 쓴 문건들을 다시 한 번 읽었다. 이 두루마리들이 말하는 게 사실이라면, 악마들이 침입을 시작할 날짜는 그가 예상했던 것보다 훨씬 빨랐다. 남은 시간은 겨우 일주일뿐이었다. 심지어 지금 이 순간에도 쿠라스트 근처의 어딘가로 사악한 힘들이 모여들고 있을 터였다. 그들의 분노는 성역이 불타는 지옥으로 떨어지고 드높은 천상이 붕괴되며, 그가 아는 모든 형태의 생명이 종말을 맞는 것을 의미하리라.

'……망자들이 땅 위로 기어 나오고 있지…….'

케인은 원래 여간해서는 흥분을 하지 않는 성격이었다. 그는 늘 위기가 닥쳤을 때 신중하고 침착하게 대응하는 게 자신의 가장 큰 장점이라고 생각해왔다. 문제를 살피고 해결책을 찾은 다음 최선의 길을 선택했다. 하지만 브랜드 영주의 저택에서 일어난 일은 예상했던 것보다 훨씬 더 그를 혼란에 빠뜨렸다. 케인의 눈에 묘지의 잔디를 뚫고 불쑥 솟은, 썩은 살로 뒤덮인 손들과 꿈틀거리는 뼈들이 계속 나타났다.

'일주일.'

수도사는 케인이 입을 열 때까지 참을성 있게 기다렸다.

"그 어둠의 악마는……."

케인이 마침내 입을 열었다.

"성벽에 둘러싸인 마을의 브랜드 영주가 이런 말을 했소. 명령을 내리는 주인님이 있다고…… 어둠의 악마와 그가 어쩌면 같은 인물인지도 모르겠소."

"확실합니다. 그 남자는 증오와 질투심에 사로잡혀 있었고, 그 감정들이 그를 부추기고 있어요. 하지만 남자는 훨씬 더 사악한 또 다른 무언가의 지배를 받고 있습니다. 숨겨진 방들에 대한 환영에서 저는 지하 깊은 곳에 숨어 있는 그 둘을 모두 봤습니다. 거대하고 무시무시한 괴물이었어요. 설명하기가 어려운데…… 갑옷으로 무장한 발톱과 세 개의 뿔, 등불처럼 샛노란 눈들을 갖고 있었어요."

'벨리알.'

케인은 깜짝 놀라며 몸을 뒤로 젖혔다. 한동안 그럴 거라고 의심은 했지만, 이제야 아귀가 맞아떨어졌다. 거짓의 군주가 성역에서 활동하고 있었다.

케인은 신중히 말을 골랐다.

"당신이 말한 것은 불타는 지옥을 지배하는 군주들 가운데 하나요. 다른 군주들도 있지만, 대악마들이 성역으로 추방된 이후 벨리알과 그의 형제인 아즈모단이 모든 권력을 움켜쥐었소. 나는 세계석이 파괴되면서 어마어마한 산이 무너지는 걸 직접 봤소. 바알과 그의 군대가 패배하긴 했지만 그것은 단지 시작일 뿐이었소. 악이 세상에 들끓고 있소. 성역이 타락한 조짐은 이제 어디서든 발견되고 있소. 바다와 산에 몰려들기 시작한 어두운 그림자. 공포의 땅과 토라자 밀림에서 목격된 지옥의 괴물들에 관한 괴담. 사람들이 흔적도 없이 사라지고, 더 끔찍하게는 몇몇 도시에 파괴적인 질병이 퍼지는 듯했소. 하지만 나는 인간에 대한 가장 큰 위협은 아직 오지 않았다는 사실이 가장 두렵소."

케인은 분쟁지의 비제레이 폐허에서 일어났던 일과 거기서 발견한 것들을 설명했다. 성역에 호라드림 결사단이 여전히 생존해 있다는 증거이자 칼데움에서 쿨룸을 만난 뒤로 더욱 확신하게 된 증거를.

미쿨로프는 고개를 주억거렸다.

"자신들을 호라드림이라고 일컫는 사람들을 반드시 찾아야 합니다. 그런데…… 당신은 갈등하고 있군요."

미쿨로프는 빈터 너머 레아가 앉아 있는 바위 턱 쪽을 흘긋 쳐다보았다.

"아이를 생각한다면 어떻게 그런 징조들을 무시할 수 있겠소. 게다가 레아의 목숨이 위태로울 수도 있는 일을 어떻게 계속한단 말이오!"

케인은 전에도 자신의 이기심과 부주의로 그런 일을 행한 적이 있었다. 같은 일이 다시 일어나도록 두고 볼 수는 없었다.

"레아가 당신이 겪었던 어떤 끔찍한 일을 떠오르게 하는가 보군요. 충분히 이해합니다. 당신이 아이를 보호하려는 건 당연합니다. 하지만 레아는 당신이나 나처럼 이 일에 깊숙이 관련되어 있습니다. 다가올 전쟁을 경고한 예언서들에도 아이의 역할이 언급되어 있습니다."

"아직 어린……."

"현재 상황을 받아들이고, 앞으로 다가올 일들을 기쁘게 맞이해야 합니다. 어젯밤에 목격한 일들을 경고로 삼아야 해요. 이 땅에는 위험한 마법이 작용하고 있습니다. 죽은 자들을 일으키는 그런 힘은 아무나 쓸 수 있는 게 아니죠. 배후에 있는 자는 가장 파괴적인 악마의 주문을 사용하는 대단히 강력한 원소술사일 겁니다. 우리가 그를 막기 위해 어떤 일을 하지 않으면, 곧 그의 시대가 오게 될 겁니다."

레아는 여전히 바위 턱에 책상다리를 하고 앉아 계곡을 내려다보고 있었다. 케인은 바로 옆에 앉아 그녀가 말을 건넬 때까지 참을성 있게 기다렸다.

"동물들이 보이지 않아요. 그들은 다 어디로 간 거죠? 나무들도 죽어가고 있어요. 보세요."

잠시 후 레아가 입을 열었다.

케인은 레아의 시선을 따라 멀리 쿠라스트로 향하는 계곡을 바라보았다. 계곡은 세상에 몰려든 어두운 그림자처럼 보였다. 며칠 전만 해도 싱그러운 녹색을 띠며 울창한 산림을 이루던 나무들은 쿠라스트에 가까워질수록 제대로 자라지 못한 채 회색빛으로 시들어가고 있었다. 마치 산불이 일어나 나뭇잎들을 모두 재로 만들어 놓은 듯했다.

"동물들이 사람들처럼 몸을 숨겼나 보구나. 세상이 편안하고 안전하지 않은 걸 느낀 모양이지. 나무들도 그렇고."

케인이 말했다.

"우린 왜 숨지 않는 거죠?"

케인은 할 말이 떠오르지 않았다. 예전 같으면 악마와 악마에 대항해 일어선 영웅들의 역사에 관해 긴 사설을 늘어놓았으리라. '진짜 영웅들이 사라졌으니 이제 다른 사람들이 그들을 대신해 소명을 따라야 한다.' 하지만 뭔가가 그를 머뭇거리게 했다.

"내 생각에……."

케인이 간단히 말했다.

"이제 때가 된 것 같구나. 네가 안전히 지낼 곳을 찾는 일 말이다."

레아가 날카로운 시선을 던졌다.

"아저씨도 같이 가나요?"

"난 내 앞에 놓인 길을 계속 가야만 한단다, 레아. 운명을 회피할 수는 없어. 네가 지낼 곳을 찾아줄게. 약속하마. 그리고 때가 되면 다시 돌아오마."

그들은 한동안 아무 말 없이 앉아 있었다. 케인은 머릿속으로 지금까지 지나온 먼 길을 되짚어 보았다. 다리가 무너졌으니 건널 수 있는 다른 곳을 알아봐야 했다. 하지만 다리를 무사히 건넌다고 해도, 칼데옴에는 그들이 안전하게 지낼 곳이 없었다. 그들은 어디로 가야 할까? 바다를 건너 서부 반도로 가야 할까? 하지만 그곳에도 소녀가 머물만한 안전한 쉼터가 있을 리 없었다. 고아원은 노예 수용소보다 나을 게 없었다. 케인은 한숨을 내쉬며 가려워진 수염을 문질렀다. 여행은 족히 몇 주는 걸릴 텐데, 그때쯤이면 모두를 위해 무언가를 하기에는 이미 너무 늦을 게 뻔했다.

"엄마가 보고 싶어요."

눈물 한 방울이 레아의 볼을 타고 흘러내렸다.

"그리고 어젯밤 일이 생각나지 않아요. 왜 기억나지 않는 거죠?"

"마음은 가끔 이상하게 움직이기도 하지. 하지만 모든 일이 다 괜찮아질 게다."

그 말을 내뱉는 순간에도 케인은 그 안에 든 거짓을, 일종의 배신을 느꼈다.

"사실 나도 이유는 잘 모른단다. 나라고 모든 걸 아는 건 아니야. 그러고는 싶지만."

레아는 주눅이 든 것처럼 어깨를 잔뜩 웅크리고 있었다.

"제발 날 버리지 말아요."

레아가 말했다. 고개를 들어 케인을 바라보는 레아의 눈이 아침 햇빛에 반짝였다.

"제발요."

"그렇게 하는 게 가장……."

"저도 같이 가고 싶어요!"

레아가 몸을 앞으로 기울이더니 갑자기 그를 와락 껴안았다. 작은 두 손으로 옷자락을 꽉 움켜쥔 레아의 눈물이 케인의 가슴을 적셨다.

"이제 아는 사람이 아무도 없어요. 진짜 엄마가 누군지도 모르고요. 혼자 남겨지기 싫어요. 엄마는…… 질리언은 아저씨를 믿었어요. 절 돌봐주겠다고 약속했잖아요!"

케인은 굳은 채 그 자리에 꼿꼿이 앉아 있었다. 레아가 계속 흐느껴 울자 온몸의 근육이 모두 긴장했다. 가슴이 방망이질 치며 수많은 생각이 머릿속을 스쳤다. 대부분은 무의식 저 깊은 곳에 뒤죽박죽 처박아둔 부서진 기억들이었다. 선명한 빛깔로 처음에는 어린 소년의 웃음이, 다음에는 고통 받는 여인의 구슬픈 울음이 들려왔다. 잔인하도록 눈부신 햇살 아래 붉게 얼룩진 마차 바퀴가 계속 돌아갔다.

'더는 못 견디겠어.' 케인은 레아를 밀쳐내는 대신 두 팔로 안아주었다. 그리고 눈물이 그치고 가슴에 느껴지는 격렬한 움직임이 진정될 때까지 가만히 토닥여 주었다.

"괜찮아, 레아. 널 떠나지 않을게. 약속하마. 같이 쿠라스트로 가자꾸나."

제 18 장

트리스트럼의 종말

데커드 케인은 물에 빠진 사람처럼 그와 폐허로 변한 세상을 가로막은 미끄러운 창살을 꽉 움켜쥐었다. 시커멓게 탄 나무와 그슬린 인간의 살 냄새를 실어오는 뜨거운 바람 한 자락에 우리가 살짝 흔들렸다. 수치감과 공포가 예리한 칼날처럼 가슴 속을 휘저어 놓았다. 그가 보았던 모든 고통과 죽음, 그가 잃은 모든 것을 생각하자 슬픔이 북받치면서 신음이 새어 나왔다.

그에게 의미 있는 모든 것이 사라졌다. 왕의 맏아들이자 오래전 자신이 가르쳤던, 그리고 디아블로를 죽이고 지하묘지에서 영웅이 되어 돌아왔던 아이단은 밤중에 사라졌고, 이후로 지옥이 트리스트럼을 다시 찾았다.

"나의 아이단."

케인이 갈라진 입술로 중얼거렸다. 이어진 그의 간절한 외침이 공허하게 허공을 맴돌았다.

"나의 트리스트럼. 제발. 더는 안돼. 더는……."

케인은 기진맥진한 채 금방이라도 쓰러질 것 같은 몸을 덜덜 떨었다. 며칠째 아무것도 먹지 못했다. 케인은 마을의 잔해를 태우며 꺼져가는 마지막 불길을 물기 어린 눈으로 바라보았다. 악마들은 예고 없이 들이닥쳐 디아블로의 무시무시한 지배에서 간신히 살아남은 생존자들을 학살했다. 마을 사람들은 사력을 다해 싸웠고, 일부는 그 저주받은 것들과 함께 저 세상으로 갔다. 염소인간은 가슴에 도끼가 박힌 채 피갑칠을 하고 길 한가운데 뻗어 있었다. 우물 가장자리에 걸린 임프의 머리가 공허한 눈빛으로 케인을 빤히 바라보았다. 그 눈은 마치 지옥을 향해 난 반쯤 닫힌 뿌연 창문 같았다.

하지만 트리스트럼 사람들은 값비싼 대가를 치러야 했다. 땅은 온통 피로 물들었고, 갈기갈기 찢기고 물어뜯긴 인간의 사지와 몸뚱이가 얼마 전 모닥불을 피워 올렸던 마을의 큰길에 어지럽게 흩어져 있었다.

물어뜯긴 상처가 반쯤 아물어 있어 눈에 확 들어오는 팔 한쪽이 가까운 곳에 있었다. 지하묘지를 탈출하는 데 성공했던 술주정뱅이이자 세 자녀의 아버지, 파넘의 잔해였다.

데커드 케인이 사랑했던 고향 마을은 이제 영원히 사라졌다.

노인은 쇠창살을 흔들며 갈라진 목소리로 절규했다. 케인이 저지른 죄의 무게가 끔찍할 정도로 무섭게 그를 짓눌렀다. 아이단이 결국 자신이 대적했던 악마의 영혼에 사로잡혀 패배했다는 사실을 알게 된 뒤, 케인은 하루도 더 살아갈 수 없을 것 같았다. 케인이 어머니가 늘 바라왔던 바로 그 사람이 되었더라면 피할 수 있는 살육이었다. 이것은 케인이 젊은 시절에 저질렀던 죄에 대한 대가일까? 그가 정말 이 모든 일을 불러온 걸까? 참을 수 없을 만큼 고통스러운 생각이었다.

"돌아와! 이 더럽고 비겁한 살인자들아! 와서 네 그 추악한 일을 마저 끝내! 내가 기다리고 있다!"

케인의 말에 응답이라도 하듯, 예전에 술집이었던 곳의 연기 나는 잔해 뒤 어둠 속에서 뭔가가 움직였다.

한 남자가 오른쪽 다리를 질질 끌며 비척비척 걸어왔다. 그는 걸음을 멈추고 뭔가를 듣는 듯 고개를 갸우뚱하더니 다시 비틀거리는 걸음으로 케인이 장대 끝에 매달린 쇠우리 안에 갇혀 죽음을 기다리는 광장 쪽으로 곧장 다가왔다.

대장장이 그리스월드였다. 그런데 뭔가가 이상했다. 그를 부르려던 케인의 목소리가 실낱같은 희망과 함께 입술 안으로 사그라졌다. 광기가 어려 있고 공허하고 삭막한 두 눈, 뒤틀린 채 으르렁대는 입, 뭔가를 움켜쥐려는 듯 허공에 처든 피 묻은 두 손. 퉁퉁 부은 몸이 죽은 사람처럼 창백했다.
그리스월드가 더 가까이 왔다. 그는 우리 바로 아래에서 걸음을 멈추더니 굶주린 얼굴로 위를 올려다보았다. 입은 마지막 남은 음식을 바라보는 사람처럼 벌어져 있었다. 그가 텅 빈 지하묘지에 울리는 바람 소리 같은 신음을 냈다.
"안 돼, 그리스월드."
케인이 혼잣말을 하듯 중얼거렸다. 그리고는 고개를 저으며 쇠창살에서 물러섰다.
"너마저……."
저주받은 남자가 우리를 끌어내리려고 밧줄로 손을 뻗는 순간, 화살 하나가 날아와 어깨에 퍽하고 박혔다. 그리스월드가 비명을 내지르며 화살을 뽑아냈다. 상처에서 뭉글뭉글 솟은 검은 피가 팔을 타고 흘러내렸다. 그가 물에 젖은 개처럼 몸을 흔들어대자 피가 사방으로 튀었다.
두 번째 화살이 쌩하고 허공을 가르며 날아와 그의 머리를 아슬아슬하게 비껴갔다. 저주받은 남자는 주위를 두리번거리더니 고통과 분노로 울부짖고는 발을 쿵쿵 울리며 사라졌다.
케인은 다시 쇠창살로 다가갔다. 불에 그슬린 나무들 속에서 아마존 복장을 한 키가 크고 아름다운 여자가 모습을 드러냈다. 그녀는 주위를 살핀 뒤 화살을 어깨에 메고 우리로 다가왔다. 황금 투모와 갑옷을 걸치고 있었다.
여자는 허공에 매달린 우리의 밧줄을 풀더니, 밧줄의 끝을 잡고 케인을 천천히 땅에 내려놓았다. 케인은 피가 낭자한 진창에 구르며 손으로 바닥을 움켜쥐었다. 해방된 기쁨으로 온몸에 전율이 일었다.
'드디어 자유를 되찾았다.' 하지만 그게 무슨 소용이란 말인가!
고개를 들고 보니 나무들 속에서 몇 명이 더 모습을 드러냈다. 강령술사, 야만용사, 원소술사, 성기사였다. 그들이 광장을 가로질러와 아마존의 옆에 서자 케인을 중심으로 반원이 형성되었다. 케인은 정신을 추스르고 일어서려고 했지만 그럴 수가 없었다. 아마존이 케인의 팔을 붙잡아 일으켰는데, 땅에 발을 딛고 선 몸이 부들부들 떨렸다.

"난…… 데커드 케인이라고 하오. 이 저주받은 도시의 유일한 생존자이지요. 여러분께 큰 빚을 졌습니다."

케인이 마지막 남은 힘을 짜내 간신히 입을 열었다.

"우리는 이곳까지 온갖 어려움을 헤치며 왔습니다. 빛의 은혜를 입었죠. 우리는 싸울 준비가 되어 있습니다. 하지만 당신의 도움이 필요합니다."

케인이 무릎을 휘청대자 아마존이 그의 팔을 단단히 붙들었다. 케인의 내부에서 온갖 감정이, 여기서 죽은 사람들과 앞으로 죽게 될 모든 사람들에 대한 생각이 폭풍처럼 소용돌이쳤다. 분명 지옥의 재앙은 끝나지 않았다. 이것은 오직 시작일 뿐, 이제 성역 전체로 퍼져 나가며 그 길에서 마주치는 모든 것을 오염시킬 터였다.

그들이 그것을 막을 방법을 찾지 못한다면.

"어둠의 방랑자는……."

케인이 작은 소리로 말했다. 그 저주받은 이름이 저절로 튀어나왔다. 케인은 그 이름을 더 이상 입 밖에 낼 수 없었다. 그가 아는 아이단은 사라졌다.

"어둠의 방랑자는 자신의 몸에 악마를 가지고 있습니다. 그리고 메피스토와 바알을 속박에서 해방시키려고 합니다. 너무 늦기 전에 반드시 그를 찾아내야 합니다."

골짜기 사이로 높고 날카로운 비명이 울려 퍼지더니 침묵 속으로 사라졌다. 그리고는 더욱 위협적인 천둥 같은 발소리가 들려왔다. 데커드 케인의 등줄기가 서늘해졌다. 그것은 사람이 내는 소리가 아니었다. 그리고 오직 그의 귀에만 들렸다.

그들 모두의 앞으로 성큼성큼 다가오는 죽음의 소리였다.

케인은 두 팔로 허공을 휘저으며 잠에서 깨어났다. 이른 새벽의 잿빛 햇살 아래 미쿨로프가 잔뜩 걱정스러운 얼굴로 그를 내려다보며 있었다.

"계속 비명을 지르셨어요."

수도사는 근처에서 등을 돌린 채 자는 레아를 흘긋 보고는 조용히 말했다.

그들은 하루를 더 꼬박 걸은 후, 산에서 야영을 했다. 이제 산 하나만 넘으면 쿠라스트였다. 지금까지 미쿨로프는 자신이 유능한 동료임을 여실히 보여주었다. 그는 길에 도적이 있는지 정찰했고, 이브고로드 사원에 들어간 뒤 자신의 인생 얘기를 그들에게 들려주었다. 함께 길을 가는 동안 레아는 점점 수도사에게 빠져들었다. 어젯밤에 케인은 야영 준비를 마치고 레아가 잠이 들면 수도사에게 질문을 더 해야겠다고 마음먹었지만, 이번에도 피로가 순식간에 몰려들었다. 그리고 우리에 갇힌 채 마을을 습격한 악마들의 손에 거의 죽을 뻔한 끔찍한 꿈을 꾸었다.

케인은 돌아누워 몇 차례 헉하고 숨을 헐떡인 뒤 이마의 땀을 훔쳤다. 그리고 잿빛 하늘을 올려다보았다. 산 위로 동이 트고 있었다. 점점 더 강렬하고 혼란스러워지는 꿈들이 케인으로 하여금 잊고 싶었던 시간과 사건들을 떠올리게 했다. 심지어 지금도 오물 냄새와 함께 맨발 아래 닿았던 쇠우리 바닥의 감촉과 그를 덮친 불길의 열기를 느낄 수 있었다.

상실에 대한 공포, 그리고 살육에 자신이 어떤 식으로든 역할을 담당했다는 죄책감이 아물지 않는 상처가 되었다. 그는 모든 고통과 절망을 기억했다. 눈물이 앞을 가렸다.

"어둠의 방랑자에 대한 꿈을 꿨소. 트리스트럼의 최후에 관한 꿈도."

케인이 숨을 고르며 말했다.

미쿨로프는 발 앞꿈치에 체중을 싣고 케인의 곁에 쪼그려 앉아 있었다. 케인의 슬픔과 상실감이 느껴져 아무 말도 할 수 없었다. 케인은 하늘을 바라보며 한동안 조용히 누워 있었다.

"아이단은 끔찍한 뭔가에 쫓기며 상당한 부담을 지고 있었소. 눈앞에 펼쳐진 징조들을 알아차렸어야 하는 건데. 더구나 한때 난 그의 스승이기까지 했으니!

하지만 나는 아이단이 자신의 동생에게 저질러야 했던 일 때문에 그러는 거라고 생각했소. 그가 목격한 일에 대한 절망감 때문이라고 생각했지 설마…… 저주받은 영혼석을 자신의 머리에 박아 넣었을 거라고는 상상도 못했소. 아이단은 악마의 정수를 떠안았고, 디아블로는 여전히 그의 안에 살아 있게 되었소. 그렇게 아이단은…… 어둠의 방랑자가 된 거요."

"당신은 성역을 가로질러 그를 추격했고요."

"몇몇 용감한 모험가들과 함께 추격했소. 아이단은 밤중에 몰래 마을을 빠져나갔고, 곧바로 새로운 악마들이 트리스트럼의 남은 생존자들을 덮쳤소. 난…… 장대에 매달린 우리 안에 갇힌 채 죽게 방치되었지. 눈앞에서……."

케인의 목소리가 떨리더니 이내 목이 메었다. 그는 눈물 젖은 얼굴을 소매로 닦았다.

"……눈앞에서 말로 다할 수 없는 참혹한 일이 벌어졌소. 결국 난 자유를 되찾았고, 악마들은 후퇴했지. 하지만 아이단은 이미 멀리 가 있었소. 악마에 사로잡힌 채 디아블로의 두 형제를 그들의 영혼석에서 해방시키겠다는 목적을 갖고서. 나의 영웅, 나의 친구 아이단은 그렇게 허무하게 패배했소. 나의 영웅들이 어둠의 방랑자를 추격했고, 나도 곧 그들을 따라갔지. 하지만 우리는 늘 한 발짝씩 늦었소. 우리는 저주받은 어느 수도원의 지하에서 안다리엘을 처치했고, 탈라샤의 묘실에서 고위 악마 두리엘과 싸웠소. 쿠라스트가 몰락한 뒤에는 그곳에서 어둠의 방랑자를 뒤쫓았고, 트라빈칼에서 그의 형제인 메피스토를 격파했소. 마침내 우리는 디아블로를 불타는 지옥까지 추격해 파멸시켰지. 아이단은…… 죽었소."

"안됐군요. 우리 교단의 장로님들은 죽음이란 환생하기 위한 기회라고 가르칩니다."

미쿨로프가 말했다.

"그런 게 있다고 믿고 싶구려. 하지만 내가 본 끔찍한 일들은……."

케인은 감정이 북받쳐 몸을 떨었다. 눈물이 뺨을 타고 흘러내렸다.

"대악마들은 사라졌소. 하지만 불타는 지옥의 고위 악마들이 세상을 파괴할 수 있소. 그들이 그러려고 한다면 말이오. 고위 악마들이 대악마들보다 더 위험하다고 보는 이들도 있소. 벨리알이나 아즈모단이 성역을 침입한다면 대천사들이 우리를 도울지도 모르오."

그들은 얼마 되지 않는 소지품을 챙긴 다음, 잠깐 근처의 작은 개울에 들러 목을 축인 뒤 다시 길을 떠났다. 그들이 야영했던 곳은 길에서 몇 십 미터 떨어진 곳이었다. 순식간에 길에 도달한 그들은 단호한 결의를 다지며 길 한가운데로 나아갔다.

흐리고 추운 날이었다. 바람이 그들의 옷자락을 날리며 악취를 실어왔다. 케인은 죽음의 냄새라고 생각했다. 레아는 모를 테지만 미쿨로프는 알아차렸으리라. 사실 그는 즉시 알아차렸다. 수도사는 엄숙한 표정으로 케인을 흘끗 보았다.

그들은 다시 강의 지류를 건넜는데, 이번에는 온전하고 튼튼한 다리가 있었다. 다리 아래로 세찬 물살이 바위에 부딪혀 폭포를 이루며 떨어지고 있었다. 나무들이 시들어 죽어갔고, 땅은 잿빛을 띤 채 생명력을 잃어갔다. 케인은 문득 연기냄새를 맡았다고 생각했다. 얼마 후 그들은 불을 피웠다가 급히 끈 흔적이 남아 있는 장소를 지나쳤다. 하지만 사람의 모습은 보이지 않았다.

그들은 레아를 가운데 두고 조심스럽게 전진했다. 마지막 나무를 지나자 버려진 조그만 오두막들이 나타났다. 쓰레기 더미와 버려진 가구. 한번은 썩어가는 말의 시체도 있었다.

그리고 그들 앞에 성역의 얼굴에 난 종기처럼 쿠라스트가 모습을 드러냈다.

제 19 장

붉은 원

그들이 이제 막 들어선 지역에는 사람이 살지 않는 것 같았다. 머리 위로 까마귀들이 날개를 퍼덕이며 깍깍 우는 가운데, 세 사람은 큰길을 따라 걷다가 열린 성문을 통과했다. 바람이 불자 길에 양피지들이 휘날렸고, 정체를 알 수 없는 지독한 악취와 함께 부둣가 갯벌의 냄새가 옷에 스며들었다.

'한때 성역 내 권력의 심장부이자 최고 수준의 지식과 문화가 번성했던 도시는 거지와 강도가 들끓는 유령 도시로 쇠퇴해 있구나.' 도시의 비극에 케인은 참담한 심정이 되었다. 어둠의 방랑자를 추격하는 용감한 모험가들을 쫓아 이곳에 왔을 때가 떠올랐다. 당시 도시는 포위 공격을 받고 있었고, 사람들은 목숨을 부지하기 위해 달아나고 있었다. 그들 일행은 도시를 탈출하는 마지막 무리와 부두에서 마주쳤는데, 천 배낭에 바리바리 짐을 싼 사람들이 앞다퉈 도망치고 있었다. 겁에 질린 표정의 남자와 여자와 아이들. 그들은 자신들이 본 것을 평생 지울 수 없는 흉터로 간직할 터였다.

바람에 실려 오는 속삭임처럼 쿠라스트에 대한 쿨룸의 경고가 다시 떠올랐다. '거기 사람들은 당신이 가진 걸 모조리 빼앗은 다음, 길에서 죽게 내버려둘 거요. 거기엔 또…… 별로 호의적이지 않은 것들도 있지요.'

커다란 빗방울이 후드득 떨어지기 시작하자 레아가 몸을 떨었다. 이제 곧 날이 저물 터였다. 그들은 서둘러 머물 곳을 찾아야 했다.

쿠라스트 남부의 거리는 적막했다. 작은 공용 오두막들이 버려진 채 폐허로 변해가고 있었다. 열린 문간은 텅 비고 어두웠다. 이곳은 도시에서 가장 가난한 구역으로, 오두막들은 원래 노동자들의 거주지로 지어졌지만 숨을 곳이 필요한 도망자들에겐 안성맞춤인 은신처가 되어주었다. 그 너머로 쿠라스트 북부의 더 큰 건물들이 솟아 있었고, 잊힌 사원과 성물 함이 아래를 굽어보고 있었다. 마지막에 왔을 때 이 땅의 지하에 살고 있던 존재들을 생각하니 케인은 피가 얼어붙는 것 같았다. 지하 방들과 하수도에는 비척비척 걷는 언데드들과 짐승들이 가득했는데, 그들 모두 인간과 악마의 속성을 다 갖추고 있었다. 많은 사람들이 자신의 발아래 도사리고 있는 끔찍한 공포를 알지 못했다. 성역의 다른 지역에 사는 더 많은 사람들도 마찬가지였다. 사람들은 천사와 악마, 이 세계 너머의 또 다른 세계의 존재를 믿지 않았다.

작은 개만 한 쥐가 바로 앞에서 길을 쪼르르 건너가자 레아가 케인과 미쿨로프의 곁으로 바짝 다가왔고, 그 바람에 세 사람은 하나로 대열을 갖추게 되었다.

"바짝 붙어 있어라, 얘야."

케인은 그렇게 말하며 흘끗 미쿨로프를 쳐다보았다.

"우리가 여기에 온 목적을 명심해야 하오. 도시 어딘가에 호라드림 결사단이 여전히 건재한지에 대한 답을 줄 수 있는 사람이 있소."

오두막 두 채 사이의 어둠 속에서 뭔가 다른 움직임이 느껴졌다. 크고 거칠고 반짝이는 어떤 것이 순식간에 시야에서 사라졌다. 케인이 가까이 가 보니 여자의 시체가 벽에 등을 기댄 채 앉혀져 있었다. 텅 빈 눈구멍에는 구더기가 꿈틀댔고, 목은 뭔가에 물린 것처럼 살이 반쯤 뜯겨 있었다. 상처가 아직 축축했다.

순간 아찔할 만큼 달콤한 향기가 감돌더니 여자가 천천히 고개를 돌려 케인을 바라보는 것처럼 느껴졌다. 목에 난 상처가 두 번째 입처럼 보였다. 여자는 눈구멍을 그에게 고정한 채 마치 안으려는 것처럼 두 팔을 들어 올렸다.

앞쪽 건물들 저편에서 낮고 희미한 신음이 들려왔다. 육 미터쯤 떨어진 곳에서 바짝 여윈 남자의 형체가 술에 취해 갈지자걸음으로 비틀대며 길로 들어서고 있었다. 남자는 곧 자세를 바로 했지만 여전히 위태로운 모습이었다. 키가 레아만 했다. 피나 오물로 보이는 검은 얼룩이 진 누더기 옷을 입었고, 길게 자란 머리는 마구 엉켜 있었으며, 성긴 수염에는 더러운 게 잔뜩 묻어 있었다. 길게 자란 손톱이 손바닥을 파고들어 살점이 드러나 있었다.

남자는 뭔가를 중얼거리며 주위를 흘낏 본 다음, 얼굴을 일그러뜨리며 뺨 안쪽의 살을 물어뜯었다. 그가 갑자기 멀건 눈을 둥그렇게 뜨고 세 명의 여행자를 뚫어지게 바라보았다. 그리고는 애원하듯 손을 벌린 채 휘청휘청 다가왔다.

"먹을 것 좀 있나요? 우린 굶주렸어요. 제발 도와주세요."

"우리는 숙소를 찾고 있습니다. 하룻밤 머물 곳이 필요해요."

미쿨로프가 케인과 레아의 앞을 막아서며 말했다.

남자는 입을 떡 벌리고 미쿨로프를 바라보더니 갑자기 낄낄 웃기 시작했다. 처음에는 작게, 나중에는 입술이 위로 말려 부러진 누런 이가 드러날 정도로 큰 소리로 웃었다.

"하룻밤을 머문다고…… 여기서?"

그는 웃느라 숨을 헐떡였고, 눈가에는 눈물까지 머금었다.

"미쳤소?"

"히란드라는 사람을 찾고 있소. 우릴 그에게 데려다 주면 사례를 넉넉히 하겠소."

케인이 말했다.

"오늘은 너무 늦었군요. 곧 어두워질 거예요. 가여워라."

남자는 누가 들을까 두려운 듯 주위를 살피더니 다시 킬킬거렸다.

"우린 모두 저주받았어요. 절대 달아날 수 없어요. 그들은 우리한테서 필요한 것을 빼앗은 뒤 아무것도 남기지 않아요."

"누구를 말하는 거요?"

케인이 물었다.

남자는 케인을 멍하니 바라보았다.

"그들은 밤이 되면 게아 쿨에서부터 한참을 걸어 이곳에 와요. 당신도 곧 보게 될 거요."

남자가 고개를 갸웃하자 거대한 손에 꽉 붙들리기라도 한 것처럼 온통 짙은 자주색 멍 자국으로 뒤덮인 목이 드러났다.

레아가 케인의 옷자락을 잡아당기며 오두막이 있는 곳을 가리켰다. 어둠 속에 모여든 사람들이 조용히 그들을 지켜보고 있었다. 모두 남자처럼 삐쩍 마른 몸에 누더기를 걸쳤고, 안색이 종잇장같이 창백했다. 케인은 레아 또래의 여자애가 엄마처럼 보이는 여자 옆에 서 있는 모습을 보았다. 옆에는 할머니로 보이는 여자도 있었다.

인정하고 싶지 않은 감정이 불쑥 올라오며 해묵은 상처가 되살아났.

케인은 배낭에서 브랜드 영주의 저택에서 가져온 씨앗을 조금 꺼냈다.

"씨앗에 흑마법이 씌어 있소."

케인은 남자 앞으로 손을 내밀었다.

"하룻밤 묵을 곳을 알려주면 이걸 주겠소. 낮에 문밖에 심어두면 밤사이 엄청난 뿌리가 자라날 거요. 사정거리 안에 있는 모든 걸 붙잡아 두니 조심해야 하오. 그러나 이것은 당신을 노리는 자들로부터 당신을 보호해줄 거요. 흑마법은 일단 걸려들면 대상이 무엇이든 상관하지 않소."

남자는 씨앗을 얼른 낚아챘다. 그리고는 누가 공격해오기라도 할 것처럼 슬며시 주변을 둘러보았다.

"따라와요."

남자는 입을 꾹 다문 채 비틀비틀 다리를 끌며 그들을 좁은 길로 인도했다. 석양이 지자 하늘은 순식간에 어두워졌다. 빗방울은 여전히 후두두 지면을 두드리고 있었다. 길은 사람 하나 없이 한산했지만 쿠라스트 남부를 빠져나와 부두에 가까워지면서 음악 소리가 들리기 시작했다. 소리로 추측건대 수금을 연주하는 듯한 소리가 와자지껄한 소음에 묻혀 희미하게 들려왔다. 작달막한 낯선 남자를 따라 더 넓은 길로 나오자 건물들은 이제 조금도 적막하지 않았다. 창문 하나에서 불빛이 새어나오고 있었다. 조금 더 가자 떠들썩한 가게들이 줄지어 들어섰는데, 그중 가장 큰 가게의 창문으로 환한 불빛이 흘러나오고 있었다.

"붉은 원이에요. 아마 방이 있을 겁니다. 엄청나게 비싸긴 하지만. 행운을 빌어요."

남자는 그들을 그곳에 남겨둔 채 어둠 속으로 섞여들더니 이내 사라졌다.

여관에서 고기를 요리하는 냄새가 풍겨 나왔다. 뭔가가 와장창 깨지는 소리도 들렸다. 미쿨로프가 출입문을 열자 더 많은 냄새와 시끄러운 소리가 일행을 덮쳤다. 음식 냄새와 인간의 땀 냄새, 분위기에 어울리지 않는 음악 소리, 거슬리는 노랫소리, 시끌벅적한 대화가 요란하게 어우러지고 있었다. 여관은 사람들로 가득했다. 한쪽에서 몇 사람이 수금 연주에 맞춰 큰소리로 노래를 부르는 동안 다른 사람들은 탁자에 앉아 맥주를 마셨다.

술 취한 한 남자가 즉시 그들을 발견하더니, 지척대며 다가와 케인의 팔을 꽉 붙잡고 안으로 끌고 갔다.

"여긴 계집아이가 올 곳이 아니오!"

수염이 땀으로 흠뻑 젖은 남자가 몸짓으로 레아를 가리키며 케인의 얼굴에 대고 버럭 소리를 질렀다.

"아이를 이런 곳에 데려오다니, 당신 제정신이요?"

그리고는 눈을 찡긋 감았다. 남자는 케인만큼 키가 크지는 않았지만 몸이 아주 다부졌다. 순간 미쿨로프가 긴장했지만, 케인은 괜찮다는 신호를 보낸 다음 남자를 따라 시끌벅적한 안쪽으로 들어갔다.

남자는 카운터에서 맥주잔을 들어 케인에게 건넨 뒤 지배인에게 한 잔을 더 주문했다.

"건배!"

남자가 잔을 부딪치며 큰 소리로 외쳤다. 그리고는 황갈색 액체를 벌컥벌컥

들이켜고서 소매로 수염을 훔쳤다.
"그거 아시오?"
남자가 소음을 뚫고 소리쳤다.
"수백 년 전 이곳에서 사람들이 교수형을 당했다는 사실 말이오. 당신이 서 있는 바로 그 자리에서 거의 오십 명이나 되는 사람들이 교수형을 당했다오. 목이 부러지면 그나마 다행이고, 안 부러지면 다리에 경련이 나고 안색이 파랗게 질리면서 숨이 막혀 죽게 되는 거지. 그만큼 느리고 고통스러운 죽음이 또 있을까. 그런데 한 남자가 죽지 않는 거요. 무려 이틀이나 매달려 있었다고 하더라고. 사람들이 몇 시간마다 남자를 막대기로 찔러보는데 퉁방울 같은 눈을 번쩍 뜨고 목에서는 꼴록꼴록 소리를 내며 그들을 노려보더래요. 사람들은 그를 악마라고 여겨 결국 밧줄을 자르고 그를 놓아줬다는군요. 그러자 남자는 평생 목에 붉은 원을 하고 마을을 돌아다녔대요."
남자가 씩 웃었다.
"그래서 내가 이곳을 붉은 원이라 이름 붙였지요."
그가 손을 내밀자 케인도 손을 내밀어 악수를 했다.
"내 이름은 시루스요. 붉은 원의 주인이지. 지옥의 성문에 온 걸 환영하오. 어떤 이들은 이곳을 쿠라스트라고도 한다오."
케인은 배낭에서 금 조각을 꺼냈다.
"우린 하룻밤 묵을 곳을 찾고 있소."
시루스가 팔짱을 낀 채 레아 옆에 서 있는 미쿨로프를 엄지손가락으로 가리켰다.
"저 사람한테 물러나 있으라고 하시오, 노인장. 그 금 조각이 진짜면 내 방을 내주리다. 여긴 방이 차도 꼭 그런 건 아니니까. 내 말 이해했는가 모르겠네."
시루스는 몸을 앞으로 기울이며 작게 속삭였다.
"그리고 나라면 금 조각을 그렇게 보란 듯 내놓지 않겠소. 사람들이 배낭을 뺏으려고 당신 팔을 잘라버릴지 모르니 말이오. 내 말 알아듣겠소?"

케인은 다른 손님들을 흘긋 보았다. 모두 남루한 차림이었다. 앞섶을 풀어헤친 매춘부 몇 명을 빼고 전부 남자들이었는데, 얼굴에는 공허한 웃음을 짓고 있었다. 떠들썩한 축하의 자리에 왠지 모를 절망감이 배어 있었다. 절망감은 실내 전체를 적시고 나아가 사람들의 눈에도 어렸다.

잠깐 수금 소리가 끊기자 누군가 맥주잔을 탁자 위에 탕 소리 나게 내려놓더니 더 연주하라고 소리쳤다. 잠시 후 연주가 다시 시작되었는데, 이번에는 정신없이 몰아치는 빠른 곡이었다.

"모두 해적이거나 강도, 아니면 더 끔찍한 작자들이오. 선량한 사람들은 떠나고 이들만 남았지. 해적들은 바다까지는 수로를 이용하고 평야를 지나 칼데움으로 갈 적에는 큰길을 피해 간다오. 황제의 경비병들 눈에 띄면 안 되니까. 당신도 알 것이오. 그리고…… 그들을 기다리는 다른 것들도 피해야 하고."

시루스는 남자들로 가득한 실내를 향해 손을 내저었다.

"하지만 요즘엔 이들의 수가 줄었다오. 여기선 도둑질조차 꺼려하는 직업이라니까."

시루스가 갑자기 심각해졌다.

"게아 쿨, 바로 그곳 때문이오. 그리고 거기에 사는 것들 때문이고. 강의 상류로 가려면 반드시 그 저주받은 곳을 지나쳐야 하는데 아무도 그걸 원하지 않으니 그런 거요."

"항구 도시."

케인이 말했다.

"그렇지."

시루스가 고개를 끄덕였다.

"게아 쿨은 몇 년 동안 계속 성장해 불구자의 뒤틀린 등처럼 변형되었소. 쿠라스트가 지옥의 성문이라면, 게아 쿨은 지옥 불의 심장쯤 될 거요."

사람들이 레아를 발견하고 웅성대더니, 이내 실내가 조용해졌다. 모두의 시선이 그들에게 쏠렸다. 여자가 새된 웃음을 터트리자 손으로 살을 찰싹 때리는 소리가 났고, 숨죽인 비명이 들려왔다.

"자, 다들 퍼마시고 하던 오입질이나 계속하시지들. 어린애 처음 보나?"

시루스가 큰 소리로 말했다.

"아이한테 좀 나오라고 하지!"

한 남자가 소리치자, 누군가 남자의 턱을 세게 한 방 먹이면서 소란이 일었다. 레아는 미쿨로프 옆에 바짝 붙었다.

"잠깐 기다리시오."

시루스는 그렇게 말한 뒤 양팔을 휘저으며 성큼성큼 걸어갔다. 잠깐 싸움이 더 격렬해졌고, 누군가 떨리는 목소리로 울부짖더니 실내가 다시 조용해졌.

시루스가 아까보다 더 붉어진 얼굴을 하고 아랫입술에 피를 흘리며 돌아오는 동안 케인과 미쿨로프는 시선을 교환했다. 시루스는 누런 이를 드러내며 씩 웃었다.

"계집아이가 올 곳이 아니라고 했잖소. 잘 처리했으니 한동안은 일어나지 못할 거요. 자, 먼저 요리를 준비한 다음 방을 보여주겠소."

시루스는 커다란 그릇에 푸짐하게 담긴 고기 스튜와 빵을 가져왔다. 그리고는 문을 지나 계단을 오른 뒤 어둠침침한 긴 복도로 일행을 안내했다. 낡은 바닥에는 긁힌 자국이 있었고, 벽에는 핏자국과 칼로 새긴 자국이 보였다.

그들이 지나는 동안 몇몇 방에서 쿵쿵 치고 삐걱거리는 소리와 함께 신음이 들려왔다.

"여기서는 사람들이 자주 실종된다오. 일부러 사라지기도 하고 아니기도 하지. 다른 사람들 눈에 띄지 않는 게 좋을 거요. 어느 쪽이든 금덩이는 무척 요긴할 테지만."

시루스가 길을 안내하며 말했다.

"우린 히란드라는 사람을 찾고 있소."

케인이 말했다.

시루스가 갑자기 멈춰 서서 고개를 돌리더니 케인을 빤히 쳐다보았다.

"그 교활한 작자를 왜 만나려는 거요? 자신이 도시를 통치한다고 믿는 녀석이지. 쿠라스트를 통치하는 사람은 없소. 여긴 도둑놈들의 소굴이요."

"그가 우리에게 필요한 정보를 갖고 있다고 들었소."

"아, 하긴 히란드는 많은 걸 알고 있지, 아무렴. 개똥 같아서 문제지만. 그 작자가 하는 말은 죄다 거짓말이오. 하지만 직접 확인해보는 것도 좋겠지. 내일 아침에 부두에서 모임이 있는데 거기 가면 만날 수 있을 거요. 재미난 구경을 하게 될 게요."

시루스가 몇 걸음 더 복도를 걸어간 뒤 낡은 문 앞에서 걸음을 멈췄다.

"여기서 묵으시오. 나라면 문을 잠그겠소."

그가 유쾌함이 싹 사라진 목소리로 무뚝뚝하게 말하더니 미쿨로프에게 그릇과 빵을 건넸다.

그리고는 그들 곁을 지나쳐 다시 계단을 내려간 뒤 사라졌다.

제 20 장

부둣가

그들은 스튜와 오래된 빵을 나눠 먹은 뒤, 짚을 채운 매트리스 위에 나란히 누워 잠을 청했다. 그리고 밤새 몸을 뒤척였다. 벌레들이 옷 속으로 기어들어 와 살갗을 물었다. 고함과 음악 소리는 새벽까지 이어졌다. 하지만 케인은 소음 뒤의 고요함이 훨씬 더 끔찍하다는 걸 알고 있었다. 시끄럽다는 것은 최소한 다른 사람들과 밤을 공유하고 있다는 걸 의미하지만, 소음이 사라지면 그들만 홀로 남겨졌다는 걸 의미하기 때문이었다.

낡은 건물은 여전히 삐걱댔지만, 새벽이 밝아오면서 조용해졌다. 그들은 몇 번이나 신음 소리와 구울이 속삭이는 듯한 소리를 들었다. 한번은 레아가 악몽을 꾸면서 비명을 지르자 케인이 어둠 속에서 손을 잡고 안심시켜 주었다. 레아는 몸을 떨고 있었다. 방 안의 온도가 뚝 떨어졌는데도 몸이 불덩이처럼 뜨거웠다. 케인은 갑자기 소녀가 가엽게 느껴져 가슴이 먹먹해졌다. 레아는 그녀에게 전부였던 세상에 단 하나뿐인 사람을 잃었다. 그리고 집을 떠나와 매 순간 위험과 어둠에 직면하고 있었다. 그럼에도 레아는 여전히 강인함을 유지했고, 심지어 대담한 행동을 보이기까지 했다.

레아가 그의 손을 꼭 쥐자 케인은 오래전에 자신이 들었던 자장가를 불러주었다. 너무 오래 잊고 있었던 과거였다. 눈시울이 뜨거워졌다. 마침내 몸의 떨림이 잦아들더니 레아가 다시 편안한 잠에 빠져들었다. 케인은 다시 잠들지 못했다. 늙은 뼈마디가 쑤셔오고 옆구리에 난 상처가 가려워지기 시작할 때쯤, 우울하고 절망적인 새벽빛이 조그만 창으로 새어들기 시작했다.

라담까지는 이제 오 일 남았다.

세 사람이 부두를 향해 출발할 무렵 여관은 고요했다. 그들은 미쿨로프가 여관방 뒤쪽의 좁고 지저분한 주방에서 찾아낸 빵을 나눠 먹으며 텅 빈 길을 걸었다. 밤새 쏟아진 비는 세상을 깨끗이 씻어내는 대신 골목에서 쓰레기를 쓸어와 검은 웅덩이를 만들어놓았다.

케인은 허리가 끊어질 듯 아팠다. 피부는 더럽고 끈적끈적했고, 옷에서는 악취가 나기 시작했다. 빈대 때문에 피부에 두드러기가 나서 몹시 가려웠다. 미쿨로프와 레아의 사정도 별로 나을 게 없었다. 많은 사람을 만날 것 같진 않았지만, 어쨌든 사람들에게 좋은 첫인상을 남기기는 힘들어 보였다.

하지만 케인의 예상은 완전히 빗나갔다. 부두에 도착하기도 전에 모두 한 방향으로 가는 남자와 여자, 아이를 적어도 열두 명은 만났다. 그들은 하나같이 어두운 표정에 입을 굳게 다물었고, 옷이 그들의 야윈 몸 위에 축 늘어져 있었다. 부두에 가까워질수록 사람들이 더욱 늘면서 분위기도 활기를 띠어갔다. 사람들은 몇 개의 커다란 부잔교 위에 걸쳐놓은 나무로 된 보도로 들어갔다. 부잔교에 나무와 짚으로 만든 오두막이 줄지어 늘어섰는데, 대부분 버려진 채 방치되어 있었다. 불법거주자들이 살았다가 오래전에 떠난 것으로 보이는 몇몇 오두막에는 그들의 빈약한 소지품이 돌돌 말린 채 구석으로 밀쳐져 있었다. 요리를 위해 불을 피웠던 자리에서 한 줄기 연기가 피어올랐고, 새카맣게 탄 목재와 개펄의 냄새가 공기 중에 뒤섞였다.

제일 큰 부잔교 위에서 한 남자가 이삼십 명가량의 사람을 모아 놓고 큰 소리로 뭔가를 이야기하고 있었다. 키가 크고 체격이 건장했으며 백발이 성성한 남자는 약간 낡고 더러워 보이긴 했지만 귀족들이 입는 비단옷을 입고 있었다. 남자는 뒤에 있는 거대한 물류 창고의 잔해에서 나온 포장용 나무틀로 지은 임시 연단 위에 서 있었다.

"우리는 이곳에 갇힌 죄수가 아닙니다. 우리는 무기력하지 않소. 쿠라스트는 우리의 도시이지 그들의 도시가 아닙니다!"

남자가 군중을 둘러보며 말했다. 많은 사람이 망치나 쇠막대기, 끝에 못을 박은 곤봉 같은 임시 무기를 손에 들고 있었다. 몇몇은 맞는 말이라고 중얼거렸지만 나머지는 고개를 절레절레 흔들었다.

"해적은 그렇다 치고 청소부 마귀는 어쩔 겁니까?"

한 여자가 큰 소리로 물었다.

사람들이 서로 밀치며 우르르 연단으로 모여들기 시작했다. 남자는 손을 들어 진정하라는 신호를 보낸 다음 조용히 기다렸다.

"그들은 밀림과 늪지대에 있는 사람들을 공격해 약자와 병자들을 잡아갑니다. 따라서 이곳에 있는 한 우리는 절대 안전합니다."

남자가 말했다.

"그렇지 않소!"

다른 남자가 연단으로 가까이 다가오며 소리쳤다.

"그들은 이제 쿠라스트 남부에 들어와 있소. 마귀들은 꿈을 가지고 옵니다. 그들을 본 사람들이 있어요. 어젯밤 한 놈이 내 집에서 겨우 길 두 개를 건넌 곳에서 목격되었소!"

분노와 두려움이 섞인 목소리들이 터져 나왔다. 이번에는 남자가 손을 들어 올려도 사람들은 입을 다물고 그의 말을 경청하려 들지 않았다. 케인은 상황이 곧 걷잡을 수 없이 나빠지리라는 것을 직감했다.

"날 연단으로 데려다 주게."

케인이 미쿨로프에게 말하자 수도사가 가까이 있는 사람들을 어깨로 밀치며 길을 열었다. 앞에 있던 사람들이 순식간에 갈라졌다. 사람들은 옆으로 비켜서면서 고개를 돌려 케인이 걸어오는 모습을 바라보았다. 그들이 앞으로 나아가는 동안 군중 속에서 수군거리는 소리가 퍼져 나갔다. 연설하던 남자마저 멈춰서서 그들이 걸어오는 모습을 지켜보았다. 케인을 본 사람들은 두려운 눈빛을 하고 몸을 움츠리는 것 같았다.

"그대가 히란드요?"

연단 앞까지 다가간 케인이 남자에게 물었다.

남자가 고개를 끄덕였다.

"이렇게 끼어드는 이유가 무엇이오? 우리는 여기에 중요한 일을 논의하려고 모였소."

"나는 데커드 케인이라고 하오. 쿨룸이라는 사람한테서 당신이 우리를 도와줄 수도 있을 거라는 얘기를 듣고 찾아왔소. 하지만 내가 당신들, 모두를 조금은 도와줄 수도 있을 것 같군요."

케인이 사람들에게로 돌아섰다. 그리고는 배낭에서 호라드림 마법서를 꺼내 사람들이 잘 볼 수 있도록 높이 들어 올렸다.

"나는 호라드림의 교리를 연구하는 트리스트럼의 학자입니다."

반응은 신속했다. '호라드림'이라는 말이 떨어지기가 무섭게 사람들이 헉하고 숨을 내쉬더니 뒷걸음질을 쳤고, 서로 밀치며 공간을 만들어냈다.

"변장한 청소부 마귀다!"

누군가가 소리쳤다.

"아니야. 그가 바로 어둠의 악마야."

또 다른 목소리가 외쳤다. 한 여자가 비명을 지르면서 순식간에 그곳은 아수라장이 되었다. 사람들은 부딪혀 넘어졌고, 다른 사람을 밟으면서 정신없이 도망쳤다. 연단 위의 남자는 동요하지 말라며 사람들을 설득했지만, 그의 말은 소음에 묻혀버렸다. 미처 피할 틈도 없이 가장 덩치가 큰 사내 둘이 살기등등한 눈으로 케인을 향해 돌진해왔다. 미쿨로프가 케인과 레아의 앞을 바람처럼 막아섰다. 그리고는 한 명은 무릎을 쳐 제압했고, 다른 한 명은 턱을 날려 바닥에 나가떨어지게 했다.

상황은 눈 깜짝할 새 정리되었다. 사람들은 모두 사라졌고 덩치 둘만 부두의 널빤지 위에 널브러져 신음했다.

케인이 히란드를 올려다보며 말했다.

"둘이서 조용히 얘기를 나눠야 할 것 같군요."

"시민들의 무례를 용서하시오"

히란드는 선반에서 그로그주를 꺼내 잔의 사 분의 일을 채운 다음 케인에게 건넸다.

"사람들은 모두 겁에 질려 있소. 시절이 너무 암울하고 악몽이 모두를 괴롭히고 있지요."

네 사람은 히란드가 임시 사무실로 쓰고 있는 물류 창고로 자리를 옮겼다. 그도 이곳이 위험하다는 사실은 인정했다. 하지만 스스로 쿠라스트의 시장이라고 선언했으니, 세를 과시하고 도시에 들끓는 도적놈들 앞에 위축된 모습을 보이지 않는 것이 그의 의무라고 할 수 있었다.

케인을 공격했던 두 사내는 미쿨로프에게 얻어맞아 멍이 든 자리를 문지르면서 건물 밖에서 경비를 서고 있었다. 케인은 어렴풋이 그들이 다른 무엇보다도 자긍심에 더 큰 상처를 입었다는 사실을 깨달았다.

"쿨룸이 당신을 내게 보냈다고 했소? 그는 내 오랜 교역 상대요. 그를 친구라고 부르고 싶진 않지만 말이오. 내가 쿠라스트를 다스리게 되자 쿨룸은 그걸 별로 탐탁하지 않게 여기더니 다른 사업 기회를 찾아 떠났소."

케인은 다시 한 번 배낭에서 호라드림 서책을 꺼냈다.

"쿨룸이 당신 칭찬을 많이 하더군요. 내게 당신이라면 이것을 만든 사람을 알려줄 수 있을 거라고 했소."

히란드는 서책을 받아 들더니, 손안에서 뒤집어보고 책장을 펼쳐보기도 하면서 잠시 살펴보았다.

"쿠라스트에 살았던 남자가 제작한 서책인 듯하오. 전에 한 집단의 젊은 학자들이 고대 문건들을 복제해줄 사람을 찾아 이곳에 온 적이 있소. 그들은 학자이자 문인이면서 세상에서 가장 뛰어난 서책 제조자인 가레스 라우를 찾아갔다오. 라우는 젊은 학자들이 가져온 굉장한 서책들에 깊은 인상을 받았고, 그 가능성에 깜짝 놀랐다오. 그리고 결국 이제 막 결성된 그 집단을 따라 쿠라스트를 떠났소."

"어디로 가면 그를 만날 수 있겠소?"

히란드는 서책을 다시 돌려준 뒤, 마치 부정한 것을 만지기라도 한 듯 손을 옷에 문질렀다.

"소문에 의하면 마법의 속성을 배반하고 그것을 악마의 길로 인도한 강력한 원소술사인 어둠의 악마에게 살해당했다고 하더이다."

'어둠의 악마.' 다시 그 이름이다. 케인은 그로그주를 한 모금 들이켰다. 이미 메스꺼워진 그의 속은 독주를 잘 받아들이지 못했다.

"아까 사람들이 나를 그렇게 불렀죠. 확실히 말하지만 난 어둠의 원소술사가 아니오. 사람들이 왜 날 보고 도망친 거요?"

히란드는 잔에 든 술을 빙글빙글 돌리고서 쭉 들이켠 다음, 한 잔을 더 따랐다.

"왜냐하면 당신은 그들의 적이기 때문이오."

"무슨 말인지······."

"이 도시는 호라드림에게 호의적이지 않소. 쿠라스트 시민은 그들을 두려워하오. 어떤 이들은 악마가 인간의 가장 큰 자산을 타락시켰으며, 심지어 호라드림조차 검게 물들였다고 주장하지."

"그건 불가능하오. 호라드림은 언제나 정의와 빛을 옹호해왔소. 그것은 대천사 티리엘로부터 직접 전달받은 명령이자 호라드림의 가장 기본적인 교리란 말이오. 성역에 진짜 호라드림이 살아 있다면, 그들은 절대 악마의 마법에 사로잡히지 않을 거요."

케인이 단호히 말했다.

"그건 당신 생각이오. 라우를 찾아온 젊은 학자들은 마치 자신들이 그들인 것처럼 호라드림의 서책을 가져왔고, 호라드림에 관한 이야기를 했소. 사람들은 그 서책들과 서책에 담긴 마법이 어둠의 악마를 이곳에 불러들였다고 믿고 있소."

케인은 냉기가 뼛속까지 스며드는 느낌이었다. 그는 칼데움에서 쿨룸이 어둠의 원소술사가 이끄는 호라드림 집단에 관해 했던 경고를 떠올렸다. '당신은 반드시 뭔가를 해야만 해요. 그들을 찾아 저지해야······.'

히란드는 여러 개의 낡은 의자 가운데 하나에 앉으면서, 다른 사람들에게도 몸짓으로 의자를 권했다. 케인은 그대로 서 있었고, 미쿨로프와 레아가 그의 곁에 섰다.

"기분이 상한 모양이구려. 시민들이 그렇게 믿는 걸 나도 어쩔 수 없소. 어쩌면 그들이 옳을지도 모르오. 이 문제에 관해 당신이 뭘 얼마나 알고 있소? 당신은 그저 노인일 뿐이오. 세상은 변하고 있소. 절대 좋은 쪽으로는 아니오."

방 안에 긴장감이 고조되고 있었다. 케인은 얼굴에 피가 몰리는 것을 느끼며 주먹을 꽉 쥐었다. 케인이 앞으로 반걸음을 내딛자 미쿨로프가 그의 팔을 부드럽게 잡았다.

"아저씨."

레아가 작고 떨리는 목소리로 불렀다. 그들을 바라보며 히란드가 빙긋이 웃었다.

"자, 앉아요. 교양인답게 대화로 해결합시다."

미쿨로프는 케인이 고개를 끄덕이며 화를 가라앉히려고 애쓰는 모습을 흘긋 보았다. 레아를 더 놀라게 할 이유가 없었다. 게다가 히란드는 마음대로 부릴 수 있는 부하가 아주 많았다. 미쿨로프의 신체적 재능이 무척 뛰어나다고는 해도 수적으로 너무 열세였다.

히란드에게는 케인의 신경을 거슬리게 하는 뭔가가 있었다. 이 거만한 남자가 있는 이곳에서 당장 나가버리고 싶어도 그럴 수 없었다. 여기에는 뭔가 중요한 정보가 있었고, 그 정보를 얻고 못 얻고는 전적으로 히란드에게 달려 있었다.

"그 어둠의 악마라는 자의 정체를 아십니까?"

그들이 히란드의 맞은편에 자리를 잡고 앉은 뒤 미쿨로프가 물었다.

"악마의 마법을 쓰는 강력한 원소술사에 관한 이야기는 저희도 들었습니다. 하지만 그를 호라드림과 연결 짓는 것은…… 제 동료를 화나게 하는 일입니다. 이건…… 그의 혈통과 관련이 있어요. 이해하시겠습니까?"

"잘 됐군요. 분노는 이곳에선 힘이나 마찬가지요. 유일한 진짜 화폐지."

히란드는 그렇게 말하면서 양팔로 가슴을 끌어안은 채 미쿨로프 옆에 조용히 앉아 있는 레아를 흘끗 보았다.

"아이에게 뭘 좀 먹이는 게 좋지 않겠소? 그리고 우리는 좀 더 허심탄회하게 얘기해봅시다."

"내가 아는 나머지 얘기를 들려주겠소."

미쿨로프가 경비병 한 명을 대동하고 레아와 함께 음식을 찾으러 나가자 히란드가 말했다.

"하지만 지금은 당신이 말할 차례요. 저 아이는 누구요? 그리고 아이와 함께 있는 남자는 또 누구요? 이브고로드 교, 맞소? 수도사? 그 일족에 관해 들어본 적이 있소."

"레아는 내 좋은 벗의 딸이오. 아이의 엄마가 사라지는 바람에 지금은 내가 돌보고 있소. 미쿨로프는 며칠 전에 우리의 생명을 구해주었소. 그는 복잡한 이유로 이곳에 오게 됐지만 절대 불법적인 일은 아니오."

"흠. 당신은 아까 우릴 도울 수 있을 거라고 했소. 어떻게 도울 수 있다는 건지 궁금하오."

"나는 호라드림의 생존자가 있는지 찾고 있소. 성역의 일들이 변하고 있다는 당신의 말은 사실이오. 거대한 전쟁이 임박해 있소. 악마들의 침입이자 천상과 지옥의 전쟁이오. 트리스트럼이 디아블로의 수중에 떨어졌을 때 난 그곳에 있었소. 그래서 당신이 그곳에서 벌어진 일에 관해 들었던 모든 이야기가 사실이라는 걸 보증할 수 있소. 하지만 조만간 닥칠 전쟁에는 비할 바가 아니오. 나는 징조들을 보았고, 예언서들을 읽었소. 시간이 없소. 쿠라스트를 괴롭히고 있는 문제들도 이와 무관하지 않소."

히란드는 고개를 끄덕였다.

"한동안 당신이 말한 것들에 관한 소문이 돌았지. 심지어 여기 몇몇 노인들은 몇 년 전 도시가 악마들로 들끓었을 때 여기 쿠라스트에 있었다고 주장한다오. 그리고 지금은 악마들이 활동하고 있는 게 확실하오. 하지만 당신은 어둠이 퍼지는 걸 자신이 막을 수 있다고 생각하는 게요? 수많은 전사들이 시도했지만, 그대로 사라져서 다시는 돌아오지 못했소. 당신은 노인이오, 케인 씨. 기분 나쁘게는 듣지 마시오."

"쿠라스트에서 벌어지는 일들을 더 자세히 알려주면 고대 문헌들을 연구해 막을 방법을 찾아보겠소. 시간이 별로 없소. 라담의 첫 번째 날이 이제 며칠 남지 않았소. 그리고 그날이 우리 모두에게 중대한 순간이 될 거라는 증거들이 있소."

히란드는 마지막 남은 술을 마저 비운 다음, 거기서 해답을 찾기라도 하듯 유리잔을 뚫어지게 바라보았다. 그리고는 한숨을 내쉬고 자리에서 일어서서 다시 잔을 채우고 이야기를 시작했다.

"우린 그들을 청소부 마귀라 부르오."

그가 마침내 입을 열었다.

"그들은 밤에 나타나 쿠라스트 남부 변두리에 사는 사람들을 공포에 떨게 하지. 종종 아이들을 훔쳐 달아나고, 심지어 건강한 성인들까지 잡아갈 때도 있소. 하지만 대부분은 그저…… 그들을 먹이로 삼는다오. 그들이 정확히 어떻게 하는지는 모르지만, 희생자들은 점점 몸이 여위고, 허약해지고, 무기력해지고,

병에 걸린다오. 거의 걸어 다니는 시체들이 되는 거요."

히란드는 그로그주를 천천히 들이켰다.

"사람들에 따르면 그들은 게아 쿨에서 온다고 하더군. 그래서 이제는 아무도 그곳에 가지 않고 있소. 쿠라스트가 잊힌 도시라면, 게아 쿨은 황무지라고 할 만하오."

그들이 쿠라스트에 도착한 뒤, 게아 쿨에 관한 이야기를 들은 게 이번이 세 번째였다.

"쿨룸이 청소부 마귀 비슷한 구울을 목격한 적이 있는 어느 상인의 이야기를 했소."

히란드의 눈빛이 생각에 잠긴 듯 먼 곳을 응시했다. 창문으로 새어 들어오는 불빛이 그의 벌게진 얼굴을 비추었다.

"소문이 무성했소. 한밤중에 미끄러지듯 움직이는 청소부 마귀를 보았다는 사람들이 늘어났소. 그 끔찍한 구울들은 허공을 떠다니며 마음대로 나타났다 사라진다는 거요. 그들은 네 발로 기며 벽을 타고 천장을 기어오르는 인간 벌레들이오. 끔찍하게 부풀어 오른 기형적인 몸을 하고 사람들을 미치게 만들어버린다오."

실내에 어둠이 짙어지는 듯했고 공기는 점점 차가워지고 있었다.

"그래서 당신은 호라드림 학자들이 구울을 성역에 데려왔다고 생각하는 거요?"

"많은 사람이 그렇게 생각하고 있소. 하지만 라우와 그 집단은 이곳을 떠나서 게아 쿨로 갔고, 그곳에서 이미 모여들고 있던 악마들과 전투를 벌인 것 같소."

히란드가 어깨를 으쓱했다.

"그들이 쿠라스트에 있을 때 난 이들 젊은이 가운데 몇몇을 알고 있었소. 젊은 이들의 의도는 순수한 듯했소. 그들이…… 타락했다고 생각할 이유는 아무것도 없었소."

"청소부 마귀들의 목적이 뭔지 알고 있소?"

"어쩌면 단순히 사람들의 의지를 다 짜내서 그들을 정복하기 쉽게 만들려고 이곳에 오는 건지도 모르지. 아니면 그저 멍청이들과 술주정뱅이들이 만들어 낸 소문인지도 모르고."

히란드는 자리에서 일어나 그로그주를 한잔 더 따랐다.

"어쩌면 나도 그 중 한 사람인지 모르겠소."

"청소부 마귀를 본 사람과 직접 얘기해보고 싶소. 더 자세한 얘길 듣고……."

히란드는 손을 내저었다.

"아마 백 미터 이내로는 당신 곁에 올 사람이 아무도 없을 거요. 그냥 청소부 마귀를 본 사람 대부분이 그 얘기를 별로 하고 싶어 하지 않는다고 해둡시다. 하지만 보여줄 것이 있소."

그는 잔을 내려놓고 서책 더미를 뒤지기 시작했다.

"여기 어딘가에 뒀는데…… 아!"

히란드가 양피지 몇 장을 집어 들었다.

"몇 주 전에 목숨의 위협을 느낀 한 여자가 날 찾아왔소. 그림에 소질이 있는 열두 살밖에 안 된 그녀의 아들이 비슷한 증세를 보이며 시들시들 말라간다는 거요. 그래서 가봤더니 아이가 내게 이걸 주었소."

히란드가 양피지들을 케인에게 건넸다. 첫 번째 양피지에는 마음을 심란하게 하는 어떤 형체가 대충 그려져 있었는데, 짐승처럼 보이는 뭔가가 방 한쪽 구석에 몸을 웅크리고 있었다. 방 안의 배경은 어두웠고, 귀퉁이마다 그림을 그렸던 목탄으로 분노의 표시를 해 놓았다. 형체가 안개 속에 떠오른 것처럼 희미했.

두 번째 양피지에는 더 세밀한 그림이 그려져 있었고, 그 형태도 더 또렷했다. 크고 흉측한 머리, 굽은 등, 불룩한 배, 검은 구멍 같은 얼굴. 하지만 세 번째 그림은 너무나 강렬하고 끔찍했다. 케인은 숨을 헉 들이켰다. 인간의 형체를 한 괴물이 마치 쓰다듬으려는 것처럼 갈퀴손을 허공에 뻗은 채 침대 위의 어린아이에게 몸을 기울이고 있었다. 전면에 그려져 양피지를 가득 채운 것처럼 보이는 괴물의 모습이 소름 끼치도록 끔찍한 공포를 자아냈다. 괴물은 고개를 치켜들고 있었는데, 머리카락 한 줌이 창백하게 빛나는 머리를 덮었고, 텅 빈 구멍처럼 보이는 눈은 영원히 채울 수 없는 갈망의 빛을 띤 채 다급하게 위를 쳐다보고 있었다.

그림의 아래쪽, 너무 힘주어 눌러 써서 양피지가 찢긴 곳에 두 단어가 적혀 있었다. '알 쿳.'

"이게 뭘 의미하는지 모르겠소. 소년도 모르는 것 같았소. 좀 이상했던 건 아이 엄마가 아이를 살려달라고 애원하지 않았다는 점이오. 그녀는 집에서 청소부 마귀를 내쫓아야 한다며 소년을 추방해달라고 요구했지. 나는 거절했고, 이틀 후 그녀가 사라졌소. 소년은 이곳에 남았는데, 빈껍데기 같은 모습으로 쿠라스트의 골목을 배회하고 있었소. 그 뒤로 소년을 본 적이 있는데 날 못 알아보더군."

케인은 그림 속 괴물을 자세히 보았다. 양피지 속 그림인데도 불구하고 괴물의 사악함이 너무나 강렬해서 살아 움직이는 것처럼 느껴졌다. 괴물이 저주받은 탐욕스러운 얼굴을 갸웃하더니 그를 붙잡으려는 것처럼 긴 손가락을 천천히 벌렸다. 하지만 정작 케인에게 커다란 충격과 함께 얼어붙을 듯한 한기를 느끼게 한 것은 미친 듯이 먹이를 갈구하는 그것의 벌어진 입이었다.

"이곳에 머물 예정이면 청소부 마귀에 관해 더 많이 알려고 안달하지 않아도 될 거요."

히란드는 다시 잔을 비운 뒤 흐릿한 눈으로 맞은편에 앉은 케인을 바라보았다.

"당신은 그들에 관한 꿈을 꾸게 될 거요. 그리고 조만간 직접 만나게 될 테고."

제 21 장

청소부 마귀

데커드 케인은 물가에 있는 두 사람을 보았다. 미쿨로프가 레아에게 물수제비뜨는 법을 가르쳐주고 있었다. 둘은 먹을 것을 찾지 못했다. 그들의 머리 위로 역시 먹잇감을 찾는 갈매기들이 날카롭게 끼룩댔다. 그들은 오후 늦게 붉은 원으로 돌아왔다.

시루스의 모습이 보이지 않았다. 여관은 여전히 잠에 빠져 있었다. 아직까지 남아 있는 몇 안 되는 손님은 죽은 듯이 자고 있었고, 퀴퀴한 맥주 냄새와 땀 냄새가 아래층 실내를 감돌고 있었다. 미쿨로프는 주방에서 상한 스튜를 더 찾아냈다. 그들은 소화시킬 수 있는 거라면 가리지 않고 먹었다. 이윽고 첫 번째 손님 몇 명이 다시 내리기 시작한 비에 젖은 채, 흐릿한 눈빛과 불만스러운 표정으로 비틀거리며 들어오기 시작했다.

레아가 못 듣는 곳에서 케인은 히란드에게서 들은 얘기를 미쿨로프에게 들려주었다. 호라드림 학자들이 있는 게 분명했다. 그리고 그들은 한 때 쿠라스트와 멀지 않은 곳에 머물렀다. 어쩌면 아직도 게아 쿨에 있을지 몰랐다. 현 상황에서 이보다 더 좋은 소식은 없었다. 하지만 히란드가 어둠의 악마라고 부른 자와 청소부 마귀들이 호라드림 학자들과 관련 있을지도 모른다는 사실이 꺼림칙했다. 케인은 폐허에서 발견한 호라드림 예언서에 나오는 거짓 지도자가 어둠의 악마이며, 미쿨로프의 환영에 나온 자라고 거의 확신했다. 또한 성벽에 둘러싸인 마을에서 브랜드 영주가 주인님이라고 부른 자일 거라고 생각했다.

그 원소술사가 라우와 호라드림 학자들을 살해했을까? 아니면 그들이 작당해 성역의 인간들에게 해를 끼칠 음모를 꾸미는 걸까?

"알 쿳……."

미쿨로프가 생각에 잠긴 채 입을 열었다.

"그는 살아 있는 사람일까요?"

"문헌들이 무척 오래된 고서들인데다가 그의 무덤이 언급되어 있으니, 앞으로의 일을 예언한 게 아니라면 아마 죽은 자일 거요. 하지만 오랫동안 역사를 연구해왔지만 나도 지금까지 그런 이름을 들어본 적이 없소. 예언서에 기록될 정도니 분명 중요한 사람일 게요."

"흠. 게아 쿨이라면 여기서 멀지 않은 곳이에요. 서두른다면 하루나 이틀 정도면 갈 수 있을 겁니다."

미쿨로프는 어깨를 으쓱했다. 그들이 주방에서 가까운 탁자에 앉아 저녁 식사를 할 무렵, 밖에는 어둠이 내려앉고 있었다. 그들은 처마 끝에서 윙윙대는 바람소리를 들었다.

"사원에 있을 때 스승님들은 땅과 하늘, 바람의 소리를 듣는 법을 가르쳐주셨어요. 그들에게 마음의 문을 여는 법을 배우기만 하면 만물에서 신들을 발견할 수 있다고 하셨죠. 지금 신들이 우리에게 말을 하고 계세요."

케인은 고개를 끄덕였다. 공기 중에 폭력과 피를 예고하는 뭔가가 무겁게 감돌고 있었다. 레아도 그것을 느낀 듯했다. 그녀는 부두에 다녀온 뒤로 계속 입을 다문 채 케인 옆에 바싹 붙어 있었다. 한번은 거구의 사내들이 큰 소리로 떠들어대며 여관에 들어오자, 작은 손을 슬며시 케인의 손에 포개더니 꼭 쥐기까지 했다. 아이의 피부는 땀에 젖어 축축했고, 뼈는 새의 날개처럼 연약했다.

그들은 다시 방으로 돌아왔고, 레아는 짚을 채운 침대 위에서 잠이 들었다.

"죄송하지만 뭔가 다른 고민이 있는 것 같네요."

미쿨로프가 말했다.

"누구나 잊고 싶은 과거가 있는 법이오."

"다른 사람보다 그런 과거를 더 많이 가진 사람들도 있지요. 장로님들은 고통스러운 문제를 직시하지 않는 한 인간은 온전해질 수 없다고 하셨습니다. 그렇게 되면 어둠에 공격받기 쉽다고 하셨죠."

"나는 대부분의 사람들이 절대로 극복하지 못할 공포들을 보았소. 친구들이 살해당하고 고향 마을이 파괴되는 광경을 목격했지. 이런 일이 일어나게 한 게 나라고, 충분히 일찍 맞서 싸우지 않았다고 자책하며 평생 죄책감을 안고 살아온 거요."

케인이 무거운 목소리로 말했다.

'그리고 레아의 일도.' 이 모든 일에서 레아의 역할은 무엇일까? 그녀는 케인에게 어떤 의미일까? 상황을 바꿔놓을 기회일까? 성인이 된 후부터 평생 그를 괴롭혀온 어둠에 역공을 날릴 방편일까?

'과거를 바꿀 수 없다.'

미쿨로프는 케인의 얼굴에 쓰인 진실을 찾으려는 듯 한참을 응시했다.

"뭔가 더 있군요. 훨씬 더 많은 뭔가가 있어요. 당신이 마음에 담아둔 게 무엇인지 모르지만, 그건 오롯이 당신 혼자 짊어지고 가야 할 몫입니다. 그러나 친구가 필요하다면……."

"고맙소, 미쿨로프."

케인은 배낭에서 호라드림 예언서들을 꺼냈다.

"아침이 오기 전에 답을 좀 더 찾아봐야 하오. 예언서들이 성역에 지옥이 닥칠 거라고 예언한 날이 이제 오 일밖에 남지 않았소. 이럴 시간이 없소. 어서 자고 내일은 우리의 여정을 계속해야 하오."

미쿨로프는 뭔가를 더 말하려고 입을 벌렸다가 어깨를 으쓱하고는 고개를 끄덕였다.

"알겠습니다."

케인은 혹시 도움이 될 만한 게 있을까 하고 밤늦도록 서책을 파고들었다. 하지만 눈여겨볼 만한 게 없었다. 고조된 절박감이 예상보다 오래 케인을 짓누르고 있었다. 시간은 빠르게 줄어드는데 그들은 해답에 조금도 다가가지 못했다. 미칠 것만 같았다.

이윽고 케인도 서책을 무릎에 떨어뜨린 채 앉은 자세 그대로 잠이 들었다. 꿈속에서 케인은 길고 먼지 날리는 길을 걷고 있었다. 사방에 불길이 일어 피부가 델 듯 따끔거렸고, 팔에 난 솜털이 까맣게 그슬렸다. 근처 어딘가에 사악한 존재가 있었다. 그 존재가 너무나 악으로 가득 차 있어서 케인은 메스꺼움을 느꼈다. 케인은 자신이 오랫동안 외면해온 누군가를 찾고 있었다. 사악한 존재가 그 사람을 케인에게서 빼앗아 갔다.

케인은 길 끝에서 청소부 마귀들이 유령처럼 지면 위를 날아 자신을 뒤쫓는 것을 느꼈다. 사면발니 같은 생물들이 빠른 속도로 다가오고 있었다. 걸음을 빨리했지만 그들은 점점 가까워졌다. 수가 수백을 헤아렸다. 길을 따라 계속 걷고 있는데, 멀리 손을 잡고 걷는 두 사람이 보였다. 한 사람이 다른 사람보다 키가 더 컸다. 그들은 케인에게 등을 돌린 채 걷고 있었는데, 그가 걸음을 아무리 빨리해도 수평선의 점처럼 아득하기만 했다.

걷는 속도를 점점 높이던 케인은 이제 달리고 있었다. 지팡이가 바닥을 쿵쿵 쳤고, 배낭이 어깨 위에서 달그락댔다. 하지만 거리는 여전히 좁혀지지 않았다. '그들은 내 사람들이야.' 머릿속에서 목소리가 크게 울렸다. 그 소리가 어찌나 크던지 입 밖으로 비명이 터져 나왔다. 웃음소리가 길에 울려 퍼졌고, 죽을힘을 다해 뛰는 케인의 뒤를 쫓아왔다. '몇 년 전에 칼데움으로 가는 길에서 그들을 데려왔지. 이제 그들은 영원히 고통 받고 있어.' 불길이 더욱 사납게 치솟으면서 웃음소리가 짐승의 발톱처럼 케인을 할퀴어댔다. 조그만 아이가 절규했다.

'우릴 외면하더니 이제야 보는군요.'

케인은 식은땀을 흘리며 일어났다. 목이 바싹 마르고 다리에 감각이 없었다. 어두운 방 안은 미쿨로프와 레아의 희미한 숨소리로 가득 차 있었다. 서책이 바닥에 떨어져 있었다. 케인은 꿈을 떨쳐내려 애쓰며 서책을 주워 다시 배낭 안에 넣었다. 꿈은 다른 어느 때보다 훨씬 생생했고, 사악한 존재의 목소리는 실제처럼 들렸다.

케인은 얼굴에서 눈물을 훔쳐냈다. 벌써 수년 전 일이었고, 너무 많은 시간이 흘렀다. 지금에 와서 그가 할 수 있는 일은 아무것도 없었다. 과거를 바꿀 수 없는 법. 케인은 앞으로 나아가야 했다. 그 말은 그에게 주문이 되었다. 케인은 머릿속에서 수만 번도 더 되뇌었던 그 말의 힘을 믿게 되었다. 그 말이 자신의 과거를 지우고 구원해주리라 굳게 믿었다. '계속 앞으로 나아가야 해.'

복도 어딘가의 닫힌 문 뒤에서 희미한 신음이 들려왔다.

케인의 몸이 얼어붙었다. 전날 밤에도 비슷한 소리를 들었지만 지금은 어제보다 훨씬 더 신경이 거슬렸다. 뭔가에 홀린 채 죽어가는 사람이 내지르는 외로운 소리였다.

다시 신음이 들렸고, 무거운 뭔가가 바닥에 떨어진 듯 묵직한 소리가 쿵 났다.

케인은 지팡이를 들고 방문을 연 다음 복도를 내다보았다. 멀리 복도 끝에 난 창문으로 새어 들어오는 희미한 빛을 제외하고 복도는 어둠에 휩싸여 있었다. 창밖으로 보이는 밤은 심해의 짙푸른 청색을 띠고 있었다. 멈춰 서서 기다리니, 오른쪽으로 삼 미터쯤 떨어진 방문 뒤에서 뭔가 움직이는 소리가 들렸다. 땅에 무거운 것을 질질 끄는 듯한 소리였다.

차가운 바람이 일자 케인은 한기를 느꼈다. 방에 뭔가가 있었다. 그의 모든 직감이 그대로 뒤돌아 레아와 미쿨로프를 데리고 이곳에서 멀리 달아나라고 경고하고 있었다. 하지만 문 뒤에서 벌어지고 있는 일은 그게 무엇이더라도 계속되어서는 안 된다는 느낌 또한 들었다. 누군가가 끔찍한 위험에 처해 있었다.

케인은 벽에 바짝 붙어 최대한 발소리를 죽인 채 살금살금 복도를 걸어갔다. 앞으로 나아가기 위해 꿈에서 본 사방을 에워싼 불길을 상상해야 했다.

조금 열린 방문 틈으로 얼핏 방 안의 어둠이 보였다.

정적을 깨고 다시 약한 신음이 새어나왔다. 케인이 호라드림 마법서의 주문을 중얼거리자 지팡이에서 익숙한 푸른빛이 흘러나왔다. 케인은 방문을 활짝 열었다.

바닥에 쓰러진 여관 주인 시루스 앞에 창백하다 못해 투명해 보이는 생명체가 몸을 웅크리고 있었다. 거의 민머리에 한 줌도 안 되는 머리카락이 흘러내렸고, 뼈만 남은 앙상한 몸을 양피지처럼 얇은 피부가 뒤덮고 있었다. 말라 벗겨진 살에는 푸른 정맥이 그대로 드러났다.

괴물의 갈퀴 같은 두 손이 시루스의 목에 감겨 있었다. 덩치 큰 남자의 얼굴 위로 괴물이 다시 맨 어깨를 기울이더니 입을 맞췄다.

시루스의 손가락이 씰룩거렸다.

청소부 마귀는 기생충처럼 달라붙어 숨을 들이켰다. 시루스가 천천히, 희미하게 토해내는 뭔가로 괴물의 몸이 부풀어 올랐다. 케인의 지팡이에서 나오는 푸른빛이 방 안을 밝히자 청소부 마귀는 고개를 돌려 어깨너머로 그를 멍하니 쳐다보았다. 눈구멍은 텅 빈 채 검었고, 엽기적으로 생긴 입은 벌어져 있었다. 벌어진 사이로 이빨이 없는 번들거리는 구멍이 보였으며, 그 구멍에서 침이 뚝뚝 떨어지고 있었다.

시루스가 몸을 떨기 시작하더니 벗은 발꿈치로 바닥을 쿵쿵 쳤다.

'이게 대체 뭐지?'

케인은 배낭에서 마지막 남은 검은 씨앗을 꺼내 괴물의 발치에 던졌다. 씨앗에서 싹이 트더니 덩굴손이 갈라진 틈을 파고들며 무시무시한 속도로 자라기 시작했다. 검은 뿌리들이 근처에 있는 것은 무엇이든 휘감으며 방 안을 뻗어 나가 꿈틀대는 줄기 숲을 이루자, 청소부 마귀가 유리로 금속을 긁는 것 같은 고음의 째지는 비명을 질러댔다.

케인은 몸을 떨며 문을 쾅 닫았다. 소리를 들은 미쿨로프가 벌써 복도에 나와 있었고, 레아가 그의 뒤에 바짝 붙어 있었다.

"시루스의 방에 청소부 마귀가 있소."

미쿨로프가 손목을 감싼 소맷부리에서 단검을 꺼내 손에 끼우자 주먹에서 칼날이 튀어나온 듯한 모습이 되었다. 순간, 단검의 강철 날에 새긴 힘의 표시가 번뜩였다.

방 안에서 들려오던 비명이 갑자기 뚝 끊겼다.

"무서워요, 아저씨."

레아가 말했다. 케인은 어둠 속에 뜬 조그만 달처럼 빛나는 아이의 창백한 얼굴을 내려다보았다.

"네게는 어떤 일도 일어나지 않게 하마. 약속할게."

미쿨로프가 여관 주인의 방문을 열자 방 안에 가득 찬 뿌리 덤불이 나타났다. 그가 단도를 휘둘러 뿌리를 잘라내자, 잘린 뿌리들이 바닥에 떨어져 뱀처럼 꿈틀대더니 이내 다시 씨앗으로 오그라들었다. 케인이 그 씨앗들을 주워들었다. 수도사는 순식간에 길을 냈고, 안으로 들어가더니 시야에서 사라졌다. 곧이어 미쿨로프가 어깨에 시루스를 들쳐 메고 다시 문간에 나타났다.

"괴물은 창문으로 달아났습니다. 이제 안전합니다."

미쿨로프는 시루스를 그들의 방으로 데려가 바닥에 눕혔다. 케인은 시루스의 앞에 쭈그리고 앉아 눈에 띄는 다른 상처가 있는지 살폈다. 목에 시퍼런 멍이 들어 있었다. 잠시 후 여관 주인이 눈을 떴는데, 눈에 초점이 잡히지 않고 흐릿했다. 머리도 옆으로 툭 떨어졌고, 팔다리에 반응이 없었다. 케인이 말을 시켜보려 했지만 소용이 없었다. 시루스는 일종의 최면에 걸렸거나 마약에 취한 것처럼 보였다.

거구의 남자는 전보다 작아지고 살이 빠진 듯 보였다. 눈과 볼 주변의 살이 움푹 꺼졌고, 여기저기 뼈가 드러나 얼굴이 울툭불툭했다. 갈라진 피부와 빈 껍질만 남은 몸뚱이는 마치 진이 다 빠져 말라비틀어진 과일 같았다. 그리고 입을 벌린 채 눈구멍의 눈알을 천천히 굴리며 죽어가는 사람의 마지막 헐떡임처럼 가쁘게 호흡하는 시루스의 모습은 더욱 끔찍했다.

하지만 시루스는 죽지 않았다. 다만 외부 자극에 대한 반응이 없었고, 호흡이 불규칙했으며, 맥박이 희미한 상태를 유지하고 있었다. 케인은 시루스의 거친 숨소리를 들으며 텅 빈 눈구멍으로 멍하니 쳐다보던 괴물을 떠올렸다. 바깥에서 날개를 퍼덕이는 소리가 희미하게 들렸다. 찰나의 어둠이 와락 몰려들었다가 한숨을 내쉬고 사라지는 것처럼 느껴졌다. 케인은 몸을 떨었다.

중대한 순간이 다가오고 있었다. 케인은 곧 호라드림이 아직 생존해 있는지, 아니면 망각에 대항하기 위해 그를 마지막 보루로 남겨둔 채 전설 속으로 사라졌는지 알게 될 터였다. 곧 라담이 시작될 것이다.

'대천사들께서 우리 모두를 지켜주시기를.'

내일, 그들은 게아 쿨로 떠나기로 했다.

제 22 장

알쿳의 피

돌과 바다가 어우러진 탑의 지하에서 어둠의 악마는 친숙한 상징의 둘레에 원을 그렸다. 바닥에는 두 개의 칼날 끝이 뾰족이 솟아 있었고, 한가운데에 황갈색의 원석이 박힌 숫자 팔이 놓여 있었다. 중앙에 촛불 하나가 퍼덕일 뿐, 방의 경계 부분은 탑 외부의 밤보다 깊은 어둠에 둘러싸여 있었다. 그럼에도 어둠의 악마는 모든 것을 또렷이 볼 수 있었다. 그의 눈은 어둠 속에서도 먹잇감을 볼 수 있는 고양이의 눈처럼 빛에 특별히 민감하도록 진화되었다. 이외에도 경이로운 변화들은 더 있는데, 모두가 인간에서 신으로 변형되어가는 한 과정이었다.

구울들이 계속해서 성역으로 퍼져 나가며 생명의 정수를 그에게 가져온 덕분에 저장고가 차오르고 있었다. 어둠의 악마는 폭발 직전의 째깍대는 시한폭탄처럼 발밑에서 팽창하는 정수의 힘을 느꼈다.

대관식까지는 이제 나흘밖에 남지 않았다. 첫 대면을 할 시간이었다.

상징의 중앙에 뭔가가 튀었다. 어둠의 악마는 고개를 들어 갈고리가 어깨뼈에 박힌 채 쇠사슬에 매달려 발을 버둥대며 몸부림치는 남자를 올려다보았다. 다리를 타고 흘러내린 피가 원석에 뚝뚝 떨어지고 있었다. 벨리알의 표식인 룬 문자가 그의 팔뚝에서 불꽃처럼 밝게 타올랐다.

어둠의 악마는 미소 지었다. 그의 주인은 더는 이 인간 숙주의 몸으로 만족하지 않을 터였다. 하지만 인간의 몸은 그저 그릇일 뿐이다. 이제 어둠의 악마는 그 몸을 지배할 새로운 방문자를 불러내려 하고 있었다. 그가 아주 오랫동안 만나기를 고대해왔던 방문자였다.

어둠의 악마는 원 가까운 곳의 받침대 위에 세워둔 서책으로 다가가 큰소리로 한 구절을 읽었다. 아주 까다로운 의식이었다. 그는 이 의식을 위해 수년간 여러 존재계를 거치며 능력을 무리하게 소모해왔다. 지금까지는 끊임없이 형태를 바꾸고 스스로 정렬해내는 판들이 복잡하게 맞물려 나타나곤 했다. 자칫 잘못해 빠져들면 다시는 돌아올 수 없는 위험한 환영의 미로였다.

촛불이 맹렬한 기세로 타올랐다가 다시 수그러들었다. 원과 상징이 빨갛게 빛났다. 어둠의 악마는 소매에서 단검을 꺼낸 뒤 다른 쪽 손바닥을 위로 향한 채 들었다. 그리고는 찔렀다. 상처에서 피가 솟아올라 고이더니 흐느적거리는 살찐 벌레처럼 천천히 위로 뻗어 올라 단검에 닿은 다음, 끝까지 올라갔다. 어둠의 악마는 단검이 피에 젖어들며 그와 영원히 결합하는 모습을 황홀한 눈길로 지켜보았다.

그는 원의 가장자리에 무릎을 꿇고 권능의 말을 조금 더 암송한 뒤, 단검을 두 손으로 쥔 채 위로 들어 올렸다. 그리고 남자의 피가 흘러내렸던 숫자 팔의 정중앙에 똑바로 꽂았다. 단검은 마치 부드러운 살에 박힌 것처럼 원석 안으로 자루까지 쑥 들어갔다.

어둠의 악마는 순간 발아래서 엄청나게 고동치는 기운을 느꼈다. 바닥이 흔들렸다. 피가 단검의 주위로 분수처럼, 깨끗이 잘린 동맥처럼 사방으로 솟구쳐 얼굴에 튀었고, 바닥을 뒤덮었으며, 망토를 적셨다. 피는 위로 포물선을 그리며 올라가 매달린 남자를 적셨고, 이제는 인간의 형체를 알아보기 어려울 지경이었다. 그리고도 피는 계속 올라갔다. 망자와 저주받은 자들의 피이자 살육현장에서 살해당하고 불타는 지옥의 깊은 불길 속에 던져져 영원히 고통 받는 무수한 희생자와 전사의 피였다.

알 쿳의 피.

"네 눈 속에서 지옥을 일깨워라."

어둠의 악마가 말했다.

"실이 꿰인다."

어둠의 악마가 중얼거렸다. 피가 작은 개울을 이루며 갈라지고 경계가 진 곳을 돌아 강물처럼 흐르는 동안, 그의 의식은 사방으로 뻗어 나가며 확장되기 시작했다. 어둠의 악마는 시공간을 넘어 성역에 퍼진 수천 마리의 짐승들과 연결되었다. 하수도와 지하실, 동굴 속에 숨어 있다가 밤이 되면 기어 나오는 웬디고, 거미마술사, 살점 사냥꾼, 카즈라와 시체청소부, 몰락자. 어둠의 악마는 수백 년 동안 바다의 진흙 속에 묻힌 채 잠들어 있는, 그리고 지하묘지와 무덤에서 썩어가는 수십만의 망자들을 느꼈다. 그들 모두가 그의 명령을 기다리고 있었다.

'그들은 네 것이 아니다.' 내면의 목소리가 속삭였지만, 어둠의 악마는 의혹이 생기지 않도록 그 목소리를 내쳤다. 어둠의 악마가 지배하고 휘두르는 힘은 오롯이 그의 것이었다. 세계석은 파괴되었다. 어둠의 악마는 수백 년 전 그의 혈족이 세상을 구원했던 것처럼, 인간의 파멸과 성역의 몰락을 가져오도록 운명 지어졌다. 그는 인간이라는 질병의 싹을 잘라낼 것이다. 예언서에 그렇게 나와 있었고, 그의 진짜 성은 역사에 각인되어 있었다. 그가 두 눈으로 직접 확인한 사실이었다.

빛과 어둠은 영원히 결속되리라.

'소녀를 찾아라.'

그 소리에 어둠의 악마는 화들짝 놀라며 현실로 돌아왔다. 천둥처럼 울린 소리는 실제 소리가 아니었는데도 너무나 크게 들려서 몸이 움찔했다. 어둠의 악마는 예의 분노가 다시 치밀었다. 주인님은 왜 소녀에게 집착하는 걸까? 벨리알의 군대를 지휘할 자는 바로 그였다. 다름 아닌 그가 바로 칼데움을 몰락시키고 불타는 지옥의 지배를 가져올 자였다. 늙은 데커드 케인은 자신의 책략에만 몰두했다. 케인의 힘은 약했고, 그는 더 큰 게임의 볼모에 불과했다.

어둠의 악마는 이제 거대한 방에 서 있었다. 지옥의 불길이 사방에서 거세게 타올랐고, 저주받은 자들의 비명에 다리가 후들거렸다. 무기에 부딪힌 강철이 쨍그랑대는 소리가 들렸다. 피는 발목까지 차올라 강물처럼 넘실댔다. 학대하고 고문하고 참수하고 거죽을 벗겨 산채로 불태우는 모든 행위가 한꺼번에 일어났다. 그가 선 자리에서 수백 년의 세월이 흘러갔다. 세계는 그의 앞길을 막는 자들이 기억하는 것보다 더 오래 이런 식으로 존재해왔다.

벨리알이 그의 앞에 나타났다. 노란 눈이 어둠의 악마에게 고정된 채 그의 시선을 붙들었다.

"시간을 정복하다니 네 힘이 놀랍구나. 하지만 아직 다 정복하지 못했다. 네가 주장하는 주인이 되려면 배울 게 아주 많다."

"저 혼자 그들을 일으킬 수 있습니다. 소녀는 필요 없습니다. 제가 해보겠습니다."

"해보겠다고?"

벨리알은 재미있어 하는 눈치였다.

"네 말에 네 약점이 드러나 있다. 그리고 네가 왜 소녀와 소녀의 동료로부터 고개를 돌려야 하지? 보상받을 기회가 이렇게 가까이 있는데? 케인은 네 가문의 이름을 그의 가문의 이름으로 욕되게 했다. 배신의 맛은 죽음보다 쓰지, 그렇지 않느냐? 복수하고 싶지 않으냐?"

어둠의 악마의 심장박동이 빨라졌다.

"하고 싶습니다, 주인님."

"그럴 줄 알았다. 케인의 핏속에 악마의 마법이 흐르고 있는 걸 아느냐? 그렇지 않다면 그의 조상이 어떻게 네 조상을 이겼겠느냐? 마법의 주문과 인내로? 아니다, 불타는 지옥의 힘과 속임수로 이겼다. 하물며 지금도 역사는 다시 쓰이고 있다. 세상은 거짓말을 믿는다. 진실은 묻혔지. 탈 라샤가 루트 골레인에 묻힌 것처럼."

"알겠……."

"소녀를 유인해내라. 알 쿳을 되살리고 노인에게 복수하라. 그것이 바른길이고, 유일한 길이다."

"알겠습니다, 주인님."

어둠의 악마는 서 있는 자리를 유지하려고 안간힘을 쓰느라 머리가 어찔어찔했다. 판이 바뀌는 속도가 점점 빨라져서 잘못하다간 그 안에서 영원히 길을 잃을 지경이었다. 그는 자신 앞에 있는 거대한 괴물에 집중할 수 있을 만큼만 겨우 흔들리지 않고 있었다.

"이제 가야겠습니다. 그리고 이 육체는…… 다른 목적에 사용하겠습니다."

벨리알이 웃었다. 그 소리가 천 명의 죽어가는 사람이 내지르는 비명처럼 동굴 안을 뒤흔들었다.

"네가 뭘 해야 하는지에 대해 나에게 말하지 마라. 그러나 좋다. 선선히 사라져주지. 네 장난감을 가지고 놀되, 내가 한 말을 명심해라."

시간의 판이 바뀌면서 피를 싹 흡수하고 벨리알과 동굴을 순식간에 집어삼켰다. 이제 어둠의 악마는 다른 동굴 속에 있었다. 이전의 것만큼이나 큰 동굴이었다. 주위에 도시 전체가 펼쳐져 있었고, 매년 매 순간이 동시에 보였다. 더럽고 부서진 건물과 거리 속에 생명이 넘쳐났다. 아이들이 노는 곳 바로 옆에서 치열한 마법학자 전투가 벌어지고 있었는데, 양쪽은 서로를 의식하지 못했다. 몇 세대의 사람들이 유령처럼 서로를 통과하며 획획 지나갔다.

어둠의 악마는 잠시 멈추었다가 온 힘을 다해 현재에 초점을 맞췄다. 그리고 이곳에서 대면하려는 영혼에 의식을 집중했다. 서서히 흐릿한 이미지들이 사라졌고, 정적과 먼지와 썩어가는 것들 사이에 어둠의 악마 홀로 남았다. 그는 고동치는 영원의 피를 느꼈다. 곧 무너져 내릴 강의 댐이자 한 번도 사용된 적 없는 거대한 알 쿳의 기운이었다.

"네 눈 속에서 지옥을 일깨워라."

어둠의 악마가 말했다.

벨리알의 표식인 룬문양이 먼지가 자욱한 길을 따라 빛을 발했다. 땅이 흔들리더니 우르르하는 소리와 함께 갈라졌다. 어둠의 악마는 앙상한 손이 튀어나와 심연의 양 끝을 움켜쥐는 모습을 보고 숨을 헉 들이켰다.

"내가 그를 깨운 거야. 그는 여기에 있어."

어둠의 악마가 작게 중얼거렸다.

잠시 후 눈을 떴을 때 어둠의 악마는 검은 탑 지하 방으로 되돌아와 있었다. 피는 사라졌고, 망토도 깨끗했다. 거의 바닥까지 타버린 촛불이 파닥거렸다. 하지만 그가 만든 연결은 계속 유지되고 있었다. 피로 물든 천 개의 실이 사방으로 뻗어 나갔다.

그의 군대가 환희로 전율하며 자신들을 지휘할 그를 기다렸다.

어둠의 악마는 어떤 소리에 위를 올려다보았다. 사슬에 매달린 남자가 그의 눈을 빤히 마주 보았다. 하지만 눈빛이 완전히 달라져 있었다. 어둠의 악마는 감아올렸던 회전반을 돌려 사슬을 풀고 남자를 바닥에 내려오게 했다.

어둠의 악마를 바라보는 남자의 눈이 새로운 확신과 힘으로 충만했다. 그는 분명 벨리알이 아니었다. 그렇다고 한때 그 육체의 껍질을 소유했던 남자의 영혼도 아니었다. 어둠의 악마는 흥분이 온몸에 퍼졌다. 그가 마침내 해냈다. 그는 마지막 순간까지도 이게 가능한 일일까 하는 한 가닥 의구심을 떨치지 못했다. 그런데 드디어 남자를 죽음에서 부활시킨 것이다. 그것도 보통 남자가 아니었다. 칼데움으로 진격해 인간을 파멸시킬 때 그의 군대를 지휘할 남자였다.

그리고 그가, 어둠의 악마가 바로 남자의 주인이었다.

"의논할 일이 많다."

어둠의 악마가 미소를 지으며 말했다.

그의 발아래 깊숙한 곳에서 대단히 강력한 뭔가가 잠에서 깨어난 거대한 짐승 소리 같은 낮은 신음을 내뱉으며 땅을 뒤흔들었다. 마지막 순서가 시작되었다. 예언서에 적힌 세상의 종말이 시작되었다.

거짓의 군주는 오래 기다리지 않을 터였다.

제 3 부

거짓의 군주

제 23 장

게아 쿨로 가는 길

그가 차가운 바닥에 발을 들여놓자 쉿 하는 소리와 함께 기운이 뚝 끊기면서 문이 닫혔다. 데커드 케인은 놀라 주위를 두리번거렸다. 그는 웅장하고 어두운 회관의 넓은 석조 연단에 서 있었다. 늘어선 거대한 기둥과 아치들 너머로 불길이 퍼덕이는 화덕과 아래층으로 이어지는 거대한 석조 계단이 보였다. 그 너머는 어둠에 휩싸여 있었다.

이제껏 본 광경 중 가장 경이로운 광경이었다. 케인의 눈앞에서 색채가 순식간에 변했고, 빛에 따라 물체가 움직이고 휘어지는 것 같았다. 앞에는 높이가 그의 키 두 배만 한 벽난로가 놓여 있는데, 불길이 용광로처럼 활활 타오르고 있었다. 열기가 사방에 방사되었다. 그 위의 돌에는 검과 조막 도끼와 망치가 쌓여 있었고, 그것들이 불빛에 반사돼 반짝반짝 빛났.

뭔가, 아니 누군가가 내면의 빛을 내뿜으며 불 옆에 서 있었다.

케인은 숨이 막히고 피부에 소름이 돋았다. 처음에는 부정했다가 조금씩 이해했고, 제레드의 문건과 트리스트럼 대성당에서 발견한 서책들을 연구하면서 결국 인정하게 되기까지의 수많은 시간. 그 시간들은 늘 현실의 또 다른 측면이 진실하다는 한결같은 결론으로 이끌었다. 성역의 외부에 인간이 아닌 존재들이 다스리는 또 다른 세계가 있다는 진실이었다. 그럼에도 케인의 가슴에는 의심의 씨앗이 늘 남아 있었다. 심지어 마을을 습격한 악마들을 직접 보면서도 그랬다. 케인의 이성은 여전히 합리적인 설명을 요구했다. 그가 목격한 괴물들은 어미의 뱃속에서 태어났지만 선천적인 결함을 가졌거나, 일종의 변이를 겪은 존재들일 수도 있었다. 케인은 과학자이자 학자였던 것이다.

대천사가 날개를 펼쳤다.

탁탁거리는 기운과 함께 대천사의 등에서 번쩍거리는 하얀 빛 줄기가 펼쳐졌고, 케인이 눈을 가려야 할 만큼 눈부신 오라가 티리엘의 몸을 휘감았다. 케인은 그동안의 연구를 통해 빛의 줄기는 날개가 아님을 알게 되었다. 적어도 사람들이 말하는 그런 날개는 아니었다. 빛의 줄기는 악보처럼 소리와 조화를 이루며 끊임없이 움직였고, 강풍에 날리는 날개처럼 물결치고 있었다.

"티리엘, 정의의 대천사이자 호라드림의 창시자시여."

케인이 나지막이 말했다. 눈물이 차오르는 바람에 쳐다보기가 어려웠다.

"혼돈계 요새에 온 걸 환영한다. 나는 네 조상인 제레드를 잘 알고 있다. 그리고 오랫동안 너와의 만남을 고대해왔다, 데커드 케인."

티리엘의 깊고 그윽한 목소리가 거대한 실내에 울려 퍼지자, 소리가 돌에 반사되면서 벽의 빛깔이 희미하게 일렁였다. 그는 누구보다 강력한 존재였다. 하지만 케인은 대천사가 부상을 입었다는 사실을 알아차렸다. 고위 악마들과의 격렬한 전투에서 입은 상처였다.

한 줄기의 빛이 휙 내려오더니 그 끝이 케인의 어깨에 닿았다. 몸으로 따뜻한 기운이 퍼지자 케인의 다리가 휘청거렸다. 케인은 몸이 떨려왔지만 안간힘을 다해 가까스로 버티고 서 있었다.

케인은 숨을 길게 들이쉬었다. 진실이었다. 대천사는 존재했다.

케인이 발을 끌며 앞으로 나아가는 동안, 지팡이가 바닥에 부딪혀 달그락거렸다.

"제 동료가 곧 도착할 것입니다. 저희는 칼림의 의지로 강력한 보주를 파괴하고 메피스토를 속박했습니다. 지금은 어둠의 방랑자를 쫓고 있습니다. 그의 몸에 들어 있는 디아블로를 찾아내 완전히 없애겠습니다."

"너는 많은 걸 알고 있지만, 그것이 다가 아니다."

티리엘의 얼굴은 두건으로 인해 그늘이 져 있는데도 태양을 보는 것처럼 눈이 부셨다. 케인은 눈물을 흘리지 않기 위해 눈을 깜박인 뒤 고개를 돌렸다.

"훌륭하다, 호라드림의 마지막 생존자여. 하지만 디아블로를 대적하기 전에 해야 할 일이 몇 가지 있다. 오래전에 타락한 나의 충성스러운 부관 이주알을 고통에서 해방시켜야 한다. 지옥의 대장간에 가서 소멸의 모루를 이용해 메피스토의 영혼석을 영원히 파괴한 뒤, 불길의 강을 건너야 한다. 그런데 그보다 많은 일이, 훨씬 더 많은 일이 있을 것 같아 두렵구나. 알다시피 예언서에는 힘의 균형이 무너져 성역이 파괴될 거라고 쓰여 있다."

"그 일이 언제 일어납니까?"

"모른다. 그 일이 정말로 일어날 것인지도 알 수 없다."

티리엘이 말했다.

"저는 어둠에 맞서 싸우는 영웅들을 도울 수만 있다면 무슨 일이든 할 것입니다."

티리엘이 고개를 끄덕였다.

"네가 현명한 조언을 해주리라는 점에는 의심의 여지가 없다. 하지만 언젠가 너도 그보다 더 어려운 일을 해달라는 요청을 받게 될 것이다. 나는 네가 다시금 네 과거로 인해 괴로워하다가 끝내 굴복할까 봐 두렵구나."

공포가 케인의 등줄기를 타고 기어 올라왔다. 그는 천사와 악마의 세계에 대해 많은 걸 알고 있었지만, 그럼에도 배워야 할 게 아직 많았다. 그들은 미래에 관해 무엇을 알고 있을까? 그가 써나가야 할 분량은 얼마나 되고, 이미 결정된 분량은 얼마나 될까?

"무슨 말씀인지…… 잘 모르겠습니다."

티리엘이 손을 내젓자 황금 갑옷이 희미하게 쨍그랑거렸다.

"네가 과거에 한 일, 현재의 네 자신, 그리고 과거의 네 자신에 대한 진실을 너는 기꺼이 받아들여야 한다. 나는 이번 원정에서 널 보호하기 위해 할 수 있는 모든 일을 다 할 작정이다. 결사단을 결성한 순간부터 모든 호라드림을 보호했던 것처럼 말이다. 하지만 나는 언젠가 이곳에 없을지 모르고, 그러면 너 홀로 어둠을 대적해야 할지 모른다. 그 순간이 오면, 너는 반드시 네 자신을 믿어야 한다."

공포가 케인의 등줄기를 타고 무겁게 흘러내렸다. 벽난로의 불길이 활활 타올랐다가 가라앉더니 이내 사그라졌다. 어둠이 길어지자 요새가 더욱 어두워졌다. 순간 티리엘의 주위로 빛의 줄기가 검은 뱀처럼 풀리는 듯했다. 성역 전체가 무너지기라도 하듯 우레와 같은 소리가 건물을 뒤흔들었다. 그 바람에 먼지가 비처럼 쏟아졌고, 잔돌이 와르르 바닥에 떨어졌다. 케인의 발밑 저 깊은 곳 어딘가에서 고문당한 수천 명의 영혼이 내지르는 비명이 울려 퍼졌다. 케인은 균형을 잃고 옆으로 쓰러졌고, 지팡이가 멀찌감치 굴러갔다.

어딘가에서 깊고 소름 돋는 웃음소리가 들려왔다. 시끄러운 소음이 머릿속을 꽉 채우자 의지가 무너지려 했다. 빛의 줄기는 이제 실내를 온통 뒤덮고 있었다. 벽난로의 불길은 사그라져 거의 남아 있지 않았다. 케인이 고개를 들고 보니 티리엘이 거대한 발톱에 붙잡힌 채 공중에 떠 있었다. 빛의 줄기가 힘없이 앞뒤로 움직이는 가운데 티리엘이 분노와 고통에 찬 비명을 내질렀다. 티리엘의 위로 상상할 수 없을 만큼 높은 곳에 악마의 몸통과 거대한 머리가 솟아올라 있었다. 괴물의 흉측한 모습에 속이 뒤틀린 케인은 고개를 돌렸다.

"나에게 경배하라."

악마가 소리쳤다. 그의 웃음소리가 혼돈계 요새의 토대를 뒤흔들었다. 그의 호흡은 마치 지옥 깊은 곳에서 나오는 뜨거운 바람 같았다.

"거짓의 군주, 벨리알을 경배하라!"

데커드 케인은 짚을 채운 매트리스 위에서 몸을 벌떡 일으켰다. 청소부 마귀를 본 후, 그는 가까스로 잠이 들었다. 작은 창문을 통해 스며든 새벽이 방 안을 암울한 회색빛으로 물들였다.

　케인은 땀에 흠뻑 젖은 채 숨을 헐떡였다. 정신을 차리려고 애쓰는 동안에도 사방의 벽이 조여드는 것 같았다. 꿈이 점점 무시무시해지고 있었다. 잠자는 내내 꿈이 이어지며 현실을 왜곡했고, 거짓의 실이 그의 정신을 묶어 옴짝달싹 못하게 했다. 그들이 구하려는 해답에 가까워지고 꿈들이 계속 바뀌면서, 케인은 이제 수년 전 일들을 잘 기억할 수 없게 되었다. 그날 케인은 혼돈계 요새에서 티리엘을 만났고, 이후로 그의 인생은 영원히 바뀌었다. 하지만 불타는 지옥의 군주이자 고위 악마인 벨리알을 본 적은 한 번도 없었다.

　사실이 아니었다. 하지만 꿈은 케인의 마음에 의혹의 씨앗을 뿌리기 시작했고, 그는 더 이상 자신의 기억을 믿을 수 없다고 느끼게 되었다.

　'티리엘이 있다면 얼마나 좋을까.' 세계석이 파괴되면서 정의의 대천사를 잃게 된 일은 너무나 큰 손실이었다. 티리엘을 직접 대면했던 일은 케인의 인생에서 중요한 사건이었다. 너무나 오랜 세월을 의심해왔고, 그런 다음에는 트리스트럼에 불어 닥친 공포를 견뎌야 했던 그에게 티리엘을 직접 마주한 일은 마치 태양을 바라보는 것과 같았다. 수년 전, 천사는 악마만큼이나 사악하며, 천사 대부분이 인간의 파멸을 원한다고 말하는 이들이 있었다. 하지만 그들은 진실을 몰랐다. 앙기리스 의회의 다른 천사들이 성역을 파괴하는 게 낫다고 생각했을 때에도 티리엘은 그들에 맞서 호라드림과 인류 전체를 수호했다. 그는 정의의 화신이자 고결한 영혼의 존재였다. 그에 비하면 다른 이들은 불에 이끌리는 나방처럼 보였다.

　하지만 지금 티리엘은 없었다. 그리고 성역은 위험에 무방비한 상태로 노출되어 있었다. 이제 누가 그들을 구원해줄 수 있을까? 세계가 어둠의 절정에 빠져들 때 누가 개입해 줄까?

　인간을 파멸시키려는 벨리알을 누가 막아줄까?

케인과 미쿨로프는 태양이 완전히 떠오르기 전에 레아를 데리고 쿠라스트를 빠져나왔다. 불에 그슬린 살이 물어뜯긴 것처럼 들쑥날쑥하게 생긴 길이 그들 앞에 펼쳐졌다. 바싹 마른 나무들이 생명을 앗아가는 질병으로부터 자신들을 방어하려는 듯 작게 무리지어 있었는데, 몇 그루는 불에 그슬린 것처럼 검게 변해 있었다.

길가에 뒤집힌 채 버려진 마차가 있었고, 여전히 수레에 매인 소 두 마리의 잔해가 보였다. 케인 곁에 바짝 붙어 그 옆을 지나가던 레아는 그의 긴장감을 감지했다. 케인은 마차에서 눈을 떼지 못한 채 멀찍이 떨어져 길의 가장자리를 따라 걸었다.

눈알이 없는 소의 공허한 눈이 레아를 조롱하는 것 같았다. '이번 여정에서 네가 살아남을 거라고 생각해?' 썩은 입술이 턱에서 떨어져 나가 이빨을 그대로 드러낸 채 소들은 끔찍한 웃음을 흘리며 그렇게 말하는 것 같았다. '여긴 온통 죽음뿐이야. 뒤돌아 죽을힘을 다해 도망쳐.'

레아는 잠깐이지만 정말로 그렇게 하고 싶은 유혹을 느꼈다. 하지만 곧 케인과 미쿨로프 없이 쿠라스트로 돌아갔을 때 자신에게 일어날 수 있는 일들을 생각했다. 쿠라스트로 들어가면서 마주쳤던 사람들은 사람보다는 유령에 더 가까운 빈껍데기들이었다. 그들은 자신이 죽었다는 사실을 아직 모르고 있을 뿐 이미 죽은 사람들이었다. 그리고 전날 밤 시루스의 방에서 벌어진 일을 보지는 못했지만, 그 광경을 본 데커드 아저씨가 몹시 두려워했다는 걸 알 수 있었다.

왠지 모르지만 이 광경은 엄마를 떠올리게 했다. '진짜 엄마는 아니지.' 레아의 마음이 아픈 곳을 콕 짚었다. '네 진짜 엄마는 널 버렸어.' 질리언은 화창한 날이면 아침 식사를 마친 뒤 레아와 함께 요나 아저씨네 가게로 채소를 사러 가곤 했다. 그리고서 칼데움 성문을 향해 걸으며 교역 천막에서 일어나는 일들을 구경했고, 운이 좋으며 질리언이 그녀에게 달콤한 꿀 과자를 사주기도 했다. 질리언의 병이 모든 행복을 앗아가기 전에 누렸던 좋은 시절이었다. 레아에게는 너무나 고통스러운 기억이었다.

"왜 그러니?"

케인이 걱정스러운 눈으로 내려다보고 있었다. 레아는 눈물이 뺨을 타고 흘러내린 걸 깨닫고 고개를 흔들었다. 턱수염이 난 케인의 얼굴이 여러 색채로 아른거렸다. 레아는 케인이 신중한 태도로 마음을 굳게 먹고 두려움에 직면해야 한다고 설교를 늘어놓을까 봐 걱정이 되었다. 하지만 케인은 그저 어깨에 손을 올려놓을 뿐이었다. 레아는 케인에게 몸을 기댄 채 그의 옷에 벤 먼지와 연기 냄새를 맡았다. 비록 케인이 이상한 노인이라고 해도, 또한 그녀가 아직 그를 완전히 믿는 것은 아니라고 해도 그가 있어 다행이라고, 너무나 다행이라고 느꼈다.

길을 걷는 동안 미쿨로프는 지루함도 달랠 겸(그리고 약간은 그들의 주의를 딴 데로 돌리려는 의도도 있다고 레아는 생각했다) 샤발 벌판 외곽의 산기슭에 있는 그의 고향 이야기와 이브고로드 수도사가 되기 위해 받았던 집중적인 수련 이야기를 들려주었다. 만물에 깃든 신들의 목소리를 듣고, 자기 자신과 자신의 욕구를 사라지게 하고, 장로에게 봉사하는 법을 배우기 위해 몇 시간씩 꼼짝 않고 앉아 있었다고 했다. 강도 높은 육체 훈련과 산행, 인간의 세계에서 멀리 떨어진 곳에 숨어 있는 거대한 짐승들과 격투를 벌인 이야기도 들려주었다. 어린 나이에도 레아는 어떤 건 좀 과장된 게 아니냐고 의심했지만, 미쿨로프는 놀라운 집중력과 열정을 가지고 이야기했다. 그의 목소리를 듣고 있으면 레아는 종종 시간의 흐름을 놓치곤 했다.

케인은 미쿨로프의 믿음에 관련된 질문을 던졌다. 레아는 오랫동안 알고 지낸 스승들과 수도사들을 떠나온 데 대해 미쿨로프가 굉장한 슬픔을 느끼고 있다는 점을 알 수 있었다. 미쿨로프는 그것이 목숨을 건 결정이었다고 말했지만, 레아로서는 그 점이 잘 이해되지 않았다. 그리고서 그들은 호라드림에 관한 이야기를 시작했는데, 레아는 거기서부터 흥미를 잃고 딴 데 한눈을 팔기 시작했다. 그녀는 호라드림에 관해 아는 게 별로 없었다. 다만 케인 아저씨가 어떤 마법단의 구성원이고, 그들이 아저씨가 매우 중요하다고 생각하는 뭔가를 하기로 되어 있다는 정도만 알 뿐이었다. 그것은 어린 소녀에게 너무나 지루한 이야기였다.

　레아는 하늘이 어두워진 것을 깨달았다. 멀리 먹구름이 지평선을 가리고 있었다. 먹구름은 그들이 향하는 곳에 모여 있는 것 같았다. 갑자기 한기가 뼛속으로 흘러들었다. 레아는 화재가 일어났던 날에 집에서 무슨 일이 일어났는지 기억하려고 애썼다. 그날 밤에 있었던 일의 상당 부분이 검은 구멍 속으로 빠져버렸다. 연기 냄새를 맡고 일어났고, 그다음은 깨어보니 밖에서 제임스의 외투를 덮은 채 몸을 덜덜 떨고 있었다는 정도만 희미하게 기억날 뿐이었다. 레아는 케인이 어떻게든 그녀를 데리고 밖으로 나온 건 알았지만, 어떻게 그랬는지는 알 수 없었다.

　영주의 저택에서 배불리 음식을 먹고 잠든 후에도 똑같은 일이 벌어졌다. 희미하게 고통이 느껴져 일어나 보니 침대 위로 검은 밧줄 같은 이상한 것들이 자라고 있었고, 다음 순간 그들은 어둠 속에서 사람들에게 쫓겨 달아나고 있었다. 그리고 무덤에 도착했는데……. 레아는 한숨을 내쉬었다. 그 다음이 기억나지 않았다. 누군가 머릿속에 교묘히 들어와 그녀를 지배했다가 잠시 후 돌려주고 가는 것만 같았다.

　레아는 통제력을 잃었다는 사실이 싫었고, 아무것도 기억할 수 없다는 점은 더욱더 마음에 들지 않았다. 왜 이런 일이 벌어진 걸까? 그녀는 정말 미쳐가는 걸까?

　머릿속에서 끔찍한 생각이 스쳤다. 질리언을 덮쳤던 바로 그 일이 그녀를 덮치려는 걸까?

　세 사람은 길가에서 멀리 떨어진 거대한 바위 시렁이 있는 곳에서 그날 밤을 보냈다. 이곳은 천연 은신처처럼 바람과 엿보는 눈들로부터 그들을 보호해주었다. 케인은 얼마 없는 그들의 식량을 빼앗으려는 사람들의 시선을 피하기 위해 불을 피우지 않을 거라고 레아에게 말해주었다. 레아는 이상한 작은 마을을 도망치면서 제임스의 외투를 두고 왔다. 그 외투가 그리웠다. 따뜻함 때문이기도 했지만, 외투가 주는 안전하고 강한 느낌과 아빠의 냄새 때문이었다.

미쿨로프는 시루스의 주방에서 빵 세 덩어리와 물통 하나를 챙겨왔다. 그들은 빵을 나눠 먹고 물통의 물을 돌아가며 마신 다음, 서로 바짝 붙어 따뜻한 체온을 느끼며 잠을 잤다. 먹은 게 별로 없었기에 레아는 한밤중이 되자 배에서 꼬르륵 소리가 났다.

다음 날 아침은 춥고 축축했다. 이슬이 내려앉은 땅에서는 썩은 달걀 냄새가 났다. 세 사람은 다시 길을 걷기 시작했는데, 이번에는 별로 말을 많이 하지 않았다. 그들은 점심때쯤 빵을 조금 더 먹었다. 이따금 누군가가 무슨 말을 하거나 주변의 지형을 가리켰다. 그러나 미쿨로프의 이야기는 끝나 버렸고, 일부러 북돋은 마지막 활기마저 사라졌다.

마침내 레아가 지평선을 바라보는 케인의 얼굴을 슬그머니 쳐다보았다. 먹구름이 어제 본 장소에서 조금도 움직이지 않고 지평선 위로 끓어오르며 뒤엉키고 있었다. 레아는 어쩌면 그것은 구름이 아닐지도 모른다고 생각하기 시작했다. 기름진 연기이거나 심지어 일격을 노리며 그들을 기다리는 숨어 있는 존재일지도 몰랐다.

소년들이 늙은 거지를 위협하던 날 보았던 살점을 뜯는 까마귀에 관해 생각하지 않은 지 한참이었다. 그런데 지금 그 모습이 떠올랐다. 발톱으로 시체를 딛고 선 까마귀는 고개를 숙여 검은 부리로 잿빛 살점을 잡아당겨서 찢고 삼키면서 반짝이는 눈으로 그녀의 눈을 뚫어지게 응시했다. 기억 속에서 까마귀는 인간의 크기만큼 자라났다. 그리고 빛나는 검은 날개는 색이 흐릿해지고, 얇아지고, 떨어져 나가서 아래에 있던 피부가 그대로 드러났다.

그들은 검은 구름이 빙글빙글 도는 광경을 보며 낮게 비탈진 긴 오르막길을 올라 꼭대기에 다다랐다.

그들 아래로 멀리 바닷가에 터를 잡은 게아 쿨의 모습이 펼쳐졌다. 오래전에 생겨난 이후, 지역 경계를 넘어 성장한 음울한 도시였다. 판잣집과 우중충한 쓰레기 구덩이가 늘어선 길이 산자락까지 곧장 이어졌는데, 그 길에는 더 많은 수레와 죽은 말들이 있었다. 그리고 레아에게는 너무나 섬뜩하게도, 죽은 사람들도 있었다. 레아는 멀지 않은 곳에 뒤집혀 있는 마차를 보았다. 마차에 깔린 사람들이 빠져나오려고 애쓰다 변을 당한 것처럼 마차 아래로 뼈가 앙상한 손들이 비어져 나와 있었다. 썩은 살 냄새가 바다 냄새와 섞여 바람에 실려 왔다.

이 세상에 다시는 없어야 할 도시 같았다. 게아 쿨 사람들이 기를 쓰고 도망치려 했던 도시에 그들은 왜 들어가고 있는 걸까? 케인과 미쿨로프가 그토록 찾고자 하는 호라드림이 도시를 점령한 악마들을 막기 위해 무슨 일을 했던 걸까? 그들이 그렇게 강력했다면 왜 길에서 죽어간 사람들을 도와주지 않은 걸까?

갑자기 훨씬 더 끔찍한 생각이 뇌리를 스쳤다. 혹시 이 모든 일에 대한 책임이 바로 그들 아닐까?

지평선에서 뭔가가 움직이고 있었다. 조그만 검은 점들이 모기떼처럼 마을을 뒤덮은 것 같았다. 까마귀였다. 수백 마리의 까마귀가 검은 날개를 퍼덕이며 하늘로 솟아올랐다가 땅으로 하강하고 있었다.

레아는 몸을 떨지 않으려고 이를 악물었다. 칼데움에서 본 까마귀의 모습이 머릿속에서 지워지지 않았다. 검은 달처럼 그녀를 바라보던 까마귀의 반짝이는 눈…….

레아는 케인과 미쿨로프를 따라 산에서 내려왔다. 길게 이어진 내리막길 끝은 커다란 마차 두 대로 막혀 있었다. 하나는 뒤집혀 있었고, 다른 하나는 길 위로 비스듬히 누워 있었는데, 뒤집힌 마차 아래에는 죽은 여자의 팔이 불쑥 튀어나와 있었다. 피부는 다 까졌고, 손가락 끝은 손톱이 완전히 사라져 벌건 살을 드러내고 있었다.

재빨리 지나가는 레아의 발목을 여자의 손이 갑자기 꽉 움켜쥐었다.

레아가 비명을 질렀다. 여자의 아귀힘은 너무나 강했고, 손은 얼음장처럼 차가웠다. 여자의 손가락이 레아의 살을 고통스럽게 파고들었다. 레아가 세차게 발을 잡아당기는 바람에 여자의 몸이 마차 밖으로 빠져나왔다.

여자가 눈을 떴다. 레아를 노려보며 그녀가 입을 움직이자, 피부가 갈라지고 벗겨진 입술 사이로 잿빛 혀가 쑥 나왔다. 뼈만 앙상한 얼굴에 머리는 헝클어져 있었고, 피부는 푸르죽죽했다.

"넌 저주받았다……. 그들이 돌아올 것이다……. 곧……."

여자가 속삭였다.

레아가 공포에 질린 채 여자의 목에 난 커다란 자줏빛 멍 자국을 바라보았다. 그녀의 몸 안에서 뭔가 이상한 게 끓어오르는 순간, 레아가 다시 비명을 질렀다. 케인이 달려와 뼈가 부러질 때까지 여자의 손목을 지팡이로 후려쳐 레아를 빼내고는 마차 사이의 좁을 틈을 빠져나와 탁 트인 공간으로 데려갔다.

여자는 여전히 그들을 향해 손을 뻗고 있었다. 부러진 손은 힘없이 늘어졌고, 다리는 마차 아래 깔려 있었다. 여자가 뼛조각을 삼키기라도 한 것처럼 목 안쪽 깊은 곳에서 이상한 소리를 내기 시작했다. 잠시 후 레아는 그 소리가 여자의 웃음소리라는 사실을 깨달았다. 그들은 끔찍한 광경이 보이지 않을 때까지 달렸다. 여자의 웃음소리가 바람에 실려 그들 뒤를 쫓아오다가 멈췄고, 그들의 머리 위에 떠 있는 까마귀의 울음소리가 다른 모든 소리를 뒤덮었다.

제 24 장

호라드림 회합실

여자는 살아 있었다.

그들이 우울한 항구 마을에 이르는 동안, 머리 위의 구름은 더욱 검어졌다. 금방이라도 비를 쏟을 듯한 먹구름처럼 죄책감이 케인을 엄습했다. 목에 멍 자국이 있던 여자는 청소부 마귀들의 또 다른 희생자인 게 분명했다. 하지만 케인은 몹시 흥분해서 레아를 빼내려고 여자의 팔을 부러뜨리기까지 했다. 레아를 지키려는 본능이 너무 강해 제정신이 아니었다.

청소부 마귀들은 더 큰 게임의 졸일 뿐이었다. 그들은 아무 생각 없이 임무를 수행하는 일벌이었다. 그런데 그들의 임무는 무엇이며, 그것을 명령하는 자는 누구일까? 길에서 죽은 이들은 대체 무엇으로부터 도망치려고 했을까?

사방이 까마귀 천지였다. 부러지고 까맣게 그슬린 나뭇가지에도 앉아 있었고, 땅에서 사람들의 시체를 쪼아 먹기도 했다. 까마귀들은 머리 위를 맴돌며 깍깍 울고 날개를 퍼덕였다. 마을을 뒤덮으며 들끓는 구름을 배경으로 훨훨 나는 모습이 마치 위협적인 하늘에서 섬뜩한 환영식을 거행하는 듯했다. 공기 중에 위험한 기운이 감돌았다. 게아 쿨로 들어서면서 케인은 곁에 바싹 달라붙는 레아의 발에 걸려 땅에 고꾸라질 뻔했다.

케인은 레아의 어깨에 손을 얹어 그녀를 진정시켰다. 아까도 여자에게 달려들기 직전에 레아에게서 뭔가가 다시 형성되고 있는 걸 느꼈다. 레아의 힘이 발현되기 전에 나타나는 기온이 뚝 떨어지는 현상이었다. 그들 모두 팽팽한 긴장감을 느꼈다.

게아 쿨의 거리는 낡고 초라한 건물과 복잡한 교차로로 얽힌 미로였다. 엷은 안개가 내려앉아 축축한 공기에 바닷물의 악취가 스며들었고, 멀리 있는 것들이 모두 흐릿하고 불분명하게 보였다. 까마귀의 울음소리가 증폭되었다. 울음소리는 안개에 부딪혀 이상하고 혼란스러운 소리로 변했다.

사람들이 있었다. 케인은 그늘진 문간에 숨어 있는 사람들을 감지했다. 겁에 질린 창백한 얼굴들이 창문에 나타났다가 사라졌고, 골목길에서 뭔가가 홱 지나갔으며, 희미한 발걸음 소리와 뭔가를 긁는 듯한 소리도 들렸다. 그들은 사냥당하는 사슴처럼 겁먹고 있었다. 안개가 모든 것을 몽환적이고 혼란스럽게 느끼도록 만들었다. 케인이 흘끗 보니 미쿨로프가 단검을 빼들고 있었다.

모퉁이를 돌자 레아 또래의 소년이 길에 서 있었다. 옷 안쪽으로 갈비뼈가 보였고, 움푹 꺼진 눈은 뭔가에 홀린 듯했다. 소년이 천천히 팔을 들어 길고 가는 손가락으로 그들을 가리켰다.

레아가 숨을 헉 들이켜며 케인의 다리에 몸을 바짝 붙였다. 남자 두 명이 임시로 만든 곤봉을 들고 그들 뒤에 서 있었다. 안개 속에서 여러 명이 소리 없이 모습을 드러냈는데, 하나같이 송장처럼 비쩍 말라 있었다. 케인은 위를 쳐다보았다. 주위의 지붕 위로 까마귀들이 늘어서 있었다. 까마귀들은 추위에 검은 몸을 한껏 부풀린 채 흔들림 없는 냉정한 시선으로 아래를 내려다보고 있었다.

곤봉을 든 남자들이 가까이 다가왔다. 사람들 속의 정적이 흔들리며 폭력의 위험이 그들을 압박했다. 케인의 팔을 잡은 레아의 손에 힘이 들어가자, 손톱이 케인의 살을 아프게 파고들었다. 극도로 긴장한 레아의 몸이 진동하는 소리굽쇠처럼 떨리고 있었다.

정적 속에 멀리 바다에 떠 있는 배의 삭구가 삐걱대는 소리가 들렸다. 길고도 낮은 울림이 거리에 퍼지더니 구슬픈 흐느낌으로 변해갔다. 까마귀들이 우레와 같은 소리로 날개를 퍼덕이며 지붕에서 한꺼번에 날아올랐다. 소리는 계속 이어지며 점점 더 커졌다. 까마귀들은 아예 거기에 없었던 것처럼 사방으로 흩어져 다시 어둠 속으로 사라졌다.

한 남자가 허겁지겁 길로 내려왔다. 안개 때문에 자세히 볼 수 없었지만 남자는 덩치가 큰 백발로, 등이 약간 굽어 있었다. 남자가 가까이 다가왔고, 케인은 그의 손에 들린 호각을 발견했다.

남자는 호각을 입술에 대고는 한 번 더 불었다.

"게아 쿨은 이처럼 어리고 멋진 아가씨에겐 어울리는 곳이 아니오. 마을 사람들은 이 소리를 싫어하지요. 밤에 청소부 마귀들이 나타날 때 나는 소리와 비슷하거든요. 하지만 그들이 곧 돌아올 거요. 나를 따라와요, 어서요, 친구들. 그들이 따라오면 골치 아파질 거요, 정말이오."

그들은 남자를 따라 오래되고 낡은 건물에 이르렀다. 건물 밖에는 '선장의 식탁'이라고 쓰인 간판이 걸려 있었다. 남자가 문을 열고 일행을 등불이 켜진 조용하고 텅 빈 식당으로 안내했다. 주위의 물건이 전부 건물의 외관만큼이나 낡아 있었다. 창문마다 못으로 두꺼운 판자를 박아 놓긴 했지만, 실내는 정리가 잘 되어 있고 깨끗했다.

"나도 내가 왜 이러는지 모르겠소. 더 이상 손님은 없지만 달리 뭘 해야 할지 몰라서요. 배를 타던 시절에 배운 습관이죠. 침대 시트를 동전이 튈 정도로 팽팽히 조여라. 갑판을 손가락에 피가 나도록 닦아라. 늘 이런 말을 들었으니까요."

일행이 다 들어오자 남자가 문을 닫고 빗장을 채우며 말했다. 그리고는 케인에게 손을 내밀었다.

"미안합니다. 제 말투가 부둣가에 매어 둔 작은 배처럼 구식이죠. 하노스 제로난 선장이라고 합니다. 잘 부탁합니다. 오랫동안 이곳의 바다를 터전 삼아 살았답니다. 게아 쿨이 살기 좋은 곳이었을 때 딸과 함께 이곳에 정착했었죠."

나이 든 선원의 눈이 생각에 잠긴 듯 가늘어졌다.

"아주 오래전 얘기지요."

케인은 제로난에게서 친절함과 강인함을 느꼈다. 제로난은 늙었고, 얼굴은 주름지고 초췌했으며, 곱슬머리와 구레나룻은 백발이 성성했다. 하지만 어깨가 떡 벌어졌고, 아귀힘이 장사였다.

"딸은 여전히 이곳에 살고 있습니까?"

제로난은 고개를 저었다.

"수년 전에 딸을 잃었습니다. 하지만 저는 계속 이곳을 지키고 있지요. 이유가 있어서요."

제로난이 레아를 향해 고개를 끄덕였다. 그녀를 보는 제로난의 표정이 온화해졌다.

"배고파요, 아가씨? 따뜻한 생선 스튜가 속을 따뜻하게 해줄 거예요."

제로난은 발을 끌며 주방으로 향했고, 세 사람은 문에서 떨어져 근처의 가장 가까운 식탁에 자리를 잡고 앉았다. 제로난이 쟁반에 접시 세 개를 받쳐 들고 금세 다시 나타났다. 케인이 무슨 말을 하려 했지만 덩치 큰 사내는 정맥이 드러난 두툼한 손을 들어 올렸다.

"식사 먼저 하시죠. 그러고 나서 이야기합시다."

제로난은 그렇게 말한 뒤 물러서서 두꺼운 팔로 팔짱을 꼈다.

케인은 한 수저를 떠서 스튜를 맛본 뒤에야 자신이 굶주렸다는 사실을 깨달았다. 스튜는 아주 맛있었다. 케인은 한 그릇을 뚝딱 비웠다. 그리고는 이미 음식을 더 가져오는 제로난을 쳐다보았다. 제로난의 손에는 음식과 함께 거품이 나는 맥주와 레아를 위한 물이 들려 있었다.

마침내 세 사람이 식사를 다 마치고 편하게 등의자에 기대자, 나무다리가 바닥을 긁는 소리를 내며 의자를 뺀 제로난이 자리에 앉았다.

"자신이 만든 음식을 훌륭한 손님들이 맛있게 먹는 모습을 보는 것만큼 사람을 행복하게 만드는 일도 없지요."

그의 활기에는 전염성이 있었다. 레아는 금방 그를 따라 배시시 웃었고, 제로난이 보지 않을 때엔 몰래 거구의 남자를 흘끗거렸다. 그녀는 확실히 새로운 영웅을 찾은 것 같았다. 제로난이 주머니에서 봉지에 싼 꿀 과자를 꺼내 건네자 레아는 금덩이라도 건네받은 것처럼 놀라움과 기쁨으로 얼굴이 환해졌다.

"이제 이런 곳에서 뭘 하고 있었는지 말해 봐요. 난 게아 쿨에서 사십 년 가까이 살았지만, 이곳은 저주받은 도시요. 전설에 의하면 고대 마법단 전투가 벌어졌던 전장 위에 이 도시가 세워졌다고 합니다. 끔찍한 일을 겪고도 이곳을 떠나지 않는다며 나더러 미쳤다고 하는 사람들이 많지만, 난 포기하지 않을 겁니다. 제 발로 이곳을 찾아오는 사람들이 거의 없어요."

제로난이 케인을 위아래로 쳐다보더니 말했다.

"당신은 원소술사군요."

"나는 호라드림 학자요."

케인이 말했다.

"아, 그렇다면 아마도 형제들을 찾고 있겠군요."

제로난이 수염을 문지르며 말했다.

케인은 온몸에 소름이 돋았다.

"나는……. 그들을 본 적이 있소?"

"그럼요."

의자 등받이에 몸을 기댄 제로난의 표정에서는 아무것도 읽을 수가 없었다.

"나는 원소술사에 대해 호감을 느끼고 있어요. 당신은 이상하게 생각할지도 모르지만 거기에는 그럴만한 이유가 있죠. 몇 년 전에 어느 사랑스러운 강령술사가 이곳에 들렀는데, 바로 이 자리에 앉아서……."

그는 텁수룩하고 큰 얼굴에 희미한 미소를 띤 채 고개를 흔들었다.

"사람들이 원소술사란 말만 꺼내도 달아난다는 걸 알아요. 그리고 대부분의 원소술사는 사막 위의 배보다 훨씬 이상해 보이죠. 하지만 카라는 달랐어요. 그녀는 나름대로 상냥하고 온화했어요. 카라는 이곳에서, 아니 세상에서, 어쩌면 두 곳 모두에서 사라졌어요. 내가 그만둘 때를 모르는 고집불통의 늙은 선장으로 남아 있는 동안에 말이에요."

"호라드림을 직접 보았습니까?"

미쿨로프가 부드럽게 재촉했다.

제로난은 고개를 끄덕였다.

"그들은 이 가엾은 도시를 휩쓴 공포에 대한 책임이 있어요. 혹은 그렇게들 말하죠. 나로 말하자면, 젊었을 때 여러 마법학자와 친분이 있었어요. 그들을 이끄는 남자는……."

제로난이 다시 고개를 흔들었다.

"그 남자 안에 깃든 악마는 여느 인간 집단에서 생겨난 악마가 아니에요."

제로난은 수개월 전에 게아 쿨로 온 호라드림 집단에 대한 이야기를 이어갔다. 그리고 마을에서 결사단을 결성하고 바닷가에 거대한 돌탑을 세운 뒤 얼마 지나지 않아 사라진 그들의 지도자 라우라는 남자에 관해서도 계속 말했다. 호라드림 집단은 사라진 그를 애도했고, 비극이 시작되었다고 했다.

"돌탑 주위를 온통 어둠이 둘러쌌는데, 그 어둠이 결국 게아 쿨에 들이닥친 거예요."

제로난이 말했다.

"머지않아 한밤중에 집에 들이닥쳐 사람들의 생기를 빨아먹는 괴물을 목격한 사람들이 나타났어요. 사람들은 문을 잠그고 등불을 내내 켜둔 채 집 밖으로 나오지 않기 시작했지요. 그리고 뭔가에 홀린 듯 이상한 행동을 하는 사람들이 생겨났죠. 그들은 기괴한 웃음을 흘리거나 공허한 눈빛을 보였고, 어떤 목소리를 듣는 것처럼 고개를 쳐들곤 했어요. 도시 전체가 미쳐간다고 여길 만했지요."

그는 어깨를 으쓱하고는 덧붙였다.

"달라진 건 그뿐만이 아니었어요. 당신도 좀 전에 몇 사람을 직접 보았지요. 사람들이 몹시 여윈 채 걸어 다니는 시체처럼 변했어요."

"당신은 어떻게 그런 일을 피할 수 있었습니까?"

케인이 물었다.

제로난은 주머니를 뒤져 가죽집에 든 뭔가를 꺼내더니, 가죽집을 조심스럽게 벗겨 냈다. 그가 그것을 높이 들었다. 상아색 단검이 등불의 불빛에 번쩍였다.

"오랜 친구가 준 선물이랍니다. 그녀는 사막에서의 모험을 마친 뒤 이곳으로 돌아와 이 행운의 검을 내게 줬어요. 나 같은 늙은 선장이 받기에는 너무나 귀한 선물이죠. 청소부 마귀들은 이걸 싫어해서 이 근처엔 얼씬도 하지 않아요."

선장은 케인에게 검을 건넸다. 케인은 손안에서 단검을 뒤집어보면서, 세심하게 균형 잡힌 무게와 그 안에 간직한 기운을 느꼈다. 강령술사의 검은 그들 마법의 핵심 요소라서, 그들은 절대 자신의 무기를 다른 사람에게 주는 법이 없었다. 하지만 이 검은 라트마의 사제들이 의례에 사용하던 단검과 비슷했다. 제로난의 친구는 자신이 직접 이 검에 마법을 걸어서 가져온 게 틀림없었다.

"이걸 주다니 그녀가 당신을 깊이 존경했나 보군요."

제로난은 다시 웃었다. 하지만 이번에는 슬픔이 느껴지는 웃음이었다.

"카라는 둘째 딸이나 마찬가지였어요. 하지만 그녀는 노렉이라는 동료와 새로운 모험을 찾아 떠났고, 그 뒤로 수년간 그녀의 소식을 듣지 못했지요."

케인은 배낭에서 호라드림 서책을 꺼내 탁자 위에 올려놓았다. 제로난은 겉표지에 날인된 익숙한 상징을 들여다보았다. 한가운데 황갈색 원석이 박힌 숫자 팔이었다.

"이걸 본 적이 있어요, 호라드림 결사단의 상징이죠. 청소부 마귀가 들이닥치기 전에 결사단에 가입한 두 명의 마을 소년을 아는데, 온종일 이런 서책을 들고 다녔어요. 그들을 이끈 지도자는 사악해도, 그들은 좋은 아이들이었지요."

제로난이 말했다.

"학자들 집단이…… 아직도 이곳, 게아 쿨에 있습니까?"

케인이 물었다.

"그들은 몇 달 전 탑이 완성된 후 급히 짐을 챙겨서 떠났어요. 하지만 마을에 그들이 공부하기 위해 모였던 은밀한 장소가 있어요. 정확한 위치는 모르지만, 원한다면 그 근처까지 데려다 줄 수 있어요."

길은 텅 비어 있었고, 비로 인해 희미하게 반짝이고 있었다. 제로난 선장의 뒤에 바짝 붙은 케인은 그의 거대한 등을 바라보며 안개 속을 걸어갔다. 케인은 선장을 믿어야 할지 말아야 할지를 두고 숙고했다. 그 와중에도 확실한 게 하나 있었다. 이 늙은 남자가 그를 함정에 빠뜨릴 수 있다는 점이었다. 하지만 제로난의 동기는 순수해 보였다. 제로난은 사람들을 물리치기 위해 호각과 단검을 가져왔지만, 그들은 오는 동안 단 한 사람도 보지 못했다. 게아 쿨은 버려진 불모지였고, 제로난은 케인의 유일한 구명줄이었다.

케인은 선장의 식탁에 레아를 두고 오면서 미쿨로프가 곁을 지키게 했다. 수도사와 함께 가고 싶은 마음이 간절했지만, 레아의 안전이 더욱 걱정되었다. 상황이 너무 위험해져 있었다. 케인은 제로난과 일단 호라드림이 모이는 장소 근처에 다다르면 여관으로 돌아가기로 약속을 해둔 터였다.

제로난은 황폐한 오두막이 즐비한 길에 멈춰 섰다. 모퉁이에 쌓인 쓰레기에서 부패한 음식물의 악취가 났고, 정적 속에 울리는 그들의 발소리에 커다란 쥐들이 허겁지겁 달아났다.

"호라드림은 이 근처 어딘가에서 모이곤 했어요. 이 길에서 종종 그들을 봤는데 순식간에 사라지곤 했죠. 정확히 어디로 갔는지는 몰라요. 당신이 그들을 찾아 뭘 어쩌려는 건지는 몰라도, 우리에게는 도움이 절실해요. 이 도시에도 교역이 번창하던 시절이 있었지요. 술집에는 떠들썩한 선원들로 가득했고, 부두에는 쿠라스트와 칼데움으로 선적할 물건이 가득 쌓여 있었죠. 알다시피 왕족들이 살만한 곳은 아니지만, 그래도 꽤 번화한 도시였어요."

제로난이 케인의 어깨에 손을 얹으며 말했다.

"나에게 사람 보는 눈이 있는데, 왠지 당신이 게아 쿨에 다시 평화를 가져올 사람처럼 느껴지네요."

그는 케인에게 호각을 건넸다.

"혹시 내가 필요하면 이걸 불어요. 청소부 마귀들에게 타락한 사람들을 쫓아내줄 거예요. 그러면 내가 손에 단도를 들고 모을 수 있는 모든 지원군을 모아 당신을 찾아갈 겁니다."

제로난은 두 손으로 케인의 손을 잡고 꼭 쥐었다.

"몸조심하세요. 그리고 행운을 빕니다."

제로난은 안개 속으로 사라졌다. 케인은 호각을 배낭 안에 넣은 다음, 버려진 오두막이 가득한 주위를 둘러보았다. 다시 한 번, 성역 전체에 혼자 남겨진 듯한 익숙한 느낌이 몰려들었다. 그는 목표에 접근해 있었지만, 모든 면에서 그 어느 때보다 고독하고 절망적인 기분을 느꼈다. 성역의 평화가 그의 어깨에 묵직하게 놓여 있었고, 케인은 자신이 그 일을 잘해낼 수 있을지 확신할 수 없었다.

'난 영웅이 아니야.'

그것만은 사실이었다. 하지만 케인은 과거의 잘못을 되돌릴 수만 있다면 무슨 일이라도 할 작정이었다. 세계를 구하기 위해서 필요하다면 목숨도 희생할 참이었다. 그 이유만으로도 충분했다.

케인은 호라드림 회관의 숨겨진 출입문을 가리키는 뭔가가 있지 않을까 하고 늘어선 건물들을 다시 살펴보았다. 평범한 곳이었다. 수년 전, 호라드림은 그들의 모임 장소를 확연히 보이는 곳에 감춰둔다고 알려졌다. 그리고 그 장소는 대부분의 사람들은 결코 생각지도 못할 곳이라고 했다. 그곳은 은폐의 주문으로 보호받고 있을 게 틀림없었고, 주문은 아주 강력할 터였다.

케인은 혹시 도움이 될 만한 게 없나 하고 친숙한 문건들을 뒤적여보았지만, 아무것도 없었다. 시간이 째깍째깍 흘러가는 가운데 안개가 점점 짙어지며 땅 위로 구불구불 깔리고 있었다. 마침내 케인의 손끝이 폐허에서 찾아낸 고대 비제레이 마법서에 닿았다.

'피의 군주 바르툭의 추종자들이 쓴 악마의 마법.' 케인은 바스러질 것 같은 책장을 조심스럽게 넘겼다. 그리고 찾았다. 마법으로 가려진 어떠한 것이라도 드러내는 주문이 있었다. 하지만 이런 종류의 주문은 매우 위험했다. 그 자체로 시선을 끌 수 있었다. 그리고 성역은 더 이상 불타는 지옥과 그 저주받은 곳에 사는 짐승들로부터 보호받고 있지 못했다. 따라서 어둠 속 등대처럼 환히 빛날 테고, 불꽃 속으로 나방들을 끌어당길 터였다.

그에게 다른 선택권이 있을까? 며칠을 찾아도 입구를 발견할 수 없을지 몰랐다. 케인이 권능의 말을 중얼거리자 발아래 땅이 둥둥 울리기 시작했고, 그에 따라 게아 쿨로 향하는 수천 개의 시선이 느껴졌다. 그가 절대 알고 싶지 않은 것들, 캄캄한 동굴 속에서 피와 썩은 악취를 풍기며 숨어 있는 혐오스러운 것들이 감지되었다. 그들 위로 검은 탑이 어렴풋이 떠올랐다. 한때 검은 탑에는 사람이 살았다. 지금 그 사람은 완전히 다른 뭔가로 변해 고통 속에 살아가고 있었다.

삼십 미터쯤 앞에 있는 거대한 석조 건물 중 하나의 측면에 호라드림의 상징인 끝이 송곳니처럼 뾰족한 숫자 팔이 핏빛으로 붉게 빛나고 있었다. 케인은 고서를 챙겨 달리기 시작했다. 옷자락이 까마귀의 날개처럼 펄럭였고, 주위에 있던 연기가 소용돌이를 일으켰다. 건물에 당도한 케인은 아무것도 없어 보이는 벽의 오른쪽 아래에 교묘히 숨겨져 있는 손잡이를 발견했다. 주문의 효력이 약해지면서 상징이 다시 어둠 속으로 사라지고 있었다. 손잡이를 잡고 잡아당기자 안쪽의 어둠을 드러내며 문이 스르륵 열렸다.

검은 탑의 지하에서 들려오는 목소리가 산 위의 돌이 우르르 쏟아지는 깃처럼 머릿속에서 천둥처럼 울렸다. 케인이 이곳에 들어온 데 대해 전쟁을 선포하며 그의 두개골을 부숴 버리겠다고 울부짖는 분노에 찬 외침 같았다.

데커드 케인은 건물 안으로 미끄러져 들어간 뒤 조심스럽게 문을 닫았다. 외침이 갑자기 뚝 끊겼다. 그는 자신을 기다리는 것을 향해 고개를 돌렸다.

돌계단이 어둠을 향해 아래로 나 있었다. 어딘가에서 촛불이 일렁이며 층계참에 희미한 빛을 드리웠다. 누군가가 여기에 있었다.

아래에서 귀에 거슬리는 소음이 들려오더니 곧 아무 소리도 들리지 않았다.

케인은 어둠 속에서 천천히, 그리고 조심스럽게 계단을 내려갔다.

계단 끝은 목제 책상이 하나 놓여 있고 양쪽으로 난 문이 모두 열린 소박한 방이었다. 오른쪽 문으로 빛이 새어 들어와 앞을 볼 수 있었다. 책상 위에는 아무것도 없었고, 뒤쪽 벽에 걸린 차양에는 호라드림의 상징이 새겨져 있었다.

차양은 날카로운 칼로 베인 듯 거의 반쯤 갈라져 있었다.

검은 옷을 입은 병사들이 이곳을 파괴하는 환영이 떠올랐다. 그들은 육중한 검을 휘두르며 책상을 뒤엎고 마른 서책들을 불태우더니, 검은 칼날 같은 부리를 가진 거대한 까마귀로 변해 깡충거렸다. 차양을 만지니 그 뒤의 돌에 파인 자국이 느껴졌다. 칼로 베인 자국이 아니었다. 마치 거대한 짐승이 날카로운 발톱으로 할퀸 것처럼 똑같이 찢어진 세 개의 자국이 있었다.

이곳에서 또 무엇을 발견하게 될까? 그것이 그를 구원으로 이끌까, 아니면 파멸로 이끌까?

케인은 조용히 오른쪽 문을 지나 커다란 서고로 갔다. 책상 위에 거의 바닥까지 타버린 초 하나가 녹아내린 밀랍 위에서 꺼질 듯 깜박이고 있었다. 사방의 벽에는 단순한 양식의 목제 책장이 놓였는데, 대부분의 선반이 서책으로 가득 차 있었다. 일부는 그에게 친숙했지만, 나머지는 한 번도 보지 못한 서책들이었다. 소장품이 정말 대단했다.

책상 위에 서책이 한 권 펼쳐져 있었다. 케인이 폐허에서 발견한 문건과 비슷해 보였다.

문득 고기가 썩는 것 같은 역겨운 냄새가 났다. 아치문을 통해 다른 방의 칠흑같이 어두운 안쪽이 어렴풋하게 보였다. 뭔가가 움직이는 소리가 들리더니, 돌에 긁히는 것 같은 소리와 함께 목구멍 깊은 곳에서 낮게 으르렁거리는 소리가 들렸다. 촛불의 불빛 때문에 발각될까 걱정이 된 케인은 벽에 딱 붙어 두 개의 책장 사이 구석진 곳으로 유령처럼 소리 없이 숨어들었다.

아치문에 나타난 괴물의 모습은 너무나 거대하고 흉측해 케인은 순간 자신이 뭔가를 잘못 봤다고 생각했다. 인간의 사지와 몸통을 한 덩이로 뭉쳐놓은 듯한 몸에 나무나 돌 조각 같은 것들이 삐죽삐죽 돋아 있었다. 긴 두 팔의 끝에 달린 곤봉처럼 보이는 손에도 역시 나무나 돌 조각 같은 것들이 튀어나와 있었다. 최소한 세 개 이상의 머리가 역겹게 부풀어 오른 몸에서 갈라져 나왔고, 하얀 막으로 뒤덮인 눈이 눈구멍에서 희번덕거렸다.

괴물은 천천히, 그리고 힘겹게 몸을 움직였고, 높이가 삼 미터는 더 되는 아치문을 통과하려고 몸을 숙였다. 끙끙대며 서고로 들어서는 괴물의 흠뻑 젖은 어깨가 문의 양옆을 스쳤다. 가슴 중앙에 주요 머리가 하나 있는 듯했는데, 그것이 케인이 있는 쪽을 휙 돌아보더니 얼굴을 빤히 쳐다보았다.

괴물은 케인을 관찰하기라도 하듯 잠깐 머뭇거렸다. 그러더니 입을 벌려 괴성을 내질렀다. 동시에 다른 머리에 있는 입들도 일제히 날카로운 비명을 내질렀다. 괴물의 역겨운 숨이 케인을 덮쳤다.

촛불은 흔들리며 거의 꺼져가고 있었다. 괴물이 발을 쿵쿵 울리며 다가오면서 책상을 뒤엎어 어둠 속으로 날려버릴 듯 위협하자 케인은 강렬한 공포에 사로잡혔다. 케인은 숨어 있던 곳에서 나와 문 쪽으로 다가갔지만, 괴물이 쫓아와 그를 바닥에 때려눕히려는 듯 곤봉처럼 생긴 긴 손을 뻗었다.

케인은 요리조리 몸을 숙이며 피하는 것 말고는 다른 것을 할 틈이 없었다. 촛불이 꺼졌다. 갑자기 아무것도 보이지 않게 되자 소리가 사방에서 폭포처럼 들려오는 것 같았다. 칠흑같이 어두운 공간에서 현기증을 느낀 케인은 책상 모서리에 부딪혀 비틀거렸다. 괴물이 다가오는 소리가 들렸다. 괴물 역시 아무것도 보지 못했다. 책상이 거칠게 밀쳐지는 바람에 케인은 뒤로 날아가 책장에 부딪쳤다.

방 한가운데에 눈부시게 흰 불꽃이 타오르면서 실내가 다시 밝아졌다. 케인은 눈이 부셔 눈을 깜박였다. 앞방의 두 번째 문간에 긴 옷을 입고 두건을 쓴 누군가가 서 있었다. 그가 두 번째 불꽃을 괴물의 발치에 던지자 괴물이 팔을 내젓고 날카로운 비명을 지르며 뒤로 물러섰다.

낯선 이가 따라오라는 손짓을 하자 케인이 책상을 옆으로 밀쳐냈다. 두 사람은 반대쪽 문을 통과해 책상과 차양, 계단을 빠르게 지나쳤다. 괴물이 서고에서 다시 울부짖더니 발을 쿵쿵 울리며 그들을 뒤쫓았다. 괴물이 책상과 벽에 몸을 부딪치며 쫓아오는 동안 바닥이 흔들렸다.

그들은 돌로 만든 긴 복도에 있었다. 막다른 곳이었다. 남자가 앞으로 곧장 걸어가더니 감춰진 지렛대를 눌렀고, 돌벽이 옆으로 밀려났다. 그러자 지상으로 내려가는 계단이 나타났다. 그가 또 다른 화구를 던지자 계단 맨 아래층까지 이어지는 더 좁은 통로가 보였다. 이곳은 서고보다 훨씬 더 오래된 곳인 듯 갈라진 벽이 이끼로 뒤덮여 있었다. 낯선 이가 먼저 계단을 내려갔다.

케인은 계단 꼭대기에서 머뭇거렸다. 갑자기 나타난 남자에 대해 그들을 뒤쫓는 괴물만큼이나 아는 게 없었다. 케인이 아는 거라고는 남자가 어둠의 악마, 그 자신이라는 점뿐이었다. 아래에 훨씬 더 위험한 뭔가가 있을지 몰랐다. 하지만 또다시 괴물이 울부짖자 그는 마비 상태를 벗어났다. 케인은 미끄러운 이끼를 조심하면서 가능한 한 빨리 계단을 내려왔다.

남자가 벽에 감춰진 또 다른 지렛대를 누르자, 계단 꼭대기에 있는 문이 돌이 갈리는 소리와 함께 스르륵 닫혔다. 위에서 들리던 괴물의 소리가 갑자기 뚝 그쳤다. 남자는 벽에서 횃불을 집어 들더니 그 끝을 바닥에 이글거리는 불에 갖다 댔다. 가느다란 손가락이 위로 올라가 두건을 벗기자, 새로 내린 눈처럼 순수하고 하얀 청년의 얼굴이 드러났다.

"저는 에길이라고 합니다."

젊은이가 말했다.

"당신을 해치지 않을 거예요. 저는 호라드림의 정예 결사단입니다. 저를 따라오시죠."

제 25 장

야영지

청년을 따라 물이 뚝뚝 떨어지고 이끼로 뒤덮인 터널을 지나면서 케인의 머릿속은 끝없이 이어지는 질문으로 가득 찼다. 에길은 어떻게 그를 찾아냈을까? 얼마나 많은 호라드림이 생존해 있을까? 그들은 악마들이 곧 성역을 침입하려 한다는 사실을 알고 있을까?

한쪽에서는 불길한 생각이 끊임없이 고개를 들이밀었다. 가레스 라우라는 지도자에게 무슨 일이 있었는지 궁금했다. 낯선 젊은이를 믿어도 될까? 만약 자신에게 무슨 일이 생긴다면 레아는 누가 보살피지?

하지만 에길은 가는 일에만 몰두하느라 얘기를 나눌 여유가 없어 보였다. 어른 거리는 횃불을 따라 바삐 걸음을 옮기는 동안, 케인은 뒤처지지 않기 위해 안간힘을 써야 했다. 케인은 가까스로 거리를 좁힌 뒤 마침내 에길의 옷소매를 붙잡았다. 멈춰 서서 돌아보는 젊은이의 얼굴이 이상할 정도로 평온하고 침착했다.

"서고에서 본 괴물은 대체 무엇이오?"

"우리는 그들을 시체덩어리라고 부르지만, 그들이 어떻게, 그리고 왜 거기에 오는지 아는 사람은 아무도 없습니다. 그들은 죽은 자의 시체와 시체 주위에 있는 것들을 재료로 해서 만들어진 듯해요. 마치 누군가가 그 모든 것들을 뭉뚱그린 뒤 생명을 불어넣은 것 같아요. 성역에 강력한 흑마법이 부활했는데, 아무래도 시체덩어리들이 그 결과물인 것 같습니다."

에길이 말했다.

"그런데 당신은 거기서 뭘 하고 있었던 겁니까?"

"그곳은 우리가 전에…… 그러니까 게아 쿨을 떠나기 전에 모임을 했던 장소예요. 저는 몇몇 문건을 되찾아오려고 했죠. 이제 문건들이 훼손됐을 것 같아 걱정되는군요."

에길이 한숨을 내쉬었다. 그가 처음으로 감정을 내비쳤다.

"정말 끔찍한 손실이에요. 하지만 제가 그곳에 있었던 건 그 때문만은 아닙니다."

에길은 예언서에 바로 그날 케인이 도착한다고 예언되어 있었으며, 형제들이 벌써 몇 달째 그가 나타나기를 애타게 기다려왔다고 설명했다. 에길은 결사단이 과도기를 맞이하고 있고, 새로운 지도자가 필요하다고 말했다. 그들 대부분이 세계석이 파괴된 후 성역에서 일어나는 변화에 대해 케인이 중요한 정보를 알려줄 거라고 기대하고 있었다.

"과도기를 맞이한 것은 가레스 라우 때문이오?"

케인이 물었다.

에길이 그 말에 놀랐는지 어쨌는지는 알 길이 없었다.

"상황이 좀 복잡합니다. 야영지로 돌아가는 즉시, 모든 걸 말씀드리겠습니다. 약속합니다. 하지만 지금은 빨리 가야 해요. 이 터널은 거대한 터널 망의 일부예요. 오래전에 게아 쿨의 지하에 지어졌지요. 하지만 얼마나 멀리 뻗어 있는지, 왜 만들었는지는 아무도 모른답니다. 하지만 시체덩어리들이 이곳으로 드나드는 건 확실해요. 터널들 안에, 혹은 그 밑에 더 많은 괴물이 있을지 몰라요. 여긴 매우 위험합니다."

에길이 말했다.

케인은 고개를 흔들었다.

"같이 가자는 거라면, 난 선장의 식탁으로 돌아가야 하오. 일행이 거기에 있소."

에길은 잠시 머뭇거리더니 고개를 끄덕였다.

"제가 아는 곳이에요. 그곳으로 안내하죠. 그리고서 제 형제들을 만나러 가요. 이쪽이에요, 어서요."

청년은 거의 소리를 내지 않고 흐르듯 우아하게 몸을 움직였다. 손에 들린 횃불의 불빛이 케인의 머리 위로 점점 좁혀지는 듯한 굽은 천장 위로 어른거렸다. 그들은 터널 속 몇 개의 곁길을 지나친 다음, 이윽고 위로 경사가 진 곁길로 들어섰다. 거기에 쇠살대로 이어지는 또 다른 계단이 있었다. 에길은 불타는 횃불을 벽의 횃대에 올려놓은 다음 쇠창살을 옆으로 밀었다. 케인은 자신이 있는 곳이 선장 제로난의 여관에서 머지않은 길가라는 걸 깨달았다.

두 사람이 선장의 식탁에 도착하자 미쿨로프와 레아가 뛸 듯이 기뻐하며 케인을 반겼다. 레아는 두 팔로 케인의 목을 끌어안고 힘껏 껴안았고, 제로난은 두 손으로 케인의 손을 잡고 흔들었다.

"이제 여길 떠나겠군요. 에길이라면 믿어도 됩니다. 게아 쿨에서 태어나 교육을 받았기 때문에 제가 잘 알죠. 훌륭한 청년이에요."

제로난이 레아에게 꿀 과자를 하나 더 주며 말했다.

"고생했어요, 아가씨. 잘 견뎠어요."

미쿨로프는 결사단에 대해 더 많은 것들을 알고 싶어 했지만, 점점 마음이 다급해진 에길은 어두워진 다음에 게아 쿨을 이동하는 일은 너무나 위험하다고 경고했다.

"도시를 빠져나가기까지 채 두 시간도 안 남았습니다. 얘기는 그다음에 해도 늦지 않습니다."

네 사람은 제로난에게 작별인사를 하며 그의 도움에 대해 깊은 감사를 표했다. 에길이 먼 길이 아니라며 한사코 말리는데도, 선장은 가는 길에 먹으라며 종이에 싼 생선을 가져가게 했다. 케인이 호각을 돌려주려고 하자 제로난은 받지 않았다.

"잊지 말아요. 호각 소리가 들리면 당신이 어디에 있든 도우러 가겠소. 힘없는 늙은이처럼 보일런지 모르지만, 당신을 해치려 드는 게 있다면 그게 무엇이든 내가 상대하리다."

제로난이 커다란 손을 케인의 어깨에 얹으며 말했다.

그들은 해가 떨어지기 전에 출발했다. 길에서 그들은 머리 위를 맴돌며 계속 급강하를 하고 깍깍 울어대는 까마귀 떼를 제외하고 단 한 사람도 보지 못했다. 까마귀들의 울음소리가 갈수록 짙어지는 안개 속으로 퍼져 나갔다. 에길은 그들을 다시 게아 쿨의 지하 터널로 데려갔다. 그는 벽에서 다시 횃불을 집어 들고는 복잡하게 얽힌 터널 속 교차로를 지났고, 하수도 입구를 통해 도시 밖으로 빠져나왔다.

에길은 횃불을 버리고, 그들을 바다에서 멀리 떨어진 벌판으로 데려갔다. 미쿨로프는 뒤에서 일행의 등을 주시했다. 레아는 그들의 새로운 동료를 경계하며, 그리고 그의 특이한 외모를 이상하게 바라보며 케인 곁에 바짝 달라붙어 있었다. 에길의 최면에 걸린 듯한 흐릿한 눈동자 색이 강한 인상을 주고, 하얀 머리카락과 눈썹 때문에 얼굴이 창백하게 빛난다는 점을 케인도 인정할 수밖에 없었다. 그 외의 얼굴 부위에는 털이 없었고, 피부는 매끄럽고 주름도 없었다.

게아 쿨을 벗어나자 풍경은 황무지로 급격히 변했다. 나뭇잎이 다 떨어진 상처 난 나무들과 평평한 바위들, 메마른 땅에 자란 날카롭고 두꺼운 덤불 사이로 삐죽이 솟은 죽은 풀들이 보였다. 그들은 덤불 사이로 구불구불 나 있는 좁은 길을 따라갔다. 에길은 불안한 듯 계속 하늘을 쳐다봤지만, 까마귀 떼는 터널 입구에서 그들을 놓친 듯했고, 여기까지 따라온 흔적은 보이지 않았다.

우거진 잡목 숲으로 들어서자 길이 조금씩 가팔라졌다. 길은 어둡고 우울했으며, 그들의 머리 위로 죽은 나뭇가지들이 앙상한 손가락처럼 뻗어 있었다. 미쿨로프는 맨 뒤에서 대열을 정비했다. 에길이 속도를 늦추더니 마침내 작은 공터에 완전히 멈춰 서자, 레아가 다시 케인의 손을 꼭 쥐었다. 에길이 낮고 부드럽게 휘파람을 불었다. 즉시 오른쪽 어딘가에서 화답하는 휘파람 소리가 들려왔다. 세 명이 어둠 속 흐릿한 불빛 아래 유령처럼 조용히 사방에서 다가왔다. 레아가 케인을 잡은 손에 힘을 주었다. 그 중 한 명은 몸집이 아주 컸는데, 어깨가 제로난 선장보다 넓었고, 키가 케인보다 몇 센티미터는 더 컸다. 그는 화살을 메긴 활을 들고 있었다.

세 사람이 움직임을 멈췄다. 안개가 떠돌다 그들의 발을 감싸며 소용돌이쳤다.

에길의 목소리는 감격에 벅차 떨리고 있었다.

"형제들, 우리가 구원을 받았습니다. 그를 찾았어요."

제 26 장

정예 결사단

야영지는 미쿨로프의 예상과 달랐다. 그는 드넓은 부지에 나무로 지은 사원과 훈련장과 숙소가 여러 채 있는 모습을 머릿속에 그렸다. 또한 많은 인부가 모여 허허벌판에 건물을 계속 짓는 가운데, 다른 사람들은 명상을 하거나 전략을 논의하고 성역의 미래에 관해 학문적인 토론을 하는 곳을 상상했다. 문헌의 기록처럼 결사단의 장대한 역사에 어울리는 그런 곳을 기대했다.

그러나 이곳은 그저 절벽으로 이어져 도시와 바다를 굽어보는 험준한 암벽에 자리 잡은 동굴 조직망일 뿐이었다. 동굴 밖에는 사람이 사는 흔적이 보이지 않았다.

위치 자체가 큰 문제였다. 이브고로드 스승님들은 미쿨로프에게 전쟁의 기술을 가르치면서, 요새를 정할 때 방어력 다음으로 중요한 요소는 전세가 기울 때를 대비한 퇴로가 있느냐는 점이라고 했다. 동굴들은 막다른 곳에 있어서 그들보다 강한 적에게 발각되면 죽음의 덫이 될 가능성이 컸다.

밀림에서 만난 세 사람은 처음에는 의심쩍은 눈초리를 보냈지만, 케인이 배낭에서 다른 문건들, 두루마리들과 함께 호라드림 문건의 복사본을 꺼내자 금세 활기를 되찾았다. 덩치가 가장 큰 룬드는 스승님들이 말하는 느긋한 성격의 소유자인 듯했는데, 마음이 따뜻해 레아는 룬드를 보자마자 금세 따랐다. 그는 황소처럼 근육이 우람했고, 들고 다니는 화살은 길이가 웬만한 어른 키만 했다.

미쿨로프는 저런 시위를 어떻게 잡아당기나 궁금했다. 그러다 룬드가 레아에게 활시위를 당기는 시범을 보여주었다. 룬드는 힘 하나 안 들이고 활시위를 한 번에 쓱 당기더니 오십 미터 이상 떨어진 나무의 옹이구멍을 겨냥해 쏘았다. 화살은 구멍 한가운데에 깊숙이 박혔다.

그들이 동굴 입구에 이르자 더 많은 사람이 주위로 몰려들었다. 대략 서른 명쯤 되었다. 무리 중 일부는 케인을 귀환한 왕이라도 되는 양 환영했지만, 다른 사람들은 본체만체했다.

"저들에게 신경 쓰지 마세요."

잠깐 말할 틈이 나자 에길이 조용히 말했다. 에길은 케인이 이곳에 도착했을 때 등을 돌린 채 구석에 모여서 자기들끼리 웅성대던 한 무리의 사람들 쪽을 보며 고개를 끄덕였다.

"여기 사람들은 두 부류로 나뉩니다. 예언을 믿고 호라드림의 미래를 믿는 자들과 그렇지 않은 자들로 말이죠. 믿는 저희에게 당신은 구세주이십니다."

"그렇지 않은 자들에게는 어떤가요?"

미쿨로프가 물었다

"그들은 설득하기가 좀 어려워요."

에길이 쓴웃음을 지으며 말했다.

"하지만 좋은 친구들이에요. 오늘 밤 회의가 끝나면 그들도 당신 주위로 몰려들 겁니다. 다 함께 지금까지 당신의 여정을 들어보고 앞으로의 일을 논의할 거예요."

"난 구세주가 아니오. 그저 우리가 서둘러 행동에 나서지 않으면 안 된다는 것을 알만큼 고대 문건을 연구한 학자일 뿐이오. 시간이 얼마 없소. 라담이 이제 삼 일밖에 안 남았소."

케인이 말했다.

에길은 멍한 눈으로 그를 바라보았다.

"라담이요? 망자의 달 말인가요? 그게 왜 그렇게 중요합니까?"

미쿨로프는 두루마리들을 읽으며 알게 된 사실들을 설명해 주려고 했지만, 대화는 진전이 없었다. 이들은 그저 앞으로 다가올 위험만 어렴풋이 감지했을 뿐, 성역에 닥칠 위험에 대해서 실제로 아는 게 거의 없었다. 그리고 사실을 알아차리는 데는 많은 시간이 필요하지 않았다.

실망이 이만저만 아니었다. 케인과 레아도 실망했다. 미쿨로프는 에길이 자신들을 이곳에 데려왔을 때 형성되었던 기운이 흩어지기 시작하는 것을 느꼈다. 케인에게 질문을 퍼붓는 젊은이들은 케인이 어둠과의 싸움에서 그들을 승리로 이끌어 주기 위해 왔다고 여전히 믿는 듯했다. 그리고 케인에게 자신들의 가치를 증명하려고 애썼다.

'어쩌면 너무 성급하게 저들을 판단했는지도 몰라. 저들에게 능력을 보일 기회를 줘야겠어.' 미쿨로프는 생각했다. 저들이 성역에 남은 마지막 희망이라면 믿어야겠지. 신들께서 때가 되면 답을 알려주시리라.

가장 궁금했던 그들 집단과 예전의 지도자에 관한 질문은 예의상 저녁 식사 후로 예정된 회의 시간에 물어보기로 했다. 미쿨로프는 청년들에게서 긴박감을 찾아볼 수 없어 케인의 좌절감이 깊어지는 것을 느꼈다.

이곳에 임박한 위험 따위는 전혀 없어 보였다. 가장 큰 동굴 안쪽 벽에 걸린 횃불이 밝게 타올랐고, 연기 냄새가 실내를 가득 메웠다. 결사단의 형제들은 요리용 화로 근처의 털가죽이 깔린 자리로 그들을 안내한 뒤, 잔에 사과주를 가득 담아 건넸다. 룬드가 가슴에 박힌 화살을 뽑지도 않은 영양을 우람한 어깨에 메고 발을 쿵쿵 울리며 걸어왔다.

"오늘 밤 푸짐하게들 먹어보자고!"

덩치가 얼굴에 웃음을 띠고 크게 외치자 다른 이들이 환호하며 박수갈채를 보냈다. 가볍게 덩실댄 뒤 영양을 바닥에 내려놓은 룬드는 칼로 가죽을 벗기기 시작했다. 이들의 우두머리이며, 한때 결사단을 해체하길 원했던 패리스는 처음에는 조금 투덜대다가 마지못해 다른 사람들과 어울렸다.

축하의 자리가 점점 시끌벅적해졌다. 미쿨로프는 차가운 밤공기 속으로 슬쩍 빠져나와, 동굴 입구의 어둠 속에 서서 공기를 감지했다. 파수꾼 한 명이 수풀에 숨어 경계를 서고 있었고, 다른 한 명은 위쪽 절벽 면 어딘가에 있었다. 미쿨로프의 감각은 수년간의 집중적인 명상과 훈련 덕에 고도로 조율되어 있었다. 파수꾼들은 비록 그를 보지 못하지만, 미쿨로프는 파수꾼이 웅크린 자세를 바꾸는 소리를 들을 수도, 바람에 실려 오는 거친 남자의 냄새를 맡을 수도 있었다.

신들의 힘을 소환해내는 일은 결코 쉽지 않았지만, 미쿨로프는 이브고로드의 수도사였다. 미쿨로프는 돌 위에 쏟아지는 물처럼 자신의 몸을 관통하는 신들의 힘을 느꼈다. 그의 몸이 들렸고, 미쿨로프는 인간의 눈으로는 따라잡을 수 없는 엄청난 속도로 움직이기 시작했다.

파수꾼들은 미쿨로프가 있는 쪽으로 고개조차 돌리지 않았다. 미쿨로프는 순식간에 동굴 위쪽의 수풀 속에 있었다. 그는 조금도 힘들이지 않고 가파른 절벽을 올라 꼭대기에 이른 뒤, 달빛에 환히 빛나는 아래 계곡을 바라보았다. 멀리 해안가 가장자리에 검은 물결에 씻긴 부패한 시체처럼 게아 쿨이 펼쳐져 있었고, 오른쪽 바위투성이의 해안가에 탑이 어둠과 고요에 묻힌 채 솟아 있었다.

미쿨로프는 겨우 며칠 전, 지금처럼 절벽 위에 서서 쿠라스트의 나무들을 내려다보며 그들 앞에 펼쳐질 일들을 상상했던 순간을 떠올렸다. 당시 케인과 레아는 그에게 낯선 이들이었는데도 불구하고 미쿨로프는 자신감으로 가득 차 있었다. 그런데 그 자신감이 지금은 이상하리만치 사라지고 없었다.

미쿨로프는 라담이 코앞에 다가온 시점에서 자신을 이 자리에 묶어둔 수백 년의 무게를 발밑으로 느꼈다. 미쿨로프는 자신이 뭔가 끔찍한 도전을 받게 되리란 점을 알고 있었다. 그의 운명은 태어난 순간에 이미 예정되어 있었다. 앞으로 벌어질 전쟁에서 미쿨로프가 어떤 역할을 맡을지는 모르지만, 그가 준비되든 안 되든 그 순간은 올 게 분명했다.

이브고로드 수도사들은 자신의 본분에 대해 의문을 품지 않았지만, 미쿨로프는 만약 자신이 어느 날 밤 모든 걸 뒤로 하고 사라진다면 어떤 일이 일어날까 늘 궁금했다. 운명이 바뀌게 될까? 아니면 자신도 어쩔 수 없는 우연한 사건들로 인해 다시 이곳으로 되돌아오고, 결국 같은 결말을 맞이하게 될까?

스승님들이 옳은 걸까? 자신이 너무 완고하고 이기적이고 성급해서 그들의 축복 없이 이브고로드 사원을 떠났던 걸까? 이번 도전을 위한 준비가 아직도 안 된 걸까?

그의 자만심이 화를 부른 걸까?

'아니야.' 미쿨로프는 고개를 흔들었다. 지금은 불안해할 때가 아니었다. 그는 오늘을 위해 오랜 세월을 준비해 왔다. 이브고로드의 고대 문건들을 연구했고, 자료가 부족하면 더 많은 문건을 찾아 성역을 헤맸다. 그렇게 찾은 문건 중에는 아주 오래된 것들도 있었다. 어디서 찾아야 할지를 알면 실 하나로 모든 걸 꿸 수 있는 법. 미쿨로프는 실 하나를 잡았고, 수백 년의 역사를 추적해 단 하나의 결론에 이르렀다. 거대한 악마가 부활하고, 다른 모든 전쟁을 무색하게 할 만큼 끔찍한 전쟁이 일어난다는 예언이었다. 그리고 그 예언은 미쿨로프를 데커드 케인에게 이끌었고, 케인은 그를 이곳까지 이끌었다.

신들은 그에게 길을 보여줄 것이다.

멀리 해안에 낮게 깔린 안개 위로 이제 막 공격을 개시하려는 코브라처럼 흔들리는 듯 보이는 돌탑이 눈에 들어왔다. 미쿨로프는 잠깐 연기 줄기가 밖으로 흘러나와 꿈틀거리며 공기 중으로 퍼지는 광경을 상상했다. 바람결에 알아들을 수 없는 어떤 속삭임이 들려왔다. 고대 두루마리에서 본 어떤 내용이 머리를 스쳤다. 장로가 하늘과 땅의 질병에 관한 것이라고 해석했던 어떤 징조, 신들에게 반기를 들고 일어선 고문당한 영혼들의 비명…….

날카로운 비명이 주변의 모든 나무를 갈기갈기 찢으며 엄청난 속도록 굴러와 밤을 갈랐다. 분노의 폭풍은 도시를 쓸어버렸고, 바다를 텅 비게 했으며, 하늘의 별을 강타했다. 미쿨로프의 고막이 압력을 견디지 못하고 퍽 터졌다. 동공이 밖으로 불거져 나왔고, 혈관 속의 피가 들끓으며 가슴에서 숨이 터져 나왔다. 피부가 벗겨지기 시작하더니 근육이 뼈와 인대에서 떨어져 나갔고, 장기는 잘 익은 과일처럼 터질 때까지 짓눌렸다. 그리고 바람이 어둠의 바다에 텅 빈 바위만 남긴 채 모든 것을 가져갔다.

미쿨로프는 손톱으로 바닥을 움켜쥐며 물에 빠진 사람처럼 숨을 헐떡였다. 밤은 고요하고 평화로웠다. 미쿨로프는 일어서서 온몸에 이상이 없는지 확인하며 주위를 둘러보았다. 멀쩡했다. 적어도 육체적으로는 그랬다. 하지만 그는 엄청난 내상을 입었다.

미쿨로프는 몸을 떨었다. 한 번도 그런 힘을 느껴본 적 없었다. 육체와 정신이 그런 식으로 사로잡힌 적은 처음이었다. 검은 연기가 폐를 파고들자 이제는 그에 의해 오염되었다고 느꼈다. 짙은 어둠 속에서 뭔가가 그를 뒤쫓고 있었다. 그것은 거대한 몸으로 웃으며 그를 통째로 삼켜버리고 싶어 했다.

미쿨로프는 그가 누구인지 알고 있었다. 탑 안에 있는 자, 바로 어둠의 악마였다.

동굴 안에서 그들은 불 주위에 있는 털가죽 위에 앉아 있었다. 사냥해온 고기를 배불리 먹은 탓에 나른해졌다. 몇몇은 자리를 치우고 있었고, 나머지는 잠들어 있었다. 하지만 몇 사람은 깨어 있었다. 룬드는 덩치 큰 아이처럼 책상다리를 하고 앉아 손가락을 핥았다. 그리고 레아는 그 옆에 앉아서 입을 벌린 채 거구의 남자가 씩 웃는 모습을 바라보았다. 룬드의 입이 기름으로 반들거렸다. 대화는 이런저런 이야기들로 이어지다 마침내 그들이 오늘 밤 이곳에 온 이유로 되돌아갔다.

이것이 바로 에길이 케인에게 말했던 중요한 회의였다.

케인은 한숨을 내쉰 다음 가려운 수염을 문질렀다. 호라드림은 그가 기대했던 모습과는 완전히 달랐다. 케인은 목욕을 하고 깨끗한 옷으로 갈아입은 뒤 하룻밤 푹 자고 싶었다. 지난 몇 시간 동안 알게 된 사실이 그를 두렵게 만들었다. 케인은 좀 더 시간을 갖고 모든 것을 다시 생각해본 뒤 앞으로 무엇을 해야 할지 결정해야 했다.

에길이 말한 것은 히란드가 말한 것과 얼추 비슷했다. 우선, 결사단은 갑자기 생겨난 단체였다. 게아 쿨에 있는 버려진 호라드림의 회관에서 비밀 문건들의 은닉장소가 발견되자 한 무리의 학자들이 관심을 보였다. 학자들은 부스러질 것 같은 문건들을 손에 넣은 뒤, 이를 복제하려고 했다. 학자들이 문건들을 쿠라스트의 문인 가레스 라우에게 가져갔고, 그렇게 해서 일련의 일들이 일어나기 시작해 결국 몰락하게 되었다.

수년 전에 라우는 쿠라스트의 타안 마법단 중 한 명의 시종으로 일했다. 라우는 우연히 주인의 서재를 발견한 후로 고대 문건들에 빠져들었다. 문건들에 들어 있는 마법은 강력했고, 예언들은 정말 놀라웠다. 라우는 몰래 공부하는 틈틈이 옛 서책들을 새것으로 만드는 법을 배웠다. 그리고 원소술사의 시종 일을 그만두고 자신의 사업을 시작했다. 게아 쿨의 학자들이 라우에게 가져온 서책들은 그에게 최고급 포도주나 마찬가지였다. 학자들은 이 문건들의 내용 중 극히 일부만 알고 있을 뿐이었지만, 라우는 자신이 읽은 것에서 어떤 영감을 받은 듯했다. 일이 착착 진행되어 라우는 그들과 계약을 맺게 되었다. 함께 게아 쿨로 돌아가 그곳에서 학자들은 호라드림의 교리를 따르겠다는 맹세를 하고, 다양한 지식을 구하고, 정식 결사단을 창설하기로 하였다.

타고난 지도자였던 라우는 곧 집단을 장악하게 되었다. 그들은 고대 호라드림 회관을 되찾은 뒤 그곳에서 모임을 열었으며, 밤마다 모여 함께 공부했다. 회관에서 더 많은 문건과 유물을 찾아 도시 밖으로 여행할 계획을 세웠고, 그들이 발견한 서책들에 쓰인 주문을 시험해보기도 했다. 라우는 그들에게 호라드림의 교리를 배우라고 권했다. 하지만 그는 다른 사람들에게는 없는 타고난 재능과 힘을 갖고 있었다. 문인이었던 라우는 고대의 문건들이 가진 지식의 깊이를 이해했다. 문건들을 연구하면 할수록 라우는 그것을 개인적인 목적을 위해 사용할 수 있다고 확신하게 되었다.

"그는 우리를 정예 결사단이라고 불렀어요."

에길이 케인에게 사과주 술병을 건네며 말했다.

"당시에는 모든 일이 잘 풀렸고, 우리는 스스로 영웅이 될 거라고, 우리가 받아들인 호라드림의 원칙에 따라 새로운 성역의 지도자가 될 거라고 생각했어요. 최소한 우리 중 몇몇은 그랬어요. 하지만 라우는 모든 것을 그의 타락한 환상에 걸었어요. 라우는 자신이 강력한 마법학자의 후손이라고 생각했고, 스스로를 왕족이라고 불렀어요. 우리에게 그의 가문의 것으로 여겨지는 문장을 보여주기까지 했죠. 우리는 그가 고아라고 알고 있었는데 말이에요. 그 정도로 타락했을 거라고는 상상도 못했어요."

"타락했다는 게 무슨 뜻이오?"

에길은 케인의 시선을 피하는 룬드를 바라보며 한숨을 내쉬었다. 거구의 청년은 부끄러워하는 것 같았는데, 어쩌면 정말 그런지도 모른다고 케인은 생각했다.

"흑마법이요. 처음엔 몰랐어요. 우린 그를 맹목적으로 추종했거든요. 라우는 탐험할 고대의 장소들에 대해 예언적 환영을 본 뒤 우리에게 유물을 찾기 위한 탐험을 더 많이 하게 했어요. 그는 우리에게 믿음을 불어넣었어요. 심지어 몇 번의 여행에서는 실제로 악마들과 마주치기도 했는데, 그때마다 쉽게 물리치더군요. 라우는 적합한 주문을 알고 있었고, 악마들은 그에게 굴복했어요. 하지만 새로운 유물을 발견할 때마다 라우는 더 강력해졌고, 그의 의도는 더 사악해졌어요. 흑마법에 대한 집착은 더욱 심해졌죠. 결사단의 형제들이 사라졌다가 라우에게 완전히 복종하는 충복이 되어 돌아오기 시작했어요. 라우는 호라드림의 교리에 대해 새로운 비전을 제시하기 시작했고, 결사단의 미래에 관해 매일 강의를 했어요.

라우는 최초의 호라드림이 티리엘과 그의 의도를 고귀하게 본 게 잘못이라고 믿었어요. 호라드림을 결성해 놓고 대악마들과의 전투에 직접 나서지 않는다며 티리엘을 조소했죠. 티리엘이 직접 나서는 대신에 마법학자를 선봉에 내세웠다고 말했어요. 왜 강력한 힘을 가진 천사가 전쟁에 직접 참여하지 않은 거냐고 물었죠. 인간이 천사보다 더 강력한가? 천사들이 인간을 그처럼 가혹하게 심판하는데도 왜 천사가 대악마들보다 나은 존재라고 여기는가?

라우는 인간에 대해서도 비판했어요. 인간은 본질적으로 사악하다고, 불타는 지옥의 괴물들보다 악한 존재라고 했어요. 인간들이 서로 어떻게 대하는지 보라고. 스스로 방어할 수 없는 약자들을 짐승처럼 구타하고 살해하는 모습을 보라고 했어요. 그리고 새로운 집단이 일어나 성역을 이끄는 날이 올 거라고, 이들을 받아들이지 않는 사람들은 죽음을 맞이하게 될 거라고 했고요. 라우는 우리한테 자신을 주인님이라고 부르라고 요구하기 시작했어요. 또한 은밀하게 바닷가에 자신을 위한 탑을 지었어요. 그런데 그게 사람들을 시켰는지, 다른 어떤 것들을 시켰는지 알 수 없었죠. 탑은 흑마법으로 거의 하룻밤 만에 완성되었죠."

에길이 말했다.

가레스 라우는 그렇게 어둠의 악마가 되었다. 케인은 이러한 사실에 별로 놀라지 않았다. 학자들이 게아 쿨에 도착했고, 그들의 지도자가 갑자기 사라졌다는 이야기를 제로난이 했을 때부터 예상한 일이었다. 그럼에도 호라드림의 교리를 깊이 연구한 사람이 그토록 끔찍한 증오심에 사로잡혀 있다는 사실이 여전히 꺼림칙했다.

"예언서에는 지옥의 한 고위 악마가 라우를 타락시켰다고 나와 있소."

케인이 말했다. 에길이 고개를 끄덕였다. 에길의 이상하리만치 창백한 눈에 우울함이 감돌았다.

"마지막 진실을 발견한 사람이 룬드였어요."

케인은 거구의 남자를 쳐다보았다. 웃음이 싹 사라진 룬드가 갑자기 경계의 눈빛을 띠었다.

"그 얘긴 하고 싶지 않아."

룬드는 눈길을 피하며 웅얼거리듯 말했다.

"하지만 해야 해."

에길이 부드럽게 말한 뒤 다시 케인을 바라보았다.

"라우는 당시 회관을 자주 비웠는데, 한번 가면 점점 더 오래 있다 오곤 했어요. 그가 룬드에게 심부름을 시켰어요. 룬드는 라우에게 문건들을 가져다주려고 검은 탑을 방문했다가 피의 의식을 목격하게 되었어요. 결사단의 형제 중 한

명을…… 희생시키는 의식이었죠. 가레스는 불타는 지옥과 은밀히 계약을 맺었던 겁니다. 연구를 하던 중 접속점을 찾아낸 거죠."

"피, 피가 엄청날 정도로 많았어요. 정말 끔찍했죠."

룬드가 불안한 듯 손으로 옷의 솔기를 만지작거리며 중얼거렸다.

에길이 차분한 손짓으로 달래주었고, 룬드는 조금 진정된 듯 보였다.

"거기에…… 제물이 있었어요. 우리는 가레스를 제정신 차리게 하려고 했지만, 이미 너무 늦은 상태였어요. 어둠에 완전히 빠져 버린 라우는 호라드림 문건들을 연구해서 알게 된 지식을 악용했어요. 그리고 한때 성역을 지킬 거라고 약속했던 라우가 악마들을 따르기 시작했죠. 이후로 우린 그를 경계했어요. 도망치지 않으면 어떤 끔찍한 일을 당할지 모른다는 사실을 깨달은 거죠. 우린 밤을 틈타 몰래 도망쳐 나온 뒤 여기 동굴들로 왔어요. 우리가 가져온 문건들은 누군가가 이곳으로 와서 우리를 어둠에서 구원할 거라고 예언하고 있었어요. 그 뒤로 우리는 계속 당신을 기다려왔지요."

"모두가 그런 건 아니지."

불길 너머로 누군가가 중얼거렸다. 키가 크고 금발인 사내는 식사할 때나 식사를 마치고 대화를 나눌 때에도 거의 말이 없었지만, 케인은 그를 알아보았다. 결사단 내 회의론자들의 우두머리였다.

"예언서에 그의 출현이 예언되어 있어. 그걸로 충분치 않다는 거야?"

에길이 쏘아붙였다.

"그래서 마침내 그가 왔다고 믿어야 한다?"

패리스는 어깨를 으쓱하더니 사과주를 벌컥벌컥 들이켰.

"전설은 아주 오래전 얘기야. 그리고 그런 게 있기나 했는지 모르겠지만, 호라드림은 오래전에 사라졌지. 우린 어둠과 절망 속에 남겨졌어. 고향으로 돌아가 좋은 날이 오기를 기다리는 수밖에 없어."

패리스의 무리 쪽에서 동의하는 듯 웅성대는 소리가 들려왔다.

"고향이라고? 게아 쿨이 어떻게 변했는지 몰라서 하는 말이야? 어둠의 악마가 우리와 우리의 땅에 무슨 짓을 했지? 무모하게 고향으로 돌아가 뭘 어쩌자는 거야."

에길이 점점 목소리를 높였다.

얼굴이 벌게진 패리스가 자리에서 벌떡 일어섰다.

"내게 무모하다고 말하지 마, 에길. 우린 너의 그 무모한 믿음 때문에 사랑하는 사람들이 고통 받고 죽어 가는데도 이렇게 동굴에서 사는 거니까. 난 너보다는 차라리 그들과 함께 죽는 걸 택하겠어."

케인의 불안감이 점점 커지고 있었다. 케인은 어둠을 물리치는데 도움을 줄 진짜 마법학자를 찾고 있었다. 하지만 에길은 그를 적어도 영웅으로 생각하는 듯했고, 나머지 사람들은 미심쩍어하거나 부적격자, 혹은 그보다도 나쁘게 생각하는 것 같았다.

케인이 오랫동안 의심해왔던 것처럼, 고위 악마는 성역에서 활동하고 있었다. 벨리알이 갈퀴 같은 손을 가레스 라우에게 뻗치고 있었다. 앞으로 무슨 일이 벌어질지 알 수는 없지만, 케인은 그 어느 때보다 불안감을 느꼈다.

동굴 벽이 그를 향해 다가오는 것 같았다. 자리에서 일어난 케인은 룬드의 거대한 허벅지에 기댄 채 잠들어 있는 레아를 흘긋 보았다.

"바깥바람을 쐬며 머리를 식혀야 할 것 같소. 모두 생각할 시간이 필요할 게요. 잠깐 실례하겠소."

춥고 고요한 밤이었다. 케인은 피로함으로 다리가 후들거렸다. 그는 갑자기 거꾸로 뒤집어진 듯한 세상을 이해하려고 안간힘을 썼다.

어떻게 그렇게 잘못 판단할 수 있었을까? 몇 달간의 고된 탐색 끝에 얻은 모든 결론이 그를 이곳, 이 사람들에게 이끌었는데, 알고 보니 막다른 골목이었던 것이다. 이들은 오합지졸이었다. 케인은 구원자가 아니었다. 성역의 운명이 그에게, 오직 그에게만 달린 거라면 패배는 이미 결정된 거나 마찬가지였다. 레아의 상태나 그녀의 엄청난 힘을 이해하는데 그들이 혹시 도움을 줄 수 있을 거라는 생각은 가당치 않은 기대였다. 그들은 마법이나 그와는 다른 뭔가에 기초한 능력에 답을 제시할 수 있기는커녕 그럴듯한 야영지조차 세우지 못했다.

누군가 소맷자락을 잡아당겼다. 깜짝 놀란 케인은 어느새 옆에 와 있는 미쿨로프를 쳐다보았다. 케인은 수도사가 다가오는 소리를 듣지 못했다. 에길의 이야기와 패리스의 주장, 그 자신의 깊어지는 절망감에 사로잡힌 나머지 미쿨로프가 한참이나 자리를 비웠다는 사실조차 모르고 있었다.

"호라드림은 당신이 기대했던 것과는 다르네요."

미쿨로프의 말은 질문이 아니라 단정이었다. 케인은 여전히 자신이 해온 일이 옳다고 확신하는 것처럼 굳건한 모습을 보이고 싶었다. 하지만 그는 할 말을 잃었다. 그들을 구원해주리라 여겼던 집단을 만난 뒤로 마음속에 차오른 절망감을 설명할 길이 없었다.

"미…… 미안하오. 어쩌면 다른 방법을 찾았어야 했는지 모르겠소. 어쩌면 다른 이들이……."

케인이 말했다.

미쿨로프는 고개를 흔들었다. 그의 몸 전체가 대다수 인간은 감지할 수 없는 높은 진동수로 윙윙대는 것 같았다. 케인은 미쿨로프의 몸이 뭔가에 강하게 부딪힌 금속 같다고 느끼면서, 분쟁지에서 아카라트와 함께 폐허를 발견했던 날 저녁을 떠올렸다. 아주 오래전 일처럼 느껴졌다.

"오늘 밤 바람에서 사악한 기운을 느꼈습니다. 신들이 모습을 감췄어요. 해안에 있는 탑에 굉장한 악마가 있는데, 그가 우리를 발견한 것 같아 두렵습니다."

미쿨로프가 동굴의 입구 너머로 어둠 속을 바라보며 말했다.

"어둠의 악마, 가레스 라우요."

미쿨로프가 케인을 바라보았다. 동굴에서 나오는 희미한 불빛에 미쿨로프의 두 눈이 반짝였다.

"방금 어둠의 악마가 우리를 지켜보는 환영을 봤어요. 그의 분노는 닿는 모든 것을 순식간에 재로 만들어버리는 강력한 태양 같았습니다. 그런 느낌은 처음이었어요. 라우가 칼데움으로 망자들의 군대를 진격시킬 의식을 이미 시작한 게 아닐까 두렵습니다."

"시간이 정말 얼마 남지 않았소."

미쿨로프가 고개를 끄덕였다.

"저 역시 우리가 이곳에서 뭘 하고 있는지 의문을 품었습니다. 저도 뭔가 다른 것을 기대했거든요. 하지만 여기서 그만둘 수는 없습니다. 신들이 우릴 이곳으로 이끈 데에는 이유가 있을 겁니다. 우린 굳건해야 합니다, 친구여. 거대한 전쟁이 다가오고 있어요. 나약함은 우리에게 불리하게 작용할 겁니다."

케인은 한숨을 쉬었다. 성역의 평화가 그의 어깨를 짓누르자 살려달라는 비명이 저절로 터져 나오려고 했다. 한 사람이 지기에는 너무나 무거운 짐이었다.

"우리가 무엇을 하면 좋겠소, 미쿨로프?"

"가서 잠을 자야겠지요."

미소를 짓는 미쿨로프의 얼굴이 핼쑥하고 초췌해 보였다. 케인은 자신이 그동안 수도사의 한결같은 고요함과 균형 잡힌 기운에 익숙해 있었다는 사실을 깨달았다. 그런데 이제 그 기운이 보이지 않았고, 케인에게는 그 사실이 더욱 충격적이었다.

"몸과 마음을 치유해야 합니다. 아침이 되면 상황이 더 좋게 여겨질 거예요. 모든 일이 그렇지요. 그리고 하던 일을 계속해야겠지요. 달리 다른 방법이 있나요? 한밤중에 길을 떠나겠어요? 지금까지 믿어온 것들을 다 내던지고? 무엇이 진실인지 우리가 어떻게 알죠?"

케인은 고개를 끄덕였다. 물론 미쿨로프의 말이 옳았다. 하지만 케인은 수도사가 뭔가를 감추고 있다고 느꼈다. 케인이 들으면 그를 뿌리째 뒤흔들어놓을 뭔가를.

케인은 뭔가 중요한 것을 놓치고 있었다. 에길은 이렇게 말했다. 라우는 어둠에 빠져들었다. 라우의 힘은 의식을 행하고 악마의 주문을 외울 때마다 강해졌다. 결국 그의 육체마저 변하기 시작했고, 과거 자신의 몸에 괴물처럼 변형된 껍데기를 뒤집어쓰게 되었다. 하지만 어둠의 마법을 그처럼 정확하고 능숙하게 사용할 수 있는 라우라면 마음만 먹으면 무슨 일이든 가능하리라.

그럼에도 라우는 결사단의 형제들이 도망치게 놔두었다. 막강한 힘을 가진 라우에게 수도 많지 않은 분열된 집단을 찾아내 파괴하는 것쯤은 일도 아닐 터였다. 라우가 왜 이들을 남겨두었을까? 그의 안에 아직, 그들이 소중한 사람들이었다는 사실을 상기시켜 차마 그렇게까지는 못하게 하는 인간성이 남아 있는 걸까?

아니면 다른 훨씬 더 사악한 의도가 있는 걸까?

"실례합니다."

뒤돌아보니 에길이 양손을 허리에 댄 채 서 있었다. 어깨에는 자루가 들려 있었다. 청년의 창백한 얼굴이 어둠 속에 떠오른 달처럼 보였다.

"우리가 당신을 실망시켰을까 봐 걱정이 됩니다. 형제 중에는 패리스처럼 믿음을 잃은 사람들이 있습니다. 그들은 호라드림을 개혁하고자 하는 우리의 시도를 가망 없는 일로 여기죠. 호라드림은 이미 오래전에 사라졌다고 믿거든요. 그들 중 상당수가 천사나 드높은 천상이 있다는 걸 믿지 않습니다. 천상이 있다면 어째서 성역에 몰려드는 악마를 없애기 위해 행동에 나서지 않느냐고 묻죠. 하지만 믿음을 간직한 형제들은 우리에게 구원의 길을 열어줄 당신을 기다려왔답니다."

에길은 다음 말을 잇기를 주저하듯 잠시 침묵하더니, 마침내 입을 열었다.

"이야기를 들은 적이 있어요. 한동안 트리스트럼 근처에서 살다가 게아 쿨에 와서 정착한 삼촌이 있었지요. 삼촌이 우리 가족에게 트리스트럼을 침입한 악마에 관해 자신이 들은 모든 얘기를 해줬어요. 직접 악마를 보았다고도 했죠. 그리고 삼촌이 당신 얘기를 했어요. 지금은…… 가레스와 청소부 마귀들한테 잡혀서 돌아가셨죠. 저희 부모님은 살아남았지만 더 이상 절 알아보지 못하세요. 그분들도 희생자인 셈이죠."

두 사람의 눈길이 마주쳤다. 에길은 케인의 눈을 빤히 들여다보았다.

"트리스트럼이 어둠에 휩싸인 동안 당신이 현명한 조언을 했다는 이야기를 듣고, 저는 호라드림의 교리를 배워야겠다고 결심했어요. 저는 당신이 우리를 도와줄 수 있다는 걸 알고 있습니다. 우리는…… 분열되어 있고 지도자도 없지만, 배우려는 열정으로 가득합니다. 당신이 함께한다면 다른 형제들도 믿음을 갖게 될 거예요. 약속드립니다, 절대 실망시키지 않겠습니다."

데커드 케인은 나무가 삐걱대는 소리와 곤충들이 희미하게 윙윙 대는 소리에 귀를 기울이며 어둠을 응시했다. 청각이 기이할 정도로 좋아진 것 같았다. 늑대가 다가오는 소리에 풀을 뜯다 말고 고개를 쳐드는 사슴의 귀 같다고 생각했다. 케인의 얼굴에 희미하게 미소가 번졌다. '난 늙은이이긴 해도 아직 죽지 않았어.' 바람이 다시 폭력의 약속을 속삭이는 듯했다. 축축한 땅에서 고개를 쳐드는 차갑고 죽은 것들이 느껴졌다. 케인은 가레스 라우가 저 밖 어딘가에 밤하늘을 쳐다보며 자신처럼 서 있다는 사실을 깨달았다. 그는 몸을 떨었다.

에길은 고개를 들고 기대에 찬 표정으로 케인을 쳐다보며 기다렸다. 그러더니 어깨에 멘 자루를 내려놓고 안을 뒤적여 뭔가를 꺼냈다. 그것을 본 케인은 놀라움과 경이로움에 숨을 헉 들이켰다.

"우리는 이것을 칸두라스에 있는 어느 사원의 잔해에서 발견했어요. 사용법을 모르겠는데, 당신이 우리에게 가르쳐줄 수 있을 거라고 생각했습니다."

케인은 유물을 양손으로 받아들더니 이리저리 뒤집어 보았고, 정교한 세공에 감탄했다. 마지막으로 본 건 정말 오래전이었다. 인간의 두개골보다 약간 더 크고, 그가 기억했던 것보다 더 무거웠다. 복잡한 문양이 새겨진 목재가 피부에 까끌까끌하게 닿았다.

'호리드림 상자.'

"이건 강력한 도구요. 상자의 마법은 너무나 엄청나기 때문에 반드시 현명하게 사용해야 하오."

케인은 그렇게 말하며 유물을 돌려주려 했지만, 에길이 고개를 흔들었다.

"부탁드립니다. 가지세요. 우리에게 당신의 지식을 가르쳐 주십시오. 우리가 서고에서 빼내온 문건들을 읽어주세요. 문건에 당신이 올 거라는 말이 적혀 있었어요. 도움이 될 만한 정보가 더 있을지 모릅니다."

수많은 세월을 뛰어넘어 어머니의 목소리가 다시 들려오는 것 같았다. '두루마리에는 언젠가 모든 것이 패배한 것처럼 보일 때 호라드림이 다시 일어나고, 새로운 영웅이 그들을 이끌고 성역을 지키기 위해 싸울 것이라고 적혀 있어……'

그리고 다시 목소리가 들렸는데 이번에는 경고의 목소리였다. '말을 조심해라, 데커드.'

케인은 상자를 배낭 안에 조심스럽게 넣었다.

"잠자리에 들기 전에 논의할 문제가 아주 많소. 게아 쿨에 있었을 때 일어난 일들 가운데 당신이 기억할 수 있는 모든 일을 알고 싶소. 사소하고 하찮아 보이는 일들까지 말이오. 활용할 수 있는 뭔가 중요한 게 있을지 모르오."

케인이 에길의 팔을 잡자, 미쿨로프가 케인의 다른 쪽 옆으로 다가가 섰다. 세 사람은 다른 사람들이 기다리고 있는 동굴 안으로 다시 들어갔다.

제 27 장

룬드의 활

　그녀는 구름 위로 아득히 솟은 판자 위에 서 있었다. 너무 작아 앉을 수조차 없는 판자는 그나마도 가장자리가 떨어져 나가고 있었다. 사방에 내리치는 번개가 자주색과 흰색의 들쭉날쭉한 금으로 갈라진 하늘을 밝히고 있었다. 그녀는 겁에 질린 채 몸을 떨었다. 두려워 움직일 수도, 심지어 숨을 쉴 수도 없었다. 그녀는 곧 미끄러져 심연 속으로 빙글빙글 돌며 떨어질 터였다.
　거친 폭풍을 뚫고 미친 늙은 거지와 심술궂은 눈빛을 한 소년의 목소리가 들려왔다. '하늘은 어둠으로 뒤덮이고, 거리는 온통 피로 넘쳐나리라 ······. 네 미친 엄마는 어디 있어? 술집에서 또 남자들 시중들고 있어? ······ 분수대에 처넣고 시궁창 냄새를 씻어내야지······.'
　날개를 퍼덕이는 소리가 목소리에 섞여들었다. 주위를 돌아보았지만 새들은 보이지 않았다. 다시 앞을 바라보는 순간, 최소한 그녀보다 두 배는 큰 까마귀가 날개를 파닥이며 눈앞에 있었다. 까마귀의 크고 날카로운 부리가 앞으로 달려들며 그녀의 살갗을 스치듯 지나쳤다. 구슬 같은 눈은 그녀의 얼굴에 고정되어 있었다.
　까마귀의 모습이 변하는 광경을 지켜보며 그녀는 비명을 질렀다. 날개가 녹아들더니 손대신 까마귀의 발톱이 달린 질리언으로 변했다. 가슴에는 칼이 자루까지 깊숙이 박혀 있었다. 그러더니 어둠에 휩싸인 형체에 드리워진 두건으로 바뀌었다. 발톱이 일렁이며 길고 앙상한 손가락으로 변했고, 등이 굽고 긴 옷을 입은 형체가 손이 닿지 않는 허공에 떠 있었다. 어둠에 휩싸인 남자였다. '넌 내 것이다.' 남자의 목소리가 머릿속에서 천둥처럼 울려 퍼졌다. 남자가 그녀를 향해 한 손을 뻗었고, 번개가 다시 내리쳤다. 그의 뒤로 살갗이 벗겨진 끔찍한 짐승 수천 마리가 모여 있었다. 그녀는 자신의 몸이 찢기고 발가벗겨진 것을 느꼈다. 몸에서 끈 같은 게 빠져나와 있었는데, 끈은 배에서부터 풀어져 있었다. 그녀가 아래를 내려다보더니 다시 비명을 질렀다. 끈은 그녀의 피였다. 피는 바람에 날려 길고 빨간 뱀처럼 꿈틀대더니, 푸른 불길로 타올랐다.

레아가 눈을 떴을 때는 사방이 고요했다. 동굴 입구에서 회색빛이 조금씩 새어들고 있었다. 모닥불은 이제 꺼졌지만 연기 냄새가 아직 공기 중에 감돌고 있었다. 옆에 잠들어 있는 룬드의 거대한 가슴이 천천히 오르내리고 있었다. 레아는 한숨을 내쉰 뒤 쿵쾅거리는 가슴이 진정되기를 기다렸다. 꿈이 너무나 생생했다. 레아는 어둠에 휩싸인 남자와 그의 악마들이 세상을 파괴하려 한다는 걸 알고 있었다. 차가운 아침 공기 속에서 레아는 몸을 떨었다.

야영지는 천천히 잠에서 깨어났다. 남자들이 뭐라고 중얼대며 움직였고, 일어나 물을 길어오고 화덕에 다시 불을 피웠다. 룬드는 조금 뒤에 깨어나 졸린 듯 레아를 바라보며 미소 지었다. 레아의 가슴에서 그를 향한 따뜻한 감정이 피어올랐고, 이내 온몸으로 퍼지며 한기를 쫓아냈다. 왜 그런지는 몰라도 룬드의 강한 힘이 그녀를 위험으로부터 보호해 줄 수 있기라도 하듯 그는 레아에게 안전하다는 느낌을 주었다. 게다가 룬드의 마음은 어린아이 같았고, 숨기는 게 아무것도 없었다. 레아는 그 점이 마음에 들었다.

레아는 데커드 아저씨가 있는지 동굴 안을 둘러보았다. 케인은 에길이라는 청년과 레아가 모르는 결사단의 다른 두 명(키가 크고 말랐으며 안경을 낀 남자와 대머리에 땅딸막한 남자), 그리고 수도사 미쿨로프와 열심히 대화를 나누고 있었다. 노인의 얼굴은 창백했고, 깊은 주름이 패여 있었으며, 눈 주위에 검은 그림자가 드리워져 있었다. 그들은 작은 소리로 속삭이고 있었지만 레아의 귀에 엔네아드나 암뮤이트, 아니면 그 비슷한 단어들이 들려왔다. 그들은 끊임없이 서책의 책장을 앞뒤로 넘기며 내용에 관해 뭔가를 말하고 있었다. 케인이 배낭에서 이상한 사각형 물체를 꺼냈고, 마치 굉장히 신비로운 물건이라도 되는 듯 문양이 새겨진 나무 표면을 가리켰다. 레아에게는 그저 평범한 상자처럼 보였다. 룬드를 돌아보자, 그가 자리에 앉아 빙그레 웃었다. 너무도 해맑은 웃음에 레아도 따라 웃지 않을 수 없었다.

"이거 너 줄게."

룬드가 등 뒤에서 뭔가를 꺼내 내밀며 수줍게 말했다. 어린나무와 영양의 힘줄로 만든 작은 활과 끝을 뾰족하게 깎은 뒤 불로 까맣게 그슬리고 다른 쪽 끝에 푸른 깃털을 장식한 여섯 개의 화살이었다.

레아는 활을 받아들더니 마치 어린아이를 안듯 두 팔로 안았다. 룬드가 나무 줄기에 화살을 쏘는 걸 본 후로, 레아는 그의 활과 공기를 가르며 쌩하고 날아가는 화살과 시위에서 튕겨 나가며 낮게 팅 하고 울리는 소리에 매료되었다. 하지만 레아가 시위를 잡아당기려 아무리 애를 써도 튼튼한 활대는 꿈쩍도 하지 않았다. 거대한 활을 드는 것만으로도 바닥에 고꾸라질 듯하자 레아는 좌절감을 느끼며 포기할 수밖에 없었다.

이 활은 레아에게 적당한 크기였다.

"쏴 봐도 돼요? 네?"

레아가 물었다.

룬드는 케인이 있는 쪽을 보며 고개를 끄덕였다.

"아저씨한테 먼저 물어보자."

룬드는 레아를 공터로 데리고 나가 땅에 굳건히 발을 딛고 서는 법을 가르쳐 주었다. 그리고 화살을 시위에 메기고 활을 아래로 내린 다음 눈을 가늘게 뜨고, 한쪽 팔은 고정한 채 다른 팔을 구부려 시위를 눈에 가까이 잡아당기는 법을 가르쳐 주었다. 레아가 맨 처음 쏜 몇 발의 화살은 심하게 흔들리며 날아가더니 숲과 땅으로 떨어졌다. 하지만 여덟 번째 화살은 똑바로 날아가 룬드가 나무에 표시해둔 과녁에서 겨우 몇 센티미터 떨어진 곳에 박혔다. 룬드는 어린아이처럼 손뼉을 치고 팔짝팔짝 뛰며 기뻐하더니 레아가 다시 쏠 수 있게 달려가 떨어진 화살들을 주워왔다.

점심때쯤 레아는 과녁을 세 번이나 명중시켰다. 팔의 근육이 욱신댔지만 그만두고 싶지 않았다. 활에는 레아의 두려움을 제어하고, 심지어 마음대로 다룰 수 있게 하는 힘이 있었다. 이런 무기가 있다면 더 이상 어둠 앞에서 무기력하게 있지 않아도 되었다.

레아는 앞에 커다란 검은 까마귀가 있다고 상상한 뒤 까마귀의 반짝이는 눈을 과녁으로 삼았다. 룬드는 몸의 다른 감각을 전부 고요하게 한 다음, 쉬이 하는 소리와 함께 숨을 천천히 길게 내쉬며 화살을 쏘는 방법을 알려주었다. 이번에 레아의 화살은 동그란 과녁의 중앙에 거의 접근했다. 룬드는 간신히 레아를 설득해 그날의 연습을 마칠 수 있었다.

야영지는 부산했다. 음식 냄새가 공기 중에 짙게 감돌았다. 데커드 아저씨의 주변에는 더 많은 사람들이 모여 있었다. 케인은 사람들이 가끔 고개를 끄덕이거나 흔들기도 하며 주의 깊게 경청하는 동안, 몸짓을 섞어가며 큰 소리로 이야기하고 있었다. 그들은 서책에 나온 구절들을 가리켰고, 지도와 케인의 배낭에서 나온 물건들을 살펴봤으며, 흙에 문양을 그리기도 했다. 무리는 의견이 대립하는 두 패로 갈린 것 같았다. 대머리에 땅딸막한 남자(이름이 쿨렌이라고 알고 있었다)는 청소부 마귀라고 부르는 구울의 군대에 관해 뭔가를 얘기하고 있었다. 얼굴을 더욱 붉히고 목소리를 더욱 크게 하는 쿨렌이 몸짓을 섞어가며 이야기하는 모습에 레아가 몸을 떨었다. 룬드가 레아의 손을 잡고 다른 곳으로 데려갔다.

저녁 식사 전에 그들은 야영지 아래로 흐르는 개울에서 차례차례 목욕을 했다. 물이 시리도록 차가워 레아는 숨이 다 막히는 듯했고, 온몸에 소름이 돋았다. 레아는 룬드가 준 염소 지방과 꽃 기름으로 만든 비누로 몸을 닦았다. 길에서 묻힌 먼지와 때를 씻어내는 느낌이 좋았다. 숨을 꾹 참고 머리를 잠깐 물속에 담갔다가 빼내자 새로 태어난 듯 기분이 상쾌했다.

밤에 그들은 다시 모닥불 주위에 둘러앉아 음식을 먹었는데, 이번에는 더 많은 사람이 모여든 것 같았다. 데커드 아저씨가 호라드림과 수년 전에 일어난 그들의 굉장한 전투에 관해 이야기하자 모두가 그에게 집중했다. 레아는 제레드 케인과 탈 라샤에 관한 설명을 들었다. 두 마법전사는 그녀가 꿈에서 본 까마귀, 살갗이 벗겨진 짐승 같은 괴물들과 그보다 더 끔찍한 것들과 싸웠다고 했다. 레아는 케인이 트리스트럼이라는 도시와 그곳에서 일어난 일, 어둠의 방랑자라는 사람의 이야기, 바알이라는 괴물과 아리앗 산에서 전쟁을 벌인 이야기로 넘어가자 졸음이 몰려왔다.

사람들은 열심히 듣고 있었다. 몇몇 이야기는 그들이 듣기에도 끔찍한 이야기였지만, 대부분은 데커드 아저씨의 이야기 솜씨에 매료된 듯했다. 왠지 몰라도 레아도 더는 두렵지 않았다. 아저씨의 목소리는 레아를 진정시켰고, 룬드의 존재는 여기서는 아무런 나쁜 일도 일어나지 않을 것 같은 느낌을 주었다. 칼데움에서의 화재, 이상한 마을, 쿠라스트에서 일어난 일들이 먼 과거처럼 느껴졌다.

레아는 몇 주 만에 그녀가 기억할 수 있는 것보다 더 만족스럽고 안전한 기분을 느끼며 룬드의 어깨에 기대에 잠이 들었다.

"더 알아야 할 것이 있소. 중요한 건 알 쿳이오. 알 쿳의 무덤, 이게 무슨 뜻일까? 내가 분쟁지에서 발견한 예언서를 보면, 망자들의 군대에 관해 기술한 장에 그 이름이 언급되어 있었소. 그 이름은 쿠라스트 외곽에 사는, 청소부 마귀에게 홀린 어느 사내아이의 그림 아래에도 쓰여 있었소. 이 둘을 어떻게 연결 지을 수 있겠소?"

케인이 말했다.

태양이 짙은 먹구름 뒤로 자취를 감춘 사이, 잿빛의 차가운 새벽이 밝아오고 있었다. 시간이 지나면서 케인이 새로 찾은 열정과 기운이 사그라지기 시작했다. 라담이 이제 이틀밖에 남지 않았다. 시간이 턱없이 부족했다. 결사단은 어젯밤 모닥불 근처에서 케인의 이야기에 정신없이 빠져들었고, 케인은 그들 사이에서 공감대가 형성되는 것을 느꼈다. 하지만 배울 것도, 가르칠 것도 여전히 너무나 많았다. 케인은 그 때문에 압도당하고 좌절감을 느꼈다.

수백 년 전에 창설된 최초의 호라드림과 비슷한 식으로 호라드림을 재창설하려는 시도가 있었다. 최초의 호라드림이 각 마법사 단체의 마법학자들로 구성되었던 것처럼, 젊은 학자들이 주요 마법사 단체에 한 사람씩 보내졌고, 소위 지도자로 불리던 이들이 각 집단의 다른 마법사들을 엔네아드, 암뮤이트, 타안, 비제레이의 방식으로 지도했다. 하지만 그들의 가르침은 한결같지 않았고, 때로는 완전히 잘못 가르치기도 했다. 케인 자신도 유용한 뭔가를 찾을 때에는 변형, 환영, 예언에 관한 잘못된 개념을 바로잡는데 많은 시간을 허비해야 했다.

그들은 이미 소유하고 있는 것들을 모두 살펴봤지만, 그것으로는 충분하지 않았다. 에길은 그들이 도시를 탈출하기 전에 라우가 이미 수백 마리의 괴물을 소집했다고 말했다. 게아 쿨을 비롯해 주변 지역 주민의 빈껍데기들과 훨씬 더 사악하고 위험한 짐승들이었다. 라우는 그때쯤 상당한 기술과 경험을 갖춘 마법학자가 되어 있어서, 다른 마법학자들이 한 번도 보거나 들어보지 못한 존재들을 명부에서 소환해내고 있었다. 이러한 가운데 그들이 청소부 마귀라고 부르는 괴물 일부가 성역에 퍼져 나갔고, 청소부 마귀들은 결사단 형제들이 알 수 없는 방식으로 주민들의 생기를 빼내갔다.

"알 쿳이라는 이름을 아무도 들어보지 못했소? 살아 있는 자든, 오래전에 죽은 자든 말이오. 역사적으로 중요한, 어쩌면 마법학자였을지도 모르는 사람이오."

케인을 둘러싼 사람들(에길, 쿨렌, 미쿨로프, 그리고 토마스라는 청년)이 침묵했다. 그들은 어둠의 악마의 요새를 공격할 계획을 세우는 데 도움이 될 만한 실마리를 찾고 있었다.

케인은 배낭을 뒤져 호라드림 예언서 한 권을 꺼냈다. 그가 비제레이 폐허에서 발견한, 탈 라샤가 직접 쓴듯한 서책이었다.

"여기 이 구절을 보시오."

케인은 그 구절을 큰 소리로 읽었다.

"거짓 지도자가 잿더미에서 소생하면 드높은 천상이 성역 위로 무너져 내리리라……. 알 컷의 무덤이 드러나고, 죽음이 인류를 황폐하게 하리라……."

"제가 봐도 될까요?"

에길이 물었다. 서책을 손에 들고 살펴보던 에길의 눈이 뭔가를 알아낸 듯 커졌다.

"이게 정말 가능한 일인가요? 설마…… 분쟁지 폐허에서 가져온 건 아니겠지요? 무너진 사원 아래 묻힌 도서관과 유물을 지키는 사악한 악마를 보셨습니까?"

에길이 작은 소리로 물었다.

"그걸 어떻게 아시오?"

"우리가 몇 달 전에 그곳 폐허에 있었거든요. 결사단 형제 가운데 한 사람을 홀린 악마에게 쫓기고 있었어요. 가레스가 우리가 달아날 수 있게 악마를 붙잡아 두긴 했지만, 소지품 일부를 그곳에 두고 와야 했어요. 음식과 이 서책을 비롯해서 우리가 폐허에서 발견한 고대 비제레이 마법서 한 권을 두고 왔죠. 악마의 마법서 말이에요."

에길이 흥분해서는 큰 소리로 말했다.

케인은 호라드림 예언서를 들어 올렸다.

"내가 이 문건을 발견한 폐허에 이걸 가져온 사람이 당신이었단 말이오?"

에길이 고개를 끄덕였다.

"가레스가 우리에게 여행 중에 이 서책이 필요할 거라고 했고, 우린 그런 가레스에게 절대 의문을 품지 않았거든요. 가레스는 늘 옳았으니까요. 하지만 이번엔……."

에길이 어깨를 으쓱했다.

"우리를 위협한 건 악마뿐만이 아니었어요. 모래 말벌과 사막상어 때문에 간신히 목숨만 건져 도망쳐 나왔답니다."

케인의 등줄기로 소름이 쫙 돋았다. 케인과 아카라트는 라우의 정예 결사단을 뒤쫓아 비제레이 폐허에 갔던 것이다. 케인이 흙먼지 속에서 발견한 것은 정예 결사단의 발자국이었고, 사원 뒤에서 발견한 것 역시 그들의 소지품이었다. 우연이라고 하기에는 미심쩍은 부분이 있었다.

케인은 내용 대부분이 이미 익숙한 문건을 다시 빠르게 훑었다. 서책에는 케인이 이 동굴에 오기까지의 여정과 쿠라스트와 게아 쿨이 어둠의 손아귀에 떨어질 것을 예언한 오래된 기록들로 가득했다. 서책은 수백 년 전에 쓰였다기보다는 비교적 최근에 쓰인 것처럼 보였다.

알 쿳의 이름이 언급되기 직전인 거의 끝 부분에 게아 쿨의 지하 깊은 곳에 묻힌 수천 명의 잃어버린 영혼에 대해 언급돼 있었다. 게아 쿨은 성역의 역사에서 끔찍하게 위험하고도 중요한 의미가 있는 살육의 현장이었다. 하지만 서책은 양피지가 다 떨어진 듯 거기서 갑자기 끝나 있었다.

"서책의 다른 한 권을 보아야겠소."

케인이 말했다.

에길은 방법이 없다는 듯 양손을 들어 올렸다.

"여기에 없어요. 다른 서책이 더 있다면 게아 쿨에 있는 호라드림 서고에 있을 겁니다. 당신을 만나기 전에 더 많은 답을 찾으려고 그곳에 돌아갔던 거예요."

케인은 서고로 돌아가 시체덩어리 같은 괴물을 다시 상대할 생각을 하자 가슴이 철렁했다. 케인은 그런 괴물을 상대할 수 없었다. 그는 학자이지 전사가 아니었다. 하지만 달리 다른 선택을 할 수 있을까? 야영지에는 더 이상 그들이 찾는 답이 없었다. 케인은 그들이 계속 이곳에 있는 한 어둠의 악마와 그의 군대가 이곳에 들이닥치는 건 시간문제라고 확신했다.

"게아 쿨에 있는 호라드림 회관으로 돌아가야 하오. 거기에 있는 서책이 필요해요."

케인이 말했다.

"그곳에는 다른 유물들도 있습니다. 어쩌면 지금은 없을지도 모르지만. 우리가 탐험을 통해 찾은 것들이죠……."

에길이 말했다.

쿨렌이 고개를 흔들자, 턱에 늘어진 살도 흔들렸다.

"너무 위험해요. 가레스의 첩자는 어디에나 있어요. 그가 우릴 찾을 거라고요!"

케인이 손을 들어 올렸다.

"두려움 앞에서 더는 움츠러들지 말아야 하오. 동굴 속에서 짐승처럼 사는 당신들의 모습을 보시오. 그 사이 당신들을 이끌었던 사람은 천천히 이 세계를 파괴하고 있는데, 당신들은 그를 막기 위해 아무런 행동도 하지 않고 있잖소."

케인은 도전적인 눈빛으로 에길과 쿨렌, 토마스를 바라보았다.

"당신들이 행동에 나서지 않으면 적들이 곧 우리를 찾아올 게요. 당신들은 자신을 호라드림이라고 일컬었소. 당신들의 운명을 받아들이고 그 이름에 걸맞은 사람들임을 스스로 증명할 때이오."

무리들 사이로 침묵이 흘렀다. 세 사람은 바닥을 바라보며 시선을 피했다.

"전 당신을 따르겠습니다. 필요하다면 죽을 때까지 싸우겠습니다."

미쿨로프가 말했다.

"저도 가겠습니다."

에길이 고개를 들며 말했다. 그의 눈이 새롭게 반짝였다.

"절대 실망시키지 않겠습니다."

토마스가 고개를 끄덕였다. 마침내 쿨렌도 가담했다.

"좋소. 내일 새벽에 우리는 첫걸음을 내디딜 거요. 이제 이틀 남았소. 대천사들의 가호가 있기를 빕니다."

제 28 장

빙의

흐릿하게 동이 터올 무렵, 그들은 게아 쿨의 도시 아래로 뻗은 터널 입구에 도착했다.

레아는 다른 사람들과 야영지에 남았고 룬드가 보호자로 곁을 지키기로 했다. 레아가 함께 하기에는 너무 위험한 여정이었다. 게다가 레아는 온화한 거인과 함께 있는 걸 좋아하는 듯했다. 케인은 두 사람이 어색한 조합을 이루면서도 행복한 친구로 서로 손을 맞잡고 있는 모습을 흐뭇하게 바라보았다. 케인은 룬드가 레아를 지키기 위해서라면 무슨 일이든 하리라는 걸 알았다.

가는 길에 케인은 일행에게 트리스트럼이 몰락하고 바알이 아리앗 산을 공격한 이후 그의 동료들이 어둠의 방랑자를 쫓던 이야기를 들려주었다. 그리고 성역을 지키기 위해 아리앗 산에서 세계석을 파괴하고 자신을 희생했던 티리엘의 영웅적인 여정을 끝으로 이야기를 마무리했다. 다른 사람들을 고양하기 위해 시작한 이야기였으나, 끝내 케인 자신도 고양되고 말았다. 이야기가 이어질수록 내용은 점점 재미있어졌고, 극적으로 변해갔다. 케인은 어머니가 아이들에게 고대 마법단과 그들이 대악마들과 벌인 전쟁에 관해 이야기해주면서 눈을 빛냈던 걸 기억했다. 당시에는 미친 짓이라고 생각했지만, 이제는 그것이 정의에 대한 열정이었음을 알았다. 이들에게는 그저 고무적인 이야기에 불과할지 모르지만, 케인은 직접 아리앗 산에 있었고 죽을힘을 다해 도망쳤다. 자신이 직접 목격한 이야기들이었다. 케인은 어둠이 가져올 게 무엇인지를 잘 알았다.

케인은 잠시 멈춰 서서 앞에 늘어선 오두막들을 바라보았다. 몇몇 오두막 안에는 사람들이 있었다. 예전 모습의 껍데기만 남은 남자와 여자들이 엿보는 눈을 피해 숨어 있었다. 케인은 주먹을 꽉 쥐며 고개를 흔들었다. 치솟는 파도처럼 케인의 내부에서 분노가 일었다. 성역에 사는 사람들의 생명을 짜내고 있는 가레스 라우를 반드시 저지해야 했다.

케인은 퍽 하는 소리와 함께 밝게 타오르는 불꽃을 보았다. 에길이 쇠창살을 열더니, 며칠 전에 놓아둔 횃불을 집어 들고 가방에서 화약을 꺼내 불을 붙였다.

그들은 함께 터널로 들어갔다. 에길은 축축한 물이 뚝뚝 떨어지는 통로로 그들을 안내했다. 횃불의 불빛이 벽에 아른거렸고, 빛을 받은 이끼의 발광체가 기괴하게 빛나기 시작했다. 에길은 야영지 바깥의 산에서 캔 광석과 바로 이 이끼를 섞어 화약을 폭발시켰던 것이다. 공기는 얼어붙을 듯 차가웠다. 다른 사람들과 보조를 맞추려고 불쌍한 낡은 무릎을 부서져라 재촉하며 걷는 동안, 케인은 자신이 내뿜는 허연 숨을 볼 수 있었다.

다른 방향으로 꺾어지는 여러 개의 모퉁이와 곁길이 나왔지만, 에길은 어디로 가야 할지 정확히 아는 듯했다. 그들은 마침내 비밀 문으로 이어지는 계단에 도착했다. 귀를 기울이고 들으니 문 뒤에서 아무런 소리도 들리지 않았다. 에길이 감춰진 지렛대를 누르자 문이 우르르 요란한 소리를 내며 뒤로 밀렸다.

복도는 텅 비어 있었고, 그 너머의 방은 칠흑같이 어두웠다. 서고로 들어가는 문은 시체덩어리에 의해 부서져 있고, 바닥 여기저기에 돌멩이가 나뒹굴고 있었다. 작은 쥐만 한 곤충이 탁탁거리며 돌바닥 위를 휙 지나가자 일행이 모두 펄쩍 뛰어올랐다. 그 외에는 아무것도 움직이지 않았다.

"횃불을 이리 주시오."

미쿨로프가 말했다. 횃불을 건네받은 미쿨로프는 돌멩이들을 피해 가며 앞장섰고, 그 뒤를 케인이 바짝 따라갔다. 노인의 숨이 턱까지 차올랐다. 케인은 닥친 위험에도 불구하고 지난번에 왔을 때 얼핏 본 서책에 대한 기대감으로 가슴이 뛰었다. 서책을 손에 넣을 때까지 참고 기다릴 수가 없었다. 케인은 바스러질 것 같은 책장 속 어딘가에서 알 쿳의 비밀을 밝혀낼 수 있으리라고 확신했다.

서고는 케인의 기대를 저버리지 않았을 뿐만 아니라 그가 기억하는 것보다 훨씬 더 인상적이었다. 시체덩어리가 몸을 부딪쳤던 자리의 선반 몇 개 층이 부서져 바닥에 떨어진 것을 제외하면, 서책들은 모두 그대로였다. 햇불이 희귀한 서책들이 꽂힌 선반을 하나씩 훑었다. 대부분은 완벽한 상태로 보관되어 있었다. 공기 중에 희미하게 썩은 냄새가 감돌았지만 괴물이 나타날 조짐은 보이지 않았고, 다른 방들은 어둡고 조용했다. 쿨렌과 토마스가 책상을 제자리에 놓고 바닥의 서책들을 모아 조심스럽게 쌓기 시작했다. 에길은 얼굴을 일그러뜨린 채 피해를 살피며 문간에 서서 꼼짝도 하지 않았다.

케인은 가까운 서책들의 책등을 손가락으로 죽 훑다가 몇몇 서책을 꺼내 자세히 들여다보았다. 그리고는 오래된 양피지의 자극적이면서도 익숙한 냄새에 푹 빠져들었다. 여기에 자카룸교단의 원본 기록이 있는가 하면, 저기에 비제레이 호라드림 결사단과 라트마의 사제에 관한 역사 문건이 있었다. 케인의 심장이 두근거렸다. 일부는 전에도 본 적이 있는 서책이었지만, 나머지는 처음 보는 것들이었다. 현실의 판 왜곡과 환영에 관한 암뮤이트 보고서가 타안의 점술 서적 복사본 옆에 자리하고 있었다. 고대 주술사들과 마녀들이 쓴 약 제조법을 비롯해 저주와 가루와 주문에 관한 기록이 있었고, 북쪽 숲의 드루이드들이 사용한 변신과 원소 마법에 관한 학술서도 있었다. 나머지는 토라자 밀림의 움바루 부두술사들에 관한 기록들이었다. 그리고 케인이 어렴풋이 알고 있는 나무뿌리와 약초를 이용한 약 조제에 관한 개요들이었다.

케인은 아래쪽 선반에서 접힌 양피지 한 장을 발견했다. 불빛에 가까이 대고 보니 게아 쿨의 지하 터널을 그린 지도였다. 케인은 도시 전체를 넘어 바다까지 이어진 바퀴살 같은 도형에서 자신들이 서 있는 방들을 찾아보았다. 지도에는 케인이 한 번 봐서는 알 수 없는, 땅속에 묻힌 건물 같기도 한 기호들이 그려져 있었다. 아주 세밀하고도 주의 깊게 작성한 지도였다. 케인은 지도를 배낭 안에 넣었다.

케인은 다시 선반으로 돌아오다가 멈춰 선 채 놀란 눈빛으로 서책 하나를 바라보았다. 새삼 수십 년 전 기억이 떠올랐다. 어떻게 이런 일이 가능할까? 케인은 떨리는 손으로 서책을 꺼낸 뒤 표지에 묻은 먼지를 훅 불었다.

서부 반도와 라키스의 아들에 관한 역사서. 케인이 어린 소년이었을 때 어머니가 그의 눈앞에서 태워버렸던 문건의 복사본이었다.

'이건 네 운명에 어울리지 않아…… 네가 읽어야 할 건 제레드의 유물이야. 읽겠다고 마음먹기만 하면 돼.'

케인은 눈물을 흘릴 뻔했다는 사실을 깨닫고 깜짝 놀랐다. '나처럼 나이 많은 늙은이가 지나간 일을 가지고 울어선 안 되지. 시간이 얼마 남지 않았어.'

"라우는 뼈 속까지 학자였어요. 늘 지식을 추구하는 일에 매진해 우리에게 구할 수 있는 모든 서책을 구해오게 했죠. 라우는 이 문건들을 연구했고 그렇게 지식을 얻은 겁니다."

토마스가 최면에 걸린 듯 서책들에 빠져든 케인의 주의를 환기하며 말했다.

지식의 범위는 놀라울 정도로 방대했다. 정예 결사단이 이것을 모으는 데 수년은 족히 걸렸으리라. 그렇다 하더라도 수집 량은 믿기 어려울 정도로 많았다. 하지만 라우는 이 모두를 버리고 떠났다. 중요한 물음이 떠올랐다. 지금 그가 가진 훨씬 더 중요한 서책은 무엇일까?

케인은 자신과 가레스 라우가 평행선을 그리는 모습을 지켜볼 수밖에 없었다. 그런데 무엇이 라우를 정의의 길에서 벗어나게 한 걸까? 케인은 자신의 진실한 소명을 찾기 전에 허비했던 시간을 후회했다. 절대 그 시간을 메울 수 없을 거라고 생각했다. 하지만 그 시간은 어쩌면 시간의 소중함을 일깨우고, 같은 실수를 반복하지 않게 하고, 악의 유혹에 빠지지 않도록 나름 중요한 역할을 해온 게 아닐까.

'너 자신의 시간과 너 자신의 인생 여정에 믿음을 가져야 한다.'

미쿨로프는 벽에서 등불을 찾아내 횃불로 불을 붙인 다음, 에길에게 들고 있게 했다. 실내가 밝아지며 노란 불꽃이 서책들이 놓인 선반들을 비추었다. 그들은 야영지에서 커다란 자루를 가져왔다. 케인은 토마스와 쿨렌에게 챙겨가야 할 서책들을 가르쳐 주었다.

그 서책을 발견한 것은 토마스였다. 책상이 뒤집힌 곳에서 가까운 바닥에 케인의 배낭 안에 든 서책과 짝을 이루는 다른 한 권이 놓여 있었다.

책의 표지가 눈에 익었다. 손으로 꿰맨 가죽 표지에 호라드림 상징이 찍혀 있었고, 안에는 탈 라샤의 문장이 있었다. 케인은 미쿨로프에게 등불을 가까이 가져오게 한 뒤, 바스러질 것 같은 책장을 조심스럽게 넘기며 내용을 살폈다. 저자가 한 책장 안에 많은 내용을 담으려고 한듯 글이 빽빽했다. 이전 서책의 예언이 이어지기보다는, 마법단 전쟁과 티리엘에 의한 호라드림 창설에 관해 내용이 자세히 기술돼 있었다. 책장을 넘기는 동안 케인의 흥분이 조금씩 가라앉았다.

서책의 뒷부분은 텅 비어 있었다.

케인은 한숨을 내쉬고 눈을 비볐다. 서고의 서책을 다 읽으려면 몇 달이 걸릴 듯했고, 다 읽는다 하더라도 해답을 찾을 수 있을지 장담할 수 없었다.

'아니야.' 케인은 빈 책장들을 자세히 들여다보았다. 책장이 비어 있는 게 이상했다. 글이 감춰져 있는 게 틀림없다는 확신이 들었다.

케인은 배낭에서 악마를 소환하는 마법서를 꺼내서 회관의 위치를 찾을 때 이용했던 드러냄의 주문을 찾았다. 주문을 외자 다시 한 번 사악한 힘이 그를 관통하는 게 느껴졌다. 등불의 불길이 퍼덕이다가 다시 치솟았고, 눈에 보이지 않는 뭔가가 서고로 들어온 것 같았다. 일행이 놀라 숨을 들이켜는 소리가 들렸지만, 케인은 고개를 들지 않은 채 새롭게 써지듯 텅 빈 책장에 나타나기 시작한 글자들에 시선을 고정했다.

책장에는 수백 년 전에 잊힌 도시를 둘러싸고 벌어졌던 고대 마법단 전투가 쓰여 있었다. 비제레이 원소술사들의 지도자이자 형제인 바르툭과 호라존이 각각 수천 명의 추종자를 이끌고 빛과 어둠의 전투를 치렀고, 거리는 피로 물들었으며, 그들의 굉장한 힘은 전장을 거의 두 동강 낼 뻔했다. 이 전투에서 승리를 거둔 바르툭은 살아남은 호리존의 추종자들을 학살했고, 두 형제는 살해당한 원소술사들이 쓰러진 그 자리에서 썩어가게 내버려 둔 채 살육의 현장을 떠났다.

얼마 후 어둠 속에 다시 도시를 찾은 바르툭은 자신이 한 짓을 은폐하기 위해 악마의 마법을 이용해 도시를 지하 깊숙이 가라앉혔고, 강력한 주문을 걸어 영원히 묻어버렸고, 역사에서 지워버렸다. 그렇게 죽은 원소술사들은 고대 건물들과 건물들을 이은 터널의 폐허 속에 묻힌 채 버려졌다.

서책에는 그림이 그려져 있었는데, 이번 그림은 너무나 생생해서 공포를 느꼈다.

잊힌 도시의 이름은 알 쿳이었다. 그리고 장소는 소름 끼치도록 익숙한 곳이었다.

게아 쿨이 잊힌 도시의 바로 위에 건설되었다.

아까 지도에서 본 기호들이 떠올랐다. 시간이라는 모래 속에 영원히 묻힌 알 쿳의 건물들을 표시한 거였다.

"알 쿳은……."

케인은 나지막이 숨을 내쉬었다. 밝혀진 진실은 너무도 충격적이었다.

"사람 이름이 아니었어. 그건 도시 이름이었어."

"에길이 어디 있지?"

목소리의 다급함이 케인에게 드리워졌던 마력을 깨뜨렸다. 케인은 고개를 들고 다급히 방안을 둘러보는 토마스를 바라보았다. 쿨렌은 여전히 정신없이 서책을 챙기고 있었는데, 두려움 때문에 거의 정신이 나간 것처럼 보였다. 뭔가가 두 사람을 공포에 질리게 했다. 등불은 더 이상 주위에 따뜻한 노란빛을 비추지 않았다. 구석에 있던 어둠이 스멀스멀 기어들며 빛을 흡수하나 싶더니, 죽은 자의 싸늘한 손가락이 닿은 것처럼 냉기가 되돌아왔다.

케인은 서고의 문간에 서 있던 에길의 일그러진 표정을 떠올렸다. 케인이 바라보자 미쿨로프가 고개를 흔들더니, 서고에서 나가는 다른 유일한 문을 향해 고개를 끄덕였다. 며칠 전 시체덩어리가 나타났던 아치문이었다. 에길이 들고 있던 횃불이 벽의 선반에 반듯이 놓여 있었다.

어디에 있든 에길은 불빛 없이 헤맬 터였다.

"뒤쪽엔 뭐가 있소?"

케인이 물었다.

"회의실이에요. 그리고…… 의식을 치르는 방이에요. 지하 방으로 들어가는 입구가 있는데, 우린 한 번도 가 본 적이 없습니다."

토마스가 대답했다.

두 사람의 자루는 이제 서책으로 무거웠다.

"서책을 가지고 야영지로 돌아가시오. 미쿨로프와 내가 에길을 찾겠소."

토마스가 뭐라고 말을 하려고 하자 케인이 손을 들었다.

"가시오. 에길이 그쪽으로 갔다면 따라잡을 수 있을 거요. 등불을 가져가고, 서책들을 보호하시오. 우리도 곧 뒤쫓아 가겠소."

토마스가 에길의 이름을 큰 소리로 불렀지만 응답이 없었다. 두 사람은 자루를 메고 등불을 집어 들었다.

토마스가 케인의 어깨에 손을 얹으며 말했다.

"서두르세요. 여기엔 사악한 뭔가가 있어요. 기운이 느껴져요."

두 사람은 다시 통로로 향했다. 미쿨로프가 벽에서 횃불을 내려 손에 들고는 입구를 지나 옆방으로 들어갔다. 케인이 그 뒤를 따랐다.

횃불의 불빛에 작은 방 안이 모습을 드러냈다. 방 가운데에 목제 탁자와 의자 몇 개가 놓여 있었다. 벽에는 아무런 장식이 없고, 공기 중에는 곰팡내와 썩은 냄새가 짙게 감돌고 있었다. 미쿨로프가 횃불로 먼지 쌓인 바닥을 훑자 또 다른 아치문으로 향하는 발자국이 보였다.

얼어붙을 듯 차가운 바람이 훅 불었고, 희미하게 울리는 신음이 그 뒤를 이어 들렸다. 미쿨로프는 케인을 바라본 뒤 단검을 꺼내 들었다. 두 사람은 조심스럽게 아치문으로 다가갔다. 둥근 천장이 있는 방은 텅 비어 있었고, 가운데에는 둥글게 원이 그려져 있었다. 차원문이었다. 케인은 어렴풋이 그 문이 어디로 통하는지 알 것 같았다. 한가운데에 붉은 보석이 박혀 있었다. 케인은 무릎을 꿇고 보석을 빼낸 뒤 배낭 안에 넣었다.

또 다른 소리가 들렸다. 질질 발을 끄는 듯한 소리가 들리자 두 사람은 열린 문을 바라보았다. 미쿨로프는 긴장했다. 더 잘 보기 위해 횃불을 들어 올리는 미쿨로프의 근육이 단단해졌다.

에길이 문간에 서 있었다. 고개를 숙이고 양손을 허리에 짚고 있었는데, 투명한 머리카락이 횃불의 불빛에 반사돼 빛을 발하는 것처럼 보였다. 천천히 고른 숨을 내쉴 때마다 하얀 연기가 차가운 공기 중에 퍼져 나갔다.

케인이 그의 이름을 불렀지만 에길은 대답도, 어떤 움직임도 없었다. 미쿨로프가 무기라도 되는 양 횃불을 앞으로 내밀며 몇 걸음 앞으로 다가갔다. 손에는 몰래 단검을 쥐고 있었다.

미쿨로프와 에길이 방 한가운데서 멈춰 섰다.

"뭔가가 이상해요. 에길이……."

미쿨로프가 재빠르게 말했다.

에길이 고개를 들자 그의 얼굴을 본 미쿨로프가 하려던 말을 뚝 멈췄다. 에길의 창백한 피부는 생기를 잃고 잿빛으로 변해 있고, 푸른 정맥이 지도의 가는 선처럼 드러나 있었다.

에길이 두 사람을 보며 씩 웃었다.

케인은 자신도 모르게 뒷걸음질을 쳤다. 에길의 얼굴에 나타난 표정은…… 거기에는 에길이 없었다. 그가 아닌 다른 사람이었다.

"네가 올 때가 되었다고 생각했지. 애석하게도 좀 늦었지만 말이야. 그리고 여전히 아무것도 모르고 있지. 그리고 또, 늘 그랬던 것처럼 진실을 가장 늦게 발견했지. 안 그런가, 데커드 케인?"

에길이 거친 목소리로 말했다.

"넌 누구냐?"

"날 잘 알 텐데."

에길이 바닥에서 조금 떠 있는 것처럼 앞으로 미끄러지듯 다가오더니 삼 미터쯤 앞에서 멈춰 섰다.

"결국 날 찾으려고 이곳에 온 게 아니었나?"

케인은 가파르게 뛰는 심장을 진정시키려고 노력했다. 가레스 라우였다. 그가 정말 에길의 몸에 들어간 거라면 그의 마력은 실로 엄청났다.

"다른 이들도 함께 있군."

에길이 미쿨로프를 돌아보았다.

"네가 하려는 일이 정말 세상을 바꿀 수 있을 거라고 생각하느냐?"

케인이 막으려했지만 이미 늦었다. 미쿨로프가 바람처럼 움직였지만, 라우는 눈길조차 주지 않는 듯했다. 라우의 손에서 녹색 빛이 일더니 강렬한 섬광이 방안을 가득 채웠다. 케인은 비명을 지르며 팔을 들어 얼굴을 가렸다. 그의 몸이 뒤로 날려가 바닥에 세게 부딪쳤고, 뭔가가 와장창 부서지는 소리가 들렸다. 케인은 충격으로 잠시 그대로 누워 있었다. 다시 위를 쳐다봤을 때는 횃불이 꺼져 있었다. 하지만 신비한 빛은 여전했다. 에길의 가냘픈 몸이 그 자체로 불타는 듯 온통 녹색 빛에 휘감겨 있었다.

미쿨로프는 벽에 몸을 기대고 주저앉은 채 꼼짝도 하지 않았다. 숨조차 쉬지 않는 것 같았다.

케인은 쓰러진 수도사의 곁으로 기어가 팔로 그의 머리를 안았다. 미쿨로프의 눈꺼풀이 파르르 떨리더니 낮게 신음을 내뱉었다.

"데커드?"

미쿨로프의 목소리가 변했다. 좀 더 가늘고 두려움이 깃든 목소리였다. 익숙한 목소리였다. 케인은 다시 에길의 얼굴을 쳐다보았다. 얼굴이 변해 있었다. 턱 선이 부드러워지고 광대뼈가 나왔으며, 눈이 커지고 칠흑처럼 어두웠다.

"여긴 추워요, 데커드. 여기서 나갈 수가 없어요. 제발 도와주세요."

케인은 피가 얼어붙는 것 같았다. '이럴 리 없어.' 고통이 얼음장 같은 강물처럼 다시 그를 엄습하자 뼛속까지 한기를 느꼈다.

"아멜리아."

아멜리아의 이름이 케인의 입에서 쥐어짜듯 튀어나왔다.

"안 돼."

삼십오 년 전에 죽은, 그의 인생에서 환영처럼 사라진 아내였다. 그것은 수십 년간 너무 깊게 묻혀 있어서 이제는 사라진 듯 보이는 진실이었다. 케인이 견디기에는 너무 큰 고통이었다. 고통은 그뿐만이 아니라 더 많이, 훨씬 더 많이 있었고, 그걸 떠올리기만 해도 미칠 것 같았다.

"거긴 안전할 거라고 생각했어요. 갈 곳이 필요했어요. 어머니께서 오라고 애원하셨어요. 저는…… 당신은 거기에 없었어요, 데커드. 당신에게 다가가려 했는데 당신은 서책에만 몰두했어요…… 늘 제 곁에 없었어요."

"당신은 진짜가 아니야……."

"그들이 우릴 데려갔어요, 데커드. 우리에게 고통을 줬어요. 더 이상 그들이 우릴 고통스럽게 하지 않게 해주세요. 당신의 아들에게 고통을 주지 못하게 해주세요."

에길의 얼굴에 잔물결이 일더니 얼굴이 다시 바뀌었다. 불길에 녹는 밀랍 같은 살이 피에 젖은 채 고통에 찬 비명을 지르는, 더 작고 둥글고 부드럽지만 광대뼈가 나오고 매끈한 이마를 가진 얼굴로 변했다. 에길의 얼굴은 이제 수십 년간 케인의 꿈에 나타난 다른 사람의 얼굴로 변해 있었다. 걸음마를 배우기도 전에 달아나는 법부터 배워야 했고 부모의 말을 이해할 만큼 천천히 자라지 못한, 순수한 기운과 자연의 힘으로 진동하던 어린 소년의 얼굴로.

"아빠! 괴물이 무서워요, 아빠! 살려주세요!"

소년이 날카롭게 울부짖었다.

케인은 터져 나오려는 울음을 삼키며 악마에 홀린 남자에게 달려들었다. 수많은 세월 동안 이 모든 기억들 주위로 쌓았던 벽들이 한꺼번에 무너져 내렸고, 무너진 둑으로 쏟아지는 물살처럼 고통의 강물이 홍수를 이뤘다.

"편지가 왔습니다, 선생님."

데커드 케인은 엎드려 잠들었던 책상에서 멍한 눈길로 고개를 들었다. 빈 술병과 포도주의 흔적이 남은 잔이 그가 느낀 절망감의 소리 없는 목격자처럼 옆에 놓여 있었다. 문 쪽을 흘긋 보자 페핀이 햇빛에 몸의 윤곽을 드러낸 채 서 있었다.

"봉투가 열려 있었어요. 이걸 전해드려야겠다고 생각했습니다. 중요한 것 같아서요."

치유사는 케인이 전염병에 걸리기라도 한 것처럼 재빨리 안으로 들어와 봉투를 책상 위에 내려놓더니 급히 문가로 되돌아갔다. 그를 탓할 일은 아니었다. 케인은 학자적인 연구에 몰두한 나머지 다른 사람은 물론 심지어 가족까지 멀리하며 살아왔다. 그에게는 다른 것에 한눈을 팔 겨를이 없었다.

그래서 결국 아내도 어린 아들을 데리고 떠나 버렸다. 서른다섯 살에 혼자 남은 것이다. 트리스트럼에는 이제 친구가 없었다.

"나가시오."

케인이 말했다.

"저는……."

"나가요!"

페핀은 문턱 뒤로 물러나 문을 닫았고, 케인은 적막 속에 남겨졌다.

술 때문에 머리가 지끈거렸다.

"아멜리아."

케인이 나직이 중얼거렸다. 왜 그랬는지는 확실히 몰랐다. 며칠 전 두 사람은 수년간 싸워왔던 똑같은 이유를 두고 서로 심하게 싸웠다. 아내는 그가 언제나 서책에만 파묻혀 산다고, 학생들이나 아내나 자식보다, 다른 그 무엇보다 서책들에 마음을 쏟는다고 말했다. 가족이 그렇게나 하찮으면서 왜 아이의 성에 당신의 그 유명한 조상의 이름을 붙인 거냐고 따졌다. 어린 제레드가 처음 말을 하고 첫 발을 내딛을 때 그는 어디에 있었지? 고열로 다 죽어갈 때는? 그녀가 필요로 하는 순간에 어디에 있었던 거지?

아내의 눈물과 간청에서 몸을 돌린 케인은 복도에 서서 작은 주먹을 꼭 쥔 채 그를 쳐다보는 아들을 뒤로 하고 서재로 돌아와서 문을 잠갔다. 다시 밖으로 나왔을 때 아내와 아이는 사라지고 없었다.

그가 무슨 잘못을 저지른 걸까?

봉투를 향해 손을 뻗는 케인의 손이 떨렸다. 지역 영주가 보낸 공문서임을 나타내는 칸두라스 왕족의 문장이 찍혀 있었다. 봉투를 찢고 안에 든 얇은 양피지를 꺼내 읽는 동안 케인은 점점 공포에 떨었다.

친애하는 케인 선생님께. 이런 소식을 전하게 되어 유감입니다…….

에길을 홀린 악마에게 다가가자, 악마의 손가락이 작은 인형을 쥐듯 케인의 목을 쥐었다. 둘의 얼굴이 몇 센티미터도 떨어져 있지 않았다.

에길의 몸이 다시 바뀌었다. 이번에는 남자도, 여자도, 아이도 아닌 괴물이었다. 벌겋고 반질거리는 살이 뼈들을 얇게 뒤덮었고, 쩍 벌어진 입 안에는 피에 젖은 날카로운 이빨이 가득했다.

"그들이 널 애타게 부르고 있다."

벨리알이 살이 썩은 것 같은 냄새를 풍기며 조롱하듯 말했다.

"넌 아내와 아들의 시체를 찾을 수 없었다. 그렇지 않은가, 데커드? 텅 빈 길에서 우리가 그들에게 무슨 짓을 했는지 아느냐? 하지만 육체의 고통은 아무것도 아니지, 그건 그냥 시작일 뿐이야. 우린 그들의 영혼을 가져가 노예로 삼았다. 네 아내와 아들은 이후로 나의 충직한 하인들의 감시를 받으며 고통을 겪어왔다. 넌 너의 귀중한 서책들에 파묻혀 그들을 너무 오래 방치했어. 떠나버렸을 때야 비로소 가족의 의미를 깨달았지. 그러더니 이제 딱 적당한 시기에 우리가 갖고 놀 또 다른 희생자를 데리고 왔다. 알고 한 일은 아니지만, 우리 일을 대신 해 줬으니 감사를 표해야겠어."

케인은 칼데움으로 가는 길에 뒤집힌 채 놓여 있던 텅 빈 마차의 환영을 보았다. 바퀴살에 피가 튀어 있었다. 사람들이 덮어놓은 낡은 천 아래 붉은 색으로 물든 형체가 있었다.

"그건…… 거짓말……."

악마가 고개를 홱 젖히더니 천장을 바라보며 큰소리로 웃었다. 그 소리에 지진이 난 것처럼 건물이 뿌리째 흔들렸다.

"네가 본 모든 것이 거짓말이다, 노인이여. 네가 본 모든 것과 네가 믿는 모든 것이 거짓이다. 네 가족도 거짓이다. 너의 그 슬프고도 고독한 연구 인생도, 너의 외로움과 분노도 모두 거짓이다. 심지어 우리를 찾겠다는 너의 그 보잘것없는 노력도 거짓이지. 넌 네가 모든 걸 했다고 여기겠지. 여정 중에 네가 찾은 모든 것, 널 이곳으로 이끈 모든 표식들…… 모든 걸 네가 했다고 생각하겠지?"

다리에 힘이 풀린 케인은 자신의 목을 옥죄고 있는 짐승의 팔로 무너져 내렸다. 모든 것이 아귀가 맞았다. 아카라트가 고서를 발견하면서 두 사람은 폐허로 탐험을 떠났고, 그곳에서 정예 결사단이 우연히 떨어뜨리고 간 것처럼 보이는 호라드림 예언서를 발견했다. 그리고 예언서는 그를 칼데움으로, 쿠라스트로, 마지막으로 이곳 게아 쿨까지 이끌었다. 너무 많은 사고와 우연의 일치가 이어졌다.

"지금도 넌 우리 일을 도와주고 있다, 노인이여. 우리가 점령한 이 껍데기는 곧 죽을 것이다. 그런데도 넌 빤히 보고만 있겠지."

악마가 씩 웃었다.

"작은 소녀. 넌 소녀를 혼자 두고 왔지, 그렇지 않느냐? 또다시 누군가를 홀로 내버려 두었다. 소녀가 안전하리라 생각하겠지. 네 어리석음이 가엾구나. 서책을 들여다보아라. 넌…… 아아아아."

악마가 숨을 토했다. 눈빛이 갑자기 흐려지더니 빤히 쳐다보았다. 얼굴이 변했고, 거품을 내며 원래의 모습으로 되돌아오면서 손이 축 늘어졌다. 케인은 숨을 헐떡이며 바닥에 주저앉았다. 이미 숨이 끊어진 에길이 얼굴에 피를 흘리며 케인을 향해 쓰러졌다.

케인은 눈을 부릅뜬 채 거친 숨을 몰아쉬며 에길의 뒤통수에 박아 넣은 단검을 뽑는 미쿨로프를 쳐다보았다. 방안을 가득 채운 녹색 빛이 어둠 속으로 조금씩 사그라졌다. 케인은 더듬거려 배낭을 찾은 뒤 에길의 화약을 꺼내 벽에 던졌다. 퍽 하는 소리와 함께 강렬한 불길이 치솟으며 방안을 다시 밝히는 사이에 미쿨로프가 횃불을 가져와 불을 붙였다.

케인은 두 동강이 난 채 한쪽 구석에 떨어진 지팡이를 보았다. 벽에 부딪힐 때 소리가 들렸던 게 생각났다. 부서진 지팡이를 주워드는 케인의 몸에 깊은 두려움이 찾아왔고, 그를 재촉했다. 케인의 손이 옷 안쪽 감춰진 주머니 안에 든 양피지에 닿았다. 양피지는 가장자리가 닳아 너덜거렸다. 기억 속에서 내용이 되살아났다. '이런 소식을 전하게 되어 유감입니다…….'

"기다려요!"

미쿨로프가 외쳤지만, 케인은 이제는 거의 수명을 다한 후들거리는 다리가 허락하는 한 빨리 어둠 속을 위태롭게 달려 나갔다. 미쿨로프가 계속 소리치며 횃불을 들고 따라갔다. 불쌍한 에길은…… 죽었다. 데커드를 믿었던 또 한 명의 젊은이가 값비싼 대가를 치르고 말았다. 자신감으로 충만했던 젊은 성기사 아카라트처럼, 에길도 다른 사람들과 마찬가지로 희생되었다.

'절대 실망시키지 않겠습니다.' 비제레이 폐허에서 아카라트는 그렇게 말했다. 이곳에 오기 전에 에길 역시 같은 말을 했다. 그리고 그들은 그를 실망시키지 않았다. 대신 케인이 그들을 지키겠다는 스스로의 약속을 배반했고, 그들을 보호하지 못했다. 이제 케인은 자신이 보살피고 보호해야 할 다른 한 사람을 잃을 것 같은 끔찍한 공포에 휩싸였다. 지켜주기로 약속했던 누군가를.

'악마는 거짓을 말한다.'

물론 그랬다. 하지만 거짓은 종종 진실로 포장되어 있었다.

케인이 서고에 이르렀고, 미쿨로프가 횃불을 들고 바짝 따라왔다. 텅 비어 조용한 실내를 어둠이 뒤덮고 있었다. 그들이 찾은 서책들이 바닥 여기저기에 쌓여 있었다. 호라드림 예언서는 여전히 책상 위에 펼쳐져 있었다. '서책을 들여다 보아라.' 악마가 그렇게 말했다. 케인은 떨리는 손가락으로 책장을 빠르게 넘겼다. 감춰진 내용들이 아직 드러나 있었다. 미쿨로프가 케인의 옆에 서 있었고, 흔들리는 횃불의 불빛이 서책을 밝게 비춰주었다.

"뭐가 있습니까……?"

케인이 나직이 소리를 지르고는 책상과 서책에서 뒷걸음질을 쳤다. 마지막 두 장에 있는 흘겨 쓴 문장은 그가 이미 봤던 것이었다. 피로 쓰인 아직도 축축한 문장이었다.

'소녀는 나의 것이다.'

문장이 케인의 머릿속에 낙인처럼 찍혔다.

제 29 장

경고

그들은 동굴에 도착하기 한참 전부터 연기 냄새를 맡을 수 있었다.

케인과 미쿨로프는 토마스와 쿨렌이 터널을 다 빠져나오기 전에 따라잡았다. 두 사람은 서책의 무게 때문에 속도가 느릴 수밖에 없었고, 케인과 미쿨로프는 야영지에 도착했을 때 발견하게 될지 모르는 상황에 대한 두려움 때문에 전속력으로 달려왔기 때문이었다. 미쿨로프가 에길에게 일어난 일을 짧게 설명해 주자 토마스와 쿨렌의 몸이 휘청거렸다. 토마스가 쿨렌에게 몸을 기댔다. 토마스와 에길은 친한 사이였다고 쿨렌이 설명했다. 미쿨로프가 예상했던 대로 토마스는 에길의 자루를 들고 있었다. 그건 너무나 견디기 어려운 충격이었다.

하지만 그 충격은 그들이 공터에 도착했을 때 보게 된 것에 비할 바가 아니었다.

동굴 입구에서 검은 연기가 피어오르고 있었다. 사람과 괴물들의 시체가 땅에 여기저기 널려 있었는데, 상당수가 목과 가슴에 화살이 깃대까지 깊숙이 꽂혀 있었다.

가장 먼저 그들의 눈을 사로잡은 것은 동굴 입구에 세워진 십자형의 거대한 나무 막대에 매달린 사람이었다.

룬드의 턱이 가슴에 묻혀 있었다. 발가벗겨진 채 두 손과 발이 나무에 묶여 있었고, 하얀 살에 밧줄이 잔인하게 박혀 있었다. 하지만 룬드는 더 이상 아무런 고통을 느끼지 못했다.

목에서 사타구니까지 살이 죽 갈라졌고, 빠져나온 장기는 피에 젖은 더러운 땅에 늘어져 있었다.

까마귀들이 살을 쪼아 먹은 흔적이 있었다. 아직 남아 있는 까마귀 한 마리가 십자가의 오른쪽, 룬드의 손가락 위쪽에 앉아 있었다. 번들거리는 날개와 굽은 발톱을 가진 거대한 까마귀가 룬드의 통통한 엄지손가락을 쪼아 고기조각을 길게 잡아 당겼다. 그러다가 고개를 들고…… 위협적인 존재인지 아닌지 가늠하려는 듯 그들을 뚫어지게 바라보더니 부리를 벌리고 깍깍 울었다. 우는 소리가 저주받은 자들의 절규처럼 산비탈로 울려 퍼졌다. 까마귀는 여전히 깍깍 대며 날개를 퍼덕이며 날아오르더니 죽은 나무들의 꼭대기를 지나 어디론가 사라졌다.

털썩 주저앉는 토마스의 몸 속 깊은 곳에서 통곡이 흘러나왔다. 쿨렌은 눈을 감고 고개를 돌렸다가, 갑자기 심하게 구토를 했다. 케인의 불안이 극도로 커졌다. 레아의 이름을 부르고 또 불러도 정적만 감돌자 미칠 듯한 공포가 엄습했다.

케인은 연기가 훅 끼치자 옷소매로 얼굴을 가렸다. 연기 속에 살이 타는 냄새가 섞여 들여 속이 울렁거렸다. 동굴 안쪽 불의 열기가 데일 듯이 뜨거웠지만 아랑곳하지 않고 계속 레아의 이름을 불렀다. 그러나 불길이 타닥거리며 타오를 뿐 아무런 소리도 들리지 않았다.

불길로 가까이 다가간 케인은 숯처럼 변한 시체들을 보았다. 갈퀴 같은 손들이 구원을 바라듯 위로 뻗어 있었다. 거센 불길에 그의 눈구멍에서 눈이 끓어오르고 손등의 털이 말리고 그을리는 것 같았다. 이런 곳에서 레아를 찾을 가능성은 없어 보였다. 주위를 휘감던 짙은 연기가 폐를 채우자 케인이 방향을 잃고 뜨거운 불길 속으로 쓰러졌다. 그 순간, 강한 손이 그를 꽉 붙잡고는 시원한 공기 속으로 끌어냈다. 케인은 가쁜 숨을 몰아쉬며 기침을 해대고 땅에 침을 뱉었다.

눈물이 볼을 타고 흘러내렸다.

'소녀는 나의 것이다.' 비틀거리며 동굴 입구로 향하는 케인의 머릿속에 그 말이 계속 맴돌았다. 가레스 라우가 레아를 데려간 것이다. 가슴속 깊은 곳에서 음산한 기운을 느낄 수 있었다. 그것이 검은 구멍처럼 그를 통째로 집어 삼키려 하고 있었다. 케인은 오래되지 않은 어느 날 밤, 칼데움의 집에 불이 났을 때 제임스가 그와 레아를 꺼내준 일을 떠올렸다. 이번에 그를 구해준 사람은 미쿨로프였다.

"레아는 동굴 안에 없어요. 그들이 레아가 잡혀가는 장면을 봤데요. 레아는 살아 있어요, 데커드. 레아가 살아 있어요."

미쿨로프가 소리쳤다.

케인의 정신이 서서히 돌아왔다. 그가 고개를 들어 주위로 몰려든 사람들을 쳐다보았다. 미쿨로프와 토마스, 쿨렌 말고도 케인이 야영지에서 본 열두 명 정도 되는 사람들이 더 있었다. 모두 부상을 입고 있었다. 뭔가가 할퀸 듯 뺨이 찢어진 사람이 있는가 하면 한쪽 팔이 불구가 된 사람도 있었다. 하나같이 학대받은 개처럼 지치고 넋 나간 표정으로 어디서 또 공격해올지 모른다는 듯이 이리저리 눈을 두리번거리고 있었다.

케인은 초인적인 노력으로 떨리는 다리를 진정시키고 얼굴을 닦은 다음 정신을 추슬렀다. 눈은 여전히 욱신욱신 거렸고, 폐는 불타는 듯했다. 하지만 지금은 공황 상태에 빠져 있을 때가 아니었다. 레아가 살 수 있는 가능성이 조금이라도 있다면, 그것은 케인이 차분하고 이성적으로 행동했기 때문일 터였다. 한 순간 한 순간이, 그의 행동 하나하나가 다 중요했다.

"저희도 싸우려고 했지만 수가 너무 많았습니다."

패리스가 말했다. 사람들이 계속 공터로 모여들고 있었다. 케인은 생존자들에게 정확히 어떤 일이 벌어졌는지를 물었다. 살아남은 사람들 가운데 가장 젊고, 가장 강인한 패리스가 감정을 제어하고 살육에 대해 이야기할 수 있는 유일한 사람 같았다.

"그들은 갑자기 들이닥쳤어요. 게아 쿨의 마을 사람들이 칼과 갈퀴를 들고…… 형언할 수 없는 괴물들과 함께 왔어요. 염소인간과 몰락자, 그 밖의 끔찍한 걸어 다니는 시체들이 있었어요. 마을 사람들과 괴물들이 광기에 사로잡혀 날뛰는 동안, 우리 중 몇몇은 숲으로 도망칠 수 있었어요. 언덕에서 그들이 룬드와 소녀를 둘러싼 모습을 지켜봤어요. 룬드는 화살을 쏴서 많은 수를 죽였어요."

패리스가 동굴에서 나오는 연기를 가리키며 고개를 끄덕였다.

"그들이 동굴 안에 남은 사람들을 불태우기 시작했어요. 불 탄 시체들 중에는 우리의 형제들뿐만 아니라 룬드의 화살에 죽은 사람도 상당합니다."

생존자 중 몇몇이 동의의 뜻으로 중얼거렸다. 그들은 모두 머리 위로 여전히 매달려 있는 룬드의 시체를 쳐다보지 않으려 했다. 그것은 그들의 실패를 적나라하게 보여주는 상징이었다.

'저항하면 이렇게 된다는 경고로 본보기로 보여준 거야.'

"레아에게 무슨 일이 있었는지 말해주시오."

케인이 말했다.

"그들이 레아가 보는 앞에서 룬드를 죽였어요. 까마귀들이…… 까마귀들이 그를 공격했는데, 새들이 너무 빠르고 수가 너무 많았어요. 화살로 다 쏠 수 없었죠. 마침내 그가 쓰러지자 마을 사람들이 소녀를 잡으려고 했어요."

패리스가 도저히 잊히지 않는다는 듯한 눈빛으로 고개를 흔들었다.

"그런데 소녀가 반격했어요. 저도 어떻게 그랬는지는 모르는데, 아무튼 소녀가 강력한 마법을 써서 여러 명을 죽였어요. 보이지 않는 손이 적들을 치는 것 같았어요. 한 사람이 마치 인형처럼 공중에 들어 올려졌다가 바위에 세차게 내동댕이쳐졌어요. 그러자 그들이 침과 약 같은 걸 썼어요. 그리고는 소녀를 끌고 갔어요."

"그녀가 다쳤소? 말해보시오!"

"모…… 모르겠어요."

패리스가 말했다. 주위 사람들을 죽 돌아보는 그의 얼굴이 분노로 벌게졌다.

"우리 모두 이번 일을 교훈삼아야 해요! 많은 형제들이 이런 생활을 오래 전에 끝내고 싶어 했지만, 구원자가 오리라는 말에 설득 당했죠. 구원자가 왔지만 무슨 일이 벌어졌는지 보세요!"

패리스는 손가락으로 룬드의 처참한 시체를 가리키더니 다음에는 케인을 가리켰다.

"당신은 구원자가 아니에요. 진짜 호라드림이라면 이런 일이 일어나도록 방치하지 않지요. 호라드림은 오래전에 사라졌어요. 많은 이들이 그들의 교리를 따르다 목숨을 잃었죠. 성역이 바뀌고 있지만, 좋은 쪽으로는 아니에요! 이제 우리는 환상에서 벗어나야 해요. 실제로는 아닌 것을 그런 척하는 일을 그만둬야 해요. 진실을 받아들여야 해요. 그들이 다시 오기 전에 이곳에서 달아나 목숨을 부지해야 합니다."

몇몇이 고개를 주억거렸다. 미쿨로프가 뭐라고 말을 하려 하자 케인이 손을 들어 저지했다.

"여러분 모두가 좋은 사람들이오. 오늘 지금까지 버텨준 여러분들의 용기에 감사하오. 나는 호라드림이 아니고, 그랬던 적도 없소. 나는 그저 늙은 학자일 뿐이오. 패리스의 말이 옳은지도 모르겠소. 모두 가능한 멀리 도망가는 게 나을 게요. 미안하오."

케인은 다시 솟은 눈물이 앞을 가리는 바람에 비틀거렸다. 지팡이가 없어 거의 넘어질 뻔 하다가 다시 균형을 잡고 사람들로부터 멀찌감치 떨어졌다. 이런 식으로 계속 나아가는 건 무의미했다. 매 고비마다 그들이 늘 한 수 위였다. 더 끔찍한 건 호라드림 형제들을 찾아 나선 그의 여정 전체가 라우와 벨리알의 계획에 따라 이뤄진 것일지 모른다는 점이었다. 그는 꼭두각시였고, 줄을 잡고 흔드는 건 그들인지 몰랐다.

케인은 숨겨진 주머니 안에 든 양피지를 꺼내 떨리는 손가락으로 조심스럽게 펼쳤다. 그는 삼십 년도 넘게 아내와 아들이 사라진 일과 관련된 모든 일을 잊으려고 애썼다. 그 일이 아예 없었던 것처럼 주위에 견고한 벽을 쌓아왔다. 이제 벽이 한꺼번에 그를 향해 무너져 내렸다. 그것은 매 순간의 모든 감정이었다. 저항할 수 없는 죄책감이었고, 분노였고, 슬픔이었다. 케인은 더 이상 그것을 물리칠 힘이 없었다.

친애하는 케인 선생님께.
이런 소식을 전하게 되어 유감입니다. 어제 동부로 가는 길에서 심하게 손상된 채 버려진 마차 한 대가 발견되었습니다. 저희가 확인한 바로는 선생님의 부인인 아멜리아 씨와 네 살 된 아들 제레드가 타고 있던 마차였습니다. 사고 장소에서 마부의 시체와 함께 두 사람의 시체가 발견되었습니다. 정황으로 보아 살해당한 것으로 의심됩니다.
곧 댁으로 관리를 보내 더 많은 정보를 수집할 예정입니다. 이 불행한 사건에 대해 진실이 밝혀질 때까지 최선을 다해 조사할 것을 약속드립니다.
심심한 위로를 전하며,
왕실 경비대 대장, 토마스 애비 올림.

케인은 양피지를 소중히 접어 다시 주머니 안에 넣었다. 왕실 경비대에서는 산적의 습격을 의심했지만, 끝내 범인을 밝혀내지는 못했다. 수십 년간 정의가 실현되지 않고 있었다.

시간이 지난 뒤, 미쿨로프가 케인 곁에 있었다. 케인은 시간이 얼마나 지났는지 알 수 없었다.

"진심으로 하신 말씀은 아니시죠. 지금까지 당신이 싸워온 모든 것과 우리가 겪은 모든 일······."

미쿨로프가 낮은 소리로 말했다.

"아무것도 아니었소."

케인이 쓸쓸히 말했다.

"성역에는 호라드림이 남아 있지 않소. 나 역시 호라드림이 아니오, 예전 어떤 사람의 조잡한 그림자일 뿐이오. 날 사랑했던 사람들의 말을 들었더라면, 나의 운명을 껴안았더라면, 난 이 일을 막을 수 있었소. 충분히 강해질 수도 있었는데도 그러지 못했소. 우린 진실을 직면해야 하오."

케인은 말을 멈추고는 물에 빠진 사람이 뭔가를 움켜쥐듯 미쿨로프의 팔을 붙잡았다.

"이제 우리만 남았소. 그리고 곧 라담이 시작될 거요."

제 30 장

피의 의식

탑이 진동하고 있었다.

전에 가레스 라우라는 이름으로 알려진 남자가 정맥이 드러난 손바닥을 실내의 축축한 놀벽에 대고 눈을 감았다. 이 탑은 그를 위해, 그의 구체적인 지시를 받고 오직 그만이 완전히 이해할 수 있는 목적을 위해, 인간이 아닌 것들의 손에 의해 일주일도 안 되어 완성된 건물이었다. 탑은 완벽한 수직을 이루고 있었다. 각 돌의 이음새는 흠 하나 없이 매끈하고 견고했고, 원형으로 이뤄진 내부는 인간의 머리카락 굵기만큼의 빈틈도 없이 정확한 계산에 의해 건설되었다.

탑은 생명의 기운을 망자들에게 직접 전달하기 위해 만든 통로였다. 탑에는 그가 불러낸 악마의 마법이 흐르고 있었다. 그것은 성역에서 수백 년간 사용이 금지된, 천계 내 깊숙이 감춰져 있는 마법이었다.

어둠의 악마는 미소 지었다. 그의 손가락 아래에서 돌벽이 거의 느껴지지 않을 정도로 희미하게 윙윙 대고 있었다. 하지만 느낄 수 있었다. 어둠의 악마는 그 힘을 정확히 인식하고 돌벽의 진동과 공명했다. 탑은 도관이면서 일종의 중심축으로, 그가 수년간 애써 만든 힘의 원천 위에, 그리고 저주받은 알 쿳의 거리에 매장된 마법학자 수천 명의 무덤 위에 지어졌다.

"당신은 위험한 게임을 하고 있군요."

어둠의 악마는 차가운 돌에서 고개를 돌려 그 말을 한 남자를 바라보았다. 남자는 여전히 마을 주민의 옷을 입은 채 뒷짐을 지고 서 있었다. 외형적으로는 이틀 전 피의 의식 때 공중에 매달려 있던 남자의 모습이었지만, 영혼은 완전히 바뀌어 있었다. 육체는 그저 그릇일 뿐이었다.

바르툭 군대의 대장이자 알 쿳 대전투 때 사망한 수천 명 중 한 명인 아눅 마아흐노르가 어둠의 악마를 섬기기 위해 돌아왔다.

"당신의 능력은 굉장합니다. 인간의 육체에 저를 소환해낼 정도의 능력을 가진 사람을 단 한 명 알고 있지요. 바로 바르툭입니다. 하지만 악마의 마법은 사납고도 강력합니다. 처음엔 당신이 악마의 마법을 제어하겠지만, 결국 마법이 당신을 제어하게 될 겁니다. 그리고 나머지 군대를 소환해내려면 그보다 훨씬 더 강력한 힘이 필요합니다."

"이걸 느껴 보아라. 너의 형제들에게 줄 생명을 잉태한 자궁을 만져보아라."

어둠의 악마가 말했다.

마아흐노르가 돌벽으로 걸어와 눈을 감고 두 손을 돌에 대었다. 잠시 후 입가에 희미한 미소를 띠며 깊은 숨을 들이쉬었다.

"훌륭하군요. 하지만 아직 부족합니다."

어둠의 악마는 고개를 끄덕였다.

"아직 더 있다. 거의 무한대의 공급원이 있다."

어둠의 악마는 벨리알의 명령 뒤에 숨은 의도를 산속 야영지에서의 전투 중에 확연히 깨달았다. 소녀의 순수한 힘은 가공할만 했다. 인정하고 싶지 않지만, 그녀의 힘은 어둠의 악마의 힘보다 더 강력했다. 소녀는 그의 악마 군단을 불쏘시개처럼 휘저어 놓았고, 토라자 뿌리 용액을 채운 침만이 그녀를 제압할 수 있었다. 궁수가 재빨리 행동하지 않았다면 무슨 일이 일어났을지 그도 알 수 없었다. 어쨌거나 그건 중요하지 않았다. 중요한 건 소녀가 가진 능력이 그가 청소부 마귀들의 도움을 받아 축적한 거대한 기운의 원천에 불꽃을 점화시키리라는 점이었다. 일단 점화되면, 생명의 기운이 그의 언데드 군대를 일으킬 터였다.

"네 부하들의 영혼과 교류하라, 마아흐노르. 그들을 준비시켜라. 내일, 그들이 힘을 되찾고 일어나 걸을 것이다. 그러면 너는 그들을 이끌고 다시 한 번 전쟁을 치르게 되리라."

"부하들과 이야기하겠습니다. 하지만 그들은 당신이 아니라 저를 섬깁니다. 그들이 전투에 임하게 된다면 그들은 저를 위해 저의 편에서 싸울 것입니다."

어둠의 악마의 가슴에 분노가 치밀면서 이마의 푸른 정맥이 고동쳤다.

"성역으로의 귀환이 너의 능력에 대한 자만심을 부추겼구나, 마아흐노르. 넌 피의 의식을 통해 내게 속박되었고, 수백 년의 세월을 뚫고 너와 나를 실이 연결시켰지. 넌 복종하지 않을 수 없다."

마아흐노르가 저장고의 불룩한 면으로 다가가며 말했다.

"그럴 수도 있겠지요. 아니면 제가 당장 주도권을 장악하고 직접 그들을 깨울 수도 있습니다."

"그 계약은 거짓의 군주조차도 깰 수 없다."

마아흐노르가 미소 지었다.

"당신은 아직도 배워야 할 게 많습니다, 가엾은 친구여."

어둠의 악마는 열등의식에서 생기는 익숙한 고통을 느꼈지만, 억눌러야 했다. 그것은 속수무책으로 남들에게 이용당해야 했던 소년 시절의 가레스 라우가 느낄 법한 감정이었다. 그 시절은 이미 오래전에 지나갔다.

이 버릇없는 사내에게 따끔한 맛을 보여줄 필요가 있었다.

어둠의 악마는 팔을 들어 올리며 불의 원소를 소환했다. 손가락에서 둥글게 푸른 불꽃이 일더니 그대로 날아가 마아흐노르의 가슴을 강타했다. 그러나 마아흐노르는 그의 예상과 달리 비명을 지르지도, 뒤로 물러서지도 않았다. 대신에 마아흐노르는 다시 미소를 지었고, 손을 들어 올려 푸른 불꽃을 모아 옆으로 치웠다.

어둠의 악마는 수치심과 공포를 느꼈다. 그는 성역에서 가장 강력한 마법학자였다. 벨리알이 그렇게 말했고, 여러 번 자신의 능력을 증명해 보이기도 했다. 이건 일어날 수 없는 일이었다.

마아흐노르가 한 발짝 앞으로 다가왔다. 어둠의 악마는 한쪽 무릎에서 힘이 빠지며 살짝 비틀거렸다. 하지만 모든 게 끝났다고 생각한 순간, 그의 내부에서 새로운 힘이 용솟음쳤다. 어둠의 악마는 몸을 바로 세운 다음 엄청난 불꽃을 방사했다. 마아흐노르의 몸이 멀리 날아가 바닥에 널브러졌다.

어둠의 악마는 충격 받은 얼굴로 자신을 쳐다보는 마아흐노르를 내려다보았다.

"다시는 날 거역하지 마라. 안 그러면 새로 얻은 생명이 네가 생각하는 것보다 훨씬 짧아질 테니까."

어둠의 악마는 승리의 쾌감을 느끼며 긴 계단을 올라 탑 꼭대기에 있는 의식의 방에 이르렀다. 하지만 아직도 자신 안에 조금은 남아 있는 가레스 라우가 불만족스러웠다. 저장고에서 일어난 일이 이해되지 않았다. 왜 처음부터 그런 강력한 힘을 쓰지 못한 걸까? 그는 자신의 능력을 얼마나 제어하고 있는 걸까?

하지만 어둠의 악마에게는 별로 중요한 문제가 아니었다. 가레스 라우는 이제 없었다. 성역의 군주, 어둠의 악마만 있을 뿐이었다. 망설임이나 실패가 들어설 여지는 없었다.

돌벽 바깥에서 까마귀의 울음소리가 들렸다.

이제는 셀 수 없을 정도로 많아진 까마귀가 온통 지면을 뒤덮고 있었다. 일부는 그의 하인들이었지만, 나머지는 저절로 모여들었다. 아마도 수 킬로미터 밖에서 똑같은 진동을 느끼고 모여들었으리라.

새들은 돌아와 전쟁에 참가하라는 부름에 응답하며 짙은 잿빛 하늘에서 획획 날거나 활강하고 있었다. 그 아래 거대한 물결을 이루며 날뛰는 짐승들이 있었다. 어둠과 피, 불에서 태어난 그의 자식들이었다.

노인은 각본대로 정확히 움직여줬다. '어리석기는.' 어둠의 악마가 계획한 모든 일이 착착 이뤄졌다. 어쩌다 한 번 몰아붙일 필요가 있을 때를 제외하고, 그의 첩자들이 여정 내내 몰래 케인과 소녀를 뒤따랐다. 잔존한 정예 결사단도 의식하고 그랬든 아니든 간에 그들의 역할을 충실히 해줬다.

에길의 육체와 영혼을 점령한 일은 특히나 짜릿했다. 비록 얼마 후 거짓의 군주에게 넘겨줘야 하긴 했지만.

하지만 모든 계획은 엄밀히 말해 어둠의 악마가 세운 게 아니었다. 그도 그 점은 인정해야 했다. 어둠의 악마 역시 일종의 전달자였다. 소녀의 중요성을 악마의 귀에 속삭인 것은 벨리알이었다. 거짓의 군주가 음모를 꾸몄고, 케인의 여정에 모든 단서들을 배치했다. 폐허에서 악마와 마주쳤고, 정예 결사단이 떨어뜨린 서책들을 발견했으며, 칼데움에서 그가 오랫동안 영혼을 점령한 남자로 하여금 노인에게 쿠라스트로 가라고 일러준 일까지, 이 모든 게 벨리알의 계획이었다.

돌벽에서 손을 떼고 뒤돌아선, 어둠의 악마는 텅 빈 바닥을 가로질러 그의 포로가 홀로 죽은 듯이 누워 있는 곳으로 갔다. '아니야.' 지금은 비록 주인을 섬기고 있지만, 어둠의 악마는 조만간 세계를 통치하며 죄 있는 남자와 여자와 아이 수천 명에게 죽음을 선고할 터였다. 그는 지배자였다. 지옥의 문을 연 대가로 성역을 받기로 벨리알과 약속되어 있었다.

저 아래, 인간이 헤아리기에는 너무나 끔찍한 무기들이 우글대는 더 많은 은밀한 방에서 감금당한 채 고문당하는 자들의 희미한 비명이 들려왔다. 그들의 고통이 탑의 탐욕스러운 기운을 채워주고 있었다. 청소부 마귀들이 사람들로부터 생명의 기운을 빼내 이곳으로 가져오면, 기운이 응집되어 뇌우를 형성하는 것과 비슷했다.

하지만 마아흐노르의 말이 옳았다. 이것만으로는 아직 부족했다.

어둠의 악마는 여전히 약의 기운에 푹 빠져 있는 소녀를 내려다보았다. 이 모든 일이 소녀를 중심으로 준비되었다. 그의 잠든 군대를 깨우려면 반드시 그녀가 있어야 했다. 하지만 그녀의 힘은 너무나 위험해서 어둠의 악마 혼자서는 이곳으로 데려올 수 없었다. 소녀는 그가 어렴풋이 이해하는 어떤 힘에 의해 보호받고 있었다.

어둠의 악마는 소맷자락에서 익숙한 단검을 꺼냈다. 단검은 그의 피 맛을 보고 만족스러워했고, 최종 의식이 완성되기까지 수많은 다른 이들의 피 맛도 보았다. 소녀는 그가 얻은 것에 불꽃을 당길 터였다. 어둠의 악마는 심지어 잠들어 있는 그녀에게서도 기운의 고동을 느낄 수 있었다.

이제 그녀를 시험해볼 때였다.

어둠의 악마는 기대감으로 몸이 떨렸다. 주머니에서 코르크 마개를 꽂은 작은 유리병을 꺼낸 뒤, 어둠 속에서 소녀 옆에 무릎을 꿇고 앉았다. 그리고는 마개를 열고 유리병을 소녀의 코 밑에 대고 흔들고서 뒤로 물러나 기다렸다. 잠시 후 소녀가 몸을 움직였다. 그녀가 몸을 버둥거렸지만 사슬이 몸을 단단히 결박하고 있었다. 야영지에서 일어났던 일을 생각하면, 완전히 의식을 되찾았을 때 이 정도의 사슬로 그녀를 속박하는 일은 어림없었다. 하지만 약이 혈관에 잔뜩 퍼져 있는 지금은 싸울 수 있는 기운이 별로 없을 터였다.

눈꺼풀이 가늘게 떨리면서 그녀가 낮게 신음을 내뱉자, 어둠의 악마는 재빨리 몸을 다시 숙인 뒤 검으로 그녀의 엄지손가락 끝을 베었다. 그리고는 그 아래 유리병을 놓아 똑똑 떨어지는 피를 받아냈다.

다음에 일어난 일을 어둠의 악마는 상상도 못했다. 레아가 눈을 뜨고는 그를 멍하니 쳐다보았다. 어둠의 악마는 방 안의 기온이 갑자기 뚝 떨어지는 것과 함께 강한 햇볕이 내리쬐는 듯 순식간에 피부가 뜨거워지는 것을 느꼈다.

뭔가 눈에 보이지 않지만 엄청난 힘이 그녀의 몸에서 폭발했다. 어둠의 악마는 가슴을 강타하는 투명한 손을 느꼈다. 그의 몸이 공중으로 들리더니 벽에 세게 내동댕이쳐졌다. 어둠의 악마는 바닥에 널브러진 채 온몸으로 퍼지는 고통을 느꼈다. 두려움을 느끼며 허겁지겁 일어선 그는 옷 속을 더듬어 그녀를 잠재웠던 약을 찾았다.

다시 소녀를 향해 다가가던 어둠의 악마는 자신의 마음을 휘젓는 그의 주인을 느꼈다.

'소녀는 강하다.' 벨리알의 목소리가 머릿속에서 천둥처럼 울려 퍼졌다. 그녀를 향한 벨리알의 갈망은 굶주린 짐승처럼 탐욕스러웠다. 벨리알의 갈망이 군침을 삼키는 광인처럼 다시 그녀에게 다가가도록 자신을 부추기는 것을 느낀 어둠의 악마는 마지막 남은 모든 힘을 짜내 걸음을 멈췄다. 소녀는 눈이 뒤집힌 채 소리 없이 뭔가를 중얼대고 있었다.

 어둠의 악마는 그녀의 힘이 자신을 주시하며 기다리고 있다는 사실을 알았다. 그리고 만약에 어둠의 악마가 다른 사람들에게 했던 것처럼 그녀를 제물로 바치려 한다면, 그녀가 그를 부숴놓을 거라는 사실 또한 알고 있었다.

 그 생각을 하자 새로운 공포가 악마를 엄습했다. 어둠의 악마는 재빨리 무릎을 꿇고 그녀의 살갗에 주사를 찔러 넣은 다음 뒤로 물러섰다. 소녀의 몸이 바닥에서 위로 떠오르기 시작하더니, 비명을 지르는 것처럼 입이 벌어졌다. 그리고는 마침내 다시 바닥에 내려앉으며 잠에 빠져들었다.

 어둠의 악마는 쿵쿵 울리는 가슴을 진정시키려고 애썼다. 그녀는 어떻게 그토록 무자비한 힘으로 반격할 수 있었을까? 약이 가까스로 그녀를 잠재우고 있었다. 벌써 두 번이나 그의 힘이 시험대에 올랐는데, 결과는 모두 참담했다.

 그녀의 힘에 접근하고 제대로 집중하기 위해서는 좀 더 정교한 의식을 준비해야 했다. 새로운 피의 의식. 어둠의 악마는 소녀의 소중한 생명의 정수 몇 방울이 담긴 유리병을 높이 들어올렸다. 더 많은 준비가 필요했다. 고대 비제레이 마법과 피로 쓰인 바르툭의 유산이 이 일의 성패를 좌우하리라.

 어둠의 악마는 벨리알이 천천히 그의 맹렬한 허기를 잠재우는 것을 느꼈다. 심지어 불타는 지옥의 진정한 군주조차도 방금 전에 일어난 일을 받아들이고 있었다. 어둠의 악마는 빙그레 미소 지었다. 다시 한 번 자신감이 차올랐다. 어렸을 때, 그는 쿠라스트에 살면서 늘 다른 사람의 지시를 받거나 조롱을 당했고, 가혹한 매질을 당하곤 했다. 결국 하찮은 시종이었던 그가 성역에서 가장 위대한 원소술사가 될 수 있었던 건 무엇 때문이었을까?

 사람들은 진실을 알지 못했다. 그의 피 속에 전설적인 인물의 피가 흐르고 있고, 그의 운명이 수백 년 전에 이미 예견되었기에 가능한 일이었다.

어둠의 악마는 창가로 다가가 아래에 몰려든 괴물들을 바라보았다. 이제 삼백 마리를 넘겼고, 숫자는 점점 늘어나고 있었다. 어둠의 악마는 자신을 마주보는 그들의 시선을 느꼈다. 그들이 흥분해서 울부짖는 소리가 들려왔다. 어둠의 악마는 두 팔을 들어 올린 후 차가운 공기 속으로 괴성을 내질렀다. 그러자 괴물들도 같이 괴성을 내질렀다. 그들의 외침은 점차 커져 무지한 욕망이 뒤섞인 광란으로 변했다. 어둠의 악마는 몇몇 괴물이 다른 괴물을 잡아 사지를 찢고 피로 온몸을 적시는 모습을 지켜보았다. 그들이 울부짖는 소리가 안개를 뚫고 그에게 들려왔다. 소리는 물의 표면에 반사되어 울려 퍼지며 까마귀들을 날아오르게 했고, 퍼덕이는 날갯짓 소리가 귀를 찢을 듯한 소음에 섞여들었다. 바람이 얼굴에 불어오자 어둠의 악마는 눈을 감았다.

어둠의 악마는 노인이 수도사와 함께 오고 있는 것을 느낄 수 있었다. 그는 기꺼이 도전을 받아들일 작정이었다. 그가 오랫동안 기다려온 대격돌이자, 위대한 선을 위해 자신을 희생하고 악마와 함께 영원히 매장된 조상을 위해 복수할 절호의 기회였다. 제레드 케인이 저지른 잘못의 대가를 그의 후손이 치르게 되리라. 벨리알이 이미 미끼를 던져놓았다. 데커드에게 아내와 어린 아들이 악마에게 고문당하고 살해당했으며, 그들의 생명의 정수가 지옥으로 끌려가 영원히 고통 받고 있다는 생각을 주입했다. 그 말이 거짓이고, 그럴 리 없다는 사실이 중요했을까? '아니다.' 그들이 어떻게 죽었는지는 중요하지 않았다. 진실은 아무 상관없었다. 중요한 것은 벨리알이 그에게 가르쳤듯이 정보를 어떻게 이용하느냐에 있었다. 데커드 케인의 경우는 그의 고통과 괴로움을 어떻게 이용하는가가 중요했다.

'어서 오라.' 어둠의 악마가 세운 계획은 거의 완벽했다. 라담이 시작되고 있었다. 어둠의 악마는 탑 안에 수천 명의 생명의 기운을 저장해두었고, 소녀도 이곳에 있었다. 노인에게는 군대가 없었다. 지금까지는 용케 버텼지만 노인의 삶은 곧 끝나리라. 그 생각을 하자 조금은 실망스럽기까지 했다. 얼마 남지 않긴 했지만 데커드 케인은 이 게임에서 여전히 그의 역할을 수행하고 있었다.

다시 눈을 뜨자, 탑 아래 괴물들이 안으로 들어오려고 건물 기저에 몸을 쿵쿵 부딪치는 모습이 보였다. 어둠의 악마가 지켜보는 중에도 숫자는 계속 늘어나고 있는 듯했다. 하지만 이들은 그가 부활시키려고 하는 충직한 노예 군단에 비하면 아무것도 아니었다. 두 무리가 함께 그들의 군주를 맞이하고 성역으로 진군해나가고, 앞을 막는 자는 누구든 지옥을 맛보게 할 터였다.

어둠의 악마는 창가에서 돌아섰다. 이 세계를 끝장내고 그의 새로운 왕국을 탄생시키기 위한 마지막 준비를 시작할 시간이었다.

제 31 장

계획이 드러나다

케인은 지팡이로 쓰려고 찾은 투박한 나무 막대기에 몸을 거의 의지한 채 공터 가장자리의 나무들 아래에 서 있었다. 늙은 몸에 있는 모든 뼈와 근육의 통증이 참을 수 없을 만큼 심했다. 마치 측면에는 금이 가 있고 축대가 헐거워져 바퀴가 빠진 낡은 마차처럼 케인은 부서져 있었다.

'난 전사가 아니야.' 한숨이 나왔다. 케인은 한 번도 자신을 전사라고 생각해 본 적이 없었다. 성역의 황무지를 탐험하는 일은 훨씬 더 젊고 강한 사람들이 해야 하지 않았을까? 도움을 받든 안 받든, 어떻게 이처럼 끔찍한 악마를 물리칠 수 있다고 생각했던 것일까?

진실을 말하자면, 케인은 한 번도 그런 생각을 해본 적이 없었다. 그의 희망은 생존해 있는 호라드림 형제들을 찾을 수 있다는 가능성에 기반을 두고 있었다. 케인은 육체적으로 강하고 지략이 풍부해서 자신을 대신해 전쟁을 수행할 수 있는 사람들을 찾고 있었다.

그리고 케인이 찾은 건 바로 이들이었다.

미쿨로프는 신들에게 답을 구하는 기도를 하러 떠났고, 케인은 혼자였다. 살아남은 정예 결사단은 공터에서 얼마 남지 않은 개인 용품을 챙기고 있었다. 동굴 안의 불길이 잦아들어 이제 안에 들어갈 수 있었지만, 안에 있던 것들은 심하게 탔거나 연기에 그을려 쓸 만한 게 거의 남아 있지 않았다. 몇 사람이 빈약한 무기들을 한쪽에 쌓고 있었는데, 케인은 그 무기들을 쓸 일이 없을 거라는 느낌이 들었다. 가레스 라우는 호라드림 집단을 다시는 일어설 수 없을 만큼 철저히 파괴했다. 살아남은 형제들이 라우에게 대적하는 일은 날벌레들이 등불에 몸을 부딪치는 것과 다를 바 없었다. 남은 자들도 곧 그들의 파괴된 고향집으로 돌아가거나 산속으로 숨는 등 도살장에서 도망쳐 나온 짐승들처럼 밤에 슬그머니 이곳을 떠날 것이다.

레아를 생각하자 다시 극심한 고통이 느껴졌고, 맹렬하면서도 잔혹한 공포가 밀려들었다. 케인은 그들이 처음 칼데움을 떠날 때 레아가 보였던 분노와 두려움, 다리 근처에서 레아의 진짜 엄마에 대해 말해주던 밤을 떠올렸다. 레아가 그를 피해 산으로 도망쳤던 일, 브랜드 영주로부터 달아나다가 보게 된 묘지 밑에 있던 것들, 쿠라스트에 들어서면서 레아가 그에게 매달렸던 일들도 기억났다. 함께 여행을 계속하면서 케인에 대한 레아의 불신은 조금씩 뭔가 다른 감정으로 변해가고 있었다. 그리고 그 역시 레아로부터 뭔가를 배우고 있었다. 다른 누군가를 자기 자신보다 소중히 여기는 법을 알게 되었다.

오래 전에 아내와 아들을 잃은 후로 한 번도 느껴보지 못한 감정이었다. 하지만 구원을 받기에는 너무 늦은 깨달음이었다.

'레아는 날 아저씨라고 불렀어.'

케인은 다시 흐르기 시작한 눈물을 닦았다. 자신의 목표가 바뀐 걸 깨닫고 깜짝 놀랐다. 더는 임박한 공격으로부터 성역을 구하겠다는 생각을 하지 않았다. 목표는 훨씬 더 개인적인 것으로 바뀌었다. 그와 레아 사이에는 수천 마리의 탐욕스러운 괴물들이 있었다. 레아에게 닿을 가능성은 거의 없었다. 그래도 케인은 갈 작정이었다. 물론 가다가 죽을 게 뻔했다.

케인은 패리스가 검게 탄 요리용 냄비를 둘러싸고 토마스와 말다툼하는 모습을 지켜보았다. 두 사람 다 얼굴이 벌게진 채 열을 올리고 있었다. 이렇게 끝나서는 안 될 일이었다. 케인은 어렸을 때 어머니가 들려준 호라드림에 관한 이야기와 자신이 그들의 존재에 대해 의심을 품으면서도 마음 한편으로 결사단의 고귀함과 윤리, 용기를 신봉했던 일을 떠올렸다. 심지어 그때도 케인은 전설을 믿고 싶어 했다. 케인은 지난 십 년 간 잃어버린 시간을 메우기 위해 서책에 파묻혀 호라드림을 찾는 일에만 몰두했다. 비록 늦긴 했지만 쓸모없지는 않았다.

그의 안에 자리한 완강한 뭔가에 케인은 고개를 저었다. '이렇게 끝날 수는 없어.' 혼자서는 약할지 몰라도 남은 사람들과 함께라면 여전히 싸울 수 있었다. 그들이 위기를 헤쳐 나가지 못할 이유라도 있는가? 그들은 한때 자신들을 호라드림이라고 여겼다. 지금이라고 왜 못할까?

케인의 진짜 능력은 다른 사람의 강점을 발견하는 일이 아니었던가?

케인은 절뚝거리며 공터로 걸어갔다. 누군가가 룬드의 시체를 치워놓았지만, 십자형 나무 막대는 그 자리에 우뚝 서 있었고, 피로 물든 밧줄이 막대에 그대로 감겨 있었다. 케인은 그 아래에 선 채 기다렸다. 그를 의식한 두 사람의 말다툼이 마침내 잦아들었다. 케인은 끈기 있게 서 있었다.

먼저 말을 건넨 사람은 토마스였다.

"이제 우리를 떠나시는 겁니까?"

퉁명스럽고 화를 내는 것처럼 들릴 수도 있는 말이었지만 케인은 신경 쓰지 않았다. 케인이 나무 막대를 가리켰다.

"협박 전략이오. 아주 오래된 전략이지. 적의 의지를 꺾기 위해 힘을 과시하는 거요. 하지만 우리는 꺾일 수 없소. 우리는 세상을 괴롭히는 검은 세력을 물리치기 위해 결성된 고대 결사단의 일원이니 말이오."

케인이 말했다.

"우린 더 이상 호라드림이 아닙니다. 차라리 그냥 떠나는 게 나아요. 당신도 그렇게 말했잖아요."

패리스가 쓸쓸하게 말했다.

"우리는 호라드림이 아닐 수도 있소. 먼 옛날 마법학자들이 그들을 일컬었던 방식으로는 말이오. 하지만 마법학파들의 고대 문건을 공부한 적이 있소? 전설을 알고 결사단의 가르침을 이해하고 있소?"

케인은 주위 사람들을 둘러보았다.

"여러분이 발견한 주문으로 마법을 행한 적이 있소? 간단한 마법이라도?"

몇 사람만 고개를 끄덕였고, 나머지는 시선을 피했다.

"난 행해봤소. 하지만 그것만으로 호라드림이라고 주장할 수는 없지."

케인은 쿨렌에게 절뚝거리며 다가가 그의 어깨에 손을 얹었다. 안경을 벗은 쿨렌은 얼굴이 더욱 부드럽고, 좀 더 표정이 풍부해 보였다.

"당신은 부드러운 사람이지만 그 부드러움을 마음속 깊이 감추고 있소. 당신의 인정과 친절함을 살리시오."

케인은 계속 바닥만 보고 있는 토마스를 향해 돌아선 뒤 그가 고개를 들어 바라볼 때까지 가만히 기다렸다.

"토마스, 당신은 가까운 사람을 잃었지. 그와는 참으로 깊었고. 당신은 끝까지 의리를 지키는 사람이오. 상실감은 당신을 분노하게 했소. 그러한 분노는 약점이 아니라 강점이오. 분노를 이용하시오."

케인은 패리스를 바라보았다.

"당신은 회의론자요. 항상 진실에 의문을 품지. 하지만 마음속 깊이 믿음에 대한 강한 열망이 있소. 나 역시 한 때는 패리스, 당신과 같았소. 있는 그대로의 자신을 받아들이지 못하고 이미 너무 늦을 때까지 달아나기만 했소. 당신의 믿음을 드러내고, 다른 사람들과 자신이 진실이라고 믿는 것을 신뢰해야 하오. 우리 모두 내면에 지금의 자신보다 더 훌륭한 사람이 되는 능력을 갖추고 있소. 하지만 우리는 그 능력을 찾아내야 하고, 우리가 될 수 있다고 믿는 것보다 더 나은 사람이 되기 위해 노력해야 하오."

이제는 모여든 나머지 사람들도 서로를 바라보며 고개를 끄덕였다. 케인은 전에 에길의 측근이었던 두 사람의 얼굴을 알아보았다. 한 사람은 벌써 예전에 패리스의 편으로 돌아서 있었다.

"도대체 우리에게 무슨 희망이 있다는 거죠?"

누군가가 물었다. 습격 때 얼굴에 상처를 입은 조단이었다.

"우린 겨우 열두 명뿐이고, 그 중 일부는 부상을 당했어요. 악마들은 수백, 어쩌면 수천을 헤아릴지 모릅니다. 게다가 예전에 우릴 이끌었던 자는 강력한 능력을 지닌 마법학자입니다. 그런 적들에 맞서 우리가 뭘 할 수 있다는 겁니까?"

"여러분들에게는 제가 있습니다."

어디서인지 모를 곳에서 목소리가 들려왔다. 케인은 몸을 돌려 사람들 뒤에 서 있는 미쿨로프를 쳐다보았다. 그는 지면이 융기해 절벽과 만나는 가장자리에 서 있었다. 근육이 발달한 팔로 팔짱을 낀 채 모여 있는 사람들을 바라보았는데, 풍겨오는 열정과 기운이 그를 들어 올린 듯 전보다 몸집이 더 커 보였다.

미쿨로프의 눈빛이 반짝였다. 단 한 명에 불과했지만, 군대 전체를 상대할 수 있을 것처럼 보였다. 미쿨로프가 손을 내밀자 케인이 그의 손을 굳게 잡았다.

"다시 한 번 당신의 신들을 발견한 거로군요. 그들이 당신에게 힘을 주었고."

미쿨로프가 고개를 끄덕였다.

"신들이 우리 편에 있는 한 우린 절대 패배하지 않을 겁니다."

케인은 머뭇거렸다. 에길을 통해 들었던 오래전에 죽은 아내와 아들의 목소리가 다시 떠오르며 가슴이 무너지는 것 같았다. 그들을 구하기에는 너무 늦었다는 점을 알고 있었다. 하지만 레아는 케인에게 그동안 잃은 모든 것을 물리적으로 구현한 존재가 되었다. 레아가 아직 살아 있다는 확신이 들었다. 케인은 그녀마저 잃을 수 없었다. 그의 삶 전체가 이 순간으로 귀결되는 것만 같았다. 해왔던 모든 일과 되고 싶었던 모든 것이 합쳐져서 그가 가도록 예정된 방향을 가리키고 있었다.

"어둠의 악마는 지금까지 우리가 보았던 것과는 전혀 다른 군대를 보유하고 있을 거요."

케인이 주위를 둘러보며 말했다.

"문건들을 보면 게아 쿨의 지하에 있는, 한때 알 쿳으로 알려진 도시의 잔해 속에 묻힌 되살아난 시체의 군대를 가졌을 것으로 예상되오. 또한 인간과 악마들로 이뤄진 다른 적들도 있을 거요. 하지만 우리도 무력하지만은 않소. 여러분이 호라드림인지 아닌지는 중요하지 않소. 우리가 내면의 두려움을 직면하고 그것이 승리하도록 좌시하지 않는 게 가장 중요하오. 지혜와 자신만의 특별한 강점을 활용해 끝까지 싸워 적의 심장을 꿰뚫어야 하오."

케인은 이 순간에도 머릿속에서 형성되고 있는 계획을 설명했다. 게아 쿨의 터널을 활용하고 그들의 작은 규모를 역으로 이용하는 계획이었다. 케인은 다른 이들이 이 계획이 얼마나 무모하며 가능성이 희박한지 모르기만을 바랐다. 케인은 자신의 설명에 고개를 끄덕이는 그들의 모습을 보며 힘을 얻었다. 아직 희망이 남아 있었고, 케인은 어떻게 해서든 그 희망을 부여잡아야 했다.

케인이 마침내 바닥에 무릎을 꿇고 그 앞에 배낭을 던졌다. 다른 이들이 그에게 시선을 고정시키는 게 느껴졌다. 지금 그들에게 필요한 건 하나의 상징이었다. 두려움을 끌어안고 그것을 활용할 수 있도록 사람들을 고양시킬 뭔가가 필요했다. 케인은 호라드림 회관에서 악마에게 홀린 에길을 만난 뒤 수거해온 지팡이의 부러진 조각들을 배낭에서 꺼내 바닥에 내려놓았다. 심장 박동이 빨라졌다. 온몸에 느껴지던 통증이 이제는 희미한 두근거림 정도로 옅어졌다. 케인은 차원문에서 빼내온 보석을 꺼낸 다음, 호라드림 상자 안에 물건들을 한 번에 하나씩 넣었다. 기운이 낮게 윙윙대는 소리가 나더니 지팡이 조각들이 그것이 들어가기에는 너무 좁은 공간으로 빨려 들어갔다.

겉보기와는 달리 유물의 내부 공간은 무한히 넓었다. 상자 안에서 어떤 작용이 일어나는지는 오래전에 잊혀져 신비의 영역으로 남았다. 상자는 특정 물건에 그것을 훨씬 더 강력하게 만드는 마법적인 특성을 부여해 한결 가치 있는 물건으로 변환시켰다. 지팡이와 차원문의 보석은 변환될 터였다.

케인은 오랫동안 사용하지 않았지만, 상자가 작동을 시작하자 익숙한 전율을 느낄 수 있었다.

윙윙대고 치직거리는 소리와 함께 공중으로 뭔가가 치솟는 게 느껴지자, 케인의 팔에 난 솜털이 곤두섰다. 케인이 다가가 새로운 물건을 꺼냈다. 지팡이는 전보다 더 커졌고, 나무는 흠 없이 단단했으며, 나무의 표면을 따라 불꽃처럼 복잡한 문양이 새겨져 있었다. 손잡이에 푸른 불길이 일다가 차츰 사라졌다. 케인은 지팡이 안에 형성된 기운을 느낄 수 있었다.

케인은 그를 부축하려는 미쿨로프의 손길을 만류하고 자리에서 일어섰다. 그리고는 지팡이 끝을 바닥에 고정시킨 다음, 지팡이에 체중을 싣고서 놀라 뒷걸음질 치는 사람들을 바라보았다. 지팡이는 칠흑 같은 밤을 밝히는 등대처럼 그들을 이끌 힘의 원천이자 케인의 부적이었다. 하지만 승리하기 위해서는 훨씬 더 많이 필요했다.

"진정한 호라드림이시여."

토마스가 바닥에 무릎을 꿇고 눈에 눈물을 글썽이며 낮게 중얼거렸다.

"당신이 바로 에길이 말한 예언서에 나온 바로 그분이군요."

케인은 토마스에게 다가가 그의 어깨에 손을 얹었다.

"일어나시오. 나는 영웅이 아니오. 영웅은 당신들이오. 난 절대 숭배 받을 만한 사람이 아니오. 난 늙었지만 여러분들은 아니오. 굳건하시오. 이 싸움에서 우리는 혼자가 아니오. 그리고 우리에겐 몇 가지 책략이 남아 있소."

케인이 비탈길을 오르는 동안, 다른 사람들이 그 뒤를 따랐다. 올라가는 데는 오랜 시간이 걸렸다. 그의 늙은 뼈들이 다시 저항하기 시작했고, 근육에 경련이 일었다. 하지만 케인은 미쿨로프를 비롯해 어느 누구의 도움도 받지 않았다. 이 일은 혼자서 해내야 하는 일이었다.

도중에 케인은 정예 결사단에게 레아가 침을 맞은 뒤 정확히 무슨 일이 일어났는지를 물었다. 계획은 머릿속에서 점점 강력하게 변화하고 있었다. 케인은 마침내 산 정상에 다다랐다. 이어지던 앙상한 나무들이 절벽 가장자리에서 끝나 있었다. 데커드 케인은 절뚝거리며 가장자리로 다가가서는 안개가 펼쳐진 계곡과 그 너머 바다를 바라보았다. 케인은 그곳에 웅크리고 있는 게아 쿨을 보았다. 도시는 바다뱀의 등처럼 구부러져 있었고, 검은 탑이 짐승의 머리처럼 우뚝 솟아 있었다.

그들에게는 동맹군이 필요했다. 케인은 맹목적인 믿음 말고 제로난을 믿을 이유가 하나도 없었다. 하지만 그 늙은 선장은 올 거라고 뭔가가 말해주고 있었다.

케인이 호각을 꺼내 입술로 가져가는 동안 다른 사람들은 뒤로 물러나 있었다.

호각은 치명상을 입은 짐승이 낮게 신음하는 것처럼 울려 퍼지더니 다시 저주받은 자들의 울음소리로 변했다. 소리는 죽은 나무들 위로 메아리치며 안개 속에서 증폭돼 계곡으로 퍼져나갔다. 케인은 지팡이로 바위를 세게 내리쳤다. 기운이 치직거리더니 섬광과 함께 강력한 힘이 밖으로 물결처럼 번져나갔다. 잠시 후, 마치 응답하듯 수풀 너머 어딘가에서 사람들이 외치는 소리가 희미하게 들려왔다. 친구인지 적인지 그로서는 알 수가 없었다.

소리가 메아리치다가 사그라지는 사이, 케인이 다른 사람들을 돌아보았다.

"이 근방에서 자라는 특정한 뿌리를 찾아야 하오. 삽과 곡괭이를 가져오시오. 땅을 좀 파야 하오."

케인은 게아 쿨의 지하 터널 지도가 그려진 양피지를 꺼냈다.

"이곳으로 들어갈 거요. 그리고 전쟁을 시작할 거요. 하지만 여러분이 예상하는 방식처럼은 아니오."

제 32 장

지하 터널

늙은 선장은 약속대로 호각을 분 곳을 찾아왔다. 케인은 밀림 어귀에서 제로난을 만나 그에게 필요한 것들을 가르쳐 주었다. 그들이 승리할 수 있는 유일한 길은 책략과 속임수였고, 제로난은 적의 주의를 흐트러뜨리는 역할을 맡아야 했다. 선장은 흔쾌히 동의했다. 그는 사랑하는 마을을 지키기 위해 싸울 각오가 되어 있었다.

그들은 검은 탑 아래로 직접 이어지는 터널 지도를 들여다보았다. 케인은 자신의 짐을 놔두기에 적합한 곳을 꼼꼼히 살폈고, 제로난은 그의 가방에 챙겨 넣을 나무뿌리와 광석을 캐낼 곳을 열심히 찾았다. 계획은 틀이 잡혔다. 은닉 마법을 써서 감시의 눈을 피해 지하 터널을 가로지를 예정이었다. 그리고 제로난이 청소부 마귀들의 손아귀를 피한 몇 안 되는 주민들과 지상의 탑으로 접근하는 동안, 그들은 소리 없이 거리 아래쪽에서 올라와 탑으로 스며들 작정이었다.

케인의 생각대로라면 그들은 해가 뜨기 전까지 목적지에 도착해 라담이 시작되기 전에 공격을 감행할 수 있었다.

토마스는 에길보다도 터널 상층부에 대해 잘 알고 있어서, 전혀 헤매지 않고 올바른 입구를 찾아냈다. 그가 몇몇 사람을 이끌고 어둠을 틈타 무릎까지 오는 시든 풀밭을 헤치며 전진했다. 그 풀밭은 마을의 정문과 배수구 사이에 있었고, 배수구는 진흙과 쓰레기 더미에 묻혀서 보이지 않았다. 그들은 배수구 쇠창살을 치우고, 좁은 구멍으로 들어간 뒤 강철 사다리를 타고 내려가 돌바닥에 섰다. 토마스가 들고 있던 등불에 불을 붙이자 지하 통로가 노란 불빛으로 환해졌다.

터널은 어둡고 텅 비어 있었으며, 물방울이 뚝뚝 떨어졌다. 오래된 무덤 같은 냄새가 났다. 케인은 이곳이 자신의 무덤이 되지 않기를 기도했다.

살아남은 정예 결사단은 쇠스랑, 칼, 활, 부엌칼, 망치 등으로 무장하고 있었다. 스물다섯 남짓한 초라한 병력에 그나마도 몇몇 부상자였다. 미쿨로프가 토마스와 함께 등불을 들고 앞장섰다. 케인은 쿨렌과 함께 후방을 맡았다. 패리스는 여전히 마뜩찮은 표정으로 동행했고, 그의 측근 몇 명이 따라왔다. 케인은 패리스를 믿어도 좋은지 확신이 서지 않았지만, 선택의 여지가 없었다.

그들은 발을 끌며 계속 전진했다. 입구에서 비쳐드는 불빛이 점점 희미해지더니 결국 사라졌다. 그들은 불빛 속에 남아 있고 싶은 듯, 걸음을 멈추고 서로 바짝 붙었다. 등불의 불빛은 겨우 몇 미터 앞까지만 어둠을 몰아내 주었다.

터널 안쪽에서 뭔가를 긁는 듯한 소리가 들리더니 점점 가까워졌다. 토마스는 등불을 높이 들어올렸다. 처음에는 아무것도 보이지 않았다. 다음 순간, 등불의 불빛이 닿은 천장의 빛 동그라미 위를 뭔가가 스치듯 지나갔다. 희미하게 신음이 들리더니 쿵하는 소리와 함께 뼛속까지 떨게 만드는 소리가 뒤따랐다.

"불빛을 숨겨!"

누군가 새된 소리를 내질렀다. 토마스가 자신의 망토로 등불을 덮자 터널은 다시 암흑천지가 되었다. 또 한 차례 쿵하는 소리가 벽을 흔들었고, 먼지와 작은 돌조각이 바닥에 떨어졌다.

다시 한 번 쿵하는 소리가 들렸는데, 이번에는 더 가까웠다.

"놈이 걸어오고 있어."

쿨렌이 어둠 속에서 겁에 질린 목소리로 속삭였다.

악취가 진동했다. 토마스는 다시 등불을 꺼내 높이 들었다.

시체덩어리 하나가 십 미터쯤 앞에 서 있었다. 괴물의 거대한 몸집으로 인해 터널이 거의 꽉 찼다. 다시 한 번 살이 썩는 악취가 확 풍겼다. 괴물은 몇 개나 되는 눈의 흐릿한 시선으로 그들을 쳐다보더니 괴성을 질렀다. 그리고는 거대한 몸으로 그들을 뭉개버리기라도 할 것처럼 달려오기 시작했다.

그들은 당황해 어쩔 줄을 몰랐다. 토마스는 돌아서서 달아났고, 등불은 난리 통에 거의 꺼질 듯했다. 미쿨로프가 번개같이 달려들면서 순간 번쩍하고 불꽃이 일었다. 미쿨로프의 주먹이 살을 가격하는 소리가 들리더니 또 한 차례 소름 끼치는 소리가 들렸고, 시체덩어리가 다시 울부짖었다. 다가오는 그들을 향해 케인이 두 팔을 내밀며 기다리라고 소리쳤다.

얼굴이 백지장처럼 하얗게 질린 토마스가 멈춰 섰다. 마침내 그가 이를 악물고 다시 돌아섰다.

시체덩어리는 옆으로 비틀거리더니 터널 벽에 몸을 부딪쳤다. 거대한 팔 하나가 몸에서 툭 떨어졌고, 새로운 입 하나가 생긴 것처럼 크게 베인 상처에서 피가 줄줄 흘렀다. 다시 공격하는 미쿨로프의 움직임은 채 보이지도 않았다. 그의 검이 괴물의 두터운 목을 그었다. 시체덩어리는 고통으로, 혹은 분노로 울부짖으며 몸을 틀고는 오른팔을 크게 휘둘러 끝에 달린 미늘로 미쿨로프를 꿰려고 했다. 하지만 좁은 공간에서는 무리한 동작이어서 돌벽만 와장창 박살났다. 미쿨로프는 잽싸게 피하며 날렵하게 뒤로 물러섰다가 다시 한 번 돌진해 괴물에게 주먹과 칼 세례를 퍼부었다.

수도사가 고함을 지르며 손바닥에서 힘의 물결을 방사했다. 괴물이 뒤로 나자빠지더니, 쉭쉭 하는 소리를 내고 시커먼 피를 쏟으면서 수많은 송곳니가 난 입을 벌렸다가 닫았다.

쿨렌도 작게나마 한껏 고함을 지르며 달려 나갔다. 그리고 괴물의 옆구리를 쇠스랑으로 찔렀다. 동시에 누군가가 날린 화살이 시체덩어리의 등판에 깊이 박혔다.

괴물이 비틀거리며 느릿느릿 몸을 돌려 다른 정예 결사단을 돌아보는 사이에 미쿨로프의 검이 원을 그렸다. 그는 힘찬 일격으로 괴물의 목을 깊숙이 베어버렸다.

괴물의 상처에서 코가 썩을 듯한 악취가 풍겼다. 괴물의 목이 한쪽으로 꺾이며 썩어 문드러진 고깃덩어리가 드러났고, 부풀어 오르고 악취가 나는 육체가 부들부들 떨렸다. 쿨렌의 쇠스랑이 소리굽쇠처럼 진동했다.

미쿨로프가 손바닥을 내밀며 앞으로 돌진해 다시 한 번 번개 같은 속도로 순수 기운의 물결을 괴물의 명치에 방사했다.

시체덩어리는 산산조각이 났다.

썩은 살이 사방으로 튀었고, 가까이 있던 사람들은 피를 온통 뒤집어썼다. 터널 벽에서 돌덩이들이 떨어져 케인의 발치까지 굴러왔다. 괴물의 팔 한 쪽도 굴러와 돌덩이 옆에서 멈추더니, 한 차례 꿈틀거린 뒤 잠잠해졌다.

폭발의 여파로 등불의 불꽃이 심하게 퍼덕였지만 꺼지지는 않았다. 토마스가 다시 등불을 집어 들고 거의 믿기 힘든 살육의 광경을 비췄다. 곤충의 뜯긴 다리처럼 흩어진 살 조각들이 아직도 꿈틀대고 있었다. 찢겨진 머리 일부는 입을 쩍 벌려 송곳니를 드러냈으며, 하얀 막으로 된 눈동자는 고름 투성이의 머리에 매달린 채 희번덕거렸다. 철퍽, 우지직 하는 기분 나쁜 소리를 내며 패리스가 신발로 짓밟아 버리기까지는.

한순간 정적이 흘렀다.

"우리가…… 이놈을 죽였어."

토마스가 믿을 수 없다는 듯 말했다.

"이미 죽은 놈을 어떻게 또 죽여?"

쿨렌이 안경에 묻은 피를 닦아내며 그렇게 말하더니 미친 사람처럼 씩 웃었다.

그들 모두 서로를 바라보았다. 몇몇이 환호성을 지르며 서로의 등을 손바닥으로 쳤다. 하지만 케인은 축하할 기분이 아니었다. 허비할 시간이 없었다. 그는 어두운 방에 묶여 있는 레아를 상상했다. 가레스 라우가 준비하고 있을 악마의 의식에 제물로 희생될 레아를.

케인은 아내와 아들에 관한 편지를 받고 사고가 일어난 장소로 찾아갔다.

칼데움까지 뻗어 있는 길은 별로 특이할 게 없었다. 양쪽으로 무성한 숲이 있어 길이 좁아져 있었고, 누군가가 숨어 있다 덮치기에 알맞은 조건이었다. 그러나 그밖에는 평범한 길이었다. 그는 뒤집혀진 마차를 실제로 보지 못했다. 그가 도착했을 때에는 이미 치워진 지 오래였다. 그러나 케인은 마차가 잡초 속에 나뒹굴고 있는 모습을 상상할 수 있었다. 뜨거운 햇볕 아래 바퀴 하나가 천천히 돌아가고, 아멜리아와 제레드가 기절한 채로 끌려가는 모습을. 케인은 그 순간부터 온 세상이 달라지고 만 듯한 느낌을 떨칠 수 없었다. 그리고 그때부터, 마차 바퀴가 자갈 위를 구르며 내는 소리는 언제나 그에게 섬뜩하고 허탈한 느낌을 주었다.

토마스가 계속 그들을 이끌고 이쪽 터널에서 또 다른 터널로 움직였다. 토마스의 말에 의하면 정예 결사단이 한 번도 가본 적이 없는 지점에 마침내 당도했다. 그는 지도를 참고하며 계속 더 깊이, 낯선 곳으로 발걸음을 재촉하며 넓고 복잡한 터널망의 중심부로 접근해갔다.

아래로 내려갈수록 공기가 더욱 차가워졌다. 초록색 이끼가 온통 두텁게 나 있었으며, 어떤 곳에서는 무릎까지 오는 소금기 있는 물을 건너야 했는데, 케인의 피부에는 얼음장처럼 차갑게 느껴졌다. 그들은 곧 작은 발들이 후두두 내달리는 소리를 들었다. 공포에 질린 수십 마리의 쥐들이 그들 쪽으로 달려오더니 사람들의 다리 사이로 달아났다.

앞쪽에 뭔가가 있었다. 뭔가가 어둠 속에서 움직이고 있었다. 등불의 불빛이 땅에 납작 엎드려 네 발로 기는 익숙한 괴물을 비췄다. 괴물의 얼굴은 으르렁대는 입 때문에 일그러졌고, 털이 없는 머리가 등불의 불빛에 반짝였다. 눈동자가 없는 눈구멍이 허공을 노려보고 있었다. 그것이 쉬익 하고 위협적인 소리를 냈다.

"청소부 마귀요. 놈을 없애야 하오. 지금 당장. 안 그러면 놈이 동료들을 부를 테고, 우리는 떼로 몰려오는 놈들을 당할 수 없을 거요."

케인이 낮은 목소리로 말했다.

그러나 청소부 마귀가 몸을 돌려 벽을 기어오르는 바람에 사람들은 놀라 뒤로 물러섰다. 청소부 마귀는 갈퀴 같은 손으로 돌벽을 움켜잡더니, 다시 한 번 그들 쪽으로 몸을 돌렸다가 박쥐처럼 거꾸로 매달린 자세로 기어서 어둠 속으로 사라져버렸다.

미쿨로프가 등불을 집어 들었다.

"여기서 기다려요."

그는 이렇게 말하고 터널 안쪽으로 달려갔다. 나머지는 칠흑 같은 어둠 속에 묻혀 버렸고, 그들은 얼굴 앞에 들어 올린 자기 손조차 볼 수 없었다. 케인은 동료들에게 아무 소리도 내지 말라고 주의를 준 다음, 힘이 담긴 말을 외었다. 마침내 새로 바뀐 지팡이의 손잡이에 달린 보석이 빛을 발하기 시작했다. 그 빛이 마치 횃불처럼 주위에 모인 사람들의 얼굴을 비추었다.

어딘가 멀리서 타닥 하며 불꽃이 튀고 고통에 울부짖는 울음소리가 들려왔다. 사람의 목소리는 아니었다. 케인이 앞장서서 그들을 이끌었다. 사람들은 바닥에 놓인 등불과 청소부 마귀 세 마리의 토막 난 사체, 그 옆에 서 있는 미쿨로프를 발견했다.

"놈들이 또 있어요. 도망가 버렸습니다."

미쿨로프가 말했다.

케인은 소름이 쫙 끼쳤다. 놈들은 틀림없이 라우의 정찰병일 테고, 살아남은 놈들이 라우에게 달려가서 그들의 위치를 알릴 게 뻔했다. 그렇지 않으면 터널의 갈림길이나 다른 곳에 매복해 있다가 정예 결사단을 덮칠 것이다.

"조심해야만 하오."

케인이 말했다. 토마스가 다시 등불을 집어 들었고, 케인이 후방을 맡았다. 케인은 터널의 모퉁이마다 구울들이 떼로 덤비지 않을까 하고 긴장했지만 터널은 잠잠했다. 이를 다행으로 여겨야 할지 판단이 잘 서지 않았다.

그들은 더욱 깊이 들어갔다. 터널 중심부에 가까워질수록 케인은 뭔가를 느낄 수 있었다. 거의 알아차리기 힘들 정도의 두드리는 소리가 그들의 발밑에서 들려왔다.

그리고 마침내, 갑자기 천장이 사라지고 상상을 초월할 정도로 거대한 동굴 같은 공간이 나타났다. 그들은 고요하고 캄캄한 큰 구덩이의 어귀에 서 있었다. 토마스가 들고 있던 등불의 불빛이 암흑 속으로 삼켜졌다. 몇 세대 동안 쌓인 먼지가 어느 곳에나 켜켜이 쌓여 있었고 무덤 냄새가 진동했다.

그들은 결국 찾아냈다. 잃어버린 도시, 알 쿳을.

제 33 장

알 쿳의 정체

토마스를 선두로, 그들은 아무도 없는 폐허가 된 거리를 걸었다. 알 쿳은 한때 고대 성역의 웅장함을 뽐내는 훌륭한 도시였다. 거리는 넓고, 잘 포장되어 있었으며, 건물은 대체로 돌과 벽돌로 지어져 있었다. 그들은 묘비처럼 고요하게 서 있는 석조건물들을 신기하게 쳐다보았다. 오랫동안 버려진 집들은 사람이 살지 않은 채 수백 년이 흘렀다. 마법단 전투가 남긴 상흔은 아직도 뚜렷했다. 불탄 파편이 여기 저기 흩어져 있는가 하면 포석이 깨진 흔적도 있었다. 그리고 여러 집들이 마치 술에 취한 듯 기우뚱해 있었는데, 어떤 마법의 힘에 얻어맞아서 기초가 약해져 있었다.

잃어버린 도시의 광경은 그들을 전율하게 만들었다. 이렇게나 지하로 깊이 내려온 곳에서 이렇게나 기괴한 광경을 마주하다 보니, 좀처럼 앞으로 나갈 엄두가 나지 않을 지경이었다. 케인은 옛 주민의 유령이 그의 옆을 떠돌다가 그가 고개를 돌리면 사라지는 듯한 느낌을 받았다.

"이곳을 본 적이 있어요. 꿈에서 이곳에 온 적이 있어요. 죽은 자의 도시, 수천에 달하는 죽은 혼의 무게를 짊어지고 있는 땅이에요."

미쿨로프가 입을 열었다.

다른 사람은 아무도 감히 입을 열지 못했다. 뭔가 초자연적인 힘이 그들의 발밑에 있는 듯했고, 그 힘은 점점 커지는 것 같았다. 서둘러야 할 것 같았다. 사방이 먼지투성이였는데, 그 위에 찍혀 있는 발자국들은 그들을 섬뜩하게 만들었다. 일부는 사람의 발자국이었지만, 나머지는 아니었다.

"새벽이 다가오고 있소. 더 이상 시간을 낭비할 수 없소."

케인이 말했다. 그때 오른쪽 벽감에서 움직임을 느끼고 돌아보았지만, 큰 거미와 거미줄뿐이었다. 주먹만 한 크기의 거미는 거드름을 피우는 듯 거미줄에 버티고 앉아서 여러 쌍의 눈으로 그들을 보며 털이 수북한 다리를 움찔거리며 있었다.

그들은 계속 거리를 걸었다. 무너진 벽 부분을 비껴 돌았고, 더욱 황량한 건물 사이를 방황했다. 마치 말소리가 망자들을 방해하기라도 한다는 듯 아무도 말이 없었다. 어둠이 너무 커서 등불로 밝힐 수 있는 부분은 처량할 정도로 작았다. 도시를 계속 지날수록 동굴의 천장은 높아질 대로 높아졌고, 나중에는 별 하나 없는 하늘처럼 보였다. 그들은 비제레이 도서관 몇 채의 잔해와 오래전에 잊힌 어떤 지도자의, 혹은 어떤 영웅의 기념비 옆을 지나갔다.

길은 마치 끝이 없는 듯했다. 그나저나 시체들은 모두 어디로 갔을까? 전설에 따르면 비제레이 마법전사들은 그들이 쓰러진 땅에서 썩어갔다고 했다. 그냥 시체를 먹는 짐승들의 밥이 된 걸까, 아니면 더 무시무시한 일이 일어난 걸까?

마침내 그들은 완만한 경사를 이루는 오르막길로 접어들었고, 일행은 알 쿳의 가장 바깥쪽 변두리를 벗어났다. 케인의 눈에 동굴의 천장이 다시 보였다. 천정이 아치를 그리며 아래로 내려와 벽과 만나는 지점에 칠흑처럼 시커먼 새로운 터널의 입구가 있었다.

돌 사이의 홈을 타고 흐르는 물이 바닥 가운데로 뚝뚝 떨어졌고, 터널 입구를 통해 흘러나가고 있었다. 케인은 바닷물 냄새를 맡았.

여기야말로 그가 찾던 지점이었다.

그들은 터널로 들어갔다.

"이제 다 왔어요."

토마스가 계속 걸으며 속삭였다.

"내 계산에 의하면, 우린 지금 게아 쿨 너머에 있어요."

결사단은 긴장하기 시작했다. 지금까지는 모두 케인의 계획대로 되었다. 하지만 적들에게 노출된 이상 급습은 불가능했다.

케인은 지도를 다시 한 번 살핀 다음, 일행에게 가져온 꾸러미들을 터널의 각 지점마다 놓도록 했다. 그들은 맡은 일을 하느라고 더딘 발걸음으로 움직였다. 바다가 그들 바로 너머에 있었다. 겨우 한 장의 돌판으로 나눠져 있었다. 만약 그가…….

'데커드 케인.'

케인은 어둠 속을 살피며 주위를 휙 둘러보았다. 피부에 소름이 돋았다. 목소리는 마치 귓가에 대고 속삭인 것 같았지만, 어둠 속에서는 아무것도 보이지 않았다. 괴물도, 유령도, 아무것도 없었다. 다른 사람들은 아무도 그 소리를 듣지 못한 듯했다.

먼 옛날의 익숙했던 순간이 되살아나 케인을 사로잡았다. 어린 소년이었던 그는 어머니와 다투고 자기 방에 서서 어둠을 바라보고 있었다. 타버린 서책의 냄새가 진동하는 가운데 뭔가가 그의 이름을 나직이 불렀다.

'이리로 오너라. 이 세상에 대한 진실을 보아라. 네 운명이, 나와 같은 운명이 너를 기다리고 있다. 우리는 맺어져 있다. 너와 나는 역사와 전설을 통해 하나이다. 우리는 네가 생각하는 것보다 훨씬 더 비슷한 존재다. 나는 학자이고 너 역시 그렇다. 나는 네가 영웅이라 부르는 자리에서 내려왔다. 하지만 그들은 눈먼 자들이다. 네가 이제까지 그랬던 것처럼. 이제는 바뀔 때가 되었다.'

케인은 치를 떨었다. 감히 뭐라고 대답할 수 없었다. 그들의 존재가 들통 났다는 사실을 안다면, 일행들은 공포에 사로잡힐 게 뻔했다. 어둠의 악마는 케인이 여기에 내려와 있다는 사실을 찾아낼 만큼 강력했다. 하지만 아직 그들의 정확한 위치까지는 모르고 있었다. 그래서 허공에 생각을 보내 적과 손을 잡도록 유혹하고 있었다.

하지만 케인은 의심할 수밖에 없었다. 그들은 정말 그토록 비슷한가? 그들의 길이 서로 얽혀 있고, 영원히 하나가 되도록 이어져 있다면, 그에게 선택의 여지가 있을까? 케인은 선택의 여지가 있다고 믿어야 했다. 인간은 천사와 악마의 성질을 모두 갖고 태어났으며, 천국과 지옥의 전쟁터는 인간의 영혼에 있었다. 이타주의, 자비, 사랑에 따라 행동하려는 욕구는 영원히 탐욕, 분노, 질투에 따라 행동하려는 욕구와 대결했다. 성역은 다름 아닌 인간 내부에 있었다. 그리고 그렇기 때문에 인간은 크게 선해질 수도, 크게 악해질 수도 있는 특별한 능력을 가진 존재가 될 수 있었다.

'선장은 죽었다. 소녀도 죽었다. 문은 이미 열려 있다. 이제 더 이상의 저항은 소용없다. 나에게 오라. 성역에 임하시는 우리의 진정한 주인을 함께 맞이하자.'

케인의 가슴이 뛰었다. 그럴 리 없었다. 그는 믿지 않으려고 했다. 거짓말에 귀를 기울이지…….

"다 왔습니다."

토마스가 속삭였다.

"내 짐작이 맞는다면, 우리는 탑의 바로 아래에 있어요. 아니면 아주 가까이에 있어요."

케인은 몸을 흠칫 떨며 제정신으로 돌아왔다. 동료들은 또 다른 사다리에 발을 딛고 올라가는 중이었다. 사다리의 녹슨 가로대는 축축했으며, 지렁이 천지였다. 한참 위쪽을 보니 주룩주룩 계속해서 내리는 물방울 속에 간간이 번쩍이는 흐린 회색 불빛이 눈에 들어왔다.

케인은 자신이 식은땀을 비 오듯 흘리고 있으며, 숨결이 급하고 얕다는 사실을 깨달았다. '악마는 거짓말을 한다. 그 말을 듣지 말아야 한다.' 레아가 죽었다면 느꼈으리라. 그 사실만은 틀림없었다. 라우가 유인해 살해할 목적으로 그를 우롱한 것이다.

하지만 더욱 사악한 또 다른 목소리가 케인을 괴롭혔다. 뛰어난 판단력에도 불구하고, 케인은 악마의 마법서를 쓰고 말았다. 그는 가레스 라우처럼 스스로 자기 영혼의 문을 열었다.

그 문으로 무서운 뭔가가 들어온 걸까?

이제 그들은 목표에 거의 도달했다. 어둠의 악마도 그들을 감지할 수 있었다. 데커드 케인이 오고 있었다. 그의 처량한 떨거지 군대와 함께, 그가 쓸모없다고 여겼던 정예 결사단을 이끌고.

아니, 하나만은 쓸모가 있었다. 그리고 그는 손에 넣기 가장 쉬웠다.

어둠의 악마는 다른 생명체들의 눈을 통해 그들이 사다리를 오르는 모습을, 차례로 터널 밑바닥에서 기어 올라오는 모습을 지켜보았다. 그들은 지금 그가 쳐 놓은 그물로 다가오고 있었다. 쇠사다리는 미끄러웠고, 바닷바람에 부식되어 있었다. '조심하려무나.' 어둠의 악마는 생각했다. '미끄러지지 말라고. 네가 이렇게 가까이 온 마당에 사고가 일어나기를 바라지는 않아.'

데커드 케인이 이토록 먼 길을 왔다니, 참으로 애석했다. 다른 쓸모없는 인간들처럼 그저 덫에 걸리기 위해 사막을 건너고 산을 넘으며 그토록 많은 발걸음을 남겼다니. 성역의 인간들은 정말 쓸모가 없었다. 잔인하고, 사악하며, 세상의 질병 같은 존재였다. 이제 다가오는 불타는 지옥이 정화의 불길을 온 세상에 퍼뜨려 아무 생각 없는 껍데기들만 남겨둔 채 온 세상을 모조리 쓸어버릴 것이다.

그리고 어둠의 악마는 남은 자들을 다스릴 것이다. 그는 그러기 위해 태어난 존재였다.

라우는 떨리는 손가락으로 고서를 열었다. 이제 때가 왔다.

의식을 시작하자 여러 개의 팔다리를 가진 신인 벨리알이 자신의 모든 영광을 분출하려는 듯 몸을 떨며 기다리고 있는 게 느껴졌다. 어둠의 악마는 태양을 정면으로 바라보는 것처럼 엄청난 힘을 느꼈다. 악마가 가진 생각의 촉수는 이미 라우(어둠의 악마)의 정신에 칭칭 얽혀들었고, 그의 정신과 하나가 되었고, 그를 격려했고, 다가올 폭풍이 지난 후 선택된 자에게 주어질 부를 약속하며 꼬드기고 있었다.

어둠의 악마는 밖에 있는 악마 군단이 내는 진동을 들을 수 있었다. 그들은 선장과 그의 한심한 패거리를 쉽게 끝장내 버렸다. 대략 삼십 명쯤 되는 사람들이 임시변통으로 골라잡은 무기로 거리에서 싸움을 벌였겠지. 그들은 이제껏 청소부 마귀의 최면에 걸리지 않았던 게아 쿨의 최후 생존자들이었다. 그러나 그들은 어둠의 주인을 섬기려 튀어나온 거대한 무리의 적수가 되지 못했다. 선장은 마지막까지 버티다 쓰러졌다. 한때는 그럴듯한 적수가 되었을 남자였지만, 지금은 늙고 약해빠진 쓰레기일 뿐이었다. 어둠의 악마는 노인이 벌떼처럼 달려드는 청소부 마귀들에게 묻혀 사라지는 모습을 다른 생명체들의 눈으로 지켜보았다. 마지막으로 피투성이가 된 그의 팔이 절대 찾아오지 않을 구원을 부르는 것처럼 고통스럽게 허공을 휘젓는 모습이 보였다.

성역에서 전쟁이 벌어졌지만, 전투는 일방적이었다. 당연히 벌어질 일들이 아무런 반전 없이 진행되었다. 이제 곧 마지막 불꽃이 타오르고, 진짜 군대가 등장하리라. 나의 명령에 따를 '언데드 원소술사의 군단.' 도시들은 정복자들의 소유가 되고, 온 땅을 정복하리라. 이것이야말로 어둠의 악마가 몸을 떨며 기대하는 앞날이었다.

벨리알의 정신 촉수들이 악마의 정신을 쥐어짜, 그를 현실로 돌아오게 해주었다. 어둠의 악마는 다시 읽고 있던 책으로 눈을 돌렸다. 법복에서 가루가 든 자루를 꺼내, 아직도 약물에 취해 방의 중앙에 꼼짝없이 누워 있는 소녀에게 뿌렸다. 혼수상태에서조차 그녀의 잠재된 엄청난 힘이 느껴졌다. 그녀의 어머니에게 물려받아 더욱 증폭된 힘이었다. 소녀는 세상의 종말을 위한 제물이 되고, 그녀의 생명의 기운은 이제 그의 발아래 놓인 도화선에 불을 댕길 마지막 불꽃이 되리라. 그 이상으로 주인을 잘 섬길 수는 없겠지?

어둠의 악마는 그토록 많이 연습했던 주문을 외웠다. 그의 목소리는 낮았고, 리듬감이 있었다. 바깥에 몰려든 마귀들이 점점 더 광적으로 날뛰었다. 어둠의 악마는 이 의식을 완벽하게 해내야 했다. 주위에 기운이 모이기 시작했고, 부드러운 벽의 틈새로 불어오는 한 줄기 바람이 느껴졌다. 악마는 마침내 자신의 일을 완성할 때가 되었음을 알았다. 탑 주위로 달려들거나 쏜살같이 움직이던 청소부 마귀들이 날카로운 비명을 질러대며 주인에 대한 넘치는 애정을 표현했다. 악마는 불타는 지옥의 군대를 이끌며, 그들을 마음 내키는 대로 부릴 수 있었다. 오래 전에 바르툭이 그렇게 했던 것처럼.

바닥의 홈은 소녀의 생명의 불꽃을 잡고 한군데로 모을 수 있게 설계되었다. 이렇게 모인 생명의 불꽃은 검은 탑의 중심부로 흘러들어가, 그 밑에서 기다리고 있는 수없이 많은 다른 기운과 합류할 것이다.

어둠의 악마는 자신의 일을 계속했다. 멈추지 않고.

제 34 장

검은 탑의 안뜰

그들은 미끄러운 발판을 한 번에 하나씩 조심스레 밟으며 사다리를 올라갔다. 미쿨로프는 바로 앞에서 오르고 있는 사내의 발을 보았다. 굳이 먼저 앞장서 가기를 고집했던 패리스였다. 치열한 전투 중에도 결코 느긋함과 침착함을 잃지 않는 수도사의 심장이 빠르게 뛰기 시작하면서 온몸에 식은땀이 흘렀다. 그가 평생 훈련을 하면서 기다렸던 순간이 다가오고 있었다. 미쿨로프는 이 무시무시한 암흑의 공간과 정면으로 맞닥뜨리는 순간, 자신이 머뭇거리는 바람에 중요한 기회를 놓치게 될까 봐 두려웠다.

'자네는 아직 준비되지 않았네.' 스승님들의 단호하고 엄중한 목소리가 마치 꿈결처럼 들려왔다. 스승님들은 예복을 갖춰 입고 위원회 실에 모여 있었다. 하나같이 길고 흰 수염에 민머리를 하고 있었다. '자네의 자만심과 충동을 극복할 수 있을 때까지 여기 남아서 좀 더 수련을 해야만 하네. 그렇지 않으면, 결국 끔찍한 실수를 저지르게 될 걸세.'

하지만 미쿨로프는 모두가 잠든 밤을 틈 타 몰래 그곳을 빠져나왔다. 이제 결전의 날이 다가왔고, 겁에 질린 작은 소년처럼 떨고 있었다.

'결국 스승님들이 옳았는지 몰라. 아마도 내가 어리석었던 거야.'

미쿨로프는 정예 결사단 캠프에서 명상을 통해 다시 신들을 찾을 수 있었고, 이 긴 여행을 가능하게 했던 체력과 자신감을 회복했다. 그러나 바로 위에서 악마 군대의 소리가 점점 크게 들려오자 온몸의 힘이 빠져나가고 혼자만 남은 것처럼 느껴졌다.

패리스가 드디어 사다리의 맨 꼭대기에 다다랐다. 똑똑 떨어지는 물방울에 정예 결사단의 옷은 이미 흠뻑 젖어 있었다. 그들을 가로막고 있는 철판의 격자무늬 사이로 불쾌한 회색빛이 새어 나오고 있었다.

"꿈쩍도 하지 않는데요, 너무 무거워……."

안간힘을 다해 철판을 어깨로 밀어 올리면서 패리스가 미쿨로프를 향해 속삭였다.

순간 무엇인가가 철판을 휙 집어 올린 뒤 던져버렸다. 그 힘에 패리스가 뒤로 나자빠졌고, 순식간에 괴물의 발톱이 패리스의 목을 낚아채 구멍 위로 끌고 가버렸다. 그렇게 패리스는 사라졌다.

아래에서 누군가가 다급하게 위험을 알리는 소리가 들려왔다. 밑을 내려다보니 끔찍하게 생긴 괴물들이 사다리 아래서 나머지 일행을 바짝 추격해 오고 있었다.

'함정이다.' 미쿨로프는 남은 사다리의 발판을 빠르게 올라갔다. 솟구치는 기운이 순식간에 온몸으로 퍼져나갔고, 방금 전의 두려움도 사라졌다. 미쿨로프는 민첩하게 몸을 굴려 구멍을 빠져 나온 뒤 유연하면서도 절도 있는 자세로 일어섰다. 준비는 끝났다. 그의 무기, 그의 몸은 이제 완벽한 전투태세에 돌입했다.

미쿨로프가 서 있는 곳은 돌로 지어진 거대한 안뜰이었다. 무겁게 내려앉은 회색빛 하늘에서 차갑고 역겨운 비가 후드득 떨어지고 있었다.

안뜰은 지옥 깊숙한 곳에서 올라 온 괴물들로 우글우글했다.

왼쪽 편에서는 피부가 벗겨져 벌건 근육이 드러난 들개처럼 생긴 괴물들이 염산이 뚝뚝 떨어지는 입으로 으르렁대며 슬금슬금 기어오고 있었다. 미쿨로프는 푸른 정맥이 돋은 육감적인 가슴 굴곡을 훤히 드러낸 채 칼을 뽑아 든 여자 마귀들을 보았다. 거대한 딱정벌레 괴물들과 십오 센티미터나 되는 긴 독침을 품은 날벌레들이 떼를 지어 하늘을 날았고, 그 뒤로 수백, 아니 수천 마리의 청소부 마귀가 달처럼 창백한 얼굴을 하늘로 향한 채 네 발로 기어오고 있었다.

패리스를 터널에서 끌어 올린 괴물은 벌건 피부의 감독관 마귀였다. 뿔이 솟고 비대한 근육에 악마의 불처럼 이글거리는 눈을 가진 들개 괴물들의 우두머리였다. 감독관 마귀는 고개를 젖히고 발톱으로 불룩한 가슴을 치며 하늘을 향해 울부짖었다. 그리고는 가시 돋친 긴 채찍을 휘둘러 졸개들의 등을 후려쳤다. 미쿨로프는 패리스가 괴물들에게 잡혀 사지가 찢겼을 거라고 생각했다. 하지만 그가 앞으로 걸어 나가자 괴물들이 웃으며 길을 터 주었다.

"지옥에 온 것을 환영하네."

패리스가 양팔을 벌리며 말했다. 그의 뒤에서 흥분한 악마들이 고막이 터질 듯 날카로운 비명을 질러댔다.

방금 터널을 빠져나온 토마스가 터널 입구에 서 있었다. 그는 도저히 믿기지 않는다는 표정으로 어스름한 불빛 아래서 눈을 깜빡이며 말했다.

"설마 당신이? 아니야, 패리스, 당신이 어떻게……"

패리스는 웃고 있었다. 동공이 풀렸고, 얼굴도 붉게 상기되어 있었다.

"뭔가에 조종당하고 있어. 악령이 깃든 거야, 회관에서 에길이 당했던 것처럼."

미쿨로프가 조용히 말했다.

패리스는 최면에 걸린 듯한 눈으로 미쿨로프를 응시했다.

"설마 내가 가만히 앉아서 당신들과 죽음을 기다릴 거라고 생각한 건 아니겠지? 어둠의 악마와 함께 하겠다고 내가 선택을 했지."

"어둠의 악마? 가레스 라우를 말하는 건가?"

토마스의 물음에 패리스가 고개를 끄덕였다.

"이건 또한 저들의 선택이기도 하지."

그리고는 막 터널에서 올라오고 있는 세 남자를 가리켰다. 패리스의 부하들은 자세를 바로 잡고 터널 입구에 정렬했다. 먼저 쿨렌이 터널 위로 모습을 보였고, 그 뒤를 정예 결사단 몇 명이 뒤따랐다. 마지막으로 케인이 힘에 부친 듯 천천히 올라왔다. 패리스의 부하들이 케인을 에워쌌다. 쿨렌은 어리둥절한 표정으로 주위를 두리번거렸지만, 케인은 금세 이 상황을 이해한 듯 보였다.

'배신이라…….' 미쿨로프는 아주 잠시 망설였다. 그가 짧은 생애를 살아오면서 행한 모든 일과 이번 여행을 통해 배운 모든 것의 의미가 순간 확고한 깨달음으로 다가왔다. 사원을 떠나겠다는 있을 수 없는 선택은 결국 바른 선택이었다. 천둥이 울리고 번개가 하늘을 가르는 순간, 신들이 그에게 한꺼번에 속삭이기 시작했다. 속삭이는 바다와 불어오는 바람 속에서 신념과 강인함의 메시지가 들려왔다.

천일 개의 신들이 끊임없이 그를 이 자리까지 이끌고 왔다. 그의 희생은 더 큰 선을 위한 것이었다. 마지막 순간, 세상의 만물과 다시 하나가 될 것을 알기에 미쿨로프는 기꺼이 자신의 목숨을 내놓을 터였다.

'자네는 아직 준비가 되지 않았네……. 자네의 자만심과 충동을 극복할 수 있을 때까지 좀 더 수련을 해야만 하네. 그렇지 않으면 결국 끔찍한 실수를 저지르게 될 걸세.'

미쿨로프는 케인을 흘낏 보았다. 노인의 눈이 커지더니 고개를 저으며 뭔가를 말하려는 것처럼 손을 내밀었다. 하지만 미쿨로프는 이미 사라지고 없었다.

수도사가 희미한 미소를 띤 채 그를 향해 고개를 끄덕이고는 사방에서 몰려오는 악마의 군대를 향해 돌진하는 모습을 데커드 케인은 무력하게 지켜보았다. 미쿨로프가 지금 무엇을 하려는지 케인은 알고 있었다. 미쿨로프의 결연한 표정에서 확고한 의지를 읽자마자 직감적으로 확신했다.

정예 결사단은 또 다시 적들에게 포위되었다. 적들의 작전에 말려든 데다 수적으로도 열세였다. '이런 사태를 미리 예상했어야지.' 케인은 생각했다. '기회가 있을 때 막았어야 했어.' 레아를 향한 사랑과 두려움이 진실을 보지 못하게 가렸다.

미쿨로프가 나지막하면서도 힘찬 함성을 내지르며 울부짖는 악마의 무리를 향해 몸을 날렸다. 수도사의 주먹과 발이 전광석화 같이 적들을 치고 그의 검이 번뜩이며 적들의 목을 베고 자르자 케인과 정예 결사단을 둘러쌌던 악마들이 멀찍이 물러섰다. 악마들은 수도사에게 떼로 덤볐다. 그들의 광포한 살해욕은 절정에 달해 있었다. 하지만 미쿨로프는 물러서지 않고 연못의 물결이 퍼지듯 푸른빛의 기운을 방사했고, 수십 명의 적이 쓰러지면서 뒤편의 적들까지 뒤로 물러났다.

미쿨로프는 검은 탑으로 가는 길을 열고 있었다. 그 길에서 죽으리라는 건 너무도 자명해 보였다.

케인은 그들이 방금 빠져나온 터널 안을 들여다보았다. 청소부 마귀와 괴물들이 일그러진 표정으로 사납게 울부짖으며 떼를 지어 사다리를 올라오고 있었다.

"이래서는 안 되오. 당신은 지금 엄청난 실수를 저지르고 있소."

케인이 패리스를 향해 말했다.

"과연 그럴까?"

패리스는 함께 서 있는 케인과 토마스, 나머지 정예 결사단을 가리키며 부하들에게 명령했다.

"저들을 묶어라!"

세 명의 부하는 확신이 없는 듯 망설였다.

"악마가 하는 말을 믿어선 안 되오. 저들이 무엇을 약속했든 그것은 거짓이오. 내가 어젯밤에 모닥불 앞에서 했던 말을 명심하시오. 어둠의 악마와 벨리알은 그들이 원하는 것을 얻고 나면 당신들을 갈기갈기 찢어놓을 거요."

케인이 말했다.

"패리스, 제 생각에……."

부하 중 한 명이 그들을 둘러싸고 있는 괴물들을 흘낏 보면서 말했다. 몇몇 괴물들이 이미 그들을 향해 다가오고 있었다.

"그만!"

얼굴이 벌겋게 달아오른 패리스가 소리쳤다.

"저들을 당장 끌고 가!"

부하들이 다시 머뭇거렸다. 케인은 기회를 놓치지 않고 배낭에서 마지막 남은 에길의 파우더를 꺼내 터널 입구에 던졌다.

첫 번째 청소부 마귀가 터널 입구로 막 고개를 내미는 순간, 파우더가 눈부신 빛을 뿜으며 폭발했다. 화염에 휩싸인 청소부 마귀가 날카로운 비명을 내지르며 다른 괴물들과 함께 사다리 아래로 떨어졌다. 이때 토마스가 삽으로 패리스의 머리를 후려쳤고, 패리스는 비명도 못 지르고 그 자리에 고꾸라졌.

이제 패리스의 부하들은 수적으로 밀리게 되었다. 쿨렌이 삼지창을 들이대자 그들은 고개를 흔들며 손을 들고 항복했다.

"서두릅시다."

케인이 말했다. 미쿨로프가 지나간 자리에는 괴물들의 찢기고 부러진 팔다리가 어지럽게 흩어져 있었다. 하지만 길이 다시 막히고 있었다. 머뭇거릴 시간이 없었다.

정예 결사단은 미쿨로프가 열어 놓은 길을 따라 검은 탑을 향해 달리기 시작했다.

미쿨로프는 불길에 휩싸여 있었다. 신들의 힘이 온몸을 관통하며 그의 팔다리를 감싸주었고, 그를 물어뜯기 위해 달려드는 사악한 괴물들과 맞서 싸울 힘을 주었다. 원소 기운이 파지직하는 섬광을 내뿜으며 적들을 향해 날아갔다. 미쿨로프는 인간의 눈이 미처 따라잡지 못하는 속도로 여기 저기 순식간에 나타나 괴물들을 쳤고, 신성한 검을 휘둘러 베어냈다. 수십 마리의 괴물이 검은 피를 쏟으며 쓰러졌다. 무참히 잘려 나간 팔다리는 땅에 널브러져 경련을 일으켰고, 잘린 머리는 미끄러운 돌바닥 위를 굴러다녔다.

그러나 적의 수가 줄어들기는커녕 괴물 한 마리를 베고 나면 어디선가 열 마리가 나타나 그 자리를 채웠다. 미쿨로프는 점점 지쳐가고 있었다.

미쿨로프가 울부짖는 벌건 피부를 가진 감독관의 목을 내리쳤고, 그 목이 근육질의 어깨 위에서 달랑거리고 매달려 있을 때였다. 시체 청소부의 날카로운 발톱이 미쿨로프의 등을 할퀴었고, 상처에서 피가 흘렀다. 미쿨로프가 뒤돌아 괴물의 팔을 베자, 괴물은 울부짖으며 비틀비틀 뒤로 물러나면서 미쿨로프의 뒤로 몰래 기어오고 있던 몰락자들의 등에 피를 뿌렸다. 세 마리가 으르렁거리며 일어서자 미쿨로프가 빙글빙글 돌며 탁탁거리는 공격 기운을 방사했다. 괴물의 머리는 순식간에 검은 재로 변했다.

괴물들이 공포에 떨면서 물러서자 날벌레가 미쿨로프에게 곧장 날아와 어깨에 독침을 쏘았다. 불에 덴 것처럼 엄청난 통증이 팔과 가슴으로 퍼져나갔고, 미쿨로프는 숨을 헐떡이며 비틀거렸다. 그의 심장이 불규칙적으로 뛰기 시작했다. 벌레 괴물의 독 때문이었다. 미쿨로프는 벌레 괴물을 검으로 내리쳐 두 동강을 낸 뒤 발로 밟아 뭉갰다.

두 마리의 날벌레가 또 다시 공격해 오자 한 손으로 검을 휘둘러 두 동강을 냈다. 미쿨로프는 나머지 한 팔을 전혀 쓰지 못했다. 머리가 여럿 달린 시체덩어리 괴물이 쓰러진 임프들을 헤치며 일어서고 있었다. 그 괴물은 앞을 가로막으면 어떤 것이라도 부셔버릴 기세로 돌이 박힌 모루 같은 팔을 들며 포효했다. 미쿨로프가 괴물의 치명적인 주먹을 피해 몸을 숙이며 괴물의 등과 다리를 검으로 베자 괴물이 털썩 무릎을 꿇었다. 그러나 미쿨로프가 막 괴물의 역겨운 머리를 베려할 때, 괴물이 한 팔을 뒤로 휘둘러 그의 옆구리를 강타했다.

마치 마차가 나무에 충돌한 것 같은 충격이 밀려왔다. 미쿨로프의 몸이 하늘로 붕 떠오르더니 이내 바닥에 내팽개쳐졌다. 수도사의 살갗은 오랜 세월의 훈련과 혹독한 벌로 다져져 웬만한 충격에는 쉽게 상처 입지 않았지만, 뼈는 아니었다. 미쿨로프는 시체 청소부들의 등 위로 몸이 떨어지는 순간 갈비뼈가 부러지는 소리를 들었다. 시체 청소부들이 날카로운 송곳니로 그를 물어 바닥에 내동댕이쳤다.

미쿨로프는 주먹을 휘둘러 시체 청소부들을 쫓은 뒤 가만히 누워 숨을 헐떡였다. 아무리 숨을 고르려고 해도 계속 숨이 찼다. 날벌레의 독이 심장이 뛸 때마다 몸 속 깊숙이 혈관을 따라 빠르게 퍼지고 있었다. 미쿨로프는 하늘을 보았다. 그의 얼굴 위로 비가 내렸다. 시큼하고 비릿한 빗물이 바싹 마른 그의 목 안으로 흘러들었다. 이곳은 빗물에서조차 썩은 내가 진동했다.

청소부 마귀들이 사방에서 다가오고 있었다. 머릿속의 신들이 침묵하자 고요한 순간이 찾아왔다. 모든 것이 기어가는 듯 느리게 움직였다. 시간이 멈춘 듯했다. 미쿨로프는 어린 소년이 되어 있었다. 산속을 이리저리 뛰어다니다가 시원한 나무 그늘 아래서 쉬기도 했고, 송어 떼가 헤엄치는 시냇물에 첨벙 뛰어 들기도 했다. 뭔가가 그를 쫓고 있었다. 남자였다. 그들은 술래잡기를 하고 있었다. 그런데 갑자기 남자의 모습이 바뀌면서 도망 다니고 있던 미쿨로프의 모습도 바뀌었다. 키가 자라고 힘이 세지고 나이를 먹으면서 몸도 커졌다. 그를 쫓고 있는 것은 더 이상 사람이 아니었다. 검은 두건을 쓰고 까마귀 날개를 가진 괴물이었다.

미쿨로프는 자신을 향해 다가오는 악마 군대의 잔혹하게 일그러진 얼굴을 외면하듯 눈을 감았다. 신들을 부르면서 주변의 공기로부터 신들의 기운을 흡수했다. 심호흡을 하듯 기운을 몸속 깊숙이 품었다. 가슴에서 따스한 기운이 느껴졌다. 처음에는 아주 편안한 느낌의 따스함이었는데, 점점 활활 타는 불길의 뜨거운 열기로 달아올랐다. 미쿨로프는 누워서 꿈쩍도 하지 않은 채 새로운 힘이 그를 채우며 사지로 퍼져나가는 것을 느꼈다. 신들이 그의 제물을 기꺼이 받아 그 대가를 열 배로 돌려주었다.

수도사는 눈을 떴다. 가슴 속의 불길이 마치 승천하는 용처럼 살아서 꿈틀대고 있었다. 괴물들이 막 덮치려고 했다.

미쿨로프는 미소를 지었다. 그리고 모든 것을 내려놓은 듯 가슴 속의 불길을 놓아주었다.

검은 탑까지 절반 쯤 왔을 때, 데커드 케인은 세상이 뒤집히는 듯한 큰 폭발음을 들었다.

 처음에는 아주 약하게 무엇인가 팡 터지는 소리가 들리더니 곧 푸른 불길이 미쿨로프가 쓰러져 있던 곳에서부터 물결처럼 퍼져나갔다. 그리고는 그 뒤를 이어 케인의 영혼을 송두리째 뒤흔드는 것 같은 굉음이 들려왔고, 동시에 원형의 불길이 모든 것을 휩쓸며 무섭게 번져나갔다. 뜨거운 열기가 케인을 덮쳤다. 곧바로 이어진 충격파에 쓰러진 케인은 숨이 콱 막히는 것 같았다.

 마치 댐이 무너져 한꺼번에 많은 물이 자신의 머리 위로 쏟아지듯, 그래서 그 물 깊숙이 잠겨 이리저리 휩쓸려 다니는 것처럼 케인은 한동안 정신을 잃었다. 머리가 울렸다. 케인은 일어나 앉아 폭발이 휩쓸고 지나간 자리를 충격과 공포 속에 둘러보았다. 죽음의 예감과 함께 차가운 전율이 그의 척추를 타고 흘렀다. 그 누구도 이런 끔찍한 폭발 속에 살아남을 수는 없으리라.

 하지만 케인은 이런 일이 일어날 것을 이미 알고 있었다. 그렇지 않았던가? 터널 입구에서 수도사와 눈이 마주쳤던 그 순간부터 알고 있었다. 케인은 수도사의 눈에서 이미 자신의 숙명을 받아들인 듯한 평온하고 단호한 결심을 읽을 수 있었다. 죽음은 언제라도 일어날 일이었다.

 폭발지점에서 약 백여 미터 이내에 있던 괴물들은 모두 한 줌의 재로 사라졌고, 좀 더 먼 곳에 있던 괴물들도 죽거나 중상을 입었다. 하지만 폭발의 영향권 맨 가장자리에 있던 괴물들은 다시 기력을 회복하고 있었다. 감독관이 낮게 드리운 하늘을 올려다보며 포효하자 그의 졸개들이 화답하듯 울부짖었.

 미쿨로프가 케인 일행을 위해 길을 열었지만, 그렇다고 모든 악마와 괴물들이 사라진 것은 아니었다. 앞으로 돌진해야 한다는 거의 광기에 가까운 투지가 미쿨로프를 사로잡았다. 케인은 검은 탑을 가리키며 살아남은 정예 결사단에게 서두르라고 소리쳤다. 그리고는 일어서서 바닥에 널린 시체들을 과감히 밟고 올라섰다.

 손 안에서 지팡이가 약하게 떨면서 나직이 윙윙대는 소리를 냈고, 손잡이의 루비 장식이 희미하게 빛을 발했다. 케인은 뭔가를 깨우기 위해 주문을 외운 적이 없었다. 그럼에도 어찌된 일인지 폭풍우 속의 피뢰침처럼 지팡이는 활성화 되어 있었다. 아니, 지팡이뿐만이 아니라 케인을 둘러싼 공기마저도 진동하기 시작했다.

케인에게는 지금 이러한 현상들에 대해 깊게 고민할 시간이 없었다. 악마 군단의 소리가 다시 커지고 있었다. 케인이 좌우를 살펴보니 청소부 마귀들이 마치 거대한 흰 게처럼 떼를 지어 사방에서 빠르게 몰려들고 있었다. 그들은 곧 케인을 덮치려고 했다.

한 마리가 케인에게 달려드는 순간, 화살이 쌩하고 날아와 청소부 마귀의 옆 목에 꽂혔다. 괴물은 미처 소리도 지르지 못한 채 그 자리에 쓰러졌다. 케인이 뒤를 돌아보니 토마스가 화살 하나를 메긴 채 서 있었고, 그 옆에 삼지창을 든 쿨렌이 보였다.

"가십시오!"

토마스가 손을 흔들며 외쳤다.

"저희가 엄호하겠습니다!"

그리고는 한 발의 화살을 날려 돌진해오는 청소부 마귀의 가슴에 명중시켰다.

케인은 검은 탑 쪽으로 몸을 돌린 뒤, 열린 아치형 입구까지 마지막 남은 몇 미터를 온힘을 다해 달렸다. 그리고 곧 안으로 사라졌다.

아치형 통로를 따라 들어가자 내부 벽과 호라드림의 상징이 새겨진 거대한 나무문이 나타났다. 하지만 상징의 모양은 바뀌어 있었다. 이 탑에 발을 들여 놓는 자에 대한 경고와 함께 세계의 종말, 즉 인류의 멸망과 악마의 시대, 선과 빛의 타락을 예언하는 악마의 룬문자가 더해져 있었다.

낮게 끼익 하는 소리와 함께 문이 열리고 어둠 속에 텅 빈 홀이 나타났다. 케인이 안으로 들어가 문을 닫자 밖에서 미쳐 날뛰는 괴물들의 소리가 아득히 멀어졌다.

앞으로 무슨 일이 닥치든 케인은 이제 혼자였다. 동료들이 이 귀중한 시간을 벌기 위해 목숨을 바쳐 싸우고 있었다. 그들이야말로 진정한 의미의 영웅이었다. 다시금 무작정 앞으로 돌진하고 싶다는 생각이 들었다. 다른 사람들이 앞장서서 싸울 때 케인은 평생 그들 옆에서 혹은 뒤에서 지켜보기만 했다. 처음에는 자신이 학자의 길을 걷고 있는 사람이기 때문에 그랬고, 나중에는 나이가 먹어서 그랬지만, 결과는 늘 똑같았다. 그는 비겁한 겁쟁이였다.

이제는 행동할 때였다. 그러나 마음속에 또 다시 많은 의문과 의심의 씨앗이 싹을 틔우고 있었다. 그는 노인이었고, 이런 싸움을 준비해본 적이 없었다. 검을 휘두른 적도 없었다. 적들과 대면하게 되었을 때, 과연 무엇을 할 수 있을까? 그런 끔찍한 상황을 대처할 수 있는 기술을 가지고 있었던가?

'레아.' 케인은 작은 소녀의 유일한 희망이었다. 다른 무엇보다 그 이유가 그를 다시 움직이게 했다.

케인은 지팡이의 불빛으로 계단을 비췄다. 나선형의 계단이 아찔한 통로의 가장자리를 따라 불빛이 닿지 않는 위까지 쭉 이어져 있었고, 중앙에는 돌기둥이 세워져 있었다. 탑의 맨 위쪽 어딘가에서 회색의 빛이 희미하게 반짝였다.

케인은 두려움에 몸을 떨며 계단을 오르기 시작했다. 계단이 끝도 없이 이어졌다. 가슴이 터질 듯 숨이 찼고, 무릎 통증과 함께 고질병인 요통도 케인을 괴롭혔다. 그의 정신은 이전과는 완전히 다른 상태에 놓여 있었다. 영혼이 몸을 빠져나와 모든 상황을 지켜보고 있는 것처럼 느껴지면서 평생의 기억들이 하나둘씩 떠올랐다. 슬픔과 희망이 섞인 눈으로 불빛 저편에서 자신을 바라보던 어머니의 모습, 트리스트럼에서 교사로 일했던 젊은 시절에 아이들 보다 서책에 더 심취해 있던 자신의 모습, 아내가 아이의 손을 잡고 케인을 홀로 남겨둔 채 영원히 멀어지던 모습, 그리고 마지막으로 세상의 종말이 왔을 때 늙고 지친 모습으로 서책을 안고 가족을 기다리는 자신의 모습이 떠올랐다. 가족과의 만남은 그가 상상조차 할 수 없는 평화롭고 희망에 가득 찬 장소에서 이루어지리라…….

탑의 벽 너머는 이상하리만치 조용했다. 더 이상 괴물들이 울부짖는 소리가 들리지 않았다. 케인은 까마귀 한 마리가 까악하고 우는 소리를 들었다. 소리는 마치 세상의 종말이 왔음을 알리 듯 불길하게 안뜰 하늘에 울려 퍼졌다. 케인은 내장을 드러낸 채 아치문에 거꾸로 매달린 정예 결사단의 모습을 떠올렸다. 돌바닥에는 그들이 흘린 핏물이 고여 있었다. 이미지가 너무도 선명해서 하마터면 환영을 보았다고 착각할 뻔했다. 그런 일이 실제로 일어났다고 생각하니 속이 울렁거렸다. 여기서 멈출 수는 없었다. 돌이킬 수 없는 끔찍한 공포에 붙들려 목표를 포기할 수 없었다. 저 위에 레아가 있었고, 탑 안의 어딘가에 어둠의 악마가 그를 기다리고 있었다.

다만 너무 늦지 않았기를, 케인은 간절히 기도했다.

제 35 장

의식의 방

레아는 밤처럼 검은 바다 속에서 수면을 향해 헤엄치고 있었다. 저 위 어디에선가 푸른빛이 어른거렸다. 아이는 그 빛에 닿기 위해 안간힘을 쓰고 있었다. 폐 깊숙이 통증이 느껴졌다. 시야가 점점 흐려지면서 앞이 잘 보이지 않았다.

어느 순간 푸른빛은 검은 구멍 같은 눈동자로 변해 있었다. 그것은 칼데움의 거리에서 보았던 까마귀의 눈동자였다. 결코 깜빡이지 않던 그 눈동자. 까마귀는 시체의 살을 한 점 물고는 길게 잡아당겼다. 살이 쭉 찢기자 까마귀가 고개를 들어 레아를 보았다.

'어리석은 아이, 네게 자유 의지가 있다고 믿느냐. 네가 여기서 할 수 있는 건 아무것도 없다. 너의 주인은 나니까.'

순간 목소리가 바뀌면서 검은 눈동자가 스르르 거지의 모습으로 바뀌었다. 거지는 기분 나쁜 웃음을 흘리며 거슬리는 목소리로 세상의 종말에 대해 떠들었다. '하늘은 어둠으로 뒤덮이고, 거리는 온통 피로 넘쳐나리라! 너희는 파멸할 것이다. 너희에게 말하노니, 어둠의 악마는 강력하다. 악마의 군대를 일으킬 것이다! 시체들이 우리 가운데 걸어 다니리라!'

거지는 다시 질리언의 모습으로 바뀌었다. 그녀는 손에 칼을 쥔 채 레아를 내려다보며 말했다. '망자는 안식을 취할 수 없다. 악마들은 언제나 피에 굶주려 있지. 그들은 피를 원한다, 레아. 그들은 피로 온몸을 적시지.'

질리언의 모습은 다시 친엄마의 모습으로 바뀌었다. 엄마는 어둠 속에 얼굴을 가린 채 꿈쩍도 하지 않고 조용히 서 있었다. 레아가 아무리 조르고, 애원하고 소리를 질러도 아무런 대꾸도 없이 마치 동상처럼 어둠 속에 가만히 서 있을 뿐이었다.

처음에 눈을 떴을 때 레아는 아직 자신이 꿈을 꾸고 있다고 생각했다. 주변은 어둡고 고요했으며, 자신을 내려다보고 있는 검은 눈동자도 그대로였기 때문이다. 그러나 차츰 정신이 들자 자신이 보고 있는 건 두건을 쓴 남자의 얼굴이라는 사실을 깨달았다.

도대체 자신이 어떻게 이곳에 오게 되었는지, 눈앞에 서 있는 이 남자는 누구인지, 또 그가 무엇을 원하는지 레아는 알지 못했다. 레아의 마지막 기억에 의하면, 동굴 밖에서 야영을 하고 있을 때 숲에서 무엇인가가 튀어나와 그들을 덮쳤다. 괴물들이 그녀를 납치해서 여기까지 끌고 온 건가?

'데커드 아저씨는 어디에 계시지? 왜 날 구하러 오지 않는 걸까?' 두려움이 엄습해왔다.

남자는 섬뜩하리만치 기괴한 저음의 목소리로 무언가 주문을 외우고 있었다. 바닥이 진동하면서 레아의 몸도 심하게 흔들리고 있었다. 그 순간 레아는 자신의 허리를 무언가 살짝 누르고 있는 듯한 느낌을 받았다. 두려움에 맥박이 빨라졌다. 마치 죽어가는 새가 가슴속에 들어와 있는 듯 심장이 이상하게 팔딱거리고 있었다. 정신이 아득해졌다.

레아는 아래쪽을 살펴보았다. 정체를 알 수 없는 뭔가가 뱀처럼 꿈틀대며 몸 위로 기어올랐다. 여기저기 뭉쳐서 숱이 없는 머리와 뼈밖에 남지 않은 앙상한 어깨를 갖고 있는 괴물이 레아를 내려다보며 잔뜩 몸을 웅크리고 있었다. 그리고 썩은 시체의 살점을 뜯는 까마귀처럼 날카로운 발톱으로 레아를 세차게 잡아당겼다. 눈이 있어야 할 자리에 두 개의 검은 눈구멍만 있었고, 보라색 입술은 여기저기 갈라져 있었다. 그것이 두 개의 검은 눈구멍으로 자신을 올려다보는 그 순간까지도 레아는 괴물의 얼굴이 얼마나 흉측하고 소름끼치는지 미처 깨달지 못했다. 왜냐하면 레아에게는 그 얼굴이 질리언으로 보였기 때문이다. 피로된 선들이 주변을 가득 메우더니 마치 피리 소리에 홀린 뱀처럼 꼬불꼬불 질리언의 머리 주위에서 춤을 추기 시작했다. 그리고는 곧 바닥의 구멍으로 모두 사라졌다.

　레아는 무언가 거대하고 강력한 힘이 내면에서 깨어나고 있음을 느꼈다. 다시 의식을 잃고 끝없이 깊고 어두운 우물 안으로 떨어지기 직전에 레아는 마지막 남은 힘을 모두 끌어 모아 소리를 질렀다. 레아의 비명 소리는 석실의 벽을 넘어 멀리 저 멀리, 까마귀의 울음소리에 묻혀 사라질 때까지 울려 퍼졌다. 까마귀들은 큰 날개로 검은 탑의 벽을 치면서 까악까악 울어댔다. 그 소리는 마치 소녀의 최후를 애타게 기다려 온 청중들이 보내는 우레 같은 박수 소리처럼 검은 탑 주위에 울려 퍼졌다.

　데커드 케인이 레아의 비명 소리를 들었다.
　그 소리는 케인을 오싹하게 만들었지만, 한편으로는 희망도 주었다. 레아의 비명 소리는 아직 그에게 기회가 남아 있다는 의미였다. 케인은 더욱 속력을 내기 시작했다. 긴 계단은 이제 거의 끝이 보였고, 그 끝에 또 하나의 문이 굳게 닫힌 채 케인을 기다리고 있었다. 문 앞 층계참의 창문으로 회색빛이 새어나오고 있었다. 창밖에는 회색빛 바다가 펼쳐져 있고, 흰 거품을 머금은 파도가 끊임없이 흘러가는 시간처럼 쉴 새 없이 바위로 밀려와 철썩이고 있었다.
　케인은 창가에 서서 헐떡이는 가슴을 진정시키기 위해 숨을 고르기 시작했다. 온몸의 근육이 아려왔고, 심장이 뛸 때마다 뼈 마디마디가 쑤셨다. 살면서 이처럼 자신이 늙고 약하게 느껴진 적이 없었다. 이렇게 높은 계단을 어떻게 오를 수 있었는지 자신도 의아했다.
　벽에 손을 갖다 대자 탑의 기운이 고스란히 전해졌다.
　그 기운은 땅 속 깊은 곳으로부터 돌벽을 타고 올라오는 듯했다. 아니, 어쩌면 그 반대로 검은 탑의 돌벽에서 땅 속 깊은 곳으로 기운이 흘러들어 가고 있는지도 모를 일이었다. 탑의 기운은 케인의 손과 팔을 타고 올라가 지팡이를 잡고 있는 다른 손으로 흘러들었다. 지팡이는 기운을 그대로 빨아들이는 듯 밝게 빛났다.

문에 귀를 대고 들어보니 무언가 움직이는 소리가 들리는 듯했다. 처음에는 아주 약하게 쿵 부딪히는 소리와 함께 무엇인가 부스럭거리는 소리가 나더니 곧 엄청나게 큰 소리가 나면서 케인을 엉거주춤 뒤로 물러서게 했다. 인간이 아닌 뭔가가 만들어내는 소리, 낮은 저음으로 온몸을 바르르 떨게 만드는 신음소리……

한동안 그 소리가 왜 낮익게 들리는지 케인은 알 수 없었다. 그러다 순간 번뜩 떠오르는 게 있었다. 제로난의 호각.

문 저편에 청소부 마귀들이 있었다.

문은 잠겨 있지 않았다. 케인은 세차게 문을 열어 젖혔다.

문을 열자 둥근 모양의 방이 나타났다. 방은 탑 상부의 전체를 모두 차지 할 만큼 넓었다. 방 안에는 그 어떤 장식도, 가구도 보이지 않았다. 단지 횃불 두 개가 벽에 고정된 해골 손 모양의 걸이에서 나직이 일렁이고 있었다.

그러나 케인의 시선을 사로잡은 것은 따로 있었다. 눈앞에 펼쳐진 끔찍한 광경에 등골이 오싹해졌다.

레아는 팔다리에 족쇄를 차고 방 한 가운데에 천장을 보고 누워 있었다. 청소부 마귀들이 손목, 발목, 목, 입술에 달라붙어 황홀경에 빠진 듯 송장 같은 흉측한 몸을 뒤틀며 피를 빨고 있었다. 몇 가닥의 흰 머리카락 사이로 보이는 마귀들의 머리가죽에서 윤기가 돌았다. 마귀들은 기생충의 입같이 생긴 보라색 입술을 아이의 몸에 단단히 박은 뒤 거머리처럼 달라붙어 피를 빨고 있었다. 케인의 귀에 마귀들이 레아의 피를 빨아들이는 소리가 들렸다. 피를 빠는 마귀들의 어깨가 들썩였고, 등에서는 마치 날개가 돋아나듯 뼈들이 여기저기서 튀어나왔다.

청소부 마귀들은 마치 털이 다 뽑힌 커다란 새 같았다. '흉측한 몰골.' 케인은 몸서리쳤다.

레아는 눈이 뒤집혀 흰자위만 보인 채 창백한 얼굴로 얕고 빠른 숨을 뱉으며 누워 있었다. 아이의 몸은 마치 바람이 빠져나간 풍선처럼 힘없이 사그라지고 있었다.

케인은 작게 흐느끼며 레아를 향해 달려갔다. 분노와 역겨움이 동시에 몰려왔다. 케인은 지팡이를 휘두르며 마음속 깊숙한 곳으로부터 치밀어 오르는 말들을 쏟아냈다. 지팡이가 찬란한 광채와 함께 붉은빛을 뿜어대자 마귀들은 이를 갈며 몸을 웅크린 채 뒤로 물러나기 시작했다. 그 중에 한 마리가 아까 케인이 들었던 그 끔찍한 신음소리를 내고 있었다. 마귀들이 하나둘씩 창문턱으로 뛰어오른 순간, 그들의 몸이 변했다. 깃털이 자랐고, 코가 검은 부리로 변했다. 청소부 마귀들은 바람을 가르며 멀리 날아갔다.

케인은 레아 옆에 구부리고 앉아 아이의 얼굴에 손을 갖다 댔다. 아이의 몸은 차갑고 축축했다. 레아는 꼼짝도 하지 않았다. 하지만 아직 죽지 않고 살아 있었다. 손목에서 희미하게나마 맥박이 뛰는 게 느껴졌다. 레아의 머리를 조심스레 감싸 안은 케인은 분노가 다시금 치밀어 올랐다. '너희들의 죗값을 반드시 치르게 하리라.'

방 가장자리에서 뭔가가 움직였다. 케인이 쳐다보자 두건 달린 검은 망토를 두른 남자가 공기 중에서 홀연히 나타나 벽을 쓱 통과한 것처럼 양손을 긴 소매에 감춘 채 서 있었다. 그 모습이 마치 유령처럼 공중에 떠 있는 것 같았다.

레아의 몸에 갑자기 경련이 일기 시작하더니 허리가 부러질 정도로 몸이 뒤로 휘었고, 탑이 심하게 흔들리기 시작했다.

"데커드 케인, 당신을 기다리고 있었지."

남자가 뼈처럼 새하얀 긴 손가락을 들어 두건을 젖히며 말했다. 젖혀진 두건 밑으로 지옥의 얼굴을 한 악마의 모습이 드러났다.

멍이 든 피부와 코가 있던 자리에 남아 있는 검은 구멍, 그 위로 움푹 들어간 두 개의 눈구멍 속에 빨간 석탄 같은 눈이 이글거리고 있었다. 입술은 이가 없는 입안으로 깊게 말려 들어가 있었고, 고름이 흐르는 살점 밑으로 푸른 혈관이 비쳐 악마의 심장이 뛸 때마다 혈맥도 같이 움직였다.

"가레스 라우, 당신은 자신이 무슨 짓을 했는지 모르오······."

케인이 자리에서 일어서며 말했다.

라우는 잿빛 하늘이 펼쳐진 창문을 향해 양팔을 벌리며 말했다.

"호라드림의 시대는 아주 오래전에 끝났다. 그리고 새 시대가 열렸지. 불타는 지옥과 지옥 불에서 탄생한 모든 것들을 포용할 수 있는 시대가 온 거야. 내가 이 새로운 세상을 이끌어 가는 동안, 넌 쓰러져가는 세상의 마지막 증인으로 이 곳에 영원히 갇히게 될 거야. 정말 근사한 결말이지?"

"벨리알이 당신을 이렇게 망쳐놓은 거요. 가레스, 내 말을 잘 새겨들으시오. 벨리알의 거짓말에 속아서는 안 되오. 당신이 더 이상 필요 없게 되면 벨리알은 당신을 산 채로 잡아먹을 거요. 당신의 영혼을 집어 삼키고, 그러고도 남은 게 있다면 아주 매정하게 내동댕이칠 거요."

라우가 미소를 지으며 말했다.

"영리해, 내 이름을 불러서 신뢰를 얻고 내가 누구인지 기억하게 만들려는 수작인가? 그렇다면 당신은 나를 탈 라샤라고 불러야 할 거다."

"그게 무슨······."

"나의 진짜 조상이자 내가 스스로 선택한 이름이지. 당신과 같은 피, 같은 살을 나눈 당신 가문의 사람인 제레드 케인이 바알의 무덤에 영원히 가둬버린 이름이기도 하고······. 유일하게 믿었던 친구에게 배신당해서 말이지."

어둠의 악마는 전보다 더 이글거리는 눈으로 얼굴을 일그러뜨리며 말했다.

"설마 기억을 못 하는 건 아니겠지?"

케인이 고개를 저으며 말했다.

"탈 라샤는 배신을 당한 게 아니요. 그는 성역을 지키기 위해 바알을 스스로 자신의 몸 안에 가두었소."

"그게 세상 사람들이 믿고 있는 이야기지. 그러나 그건 진실을 은폐하기 위해 지어낸 거짓말이야. 제레드 케인은 절대 영웅이 아니었어. 그는 악마의 마법을 이용해 탈 라샤를 속였다. 탈 라샤가 완강히 거부하는데도 불구하고 영혼석을 그에게 밀어 넣었어. 그리고는 자신의 가장 친한 친구를 영원한 어둠 속에서 썩도록 내버려 둔 채 떠나버렸다. 자신의 목숨을 구하기 위해 친구의 목숨을 희생한 사람이 바로 당신의 선조, 비열한 겁쟁이 제레드 케인이다."

"제레드와 탈 라샤는 '동료'였소. 그리고 그들 모두 성역을 어둠으로부터 지키기 위해 티리엘이 직접 뽑은 호라드림이었소. 그들은……."

"역사 따위를 다시 읊을 필요 없어!"

어둠의 악마가 소리쳤다.

"날 가르치려 들지 마라, 데커드 케인. 나도 비밀의 두루마리에 적힌 글들을 읽었다. 실제로 무슨 일이 벌어졌는지 이미 다 알고 있다."

어둠의 악마는 몸을 돌려 탁자 위에 놓여 있는 문서를 들어서 표지에 찍혀 있는 문장을 케인에게 보여주었다.

"여기 찍힌 이 문장이 바로 탈 라샤 가문의 문장이다. 그리고 여기 이것은……."

그는 망토에서 똑같은 문장이 찍힌 찢어진 종이 한 장을 꺼내 보였다.

"내가 갓난아기일 때 죽은 나의 부모가 준 것이다."

케인은 고개를 저었다. 그것은 모두 터무니없는 거짓이었다. 탈 라샤는 자식이 없었고, 가문의 문장 또한 없었다.

"당신이 틀렸소, 탈 라샤 가문에 계보 따위는 없소. 계보 자체가 아예 존재하지 않았지."

분노에 찬 악마의 얼굴에서 케인은 어린 시절 무척이나 성미가 급한 라우의 모습을 엿볼 수 있었다.

"감히 당신이 내게 이따위 훈계를 할 자격이 있다고 생각하나? 당신 가족들은 당신에게 버림받고 도망치다 결국 악마에게 희생당했어. 그거 알고 있나? 당신 가족들의 영혼은 아직도 고통 속에 몸부림치며 당신을 부르고 있다는 걸. 그럼에도 당신은 여전히 그 어떤 행동도 취할 수 없을 뿐더러 앞으로도 별반 다르지 않을 거야. 그들의 고통을 못 본 척하겠지. 그리고 또 다시 당신을 믿고 의지하는 어린아이를 제대로 보호하지 못했어. 너무 늦었거든. 당신이 애지중지하는 레아는 성역의 파멸을 위해 죽게 될 거야."

"아니야."

케인은 고개를 절레절레 흔들며 말했다.

"벨리알이 당신에게 또 거짓말을 했군. 내 가족은 도적떼에게 공격을 당했지. 단순 강도 사건이었소. 그들은……."

그때 라우가 손을 내밀었다. 그러자 파란 불꽃이 손바닥에서 뿜어져 나와 케인의 가슴을 부여잡더니, 케인을 뒤로 내팽개쳤다. 그리고는 그가 꼼짝 못하도록 바닥에 대고 눌렀다. 케인이 무력하게 바닥에 누워 있는 동안, 탑이 점점 심하게 흔들리더니 천지를 뒤흔드는 천둥소리에 모든 소리가 묻혀버렸다.

어둠의 악마는 불꽃으로 레아의 몸을 덮으며 다시 그녀에게 집중했다. 그녀의 몸이 다시 심하게 경련을 일으키더니 몸 깊숙한 곳에서 무엇인가 폭발하기 시작했다. 그 빛이 너무 밝고 강해서 케인은 자신의 심장고동 소리와 혈류가 온 몸으로 빠르게 퍼지는 느낌 외에는 볼 수도, 들을 수도 없었다.

폭발의 충격은 탑 전체를 훑었고, 수천 명의 인간 생명 불꽃이 잉태되어 있는 지하 저장고에까지 미쳤다. 저장고는 엄청난 빛과 함께 폭발했고, 여기서 나온 기운은 돌로 된 터널을 따라 사방으로 퍼져 나갔다.

알 쿳의 땅 밑 깊숙한 지하 묘지에서 한 남자가 무언가를 기다리며 서 있었다. 아눅 마아흐노르는 양 팔을 크게 벌린 채 미소 짓고 있었다. 오랜 세월 땅 속에 묻혀 있던 것들이 들썩이기 시작했다.

뼈들이 삐걱댔고, 힘줄이 갈라졌으며, 수 세기 동안 무덤에 누워 있어 가죽처럼 뻣뻣했던 근육과 피부에 차츰 생기가 돌았다.

그러나 그들의 모습은 결코 산 자의 모습이 아니었다. 수 세기 동안 시체였던 자들이 무덤 속에서 꿈틀대다 벽을 뚫고 열린 공간으로 박차고 나왔다.

힘은 검은 탑 중앙의 둥근 관을 타고 흘러내려 탑 아래의 무수한 터널로 퍼져 나갔다. 대칭형으로 뻗어 나간 터널들은 힘을 증폭시키며 탑을 중심으로 원형 모양의 힘을 방사했다.

뼈와 힘줄 위로 혈관들이 생겨나고 검은 액체가 혈액처럼 흘렀다. 죽은 자들의 행진에는 분명한 목적이 있어 보였다. 행진이 계속될수록 더 많은 죽은 자들이 합류하면서 행진의 줄은 점점 길어졌다. 썩어가는 텅 빈 눈구멍은 공허하게 앞을 바라보고 있고, 머리카락 하나 없이 대충 이어붙인 해골에서는 역겨운 분비물이 흘러나왔다. 뭔가를 말하는 것처럼 턱이 소리 없이 움직이는 바람에 이가 달그락거렸다. 목과 성대는 이미 오래전에 썩어 없어졌다.

마아흐노르가 시체 군단을 이끌고 지상을 향해 행진했다.

여자와 아이는 키 큰 풀들이 자란 들판을 달렸다. 그들의 옷은 찢어져 있고, 얼굴엔 피가 묻어 있었다. 여자는 겁먹은 아이를 부드러운 말로 달래 안심시키려고 했지만 그들 뒤로 펼쳐진 길 위의 풍경은 현실의 참상을 일깨워 주었다. 뒤집힌 마차, 일그러진 바퀴들, 목이 베여 쓰러져 있는 마차를 끌던 황소 두 마리, 길 위 먼지 속에서 뒹구는 황소들의 내장. 마차를 몰던 마부는 그 옆에 두 동강이 난 채 죽어 있었고, 그의 머리는 괴물이 질질 끌고 가다 몸에서 끊어진 듯 저만치서 나뒹굴고 있었다.

여자의 얼굴은 충격으로 일그러졌다. 여자가 비틀거리는 바람에 남자아이도 함께 넘어질 뻔했다. 아이는 보통의 어린 아이들이 그러하듯 울었다. 다리에 쥐가 날 것 같았지만 아이는 걸음을 멈추지 않았다.

염소괴물들이 그들을 빠르게 추격해 오고 있었다. 그들을 따돌리는 게 불가능하다는 사실을 깨달은 여자는 풀썩 주저앉으며 두 팔로 아이를 감싸 안았다. 마치 그녀의 몸으로 아이를 지켜낼 수 있을 거란 듯이.

그러나 염소괴물들은 여자와 소년의 몸을 갈기갈기 찢어놓는 대신 둘을 빙 둘러쌌다. 그리고는 날카로운 발톱으로 땅을 긁으며 기쁨의 환호인지 고통의 신음인지 알 수 없는 울음소리를 어둑어둑해지는 하늘을 향해 뱉었다. 여자는 기적을 바라는 간절한 마음으로 길을 응시했다. 누군가 나타나 그들을 구해주기를 간절히 바랐다. 그러나 칼데움으로 가는 길은 텅 비어 있었다.

"데커드, 난……."

여자가 나직이 속삭이듯 말했다. 그녀의 뺨 위로 눈물이 흘렀다. 갑자기 그들이 서 있던 땅이 심하게 흔들리며 쩍 갈라졌다. 엄청난 소리에 여자의 다음 말들은 묻혀버렸고, 그 충격에 그들은 앞으로 고꾸라질 뻔했다. 방금 전까지 풀 밖에 없었던 자리에 벌건 동굴이 연기를 내뿜으며 땅 위로 치솟았다. 동굴은 그들이 서 있는 땅을 삼키며 다가오다 여자와 아이 바로 앞에서 갑자기 딱 멈췄다.

괴물의 형상을 한 뭔가가 땅 위로 모습을 드러내자 염소괴물들은 마치 어느 종교의 광신도들처럼 몸으로 땅을 치며 날카로운 비명을 내질렀다. 거대한 발톱이 달린 다리가 땅을 짚고 섰다. 괴물은 여자 키의 세 배나 되는 해골과 뾰족한 뼈가 돋은 등껍질을 하고 있었다. 지옥의 불처럼 벌겋게 타오르는 괴물의 눈은 여자와 아이에게 고정되어 있었다. 괴물이 입을 벌리자 죽음과 파괴의 악취가 풍겼다. 괴물은 더운 바람을 내뿜으며 웃고 있었다.

'너의 아내와 아들의 영혼은 아주 오래 전에 불타는 지옥의 괴물에게 잡혀왔다.' 케인의 머릿속에서 목소리가 천둥소리처럼 울려 퍼졌다. '혐오스럽기 그지없는 대천사 티리엘도 지금 우리의 포로로 잡혀 있지. 너도 그들과 함께 나의 포로가 되어 지옥의 지배자이자 이제 곧 성역과 드높은 천상의 지배자가 될 나, 벨리알에게 복종하게 될 것이다.'

거짓의 군주, 벨리알은 자신의 길을 가로막는 것은 모두 가루로 만들어 버릴 준비가 끝난 거인의 모습으로 케인의 눈앞에 어른거렸다. 케인은 눈을 꼭 감고 수십 년 전 아내와 아들을 잃었을 때 자신이 평정심을 되찾을 수 있도록 해주었던 마음속 장소로 돌아갔다. 케인은 진정한 전사의 능력은 전쟁의 정점에서도 집중력을 잃지 않는 거라던 제레드 케인의 가르침을 되새겼다. 케인은 어릴 적 어머니와 살던 시절로 돌아가 있었다. 그는 촛불을 켠 채 자신의 오래된 책상에 앉아 있었다. 손은 주름과 상처 하나 없는 소년의 손으로 돌아가 있었다. 소년의 눈빛은 반짝였고, 가슴은 벅찬 감동으로 설레고 있었다. 마침내 삶의 의미를 찾은 사람의 모습이었다. 제레드가 쓴 서책의 지면과 오래된 종이에서 나는 낯익은 먼지 냄새가 마음을 차분하게 진정시켜 주었다.

그러나 소년 케인의 모습은 금세 사라지고 염소괴물들에게 쫓기다 결국 참혹하게 유린당한 뒤 덤불 속에 버려진 아내와 아들의 모습으로 바뀌었다.

'아, 네 가족들은 끔찍한 고통 속에 죽어갔지. 그런데 아직까지도 지옥을 벗어나지 못하고 고통 받고 있어. 결코 오지 않을 영웅을 기다리면서 말이지. 영웅이란 애당초 존재하지도 않았어, 그렇지 않은가? 넌 오래 전부터 진실을 알고 있었음에도 불구하고 외면해왔다.'

케인의 눈앞에 지옥불 속에서 비명을 지르고 있는 사람들의 광경이 나타났다. 넓은 방에 사람들이 묶인 채 매달려 있고, 시뻘건 불길이 그들의 발아래서 날름거렸다. 어떤 이들은 마귀들의 감시를 받으며 고된 노역에 시달리고 있었다. 마귀들이 사정없이 휘두르는 채찍질에 몰려 사람들은 앞으로 나갔다. 채찍을 맞은 등에서 피가 흘러내렸다. 그들은 팔 다리의 피부가 벗겨질 만큼 뜨거운 무쇠를 수레에 실어 대장간으로 날랐다. 망치로 철을 내리쳐 장검과 갑옷을 만들고 있는 사람들도 보였다. 그들이 만든 무기와 갑옷들이 동굴의 벽을 따라 수북이 쌓여 있었다.

'우리는 지금 전쟁을 준비하고 있다.' 벨리알이 말했다. '가레스 라우가 나를 받아들였기 때문에 이제 머지않아 그의 육신을 내가 조종하게 될 것이다. 먼저 칼데움을 무너뜨리고, 그 다음에는 성역의 나머지 도시들을 하나씩 공격할 계획이다. 죽은 자들의 군대가 이 임무를 완성하면 새로운 악마 군대를 풀어서 성

역을 이용해 수정 회랑을 박살낸 후 은빛 도시와 드높은 천상을 점령해야지.'

케인은 지옥에서 고통 받고 있는 수백 명의 사람들을, 그들의 피투성이 맨발을, 그들의 고통과 아픔에 일그러진 얼굴을 하나씩 뜯어보았다. 가슴이 아팠다.

아내와 아들의 영혼이 그들 속에서 유영하고 있었다.

눈을 뜨자 지옥의 환영은 사라졌다. 속임수의 대가인 벨리알이 거짓 환영을 보여주었을 뿐, 그 이상도 그 이하도 아니었다. 케인은 알고 있었다. 그가 사랑하는 사람들의 영혼을 아무리 악마라도 이런 식으로 낚아채 갈 수 없다는 사실을 케인은 잘 알고 있었다. 그럼에도 불구하고 한번 들기 시작한 의심은 아무리 애를 써도 쉽게 떨쳐지지 않고 계속 그를 혼란에 빠뜨렸다.

정신을 차렸을 때, 케인은 다시 검은 탑 맨 꼭대기의 방으로 돌아와 있었다. 어둠의 악마는 두 손을 앞으로 뻗은 채 레아를 내려다보고 있었다. 탑 아래쪽에서 수천 명의 언데드 병사들이 움직이는 소리가 점점 크게 들려왔다. 케인은 생기다 만 듯 끔찍하게 뒤틀린 얼굴과 녹슨 무기를 움켜쥔 앙상한 손의 언데드 병사들이 끝이 보이지 않는 긴 행렬에 맞춰 지상으로 진군하는 모습을 떠올렸다.

레아의 몸에서 흘러나온 힘은 계속해서 가레스 라우를 통해 탑으로 그리고 지하의 동굴로 퍼져갔다. 그 힘은 마치 불길이 이는 것처럼 타닥, 우지직 하는 소리를 냈지만 불은 아니었다. 레아는 의식을 잃은 상태였지만, 내면의 무엇인가가 계속 라우의 주문에 반응하게 했다.

케인은 라우와 벨리알이 그의 일을 방해하도록 놔둘 수 없었다. '지금이 바로 행동할 때야.'

케인은 간신히 두 발로 섰다. 지팡이가 가까이 있었다. 그는 지팡이를 집어 들고 몸을 떨고 있는 레아의 곁으로 절뚝거리며 다가갔다. 그리고는 있는 힘껏 지팡이를 휘둘렀다.

나무 지팡이는 가레스 라우의 이마에 부딪혀 산산조각이 났고, 라우의 머리는 그 충격에 뒤로 꺾였다. 찢어진 이마에서 검은 피가 흘렀다. 동시에 레아를 붙들고 있던 라우의 주술도 풀린 듯했다. 케인은 한 치의 망설임도 없이 양손으로 지팡이를 머리 위로 들어 올린 뒤 부러진 지팡이의 뾰족한 끝으로 곧장 라우의 가슴을 찔렀다.

라우의 가슴에서 피가 솟구쳤다. 라우는 가슴팍에 박힌 나무 조각을 부여잡고 휘청거리며 뒷걸음질 쳤다. 강풍에 흔들리는 나무처럼 탑이 흔들렸다. 밖에서 들려오던 악마 군단의 소리도 순간 잠잠해졌다.

케인은 달려가 레아의 머리를 다시 조심스레 안아 올렸다. 정예 결사단의 말대로 레아는 약에 취해 있었다. 그의 짐작이 맞다면 이 정도로 강력한 약효를 가진 약은 단 하나 뿐이었다.

케인은 배낭에서 액체가 담긴 병을 꺼냈다. 불과 몇 시간 전에 정예 결사단이 캐온 뿌리를 가지고 그가 직접 만든 물약으로, 토라자 약의 유일한 해독제였다. 어둠의 악마는 레아에게 토라자 약을 먹인 게 분명했다. 이전에 질리언의 집에서 레아를 처음 만났을 때 그녀를 진정시키기 위해 그가 사용했던 약이었다. 당시 레아는 토라자 가루를 흡입하고 의식을 잃었다. 레아를 이처럼 깊은 혼수상태로 몰아넣을 수 있는 약은 토라자 약밖에 없었다.

케인은 물약을 조심스레 레아의 입술로 가져갔다.

잠시 후 레아의 눈꺼풀이 파르르 떨리더니 입에서 나직한 신음소리가 흘러나왔다. 케인은 레아를 묶고 있는 사슬을 풀려고 했지만, 실패했다. 소녀는 피부가 창백하고 얼굴이 야위었으며, 팔과 다리에 뼈만 남아 있었다. 싸늘한 기운이 케인을 덮쳤다. 레아가 겪었을 고통을 생각하니 다시금 분노가 치밀어 올랐다.

소리가 나는 쪽을 돌아보니 라우가 다시 기력을 회복하고 있었다. 가슴에 박힌 나무 조각을 조금씩 당겨서 빼내고 있었다. 나무 조각이 완전히 빠져 나오자마자 주변의 살들이 상처를 빠르게 덮으며 아물기 시작했다.

"고작 이 정도로는 어림도 없지."

가슴에서 빼낸 나무 조각을 휘익 던지며 라우가 말했다. 라우가 미소를 짓자이에 묻은 피가 보였다.

"벨리알이 그의 군대를 환영하기 위해 이곳으로 오고 있다. 소녀의 힘이 그를 이곳으로 이끌고 있지."

"그렇다면 당신의 육신은 곧 벨리알에게 점령당하게 될 거요. 거짓의 군주가 몸에 들어와 당신의 육신을 마음대로 조종하게 되면 당신의 영혼은 암흑의 나락으로 떨어지겠지. 그건 당신이 더 이상 존재하지 않게 된다는 걸 의미하오."

"그렇지 않아. 벨리알은 내게 약속했다. 그의 옆에서 함께 세상을 지배하게 될 거라고……."

케인은 자신의 말에 라우가 살짝 흔들리고 있다는 걸 알 수 있었다.

"벨리알의 말은 믿을 수 없소. 과연 벨리알이 당신 의지대로 행동하도록 당신을 그냥 내버려둘까? 가레스, 그는 당신을 맘대로 조종하기 위해 당신 선조에 대해 거짓말을 했소. 나에 관한 이야기도 모두 거짓이오. 때가 되면 벨리알은 당신을 한 치의 망설임도 없이 내팽개칠 거요."

케인은 그가 알고 있는 라우의 어린 시절에 관한 사실들을 떠올렸다. 라우는 고아로 자랐기 때문에 기댈 수 있고, 희망을 줄 수 있는 무언가를 간절히 갈구했으리라. 벨리알은 라우의 이런 갈망을 잘 알고 그 심리를 이용했으리라. 스스로를 강인한 사람이라고 착각하게 만들어 라우에게 접근한 게 분명했다.

"악마에게 홀리는 과정은 상당히 은밀하고 교묘해서 쉽게 알아채기 힘들지. 당신의 힘이 어떤 식으로 모습을 드러내는지 한번 생각해 보시오. 그 힘이 온전히 당신의 것이 아니란 생각이 든 적은 없소?"

케인이 물었다.

"노인네가 겁을 먹었군. 말은 그렇게 해도 어쩔 수 없이 겁이 나는 거겠지."

"벨리알은 당신을 이용해 이미 자신의 힘을 맘껏 발휘하고 있을 게요. 당신은 그의 힘을 세상에 드러내는 도구에 불과하오. 당신을 세뇌시키고 관계를 이간질하고, 내면의 방어막을 무너뜨리고 있소. 그가 원하는 건 세상을 정복하고 난 뒤 드높은 천상을 공격하는 일이오. 일단 당신의 몸을 통해 지상으로 올라오게 되면 당신을 어떻게 할 것 같소? 벨리알이 과연 당신을 계속 필요로 할까?"

라우가 입을 떼려고 하는 순간, 얼굴에 당황한 기색이 비치더니 이내 뭔가를 두려워하는 표정으로 바뀌었다. 무엇인가가 그를 괴롭히고 있는 듯했다.

"안 돼, 당신이 나한테 이럴 수는 없어······."

라우는 고개를 흔들며 몸서리쳤다.

라우가 지금 누구에게 말을 하고 있는지, 자신인지 아니면 다른 누군가인지, 케인은 알 수 없었다. 갑자기 라우가 비명을 질렀다. 그러다 놀란 듯 숨을 들이키고는 다시 비명을 질렀다. 얼굴을 손톱으로 긁자 손톱자국을 따라 피가 흘렀다. 그의 얼굴이 물결치듯 떨리더니 변하기 시작했다. 이마가 늘어나고 눈이 노랗게 변했다.

마침내 평온을 되찾은 듯, 라우가 입가에 거만한 미소를 지으며 케인을 응시했다. 그는 더 이상 가레스 라우가 아니었다.

"데커드 케인."

가르랑대는 숨소리와 거친 목소리로 거짓의 군주가 말했다.

"나이에 비해 상당히 끈질긴 체력을 가졌군. 일단 레아를 내게 인도해 준 것에 대해 고맙다는 말을 전해야겠지. 하지만 안타깝게도 당신의 역할은 여기까지야. 물론 레아도 마찬가지고. 이제 당신과 당신의 어린 친구는 죽여줘야겠어."

제 36 장

알쿳의 시체 군단

미쿨로프는 아주 천천히 정신을 차리고 있었다.

그는 폭발로 증기처럼 사라진 청소부 마귀와 임프의 잔재에 둘러싸인 채 옆으로 누워 있었다. 폭발이 휩쓸고 간 자리는 참혹하기 그지없었다. 돌바닥에 작은 분화구가 패여 있고, 그 한 가운데 미쿨로프가 누워 있었다. 안뜰의 돌바닥은 검은 탑 근처까지 쩍 갈라져 깊이를 가늠할 수 없는 어둠의 골짜기를 그대로 드러내고 있었다. 저 멀리 악마와 청소부 마귀들의 시체가 사방에 널려 있었다. 몇몇은 마지막 숨을 거두기 직전, 끔찍한 고통 속에 처절한 몸부림을 치고 있었다.

머리가 욱신거리고 입안이 말라 텁텁했지만, 놀랍게도 미쿨로프의 몸에는 상처 하나 없었다. 그는 자리에서 일어나 앉아 몸에 묻은 재를 털어내고 주위를 자세히 살펴보았다. 눈앞에 펼쳐진 광경은 몸서리 처질 정도로 무시무시했다. 땅속 깊이 묻혔던 망자들이 사방 곳곳에서, 터널 입구 혹은 안뜰의 크고 작은 갈라진 틈을 통해 지상으로 올라오고 있었다. 이미 수백 명이 지상 위로 올라와 있었고, 더 많은 숫자가 계속 올라오고 있었다. 뼈만 남은 앙상한 손으로 바닥의 돌을 부여잡고 땅 위로 올라온 군사들은 무기를 들고 모두 검은 탑을 향해 정렬했다.

탑의 문 앞에 한 남자가 서 있었다. 얼핏 보기에 낡은 옷을 입은 중년의 남자는 그저 평범한 농부처럼 보였다. 그러나 자신의 군사들을 살피는 그의 눈은 반짝였고, 자세는 꼿꼿하고 강인했다.

미쿨로프는 망자들을 헤치고 앞으로 나아갔다. 미쿨로프의 몸이 그들의 미끈거리는 살갗을 스치는 데도 망자들은 고개조차 돌리지 않고 검은 탑을 향해 선 채 꿈쩍도 하지 않았다. 미쿨로프는 정면을 응시하고 담담히 앞으로 나아갔다. 이들을 헤치고 맨 앞까지 반드시 가야만 했다.

망자들의 행렬은 끝없이 이어진 듯했다. 정체를 알 수 없는 남자는 미쿨로프를 말없이 쳐다보고만 있었다. 미쿨로프가 바로 앞까지 다가오자 남자가 손을 들어 저지했다.

"더 이상 가까이 다가오지 마라. 누구냐, 그리고 이곳에 온 목적이 무엇이냐?"

"난 이브고로드의 수도사 미쿨로프다. 나의 목적은 너와 상관없다."

"이 몸은 피의 군주이신 바르툭 님의 군대 지휘관이자 이 탑의 수호자, 아눅 마아흐노르다. 다시 한 번 묻겠다. 이곳에 온 목적이 무엇이냐?"

"비켜라!"

"그럴 수는 없지."

마아흐노르가 미소 지었다.

"넌 혼자지만, 보다시피 우리 모두는 주인님께 직접 흑마법을 훈련받은 마법학자들이다. 살아서 저 탑 안으로 걸어 들어가는 행운 따위는 기대하지 마라."

"과연 그럴까?"

갑자기 어디선가 낯익은 목소리가 들려왔다. 그리고 잠시 후 토마스와 쿨렌이 망자들을 밀치며 나타났다. 이상하리만치 조용히 미동도 하지 않고 서 있는 망자들의 모습에 그들은 진저리를 쳤다.

"한 명이 아니라 세 명이지."

쿨렌이 미쿨로프의 옆에 서면서 말했다. 미쿨로프를 향해 웃고 있었지만, 피에 절은 삼지창을 잡은 쿨렌의 손은 떨리고 있었다.

미쿨로프도 미소로 화답했다. 그에게 더 이상 두려움은 없었다. 한 번도 느껴보지 못했던 고요가 그를 찾아왔다. 스승님들이 수차례 강조했던 궁극의 평화를 그는 생전 처음으로 경험하고 있었다. 자신의 운명을 담담히 받아들이고 자신의 능력과 한계를 깨달으며 신들과 하나가 되는 진정한 해탈의 경지에 도달한 것이다.

"길을 비켜주지 않겠다면 할 수 없지. 맞서 싸우는 수밖에……."

미쿨로프의 대답에 다소 놀란 듯 쳐다보던 마아흐노르가 금세 미소를 지었다.

"너희들의 도전을 기꺼이 받아들이지."

이 말과 함께 마아흐노르가 손을 들어 사선을 긋는 동작을 취했다. 그 즉시 언데드 병사들이 움직이기 시작했다. 병사들은 무기를 들고 전진했다.

언데드 병사들이 돌바닥 위를 행진하는 우레와 같은 발소리 외에는 그 어떤 소리도 들리지 않았다. 쿨렌은 함성을 지르며 삼지창을 들었다. 토마스는 화살을 장전하려했지만 손이 떨려 화살을 땅에 떨어뜨리고 말았다.

언데드 병사들의 공격이 시작되었다. 미쿨로프는 자신의 몸을 관통해 흐르는 신의 힘을 느낄 수 있었다. 가장 가까이에 있던 언데드 병사가 그를 칼로 찌르려고 했다. 그러자 미쿨로프는 병사의 팔을 잡아채면서 자신을 찌르려던 칼로 병사들 몇몇을 두 동강 냈다. 적들을 공격하는 미쿨로프의 주먹과 발은 너무 빨라 희미한 잔상으로만 보일 뿐이었다. 그가 지나간 자리에는 으스러진 뼈와 해골이 수북이 쌓였다.

언데드 병사들은 느리고 서툴렀지만, 몇몇이 쓰러지면 곧 그 수의 몇 갑절이 그 자리를 메웠다. 자신의 공격을 받고 쓰러졌던 군사들이 땅에 널브러진 팔 다리를 재조립해 다시 멀쩡히 일어서는 모습을 보고 미쿨로프는 경악을 금치 못했다.

"멈추지 말고 계속 싸우시오!"

미쿨로프가 쿨렌과 토마스에게 소리쳤다. 그러나 그들은 완전히 겁에 질려 있었다. 미쿨로프는 이 싸움이 곧 그들의 패배로 끝날 수밖에 없으리라고 직감했다.

'저희를 도와주소서.' 미쿨로프는 탑을 향해 전진하기 위해 처절하게 싸웠다.

그리고 기도했다. '저의 간절한 기도를 들으시고 응답하소서!' 그러나 언데드 병사들의 공격은 밀물의 파도처럼 쉴 새 없이 이어졌다. 저기 탑의 문에서 마아흐노르가 이 싸움이 끝나길 기다리며 조용히 그들을 지켜보고 있었다.

케인은 레아를 바라보았다. 레아가 눈을 떴을 때, 눈동자는 검고 납작한 점처럼 작아져 있었다. 이전보다 심한 냉기가 케인을 덮쳤다. 소녀는 무엇엔가 씌어 있는 듯했다. 예전 질리언의 집에서처럼 그리고 브랜드 영주의 저택에서처럼 소녀는 더 이상 그가 알고 있는 레아가 아니었다. 자신이 제어할 수 없는 무엇인가를 레아의 내면에서 끌어내고 말았다. 평생을 살아오면서 처음으로 케인은 자신의 결정에 대해 반신반의 하고 있었다.

가뿐히 몸을 일으킨 레아는 팔에 묶인 쇠사슬을 아주 쉽게 뜯어냈다. 그리고 발에 묶인 사슬도 가볍게 당겨 바닥으로부터 분리한 뒤 곧장 일어섰다. 방 안의 온도가 급격히 내려갔다. 이제는 귀에 익숙한 진동소리와 함께 기운의 기류가 소녀를 감쌌다.

레아는 잠시 멈추고 주위를 둘러보다 벨리알의 눈과 마주쳤다. 둘은 서로를 한참 유심히 살펴보았고, 어느 순간부터 서로의 존재를 인식한 듯 긴장의 기류가 둘 사이에 흘렀다.

"내가 익히 잘 알고 있는 얼굴이군."

벨리알이 속삭였다.

"넌……."

그때 까마귀 떼의 울음소리가 모든 소리를 덮어버렸다. 까마귀들이 탑의 벽에 다닥다닥 들러붙어 탑의 창문을 검게 물들였다. 벨리알의 번개 힘과 레아의 기운이 팽팽하게 맞서고 있었다. 빠지직 소리와 함께 엄청난 빛의 폭발이 있었고, 이 폭발은 케인의 눈을 잠시 멀게 했다. 케인은 상황을 놓치지 않기 위해 눈을 깜빡였다. 탑 밖에서는 까마귀들이 날개로 벽을 치는 소리가 계속 들려왔다.

까마귀들의 울음소리가 점점 커졌다.

조금 전까지 가레스 라우가 서 있던 자리에 인간이 아닌 거대한 뭔가가 서 있는 모습이 언뜻 케인의 눈에 스쳤다. 훗날 이 일을 회고했을 때 케인은 자신이 보았던 모습이 실제였는지 아니면 상상이었는지 정확히 판단할 수 없었다. 케인이 다시 그곳을 응시했을 때, 라우는 창가에 서서 마치 엄청난 내면의 싸움을 치르고 있는 듯 온몸을 뒤틀고 있었다. 레아는 앞으로 팔을 뻗은 채 고개를 치켜들고 있었다. 레아의 눈에서 불꽃이 튀었다. 케인은 자신을 망연히 바라보는 레아의 눈에서 아주 잠깐 동안 진짜 레아의 모습을 보았다. 레아의 눈에서 공포에 질린 어린 아이의 연약함을 본 케인은 어떻게든 안심시켜주고 싶었다. 케인이 레아에게 한 발짝 다가서자마자 그녀의 엄청난 힘이 그를 꽉 붙잡고는 옴짝달싹 못하게 했다. 몸통이 조여 오고, 숨이 막혔다. 케인은 힘껏 소리를 지르며 바닥의 구멍을 손으로 가리켰다. 기운을 그 구멍 속으로 방출하라는 의미였다.

케인의 의도가 레아에게 제대로 전달되었는지, 아니면 레아가 자신의 기운을 맘대로 조종할 수 있었는지 알 수 없지만 소녀는 케인을 놓아주었다. 그리고 소리를 질렀다. 그러자 보이지 않는 거대한 뭔가가 소녀의 몸 밖으로 튀어나와 바닥의 구멍 속으로 빠르게 흘러들어가더니 탑 중앙에 있는 수직 기둥을 타고 빠르게 땅속으로 흘러들었다.

잠시 정적이 흐르고 모든 게 잠잠했다. 그러다 무언가 연쇄적으로 터지는 폭발음이 희미하게 들려왔다. 검은 탑이 흔들렸다. 케인의 계산대로라면 그들은 지금 정예 결사단과 케인이 에길의 가루를 묻어놓은 터널 벽 바로 위에 서 있었다. 케인의 바람대로 레아가 발산하는 기운의 기류가 에길의 가루를 점화시킨 게 분명했다. 케인은 폭발로 인해 터널 안까지 밀려들어온 바닷물이 알 쿳의 잃어버린 도시를 깡그리 휩쓸어버리는 광경을 머릿속에 떠올렸다.

가레스 라우는 창문턱 위에 올라선 채 그들을 돌아보았다. 라우의 얼굴은 물결치듯 떨리며 모습이 계속 바뀌고 있었다. 그는 케인의 눈을 뚫어져라 쳐다보았다. 라우의 눈은 고통과 번민으로 가득 차 있었다.

"당신이…… 옳았소."

갈라진 목소리로 라우가 속삭였다.

"모든 것이…… 거짓이었소."

짧은 외마디 비명과 함께 라우는 뒤로 넘어지듯 창밖으로 몸을 날렸고, 그렇게 그는 시야에서 사라졌다.

한참 동안 아무 일도 일어나지 않았다. 그러다 희미한 폭발음이 다시 들려왔고, 탑이 심하게 흔들리기 시작했다.

"이제 가야 할 시간이다, 레아!"

케인이 소리쳤다. 케인이 레아의 손을 잡자 소녀는 그가 이끄는 대로 순순히 문 쪽으로 향했다.

탑의 돌들이 천장에서 무너져 내리기 시작했다. 케인은 위험을 무릅쓰고 마지막으로 뒤를 돌아보았다. 까마귀들이 창문을 통해 날아들고 있었다. 방 안으로 날아든 까마귀들의 몸은 깃털이 사라지고 시체를 뜯어 먹는 괴물의 모습으로 변해갔다. 까마귀들이 완전히 괴물의 형상으로 탈바꿈한 바로 그 순간, 케인과 레아는 아슬아슬하게 방을 빠져나와 계단으로 내달렸다. 그들의 등 뒤에서 굶주린 괴물들의 구슬픈 울음소리가 울려 퍼졌다.

점점 체력의 한계에 다다른 미쿨로프는 우연히 탑 꼭대기를 올려다봤다가 충격에 휩싸였다. 한 남자가 허공에서 거꾸로 추락하고 있었다. 땅바닥을 향해 곤두박질치는 남자의 망토는 마치 새의 날개처럼 펄럭거렸다. 처음에는 그 남자가 데커드 케인이라고 생각해서 망연자실했다. 그러나 엄청난 굉음과 함께 남자의 몸이 땅에 떨어지자 미쿨로프는 그가 다름 아닌 바로 어둠의 악마라는 사실을 깨달았다.

어떻게 이런 일이 벌어지게 되었는지 미쿨로프는 알 수 없었다. 하지만 남자의 몸이 땅에 닿는 순간, 무지막지한 충격파가 거대한 파도처럼 안뜰을 휩쓸고 지나갔다. 충격은 즉각적이고 어마어마했다. 모든 언데드 병사들이 동시에 줄이 끊긴 꼭두각시 인형처럼 힘없이 바닥에 주저앉았다. 그들에게 생명을 불어넣어주고, 조종했던 가레스 라우의 주술이 풀려버린 것이다.

미쿨로프는 탑으로 되돌아갔다. 방금 전까지 아눅 마아흐노르의 영이 씌어 있던 남자의 몸은 미동도 없이 누워 있었다. 악령이 빠져나간 몸은 그저 평범한 시골남자에 불과했다. 죽은 남자의 눈과 입에서 피가 흘러나오고 있었.

안뜰이 통째로 흔들렸고, 그들의 발밑에서 우르릉거리는 소리가 들려왔다. 쿨렌이 탑을 가리켰다. 탑은 앞뒤로 휘청거리고 있었다.

"탑이 곧 무너질 거야!"

쿨렌의 말이 끝나기가 무섭게 그들이 서 있는 곳 주변의 땅들이 갈라지기 시작했다. 지하에서 들려오는 우르릉 소리도 점점 커졌다.

"뛰어!"

케인과 레아는 질주하듯 계단을 뛰어 내려갔다. 탑은 격렬하게 흔들리고 있었다. 몇 번 넘어질 뻔했지만 계단에서 굴러 떨어지는 일 없이 빠르게 계단을 내려갔다. 머리 위로 돌들이 계속 무너져 내리고 있었다. 계단이 점점 더 심하게 흔들리기 시작했지만, 그들은 무사히 탑의 맨 아래층에 도달할 수 있었다.

케인은 레아의 손을 잡고 통로와 출입문을 지나, 칙칙한 하늘이 뒤덮고 있는 안뜰로 빠져나왔다. 세상의 종말이 닥친 듯 땅 위에는 시체들이 여기저기 널려 있었고, 안뜰의 바닥은 여기저기 갈라져 커다란 구멍들이 입을 쩍 벌리고 있었다.

땅이 갈라진 곳이 나타나자 케인은 레아가 그곳을 돌아서 갈 수 있도록 이끌었다. 그리고는 레아를 안아 올린 뒤, 순간적으로 솟구치는 아드레날린의 힘을 빌려 전력 질주했다. 그들 뒤에서 거대한 신음소리가 들려왔고, 땅은 이전보다 더 심하게 흔들렸다. 케인은 위험을 무릅쓰고 뒤를 돌아보았다. 검은 탑 하단의 돌들이 휘어지고 뒤틀리면서 탑이 기울기 시작했다. 땅 위의 갈라진 틈 사이로 폭발하듯 터져 나오는 하얀 물줄기를 따라 바위, 흙 그리고 시체의 뼈들이 하늘 위로 솟구쳐 오르고 있었다.

탑이 넘어질 듯 말 듯 끈질기게 휘청거렸다. 케인은 원을 그리며 날고 있던 까마귀떼 위로 어떤 존재가 건물로부터 훌쩍 날아오르는 것을 감지했다. 그는 그것이 안뜰의 벽이 무너지는 모습을 부릅뜬 눈으로 지켜본 거대한 악마였을 거라고 생각했다.

케인은 계속 달렸다. 탑에서 약 삼십여 미터 정도 떨어진 지점에 다다랐을 때, 엄청난 굉음과 함께 땅이 흔들리면서 탑의 하단부가 폭발했다. 케인은 다시 멈춰 서서 뒤를 돌아보았다. 탑의 윗부분이 고꾸라지듯 넘어지면서 벽돌과 돌이 눈사태처럼 땅으로 쏟아졌다. 돌조각들이 폭탄의 파편처럼 사방으로 튀었다. 탑의 상부가 고꾸라지면서 하단의 남은 구조물들도 와르르 땅으로 무너져 내렸다. 무너진 탑의 잔해는 탑 아래 터널과 동굴을 모두 뒤덮었다. 지하에서 터져 나온 바닷물이 십오 미터 상공까지 용솟음쳤고, 보이지 않는 존재의 분노에 찬 절규가 모든 소리를 뒤엎으며 안뜰 하늘에 울려 퍼지다 서서히 사라졌다. 마지막 남은 몇 마리의 까마귀만이 죽음이 짙게 드리운 하늘 위를 정처 없이 날고 있었다.

제 37 장

게아 쿨, 부활하다.

"여기요, 여기!"

케인은 안뜰 저 편에서 정신없이 손을 흔들고 있는 쿨렌과 토마스를 발견하고 놀라움을 금치 못했다. 미쿨로프와 다른 생존자들의 모습도 보였다. 케인은 무엇보다 미쿨로프가 무사히 살아 있어 너무나 기뻤다. 사실 그는 최악의 상황을 상상하고 있었다.

그들과 함께 반갑게 손을 흔들고 있는 건장한 체구의 선장 제로난의 모습도 보였다. 온몸이 피로 물들어 있었지만, 그래도 대체로 멀쩡해 보였다.

토마스가 급히 달려와 레아를 케인에게서 받아 안으려고 했다.

"괜찮소."

레아를 계속 안고 있었던 팔이 욱신욱신 아파왔지만, 케인은 레아를 놓지 않고 더 꽉 껴안았다. 소녀의 머리에 가벼운 입맞춤을 하는 그의 뺨에 눈물이 흘렀다. 레아는 아무런 반응도 보이지 않았지만, 소녀의 숨소리는 편안했고, 얼굴에도 다시 혈색이 돌아오기 시작했다. 그동안 꾹꾹 눌러왔던 모든 것들이 드러나는 듯했고, 온갖 감정이 봇물 터지듯 한꺼번에 터져 나왔다. 케인은 레아를 갓난 아기처럼 품에 안은 채 무릎을 꿇고 흐느껴 울기 시작했다.

"이제 다 괜찮아."

케인은 이 말을 몇 번이고 되뇌었다. 마음속으로는 레아뿐 아니라 아내와 아들에게도 같은 말을 해주고 있었다.

"다 잘 될 거야. 이제 안전하단다."

결국 케인은 레아를 토마스에게 넘겨주었다. 그리고는 그 자리에 풀썩 주저앉았다. 무척 지쳐 있었다. 미쿨로프가 다가와 조심스레 그를 부축해 일으켰다.

그들은 절뚝거리며 다른 이들이 있는 곳으로 갔다. 케인은 몰려오는 피로감에 금방이라도 쓰러질 것 같았지만, 간신히 웃음을 띠고 제로난의 큰 손을 양손으로 부여잡았다. 제로난이 케인을 가볍게 포옹했다.

"어떻게……."

"강령술사의 검 덕분입니다."

제로난의 설명이 이어졌다.

"게아 쿨에서 괴물들과 마주쳐 치열한 전투가 벌어졌습니다. 최선을 다했지만, 결국 저들에게 잡혀서 지하세계로 끌려갔죠. 정말 이제 끝이구나 싶었는데, 격렬하게 싸우던 중에 괴물들의 뱃속에 카라의 검을 간신히 찔러 넣을 수 있었죠. 그러자 놈들이 전투 중에 겁쟁이들처럼 도망을 치더라고요. 대부분의 괴물들은 치열한 전투를 하려고 이쪽으로 왔어요. 우리는 여기까지 괴물의 뒤를 쫓아온 거고요."

"정말 이제 모든 게 끝난 건가요?"

쿨렌이 대화에 끼어들며 불안한 눈빛으로 케인에게 물었다. 머리에 난 상처에서 피가 흘렀고, 오른손 새끼손가락은 무엇인가에 물려 잘려 나간 듯했다. 쿨렌은 다친 손을 가슴위에 올린 채 깨진 안경알 너머로 눈을 껌뻑이며 케인을 응시했다. 그의 눈은 붉게 충혈되어 있었다.

"글쎄, 지금 상황으로 봐서는 그런 것 같소."

케인은 검은 탑이 서 있었던 폐허를 돌아보았다. 저기 무너진 돌무더기 아래 어딘가에 가레스 라우가 묻혀 있었다. 라우는 최후의 순간에 처음으로 자신의 소신대로 행동하는 용기를 보여주었고, 그 과정에서 세상을 구했다. 라우의 그런 행동은 케인으로 하여금 다시 인류에게 희망을 걸 수 있는 힘을 실어 주기에 충분했다. 그러나 아직 그를 불안하게 만드는 한 가지가 있었다.

'탑이 무너질 때 그가 본 것은 무엇이었을까? 머릿속 상상의 산물이었을까? 아니면 자신의 야욕이 허무하게 무너지는 모습을 확인하러 온 벨리알이었을까?'

케인은 생각했다. 벨리알은 자신의 야심찬 계획의 끝이 아닌 시작을 보러 그 자리에 있었던 건지도 모른다고…….

일행이 붕괴된 검은 탑의 잔해들을 뒤졌지만 어디에도 생존자는 없었다. 또한 악마 군대가 돌아올 거라는 징후도 보이지 않았다. 그들은 선장의 식탁으로 향했다. 케인을 포함해 생존자는 대략 열다섯 명이었다. 제로난의 부대가 가장 큰 인명 피해를 입었다. 생존한 다른 시민들은 부상을 입었으며, 방금 전에 깊은 잠에서 깨어난 듯 얼떨떨해 했다.

선장의 식탁을 향해 걷는 동안, 동이 트기 시작했다. 그리고 게아 쿨의 거리에 도착했을 때. 회색 구름을 뚫고 내려온 한 줄기 빛이 마치 결사단의 강인함을 상징하듯 호라드림의 집회 장소 바로 위에 멈춰 있었다. 집회장은 이미 폐허가 된 주변 건물들 가운데 우뚝 솟아 있었다. 토마스는 쿨렌에게 낮게 속삭였고, 케인에게 손으로 집회장을 가리켰다. 케인은 고개를 끄덕였다. 집회장의 모습은 이제껏 보아왔던 그 어떤 것보다 더 큰 희망을 케인에게 안겨주었다. 그리고 이렇게 말하고 있는 듯했다. 최소한 지금은 최악의 순간이 지나갔다고.

일행이 선장의 식탁에 도착했을 무렵, 주변은 완전히 환해져 있었다. 사람들이 하나둘씩 집에서, 그리고 은신처에서 나오고 있었다. 그들은 마치 시한부 선고를 받았다가 새 생명을 얻은 환자들처럼 밝은 햇빛에 눈을 깜빡거리고 있었다. 대부분의 사람들은 무척 야위었고 목에는 피멍 자국이 선명했다. 그들은 햇볕의 따스한 기운 외에는 그 어떤 것에도 관심이 없는 듯 고개를 들어 하늘을 우러러 보았다. 햇빛에 눈살을 찌푸리는 그들의 수척한 얼굴에 희미한 미소가 감돌았다.

레아는 여전히 아무런 반응을 보이지 않았다. 처음 몇 분 동안만 미쿨로프가 레아를 안고 걸었고, 다시 케인이 레아를 받아 안았다. 무척 지쳐 있었지만 도착지까지 직접 레아를 안고 가기를 고집했다. 토마스와 쿨렌이 케인의 양옆에서 함께 걸었다. 케인은 레아의 머리를 그의 가슴에 기대어 놓은 채 아이가 살아 있음을 확인이라도 하려는 듯 가녀린 숨소리에 귀를 기울였다.

"약속하마. 너를 절대 놓지 않을 게다."

아주 잠시, 케인은 레아가 무어라 중얼거리는 소리를 들었다고 생각했다. 하지만 아이는 조용히 그의 품에 안겨 있을 뿐이었다.

너무 미세해서 거의 알아차릴 수 없었지만, 성역은 서서히 예전의 활기를 되찾아 갔다. 따스한 햇살에 많은 사람들이 거리로 쏟아져 나왔고, 어둠과 공포의 폭정이 사라진 게아 쿨의 거리에는 기쁨에 찬 시민들의 축하가 이어졌다. 도시 지하의 동굴이 무너지면서 많은 사람들이 목숨을 잃었지만, 검은 탑의 붕괴를 두 눈으로 직접 목격했던 이들이 다시 게아 쿨로 돌아와 목격담을 전파했다. 호라드림 결사단이 어둠의 악마를 무찌른 영웅담은 사람들의 입에서 입으로 전해졌고, 심지어 몇몇 시민들은 영웅담의 실존 인물들을 보려고 선장의 식탁으로 하나둘씩 모여들었다. 결국 토마스와 쿨렌이 밖으로 나가 시민들에게 그들의 얘기를 전했고, 사람들은 이에 박수갈채로 응답했다. 하늘의 석양은 붉은 빛으로 물들고 있었다.

케인은 레아의 손을 꼭 잡은 채 그 옆을 지키고 있었다. 레아의 상처는 소독을 한 후 붕대로 감았고, 레아의 옷은 제로난이 가져다 준 깨끗한 옷으로 갈아입혔다. 옷은 제로난의 딸들이 어릴 적 입었던 옷들로, 제로난은 긴 세월동안 소중히 보관해 왔다고 말했다. 제로난은 이제 그 옷이 맞는 사람이 없다며 레아가 그 옷들을 입어주길 원했다.

　레아는 겉으로 보기에 멀쩡했다. 악마들에게 피를 많이 빨리기는 했지만, 혈색도 좋고 심장도 규칙적으로 뛰었다. 케인은 자신의 상처를 치료하지도 않고, 잠도 거절한 채 레아의 곁을 지켰다.

　케인은 결국 의자에 앉아 졸기 시작했다. 한참 후 문득 잠에서 깨어났을 때, 레아가 어리둥절한 표정으로 그를 바라보고 있었다.

　"아저씨? 여기가 어디에요? 무슨 일이 있었나요?"

　감정이 북받쳐 올라 케인의 목이 잠겼다.

　"마지막으로 기억나는 게 뭐지?"

　"음……."

　상당히 혼란스러운 듯 레아가 말했다.

　"제 기억엔 우리가 그때 여관에 있었는데, 이상한 남자를 만났고……. 아저씨가 절 돌봐 주고 잘 해주셨던 건 기억나요. 근데 다른 건 기억이 안 나요."

　"그거면 됐다. 넌 이제 안전한 곳에 있으니까 안심해."

　케인은 가슴이 따뜻해지는 것을 느끼며 말했다. 케인은 지난 며칠 동안 겪었던 일들을 레아가 아무리 졸라도 말해주지 않기로 결심했다. 지난 며칠간의 끔찍한 기억이 레아의 유년시절을 망쳐놓는 걸 원치 않았기 때문이었다. 이번 일을 통해 케인은 사람에게 어린 시절은 아주 중요하며, 결코 이 시기를 가볍게 보아서는 안 된다는 점을 배웠다.

　케인은 터져 나오는 울음을 간신히 참으며 말했다.

　"사랑한다, 레아야. 이제 우리는 한 가족이다."

　레아는 안도의 한숨과 함께 고개를 끄덕였다. 그녀의 눈이 스르르 감겼다. 케인은 레아를 한참 동안 바라보았다. 그의 입가에 희미한 미소가 번졌다. 케인은 아내와 아들의 마지막 모습을 떠올렸다. 덤불 속에 피투성이가 된 채 누워있는 그들의 시체 위에 담요가 덮여 있었다. 그 당시에는 담요를 들추고 그들의 마지막 모습을 확인할 용기가 나지 않았다. 그리고 사랑하는 아내와 아들의 마지막 모습을 끝내 지켜보지 못한 자신의 나약함에 케인은 오랜 세월 스스로를 질책하며 괴로워했다. 그들이 겪었을 끔찍한 고통이 유령처럼 따라다니며 그를 괴롭혔고, 그에 대한 죄책감이 케인의 마음속을 파고들어 깊이를 가늠할 수 없는 검은 우물 하나를 덩그러니 만들어 놓았다. 벨리알은 이 죄책감을 이용해서 그를 파멸시키려고 했다.

하지만 이제 케인은 아내와 아들이 편안히 잠들었다는 걸 받아들였다. 죽기 직전에 그들이 겪었던 끔찍한 고통은 이미 오래 전에 끝이 났고, 이제는 케인이 두 사람을 완전히 놓아 줄 때였다.

점차 졸음이 몰려오면서 케인의 눈이 다시 스르르 감겼다. 이번에는 아주 고요하고 깊은 잠으로 서서히 빠져들었다.

제 38 장

앞으로의 여정

그날 이후 맑은 날씨가 계속 이어지면서 게아 쿨은 생기를 되찾고 있었다.

마을의 절반이 땅에 묻혀 사라졌다. 마을 주민들은 수개월 간 방치해 둔 전쟁의 잔해들을 치우며 마을 재건에 몰두했다. 주민들의 자발적인 축하 행사가 이어졌고, 일부는 마치 성지 순례를 하듯 선장의 식탁으로 데커드 케인을 만나기 위해 모여들었다. 그들은 상당히 공손하고 정중하게 케인을 대했지만, 케인은 칭송받는 일이 익숙하지 않아서 마음이 불편했다.

그래도 여전히 그들은 케인을 영웅으로 생각하고 있는 듯했다.

"당연한 겁니다."

어딘가로 가기 위해 여관을 나서던 어느 날, 여관 밖에서 케인에게 악수를 청하려고 기다리는 수십 명의 사람들을 발견하고 미쿨로프가 말했다.

"당신은 호라드림의 마지막 기사이자 우리의 영웅이니까요."

"난 그렇게 생각하지……."

"검을 들어야지만 영웅이 되는 건 아닙니다. 영웅도 여러 형태가 있죠."

미쿨로프가 웃으며 말했다.

"당신처럼 현명한 분이 이 점을 놓치고 있는 것 같네요. 당신은 저희를 죽음의 문턱에서 구원하셨습니다. 가장 어두웠던 절망의 순간에, 모든 것을 포기하고 싶었던 그 순간에도 우리들 중 유일하게 희망의 끈을 놓지 않으셨죠. 당신이 없었다면 우리는 무참히 패배했을 겁니다."

"마찬가지요, 미쿨로프. 당신이 없었다면 우리는 이 싸움에서 졌을 거요. 우리 한사람 한 사람이 모두 영웅이오."

"그렇다면 우리 모두가 영웅이 될 수 있었던 것도 모두 당신 덕분입니다."

두 사람은 한동안 아무 말 없이 걸었다. 그들은 오늘 중요한 임무를 아무도 모르게 조용히 처리해야 했다.

지난 며칠 동안 케인은 많은 생각을 했는데 대부분은 레아에 관한 생각이었다. 레아가 특별한 아이라는 점에 대해서는 의심의 여지가 없었다. 하지만 그간의 일들은 레아에게 엄청난 정신적 충격을 안겨주었고, 그로 인해 스스로 기억들을 차단하고 있었다. 레아는 검은 탑에서의 결전뿐만 아니라 그동안 그들이 함께 했던 모든 여정을 하나도 기억하지 못하고 있었다. 자신이 이해할 수 없는 일련의 사건들을 머릿속에서 통째로 지워버린 듯했다.

물론 케인은 모든 것을 기억하고 있었다. 그가 가장 최근에 받았던 계시도 레아에 관한 것이었고, 어둠과 빛의 싸움의 진정한 의미에 관한 것이었다. 가레스 라우가 패배할 수밖에 없었던 이유 중 하나는 그가 악에 대항해서 선을 지키고자 했던 레아의 자유의지를 간과했기 때문이었다. 한 가지가 더 있다면, 바로 인간과 인간 사이의 애정이었다. 케인도 오랜 시간 그것을 잊고 살았다. 레아와 미쿨로프를 만나기 전까지는. 하지만 이제 케인은 그들을 만나 온전한 인간으로 거듭나고 있었다.

케인과 미쿨로프는 길을 걸어 호라드림의 집회 장소에 도착했다. 지난 번 전투에서 악마의 군대를 완전히 물리쳤다고 생각했지만, 그래도 확인할 필요가 있었다.

회관 건물은 무너지지 않았지만 상당한 피해를 입은 듯했다. 그들은 간신히 계단을 내려가 다 찢겨 너덜너덜해진 차양이 벽에 걸려 있는 장소에 도착했지만, 터널의 입구는 건물의 잔해로 막혀 있고 도서관 뒤편에 있던 방들도 바닥으로 폭삭 내려앉아 있었다.

지상으로 올라온 그들은 건물 뒤로 돌아가 상태를 살폈다. 건물 뒤편의 마을은 지하로 완전히 꺼져 버린 듯 사라지고 없었다. 대신 그 자리에 돌과 구정물로 채워진 웅덩이가 깊게 패여 있었다. '바라던 대로 됐군.' 케인은 그렇게 생각했다. 잃어버린 도시, 알 쿳과 그 안에 품고 있던 사악한 모든 것들이 영원히 사라졌다.

"에길의 가루를 이용해 터널의 벽을 부수고 바닷물을 끌어들인다?"

미쿨로프가 감탄의 표정을 지은 채 고개를 저었다.

"당신은 정말 대단한 지략가이십니다. 광맥을 찾으라고 지시했을 때에는 우리 중 그 누구도 당신의 의도를 제대로 파악하지 못했죠. 심지어 터널 벽에 에길의 파우더를 설치할 때도 말이죠. 그 전략이 성공하리라고는 아무도 예상을 못 했습니다."

미쿨로프가 어깨를 으쓱해 보이며 말했다.

"그런데 에길의 파우더가 어떻게 점화된 겁니까?"

"그건 레아가 한 일이오. 그녀의 능력을 예전에 목격한 적이 있었지. 동굴의 지도를 보면서 적절한 장소에 충분한 폭발물을 설치하면 땅굴을 무너뜨릴 수 있을 거라고 생각했소. 게다가 동굴 안에는 그런 화학 반응을 일으킬 수 있는 이끼도 자라고 있었지. 검은 탑이 잃어버린 도시의 중심부라면 탑을 등불의 심지처럼 이용해 지하의 터널을 파괴할 수 있을 거라고 생각했소."

그들은 가만히 서서 폐허가 된 마을을 지켜보았다. 케인은 가레스 라우를 떠올렸다. 그리고 벨리알이 어떻게 라우의 약점을 이용해 자신의 계획을 실현하려 했는지에 대해 생각했다. 생각이 거기까지 미치자, 불현듯 불길한 생각이 들었다. 벨리알은 결코 쉽게 물러나지 않을 터였다. 진정 모든 게 끝난 것인지 궁금해졌다. 케인은 예언이 다르게 해석될 수도 있다는 점을 깨달았다. 지금까지의 사건들은 훨씬 더 위험하고 거대한 계획의 시작에 불과한지도 몰랐다.

확실히 좀 더 알아볼 필요가 있었다.

"그동안 참으로 고마웠소, 미쿨로프. 아쉽지만 난 이곳을 곧 떠나야만 하오.

당신에게 입은 은혜는 결코 잊지 않겠소."

"저도 결코 잊지 않겠습니다."

둘은 손을 맞잡았다.

"저도 곧 떠나야 합니다. 떠도는 하늘 사원의 수도사들이 제가 사원을 떠난 일로 저를 죽이려 들지 모르거든요. 어쩌면 지금도 절 찾고 있을지 몰라요. 하지만 제 운명은 신들이 정해주십니다. 언젠가는 다시 만날 날이 있겠지요."

여관으로 돌아온 뒤, 케인은 자신의 계획을 쿨렌에게 말했다.

"뭐라고요?"

쿨렌이 놀란 표정으로 눈을 깜빡이며 말했다.

"하지만 해야 할 일이 얼마나 많은데요! 결사단을 위해 형제들도 모집해야 하고, 전에 말씀하신 것처럼……."

"당신이 잘 하리라고 믿소."

케인은 쿨렌의 어깨에 손을 얹으며 부드럽게 말했다.

"당신과 토마스라면 충분히 다른 이들을 빛의 길로 인도할 수 있을 거요. 두 사람 모두 문건을 공부했고, 무엇이 필요한지도 익히 알고 있으니까. 나 같은 늙은이는 짐만 될 뿐이오."

"그렇지 않습니다."

쿨렌이 세차게 머리를 흔들자 그의 살찐 턱이 우스꽝스럽게 흔들렸다.

"당신은 성역에 유일하게 남은 호라드림의 진정한 후예가 아니십니까!"

'그게 사실이라면, 더더욱 세계석의 파괴가 우리에게 무엇을 의미하는지 그 해답을 찾기 위해 떠나야만 한다.' 케인은 생각했다.

쿨렌은 계속 케인을 설득했지만, 이미 케인은 결심을 굳힌 뒤였다. 여관 밖으로 나온 그들은 마침 레아가 쓸 활과 화살을 만들 나뭇가지를 찾으러 나갔던 레아와 토마스를 만났다. 레아는 룬드와 야영지에서 있었던 일들을 전혀 기억하지 못했지만, 기억 저편의 뭔가가 레아에게 활쏘기를 시도하도록 부추기는 듯했다.

"모든 것이 소생하고 있어요."

희망에 가득 찬 얼굴로 토마스가 말했다.

"나무들이 다시 자라고 있더군요! 오늘은 전보다 더 많은 동물을 봤습니다. 케지스탄이 다시 살아나고 있어요."

토마스와 쿨렌은 오늘 그들이 본 것들에 대해 활기차게 이야기하며 여관으로 들어갔다. 케인은 레아의 손을 잡았다. 이 순간만큼은 정말로 피하고 싶었다. 케인은 레아가 안전하게 있을 만한 곳을 찾아야 했다. 그리고 그가 왜 레아를 두고 떠나야만 하는지 설명해야 했다. 케인은 심장이 고장 난 것처럼 가슴이 저려 왔다.

그들은 부둣가 근처의 그늘에 자리를 잡고 앉았다.

"우리는 이제 어디서 살아요, 아저씨? 우리 집이 생기는 건가요?"

케인은 약간 주저하는 목소리로 레아에게 그가 앞으로 해야 할 일들에 대해 설명했다. 쉽지 않은 일이었다. 케인이 설명을 하는 도중에 레아가 자리에서 일어나 물 위로 돌을 던지며 물수제비를 만들기 시작했다. 소녀가 화를 내고 있는 건지, 슬퍼하고 있는 건지 알 수 없었다. 그래도 최선을 다해 설명을 이어갔다. 세상은 불확실했다. 인정하고 싶지 않지만, 케인에게는 피할 수 없는 의무가 있었다. 케인이 하지 않으면, 누가 그 일을 한단 말인가?

"나도 가고 싶어요."

레아가 말했다.

케인은 말문이 막혔다. 예전에 쿠라스트로 떠날 때도 케인은 레아가 안전한 곳에 머물기를 원했지만, 레아는 함께 가기를 고집했었다. 그러나 지금은 그때와 상황이 달랐다. 이번에는 짧은 여행이 아니라 끝없이 이어지는 긴 여행이었다.

케인은 물가로 다가가 레아 옆에 섰다.

"그게 뭘 의미하는지 잘 모를 거야. 성역에는…… 내가 감당할 수 없는 위험들이 도사리고 있어서 널 지켜주지 못할 수도 있어…….”

"상관없어요!"

소리를 지르며 돌아보는 레아의 눈에 눈물이 흐르고 있었다.

"아저씨는 이제 내 유일한 가족이에요. 아저씨랑 같이 있고 싶어요! 제발 날 떠나지 말아요, 아저씨!"

레아는 다시 한 번 케인의 품에 얼굴을 묻었다. 그들은 이미 떨어질 수 없을 만큼 정이 들어 있었다. 케인은 문득 레아만큼이나 자신도 그녀와 떨어져 살 수 없다는 사실을 깨달았다.

"그러자꾸나."

케인의 두 눈에 눈물이 차올랐다.

"내가 잘못 생각했다, 레아야. 함께 떠나자. 그리고 다시는 헤어지지 말자."

케인은 이 모든 것을 기록해서 레아를 위한 그만의 책으로 만들어야겠다고 생각했다. 아직은 레아가 어리지만, 과거 그가 그랬던 것처럼 언젠가는 그녀도 호라드림의 교리를 공부할 날이 올 것이다. 이것이 그들의 운명이라면 케인은 기꺼이 받아들이기로 했다. 그리고 진짜 악마의 공격이 시작되는 날, 레아와 케인은 당당히 맞서서 함께 싸우리라.

그렇게 두 사람은 파도가 철썩이는 부둣가에 앉아 있었다. 데커드 케인은 아내와 아들이 그들 옆에 앉아 있는 모습을 상상했다. 기억하는 한 처음으로, 케인은 마음의 평화를 느꼈다.

에필로그

거짓의 군주

인간들이 사는 세상 저 너머, 불타는 지옥의 뜨거운 불길과 자신의 깊은 환영의 세계에서 벨리알이 좌절감에 휩싸인 채 포효하고 있었다. 벨리알의 격한 분노에 지옥의 벽이 흔들렸고, 겁을 집어먹은 마귀들은 그의 앞에서 몸을 움츠렸다.

벨리알은 성역의 구조를 완전히 박살내고, 그가 세운 계획의 첫 단계를 성취하려는 순간, 아무짝에도 쓸모없는 인간이 불시에 그를 공격했던 것이다. 벨리알은 가레스 라우가 그런 식으로 자신에게 저항하리라고는 전혀 예측하지 못했다. 게다가 성역을 차지하려는 전투에서 자신을 희생하리라고는 상상도 못했다.

'내가 너무 성급했던가.' 벨리알은 생각했다. 하지만 도저히 참을 수 없을 만큼 유혹이 컸다. 라우는 너무도 쉽게 자신의 꼬임에 넘어왔다. 그를 통해 데카드 케인을 처치한 뒤, 성역의 지배권을 손 안에 거머쥘 수 있는 절호의 기회였다.

'난 여전히 거짓의 군주이자 불타는 지옥의 지배자. 여기서 물러서지 않을 테다.'

"군주님!"

자신을 부르는 소리에 내려다보니, 금발의 늘씬하고 아름다운 여자 하수인이 발밑에서 조아리고 있었다. 붉고 도톰한 그녀의 입술에 희미하게 미소가 묻어났다.

"잠깐 드릴 말씀이……."

벨리알은 이를 드러내고 으르렁거렸다. 조무래기 악마 따위와 장난할 기분이 아니었다. 날카롭고 긴 손톱이 달린 커다란 손으로 악마를 집어 들어 자신의 코 앞으로 데려왔다. 악마의 모습에 잔물결이 일며 변하더니 환영이 깨졌다. 매혹적인 금발 대신 피부가 벗겨지고 눈구멍이 그대로 드러난 끔찍한 악몽이 그를 쳐다보고 있었다.

악마가 손아귀 안에서 몸부림치며 날카로운 비명을 질러댔다.

"군주님, 제발 제 말 좀 들어보세요! 선견자가 미래를 봤는데 군주님께서 기뻐하실 만한 일이 곧 있을 거라고……. 동쪽에서, 그러니까 칼데움에서 어린 황제가 태어날 거랍니다!"

벨리알은 악마를 풀어주었다. 악마의 목을 꺾어 버리고 싶은 충동이 사라지면서 호기심이 솟아났다. 칼데움의 어린 황제라고? 상당히 흥미로웠다. 그의 거대한 계획은 수포로 돌아갔다. 하지만 그가 간절히 원하는 특별한 목표를 이룰 수 있는 또 다른 방법이 되어 줄 것이다.

"아이가 오 년 안에 태어날 거라고 합니다. 기다리기에 긴 시간은 아닙니다. 군주님께는 아무것도……."

악마가 고름이 줄줄 흐르는 해골을 끄덕거리며 말했다.

"네 형제들을 시켜 선견자를 고문해라. 빈틈없이 처리해야 한다. 좀 더 자세한 내용을 알아야겠다. 논의할 게 많구나."

악마는 고개를 끄덕인 후 잽싸게 자리를 떴다. 벨리알은 웃고 있었다. '앞으로 할 일이 아주 많아지겠는 걸.' 어쩌면 자신의 접근 방식이 처음부터 잘못되었다고 생각하기 시작했다. 그는 폭력을 이용해 목적을 달성하는 그런 무식한 군주가 아니었다. 교활한 속임수를 이용해 원하는 바를 손에 얻는 거짓의 군주였다.

문제에 접근하는 방식은 여러 가지가 있었다. 하지만 목표는 단 하나, 바로 성역의 파괴와 드높은 천상의 몰락이었다. 그 목표를 이룰 때까지, 그리고 그 이후 세계의 진정한 지배자가 될 때까지 거짓의 군주는 결코 멈추지 않을 생각이었다.

인내해야 한다. 머지않아 벨리알의 시대가 열리리라.

아니었다. 날카롭고 긴 손톱이 달린 커다란 손으로 악마를 집어 들어 자신의 코 앞으로 데려왔다. 악마의 모습에 잔물결이 일며 변하더니 환영이 깨졌다. 매혹적인 금발 대신 피부가 벗겨지고 눈구멍이 그대로 드러난 끔찍한 악몽이 그를 쳐다보고 있었다.

악마가 손아귀 안에서 몸부림치며 날카로운 비명을 질러댔다.

"군주님, 제발 제 말 좀 들어보세요! 선견자가 미래를 봤는데 군주님께서 기뻐하실 만한 일이 곧 있을 거라고……. 동쪽에서, 그러니까 칼데움에서 어린 황제가 태어날 거랍니다!"

벨리알은 악마를 풀어주었다. 악마의 목을 꺾어 버리고 싶은 충동이 사라지면서 호기심이 솟아났다. 칼데움의 어린 황제라고? 상당히 흥미로웠다. 그의 거대한 계획은 수포로 돌아갔다. 하지만 그가 간절히 원하는 특별한 목표를 이룰 수 있는 또 다른 방법이 되어 줄 것이다.

"아이가 오 년 안에 태어날 거라고 합니다. 기다리기에 긴 시간은 아닙니다. 군주님께는 아무것도……."

악마가 고름이 줄줄 흐르는 해골을 끄덕거리며 말했다.

"네 형제들을 시켜 선견자를 고문해라. 빈틈없이 처리해야 한다. 좀 더 자세한 내용을 알아야겠다. 논의할 게 많구나."

악마는 고개를 끄덕인 후 잽싸게 자리를 떴다. 벨리알은 웃고 있었다. '앞으로 할 일이 아주 많아지겠는 걸.' 어쩌면 자신의 접근 방식이 처음부터 잘못되었다고 생각하기 시작했다. 그는 폭력을 이용해 목적을 달성하는 그런 무식한 군주가 아니었다. 교활한 속임수를 이용해 원하는 바를 손에 얻는 거짓의 군주였다.

문제에 접근하는 방식은 여러 가지가 있었다. 하지만 목표는 단 하나, 바로 성역의 파괴와 드높은 천상의 몰락이었다. 그 목표를 이룰 때까지, 그리고 그 이후 세계의 진정한 지배자가 될 때까지 거짓의 군주는 결코 멈추지 않을 생각이었다.

인내해야 한다. 머지않아 벨리알의 시대가 열리리라.

감사의 말

디아블로의 세계관은 놀라우리만치 복잡하고 흥미로웠다. 많은 분들이 저자가 이 복잡한 세계관을 제대로 이해할 수 있도록 도움을 주셨다. 특히 이 책의 출간을 위해 애쓰고 아낌없는 지원을 해준 사이먼 앤 슈스터 출판사의 편집자 에드 스클레싱어 씨께 감사의 말을 전하고 싶다. 그 외에도 많은 분들이 도움을 주셨다. 믹키 닐슨과 제임스 와우 씨는 출판업계에서 저자가 만난 사람들 중 특히나 뛰어난 분들이었고, 블리자드 엔터테인먼트의 직원들도 마찬가지로 다들 너무 좋은 분들이었다. 블리자드 엔터테인먼트는 지금껏 저자가 방문했던 그 어떤 곳보다 창의력이 넘치는 놀라운 곳이었다(한 사람씩 이름을 모두 거론하고 싶지만 명단이 너무 길어질 것 같아 부득이 생략한다). 마지막으로 나의 아내 크리스티와 사랑하는 아이들, 에밀리, 해리슨, 애비, 그리고 그 외에 친지들의 한결같은 지지에 감사의 말을 전하며, 그들이 없었다면 이 책도 존재하지 않았을 것이라는 말을 남기고 싶다.